동굴

A Caverna
by José Saramago

동굴
THE CAVE

주제 사라마구 지음 | 김승욱 옮김

해냄

동굴의 비유 중에서

소크라테스 우리의 본성이 얼마나 계몽되어 있는 지, 또는 계몽되어 있지 않은지 비유를 들어 보여주겠네. 보게! 지하의 굴에서 사는 사람 들을. 그 굴의 입구는 빛을 향해 열려 있고, 굴의 전면을 차지하고 있네. 그 사람들은 어 렸을 때부터 여기 살고 있는데, 다리와 목이 사슬에 묶여 있어서 움직이지 못하지. 사슬 때문에 고개를 돌릴 수도 없으니 오로지 앞만 바라볼 수밖에. 그 사람들의 머리 위와 등 뒤 에서는 약간 거리를 두고 불이 타오르고 있 고, 불꽃과 수인들 사이에는 경사로가 있네. 자세히 보면, 인형술사들이 공연할 때 앞에 쳐놓고 그 위에서 인형들을 조종하는 막처럼 그 경사로를 따라 서 있는 나지막한 벽이 보 일 걸세.

글라우콘 그렇군요.

소크라테스 갖가지 그릇과 나무나 돌 같은 다양 한 재료로 만들어진 동물 조각상들을 그 벽 위로 들고 벽을 따라 지나가는 사람들이 보이 는가? 그들 중에는 이야기를 나누는 사람도 있고, 침묵하는 사람들도 있네.

글라우콘 참으로 이상한 이미지로군요. 그 수인 들도 이상하고.

소크라테스 우리와 똑같지. 그들은 자기 그림자 나 서로의 그림자밖에 보지 못한다네. 불꽃 이 동굴의 반대편 벽에 던져주는 그림자들 말일세.

글라우콘 맞는 말씀입니다. 고개를 움직일 수 없 으니 어찌 그림자 외의 다른 것을 볼 수 있겠 습니까?

소크라테스 그럼 사람들이 들고 지나가는 물건들 도 역시 그림자밖에 보이지 않을까?

글라우콘 예.

소크라테스 만약 그 사람들이 서로 이야기를 나 눌 수 있다면, 자기들이 실제로 눈앞에 있는 것에 이름을 붙여주고 있다고 생각하지 않겠 나? 한 발 더 나아가 이 감옥의 반대편에서 메아리가 들려온다면, 그 사람들은 벽을 따라 지나가는 사람들이 말을 할 때 그 목소리가 지나가는 그림자에서 나는 것이라고 생각하 지 않겠나?

글라우콘 그거야 의심의 여지가 없지요.

소크라테스 그들에게 진실이란 문자 그대로 이미 지의 그림자에 지나지 않을 걸세.

글라우콘 물론이지요.

소크라테스 이제 다시 자세히 살펴보게. 만약 그 수인들이 풀려나서 자신의 생각이 잘못되었음 을 깨닫는다면 어떻게 될지 생각해 봐. 우선 그들 중 누가 사슬에서 풀려나 갑자기 일어나 서 고개를 돌리고 빛을 바라보며 빛을 향해 걸 어가게 된다면, 그는 심한 통증을 느낄 걸세. 빛이 그를 괴롭힐 테니까. 그는 과거에 그림자 로만 보았던 현실을 볼 수 없겠지. 이때 누군 가가 그에게 이런 말을 한다고 생각해 보게. 예전에 당신이 본 것은 환상에 지나지 않는다 고. 하지만 당신이 존재에 가까이 다가가며 더 현실적인 삶을 향해 눈을 돌리게 되면, 시야가 더 선명해질 거라고. 그러면 그가 뭐라고 대답 하겠나? 이제 그에게 가르침을 주고 있는 그 누군가가 손가락으로 방향을 가리키며, 자기 들 옆을 스쳐 지나가는 여러 물건들에 이름을 붙여주라고 한다고 상상해 보게. 그가 곤혹스 러워지지 않겠나? 자기가 전에 보았던 그림자 가 지금 보고 있는 물건들보다 더 진실했다고 생각하지 않겠나?

글라우콘 훨씬 더 진실하게 보이겠죠.

소크라테스 만약 그가 빛을 똑바로 바라볼 수밖에 없다면, 눈이 아파서 시선을 돌려 자기가 불편 없이 볼 수 있는 대상들 속에서 피난처를 구하 지 않겠나? 그리고 그것들이 지금 자기가 보고 있는 물건들보다 더 선명하다고 생각하겠지?

글라우콘 그렇겠죠.

소크라테스 한 번 더 상상을 해보게. 그가 가파르고 울퉁불퉁한 경사로를 마지못해 끌려올라가면서 버티다가 태양과 직접 마주하게 되면 고통과 괴로움을 느끼지 않겠나? 그가 빛을 향해 다가가면 눈이 부실 것이고, 따라서 그는 현실이라는 것을 전혀 볼 수 없게 되지 않겠나?

글라우콘 잠깐 동안은 전혀 볼 수 없겠죠.

소크라테스 그는 지상의 세계에 익숙해져야 할 걸세. 처음에 그가 가장 잘 볼 수 있는 것은 그림자겠지. 그 다음에는 물에 비친 사람들과 여러 물건들의 그림자일 테고, 그 다음에는 그 물건들을 직접 볼 수 있겠지. 이제 그는 달빛과 별빛, 별들이 점점이 흩어져 있는 하늘을 바라보게 될 걸세. 아마 낮의 햇빛이나 태양보다 밤하늘과 별들을 더 잘 보겠지?

글라우콘 그렇겠죠.

소크라테스 마지막으로 그는 태양을 볼 수 있게 될 걸세. 물속에 비친 태양을 보는 대신 태양이 마땅히 있어야 할 자리에서 태양을 보게 되겠지. 그는 태양을 원래 모습 그대로 바라볼 걸세.

글라우콘 그렇겠죠.

소크라테스 그러면 그는 계절과 해(年)를 만들어내는 것이 바로 태양이며, 태양이 눈에 보이는 세상의 모든 것을 수호해 준다고 주장할 걸세. 어떤 의미에서는 자신과 자신의 동료들이 익숙하게 보아오던 모든 것들의 원인이 바로 태양이라는 말도 하겠지?

글라우콘 틀림없이 그는 먼저 태양을 보고 난 후에 이성적인 추론을 하겠죠.

소크라테스 자기가 옛날에 살던 곳과 그 동굴에서 통하던 지혜, 그리고 자기와 함께 갇혀 있던 사람들이 생각나면, 그는 이렇게 변화한 자신을 축하하며 그들을 불쌍히 여기지 않겠나?

글라우콘 틀림없이 그렇겠죠.

소크라테스 만약 그들이 지나가는 그림자들을 가장 빨리 알아보고 어떤 것이 먼저고 어떤 것이 나중인지, 어떤 것이 함께 지나갔는지 말할 수 있는 사람, 따라서 미래에 대해 결론을 내리는 능력이 가장 뛰어난 사람에게 명예를 안겨주는 습성이 있었다면, 그가 그런 명예를 누리고 싶어하거나 그런 명예를 인정받은 사람을 부러워할 것 같은가? 그는 호메로스처럼 이렇게 말하지 않겠나? 그들처럼 생각하고 그들처럼 사느니 가난한 주인의 가난한 종이 되는 편이 더 낫다고.

글라우콘 예, 그는 틀린 생각을 품고 그렇게 비참하게 사느니 차라리 고통을 겪는 편을 택할 것 같습니다.

소크라테스 한 번 더 상상해 보게. 그런 사람이 갑자기 태양이 있는 곳에서 벗어나 과거와 같은 상황으로 돌아가게 된다면, 눈에 어둠을 가득 채우지 않겠나?

글라우콘 그렇게 되겠죠.

소크라테스 그리고 그의 눈이 아직 적응하지 못해 시력이 약할 때, 눈이 새로운 환경에 익숙해지는 데는 아마 상당한 시간이 걸릴 걸세, 만약 어떤 콘테스트가 열려서 그가 동굴 밖으로 나가본 적이 없는 수인들과 그림자를 측정하는 경쟁을 벌이게 된다면, 그가 우스꽝스러운 꼴이 되지 않겠나? 사람들은 그가 한 번 올라갔다 오더니 눈을 잃어버렸다고, 올라갈 생각은 아예 하지 않는 편이 낫겠다고 말하겠지. 만약 누가 다른 사람의 사슬을 풀어주고 빛을 향해 데리고 올라가려 한다면, 그들은 그 범죄자를 붙잡아 사형선고를 내릴 걸세.

글라우콘 그거야 의심의 여지가 없는 일이죠.

—플라톤, 『국가론(*The Republic*)』, 7권

일러두기
원서에서는 동굴의 비유가 일부분만 인용되었으나, 한국어판에서는 독자들의 이해를 위해 번역가 김승욱의 번역으로 해당 부분 전문을 수록한다.

트럭을 몰고 있는 남자의 이름은 시프리아노 알고르다. 그는 도공이며 예순네 살이다. 비록 겉으로는 그 나이로 보이지 않지만. 그의 옆에 앉아 있는 남자는 사위인 마르살 가초이며, 아직 서른 살이 되지 않았다. 하지만 그 역시 얼굴만 보아서는 나이보다 훨씬 더 젊어 보인다. 차차 알게 되겠지만, 두 사람 모두 드문 성(姓)을 갖고 있다. 그 성의 기원이나 의미, 그런 성이 붙은 이유는 두 사람도 모른다. 알고르가 몸에 열이 오르기 전의 심한 오한을 의미하고, 가초는 멍에가 닿는 소의 목 부위를 의미하는 단어에 지나지 않는다는 사실을 두 사람 모두 알게 되면 아마 상당히 기분이 상할 것이다. 사위는 제복을 입고 있지만 무기는 없다. 장인은 평범한 재킷과 대충 색깔이 비슷한 바지를 입고 있으며, 셔츠 단추를 목까지 얌전히 잠그고 있다. 넥타이는 매지 않았다. 핸들을 잡고 있는 손은 크고 강한 농부의 손이지만, 아마도 직업상 매일 부드러운 찰흙을 만지기 때문인지 섬세한 면도 있는 것 같다. 마르살의 오른손에는 특별한 점이 없지만, 왼손 손등에는 마치 화상자국처럼 보이는 흉터가 있다. 엄지손가락 아랫부분에서부터 새끼손가락 아랫부분까지 이어진 대각선 모양의 흉터다. 트럭은 트럭이라고 부를 만한 모습은 아니다. 사실 시대에 뒤떨어진 중형 승합차다. 이 차에는 현재 도자기가 실려 있다. 두 사람이 여기서 이십 킬로미터 떨어진 집을 나섰을 때는 아직 해가 뜨기도 전이었지만, 지금은 마르살의 흉터를 알아볼 수 있을 만큼, 그리고 시프리아노 알고르의 손이 왜 섬세하게 보이는지 생각해 볼 수 있을 만큼 아침 햇살이 세상을 채우고 있다. 두 사람은 깨지기 쉬운 물건을 싣고 있는데다가 노면이 고르지 않기 때문에 천천히 움직이고 있다. 평범한 도자기처럼 가장 중요하지도 않고 두 번째로 중요하지도 않은 물건을 배달하는 일은 공식적인 시간표에 따라 오전 중반에 이루어진다. 두 사람이 오늘 그렇게 일찍 일어난 것은 오로지 마르살 가초가 적어도 센터의 문이 열리기 삼십 분 전에 출근해야 했기 때문이다. 사위를 일터로 데려다줄 필요 없이 도자기만 배달하는 날에는 시프리아노 알고르가 그렇게 일찍 일어날 필요가 없다. 하지만 그는 열흘마다 한 번씩 마르살 가초의 직장으로 그를 데리러 간다. 사위가 가족들과 사십 시간을 함께 보낼 수 있도록. 사위는 그럴만한 자격이 있다. 사십 시간이 지난 후 배달할 도자기가 있든 없든 정확한 시간에 경비원으로 일하는 사위를 직장까지 데려다주는 사람도 장인인 시프리아노 알고르이다. 이름이 마르타이고 죽은 어머니의 성 이사스카와 아버지의 성 알고르가 모두 이름 뒤에 붙어 있는 시프리아노 알고르의 딸은 매달 엿새 밤과 사흘 낮 동안만 집과 침대에서 남편과 함께 지낼 수 있다. 그녀는 어젯밤에 임신을 했지만, 아직은 그 사실을 모르고 있다.

두 사람이 차를 몰고 지나가는 지역은 우중충하고 더러워서 한 번 더 돌아볼 가치도 없다. 시골과는 거리가 먼 이 광활한 지역에 누군가가 농업벨트라는 이름을 붙였다. 시적인 비유를 이용한 것인지 그린벨트라는 이름도 함께 붙었다. 하지만 아무것도 없는 허허벌판 같은 길 양편의 넓은 땅에서 보이는 풍경이라고는, 지붕이 납작하고 넓은 직사각형 건물들뿐이다. 우중충한 색깔의 플라스틱으로 지어진 이 건물들은 세월과 먼지 때문에 점점 회색이나 갈색으로 변하고 있다. 건물들 밑, 그러니까 행인들의 눈이 닿지 않는 곳에서는 식물들이 자라고 있다. 가끔 채소를 실은 트레일러를 매단 트럭과 트랙터들이 곁길에서 나와 중앙도로로 들어서지만, 채소 배달은 대부분 밤에 이루어진다. 따라서 지금 나오는 사람들은 예정보다 늦게 배달해도 좋다는 특별허가를 받았거나 늦잠을 잔 사람들일 것이다. 마르살 가초는 신중하게 왼쪽 소매를 걷어 시계를 보았다. 그는 도로에 차들이 점점 많아지고, 일단 산업벨트에 들어선 후에는 도로 상황이 더욱 나빠지리라는 것을 알고 있기 때문에 불안해하고 있다. 장인은 사위가 시계를 보는 것을 보았지만 아무 말도 하지 않았다. 그의 사위는 좋은 녀석이지만, 불안증이 심했다. 태어날 때부터 근심에 싸여서, 시간이 충분한데도 항상 안절부절 못하는 녀석이다. 게다가 시간이 필요 이상으로 많을 때에는 어떡해야 할지, 그러니까 시간을 어떻게 메워야 하는지 도통 모르는 것 같았다. 저 녀석이 내 나이가 되면 어떻게 될까. 두 사람은 농업벨트를 빠져나왔다. 점점 더러워지기 시작한 도로가 산업벨트를 가로지르며 갖가지 크기의 공장건물들뿐만 아니라 구(球)형이나 원통형의 연료탱크, 변전소, 그물처럼 뻗은 파이프와 공기통로, 현수교, 다양한 두께의 빨갛고 까만 튜브들, 유독한 연기기둥을 공기 중으로 뿜어내는 굴뚝, 기다란 팔이 달린 크레인, 화학공장, 정유공장, 고약하고 독하고 메스꺼운 냄새, 드릴이 돌아가는 시끄러운 소리, 기계톱이 윙윙거리는 소리, 증기해머를 사납게 내리치는 소리 사이로 길게 이어져 있다. 아주 가끔 아무 소리도 나지 않는 조용한 구역이 나오기도 하는데, 그곳에서 어떤 물건을 만들고 있는지는 아무도 모른다. 시프리아노 알고르가, 걱정 말게, 제 시간에 도착할 거야, 하고 말한 것이 바로 그때였다. 걱정 안 해요, 사위가 간신히 불안증을 감추면서 대답했다. 그거야 당연하지, 하지만 내 말이 무슨 소리인지 자네도 알잖나, 시프리아노 알고르가 말했다. 그는 승합차의 방향을 바꿔 동네를 오가는 자동차들만 이용할 수 있는 곁길로 들어선다. 여기 지름길로 가세나, 혹시 경찰이 우리더러 왜 이 길로 가느냐고 묻거든 우리가 미리 이야기한 대로 해, 시내에 들어가기 전에 저기 공장에 볼일이 있다고. 마르살 가초는 깊이 숨을 들이쉬었다. 중앙도로의 교통 사정이 나빠질 때면, 장인은 항상 우회로를 택하곤 했다. 그가 걱정하는 것은 장인이 다른 데 정신을 팔고 있다가 너무 늦게 곁길로 꺾어질지도 모른다는 점이었다. 다행히도 그의 걱정과 장인의 주의에도 불구하고 두 사람은 아직까지 경찰의 제지를 받은 적이 한 번도 없었다. 언젠가는 아버님도 내가 이제 아이가 아니라는 걸 알게 될 거야, 저기 공장에 볼일이 있다고 말해야 한다는 걸 매번 나한테 일깨워 주지 않아도 된다는 걸. 교통경찰이 두 사람을 계속 묵인해 주는 것은, 아니 친절하게도 관심을 보이지 않는 것은 우연의 연속이거나 고집스러운 운명 덕분이라기보다 마르살 가초가 입고 있는 센터의 경비원 제복 때문이라는 생각은 두 사람 모두 하지 못한 듯했다. 만약 누군가가 지금까지 벌금을 물지 않고 빠져나올 수 있었던 이유가 무엇이라고 생각하냐고 물었다면, 두 사람은 틀림없이 우연의 연속이나 고집스러운 운명을 들먹였을 것이다. 마르살 가초가 진짜 이유를 알았다면, 제복이 부여하는 권위의 무게를 더 높이 평가했을지도 모른다. 시프리아노 알고르가 진짜 이유를 알았다면, 사위와 이야기할 때 지금처럼 비꼬듯 생색을 내지는 않았을 것이다. 사람들 말이 옳다. 젊은이는 능력이 있지만 지혜가 부족하고, 노인은 지혜가 있지만 능력이 부족하다.

산업벨트를 지나면 마침내 도시가 나온다. 도시 그 자체는 아니다. 저 너머에서 도시가 장밋빛 첫 햇살의 손길을 받고 있는 것이 보이기 때문이다. 이곳에서 사람들을 맞이하는 것은, 이곳 주민들이 바깥 공기, 특히 비와 추위를 막아줄 수 있을 듯한 빈약한 재료를 닥치는 대로 구해 지은, 혼란스러운 판자촌이다. 도시 주민들의 말처럼, 이곳은 무서운 곳이다. 이곳에서는 가끔 궁핍한 사람은 법을 모른다는 고전적인 격언의 이름으로, 칼을 갖고 있느니 어쩌느니 하는 말을 꺼내기도 전에, 주민들이 식품을 실은 트럭을 세우고 짐을 깡그리 가져가 버리곤 한다. 대단히 효율적인 이들의 작업방식은 전략의 부재와 낡아빠진 전술, 그걸 전술이라는 근사한 이름으로 불러도 된다면 말이지만, 그리고 마지막으로 한심하고 불규칙한 조직력 때문에 실패했던 과거의 경험을 이곳 주민들이 오랫동안 되돌아본 끝에 고안해서 발전시킨 것이었다. 사실상 각자 자기 일은 자기가 알아서 해결하는 시스템이다. 밤에는 자동차들이 끊임없이 이 거리를 지나가기 때문에 처음 계획대로 트럭 한 대를 세우기 위해 도로를 막는 방법을 썼더니, 공격자들이 스스로 판 함정에 빠지고 말았다. 트럭 뒤로 다른 차들이 계속 들어오는 바람에 곤경에 빠진 트럭 운전수를 현장에서 도와줄 사람들이 계속 나타나는 꼴이 된 것이다. 이 문제를 해결하는 방법은, 경찰들도 속으로 상당히 훌륭하다고 인정한 방법인데, 공격자를 두 집단으로 나누는 것이었다. 한 집단은 전술적인 역할을, 나머지 집단은 전략적인 역할을 맡았다. 그리고 도로 한쪽만 막는 대신 양쪽에 바리케이드를 세웠다. 전술적인 역할을 하는 집단은 다른 차들과 거리를 둔 트럭 한 대가 지나간 뒤 재빨리 도로를 막고, 그보다 몇백 미터 앞에서는 미리 정해둔 손전등 신호로 이 사실을 통보받은 사람들이 역시 신속하게 두 번째 바리케이드를 세웠다. 그렇게 되면 트럭 운전수는 그 자리에 멈춰 서서 사람들이 물건을 강탈해 가는 것을 멀거니 바라보는 수밖에 없었다. 반대편 도로를 달리는 자동차들을 막을 필요는 없었다. 앞에서 벌어지고 있는 일을 보고 운전자들이 스스로 차를 멈출 테니까. 신속 개입 부대인 세 번째 집단은 누군가가 트럭 운전수에게 연대감을 보이려고 대담한 시도를 할 때마다 비 오듯 돌을 던져 저지하는 역할을 맡았다. 주민들은 커다란 돌덩이를 들것에 담아 가져와서 바리케이드를 세웠다. 그리고 일이 끝난 다음에는 실제 공격에 참가했던 사람들 중 일부가 강도사건과는 아무 관계가 없다고 무턱대고 주장하면서, 튼튼한 어깨로 돌덩이를 옮기는 데 동참했다. 우리 동네 평판이 나쁜 건 그런 녀석들 때문이에요, 우린 정직한 사람들입니다, 그들은 이렇게 말하곤 했다. 그러면 다른 트럭의 운전수들은 빨리 도로가 뚫려야 제시간에 센터에 도착할 수 있으므로 그냥, 그럼요, 그렇고말고요, 하고 대답할 뿐이었다. 시프리아노 알고르의 승합차는 아직 그런 일을 당한 적이 없었다. 그가 거의 매번 낮에 이 길을 지나기 때문이었다. 적어도 지금까지는 그랬다. 사실 흙으로 만든 도자기는 주로 가난한 사람들이 사용하는 물건인데다가 쉽게 깨지기 때문에 알고르가 완전히 안전

한 것은 아니었다. 누가 알겠는가. 이 판자촌에서 어떻게든
먹고 살아보려고 발버둥치고 있는 어떤 집 여자가 어느 날 가
장에게 이렇게 말할지도 모른다, 새 접시가 좀 있어야겠어요.
그러면 가장은 틀림없이 이렇게 대답할 것이다, 그거야 일도
아니지, 옆구리에 도자기라는 글자가 써 있는 승합차가 지나
가는 걸 가끔 봤거든, 틀림없이 접시가 실려 있을 거야. 머그
잔도 좀 있어야 돼요, 여자가 이렇게 덧붙일 것이다. 상황이
자신에게 이로운 것 같으니까 가능한 한 많은 것을 뽑아내려
악착같이 요구할 것이다. 알았어, 머그잔도 필요하단 말이지,
기억해 둘게.

판자촌과 가장 먼저 나오는 도시의 건물들 사이에, 전쟁 중
인 사람들 사이의 무인지대처럼 아직 아무것도 지어지지 않
은 넓은 공터가 있다. 그러나 자세히 들여다보면, 땅 위에 트
랙터 자국이 얼기설기 나 있다. 땅이 평평한 곳은 커다란 기
계가 아니고서는 그렇게 만들 수 없었을 것이다. 둥글게 휘어
진 기계의 무자비한 날은 모든 것을 휩쓸어 버린다. 오래된
집도, 새로 돋아난 뿌리도, 피난처가 되어주는 담장도, 예전
에는 그림자를 드리워주었지만 이제 다시는 그럴 수 없게 된
건물도. 하지만 살면서 모든 것을 빼앗긴 것 같다가도 나중에
보면 뭔가가 아직 남아 있는 것처럼, 여기에도 삶의 조각들이
몇 개 흩어져 있다. 더러운 넝마조각, 재활용된 쓰레기 조각,
녹슨 깡통, 썩은 판자, 바람에 여기저기 날리는 플라스틱 널
조각. 이곳에 한때 추방당한 사람들의 집이 있었음을 이것들

을 통해 알 수 있다. 오래지 않아 도시의 건물들이 줄지어 전진하는 소총수들처럼 진군해 와서 이 땅을 점령하고, 도시 가장 바깥쪽의 건물들과 첫 번째 오두막 사이에는 아주 좁은 틈만 남게 될 것이다. 다음 단계로 넘어갈 시기가 올 때까지 남아 있게 될 새로운 무인지대가 생기는 것이다.

두 사람은 다시 중앙도로로 돌아와 있었다. 도로는 아까보다 더 넓어져 있었다. 차선 하나는 대형 차량들만 다닐 수 있는 길로 정해져 있었다. 승합차를 그 굉장한 차량들의 범주에 포함시키려면 상상력을 조금 동원해야 하지만, 어쨌든 이 차가 물건을 운반하고 있다는 사실 때문에, 운전자는 포효와 신음소리를 내면서 배기관으로 숨이 막힐 듯한 연기를 내뿜는 느리고 거대한 대형 차량들과 경쟁해서, 뒤에 실린 도자기가 덜걱거릴 만큼 빠르게 구불구불 움직이며 추월할 권리가 있다. 마르살은 다시 슬쩍 시계를 본 뒤 좀 더 편안하게 숨을 쉬기 시작했다. 제 시간에 도착할 수 있을 것 같아서. 두 사람은 벌써 도시 외곽까지 와 있었다. 아직 구불구불한 거리를 좀 더 달려야 하지만 좌회전, 우회전, 또다시 좌회전, 또다시 우회전, 우회전, 우회전, 좌회전, 좌회전, 우회전을 한 다음 직진하면 마침내 광장이 나올 것이고, 그 다음부터는 아무 문제가 없을 것이다. 곧게 뻗은 대로를 따라 가다 보면 곧 목적지가 나올 테니까. 그곳은 마르살이 경비원으로 일하는 곳이자, 도공인 시프리아노 알고르가 짐을 부리는 곳이기도 했다. 대로 저 끝에는 엄청나게 높은 담, 대로 양편의 가장 높은 건물들보다 훨씬 더 높은 담이 갑자기 길을 막고 서 있다. 사실 그 담이 길을 완전히 막은 것은 아니다. 그냥 길을 막고 있는 것처럼 보일 뿐, 담 양편에는 다시 길이 나 있었다. 그 담은 독립적으로 혼자 서 있는 담이 아니라 거대한 건물의 담장이었다. 거대한 사각형 모양인 그 건물의 매끈하고 특색 없는 외벽에는 창문이 하나도 없었다. 다 왔네, 시프리아노 알고르가 말했다, 제 시간에 왔어, 오히려 십 분이나 시간이 남는걸. 제가 절대로 늦으면 안 된다는 건 아버님도 잘 알고 계시죠, 상주경비원이 되는 데 영향을 미칠 테니까요. 자네 아내는 자네가 상주경비원이 되는 걸 딱히 좋아라 하지 않아. 상주경비원이 되는 건 우리한테 좋은 일이에요, 살기가 더 편해질 거라고요, 생활수준도 높아지고요. 시프리아노 알고르는 건물의 반대편 모퉁이에 차를 세웠다. 그는 사위의 말에 뭔가 대답을 할 것처럼 보였지만, 대답 대신 질문을 던졌다, 저쪽 블록에서는 왜 건물을 부수고 있는 건가. 드디어 허가가 떨어진 모양이죠. 무슨 허가. 벌써 몇 주 전부터 건물을 증축한다는 얘기가 있었어요, 마르살 가초가 차에서 내리면서 말했다. 승합차 옆의 문 위에는 경비원 외에는 출입금지라고 써 있는 판이 매달려 있었다. 시프리아노 알고르가 말했다, 그런가. 그런가라니요, 저기 증거가 있잖아요, 건물 해체 작업이 벌써 시작됐다고요. 아, 미안하네, 증축 얘기가 아니야, 자네가 아까 살기 편해진다고 말한 걸 생각하고 있었네, 자네 삶이 편해진다는 데 내가 왈가왈부할 생각은 없어, 지금도 불평할 일이 그리 많지는 않지만, 우리가 불행하다고 할 수는 없지 않나. 아버님, 무슨 말씀인지는 알겠지만 저한테도 나름대로 생각이 있어요, 그때가 되면 아버님도 아시게 될 겁니다, 마르타도 저한테 동의할 거예요. 그는 두어 발짝 걷다가 걸음을 멈췄다. 방금 일터까지 데려다준 장인에게 사위가 이런 식으로 작별인사를 하면 안 된다는 것을 깨달은 모양이었다. 고맙습니다, 조심해서 돌아가세요, 그가 말했다. 열흘 후에 보세. 예, 그때 뵙죠, 마르살 가초가 방금 일터에 도착한 동료에게 손을 흔들면서 말했다. 두 사람이 함께 안으로 들어간 뒤 문이 닫혔다.

시프리아노 알고르는 차에 시동을 걸었지만 곧장 출발하지는 않았다. 그는 해체되고 있는 건물들을 바라보았다. 건물들이 별로 높은 편이 아니라서 그런지 이번에는 폭탄이 사용되지 않았다. 그 현대적이고, 빠르고, 엄청난 장관을 만들어 내는 물건은 깔끔하게 정돈된 단단한 건물을 몇 초 만에 혼란스러운 돌더미로 만들어 버릴 수 있다. 이 건물과 직각을 이루고 있는 거리는 당연히 봉쇄되어 있었다. 시프리아노 알고르가 물건을 배달하려면 해체되고 있는 건물 뒤로 돌아서 직진해야 할 터였다. 그가 가야 할 곳은 지금 있는 곳에서 가장 멀리 떨어져 있는 모퉁이에 있었다. 머릿속으로 여기서 거기까지 선을 그려본다면, 그곳은 마르살 가초가 방금 들어간 건물을 비스듬하게 가로지르는 선의 끝에 있는 셈이었다. 대각선으로 건너편이군, 시프리아노 알고르는 혼잣말로 건물의 위치를 간단히 파악했다. 열흘 후에 사위를 데리러 와보면, 이 건물들은 온데간데없고 지금 허공을 떠돌고 있는 먼지도 이미 가라앉았을 것이다. 어쩌면 새 건물의 기초가 될 거대한 구덩이가 이미 입을 벌리고 있을지도 모른다. 그 위에 곧 세 개의 벽이 올라갈 것이고, 그 중 하나는 시프리아노 알고르가 곧 달리게 될 도로와 평행선을 그릴 것이다. 그리고 다른 두 개의 벽은 해체된 건물들과 그 사이를 지나는 거리까지 포함된 땅의 양편을 막아, 그가 지금 보고 있는 건물 외벽을 감춰버릴 것이다. 경비원들이 드나드는 문도 위치가 바뀔 것이고, 며칠만 지나면 아무리 눈이 밝은 사람이라도 건물 밖은 물론, 안에서도 새 건물과 옛 건물을 구분하지 못할 것이다. 시프리아노 알고르는 손목시계를 보았다. 아직 시간이 일렀다. 사위를 데려다주는 날이면 항상 그가 가려는 곳의 접수대가 문을 열 때까지 두 시간을 기다려야 했다. 게다가 그후로도 자신의 차례가 올 때까지 또 기다려야 했다. 하지만 적어도 좋은 자리를 차지할 수는 있겠지, 어쩌면 내가 제일 앞에 서게 될지도 몰라, 하고 그는 생각했다. 하지만 그가 제일 앞에 서본 적은 아직 한 번도 없었다. 그보다 일찍 일어나는 사람들은 항상 있었다. 밤에 와서 트럭 안에서 날이 밝기를 기다린 사람도 있는 것 같았다. 날이 밝아오면 그들은 거리로 나가 커피와 샌드위치를 먹곤 했다. 춥고 습기가 많은 날에는 브랜디를 조금 마시기도 했다. 그러고 나서 그들은 여기저기 서서 서로 이야기를 나누다가, 문이 열리기 십 분 전이 되면 도제들처럼 잔뜩 긴장한 젊은 운전수들이 진입로로 달려가 자리를 잡았다. 조금 나이가 있는 운전수들, 특히 줄의 끝부분에 차를 세워놓은 사람들은 조용히 이야기를 나누면서 천천히 걸으며 마지막으로 담배를 한 모금 길게 빨아들였다. 지하에서 뭔가 엔진이 돌아가고 있는 경우에는 흡연이 금지되어 있기 때문이었다. 세상이 끝나는 것도 아닌데 서두르면 뭐하나. 이것이 그들의 판단이었다.

시프리아노 알고르는 차를 출발시켰다. 해체되고 있는 건물에 정신이 팔려 잃어버린 시간을 만회하고 싶었다. 생각해보면, 잃어버린 시간을 만회한다는 것은 웃기는 말이었다. 한번 시간을 잃어버리면 결코 만회하거나 회복할 수 없다는 냉혹한 현실을 위장하고 싶어서 쓰는 터무니없는 관용어, 명백한 진실과는 반대로, 우리가 영원히 잃어버렸다고 생각한 시간이, 세상의 모든 시간이 자기 것인 사람처럼 참을성 있게 제자리에 서서, 우리가 시간의 부재를 눈치채 주기를 기다릴 것이라고 믿기라도 하는 것처럼 말이다. 누가 먼저 도착하고 누가 나중에 도착할지를 생각하면서 갑자기 다급해진 시프리아노 알고르는 재빨리 건물 뒤를 돌아서 건물의 반대편 외벽과 나란히 뻗어 있는 도로를 똑바로 내려갔다. 항상 그렇듯이, 문 밖에서 사람들이 벌써 기다리고 있었다. 그는 왼쪽 차선으로 들어가서 지하 진입로와 이어진 도로에 차를 세우고 경비원에게 그가 물품 공급자임을 증명하는 신분증을 보여준 다음, 줄지어 늘어선 자동차들의 대열에 합류했다. 그의 앞에는 상자가 실려 있는 트럭이 있었는데, 상자의 라벨로 판단하건대, 상자 안에는 유리 제품이 들어 있는 것 같았다. 그는 앞에 사람이 몇 명이나 있는지 보려고 차에서 내렸다. 앞으로 얼마나 기다려야 되는지 대충 계산해 보기 위해서였다. 그는 열세 번째였다. 다시 세어보았지만 틀림없었다. 그는 미신을 믿는 편이 아니었지만, 십삼이라는 숫자의 평판이 좋지 않다는 것은 알고 있었다. 가능성이나 운명을 얘기할 때면 누군가가 항상 끼어들어서 십삼과 얽힌 부정적인 경험담이나, 목숨을 잃을 뻔했던 경험담을 늘어놓는다. 그는 전에도 열세 번째 자리에 줄을 선 적이 있는지 기억해 보려 했지만, 아무래도 그런 적이 없거나, 그런 적이 있었는데 그만 잊어버린 모양이었다. 그는 자신의 행동이 마음에 들지 않았다. 말도 안 되는 짓이지, 실제로 존재하지도 않는 걸 걱정하는 건 완전히 터무니없는 짓이야, 그래, 맞아. 그는 지금까지 이런 생각을 해본 적이 없었다. 숫자는 실제로 존재하는 것이 아냐, 우리가 어떤 사물에 어떤 번호를 부여하든 그 사물은 신경도 쓰지 않을 걸, 십삼 번이든 사십사 번이든 달라지는 것은 하나도 없어, 어쨌든 사물이라면 자기가 몇 번째 자리에 서 있는지 알아차리지도 못할 거야, 사람은 사물이 아니지, 사람은 항상 제일 앞자리에 있고 싶어해, 게다가 제일 앞자리에 있는 것만으로는 충분하지 않아, 그 사실이 널리 알려져서 다른 사람들이 알아주기를 바라니까, 그는 혼자 중얼거렸다. 지하에는 양쪽 끝에 서서 출입구를 감시하는 경비원 두 명밖에 없었다. 항상 똑같았다. 운전수들은 이곳에 도착하자마자 차를 줄에 세워 둔 채 거리로 나가 커피를 마셨다. 내가 이 자리에 그냥 있을 줄 알고, 천만의 말씀이지, 시프리아노 알고르는 큰소리로 말했다. 그는 마치 내려놓을 짐이 하나도 없는 것처럼 승합차를 후진시켜 줄에서 빠져나왔다. 이러면 나는 십삼 번이 되지 않을 거야, 그는 생각했다. 잠시 후 트럭 한 대가 진입로를 내려와서 그의 차가 있던 자리에 섰다. 그 트럭의 운전수가 밖으로 나와 손목시계를 보았다. 그는 아직 시간이 있다고 생각한 모양이었다. 그가 진입로를 올라가 사라져버리자 시프리아노 알고르는 재빠른 솜씨로 차를 움직여 트럭 뒤에 세웠다. 이제 난 십사 번이야, 그는 자신의 꾀에 흡족해하며 말했다. 그는 의자에 앉은 채 등을 뒤로 기대고 한숨을 쉬었다. 머리 위의 거리에서 차들이 붕붕 달리는 소리가 들렸다. 보통 때 같으면 그도 다른 운전수들처럼 커피를 마시고 신문을 샀을 테지만, 오늘은 기분이 내키지 않았다. 그는 마치 안으로 움츠러들듯이 눈을 감더니 금방 꿈을 꾸기 시작했다. 사위가 상주경비원이 되면 하루아침에 모든 것이 바뀔 것이라고 말하는 꿈이었다. 자기와 마르타가 더 이상 도자기 가마에서 살지 않아도 되고, 아이를 낳아 기를 수도 있을 것이라면서. 생각해 보세요, 사람들 말처럼 뭐가 어떻게 되든 세상이 갑자기 멈추는 일은 없어요, 만약 제가 생계를 위해 일하고 있는 곳에서 저를 승진시켜 준다면 두 손을 번쩍 들고 하늘에 감사해야죠, 운명이 우리 편을 들 때 운명에게 등을 돌리는 건 어리석은 짓이에요. 게다가 아버님의 가장 큰 소망은 마르타가 행복해지는 거잖아요. 그러니까 아버님도 기뻐하셔야 하는 일이에요. 시프리아노 알고르는 사위의 말을 들으며 혼자 미소를 지었다. 자네, 내가 십삼 번인 줄 알고 이런 말을 하는 거지, 이제 내가 십사 번이 됐다는 걸 몰라서 그래. 자동차 문이 쾅 하고 닫히는 소리에 그는 깜짝 놀라서 깨어났다. 그 소리는 이제 곧 하역이 시작될 것이라는 신호였다. 아직 꿈에서 완전히 깨지 않은 그의 머리에 이런 생각이 떠올랐다. 내 번호는 바뀌지 않았어, 난 아직도 십삼 번이야, 그냥 십사 번 자리에 차를 세운 것뿐이야.

그랬다. 거의 한 시간이 지난 후에 그의 차례가 왔다. 그는 차에서 내려 여느 때와 똑같은 서류를 들고 접수대로 갔다. 복사한 배달증명서 세 부, 지난번에 배달한 물건 중 실제로 판매된 물건의 송장, 물건을 가져올 때마다 제출하게 되어 있는 품질보증서였다. 품질보증서에는 제품을 검사하는 동안 결함이 발견되는 경우 도공이 모든 책임을 진다고 적혀 있었다. 그밖에, 독점권 확인서도 있었다. 품질 보증서와 마찬가지로 물건을 싣고 올 때마다 내야 하는 이 서류에는, 도공이 물건의 판매와 관련해서 다른 어떤 기업이나 단체와도 상업적인 관계를 맺을 수 없으며, 이를 어길 시에는 제재를 받게 된다고 적혀 있었다. 여느 때처럼 사무원이 하역을 도우려고 다가왔다. 그러나 접수를 맡은 부부장이 그를 부르더니 이렇게 말했다, 물건을 절반만 내려놓고 배달증명서에 표시하세요. 깜짝 놀란 시프리아노 알고르는, 절반이라니요, 왜요, 하고 물었다. 지난 몇 주 동안 판매량이 뚝 떨어졌어요, 아마 창고에 있는 당신 물건도 모두 반품해야 할 것 같아요, 찾는 사람이 없으니까. 창고에 있는 걸 반품한다고요. 그래요, 계약서에 적혀 있잖아요. 계약서 내용은 저도 압니다, 하지만 계약서대로라면 난 다른 고객을 받을 수도 없잖아요, 그럼 나머지 절반을 어디다 팔아야 된다는 건지 말씀 좀 해보세요. 그거야 내 알 바 아니죠, 난 그냥 명령대로 하는 것뿐이에요. 부장님하고 얘길 하게 해주세요. 그래봤자 소용없어요, 부장님이 만나주지도 않으실 테고. 시프리아노 알고르는 손이 벌벌떨렸다. 그는 당황해서 도움을 청하려고 주위를 둘러보았다. 그러나 눈에 보이는 것이라고는 뒤에 서 있는 운전수 세 명의무심한 얼굴뿐이었다. 그래도 그는 자신과 같은 계급에 속한그들에게 호소했다. 이게 말이나 되나, 사람이 하루 종일 찰흙을 파서 섞어가지고 주문받은 대로 도자기를 빚어 가마에서 구워 그 노동의 결실을 가져왔는데, 이제 와서 절반만 받고 창고에 있는 것까지 반품하겠다니, 세상에 이런 법이 어디있어. 운전수들은 서로의 얼굴을 바라보며 어깨를 으쓱했다. 그들은 어떤 반응을 보여야 하는지, 누구에게 반응을 보여야하는지 알 수 없었다. 그들 중 한 명은 자신과는 아무 상관없는 일이라는 걸 분명히 하기 위해 담배를 꺼내기까지 했다. 그러나 지하에서는 담배를 피울 수 없다는 것을 생각해 내고는 등을 돌려 트럭 운전석으로 도망쳐 버렸다. 시프리아노 알고르는 계속 항의하다가는 모든 것을 잃을 수도 있음을 깨닫고 자신이 휘저어 놓은 파도를 가라앉히려 노력했다. 어쨌든 절반이라도 파는 것이 하나도 못 파는 것보다는 나으니까, 아마 시간이 흐르면 모든 것이 저절로 해결될 거야. 그는 온순한 표정으로 접수대의 부부장에게 시선을 돌렸다. 판매량이 왜 그렇게 급격히 줄었는지, 그건 얘기해 주실 수 있죠. 그럼요, 플라스틱으로 만든 모조 도자기 때문인 것 같아요. 워낙 잘 만들어서 진짜 도자기처럼 보이거든요, 게다가 도자기보다 훨씬 가볍고 훨씬 싸죠. 하지만 그렇다고 해서 사람들이 내 물건을 안 산다는 건 말이 안 돼요, 도자기는 도자기니까, 내 물건은 진짜라고요, 자연산. 손님들한테 가서 한번 말해 보지 그래요, 당신을 불안하게 만들고 싶지는 않지만 이제부터는 수집가들이나 흙으로 만든 당신 물건에 관심을 보일 거예요, 게다가 요즘은 수집가들도 점점 줄어들고 있어요. 제품을 헤아리는 작업이 끝나자 부부장은 배달증명서에 절반 수령이라고 쓴 다음 이렇게 말했다, 우리가 연락할 때까지 물건을 가져오지 마세요. 내가 계속 물건을 만들어도 될까요, 시프리아노 알고르가 물었다. 그건 당신이 알아서 하세요, 난 뭐라고 말을 못 하겠으니까. 그럼 반품할 물건은요, 나한테 반품할 물건이 아직 여기 있잖아요. 절망과 괴로움이 가득한 목소리였기 때문에 부부장은 그를 달래려고 했다, 그건 두고 보죠. 시프리아노 알고르는 차에 올라 차를 출발시켰다. 차가 워낙 급하게 출발했기 때문에, 물건 절반을 덜어낸 뒤라서 지

24

탱해 주는 것이 하나도 없는 상자 몇 개가 바닥에서 주르르 미끄러져 뒷문에 부딪쳤다. 전부 다 깨져버리라고 해, 무슨 상관이야, 그는 성난 목소리로 소리쳤다. 그는 도로 출구 끝에서 차를 세웠다. 규정에 따라 경비원에게 신분증을 보여주어야 했다. 그건 아무도 이유를 모르는, 완전히 관료적인 절차였다. 물건 공급업자 자격으로 시내에 들어온 사람은 나갈 때도 여전히 공급업자일 테니까. 하지만 분명히 예외가 있다. 시프리아노 알고르가 좋은 예다. 그는 물건 공급업자로 시내에 들어왔지만, 지금은 마치 누군가가 협박을 실천에 옮긴 것처럼 공급업자 자격을 잃어버릴 판이다. 틀림없이 모든 게 십삼이라는 숫자 때문이다. 먼저 온 것을 나중에 온 것으로 바꾸려 한다고 해서 운명이 굴복하지는 않는 법이다. 시프리아노 알고르의 차가 도로 출구를 올라가 밝은 낮의 풍경 속으로 들어섰다. 지금으로서는 집에 가는 것 외에 방법이 없었다. 시프리아노 알고르는 슬픈 미소를 지었다. 십삼 때문이 아냐, 십삼은 존재하지 않아, 내가 오늘 일번으로 도착했다 해도 역시 똑같은 말을 들었을 거야, 절반만 두고 가고, 나머지는 두고 봅시다, 젠장.

판자촌의 여자, 새 접시와 머그잔이 필요하다고 했던 여자가 남편에게 물었다, 그 도자기 배달차를 봤어요. 남편이 대답했다, 그럼, 그런데 그 차를 세웠다가 그냥 보내버렸어. 왜요. 당신도 그 운전수 얼굴을 봤으면 똑같이 했을걸.

시프리아노 알고르는 차를 세우고, 양쪽 창문을 내린 다음 누군가가 와서 물건을 빼앗아 가주기를 기다렸다. 절망에 빠진 사람들, 인생의 타격을 입은 사람들이 이런 식으로 극적인 결정을 내리는 경우는 드물지 않다. 혼란에 빠지거나 학대를 당한 사람은 어느 순간 머릿속에서 울리는 목소리를 듣는다. 그래 뭐, 양을 위해서 어린양 대신 목이 매달리는 것도 괜찮지. 그 사람은 상황과 장소에 따라 마지막 남은 돈으로 복권을 사기도 하고, 아버지에게서 물려받은 시계와 어머니가 선물한 은제 담뱃갑으로 도박을 하기도 하고, 빨간색이 다섯 번이나 연달아 나왔다는 걸 알면서도 가진 것을 전부 빨간색에 걸기도 하고, 혼자 참호에서 기어나와 적에게 총검을 겨눈 채 적의 기관총을 향해 달려가기도 하고, 차를 세운 뒤 창문을 내리고 문을 열고 판자촌 사람들이 와서 여느 때처럼 곤봉이

나 칼 아니면 뭐든 지금 상황에 잘 맞는 무기로 공격해 주기를 기다리기도 한다. 센터 사람들이 이 물건이 싫다면, 강도가 가져간들 무슨 상관이겠어, 이것이 시프리아노 알고르가 마지막으로 한 생각이었다. 십 분이 지나도 그가 원하는 무장강도는 나타나지 않았다. 십오 분이 지나도 타이어에 오줌을 싸거나 차에 실린 물건의 냄새를 맡으러 어슬렁어슬렁 도로로 걸어 나오는 개 한 마리 눈에 띄지 않았다. 삼십 분이 꼬박 지난 후에야 흉악하게 생긴 더러운 사람이 다가와서 그에게 물었다. 무슨 문제라도 있소, 도움이 필요하오, 원한다면 내가 차를 밀어드리지, 배터리에 문제가 생긴 건지도 모르니까. 아무리 정신력이 강한 사람도 어쩔 수 없이 약해지는 순간이 있게 마련이고, 그럴 때면 몸이 오래전부터 정신에게 배운 것처럼 신중하게 움직이지 못하는 법이므로, 도와주겠다는 말, 특히 아무리 봐도 흔하디흔한 도둑으로밖에 보이지 않는 남자의 입에서 나온 도와주겠다는 말에 시프리아노 알고르가 감동한 나머지 눈물을 흘렸다고 해서 놀랄 필요는 없을 것이다. 아니, 괜찮소, 시프리아노 알고르가 말했다. 하지만 그 친절한 키레네인(예수가 골고다 언덕을 오를 때 로마 병사들에게 붙들려 억지로 예수의 십자가를 진 사람이 키레네인 시몬임—옮긴이)이 자리를 뜨려고 하는 순간, 그는 차에서 뛰어내려 열려 있는 짐칸 뒷문으로 달려가며 소리쳤다. 이보시오, 이봐요, 미안하지만 아직 가지 마시오. 남자가 걸음을 멈췄다. 그러니까 도움이 필요하긴 한 거로군, 그가 물었다. 아니, 아니오, 그런 게 아냐. 그럼 뭐요. 내 부탁 하나만 들어주시오, 남자가 다가오자 시프리아노 알고르가 말했다. 여기 접시 여섯 장을 가져가서 아내에게 주시오, 선물이오, 여기 수프 그릇 여섯 개도 가져가요. 하지만 난 아무것도 해준 게 없는데, 남자가 미심쩍다는 듯이 말했다. 그건 상관없소, 꼭 당신이 뭔가 해준 것 같으니까, 물병이 필요하다면 이것도 가져가요. 뭐, 집에 물병이 하나 필요하긴 하지. 그럼 가져가요, 가져가시오. 시프리아노 알고르는 납작한 접시들을 쌓아올리고 움푹한 그릇을 쌓아 접시 위에 올린 다음, 그 모든 것을 남자의 왼팔에 올려놓았다. 남자는 이미 오른손에 물병을 들고 있었으므로 고맙다는 평범한 말 외에는 감사의 뜻을 표할 길이 없었다. 비록 감사하다는 말은 진실이 아닌 경우가 많지만. 놀랍게도 남자는 머리를 살짝 수그리기까지 했다. 그와 같은 계급의 사람들에게 전혀 어울리지 않는 행동이었다. 그런 몸짓은, 만약 우리가 비슷한 점과 서로 연결되는 점을 찾느라 시간을 낭비하는 대신 인생의 모순을 자세히 연구한다면, 복잡한 인생에 대해 훨씬 더 많은 것을 알 수 있음을 증명해 줄 것이다. 사실 뭐, 굳이 애쓰지 않아도 다 알 수 있는 일이기는 하지만 말이다.

노상강도처럼 보이는 사람이 사실은 노상강도가 아닌 것으로 밝혀졌을 때, 사실 이번에는 그가 그냥 강도짓을 하지 않기로 한 것이지만, 어쨌든 그가 조금은 당혹스러운 표정으로 다시 판자촌 안으로 사라졌을 때, 시프리아노 알고르는 다시 차를 출발시켰다. 아무리 눈이 밝은 사람이 보아도 승합차의 서스펜션과 타이어에 가해지는 압력이 달라진 것처럼 보이지는 않을 것이다. 무게를 따진다면, 접시와 그릇 열두 장과 흙으로 만든 물병이 차에서 사라진 것쯤, 그 차가 겨우 중간 크기에 불과하다 해도, 하얀 장미꽃잎 열두 장과 빨간 장미꽃잎 한 장이 행복한 신부의 머리 위에 떨어지는 것과 같다. 아, 행복이라는 단어가 지금 떠오른 것은 우연이 아니었다. 사실 시프리아노 알고르의 표정은 적어도 행복해 보인다고 할 수 있었다. 지금 그의 얼굴을 보면서 센터가 그의 물건을 절반밖에 사주지 않았다고 생각할 사람은 없을 테니까. 불행히도 이 킬로미터를 더 달려서 산업벨트에 들어섰을 때, 그 잔혹한 좌절의 기억이 다시 떠올랐다. 연기기둥을 토해내는 굴뚝들의 불길한 모습을 보면서 그는 저 무시무시한 공장들 중 어떤 것이 그 무시무시한 플라스틱 모조품을 만들어 내는지 궁금하다고 생각했다. 흙으로 만든 도자기처럼 보이게 교활한 솜씨를 부린 물건이라니, 그런 건 불가능해, 그는 중얼거렸다. 도자기에서 나는 소리나 무게감을 베낄 수는 없어, 눈으로 볼 때와 손으로 만질 때의 느낌도 마찬가지고, 나도 여기저기서 그런 글을 읽었다고, 눈이 찰흙을 만지는 손가락을 꿰뚫어볼 수 있다든가, 손가락으로 만져보지 않아도 눈으로 볼 수 있는 걸 손가락이 느낄 수 있다든가 하는 얘기 말이야, 시프리아노 알고르는 마치 자신을 괴롭히기로 작정한 사람처럼 자신의 낡은 가마를 생각하며 계속 속으로 질문을 던졌다. 저 형편없는 기계들이 일 분마다 접시, 항아리, 머그잔, 물병을 몇 개나 만들어 낼 수 있는지, 물주전자와 약 일 리터들이 병을 대신할 물건들을 몇 개나 만들어 낼 수 있는지에 대해. 이 밖에도 여러 가지 질문을 던져본 뒤, 그의 얼굴이 다시 슬프고 어둡게 변했다. 집에 도착할 때까지 내내 그는 센터가 계속 고집스럽게 물건들을 재평가하는 경우, 그 다음 가족들에게 닥쳐올 어려움을 생각했다. 도자기는 아마 그 재평가 과정의 맨 처음 희생자에 불과할 것이다. 하지만 그는 존경받을 만한 사람이었다. 판자촌 사람들에 관한 이야기가 모두 사실이라면, 강도가 분명한 남자에게 인심을 쓰고도 전혀 후회하지 않았으니까. 산업벨트 외곽에는 별로 기술이 필요하지 않은 작은 공장들이 몇 개 서 있었다. 언제나 더 많은 공간을 차지하려고 눈독을 들이며 다양한 제품을 생산하는 거대한 현대식 공장들의 틈바구니에서 어떻게든 살아남은 공장들이었다. 시프리아노 알고르는 그 공장들 옆을 지나치면서 항상 위안을 얻었다. 삶이 불안해서 자기 직업의 미래에 대해 생각할 때면 항상 그랬다. 오래 버티지 못할 거야, 그는 생각했다. 자기 직업이 아니라 작은 공장들을 생각하며 한 말이었다. 자신의 처지에 대해 별로 오래 생각하고 싶지 않았기 때문이다. 흔히 그렇듯이, 우리는 곧장 결론으로 이어질 수 있는 길을 반쯤 가다가 포기했다는 이유만으로 어떤 결론을 내리려고 애쓸 필요는 없다고 자신 있게 말하곤 한다.

시프리아노 알고르는 빠른 속도로 차를 몰아 그린벨트를

통과했다. 들판에는 단 한 번도 눈길을 주지 않았다. 원래부터 탁한 색깔인데다가, 먼지가 껴서 더 더러워진 저 거대한 플라스틱판들이 단조롭게 늘어서 있는 광경을 보면 항상 기분이 우울해졌다. 그러니 지금 같은 상황에서 저 사막을 향해 눈을 돌린다면 어떤 기분이 들겠는가. 하지만 교회의 제단에 봉헌된 성자의 조각상에도 평범한 사람들처럼 다리가 있는지, 나무를 아무렇게나 잘라서 만든 막대기가 몸을 지탱하고 있는지 확인하려고 축복받은 성자의 옷을 들춘 사람처럼 시프리아노 알고르가 차를 멈추고 밖으로 나가서, 저 플라스틱판 밑에 정말로 식물들이 자라고 있는지, 사람이 향기를 맡으며 깨물어 볼 수 있는 열매가 달리고, 나뭇잎이 있고, 양념을 뿌려 요리를 해서 접시에 담을 수 있는 뿌리와 새싹이 있는지, 아니면 그 안에서 자라고 있는 것들이 뭔지는 몰라도, 너무나 우울한 풍경 때문에 구제불능의 인공적인 분위기에 오염되었는지 확인해 보고 싶다는 생각을 한 것은 참으로 오랜만이었다. 그는 그린벨트를 지난 다음 좁은 도로를 따라 방향을 꺾었다. 껑충한 나무 몇 그루와 제대로 손질 안 된 밭, 악취를 풍기는 시커먼 물이 흐르는 커다란 개울이 있었다. 모퉁이를 돌아가자 창문과 문이 모두 사라져버린 폐가(廢家) 세채가 나왔다. 지붕은 반쯤 무너져 내렸고, 방들은 집을 짓기 위해 처음 땅을 팔 때부터 이 순간을 기다리며 그곳에 있었던 것처럼 항상 폐허의 돌더미 사이를 뚫고 나오는 식물들에게 거의 잡아먹힌 상태였다. 마을이 시작되는 곳은 몇백 미터 앞이었다. 그곳에는 마을을 통과하는 도로가 있었고, 몇 개의 거리가 마을 안쪽으로 흘러 들어왔다. 그리고 약간 한쪽으로 치우친 불규칙한 모양의 중앙광장이 있었다. 광장에 솟아 있는 플라타너스 두 그루의 그늘 밑에는 버려진 담장과 쇠로 만든 커다란 손잡이가 달린 양수 펌프가 있었다. 시프리아노 알고르는 그곳에 서서 이야기를 하고 있는 남자들에게 손을 흔들었지만, 센터에 물건을 배달하고 돌아오는 길에 으레 그랬던 것처럼 그곳에 차를 세우지는 않았다. 지금 자기가 무엇을 하고 싶은 건지는 알 수 없었지만, 가벼운 잡담을 나눌 기분이 아닌 것만은 분명했다. 상대가 비록 아는 사람이라고 해도 그러고 싶진 않았다. 그가 딸 부부와 함께 살고 있는 집과 가마는 마을의 반대편 끝에, 다른 건물들과는 약간 떨어진 들판 사이에 있었다. 마을로 차를 몰고 들어오면서 시프리아노 알고르는 이미 속도를 늦췄지만, 지금은 훨씬 더 느린 속도로 움직이고 있었다. 딸이 점심식사 준비를 막 끝냈을 시간이었다. 어떻게 하지, 지금 얘기할까, 아니면 밥을 먹고 나서 얘기할까, 나중에 얘기하는 게 낫겠어, 장작창고 옆에 차를 세워 두어야겠다, 오늘은 장을 볼 계획이 없었으니까 저 애도 밖으로 나와서 내가 뭘 사왔는지 보지 않을 거야, 그러니까 기분 좋게 밥을 먹을 수 있어, 아니, 나는 아니지만 저 애만이라도 기분 좋게 밥을 먹을 수 있을 거야, 그 다음에 오늘 일을 이야기해야겠다, 아니면 오후 늦게 일을 하면서 말하든지, 점심 직전에 말하든, 직후에 말하든 나쁘기는 마찬가지일 테니까.

마을이 끝나는 곳에서 도로가 둥글게 휘어졌다. 마지막 건물에서 조금 떨어진 곳에 커다란 뽕나무가 보였다. 높이가 적어도 십 미터는 되어 보이는 나무였다. 그곳에 가마가 있었다. 이미 술을 따랐으니 마시는 수밖에, 시프리아노 알고르는 피곤한 미소를 지으며 말했다. 그냥 그 술을 토해낼 수만 있다면 얼마나 좋을까. 그는 차를 왼쪽으로 꺾어 집으로 이어진 야트막한 경사로를 올라갔다. 그 길을 반쯤 올라갔을 때 그는 자신이 왔음을 알리기 위해 경적을 세 번 울렸다. 항상 하던 대로. 만약 오늘 경적을 울리지 않는다면 딸이 뭔가 이상하다고 생각할 테니까.

집과 가마가 서 있는 이 넓은 땅은 틀림없이 사람들이 모여 타작을 하거나 춤을 추던 곳이었을 것이다. 시프리아노 알고르와 똑같은 이름에, 직업 역시 도공이었던 할아버지가 기록도 기억도 남아 있지 않은 먼 옛날에 이 땅 한가운데에 뽕나무를 심기로 했다. 역시 이름이 똑같았던 시프리아노 알고르의 아버지는 집과 약간 떨어져 있는 가마를 현대화하려고 낡은 가마를 교체했다. 예전 가마는 밖에서 보면 원뿔 모양의 장작더미 두 개를 겹쳐 놓은 것 같은 모양이었다. 큰 장작더미 위에 작은 장작더미를 올려놓은 모양이라 하겠다. 그 모양이 어디서 온 건지에 대해서는 역시 기억이 남아 있지 않았다. 지금의 가마는 그 오래 된 토대 위에 세워진 것이었다. 센터가 반밖에 사들이지 않은 그릇을 구웠던 가마가, 지금은 차갑게 식어서 다시 그릇이 쌓이기를 기다리고 있다. 시프리아노 알고르는 일부러 지나치다 싶을 정도로 조심스럽게 나무로 만든 달개지붕 밑, 두 줄로 쌓인 마른 장작 사이에 차를 세웠다. 그러고 나니 가마 안으로 들어가서 한번 살펴보면서 시간을 좀 버는 것이 낫겠다는 생각이 들었다. 하지만 굳이 그런 짓을 해야 할 이유를 찾을 수 없었다. 그가 시내에서 돌아왔을 때 가마에서 도자기가 한창 구워지고 있던 날들과는 달랐다. 그런 날이면 그는 불을 지피는 곳 안을 들여다보며 빨갛게 달궈진 도자기의 색깔로 온도를 가늠해 보곤 했다. 검붉은 색이 버찌 색으로 바뀌었는지, 버찌 색이 오렌지색으로 바뀌었는지 보면서. 그는 꼼짝도 하지 않고 가만히 서 있었다. 집으로 오는 길에 용기가 달아나 버린 것 같았다. 하지만 딸의 목소리가 들려오는 바람에 그는 움직일 수밖에 없었다. 안 들어오실 거예요, 점심 다 됐어요, 아버지가 왜 밖에서 꾸물거리는지 궁금해진 마르타가 문간으로 나와서 말했다. 빨리 오세요, 음식이 식어요. 시프리아노 알고르는 안으로 들어가서 딸에게 입을 맞춘 다음 욕실로 들어가 문을 잠갔다. 욕실은 그가 사춘기 때 지어진 곳이라서 이미 오래전부터 크기를 좀 넓히고 시설을 손볼 필요가 있었다. 그는 거울 속의 자신을 바라보았지만, 새로 생긴 주름살은 없었다. 아마 안쪽 어딘가에 있을 거야. 그는 수도꼭지를 틀고 손을 씻은 다음 밖으로 나갔다. 두 사람은 부엌에 있는 커다란 식탁에 앉아 식사를 했다. 옛날에는 사람들이 자주 이곳에 모여 행복한 시간을 보낸 적도 있었다. 하지만 딸애의 어머니이자 앞으로 우리가 좀 더 많은 이야기를 하게 될지도 모르는 후스타 이사스카가 죽은 이후, 두 사람은 식탁의 한쪽 끝에 앉는다. 아버지가 상석에, 마르타는 어머니가 앉던 자리에. 그리고 마르살은 그 맞은편에. 물론 사위가 집에 있을 때 앉는 위치가 그렇다. 오늘 일은 어떠셨어요, 마르타가 물었다. 항상 똑같지 뭐, 아버지가 접시 위로 고개를 숙이며 대답했다. 마르살한테서 전화가 왔었어요. 아, 그래, 뭐라고 하더냐. 자기가 상주경비원이 되면 우리가 센터에서 살게 될 거라고 아버지랑 얘기했다면서요. 그래, 그 얘기를 했지. 아버지가 이번에도 그 얘기를 반가워하지 않는다고 화가 난 모양이에요. 뭐, 지금은 생각이 바뀌었다. 너희 둘한테 좋을 것 같아. 왜 갑자기 생각이 바뀌신 거예요. 너 평생 동안 가마에서 일할 생각은 아니잖아. 맞아요. 이 일이 즐겁기는 하지만. 넌 남편하고 같이 살아야 돼, 언젠가는 아이도 생길 텐데, 삼대가 찰흙을 파먹고 살았으면 그걸로 충분하지. 그럼 아버지도 가마를 버리고 우리와 같이 센터로 가실 생각이에요, 마르타가 물었다. 여길 떠난다니, 천만에, 그건 생각할 필요도 없다. 그럼 혼자서 모든 일을 다 하시겠다고요. 찰흙을 파서 반죽하고, 그릇을 빚고, 가마에 불을 지피고, 그릇을 가마에 넣었다가 꺼내서 깨끗하게 닦고, 차에 실어서 팔러가는 것까지, 마르살이 가끔 도와주는 데도 힘든 일이잖아요. 아, 사람을 구할 거다, 마을에는 젊은 애들이 많잖니. 이제는 아무도 도공이 되고 싶어하지 않는다는 거 아시잖아요. 시골 생활에 지친 사람들은 산업벨트에 있는 공장으로 가지, 찰흙을 주무르려고 땅을 떠나지는 않아요, 그러니까 아버지도 떠나셔야 돼요. 제가 어떻게 아버지를 혼자 여기 놔두고 떠나겠어요. 가끔 놀러오면 되잖니. 아버지, 제발, 저 지금 농담하는 거 아니에요. 나도 마찬가지다, 애야.

　마르타는 자리에서 일어나 접시를 치우고 수프를 내왔다. 이 집에서는 주식을 먼저 먹은 후 수프를 먹는 것이 관례였다. 아버지는 딸을 지켜보며 생각했다. 지금 한 얘기 때문에 일이 더 복잡해져 버렸어, 지금 말하는 게 낫겠다. 그러나 그는 말하지 않았다. 갑자기 딸이 여덟 살이었을 때로 돌아간 것 같았다. 그때 그는 딸에게 이렇게 말했었다. 봐라, 엄마가 빵을 반죽할 때랑 똑같아. 그는 찰흙 덩어리를 앞뒤로 굴리면서 손바닥 끝으로 눌러 넓게 폈다. 그리고 탁자 위에 반죽을 찰싹 내려놓고 우그러뜨려 처음부터 다시 시작했다. 자꾸만, 자꾸만. 왜 그렇게 하는 거예요, 딸이 물었다. 덩어리나 공기방울이 안에 남아 있으면 안 되거든, 그러면 좋은 도자기를 못 만들어. 그것도 빵을 만들 때랑 똑같은 거예요. 빵을 만들 때는 덩어리만 없애면 돼, 공기방울은 있어도 상관없어. 그는 이제 찰진 원통형으로 변한 찰흙을 한쪽으로 밀어놓고, 또다른 덩어리를 반죽하기 시작했다. 이제 너도 배울 때가 됐다. 그러나 이 말을 하자마자 하지 말 걸 그랬다는 생각이 들었다, 말도 안 돼, 저 애는 이제 겨우 여덟 살이야. 그래서 그는 다시 이렇게 말했다. 나가서 놀아라, 어서, 이 방은 추워. 그러나 딸은 그냥 여기 있겠다고 말했다. 아이는 찰흙 조각으로 인형을 만들려고 했지만, 찰흙이 너무 부드러워서 자꾸만 손가락에 달라붙었다. 그 찰흙은 안 좋아, 이걸로 해봐라, 그러면 뭔가 만들 수 있을 거야, 아버지가 말했다. 마르타는 불안한 시선으로 아버지를 바라보았다. 접시 위로 고개를 숙이고 밥을 먹는 것은 아버지답지 않았다. 마치 얼굴을 숨기려고 하는 것 같았다. 아버지는 또한 걱정을 숨기려고 애쓰고 있었다. 마르살 하고 얘기한 것 때문인가, 하지만 전에 그런 얘기를 했을 때는 아버지가 지금 같지 않았어, 어디가 편찮으신지도 몰라, 완전히 지쳐 보이니까, 그날 엄마가 나한테 이렇게 말했지, 조심해라, 자신을 너무 몰아붙이지 마. 그래서 내가 이렇게 말했어, 엄마한테 필요한 힘은 모두 엄마 품속에 있어요, 엄마한테 필요한 기술은 모두 엄마 어깨에 있고, 몸의 다른 부분은 아무것도 할 필요가 없어요. 아이고, 그런 말은 하지 마라, 한 시간 동안 반죽을 주물렀더니 머리카락까지 다 아파. 요즘 엄마가 조금 피곤해서 그래요. 내가 나이를 먹은 건지도 모르지. 그런 말 마세요, 엄마, 엄마는 안 늙었어요. 하지만 누가 알았을까. 그런 얘기를 나눈 지 겨우 두 주 후에 엄마는 죽어서 땅에 묻혔다. 죽음은 그렇게 삶에 놀라움을 안겨주는 법이다. 무슨 생각을 하고 계세요, 아버지. 시프리아노 알고르는 냅킨으로 입을 닦고 마치 술을 마시려는 것처럼 컵을 집어 들었지만 그냥 다시 내려놓았다. 말씀해 보세요, 어서요, 딸이 말했다. 그리고 아버지가 더 편안히 속을 털어놓을 수 있도록 이렇게 물었다, 마르살 때문에 아직도 걱정하시는 거예요, 아니면 다른 일이 있는 거예요. 시프리아노 알고르는 잔을 들어 한 모금에 술을 마저 다 마시고 마치 단어들이 혀끝에서 불타고 있는 것처럼 재빨리 대답했다. 센터에서 오늘 물건을 절반만 받더라, 흙으로 만든 도자기를 사는 사람이 줄어들고 있다면서, 플라스틱으로 만든 모조품이 새로 시장에 나왔는데, 사람들이 그걸 더 좋아한대. 그거야 뭐 놀랄 일도 아니네요, 조만간 그런 일이 일어날 수밖에 없는 법이니까요, 흙으로 만든 도자기는 금이 가서 쪼개지기도 하고 쉽게 깨지잖아요, 플라스틱은 더 튼튼하고 유연하죠. 도자기는 마치 사람처럼 잘 대해줘야 한다는 게 달라. 그건 플라스틱도 마찬가지죠, 하지만 아버지 말씀이 옳아요, 도자기만큼은 아니니까. 제일 심각한 건 센터에서 따로 연락할 때까지 더 이상 도자기를 가져오지 말라고 했다는 거야. 그럼 일을 중단해야겠네요. 안 돼, 그럴 수는 없어, 주문이 오면 바로 그날 배달할 수 있게 준비를 갖춰놓고 있어야 하니까, 주문을 받은 후에야 가마에 불을 땔 수는 없어. 그럼 그동안 뭘 하죠. 기다려야지, 참을성 있게, 하지만 내일 차를 몰고 나가서 물건을 팔 데가 있는지 알아볼 작정이다. 두 달 전에도 그러셨잖아요, 이번에도 물건을 사겠다는 사람은 별로 없을걸요. 벌써부터 그렇게 사람 기를 꺾어놓다니. 그런 게 아니에요, 그냥 현실을 있는 그대로 보려는 것뿐이에요, 삼대가 도자기로 먹고 살았으면 충분하다고 아까 아버지가 말씀하셨잖아요. 어쨌든 네가 사대째가 되지는 않을 게다, 네 남편이랑 같이 센터에 가서 살게 될 테니. 맞아요, 센터로 가야죠, 하지만 아버지도 저희와 같이 가셔야 돼요. 난 절대 센터에 가서 살지 않을 거라고 벌써 말했잖니. 지금까지는 센터가 우리 노동의 결실을 사서 우리를 먹여 살렸죠, 이제 앞으로는 우리가 거기 살면서 아무것도 팔지 않아도 센터가 계속 우리를 먹여 살릴 거예요. 마르살이 받아오는 월급 덕분이지. 사위가 장인을 부양하는 건 절대 잘못된 일이 아니에요. 장인에 따라 다르지. 아버지, 이럴 때 자존심은 아무 소용없어요. 자존심이 아니다. 그럼 뭐예요. 설명할 수는 없지만 자존심보다 더 복잡한 거야, 자존심하고는 달라, 일종의 수치심이랄까. 하지만 미안하구나, 이 말은 하지 말았어야 하는데. 저는 그냥 아버지가 밖에 나가시는 게 싫어서 그래요. 내가 시내에서 가게에 물건을 팔면 어떻겠니, 센터에서 허가만 얻으면 되는데 뭐, 자기들이 나한테서 사는 물건을 줄일 예정이라면 내가 다른 사람한테 물건을 파는 걸 막지는 못하겠지. 시내 가게들도 허덕이고 있다는 건 아버지도 아시잖아요, 다들 센터에서 쇼핑을 하니까요. 센터에서 살고 싶어하는 사람들이 점점 늘어나고 있어요. 뭐, 난 아니다. 만약 센터가 아예 우리 물건을 사지 않겠다고 하고, 사람들이 플라스틱 그릇을 쓰기 시작하면, 아버지는 어떻게 하실 거예요. 그런 일이 생기기 전에 내가 죽어버리면 좋을 텐데. 엄마처럼 말씀이세요. 네 엄마는 도자기 물레에서 일을 하다가 죽었지, 나도 그렇게 운이 좋다면 얼마나 좋을까. 죽는다는 얘기는 하지 마세요, 아버지. 우리가 죽는다는 얘기를 하는 것도 다 살아 있으니까 가능한 거야, 죽은 다음에는 그런 얘기도 못 하지. 시프리아노 알고르는 술을 조금 더 따른 다음 자리에서 일어나 손등으로 입을 닦았다. 마치 식탁에서 일어선 뒤에는 식탁 예절을 지킬 필요가 없다는 듯이. 그리고 이렇게 말했다, 가서 흙을 좀 부숴 놓아야겠다, 흙이 거의 다 떨어졌어. 그가 막 밖으로 나가려고 할 때 딸이 그를 불렀다, 아버지, 좋은 생각이 났어요. 좋은 생각이라고. 예, 제가 마르살한테 전화해서 구매부장한테 얘기를 해 보라고 할게요, 센터가 어떤 계획을 갖고 있는지, 수요가 감소한 게 일시적인 일인지, 아니면 앞으로도 계속 될 건지, 마르살이 상사들한테 얼마나 좋은 평가를 받고 있는지 아버지도 아시잖아요. 그건 그 녀석 말이지. 마르살이 그렇게 말하는 건 그게 사실이기 때문이에요, 마르타가 짜증스럽게 말을 받았다. 그리고 이렇게 덧붙였다, 하지만 아버지가 하지 말라고 하시면 전화 안 할게요. 아냐, 전화해 봐, 좋은 생각이야, 게다가 지금 우리가 기댈 수 있는 사람은 그 녀석뿐이잖니, 센터의 구매부장이 이급 경비원한테 그렇게 쉽게 자기 계획을 털어놓을 것 같지는 않지만, 그 사람들에 대해서는 내가 그 녀석보다 더 잘 안다, 꼭 거기서 일해야만 그 사람들이 어떤 사람인지 알 수 있는 건 아냐, 그 사람들은 자기밖에 몰라, 게다가 부장이라 해도 역시 위에서 내려오는 명령을 수행하는 일꾼에 불과해, 어쩌면 그 사람이 거짓으로 설명을 늘어놓으면서 우리를 속일지도 모른다, 그저 자기가 중요한 사람이라고 허세를 부리려고. 마르타는 이 장광설을 듣기만 했을 뿐, 아무런 반응도 보이지 않았다. 이미 뻔히 알 수 있는 것처럼, 아버지가 뭔가 결정적인 말을 하고 싶은 것이라면, 아버지한테서 그 즐거움을 빼앗고 싶지 않았다. 아버지가 밖으로 나간 후 그녀는 그저 아버지를 더 이해해 드려야겠다고만 생각했다. 내가 아버지 입장이 돼서 갑자기 일이 없어지고, 자기 집과 가마와 평생의 삶을 두고 떠나야 하는 게 어떤 건지 생각해 봐야겠어. 그녀는 마지막 말을 큰소리로 반복했다. 평생의 삶. 금방 눈물이 차올랐다. 그녀는 이미 아버지의 입장이 되어 있었으므로, 아버지와 같은 고통을 느끼고 있었다. 그녀는 주위를 둘러보며, 모든 것이 마치 찰흙에 뒤덮인 것처럼 보인다는 사실을 생전 처음으로 깨달았다. 찰흙 먼지에 뒤덮인 것이 아니라 찰흙 색으로 덮여 있는 것 같았다. 땅에서 파 올린 찰흙의 그 수많은 색깔들로. 그것은 삼대가 매일 찰흙의 흙가루와 물기로 손을 더럽히며 남겨놓은 색깔이었다. 그녀는 밝은 잿빛을 띠고 있는 바깥의 가마도 흘깃 내다보았다. 지난번에 가마를 비운 이후 점점 희미해져 가던 온기가 마지막으로 남아 있었다. 마치 주인에게 버림받았으면서도 참을성 있게 기다리는 집 같았다. 만약에 이걸로 모든 일이 한꺼번에 끝나는 것은 아님을 내일 알게 된다면, 장작에서 다시 불꽃이 타오르고, 뜨거운 공기의 숨결이 마른 찰흙을 애무하듯 둘러쌀 것이다. 그리고 아주 천천히 공기가 가볍게 떨리고, 불빛이 급속히 밝아지고, 희미하게 빛이 나기 시작하면서 불꽃이 눈부시게 터져 나올 것이다. 여길 떠나면 다시는 그런 모습을 볼 수 없을 거야, 마르타는 소리 내어 말했다. 마치 세상에서 가장 사랑하는 사람에게 이별을 고한 것처럼 심장이 조여들었다. 하지만 세상에서 가장 사랑하는 그 사람이 누구인지, 세상을 떠난 어머니인지 고통스러워하는 아버지인지 지금으로서는 알 수 없었다. 아니면 남편일까, 그래, 틀림없이 남편일 것이다. 당연한 일이었다. 그녀는 그의 아내이니까. 그때 나무망치로 찰흙을 부수는 둔탁한 소리가 들렸다. 마치 마룻바닥 밑에서 올라오는 소리 같았다. 하지만 오늘은 소리가 조금 달랐다. 아버지가 단순히 일을 한다는 생각으로 망치를 휘두르는 것이 아니라, 일을 잃어버리고도 어쩌지 못하는 자신에게 분노를 느끼며 망치를 휘두르기 때문인 것 같았다. 마르살한테 전화를 해야겠어, 마르타는 혼자 중얼거렸다, 계속 이런 생각만 하다가는 나도 아버지처럼 슬퍼질 거야. 그녀는 부엌에서 나와 아버지의 침실로 들어갔다. 시프리아노 알고르가 수입과 지출을 적는 장부를 놓는 작은 탁자 위에 낡은 전화기가 있었다. 그녀는 교환대 번호를 돌려 경비실을 대달라고 부탁했다. 거의 그 말이 끝나자마자 어떤 남자의 목소리가 갑자기 튀어나왔다, 경비실입니다. 그렇게 빨리 전화를 받은 것이 놀랍지는 않았다. 경비 일을 할 때는 아주 하찮아 보이는 몇 초의 시간도 중요하니까. 마르살 가초 경비원 좀 부탁합니다, 마르타가 말했다. 실례지만 누구십니까. 아내입니다, 여긴 집이고요. 마르살 가초 경비원은 지금 근무중이라서 전화를 받을 수 없습니다. 그럼 메모 좀 전해주시겠어요. 아내라고 하셨죠. 예, 제 이름은 마르타 알고르 가초입니다, 기록을 보면 확인하실 수 있을 거예요. 그럼 우리가 메모를 전해주지 않는다는 것도 당연히 알고 계셔야죠, 우린 누가 전화했는지만 적어둡니다. 가능한 한 빨리 집으로 전화해 달라고만 말씀해 주시면 안 될까요. 급한 일입니까, 남자가 물었다. 마르타는 잠시 생각을 해보았다, 급한 일인가, 아니, 그렇지는 않았다. 생사가 걸린 문제는 아니었으니까. 가마에 심각한 문제가 생긴 것도 아니고, 누가 조산을 한 것도 아니었다. 하지만 그녀는 결국 이렇게 말했다, 예, 조금 급해요. 메모해 두겠습니다, 남자는 이렇게 말하고 전화를 끊었다. 마르타는 지친 듯 체념의 한숨을 내쉬면서 수화기를 제자리에 돌려놓았다. 이제 더 이상 할 수 있는 일이 없었다. 이미 우리 손을 떠났어. 다른 사람들 면전에서 있는 대로 권위를 세우지 않는다면 경비원 일은 할 수 없었다. 이렇게 하찮고, 진부하고, 평범한 일, 아내가 남편과 할 얘기가 있다며 센터로 전화를 거는 경우에도 마찬가지였다. 이런 전화를 건 사람이 그녀가 처음도 아니고, 마지막도 아닐 것이다. 마르타가 마당으로 나가자 땅 속에서 올라오는 것처럼 들리던 망치소리가 다르게 들렸다. 망치소리는 당연히 그 소리가 나는 곳에서 들려오고 있었다. 땅에서 파낸 찰흙을 놓아두는 공방 구석에서. 그녀는 공방 문으로 다가갔지만, 안으로 들어가지는 않았다. 전화를 했어요, 그녀가 말했다, 거기 사람들이 제 말을 전해줄 거예요. 두고 보면 알겠지, 아버지가 대답했다. 그리고 아무 말도 없이 가장 커다란 찰흙 덩어리를 망치로 내리치기 시작했다. 마르타는 뒤로 물러났다. 아버지가 혼자 있고 싶어서 일부러 고른 장소에 들어가면 안 된다는 것을 알고 있었으므로. 게다가 그녀에게도 할일이 있었다. 크고 작은 물병 몇십 개가 손잡이를 붙여달라고 기다리고 있었다. 그녀는 옆문으로 들어갔다.

그날 오후 늦게, 근무가 끝난 마르살 가초한테서 전화가 왔
다. 그는 아내의 말에 앞뒤가 맞지 않는 말을 몇 마디 할 뿐이
었다. 자신의 장인이 거래처에서 무례를 당했다는 사실에 대
해 슬픔도, 걱정도, 분노도 드러내지 않았다. 그는 다른 곳에
정신을 팔고 있는 것 같았다. 뭔가 다른 것을 생각하고 있는
듯한 목소리였다. 그래, 음, 그래, 나도 알아, 그럴지도 모르
지, 그런 일도 예상해야 할 거야, 가능한 한 빨리 갈게, 항상
그런 건 아냐, 물론이지, 그래 나도 알아, 같은 말을 되풀이할
필요는 없어. 그러고 나서 그는 그날 유일하게 완벽한 문장을
말하며 전화를 끊었다. 그러나 그 문장은 아내와 그때까지 나
눈 이야기와 아무 상관없는 내용이었다. 걱정하지 마, 당신이
부탁한 거 잊어버리지 않고 사갈 테니. 마르타는 남편이 지금
다른 사람들과 함께 있다는 것을 깨달았다. 직장 동료나, 아

니면 상관이 기숙사를 점검하러 왔을 것이다. 그래서 그는 연기를 할 수밖에 없었을 것이다. 입장이 난처해지거나, 공연히 사람들의 호기심을 자극해서 위험해지는 것을 피하기 위해. 센터의 조직은 다양한 활동과 기능을 철저히 구획화하는 모델을 기반으로 구상되었다. 모든 기능이 완전히 분리된 것도 아니고, 분리할 수도 없었지만, 직원들 각자는 정체를 파악하기 어려운 특정 채널을 통해서만 서로 의사소통을 할 수 있었다. 겨우 이급에 불과한 경비원은 맡은 일도 일이려니와 하급 직원들 중에서도 별로 중요한 존재가 아니었으므로, 결국 이 두 가지 요인이 불가피하게 서로의 원인과 결과가 되는 셈이었지만, 어쨌든 일반적으로 말해서 대화 채널의 미묘한 뉘앙스를 파악하는 데 필요한 분별력과 통찰력이 없었다. 그런데 이 미묘한 뉘앙스는 본질적으로 변덕스러워서 폭발하기 쉬웠다. 마르살 가초는 동료들 중에서 가장 명민하다고는 할 수 없는 축에 속했지만, 이미 알려진 대로 상주경비원이 되고 궁극적으로는 일급 경비원이 되겠다는 야망을 갖고 있다는 점이 유리하게 작용했다. 그러나 그 야망이 가까운 미래에 그를 어디로 이끌어갈지는 알 수 없고, 먼 미래에 대해서는 더욱더 알 수 없다. 그에게 먼 미래가 있다면 말이지만. 그는 센터에서 일하기 시작한 날부터 눈과 귀를 열어둔 덕분에 말을 할 때와 하지 말아야 할 때, 그리고 시치미를 떼야 할 때를 금방 구분할 수 있게 되었다. 결혼한 지 이 년째인 마르타는, 결혼 생활이라는 것이 으레 그렇듯이, 대등한 교환과 타협의 게임을 함께 하게 된 남편에 대해 상당히 잘 알고 있다고 생각했다. 그녀는 남편에게 아내로서 모든 애정을 쏟고 있으며, 만약 우리가 이 소설을 위해 그들의 사생활을 더 깊숙이 파고들어간다면, 언제라도 그녀는 자신이 그를 사랑한다고 열렬히 선언할 것이다. 그러나 그녀는 스스로를 속이는 타입이 아니므로, 우리가 계속 파고든다면, 때로 그가 계산적이라고까지 할 수는 없어도 너무 신중해 보일 때가 있다고 인정할지도 모른다. 우리더러 항상 성격의 부정적인 측면을 들여다보고 싶어한다고 투덜대면서. 그녀는 남편이 지금의 전화통화 때문에 틀림없이 짜증이 났을 것이라고 생각했다. 남편의 성격이라면, 구매부장을 만날 일을 벌써부터 걱정하고 있을 게 틀림없었다. 하급자의 수줍음이나 겸손 때문은 아니었다. 사실 마르살 가초는 근무와 관련된 일이 아니면 남들의 시선을 끌기 싫어했고, 또 그 점을 항상 자랑스럽게 생각하고 있다. 그를 잘 안다고 생각하는 사람이라면, 특히 남들의 시선을 끄는 것이 그에게 이롭지 않을 때, 그렇다는 말을 덧붙일 것이다. 결국 마르타가 남편에게 전화하는 것을 좋은 생각이라고 생각했던 것은, 아버지의 말처럼 그때 생각해 낼 수 있는 방법이 그것밖에 없었기 때문이다. 시프리아노 알고르는 부엌에 있었으므로, 앞뒤가 맞지 않는 사위의 말을 들었을 리가 없다. 그러나 그는 딸이 꼬박 일 분이 지난 후 침실에서 나왔을 때, 그녀의 지친 얼굴에서 대화의 내용을 모두 읽어내고 군데군데 빈틈까지 메운 것 같았다. 그러나 그렇게 사소한 문제로 혀를 놀릴 가치가 없었으므로, 그는 조금도 시간을 낭비하지 않고 그냥 이렇게 물었다, 어떻게 됐냐. 그녀는 뻔한 사실을 말할 수밖에 없었다, 마르샬이 부장하고 얘기해 보겠대요. 하지만 마르타가 굳이 이 말을 하지 않아도 되었을 것이다. 서로 눈길을 한 번 주고받는 것으로 충분했을 테니까. 인생이란 그런 것이다. 말할 가치가 없거나, 딱 한 번만 말하면 되는 말들로 가득 차 있다. 우리가 하는 말 한마디 한마디는 더 가치 있는 다른 말의 자리를 차지해 버릴 것이다. 그 말이 그 자체로서 가치가 있어서가 아니라, 그 말이 불러올 수 있는 결과 때문에 그렇다. 두 사람은 침묵 속에서 저녁식사를 했다. 텔레비전에서 두 시간 동안 그저 그런 프로그램을 볼 때도 마찬가지였다. 지난 몇 달 동안 자주 그랬던 것처럼, 시프리아노 알고르는 시나브로 잠이 들었다. 그는 성난 사람처럼 인상을 찌푸리고 있었다. 잠에 빠져들면서도 그토록 쉽게 잠에 굴복해 버린 자신을 꾸짖기라도 하듯이. 공정함과 정의를 논하자면, 짜증과 분노 때문에 밤이나 낮이나 깨어 있어야 마땅한데도, 낮에는 자신이 당한 일의 충격을 흡수하고 밤에는 고통을 참을 만한 수준으로 줄이기 위해서, 완전히 무방비 상태로 자신을 드러낸 채 고개는 꺾어지고, 입은 반쯤 벌어진 모습으로 정신을 놓아버린 그는, 아무런 희망도 없는 자포자기가 어떤 것인지 신랄하게 보여주고 있었다. 마치 찢어진 틈 때문에 내용물이 온통 길 위에 쏟아져 버린 가방 같았다. 마르타는 아버지를 열정적이고 강렬한 눈으로 바라보면서 생각했다, 이

사람이 내 늙은 아버지야, 거짓말을 좀 보태면 이제 갓 어른이 된 나이라고 할 수 있겠지, 이제 예순네 살인 사람을 보고, 비록 그 사람이 풀이 죽어 있다 해도, 노인이라고 하면 안 되지, 서른 살에 이가 빠지기 시작하고 스물다섯 살부터 주름이 생기기 시작하던 시절에는 그게 관습이었는지 몰라도, 지금은 여든이 넘어야 비로소 노인이 되는 거야, 진짜 확실한 노인, 한 번 그렇게 되면 돌이킬 길이 없어, 아무리 젊은 시절로 돌아간 척해 봐도 마찬가지야, 센터가 우리 물건을 사지 않겠다고 하면 우린 어떻게 될까, 센터의 취향이 모든 사람의 취향을 결정하는 거라면 우리는 누굴 위해 도자기를 만들게 될까, 마르타는 궁금했다, 우리 물건을 절반만 사겠다고 결정한 건 부장이 아냐, 위에서, 상관들에게서, 세상에 도공이 한 명 늘어나든 줄어들든 전혀 상관없는 사람한테서 부장한테 명령이 내려온 거야, 오늘 일이 시작에 불과한 건지도 몰라, 이제 이 다음에는 우리 물건을 전혀 사지 않겠다고 하겠지, 우린 그런 일에 미리 대비하고 있어야 해, 그래 대비해야 돼, 망치로 머리를 맞을 준비를 어떻게 해야 하는 건지는 잘 모르겠지만, 마르살이 상주경비원이 되면 아버지를 어떻게 해야 하지, 할일도 없는데 이 집에 아버지를 혼자 남겨두고 떠날 수는 없어, 절대 그럴 수 없어, 이웃 사람들이 나보고 잔인한 아이라고 할 거야, 아니, 내가 스스로 그런 말을 할 거야, 엄마가 아직 살아 계셨더라면 이렇지는 않았을 텐데, 사람들이 뭐라고 하든, 약한 사람 둘이 모여서 더 약해지는 것이 아니라 새로운 힘을 얻는 거니까, 뭐, 사실은 그렇지 않을 거야, 지금까지 그런 적도 없었겠지, 하지만 가끔은 정말로 그랬으면 좋겠다는 생각이 들어, 안 돼요, 아버지, 안 돼, 시프리아노 알고르, 내가 여길 떠날 때가 되면 아버지도 함께 떠나야 해요. 내가 아버지를 억지로 끌고 가는 한이 있더라도, 남자가 혼자 힘으로도 얼마든지 잘살 수 있다는 걸 믿지 못하는 건 아니지만, 아버지는 이 집 문을 닫고 안으로 들어가는 순간부터 틀림없이 죽어가기 시작할 거야. 누군가가 그의 팔을 잡고 퉁명스럽게 흔들어댄 것처럼, 아니 누군가가 자기 얘기를 하고 있다는 것을 느끼기라도 한 것처럼 시프리아노 알고르가 갑자기 눈을 뜨고 일어나 앉았다. 그는 손으로 얼굴을 비비더니 나쁜 짓을 하다 들킨 어린아이처럼 약간 어리둥절한 표정으로 중얼거렸다. 내가 깜박 졸았나보군. 텔레비전 앞에서 깜박 졸다가 깰 때마다 그는 항상 똑같은 말을 했다. 내가 깜박 졸았나보군. 하지만 오늘 밤은 다른 날과 달랐다. 그래서 그는 다시 중얼거렸다. 아예 깨어나지 않았더라면 훨씬 더 좋았을 텐데, 적어도 잠을 자는 동안에는 할일이 있는 도공이었으니까. 하지만 커다란 차이가 있잖아요, 꿈속에서는 아무리 일을 해도 뭘 만들어 낼 수가 없다는 거요, 마르타가 말했다. 그러니까 깨어 있을 때랑 똑같은 거야, 일만 계속하다가 어느 날 꿈이든 악몽이든, 하여튼 깨어나 보니 자기가 한 일이 아무 가치도 없다는 말을 듣는 거지. 하지만 가치가 없는 건 아니었어요, 아버지. 꼭 그랬던 것 같아. 오늘 일진이 안 좋은 거예요,

내일이 되면 더 차분하게 생각해 볼 수 있을 거예요, 저 놈들이 우리한테 던져준 이 곤경에서 벗어날 길이 있는지 찾아볼 수 있을 거예요. 그래, 두고 보자꾸나, 그래, 내일 생각해 보는 거야. 마르타는 아버지에게 다가가 다정하게 입을 맞췄다. 그만 주무세요, 머리가 좀 쉴 수 있게 푹 주무세요. 자기 방문 앞에서 시프리아노 알고르는 걸음을 멈추고 뒤를 돌아보았다. 그리고 잠시 망설이는 것 같더니 자기 자신을 설득하려고 애쓰는 사람처럼 입을 열었다. 어쩌면 내일 마르살한테서 전화가 올지도 모르지, 어쩌면 마르살이 좋은 소식을 전해줄지도 몰라. 그럴지도 모르죠, 아버지, 그럴지도 몰라요, 마르타가 말했다, 마르살은 정말로 우리를 도와주고 싶어하는 것 같았으니까요.

다음날, 마르살한테서는 전화가 없었다. 그날, 수요일이 지나고, 목요일과 금요일이 지나고, 토요일과 일요일이 지나갔다. 도자기를 배달한 지 일주일이 다 된 월요일에야 비로소 시프리아노 알고르의 집 전화벨이 다시 울렸다. 시프리아노 알고르는 물건을 사줄 사람을 찾아보겠다고 했지만, 실제로 밖에 나가 사람을 찾아보지는 않았다. 그는 사소한 일들을 하며 느리게 흘러가는 시간을 채웠다. 그 중에는 불필요한 일도 있었다. 가마를 꼼꼼히 살펴보고 청소하는 일 같은 것. 그는 천장에서 바닥까지, 안에서 바깥까지, 이음매와 타일을 하나도 빼놓지 않고 가마를 청소했다. 마치 사상 최대 규모로 불을 지필 준비를 하는 사람처럼. 그는 딸을 위해 찰흙을 반죽

했지만, 가마를 청소할 때처럼 꼼꼼하게 주의를 기울이지 않았다. 사실 반죽이 워낙 형편없었기 때문에, 마르타가 아버지 몰래 다시 반죽을 해서 반죽 속의 덩어리를 없애야 했다. 그는 또한 장작을 패고, 마당을 쓸었다. 어느 날 오후에는, 사람들이 가랑비라고 부르는 가느다란 빗줄기가 단조롭게 떨어지던 세 시간 동안, 장작창고에서 통나무 위에 줄곧 앉아 있었다. 가끔 고개를 돌려 다른 방향을 바라보아도 아무것도 보이지 않으리라는 것을 아는 장님처럼 정면만 뚫어지게 바라보기도 하고, 손금 속에서 길을 찾으려는 것처럼 손바닥을 들여다보기도 하면서. 일반적으로 말해서, 가장 가까운 길과 가장 먼 길 중에서 어떤 길을 택할 것인지는 상황이 얼마나 급박한지에 달려 있다. 물론 누군가, 혹은 뭔가가 우리를 뒤에서 밀어대고 있는데 우리는 그 이유도 방향도 모르는 경우를 빼먹으면 안 된다. 그날 오후 비가 그쳤을 때, 시프리아노 알고르는 거리를 걸어 내려가 중앙도로로 향했다. 공방의 문 앞에서 딸이 자신을 지켜보고 있다는 것을 모른 채. 그가 어디로 가는 길인지 말할 필요도 없었고, 그녀가 굳이 물어볼 필요도 없었다. 고집스러운 양반 같으니, 마르타는 생각했다, 차를 타고 가셨어야지, 언제 다시 비가 내릴지 모르는데. 마르타가 걱정하는 것은 자연스러운 일이었다. 딸이라면 당연한 일이었다. 과거에 사람들이 하늘을 믿으라는 말을 아무리 자주 했다 해도, 하늘은 결코 믿을 만한 것이 못 되었으니까. 하지만 이번에는 땅을 똑같은 회색으로 뒤덮고 있는 하늘에서 또다시 가랑비가 내린다 해도, 몸을 흠뻑 적실 만큼 내리지는 않을 것이다. 마을의 공동묘지는 아주 가까이에, 즉 중앙도로로 이어지는 거리 끝에 있다. 시프리아노 알고르는 나이에도 불구하고, 여전히 급히 걷는 젊은 사람들처럼 긴 다리로 빨리 걸을 수 있다. 하지만 노인이건 젊은이이건, 그에게 오늘 서두르라고 말해서는 안 될 것이다. 또한 마르타가 그에게 차를 몰고 가라고 말하는 것도 현명한 일은 아니었다. 공동묘지에 갈 때는, 특히 시골의 목가적인 마을 공동묘지에 갈 때는 항상 걸어서 가야 하는 법이다. 누군가의 단호한 명령이나 위에서 내려온 결정 때문이 아니라, 순전히 인간적인 품위와 예의를 위해서. 사실 성자들이 남긴 빛나는 뼈에 예배를 드리려고 걸어서 순례여행에 나선 사람들이 워낙 많기 때문에, 만약 우리가 기억을 떠올리며 어쩌면 눈물까지 흘리게 될지도 모르는 곳에 가면서 도보가 아닌 다른 수단을 선택한다면, 오히려 그 편을 설명하기가 어려운 일이 아닐까. 시프리아노 알고르는 아내의 무덤 옆에서 몇 분 정도 머무를 것이다. 이미 오래전에 잊어버린 기도를 드리기 위해서도, 아내에게 저 높은 하늘에서 그를 위해 무엇이든 다 할 수 있다는 존재에게 힘을 써달라고 부탁하기 위해서도 아니다. 그는 그녀가 착한 사람이기 때문에 천국 중에서도 가장 높은 곳까지 올라갔을 것이라고 항상 생각했다. 그는 아내의 무덤 옆에서 그냥 하소연만 늘어놓을 것이다. 그 놈들이 내게 한 짓은 정말 부당해, 후스타, 놈들은 내 작품을 비웃고, 내 딸의 작품을 비웃었어, 흙으로 만든 도자기로는 이제 이익을 올릴 수 없다나, 아무도 도자기를 사고 싶어하지 않는대, 그러니까 우리가 더 이상 필요하지 않다는 거야, 우리는 꺾쇠로 붙여봤자 아무 소용이 없는 깨진 그릇이 되어버렸어, 당신이 살아 있을 때는 지금보다 나았지. 자갈이 깔린 공동묘지의 좁은 길에는 여기저기 물이 고여 있다. 사방에서 풀이 자라고 있어서, 백 년도 채 지나기 전에 이 진흙 언덕 밑에 누가 묻혀 있는지 도저히 알아볼 수 없는 지경이 될 것이다. 설사 그때 사람들이 무덤의 주인을 여전히 알고 있다 해도, 그들이 무덤에 관심을 보일 것 같지는 않다. 누군가의 말처럼, 죽은 사람은 깨지거나 떨어져 나온 부품을 붙일 때 사용하던, 시대에 뒤떨어진 꺾쇠, 아니면 지금처럼 비유를 이용한다면, 기억과 후회라는 꺾쇠를 붙일 가치도 없는 깨진 접시와 같다. 시프리아노 알고르는 아내의 무덤으로 다가갔다. 아내가 땅에 묻힌 지 삼 년이 흘렀다. 그 삼 년 동안 그는 어디에서도 아내를 볼 수 없었다. 집에서도, 공방에서도, 침대에서도, 뽕나무 그늘에서도, 이글거리는 태양 밑의 찰흙밭에서도. 아내가 다시 식탁이나 공방의 물레에 앉은 적도 없고, 창문의 쇠창살에서 떨어진 재를 치운 적도 없고, 말리려고 내놓은 도자기 그릇과 접시를 본 적도 없었다. 이제 그녀는 감자껍질을 벗기지도 않고, 찰흙을 반죽하지도 않고, 원래 세상이 그런 거예요, 시프리아노 알고르, 인생은 우리한테 이틀밖에 주지 않아요, 겨우 하루 반밖에 못 사는 사람이 얼마나 되는지, 그리고 그나마도 못 사는 사람이 얼마나 되는지 생각해 보면 우린 불평할 처지가 아니에요, 라는 말을 하지도 않는다. 시프리아노 알고르는 무덤 옆에 삼 분 이상 머무르지 않았다. 그도 기도를 하든 하지 않든 무덤을 바라보며 우두커니 서 있는 것이 중요한 것이 아니라, 미래와 자신이 걷는 길과 자신이 하고 있는 여행이 중요하다는 것을 알 정도의 머리는 되었다. 만약 무덤가에서 자신이 한참 동안 생각에 잠겨 있었음을 의식하게 된다면, 그것은 그가 자신을 관찰하고 있었거나, 다른 사람들이 자신을 관찰해 주기를 바랐기 때문일 것이다. 후자의 경우가 더 나빴다. 생각이 순식간에 떠올랐다 사라진다는 점과 비교해 보면, 생각은 한 방향으로만 달려 나가는 것이 아니라 모든 방향으로 한꺼번에 나아간다는 사실을 우리가 깨닫지 못하기 때문에, 우리가 보기에는 생각이 길을 잃은 것 같아도 생각은 항상 직선으로 나아가는데, 어쨌든 방금 말했듯이 생각의 속도와 비교해 보면, 말로 모든 것을 해결하려고 할 경우, 발을 들어올리기 위해 다른 쪽 발에게 허락을 구해야 할 것이다. 게다가 허락을 얻은 뒤에도, 말은 항상 저절로 떠오르는 형용사나 동사 때문에 더듬거리고, 망설이고, 주저할 것이다. 시프리아노 알고르가 자신이 당한 부당한 일을 하소연했을 뿐, 시간을 들여 마음속의 생각을 모두 아내에게 털어놓지 않은 것은 틀림없이 그래서이다. 하지만 그가 공동묘지의 출입문을 향해 걸어오면서 중얼거리는 말이, 어쩌면 그가 하려고 했던 말인지도 모른다. 머리부터 발끝까지 검은색 일색으로 차려입고서 묘지로 들어서는 여자를 지나칠 때쯤, 그는 더 이상 중얼거리지 않고 있었다. 누군가는 도착하고, 누군가는 떠나고, 세상은 항상 그렇다. 그녀가 말했다, 안녕하세요, 시프리아노 알고르 씨. 그녀가 그에게 존댓말을 하는 것은 나이 차이 때문이기도 하고, 시골에서는 그것이 관습이기 때문이기도 하다. 그는 그녀의 인사에 답했다, 안녕하시오. 그가 그녀의 이름을 말하지 않은 것은 이름을 몰라서가 아니라, 남편을 위해 상복을 단단히 차려입은 이 여자가 앞으로 펼쳐질 우울한 일과 전혀 상관이 없다는 생각 때문이다. 하지만 그녀는 내일 공방으로 물병을 사러 갈 생각이라서 지금 그 말을 하고 있다, 내일 물병을 사러 갈게요, 지난번 것보다 좋은 게 있으면 좋겠는데, 지난번 것은 제가 드는 순간에 손잡이가 떨어져 완전히 깨져버려서 부엌이 물바다가 됐거든요, 난리도 아니었다니까요, 사실 그게 뾰족한 곳에 떨어지는 바람에 그렇게 된 것이긴 하지만요. 시프리아노 알고르가 대답했다, 공방으로 올 필요 없어요, 내가 깨진 물병 대신 새 걸 가져다주겠소, 공짜요, 물건을 만든 사람이 주는 선물이라고 생각하시오. 제가 과부라서 그러시는 건가요, 여자가 물었다. 그럴 리가 있나요, 그냥 선물이라고 생각하라니까, 창고에 물병이 여러 개 있는데 그걸 아무 데도 팔 수 없을지도 몰라요. 그렇다면 고맙게 받을게요, 시프리아노 알고르 씨. 그런 말 말아요. 새 물병이 공짜로 생긴다는데 어떻게 인사를 안 해요. 그렇기야 하지만, 별로 대단한 일도 아닌 걸. 내일 기다리고 있을게요, 고마워요. 내일 봅시다. 앞에서 설명했던 것처럼 생각이 동시에 모든 방향으로 흘러가고, 감정이 생각과 보조를 맞춘다는 점을 생각하면, 과부가 돈을 내지 않고도 새 물병을 얻게 됐다는 기쁨 때문에, 이 우울한 오후에 남편이 쉬고 있는 무덤에 오려고 집을 나설 수밖에 없었던 우울한 기분이 순식간에 누그러졌다는 것이 그리 놀라운 일은 아닐 것이다. 물론 그녀는 뜻하지 않은 선물로 기쁜 나머지 공동묘지 입구에 계속 서 있기는 하지만, 결국은 슬픔과 의무에 이끌려 가려고 했던 곳으로 갈 것이다. 그리고 그곳에 도착한 후에는 아마 생각만큼 많이 울지 않을 것이다. 날이 점점 어두워지고 있다. 공동묘지 옆의 집들에 희미한 불빛이 나타나기 시작한다. 하지만 여자가 도깨비나 유령을 걱정하지 않고 주기도문과 성모송을 외우며 남편의 명복을 빌 수 있을 만큼 석양이 계속 빛을 비출 것이다.

시프리아노 알고르가 마을의 마지막 건물을 지나친 뒤 공방이 있는 쪽을 바라보자, 집 밖에 걸려 있는 등에 불이 들어온 것이 보였다. 현관문 위에 달려 있는 그 등은 금속 상자 안에 들어 있는 낡은 물건이었다. 밤만 되면 항상 그 불을 켜곤 했지만, 이번에는 그 불빛을 보자 마음이 가벼워지고 기분이 누그러졌다. 집이 그에게 말을 걸고 있는 것 같았다. 당신을 기다리고 있다고. 공기를 이리저리 몰고 다니는, 눈에 보이지 않는 파장의 변덕에 이리저리 밀리던 빗방울 몇 개가 그의 얼굴에 닿았다. 거의 느낄 수도 없을 만큼 작은 빗방울이었다. 하지만 오래지 않아 구름이 품고 있던 물기를 밀가루처럼 채로 쳐서 아래로 내려 보내기 시작할 것이다. 비가 이렇게 오면 그릇이 언제 마를지 모르겠군. 황혼녘의 차분함 때문인지, 아니면 묘지에서 잠깐 동안 감상에 젖었기 때문인지, 아니면 검은 옷을 입은 여자에게 새 물병을 주겠다고 인심을 쓰고서 기분이 뿌듯해진 덕분인지, 시프리아노 알고르는 뭔가를 얻지 못하게 돼서 실망스럽다거나 뭔가를 잃을까 봐 걱정스럽다는 생각을 하지 않았다. 하늘이 머리에 닿을 듯 가까이 내려와 있는 이런 때에 물기 젖은 땅을 걷다 보면, 어느 누구도 물건 절반을 그냥 갖고 돌아가라거나, 언젠가 딸이 당신을 혼자 남겨두고 가버릴 것이라는 터무니없는 말을 할 수 없을 것이다. 시프리아노 알고르는 도로의 정상에 이르러 깊이 숨을 들이쉬었다. 커튼처럼 드리워진 탁한 잿빛 구름을 배경으로 검은 뽕나무가 이름만큼이나 검게 보인다. 등불 빛은 나무 꼭대기는커녕 가장 아래쪽의 가지에도 닿지 못한다. 두꺼운 나무 둥치가 있는 곳까지 희미한 불빛이 카펫처럼 깔려 있을 뿐이다. 거기에 낡은 개집이 있다. 그 집에 살던 녀석이 후스타의 품 안에서 죽은 이후로 그 개집은 몇 년째 비어 있다. 그때 후스타는 남편에게 다시는 집 안에서 동물을 키우고 싶지 않다고 말했었다. 그런데 지금 개집의 어두운 입구에서 뭔가가 반짝이다가 금방 사라져버린다. 시프리아노 알고르는 그것이 무엇인지 알아보려고 개집으로 다가가 몸을 웅크려 안을 들여다보았다. 개집 안은 칠흑 같은 어둠이었다. 그는 자신의 몸이 빛을 가리고 있음을 깨닫고 한쪽으로 살짝 몸을 비켰다.

안에는 반짝이는 물건이 두 개 있었다. 두 개의 눈. 개였다. 아니면 사향고양이거나. 하지만 시프리아노 알고르는 개일 가능성이 더 높다고 생각했다. 아마 그의 생각이 옳을 것이다. 이 일대에 늑대가 산다는, 믿을 만한 기록은 없으니까. 그리고 다들 알고 있듯이, 애완 고양이든 야생 고양이든, 고양이의 눈은 말 그래도 고양이 눈이다. 어쩌면 그것이 작은 호랑이 새끼의 눈이라고 생각할 수도 있겠지만, 다 자란 호랑이라면 이렇게 작은 개집 안에 절대로 들어갈 수 없을 것이다. 시프리아노 알고르는 집으로 들어간 뒤에도 고양이나 호랑이 이야기는 꺼내지 않았다. 묘지에 갔다 왔다는 이야기도 하지 않았다. 검은 옷을 입은 여자에게 주기로 한 물병에 대해서는 지금 이야기할 문제가 아니라는 것을 깨달았다. 그래서 그는 딸에게 이렇게 말했다, 밖에 개가 있다. 그러고 나서 말을 멈췄다. 대답을 기다리듯이. 그리고 곧 이렇게 덧붙였다, 뽕나무 밑 개집 안에 있어. 마르타는 방금 몸을 씻고 옷을 갈아입은 다음, 저녁식사를 준비하기 전에 잠깐 쉬려고 자리에 앉은 참이었다. 따라서 그녀는 길 잃은 개가 들어가 앉아 있을지도 모르는 개집에 대해 기꺼이 생각해 볼 기분이 아니다. 그냥 내버려두세요, 단순히 밤에 돌아다니는 걸 싫어하는 녀석이라면 아침에 어디론가 가버릴 거예요, 그녀가 말했다. 저 녀석한테 먹일 만한 거 뭐 없냐, 아버지가 물었다. 점심 때 먹다 남은 게 좀 있어요, 빵 한 조각하고, 물은 필요 없겠죠, 하늘에서 물이 많이 떨어졌으니까. 그래, 내가 음식을 가져다주

마. 그러고 싶으면 그렇게 하세요, 아버지, 하지만 그러면 녀석은 절대 우리 집에서 나가지 않을 거예요. 네 말이 맞겠지, 나도 그 녀석 입장이라면 그렇게 할 테니까. 마르타는 벽난로 옆의 선반에 두었던 낡은 접시에 남은 음식을 담고 그 위에 수프를 조금 부었다. 여기 있어요, 제 말이 맞을 거예요, 이건 시작에 불과해요. 시프리아노 알고르가 접시를 받아들고 부엌에서 이미 반쯤 나갔을 때 딸이 그에게 물었다, 콘스탄테가 죽었을 때 엄마가 하신 말씀 기억나세요, 다시는 집 안에 개를 들이지 않겠다고 하셨잖아요. 그래, 나도 안다, 하지만 만약 네 엄마가 살아 있었다면 개한테 음식을 가져다주는 사람은 아마 내가 아니었을 거야, 시프리아노 알고르는 이렇게 말하고서 부엌에서 나갔다. 딸이 중얼거리는 소리를 듣지 못한 채. 어쩌면 아버지 말씀이 맞는지도 몰라요. 다시 비가 내리고 있었다. 아까와 똑같이 비 같지도 않은 가랑비였다. 고운 먼지 같은 비 때문에 거리를 가늠할 수가 없다. 심지어 희끄무레하게 보이는 도자기 가마조차 갑자기 지팡이를 짚고 가버릴 것 같았다. 승합차는 비록 최신품은 아닐망정 그래도 내연기관이 달린 현대적인 자동차라기보다 유령마차처럼 보였다. 뽕나무 아래에서는 이파리에서 미끄러진 커다란 물방울들이 띄엄띄엄 떨어지고 있었다. 한 방울, 한 방울, 일정하지 않은 속도로. 나무라는 불안정한 우산 밖에서는 여전히 작동하고 있는 수(水)역학의 법칙이 거기에는 적용되지 않는 것 같았다. 시프리아노 알고르는 음식이 담긴 접시를 바닥에 내

려놓고 몇 발짝 뒤로 물러섰다. 그러나 개는 피난처에서 나오지 않았다. 틀림없이 배가 고플 텐데, 시프리아노 알고르가 말했다. 아니면 자존심이 강한 녀석인가, 굶주린 모습을 나한테 보여주기 싫은 건지도 모르지. 그는 일 분쯤 더 기다리다가 집 안으로 들어갔다. 하지만 문을 조금 열어두었다. 문틈으로 많은 것이 보이지는 않았지만, 개집에서 검은 형체가 나와 접시로 다가가는 모습을 볼 수는 있었다. 늑대도 아니고 고양이도 아닌 그 개가 먼저 집을 흘깃 바라본 후에야 음식을 향해 머리를 숙이는 모습도 보였다. 그의 굶주림을 달래주기 위해 자연의 힘을 거스른 채 빗속에 밖으로 나온 사람을 이 정도는 배려해 주어야 한다고 생각하는 것 같았다. 시프리아노 알고르는 문을 제대로 닫고 부엌으로 들어갔다. 녀석이 먹고 있어, 그가 말했다. 배가 많이 고팠다면 지금쯤 벌써 다 먹었겠네요, 마르타가 미소를 지으며 말했다. 그래, 그렇겠지, 아버지가 마주 미소를 지으며 말했다. 그는 오늘의 개들이 작년의 개들과 똑같다고 항상 생각했다. 두 사람은 저녁을 간단하게 빨리 먹어치웠다. 식사가 끝난 후 마르타가 말했다, 오늘도 마르살한테서 소식이 없었네요, 왜 전화를 안 하는지 모르겠어요, 그냥 한마디만 해주면 될 텐데, 제가 무슨 긴 연설을 바라는 것도 아니잖아요. 아직 시간이 없어서 구매부장하고 얘기를 못 했나보지. 그러면 그렇다고 말해 주면 좋잖아요. 거기 상황이 그렇게 호락호락하지 않다는 건 너도 잘 알잖니, 시프리아노 알고르가 의외로 달래듯이 말했다. 딸은 아버지가 한 말보다 그 어조에 놀라서 그를 바라보았다. 마르살을 변명해 주다니, 아버지답지 않아요, 그녀가 말했다. 뭐, 난 그 녀석이 마음에 든다. 아버지가 그 사람을 좋아하는지는 몰라도, 그 사람한테 별로 신경을 쓰지는 않잖아요. 내가 신경 쓰지 않는 건 그 녀석이 경비원이 됐기 때문이야, 옛날에는 착하고 다정한 녀석이었는데. 지금도 그 사람은 착하고 다정해요, 경비원으로 일한다고 해서 다른 일을 하는 사람들보다 천박해지거나 거짓말쟁이가 되는 건 아니라고요. 하지만 이건 그냥 직업이 아니잖니. 뭐가 다른데요. 너의 마르살, 우리가 알고 있는 마르살은 지금 속속들이 경비원이야, 머리부터 발끝까지 경비원이라고, 아마 그 녀석은 마음까지 경비원이 돼 있을걸. 아버지, 제발, 그래도 딸의 남편인데 어떻게 그런 말씀을 하세요. 네 말이 맞다, 내가 잘못했어, 오늘은 누굴 비난하면 안 되는데. 왜요. 묘지에 갔다 왔으니까, 마을 여자한테 물병을 주기로 했으니까, 밖에 개가 와 있으니까, 이 모든 게 아주 중요한 일이지. 물병이라니 무슨 소리예요. 손잡이가 떨어져서 물병이 산산이 깨졌대. 그거야 항상 있는 일이잖아요, 영원히 쓸 수 있는 물건이 어디 있어요. 하지만 그 여자는 착하게도 물병이 낡은 것이었다고 인정했거든, 그래서 새것을 주고, 옛날 것에 결함이 원래 있었던 척하는 게 낫겠다 싶었지, 아니야 그런 척할 필요가 없지, 그냥 물병을 줘야겠다, 설명하고 말고 할 필요도 없어. 그 여자가 누군데요. 이사우라 에스투디오사, 몇 달 전에 과부가 된 여자 말이다. 그 여자는 아직 젊어요. 마르타, 내가 재혼이라도 생각하고 있는 줄 아는 모양인데 그런 게 아냐. 내가 그런 생각을 하고 있는지도 몰랐네요. 하지만 그런 생각을 해봤어야 하는 건데, 그러면 아버지 혼자 여기에 계시지 않아도 되잖아요, 우리와 함께 센터에 가서 사는 건 싫다고 하시니. 난 정말이지 재혼할 생각 없다, 길에서 처음 만난 여자하고는 더욱더, 다른 여자들도 마찬가지지만, 네가 내 기분을 망치지 않아주면 고맙겠구나. 죄송해요, 그럴 생각은 아니었어요. 마르타는 자리에서 일어나 접시와 나이프와 포크를 치우고 식탁보와 냅킨을 접었다. 여러분이 이미 짐작했겠지만, 작고 볼품없는 이 마을에서 꽤나 조잡한 도자기를 만든다고 해서, 도공들이 요즘 상류층의 특징인 섬세함과 예의를 모른다고 생각하는 것은 크게 잘못된 일이다. 요즘 상류층은 자기들의 몇 대조 할아버지도 본성이 야만스럽고 짐승 같았다는 사실을 잊어버렸거나, 전혀 모르고 있다. 알고르 일가는 무엇이든 금방 배워서 실천할 수 있다. 가장 마지막 세대에 속하기 때문에 개발을 위한 원조의 혜택을 받은 마르타는 이미 도시에서 공부를 마친 행운아였다. 인구가 밀집한 그 커다란 중심지에는 분명 마을보다 좋은 점이 있다. 그런데도 그녀가 결국 도공이 된 것은, 도공이 자신의 천직이라는 의식 때문이었다. 집안의 전통을 이어갈 남자 형제가 없다는 사실도 결정에 영향을 미치기는 했지만 말이다. 그녀는 또한 가장 중요한 이유도 잊어버리지 않았다. 효심 때문에 늙은 부모에게 운이 좋다면 하느님이 다 돌봐주실 것이라는 식의 무사태평한 태도를 보일 수 없었다는 것. 시프리아노 알고르는 텔레비전을 켰다가 금방 꺼버렸다. 만약 누가 그에게 텔레비전을 끄기 전에 보거나 들은 것이 있냐고 물었다면, 그는 할말이 없었을 것이다. 하지만 다른 질문, 즉 정신이 다른 곳에 가 있는 것 같은데 무슨 생각을 하고 있느냐고 물었다면, 그는 아예 대답을 거부했을 것이다. 무슨 소리요, 내가 정신이 다른 데 가 있는 것 같다니, 그는 이렇게 말했을 것이다. 자신이 어린애처럼 개를 걱정하면서, 개가 아직도 개집 안에 안전하게 있는지, 굶주린 배를 채우고 기운을 차렸으니 바람과 가랑비에 덜 노출된 곳에 사는 주인과 더 나은 음식을 찾아 가던 길로 가버린 것은 아닌지 생각하고 있다는 사실을 드러내지 않으려고. 저는 제 방으로 갈게요, 마르타가 말했다, 오래전부터 미뤄둔 바느질거리가 있거든요, 오늘 밤에는 꼭 바느질을 마쳐야 돼요. 나도 금방 잘 거다, 아버지가 말했다, 아무것도 안 했는데 피곤해. 오늘 일하셨잖아요, 찰흙도 반죽하고, 가마도 손보고. 그 찰흙은 다시 반죽해야 하고, 가마는 손볼 필요가 없었다는 걸 너도 잘 알잖니, 유모처럼 가마를 돌볼 필요는 더더욱 없고. 하루하루는 다 똑같아요. 다른 건 시간이지. 하루가 끝날 때면 항상 이십사 시간이 고스란히 느껴져요, 그 시간 속에 아무것도 없을 때도, 하지만 아버지의 하루나 아버지의 시간은 그렇지 않죠. 마르타, 철학자가 다 됐구나, 아버지는 이렇게 말하고 나서 그녀의 머리에 입을 맞췄다. 딸도 아버지에게 입을 맞추고 미소를 지으며 말했다. 가서 아버지 개를 살펴보는 거 잊지 마세요. 그 녀석은 그냥 우연히 여기 나타났을 뿐이야, 여기 개집이 비를 피하기에 좋다고 생각한 거겠지, 어쩌면 녀석이 병들었거나 어딜 다친 건지도 모르고, 어쩌면 목걸이에 전화번호가 있는지도 모르겠다, 그러면 전화를 해봐야지, 마을 사람 개인지도 몰라, 아마 주인이 두들겨 패는 바람에 도망친 거겠지, 그런 거라면 녀석은 내일 아침까지 여기 있지 않을 거다, 개들이 어떤지 너도 잘 알잖니, 주인이 못되게 굴어도 주인은 주인이지, 그러니까 아직은 녀석을 내 개라고 하지 마라, 난 그 녀석을 보지도 못했어, 내가 녀석을 좋아하는지 어떤지도 모른다고. 하지만 아버지가 녀석을 좋아하고 싶어한다는 건 아시잖아요, 그렇게 시작하는 거죠, 뭐. 이젠 감정의 철학자 행세까지 하는구나. 만약 그 개를 기를 작정이라면, 이름을 뭐라고 하실 거예요, 하고 마르타가 물었다. 그런 생각을 하기에는 너무 일러. 녀석이 내일도 밖에 있다면, 아버지가 녀석한테 말을 걸 때 반드시 이름부터 불러야 하잖아요. 뭐, 녀석을 콘스탄테라고 부르지는 않을 거다, 그건 주인한테 돌아오지 않은 개의 이름이니까, 돌아왔어도 주인을 다시 만날 수는 없었겠지만, 그러니까 이 녀석을 로스트(Lost)라고 부르는 게 적당할 것 같다. 더 적당한 이름이 있어요. 그게 뭔데. 파운드(Found). 개한테 그런 이름을 붙이는 사람이 어디 있어. 그건 로스트도 마찬가지죠. 그래, 네 말이 맞다, 저 녀석은 길을 잃었다가 이제 사람한테 발견되었으니까 그렇게 부르기로 하

자. 아침에 봬요, 아버지, 안녕히 주무세요. 그래, 아침에 보자, 너무 늦게까지 바느질하지 마라, 그러다 눈버려. 딸이 침실로 간 후, 시프리아노 알고르는 마당으로 나가는 문을 열고 뽕나무가 있는 쪽을 바라보았다. 가랑비가 여전히 꾸준하게 내리고 있었고, 개집 안에서는 아무 기척이 없었다. 녀석이 아직 저기 있나, 시프리아노 알고르는 속으로 생각했다. 그는 녀석을 살펴보러 밖으로 나가지 않으려고 일부러 거짓 핑계를 만들어 냈다. 길 잃은 개 때문에 뼛속까지 비에 젖다니, 누가 그런 짓을 해. 그는 자기 방으로 가서 침대에 누워 삼십 분 동안 책을 읽다가 잠이 들었다. 한밤중에 그는 잠에서 깨어 불을 켰다. 침대 옆 탁자 위에 있는 시계를 보니 네시 삼십분이었다. 그는 침대에서 나와 서랍 속에 있던 손전등을 들고 창문을 열었다. 비는 그쳐 있었다. 어두운 하늘에 별이 보였다. 시프리아노 알고르는 손전등을 켜서 개집 쪽을 비췄다. 개집 안까지 볼 수 있을 만큼 빛이 강하지는 않았지만, 굳이 개집 안을 볼 필요는 없었다. 반짝이는 빛 두 개, 두 눈만 확인하면 되니까. 그 두 개의 빛이 거기 있었다.

가져간 물건 절반을 차에서 내려보지도 못하고 도로 가져
온 뒤로, 시프리아노 알고르는 평생 동안 휴일도 마다하고 일
찍 일어나서 열심히 일해 평판을 얻은 과거의 모습과는 딴판
이었다. 순식간에 일어난 변화였다. 이제 그는 해가 중천에
뜬 뒤에야 일어나서 필요 이상으로 느릿느릿 몸을 씻고 수염
을 깎는다. 얼굴은 이미 면도가 되어 있고, 몸도 깨끗한데도
말이다. 가벼운 아침식사를 하면서도 있는 대로 뜸을 들이다
가 마침내 침대에서 나올 때와 똑같이 우울한 기분으로 일을
하러 간다. 하지만 오늘은 밤새 호랑이가 찾아와서 그의 손에
놓인 먹이를 먹는 꿈을 꾼 다음이라, 하늘이 밝아오기 시작하
자마자 담요를 젖히고 일어났다. 그는 창문을 열지는 않고,
날씨가 어떤지 보려고 덧창을 조금만 열었다. 적어도 생각은
날씨를 보자는 것이었다. 아니면, 자기가 그런 목적으로 덧창

을 연다고 생각하고 싶었던 것이거나. 사실 그는 아침에 날씨를 확인하는 습관이 없었다. 날씨가 오늘처럼 맑거나, 어제처럼 비가 내리거나 둘 중의 하나라는 걸 이미 알 정도로 나이를 먹었으니까. 우리가 창문을 열고 코를 들어 공기의 냄새를 맡는 것은 단지 날씨가 우리 예상대로인지 확인하기 위해서일 뿐이다. 얘기하자면 길지만 간단히 말하자면, 시프리아노 알고르가 밖을 내다보면서 확인하고 싶었던 것은 개가 그에게서 새로운 이름을 받기를 아직 기다리고 있는지, 아니면 기다리다 지쳐서 더 부지런한 주인을 찾아 떠났는지 하는 것이었다. 개의 몸에서 보이는 것이라고는 늘어진 귀와 포갠 앞발 위에 놓인 주둥이뿐이었다. 하지만 눈에 보이지 않는 녀석의 몸이 개집 안에 없을 것이라고 생각할 이유는 하나도 없었다. 검은 개로군, 시프리아노 알고르가 말했다. 어젯밤에 먹이를 가져다줬을 때도 개가 검은 색으로 보이기는 했다. 아니, 틀림없이 색이 부재한 상태였다고 말할 사람도 있을 것이다. 날이 어두웠고, 어둠 속에서는 하얀 고양이도 회색으로 보이므로, 그보다 더 어두운 뽕나무 밑에서 가랑비 때문에 생물과 물건을 구분해 주는 선이 흐릿해져서 조만간 물건이 될 생물들이 이미 물건에 더 가까워 보이는 가운데 본 개에 대해서도 역시 같은 말을 할 수 있을 것이라고 말이다. 사실 그 개는 완전한 검은색이 아니다. 주둥이와 귀는 거의 검은색이지만 몸의 나머지 부분은 대체로 회색이며, 거무스름한 색에서부터 새까만 색에 이르기까지 다양한 색조가 섞여 있다. 시프리아노 알고르가 예순네 살이며, 그 또래의 다른 사람들과 마찬가지로 눈이 좋지 않고, 가마 안의 열기 때문에 안경을 쓰지 않는다는 점을 감안하면, 그가 개를 보고 검은 개라고 말한 것을 탓할 수는 없다. 그가 개를 처음 본 것이 비가 내리는 밤이었고, 지금은 거리가 멀어서 이른 아침의 햇빛에 안개가 낀 것처럼 보이기 때문이다. 시프리아노 알고르는 개를 보러 직접 밖으로 나갔을 때가 되어서야 다시는 검은 개라는 말을 할 수 없다는 것을 알게 될 것이다. 또한 회색 개라고 말하는 것도 커다란 잘못임을 알게 될 것이다. 특히 개의 가슴에서 배까지 마치 우아한 넥타이처럼 가느다란 하얀색 줄무늬가 있다는 것을 알고 나면 더욱더 그럴 것이다. 마르타의 목소리가 문 뒤편에서 들려온다, 아버지, 일어나세요, 개가 아버지를 기다리고 있어요. 일어났다, 지금 나갈 거야, 시프리아노 알고르는 이렇게 대답하자마자, 끝의 말을 후회했다. 나이를 이만큼 먹은 남자가 마치 오랫동안 꿈꾸던 선물을 받은 아이처럼 흥분하는 것은 철없는 짓일뿐더러, 거의 우스꽝스러운 일이었다. 이런 마을에서는 개가 쓸모가 많을수록 가치가 더 높아진다는 것을 모두들 알고 있지 않은가. 하지만 쓸모는 장난감에게는 필요 없는 미덕인데다가, 꿈이나 꿈의 실현에 관한 한 호랑이 꿈을 꾸고 일어난 사람을 개가 만족시켜 줄 수는 없는 법이다. 이렇게 스스로 흥분을 가라앉혔는데도 시프리아노 알고르는 아무렇게나 대충 세수를 하고 옷을 입은 다음 침실을 나섰다. 마르타가 그에게 물었다, 녀석이 먹을 만한 걸 좀 만들까요. 아니, 나중에, 지금은 먹이를 줘봤자 녀석 정신이 산만해지기만 할 게다. 그럼 가보세요, 가서 저 야생동물을 한번 길들여 보세요. 저 녀석은 야생동물이 아냐, 불쌍한 녀석이지, 창문에서 녀석을 좀 지켜봤다. 저도 녀석을 지켜봤어요. 네 생각엔 어떤 것 같니. 글쎄요, 동네 사람 개는 아닌 것 같아요. 어떤 개들은 제 집 마당을 결코 벗어나는 법이 없지, 그냥 거기서 살다가 거기서 죽는 거야, 사람들이 녀석을 들로 데리고 나가서 나뭇가지에 목을 매달거나 머리에 총을 쏘지 않는 한. 아침부터 그런 얘기를 듣고 싶지는 않아요. 그래, 네 말이 맞다, 그럼 덜 인간적이지만 더 다정하게 하루를 시작해 볼까, 마당으로 나가서, 시프리아노 알고르가 말했다. 딸은 그의 뒤를 따라 나가지 않고 문간에 서서 지켜보기만 했다. 아버지 혼자 마음껏 즐기게 하자, 그녀는 생각했다. 시프리아노 알고르는 몇 걸음 걷다가 너무 크지는 않지만 분명하고 단호한 목소리로 자기가 지은 이름을 불렀다, 파운드. 개는 시프리아노 알고르를 보고 이미 고개를 쳐들고 있다가 자기가 기다리고 있던 이름을 듣고 개집에서 완전히 밖으로 나왔다. 날씬하고 어린 녀석이었다. 크지도 작지도 않은 몸에는 곱슬곱슬한 털이 나 있었고, 색깔은 실제로 회색이었다. 검은색을 향한 회색. 그리고 넥타이처럼 가느다란 하얀색 줄무늬가 녀석의 가슴을 둘로 나누고 있었다. 파운드, 시프리아노 알고르가 몇 걸음 더 앞으로 걸어가면서 다시 말했다, 파운드, 이리 와. 개는 움직이지 않았다. 녀석은 고개를 쳐들고 천천히 꼬리를 흔들고 있었지만 움직이지는 않았다. 시프리아노 알고르는 녀석과 눈높이를 맞추려고 쪼그리고 앉아 마치 뭔가 깊숙이 자리 잡은 개인적 욕구를 표현하려는 듯 강렬하고 급박한 목소리로 개를 불렀다, 파운드. 개가 한 발을 앞으로 내딛더니 한 발 더 앞으로 걸어 나왔다. 그리고 자기를 부르는 사람의 팔이 닿을 만한 거리까지 멈추지 않고 걸었다. 시프리아노 알고르는 개의 콧구멍에 거의 닿을 정도로 오른손을 내밀고 가만히 기다렸다. 개가 몇 번 킁킁거리며 냄새를 맡더니 차가운 코가 내민 손끝을 살짝 스칠 정도로 목을 쭉 내밀었다. 시프리아노 알고르는 자신에게 가장 가까운 개의 귀를 향해 천천히 손을 움직여 귀를 쓰다듬었다. 개가 마지막 한 발을 내디뎠다. 파운드, 파운드, 시프리아노 알고르가 말했다, 전에 네 이름이 뭐였는지는 모르지만, 이제부터 네 이름은 파운드다. 그제야 그는 개에게 목걸이가 채워져 있지 않고, 털이 그냥 회색이 아니라는 사실을 눈치챘다. 털은 진흙과 풀잎들로 뒤덮여 있었다. 특히 다리와 배가 심했다. 녀석이 길을 따라 편안하게 이동하지 않고 들판을 힘들게 가로질렀음을 보여주는 분명한 흔적이었다. 마르타가 아버지 옆으로 다가왔다. 그녀는 개에게 줄 음식을 담은 접시를 들고 있었다. 푸짐하다기보다는 서로의 만남을 확인하고 새로 이름을 얻게 된 것을 축하하기에 충분한 양이었다. 네가 먹이를 줘라, 아버지가 말했지만 그녀는 이렇게 말했다, 아뇨, 아버지가 주세요, 저는 앞으로도 쟤한테 먹이를 줄 기회가 많을 텐데요, 뭐, 시프리아노 알고르는 접시를 바닥에 내려놓고 조금 힘들게 몸을 일으켰다. 아이고, 무릎이야, 무릎이 작년만 같아도 얼마나 좋을까. 그렇게 크게 차이가 나요, 딸이 물었다. 이 나이가 되면 하루가 달라, 유일하게 위안이 되는 게 있다면 가끔 나아지는 부분도 있다는 거지. 이 개 파운드 말인데, 이제 이름을 지어줬으니 다른 이름으로 부르면 안 되겠다. 그냥 개라고 부르는 것도 안 된다. 지금도 우리가 무의식 중에 개라고 부르기는 했지만. 짐승이나 동물도 안 된다. 그건 광물이나 식물이 아닌 것을 모두 가리키는 말이니까. 그래도 같은 이름만 반복하다 보면 지루하니까, 가끔 그렇게 다른 말로 부를 수는 있을 것이다. 우리가 가끔 시프리아노 알고르 대신 도공이니 노인이니 마르타의 아버지 같은 말을 사용하는 이유도 그것뿐이다. 어쨌든, 아까도 말했듯이, 이 개 파운드는 접시를 혀로 핥아 단 두 입 만에 음식을 다 먹어치워 어제의 굶주림이 아직도 가시지 않았음을 분명히 보여준 다음, 두 번째 음식이 나오기를 기다리는 사람처럼 고개를 들어올렸다. 적어도 마르타의 눈에는 녀석의 몸짓이 그런 뜻으로 보였다. 그래서 그녀는 이렇게 말했다. 좀 기다려, 점심은 나중에 갖다 줄게, 그때까지는 지금 먹은 걸로 버텨 봐. 하지만 그녀의 판단은 너무 성급한 것이었다. 사람의 뇌가 너무나 자주 만들어 내는 성급한 판단. 파운드는 여전히 배가 고팠고, 그것을 부정할 생각 또한 전혀 없었지만, 그 순간 녀석의 마음을 사로잡은 것은 음식이 아니었다. 녀석이 원한 것은 다음에 무엇을 해야 할지 알려주는 일종의 신호였다. 녀석은 목이 말랐지만, 빗물이 집 주위에 남겨놓은 수많은 웅덩이로 가서 충분히 갈증을 달랠 수 있었다. 하지만 뭔가가 녀석을 붙들고 있었다. 인간적인 감정으로 이야기한다면, 성실함이나 예의라고 주저 없이 말할 수 있는 그 뭔가. 두 사람이 녀석으로 하여금 진흙을 파헤쳐 음식을 찾아먹게 하지 않고 접시에 음식을 담아주었으므로, 물도 뭔가 그릇에 담긴 것을 먹어야 할 터였다. 분명히 목이 마를 거예요, 마르타가 말했다, 개들은 물을 많이 마셔야 하니까요. 저쪽에 웅덩이가 많잖니, 아버지가 말했다, 녀석은 물을 먹고 싶지 않으니까 저 물을 먹지 않는 거야. 녀석을 키울 생각이라면 집도 절도 없는 녀석처럼 웅덩이에서 물을 마시게 할 수는 없어요, 지킬 건 지켜야죠. 시프리아노 알고르는 별로 말이 안 되는 소리를 이러쿵저러쿵 늘어놓았다. 오로지 녀석이 자신의 목소리를 익히게 하기 위한 것이었지만, 그는 일부러 마치 후렴처럼 고집스럽게 파운드라는 단어를 여러 차례 반복했다. 마르타가 깨끗한 물이 가득 든 커다란 질그릇을 가져와 개집 옆에 놓았다. 모범적인 삶을 살면서 갖가지 기적을 일으킨 개들에 대한 이야기가 수천 개나 되지만, 그래도 역시 개는 어쩔 수 없이 개라는 회의적인 시각에도 불구하고, 파운드가 시프리아노 알고르를 마주본 자세 그대로 꼼짝도 하지 않음으로써 새 주인들을 또 한 번 놀래주었다는 사실을 반드시 언급해야겠다. 녀석은 시프리아노 알고르의 말이 끝날 때까지 기다릴 작정인 것 같았다.

시프리아노 알고르가 말을 멈추고 마치 이제 물러가도 좋다고 말하는 듯한 몸짓을 한 후에야, 비로소 파운드는 몸을 돌려 물을 마셨다. 저런 개가 있는 줄은 몰랐어요, 마르타가 말했다. 제일 무서운 건 이제야 누군가가 나타나서 저 녀석이 자기 개라고 말하는 거야, 아버지가 대답했다. 그런 일이 생길 것 같지는 않은데요, 파운드는 틀림없이 이 주위에 살던 녀석이 아니에요, 양치기 개나 집 지키는 개는 저렇게 행동하지 않아요. 점심을 먹고 나서 내가 동네 사람들한테 좀 물어봐야겠다. 그러면 이사우라한테 물병도 갖다 줄 수 있겠네요, 마르타가 굳이 미소를 숨기지도 않고 말했다. 그래, 나도 이미 그 생각을 했다, 우리 할아버지가 항상 말씀하셨지, 오늘 할 수 있는 일을 내일로 미루면 안 된다고, 시프리아노 알고르가 대답했다. 그의 시선은 다른 곳에 가 있었다. 파운드가 물을 다 마셨다. 그런데 시프리아노 알고르도 마르타도 자신에게 주의를 기울이는 것 같지 않았으므로, 녀석은 땅이 별로 축축하지 않은 개집 문 앞에 드러눕기로 했다.

아침식사를 마친 후 시프리아노 알고르는 창고에 가서 물병을 골라 자동차에 있는 접시 상자들 사이에 물병이 바닥으로 떨어지지 않도록 조심스레 놓았다. 그러고 나서 그는 차에 올라 자리에 앉은 다음 시동을 걸었다. 파운드가 고개를 들었다. 그런 소리가 나면 항상 누군가가 떠나고, 곧바로 그 누군가가 사라져버린다는 사실을 분명히 알고 있는 눈치였다. 하지만 그런 재앙을 적어도 가끔은 미리 막을 수 있는 방법이 있다는 것을 이미 경험으로 터득했음이 틀림없었다. 녀석은 긴 다리로 일어서서 채찍을 휘두르는 것처럼 정신없이 꼬리를 흔들어댔다. 그리고 쉴 곳을 찾아 이 집으로 들어온 이후 처음으로 짖는 소리를 냈다. 시프리아노 알고르는 뽕나무를 향해 천천히 차를 몰다가 개집에서 조금 떨어진 곳에 멈춰 섰다. 파운드가 원하는 것이 무엇인지 알 것 같았다. 그는 조수석의 문을 열었다. 그런데 그가 개에게 올라타라는 말을 하기도 전에 녀석은 이미 차 안에 들어와 있었다. 시프리아노 알고르는 원래 녀석을 데려가지 않고 그냥 집집마다 돌아다니면서 털은 이런 색이고, 외모는 이렇게 생겼으며, 넥타이 같은 무늬가 있고, 아주 예의바른 이러이러한 개를 아느냐고 물어볼 생각이었다. 그는 이런 특징들을 사람들에게 설명하면서, 하늘의 모든 성자들과 지상의 모든 악마들에게 수단과 방법을 가리지 말고 상대가 그런 개를 길러본 적도, 그런 개에 대한 이야기를 들어본 적도 없다고 말하게 해달라고 기도할 것이다. 그러나 파운드가 그와 함께 차 안에 있으니 지루하게 같은 말을 되풀이하며 녀석의 생김새를 설명할 필요가 없어졌다. 이제 그는 상대가 자기와 얼마나 친한 사이인가에 따라, 이 개가 댁의 것이오, 라든가, 이 녀석이 자네 것인가, 라고 묻고서, 가타부타 대답을 기다리기만 하면 될 터였다. 만약 상대가 아니라고 대답한다면, 그는 상대의 생각이 바뀌기 전에 재빨리 다음 집으로 갈 것이고, 상대가 그렇다고 대답한다면, 파운드의 반응을 조심스레 살필 것이다. 녀석은 주인도 아니면서 주인이라고 거짓말을 늘어놓는 사람에게 호락호락 끌려갈 놈이 아닐 테니까 말이다. 마르타는 자동차 엔진이 움직이는 소리를 듣고 공방 문간으로 나와 있었다. 그녀는 손이 찰흙범벅이 된 채 개도 함께 가느냐고 물었다. 시프리아노는 그렇다고 대답했다. 잠시 후 마당은 고요해졌고, 마르타는 이런 일을 생전 처음 겪어본 사람처럼 고독해졌다.

이사우라 에스투디오사를 만나러 가기 전에, 아니 그건 그렇고, 에스투디오사라는 성의 기원은 가초나 알고르의 기원과 마찬가지로 수수께끼에 싸여 있다. 어쨌든 시프리아노 알고르는 그녀를 만나러 가기 전에 이웃집 열두 곳의 문을 두드려 모두에게서 개가 자신의 것이 아니라는 대답을 듣고 흡족했다. 글쎄요, 누구네 집 개인지도 잘 모르겠는데요. 한 상인의 아내는 파운드가 너무 마음에 든 나머지 녀석을 사겠다고 했지만, 시프리아노 알고르는 즉시 거절했다. 문을 두드려도 대답이 없는 세 집에서는 집 지키는 개가 심하게 짖어대는 소리가 들렸으므로, 시프리아노 알고르는 파운드가 그 세 집 중 한 곳의 개일 리가 없다는 아전인수 격의 결론을 내렸다. 마치 한 집에서 개를 한 마리 이상 기르면 안 된다는 우주적인 법칙이라도 있는 것처럼. 시프라이노 알고르는 마침내 검은 옷을 입은 여자의 집 앞에 차를 세우고 문을 두드렸다. 그녀가 문을 열자 그는 쓸데없이 목청을 높여 안녕하시냐고 인사를 했다. 그가 이렇게 갑자기 목소리를 높인 것은 각각 혼자가 된 두 늙은이를 결혼시키겠다는 터무니없는 생각을 해낸 마르타 때문이었다. 그러나 적어도 이사우라 에스투디오사의 입장에서는 혼자가 된 늙은이라는 표현이 전혀 적절치 않다는 얘기를 꼭 해야겠다. 그녀의 나이는 기껏해야 마흔다섯 살 정도다. 정확성을 위해 나이를 몇 년 더 올려 잡는다 해도, 정작 그녀의 얼굴을 보면 그런 생각을 할 수 없을 것이다. 아, 안녕하세요, 시프리아노 알고르 씨, 그녀가 말했다. 약속대로 물병을 갖다 주러 왔소. 정말 고맙습니다, 신경 쓰지 않으셔도 되는데, 어제 묘지에서 시프리아노 알고르 씨와 이야기를 나눈 후에 사람이나 물건이나 모두 똑같다는 생각이 들었거든요, 다들 정해진 수명이 있는 거니까, 어느 정도 시간이 흐르면 세상의 다른 모든 것들과 마찬가지로 갑자기 종말을 맞게 마련이죠. 하지만 물병은 다른 걸로 바꿀 수 있지 않소, 깨진 물병을 버리고 새 물병에 물을 채우면 되니까, 사람은 그렇지 않지, 아기가 한 명 태어날 때마다 그 아기를 만든 틀이 깨지는 것 같아요. 그래서 사람들이 전부 다른 모습을 하고 있는 거요. 뭐, 사람은 물론 틀에서 만들어지지 않지만 무슨 말씀인지 알겠어요. 내가 도자기를 만드는 사람이다 보니 그런 말을 한 거요, 신경 쓰지 말아요, 자 이걸 받으시오, 이건 손잡이가 그렇게 빨리 떨어져나가지 않으면 좋겠는데. 여자는 손을 내밀어 물병의 몸통을 잡더니 물병을 가슴에 끌어안고 다시 고맙다고 인사를 했다, 정말 고맙습니다, 시프리아노 알고르 씨. 그러고 나서 그녀는 차 안에 개가 있는 것을 발견했다. 저 개는, 그녀가 말했다. 시프리아노 알고르는 전기가 몸을 훑고 지나가는 것 같았다. 이사우라 에스투디오사가 이 개의 주인일지도 모른다는 생각은 한 번도 해본 적이 없었다. 그런데 그녀는 마치 이 개를 잘 아는 사람처럼, 저 개는, 이라고 말했다. 놀란 표정을 짓는 것이 열심히 찾아 헤매던 것을 마침내 찾아낸 사람 같았다. 시프리아노 알고르가 얼마나 내키지 않는 표정으로 저 개가 당신 것이냐고 물었을지 쉽게 짐작할 수 있을 것이다. 그는 그녀가 아니라고 말하기를 바라고 있었다. 따라서 그녀가, 아뇨, 제 개가 아닌데요, 라고 대답했을 때, 그가 얼마나 안심했는지도 쉽게 짐작할 수 있을 것이다. 저 개가 한 이틀 전에 돌아다니는 걸 본 기억이 나요, 제가 저 녀석을 부르기까지 했는걸요, 그런데 못 들은 척하더라고요, 정말 예쁜 개예요. 어제 묘지에 갔다가 집에 돌아갔더니 저 녀석이 뽕나무 밑의 개집 안에 웅크리고 있었소, 옛날에 우리 개 콘스탄테가 살던 집인데, 어쨌든 날이 어두워지고 있었기 때문에 눈동자 두 개가 반짝이는 것밖에 보지 못했지. 녀석이 저한테 딱 맞는 주인을 찾고 있었던 모양이죠. 글쎄, 내가 녀석한테 딱 맞는 주인인지는 잘 모르겠소, 어쩌면 벌써 그런 주인이 있는지도 모르지, 그래서 내가 지금 주인을 찾아 주려고 하는 거요. 어디서요, 여기서 찾고 계신 건가요, 이사우라 에스투디오사가 물었다. 그리고 대답을 기다리지도 않고 계속 말을 이었다. 저라면 신경 쓰지 않겠어요, 저 개는 이 동네 개가 아니에요, 어디 멀리서 왔다고요, 다른 세상에서. 다른 세상이라니. 아, 저도 잘 모르겠어요, 아마 저 녀석이 요즘 개들하고 너무 다르게 생겨서 그런 말을 한 것 같아요. 녀석을 제대로 보지도 못했잖소. 지금 본 것만으로도 충분해요, 만약 저 개를 키우실 생각이 없다면 제가 키울게요. 다른 개라면 당신한테 줬을지도 모르겠소. 하지만 이미 저 녀석을 키우기로 했소, 물론 주인을 찾지 못할 경우에 그렇게 하겠다는 거지만. 그러니까 정말로 저 개를 키우고 싶으신 거군요. 이름도 지어주었소. 어떤 이름인데요. 파운드. 길 잃은 개한테 잘 어울리는 이름이네요. 내 딸하고 똑같은 말을 하시는군. 뭐, 저 개를 키우고 싶으시다면 주인을 찾으려고 하지 마세요. 하지만 저 녀석을 주인에게 돌려주는 건 내 의무요, 만약 내가 개를 잃어버린다면 다른 사람들도 나를 위해 그렇게 해주기를 바라니까. 하지만 그건 저 개가 바라는 일이 아니에요, 저 녀석은 원래 집 말고 달리 살 곳을 찾고 있었던 게 분명해요. 그렇게 보면 당신 말이 옳을지도 모르겠소, 하지만 법과 관습이라는 게 있소. 아유, 그런 건 잊어버리세요, 시프리아노 알고르 씨, 저 개는 이미 시프리아노 알고르 씨 건데요, 뭐. 그건 좀 이기적이지 않겠소. 가끔은 조금 이기적으로 행동할 필요가 있어요. 정말 그렇게 생각하오. 예. 뭐, 얘기 즐거웠소. 저도요, 시프리아노 알고르 씨. 언제 또 한 번 봅시다. 예, 안녕히 가세요. 이사우라 에스투디오사는 물병을 가슴에 끌어안은 채 문간에 서서 승합차가 방향을 돌려 온 길을 되짚어 가는 것을 지켜보았다. 그녀가 개와 차를 운전하는 남자를 차례로 바라보자, 남자가 왼손을 흔들며 작별인사를 했다. 개는 자기 집과, 하늘대신 머리 위에 펼쳐져 있는 뽕나무를 생각하고 있었음이 틀림없다.

이렇게 해서 시프리아노 알고르는 예상보다 훨씬 일찍 공방으로 돌아왔다. 이사우라 에스투디오사, 아니 간단히 줄여서 이사우라가 해준 충고는 현명하고 합리적이었으며, 지금 상황에 딱 맞았다. 만약 이 세상에 그 충고가 전반적으로 적용된다면, 완벽함에서 약간 모자라는 세상 질서를 위한 계획에 그 충고를 쉽사리 끼워넣을 수 있을 것이다. 하지만 그 충고에서 가장 훌륭한 부분은, 그녀가 생각도 해보지 않고 너무나 자연스럽게 그 말을 했다는 점이었다. 마치, 이 더하기 이는 사라고 말하고 싶은 사람이 이 더하기 일은 삼이고, 삼 더하기 일은 사라는 생각을 하느라 시간을 낭비하지 않는 것처럼. 이사우라가 옳다. 중요한 것은 개의 의견과 그 의견을 행동으로 옮긴 의지를 존중해 주는 것이다. 주인이 누구든, 아니 주인이 누구였든, 이제야 나타나서 저 개는 내 것이라고 주장할 권리는 없다. 만약 파운드가 사람처럼 말을 할 수 있다면 저 사람을 주인으로 모시기 싫다는 대답 외에 다른 말을 하지 않을 것임이 어느 모로 보나 분명하니까 말이다. 어쨌든 깨진 물병을 축복하고, 검은 옷을 입은 여자에게 새 물병을 가져다주겠다는 생각을 축복하자. 그리고 앞으로 일어날 일을 기대하며 한 가지 더 덧붙인다면, 축축하게 가랑비가 내리던 오후에 모든 것이 물을 뚝뚝 떨어뜨리고 몸과 정신이 모두 불편한 상태에서 이루어진 두 사람의 만남도 축복하자. 최근에 사랑하는 사람을 잃어버린 사람은 그렇다 치더라도, 날씨가 그럴 때는 아무리 슬픔에 잠긴 사람도 죽은 자를 애도하러 묘지에 가겠다는 생각이 들지 않는 법이다. 이것은 의심의 여지가 없는 사실이다. 파운드는 커다란 사랑을 받고 있다. 녀석은 어디든 제가 원하는 곳에서 원하는 만큼 오래 머무를 수 있다. 하지만 시프리아노 알고르가 더욱더 안도감과 만족을 느낄 수밖에 없는 이유가 또 있다. 이제는 마르살의 부모가 사는 집에 가서 문을 두드릴 필요가 없다는 것. 사돈도 마을에 살고 있는데, 사돈지간인 그들의 사이가 그리 좋다고 할 수는 없다. 만약 시아프리노 알고르가 그들의 집 앞을 지나치면서 인사도 하지 않았다면, 그렇지 않아도 좋지 않은 사이에 전혀 도움이 되지 않았을 것이다. 게다가 그는 파운드가 가초 부부의 개가 아니라고 확신하고 있다. 그가 아는 한 그들은 항상 불독처럼 집 지키기에 적당한 개를 더 좋아한다. 오늘 오전을 아주 잘 보냈구나, 시프리아노 알고르가 파운드에게 말했다.

몇 분 후 시프리아노 알고르와 파운드는 집에 돌아와 있었다. 자동차를 주차하고 나자 파운드가 주인을 열심히 들여다보다가, 이제 항법사 역할을 할 필요가 없다는 사실을 깨닫고 개집이 있는 쪽으로 갔다. 녀석은 이제 주변을 정찰할 때가 되었다는 결론을 내린 사람 같은 분위기를 완연히 풍기고 있었다. 저 녀석을 사슬로 묶어 놓아야 되나, 시프리아노 알고르는 불안한 표정으로 생각했다. 하지만 개가 코를 킁킁거리며 여기저기에 오줌으로 영역표시를 하고 있는 것을 보고, 아니, 사슬로 묶어 놓을 필요는 없겠어, 라는 생각이 들었다. 도망치고 싶었다면 벌써 도망쳤겠지. 그가 집 안으로 들어가자 딸의 목소리가 들렸다. 그녀는 통화중이었다. 끊지 말고 잠깐 기다려, 아버지가 돌아오셨어. 시프리아노 알고르는 수화기를 집어들고 곧장 물었다, 무슨 소식이라도 있나. 수화기 반대편에서는 잠시 침묵이 흐르다가, 마르살 가초가 장인과 사위가 일주일 만에 이야기를 나누면서 이런 식으로 말을 시작하면 안 된다고 생각하는 사람처럼 입을 열었다. 그는 먼저 차분하게 안녕하시냐고 인사를 하며 장인의 안부를 물었다. 시프리아노 알고르도 무뚝뚝하게 인사를 한 다음 득달같이 말을 이었다. 기다리고 있었네, 일주일 내내 기다렸어, 자네가 내 입장이라면 기분이 어떻겠나. 죄송합니다, 하지만 오늘 아침에야 겨우 구매부장하고 이야기를 나눌 수 있었어요. 마르살이 설명했다. 그는 장인의 말투가 필요 이상으로 무뚝뚝하다고 빙 둘러서라도 지적하고 싶은 것을 참고 있었다. 그래, 구매부장이 뭐라던가. 아직 결정을 내리지 못했대요, 하지만 아버님만 그렇게 되신 게 아니라면서, 센터에서는 상품의 인기가 오르락내리락 하는 게 거의 매일 있는 일이라고 하던데요. 거의 매일 있는 일이라고, 자네 생각에는 어떤 것 같아. 제 생각 말씀이세요. 그래, 그 사람 말투나, 자네를 바라보는 시선에서 그 사람이 진심으로 애를 쓰고 있다는 생각이 들던가. 아버님도 직접 경험해 보셨으니, 그 사람들이 항상 정신이 다른 데 가 있는 사람들처럼 보인다는 거 잘 아시잖아요. 그래, 그렇지. 솔직히 말해서, 저는 그 사람들이 이제 아버님 도자기를 사지 않을 것 같아요, 그 사람들한테는 아주 간단한 일이죠, 상품이 잘 팔리거나 그렇지 않거나 둘 중 하나니까요, 그 사람들은 다른 일에는 신경 안 써요, 중간쯤에서 엉거주춤하는 경우도 없고요. 그럼 나는, 우리는, 우리한테도 그게 그렇게 간단한 일인가, 우리가 그렇게 무관심해도 되는 일이야, 우리도 중간쯤에서 엉거주춤하면 되는가, 시프리아노 알고르가 물었다. 아버님, 저도 최선을 다했어요, 저는 일개 경비원일 뿐이에요. 그래, 자네도 더 이상 어쩔 수 없겠지, 시프리아노 알고르가 말했다. 마지막 단어를 말할 때 그의 목소리가 흔들렸다. 마르살 가초는 목소리의 변화를 눈치채고 장인이 안 됐다는 생각이 들었다. 그래서 우울한 분위기를 조금 바꿔보려고 했다. 구매부장이 문을 완전히 닫아버린 건 아니에요, 그냥 상황을 검토하고 있다고 말했을 뿐이에요, 그러니까 희망을 잃지 마세요. 희망을 품기에는 내 나이가 너무 많네, 마르살, 난 확실한 게 필요해, 지금 당장 확신할 수 있는 것, 어쩌면 나한테는 아예 찾아오지 않을지도 모르는 내일에 희망을 거는 것 말고. 예, 저도 알아요, 아버님, 살다 보면 별의별 일을 다 겪게 마련이잖아요, 모든 게 다 변해요, 하지만 자포자기하지는 마세요, 저희가 있잖아요, 아버님, 이 일을 계속하시든 그렇지 않든, 마르타하고 제가 있잖아요. 마르살이 이렇게 가족의 연대를 강조하며 무슨 얘기를 하려고 하는지는 금방 알 수 있었다. 그는 세 식구가 센터로 이사 가는 날이면 현재와 미래에 가족에게 닥칠 모든 문제가 해결될 것이라고 생각했다. 지금과 같은 상황이 아니었다면, 기분이 지금 같지 않았다면 시프리아노 알고르가 발끈했을 것이다. 하지만 지금은 체념이 우울의 날개로 그를 건드린 탓인지, 아니면 파운드를 주인에게 빼앗기지 않은 탓인지, 아니면 물병을 사이에 두고 잠깐 동안 나눈 대화 때문인지(누가 알겠는가) 그는 부드럽게 대답했다. 목요일에 여느 때처럼 자네를 데리러 가겠네, 그동안 뭔가 소식을 듣거든 전화를 해주게. 그러고 나서 그는 마르살에게 대답할 틈을 주지 않은 채 대화를 끝냈다, 자네 안 사람을 바꿔주겠네. 마르타는 마르살과 몇 마디 더 이야기를 주고받았다. 그리고 일이 어떻게 될지 지켜보는 수밖에 없다면서 목요일까지 잘 있으라고 인사를 한 다음 전화를 끊었다. 시프리아노 알고르는 이미 밖으로 나가 공방에 가 있었다. 그는 고개를 숙인 채 물레 앞에 앉아 있었다. 심한 심장발작이 후스타 이사스카의 목숨을 앗아간 바로 그 자리였다. 마르타는 다른 물레에 앉아 가만히 기다렸다. 길고 긴 일 분이 흐른 후, 아버지가 그녀를 바라보더니 시선을 돌렸다. 마르타가 말했다, 마을에서 금방 오셨네요. 그래. 저 개를 아는 사람이 있는지, 주인이 있는 개인지 집집마다 전부 돌아다니면서 물어보셨어요. 몇 군데 물어본 다음에 계속 그러고 돌아다닐 가치가 없다는 결론을 내렸다. 왜요. 너 지금 날 심문하는 거냐. 아뇨, 아버지, 아버지 생각을 다른 데로 돌리려고 하는 것뿐이에요, 아버지가 슬퍼하는 모습은 정말 보기 싫거든요. 난 슬프지 않다. 그럼 조금 우울하다고 해두죠. 우울하지도 않아. 알았어요, 기분이 어떻든지 간에, 왜 집집마다 돌아다니며 물어볼 가치가 없다고 생각했는지 말씀해 주세요. 만약 저 개가 마을에서 살다가 도망친 거라면, 집으로 돌아갈 기회가 있었는데도 돌아가지 않기로 한 거라면, 자유롭게 다른 주인을 구하고 싶어하는 거라고 생각했다. 그렇게 보면, 아버지 생각이 옳을 수도 있겠네요. 나도 바로 그렇게 말했어. 누구한테요. 시프리아노 알고르는 대답하지 않았다. 하지만 딸이 차분히 그를 바라보며 앉아 있기만 했으므로, 그는 말을 덧붙였다, 마을의 그 여자. 어떤 여자요. 물병을 갖다 준 여자. 아, 그렇지, 그 아주머니한테 물병을 갖다 주러 가셨죠. 그래서 내가 물병을 차에 싣고 갔잖니. 맞아요. 그래. 그럼, 제가 아버지 말을 제대로 이해한 거라면, 파운드의 주인을 찾아다닐 필요가 없다고 말해 준 게 그 아주머니군요. 그래. 아주 똑똑한 분인가 봐요. 그런 것 같더라. 물병을 받던가요. 그게 뭐 잘못이냐. 화내지 마세요, 아버지, 그냥 얘기하는 건데 왜 그러세요, 누군가한테 물병을 갖다주는 게 어떻게 잘못일 수가 있겠어요. 그렇지, 어쨌든 우리한테는 더 중요한 문제가 많으니까, 넌 지금 모든 일이 물 흐르듯 잘 흘러가는 척하고 있다만. 제가 아버지한테 하고 싶은 얘기가 바로 그거예요. 그럼 왜 지금까지 그렇게 변죽을 울린 거야. 아버지가 아닌 다른 사람한테 하는 것처럼 아버지와 얘기하는 게 좋거든요, 아버지가 괜찮다면, 우리가 그냥 서로를 아주 사랑하는 사람인 척하고 싶어요, 아버지와 딸이라서 서로를 사랑하지만, 설사 부녀지간이 아니더라도 친구로서 서로를 사랑하는 아버지와 딸처럼. 네가 날 울리려고 작정을 했구나, 내 나이에는 눈물이라는 놈이 내 말을 안 들어. 아버지가 행복해지실 수만 있다면 저는 못 할 일이 없어요. 하지만 넌 나더러 센터로 같이 가서 살자고 설득하려는 거잖아, 그게 나한테는 최악의 일이 될 수도 있다는 걸 알면서. 어머, 저는 딸이랑 헤어지는 게 최악의 일인 줄 알았는데요. 못된 녀석, 너 나한테 사과해야 돼. 맞아요, 제가 못된 소리를 했어요, 죄송해요. 마르타는 자리에서 일어나 아버지를 껴안았다. 잘못했어요, 그녀가 다시 말했다. 괜찮다, 시프리아노 알고르가 말했다, 우리 처지가 이렇지 않았다면 우리가 이런 식으로 이야기를 하지도 않았겠지. 마르타는 자신의 의자를 아버지 쪽으로 끌어당겨 앉아서 아버지의 손을 잡고 말했다, 아버지가 개하고 같이 나가 계신 동안에 제가 좋은 생각을 해냈어요. 무슨 생각인데. 센터 문제는 그냥 제쳐두기로 해요, 그러니까, 아버지가 우리와 같이 가실 건지 말 건지는 생각하지 말자고요. 좋은 생각이다. 우리가 내일 떠나는 것도 아니고, 다음 달에 떠나는 것도 아니잖아요. 실제로 떠날 때가 됐을 때 우리와 같이 갈 건지 여기 남을 건지 결정하시면 돼요, 이건 아버지 인생이니까. 숨통을 터줘서 고맙구나. 숨통을 터드리려고 이러는 게 아니에요. 그럼 왜 이러는 건데. 아버지가 나가신 다음에 일하러 여기 들어왔다가 창고를 둘러보러 갔어요, 그런데 작은 꽃병이 많이 부족한 게 눈에 띄더라고요, 그래서 꽃병을 몇 개 만들려고 이리로 돌아왔는데, 찰흙을 이미 물레에 올려놓은 다음에 갑자기 무작정 일을 계속하는 게 어리석은 짓이라는 생각이 드는 거예요. 무작정이라니. 큰 것이든 작은 것이든 꽃병을 주문한 사람이 없잖아요, 제가 꽃병을 다 만들 때까지 안달을 하면서 기다리는 사람도 없고, 꽃병뿐만 아니라 다른 것도 다 마찬가지예요, 큰 것이든 작은 것이든, 쓸모 있는 것이든 없는 것이든. 그래, 무슨 소린지 알겠다, 하지만 그래도 우린 대비를 하고 있어야 돼. 무슨 대비요. 새로 주문이 들어올지도 모르니까. 그럼 그때까지는 뭘 하고요, 센터가 아예 우리 물건을 사지 않겠다고 하면 어떻게 할 건데요, 뭘 먹고 어떻게 살아요, 뽕나무가 익을 때까지 기다리거나 파운드가 늙어빠진 토끼를 우연히 잡아오기를 기다릴 건가요. 그건 너나 마르샬이 걱정할 문제가 아냐. 아버지, 센터 얘기는 안 하기로 했잖아요. 그래, 알았다, 계속 얘기해 봐. 뭔가 기적 같은 일이 일어나서 센터가 생각을 바꾼다고 가정해 보면, 제가 보기에는 그런 일이 일어날 것 같지 않지만, 아버지도 솔직히 그런 기대는 없죠, 어쨌든 그렇게 된다 해도, 우리가 여기서 팔짱을 끼고 기다리기만 해도 될까요. 아니면 그냥 아무 이유 없이 주문하지도 않은 물건을 만들고 있어야 할까요. 이런 상황에서는 달리 할 일도 없잖니. 제 생각은 달라요. 어떻게 다르다는 거냐, 아주 근사한 생각이라도 해낸 모양이구나. 우린 다른 물건을 만들어야 돼요. 센터가 도자기를 사지 않기로 해놓고, 다른 물건을 사줄 것 같으냐. 그럴 수도 있고, 아닐 수도 있죠. 무슨 소리를 하는 거야. 우린 인형을 만들어야 돼요. 인형이라고, 시프리아노 알고르가 모욕을 받은 사람처럼 깜짝 놀란 목소리로 소리쳤다. 그런 말도 안 되는 소리는 들어본 적이 없다. 아버지, 인형이든 작은 조각상이든 난쟁이 모형이든 자질구레한 장식품이든 마음대로 부르셔도 되지만, 결과가 나올 때까지는 말도 안 되는 소리라고 하지 마세요. 네가 말하는 인형을 센터가 사줄 거라고 아주 확신하는 모양이구나. 제가 확신하는 건, 그냥 여기 앉아서 세상이 무너지기를 기다릴 수는 없다는 거예요. 나한테는 이미 세상이 무너진 거나 마찬가지야. 아버지한테 세상이 무너졌다면, 저한테도 세상이 무너진 거나 마찬가지예요. 그러니까 절 도와주세요. 그럼 제가 아버지를 도와드릴게요. 지금까지 계속 도자기를 만들었으니, 손의 감각이 달라서 인형의 틀을 만들 수 없을 게다. 저도 마찬가지예요. 하지만 현명한 이사우라 에스투디오사 아주머니 말처럼, 우리 개가 누군가한테 발견되려고 일부러 길을 잃은 거라면, 우리도 찰흙 속에서 잃어버린 감각을 찾을 수 있을지 누가 알겠어요. 그건 모험이야, 실패할지도 몰라. 하지만 위험하지 않은 일도 실패하는 경우를 봤잖아요. 시프리아노 알고르는 말없이 딸을 바라보다가 찰흙 덩어리를 집어들고 대충 인간의 형태로 빚기 시작했다. 어디서부터 시작하면 되는 거냐, 그가 물었다. 항상 시작하는 지점부터요. 첫걸음부터, 마르타가 대답했다.

권위주의적이고, 사람을 마비시키기도 하고, 모호하고, 때로는 많은 것이 생략되어 있기도 하는 흔해빠진 말, 농담처럼 지혜의 샘이라고 일컬어지기도 하는 그런 말들은 악성 전염병이다. 지금까지 지구를 강타한 것들 중에서 제일 악질인 전염병. 혼란에 빠진 사람에게 우리는 너 자신을 알라고 말한다. 마치 자신을 아는 것이 쉬운 일인 것처럼. 모든 것에 무관심한 사람에게는 뜻이 있는 곳에 길이 있다고 말한다. 매일 이 말을 뒤집어 버리며 즐거워하는 잔혹한 현실이 존재하지 않는 것처럼. 우유부단한 사람에게 우리는 모든 것은 첫걸음부터라고 말한다. 마치 느슨하게 감겨 있는 실의 끄트머리가 분명하게 드러나 있어서 그 끝을 계속 잡아당기기만 하면 반대편 끝에 도달할 수 있는 것처럼, 실이 얽히지도 않고 헝클어지지도 않아서 매끄럽게 계속 풀려나오는 것처럼. 실이 이렇게 풀려나오는 것은 절대 불가능한 일이다. 아니, 여기서 흔해빠진 표현을 한 번 더 써도 된다면, 인생이라는 실타래에서는 절대 불가능한 일이다. 마르타는 아버지에게 첫걸음부터 시작하자고 말했다. 탁자에 앉아 갑자기 민첩해진 손가락으로 인형을 만들기만 하면 된다는 듯이, 손가락이 오랫동안 사용하지 않던 기술을 되찾기라도 한 듯이. 이것은 아무런 준비도 되어 있지 않은 순수한 사람들의 망상이다. 첫걸음이 실의 끝자락처럼 분명하고 정확하게 드러나는 경우는 결코 없다. 첫걸음은 길고 고통스럽고 느린 과정이며, 그 첫걸음이 어느 방향을 향하고 있는지 알아내려면, 시간과 인내심이 필요하다. 첫걸음은 마치 눈먼 사람처럼 길을 더듬으며 앞으로 나아가는 과정이고, 첫걸음은 첫걸음일 뿐이다. 그 전에 있었던 일은 거의 가치가 없다. 그래서 마르타가 다음에 한 말은 덜 단호했다. 프레젠테이션을 준비할 기간이 사흘밖에 없어요, 사업가나 중역들이 쓰는 말이 프레젠테이션일 거예요. 미안하구나, 난 무슨 소린지 잘 모르겠다, 아버지가 말했다. 오늘은 월요일이에요, 아버지가 목요일 오후에 마르살을 데리러 갈 테니까, 그날 구매부장한테 인형을 만들겠다는 제안서를 보여줘야 해요, 제품 스케치랑, 샘플이랑, 가격까지 전부 완벽하게, 간단히 말해서, 그 사람들이 지금 당장 인형을 사야겠다고 마음먹게 만들 만한 것이라면 전부 다 준비해야 한다고요. 시프리아노 알고르는 자신이 아까 한 말을 반복하고 있음을 깨닫지 못한 채 마르타에게 물었다, 어디서부터 시작하면 되는 거냐. 하지만 이번에는 마르타의 대답이 달랐다. 모델을 여섯 개쯤 골라야 돼요. 아니면 그보다 조금 적게 고르거나. 일을 너무 복잡하게 만들면 안 되니까요. 모델을 고른 다음에는, 우리가 하루에 인형을 몇 개나 만들 수 있는지 파악해야 돼요. 그건 우리가 어떤 방법을 선택하느냐에 따라 달라지겠지만요. 조각을 하듯이 찰흙으로 모형을 만들 수도 있고, 남녀 인형을 각각 전부 똑같이 만든 다음 직업에 따라 다른 옷을 입히는 방법도 있어요. 물론 우리가 만드는 건 서 있는 인형이에요. 제 경험상 그 편이 훨씬 만들기 쉽거든요. 옷을 입힌다니. 그거야. 옷을 입히는 거죠. 벌거벗은 인형에 특징적인 옷이랑 장식품을 붙이는 거예요. 그렇게 해서 개성을 부여하는 거죠. 둘이서 그렇게 작업하면 일이 훨씬 빠르게 진행될 거예요. 그 다음에는 그림만 신경 쓰면 돼요. 물감이 번지면 안 되니까요. 생각을 아주 많이 해본 모양이구나, 시프리아노 알고르가 말했다. 꼭 그런 건 아니에요. 그냥 생각이 빠를 뿐이에요. 생각을 잘 하기도 하지. 자꾸 그러시면 얼굴 빨개져요. 생각을 많이 하기도 해, 넌 아니라고 하지만. 아버지, 제 얼굴 빨개진 것 좀 보세요. 네가 생각을 빨리 하고, 많이 하고, 잘한다는 게 나한테는 다행한 일이지. 사람들이 아버지더러 팔불출이라고 하겠어요. 그래, 네 생각엔 우리가 어떤 인형을 만들어야 할 것 같니. 너무 골동품 같은 건 안 돼요. 아예 사라져버린 직업이 많으니까. 요즘 사람들은 옛날에 그 사람들이 뭘 했는지 전혀 몰라요. 하지만 너무 현대적이어

도 안 돼요, 현대적인 건 플라스틱 인형 몫이니까요, 영웅이
나 람보나 우주비행사나 돌연변이 괴물이나 슈퍼 경찰이나
슈퍼 강도 인형들 말이에요, 아, 무기도 있지, 무기도 빼놓을
수 없죠. 흠, 그냥 생각을 해봤는데 말이다, 나도 가끔은 머리
에서 아이디어를 몇 개 짜내기도 하니까, 네 아이디어만큼 좋
은 건 아니다만. 아유, 괜히 겸손한 척하지 마세요, 아버지한
테 안 어울려요. 집에 있는 그림책을 보는 게 어떻겠니, 네 할
아버지가 사신 낡은 백과사전 같은 것 말이다, 거기에 인형의
모델이 될 만한 게 있는지 찾아보는 거야, 그러면 구매부장을
만나러 갈 때 어떤 그림을 들고 가야 하는지 걱정할 필요도
없지, 우리가 그림을 베껴도 그 사람은 모를 게다, 설사 알아
도 신경 쓰지 않을 거야. 옛날 학교에서 하듯이 성적을 매기
면, 지금 아버지가 내신 아이디어는 에이 플러스감인데요. 아
냐, 나는 비를 받는 게 좋아, 그러면 시선을 덜 끌거든. 그럼
일을 시작하죠.

　이미 짐작하고 있겠지만, 알고르 일가의 장서는 풍부하지
도 않고 질이 뛰어나지도 않다. 문명과는 멀리 떨어진 이런
곳에 사는 평범한 사람들이 박학다식할 것이라고 생각하는
사람은 없을 것이다. 하지만 그렇다 해도 책꽂이에는 이삼백
여 권의 책이 꽂혀 있다. 낡은 책도 있지만, 대다수는 낡은 것
도 새것도 아니고, 나머지는 비교적 최근에 나온 책들이다.
하지만 이 최신 서적들은 몇 권밖에 되지 않는다. 마을에는
서점이라는 유구하고 고귀한 이름으로 부를 만한 가게가 없

다. 작은 문방구가 있어서 도시의 출판사에 교과서를 주문해 줄 뿐이다. 아주 드문 일이기는 하지만 라디오나 텔레비전에서 엄청나게 선전을 해대고, 책의 내용과 스타일이 마을 사람들의 평균적인 관심사에 만족스럽게 부합하는 문학작품을 주문해 줄 때도 있다. 마르살 가초는 성실하게 열심히 책을 읽는 사람이 아니지만, 마르타에게 선물로 줄 책을 들고 나타날 때 보면 좋은 책과 그저 그런 책의 차이를 분명히 알고 있는 것 같다. 비록 좋은 책이라거나 그저 그런 책이라는 말이 너무 모호해서 항상 다른 의견들이 튀어나오게 마련이지만 말이다. 시프리아노 알고르와 그의 딸이 부엌 식탁 위에 방금 펼쳐 놓은 백과사전은 출판될 당시 백과사전 중 최고로 꼽혔지만, 지금은 더 이상 유용하지 않은 지식이나 백과사전이 출판될 당시만 해도 조심스럽게 싹을 틔우던 분야를 찾아볼 필요가 있을 때만 들춰볼 뿐이다. 오늘날의 백과사전, 어제의 백과사전, 그저께와 그 이전의 백과사전을 한 줄로 세워보면 어느 한 순간에 고정된 세상의 모습, 중단된 몸짓, 궁극적이거나 궁극적인 것에서 두 번째 가는 의미를 찾아 헤매는 단어들이 연달아 펼쳐진다. 백과사전은 화면이 바뀌지 않는 원형 파노라마 같다. 필름이 어딘가에 끼어서, 마치 뭔가에 광적으로 집착하는 사람처럼 같은 풍경만을 보여주는 거대한 영사기 같다. 그 풍경은 영원히 그 모습만을 고수해야 하는 저주받은 신세이므로, 시간이 흐를수록 낡아빠져서 점점 더 쓸모없게 될 것이다. 시프리아노 알고르의 아버지가 산 백과사전은 위풍당당하지만, 기억나지 않는 시구(詩句)처럼 쓸모없다. 하지만 고마운 줄도 모르고 너무 오만하게 굴지는 말기로 하자. 우리는 그렇게 생각하지 않지만, 언젠가 필요하게 될지도 모른다면서 쓸모없게 된 것도 보관해 두어야 한다는 조상들의 현명한 충고를 기억하기로 하자. 오늘, 낡아서 노랗게 변해가는 책 위에 몸을 수그리고, 공기도 빛도 닿지 않은 책갈피 속에 오랫동안 갇혀 있던 축축한 냄새를 맡으면서, 아버지와 딸은 조상들의 충고가 가치 있는 것이었음을 깨닫고 있다. 쓸모없다고 생각했던 것에서 지금 자신에게 필요한 것을 찾고 있으니까. 두 사람은 필요한 것을 찾던 도중에 깃털 장식이 달린 초승달 모양의 모자를 쓰고, 가느다란 칼을 차고, 주름장식이 달린 셔츠를 입은 어떤 학자의 사진을 보았다. 어릿광대와 줄타기 곡예사의 사진도 있었다. 낫을 든 해골 그림도 있었다. 재빨리 책장을 넘기자 말 위에 걸터앉은 여자와 배[船]가 없는 해군제독, 투우사와 작업복을 입은 남자, 경기를 하고 있는 두 권투선수, 총기병과 추기경, 사냥꾼과 사냥개, 휴가 중인 선원과 판사, 익살꾼과 토가를 입은 로마인, 이슬람교 성직자와 도끼가 달린 창을 휘두르는 병사, 세관원과 자리에 앉아 있는 서기, 우편집배원과 탁발승, 검투사와 중장비보병, 간호사와 곡예사, 영주와 음유시인, 검술사와 양봉가, 광부와 어부, 소방관과 플루트 연주자, 꼭두각시 인형 두 개, 뱃사공, 해군, 남녀 성자, 악마, 신성한 삼위일체, 모든 계급의 병사와 군인, 심해 잠수부와 스케이트 선수, 파수병과 벌목

꾼, 안경을 쓴 구두장이, 드럼을 연주하는 남자와 코넷(트럼 펫과 비슷하게 생긴 금관 악기—옮긴이)을 연주하는 남자, 숄과 스카프를 두른 노부인, 파이프 담배를 피우는 노인, 비너스와 아폴로, 실크해트를 쓴 신사, 주교관을 쓴 주교, 여자와 남자를 조각한 기둥, 말에 탄 창병과 걷고 있는 창병, 터번을 쓴 아랍인, 중국의 고위관리, 비행기 조종사, 용병과 빵 굽는 사람, 소총병, 앞치마를 두른 하녀와 에스키모, 턱수염을 기른 아시리아인, 철도원, 정원사, 옷을 입지 않아서 근육이 모두 드러난 남자, 신경계와 순환계의 그림, 오른손으로 음부를 가리고 왼손으로 가슴을 가린 벌거벗은 여자의 모습이 나왔다. 두 사람이 찾아낸 그림은 이밖에도 많이 있지만, 모두 두 사람의 목적에는 부합하지 않았다. 그림 속 모습대로 찰흙 인형을 만들기가 너무 복잡하거나, 백과사전을 정확하거나, 그럴듯하거나, 사실과 거리가 먼 초상화로 가득 채우고 있는 과거와 현재의 저명인사들을 너무 많이 사용하면 존경심이 부족한 사람으로 오해받을 가능성이 있기 때문이었다. 만약 아직 살아 있는 유명인사나 세상을 떠났지만 탐욕스럽고 경계심 가득한 후손들이 남아 있는 유명인사의 모습을 이용하는 경우에는, 초상권 침해와 도덕적 피해 때문에 법정으로 끌려가 곤욕을 치를 우려도 있었다. 그림 이 중에서 누굴 골라야 하지, 시프리아노 알고르가 물었다. 서너 개 이상은 감당하기 어려워, 품질 좋은 상품을 내놓고 싶다면, 센터가 인형을 살지 말지 결정하는 동안 연습을 많이 해야 하니까. 저도 알아요, 아버지, 하지만 인형 모형을 여섯 개쯤 내놓는 게 제일 좋을 것 같은데요, 마르타가 말했다. 만약 센터가 우리 물건을 받아들인다면 생산 과정을 두 단계로 나눌 수 있어요. 아니면 이쪽이 가능성이 훨씬 높아 보이기는 하지만, 어쨌든 처음에는 센터가 소비자들의 반응을 시험해 보려고 서너 개만 고를 수도 있죠. 그리고 거기서 끝일 수도 있지. 맞아요, 하지만 디자인을 여섯 개 보여주면 센터를 설득할 가능성이 높아질 것 같아요, 숫자가 중요해요, 숫자는 사람들한테 영향을 미치니까, 이건 심리적인 문제예요. 난 심리 같은 거 모른다. 저도 마찬가지예요, 하지만 심리를 모른다 해도 가끔은 예언처럼 직관이 번뜩일 때가 있잖아요. 뭐, 그런 직관을 갖고 네 아비의 미래를 예언하려고 하지는 말아라. 그는 좋든 나쁘든 항상 하루가 어떻게 펼쳐지는지 직접 알아내는 쪽을 더 좋아했다. 하루의 일진과 우리가 거기에 미치는 영향은 완전히 다른 거야, 전날은 말이야. 미안하지만 무슨 말씀을 하시는 건지 모르겠어요. 전날은 우리가 지금 실제로 경험하고 있는 하루에 영향을 미쳐, 인생은 마치 돌멩이를 짊어지고 가듯이 모든 전날을 짊어지고 가는 것이지, 짐이 너무 무거워 도저히 감당할 수 없는 순간이 오면 수고가 끝난 거야, 어느 날의 전날이 아닌 날은 마지막 날밖에 없다. 나 참, 저를 우울하게 만들 작정이세요. 아냐, 하지만 설사 내가 그런 생각을 하고 있다 해도, 그건 아마 네 탓일걸. 탓이라니요. 너랑 이야기를 하다 보면 난 항상 심각한 이야기를 하게 되거든. 좋아요, 그럼 그보다 훨씬 더 심각한 얘기를 하기로 해요, 어떤 걸 인형으로 만들지 결정하자고요. 시프리아노 알고르는 별로 잘 웃는 사람이 아니다. 드러내놓고 미소를 짓는 일도 거의 없다. 기껏해야 조명이 살짝 바뀐 것처럼 눈빛이 잠깐 변할 뿐이다. 때로는 미소를 억지로 참는 것처럼 입술에 살짝 힘을 주는 경우도 있다. 그래, 시프리아노 알고르는 잘 웃는 사람이 아니다. 하지만 방금 보았듯이, 오늘은 밖으로 나올 기회만 기다리고 있는 미소가 그에게 있었다. 좋아, 그가 말했다, 내가 하나를 고를 테니 네가 하나를 골라, 그런 식으로 여섯 개를 고르는 거야, 하지만 작업하기가 얼마나 쉬운지, 소비자들의 취향이 어떤지 항상 염두에 두어야 돼. 알았어요, 아버지가 먼저 고르세요. 익살꾼, 아버지가 말했다. 어릿광대, 딸이 말했다. 간호사, 아버지가 말했다. 에스키모, 딸이 말했다. 중국 고관, 아버지가 말했다. 벌거벗은 남자, 딸이 말했다. 안 돼, 벌거벗은 남자는 안 된다, 다른 걸 골라, 벌거벗은 남자는 센터가 좋아하지 않을 거야. 왜요. 뭐, 벌거벗었으니까. 그럼 벌거벗은 여자로 하죠. 그건 더 안 돼. 하지만 이 여자는 자기 몸을 가리고 있잖아요. 저렇게 몸을 가리는 건 전부 다 보여주는 것보다 더 나빠. 아버지는 그런 걸 어떻게 그렇게 잘 아세요. 지금까지 살아오면서 눈으로 보고, 책을 읽고, 직접 느꼈으니까. 책이 무슨 상관이에요. 책을 읽으면 거의 모든 걸 배울 수 있어. 저도 책을 읽는걸요. 그럼 너도 아는 게 좀 있겠구나. 잘 모르겠어요. 그럼 다르게 읽어야지. 어떻게요. 같은 방법이 모든 사람한테 통하는 건 아냐, 각자 자기만의 방법을 찾아내야지, 뭐든 자기한테 제일 잘 맞는 걸로. 어떤 사람들은 평생 동안 책을 읽으면서도 그냥 종이 위에 있는 단어들밖에 읽지 못해, 그 단어들이 빠르게 흐르는 강을 가로지르는 징검다리에 불과하다는 걸 결코 깨닫지 못하지, 징검다리는 우리가 반대편 강가로 건너갈 수 있게 해주려고 그 자리에 있는 거야, 중요한 건 바로 그 반대편 강가야. 다만. 다만 뭐요. 다만 그 강에 강변이 여러 개가 아니라 두 개만 있다면, 독자들이 각자 자기만의 강변을 갖고 있는 게 아니라면. 그렇겠죠, 그러면 우리가 꼭 가봐야 하는 강변이 하나밖에 없을 테니까요. 머리가 잘 돌아가는구나, 시프리아노 알고르가 말했다, 나이든 사람은 젊은 사람하고 언쟁하지 말아야 한다는 걸 또다시 보여줬어, 노인들은 항상 지게 마련이지, 비록 그 과정에서 한두 가지 배우는 게 있기는 하지만. 아버지한테 도움이 되었다니 기쁘네요. 이제 여섯 번째 디자인으로 뭘 고를지 다시 생각해 보자. 벌거벗은 남자는 안 된다고 하셨죠. 그래, 벌거벗은 여자도. 그래요, 그럼 탁발승으로 하기로 해요. 일반적으로 탁발승은 서기나 도공처럼 앉아 있기만 하지, 서 있을 때는 다른 사람들하고 똑같아, 하지만 앉아 있을 때는 다른 사람들보다 작아 보일 거다. 그럼 소총병은 어때요. 소총병은 괜찮지만, 모자의 깃털하고 칼을 어떻게 할 건지 해결책을 찾아야 돼. 아마 깃털은 괜찮겠지만, 칼은 다리에 고정시킬 수밖에 없는데, 그러면 부목처럼 보일걸. 좋아요, 그럼 턱수염이 난 아시리아인으로 해요. 그렇게 하자, 턱수염이 난 아시리아인으로 해, 만들기도 쉽고 아담하니까. 저는 사실 사냥꾼과 사냥개도 생각해 봤어요, 하지만 개가 소총병의 칼보다 더 골치 아플 것 같더라고요. 엽총은 말할 것도 없지, 시프리아노 알고르가 말했다, 개 얘기가 나왔으니 말인데, 파운드가 뭘 하고 있는지 모르겠다, 우리 둘 다 그 녀석을 까맣게 잊어버렸어. 아마 자고 있을 거예요. 시프리아노 알고르는 자리에서 일어나 커튼을 열었다. 개집에 녀석이 안 보이는구나. 어디서 자기 할일을 하고 있겠죠, 집도 지키고, 이웃들도 감시하고. 도망쳤는지도 몰라. 그거야 뭐, 그리 이상한 일도 아니지만, 녀석이 도망칠 것 같지는 않아요. 시프리아노 알고르는 불안과 두려움에 떨면서 문을 열었다가 하마터면 개에게 발이 걸려 넘어질 뻔했다. 파운드는 깔개 위에 대각선으로 몸을 쭉 뻗고 누워 있었다. 녀석의 코는 문을 향하고 있었다. 주인이 모습을 드러내자 녀석은 일어나서 명령을 기다렸다. 녀석이 여기 있다, 시프리아노 알고르가 소리쳤다. 저도 봤어요, 마르타가 안에서 대답했다. 시프리아노 알고르는 문을 닫으려 했다. 녀석이 나를 보고 있어, 그가 말했다. 전에도 녀석이 아버지를 본 적이 있잖아요. 내가 어떻게 해야 하지. 녀석을 밖에 둔 채 문을 닫든지, 아니면 녀석을 안으로 들인 다음에 문을 닫으세요. 지금 농담할 때가 아냐. 저도 농담하는 것 아니에요, 파운드를 집 안에 들일 건지 아닌지 오늘 결정하셔야 할 것 같은데요, 하지만 지금 녀석이 안으로 들어오면 그걸로 결정이 끝난다는 건 아시죠. 옛날에 콘스탄테는 언제든 마음 내킬 때 안으로 들어왔는데. 저도 알아요, 하지만 대개 그 녀석은 개집에서 혼자 있는 걸 좋아했죠, 그런데 만약 제가 잘 못 본 게 아니라면, 저 녀석은 음식만큼이나 말동무를 그리워하는 것 같아요. 그러면 충분한 이유가 되겠구나, 시프리아노 알고르가 말했다. 그는 문을 활짝 열고 개에게 들어오라고 손짓했다. 파운드는 주인에게서 눈을 떼지 않은 채 조심스레 한 발을 떼더니, 마치 자기가 명령을 제대로 이해한 건지 잘 모르겠다는 듯이 걸음을 멈췄다. 들어와, 시프리아노 알고르가 다시 말했다. 개는 천천히 앞으로 걸어 들어와서 부엌 한가운데에 멈춰 섰다. 집 안으로 들어온 걸 환영한다, 마르타가 말했다, 하지만 이 집의 규칙을 당장 익히는 게 좋을 거야, 볼일은 반드시 밖에서 봐야 하고, 음식도 반드시 밖에서 먹어야 돼, 낮에는 얼마든지 드나들 수 있지만 밤에는 네 집으로 가, 그래야 집을 지키지, 내가 네 주인보다 매정하다고 생각하지 말았으면 좋겠구나, 너한테 말동무가 필요한 것 같다고 네 주인한테 얘기한 사람이 나니까 말이야. 마르타가 이렇게 강의를 하는 동안 파운드는 그녀에게서 잠시도 눈을 떼지 않았다. 녀석은 마르타가 무엇을 원하는지 도무지 알 수 없었지만, 작은 뇌로도 뭔가를 배우기 위해서는 반드시 상대를 바라보며 귀를 기울여야 한다는 것쯤은 아는 것 같았다. 녀석은 마르타가 말을 끝낸 후에도 잠시 더 기다리다가 부엌 구석으로 가서 몸을 동그랗게 말았다. 그러나 미처 그 자리가 따뜻해지기도 전에, 시프리아노 알고르가 자리에 앉자마자 녀석은 다시 일어서서 그의 의자 옆으로 가 누웠다. 녀석은 자신의 의무와 책임이 무엇인지 분명히 알고 있다는 것을 두 주인에게 확실히 보여주기라도 하려는 듯이 겨우 십오 분이 지나자마자 자리에서 일어나 마르타 옆으로 가서 누웠다. 개는 원래 말동무가 필요한 사람이 누구인지 아는 법이다.

그후 사흘 동안 두 사람은 분주히 움직이며 불안과 흥분 속에서 종이 위에 그림을 그렸다가 지우기도 하고, 찰흙으로 인형을 만들었다가 부수기도 했다. 두 사람 모두 자신들이 아이디어를 현실로 만들기 위해 들인 노력이 무뚝뚝하게 거부당하고 말지도 모른다는 사실을 받아들이고 싶지 않았다. 그들은 아무 설명도 없이 그냥 이렇게만 말할 것이다, 그런 인형은 유행이 지났어요. 두 사람은 난파한 배의 선원들처럼, 실제로 섬이 존재하는지 아니면 섬의 환영에 불과한 것인지 알지 못한 채, 어떤 섬을 향해 노를 젓고 있었다. 그림 그리는 솜씨는 마르타가 더 나았으므로, 그녀가 여섯 가지 형태의 인형을 종이에 그리는 작업을 맡았다. 그녀는 고전적인 모눈종이를 이용해서 완성품의 크기, 그러니까 그녀의 작은 손이 아니라 아버지의 손바닥 길이만한 크기로 인형을 그렸다. 이제 그림에 색칠을 할 차례였다. 이것은 복잡한 작업이었다. 색칠할 때 지극히 주의를 기울여야 한다는 점 때문이 아니라, 이 인형들에게 맞는 색깔인지 확신할 수 없는 색들을 골라서 섞어 칠해야 했기 때문이다. 출간 당시의 인쇄기술 수준에 따라 그림이 덧붙여진 백과사전에는 세세한 부분이 모두 표현된 동화화가 실려 있었지만, 색깔이라고는 흰 종이에 검은 선을 인쇄해서 나온 다양한 명도의 회색이 전부였다. 작업하기에 제일 쉬운 것은 당연히 간호사였다. 하얀 모자, 하얀 블라우스, 하얀 치마, 하얀 신발 등 모든 것이 티 하나 없는 하얀색뿐이었으니까. 마치 고통을 줄여야 한다는 임무를 띠고 지상으로 내려온 자선의 천사라도 되는 것 같았다. 결국은 그녀 자신의 고통을 줄여주기 위해 똑같은 옷을 입은 또다른 천사를 급히 하늘에서 불러와야 할 것이다. 에스키모도 색칠하기에 그리 어렵지 않았다. 베이지색과 회색을 반씩 섞어서 피부색을 칠하고, 곰 가죽을 뒤집어 입은 모습을 표현하기 위해여기저기 하얀 색을 조금씩 칠해주면 되니까. 중요한 것은 에스키모의 얼굴이 그가 타고난 얼굴 그대로 진짜 같아야 한다는 점이었다. 어릿광대의 경우에는 문제가 더 심각했다. 순전히 그가 가난하기 때문이었다. 만약 그가 불쌍한 부랑자가 아니라 부유한 어릿광대였다면 아무거나 밝고 유쾌한 색을 칠한 다음, 원뿔형 모자와 셔츠와 바지에 여기저기 금박을 붙이면 될 것이다. 그러나 그는 정말로 가난한 어릿광대여서 머리부터 발끝까지 누더기를 기워 만든 옷을 입고 있기 때문에 개인적인 취향이나 개성이 전혀 드러나지 않는다. 겉옷은 무릎까지 내려오고, 바지는 헐렁하며, 칼라는 목 세 개가 들어갈만큼 크고, 나비넥타이는 천장에 달린 환풍기처럼 생겼고, 요란한 색깔의 셔츠와 신발은 거룻배만큼이나 크다. 이 모든 것을 마음 내키는 대로 칠할 수 있다. 그는 가난한 어릿광대일 뿐이라서 아무도 이 가난한 남자가 광대로 일하지 않을 때 입을 법한 품위 있는 색깔의 옷을 입었는지 굳이 확인하려고 하지 않을 테니까 말이다. 문제는 무엇이든 대충은 할 줄 아는 이 남자를 만들기가 사냥꾼이나 소총병만큼 어렵다는 점이다. 사실 사냥꾼과 소총병은 처음에 너무 어려워 보였다. 어릿광대에서 익살꾼으로 옮겨가는 것은 비슷한 것에서 똑같은 것으로, 서로 비교할 수 있는 것에서 유사한 것으로 옮겨가는 것과 같을 것이다. 비록 색칠하는 방식이 달라지기는 하지만, 광대에게 사용했던 색깔을 익살꾼에게도 사용할 수 있고, 의상을 조금만 바꾸면 어릿광대를 익살꾼으로, 익살꾼을 어릿광대로 금방 바꿀 수 있다. 엄격히 말해서, 이 둘은 옷과 기능에 관한 한 서로 거의 똑같다고 할 수 있다. 사회적인 관점에서 유일한 차이점이 있다면, 어릿광대는 대개 왕들이 사는 궁전을 방문하지 않는다는 점이다. 긴 겉옷을 입은 중국 관리와 튜닉을 입은 아시리아인을 만들 때도 특별히 주의를 기울일 필요가 없을 것이다. 에스키모의 눈을 조금만 손질하면 중국 관리로 변신할 것이고, 아시리아인의 경우에는 길고 곱슬곱슬한 턱수염 덕분에 얼굴 아랫부분을 쉽게 만들 수 있을 것이다. 마르타는 세 종류의 그림을 그렸다. 처음에 그린 그림은 원본을 충실하게 옮긴 것이고, 두 번째 그림은 장신구를 모두 떼어낸 채 그린 것이었으며, 세 번째 그림은 불필요한 세부사항을 생략한 것이었다. 이 세 종류의 그림 덕분에 두 사람의 제안에 대해 최종 결정권을 쥔 센터의 관리가 누구든 인형들을 쉽게 살펴볼 수 있을 것이다. 그리고 만약 두 사람의 제안이 받아들여진다면, 그림과 실제 인형 사이에 차이가 크다며 불만이 들어올 가능성도 낮아질 것이다. 어쩌면 이것은 희망 사항에 불과할 수도 있지만. 시프리아노 알고르는 마르타가 세 번째 그림을 그릴 때까지 가만히 지켜보기만 했다. 그는 딸을 도와줄 수 없어 속이 상했고, 자기가 조금이라도 끼어들면 일이 느려지고 더 어려워지기만 할 뿐이라는 점을 알고 있기 때문에 더욱더 속이 상했다. 하지만 마르타가 마지막 그림을 그릴 종이를 펼치자마자 그는 재빨리 첫 번째 그림을 모아들고 공방으로 향했다. 마르타는 아버지에게 처음에는 작품이 제대로 나오지 않더라도 속상해하지 말라는 말을 간신히 할 수 있었을 뿐이다. 그날과 그 다음날까지, 그러니까 센터로 마르살을 데리러 갈 시간이 될 때까지 시프리아노 알고르는 간호사와 중국 관리, 익살꾼과 아시리아인, 에스키모와 어릿광대 인형을 만들고 부수고 다시 만들기를 반복했다. 처음에는 인형의 모양을 거의 알아볼 수 없을 지경이었지만, 그의 손가락이 뇌의 명령을 자신의 법칙에 따라 스스로 해석하기 시작하면서 점점 형태가 잡혀갔다. 사실 우리 손가락의 첫 번째 마디와 중간 마디와 마지막 마디 사이 어디쯤에 작은 뇌가 있다는 사실을 아는 사람은 거의 없다. 우리가 뇌라고 부르는 기관, 우리가 태어날 때부터 가지고 있는 기관, 우리가 머릿속에 담고 다니며, 또한 우리가 자신을 담고 다닐 수 있도록 우리를 이동시켜 주는 그 기관은 손과 손가락이 하는 일에 대해, 기껏해야 몹시 일반적이고, 모호하고, 산만하게 알고 있을 뿐이다. 무엇보다 뇌는 상상력이 부족하다. 예를 들어, 머릿속의 뇌가 갑자기 그림이나 조각이나 음악이나 문학이나 찰흙 인형에 관한 아이디어를 생각해 낸다면, 그냥 거기에 해당하는 신호를 보내고 일이 어떻게 되는지 가만히 두고볼 뿐이다. 손과 손가락에게 명령을 보냈으니 그것들이 일을 끝내면 임무가 완수될 것이라고 믿어버리는 것이다. 아니면 믿는 척하는 것이거나. 뇌는, 아무리 간단하게 한다 해도 복잡한 이 작업의 최종 결과물이 처음에 자신이 손에게 지시를 내릴 때 상상했던 것과 별로 닮지 않은 이유가 무엇인지 자문해 볼 정도의 호기심도 없다. 손가락이 처음부터 뇌를 타고나는 것은 아니라는 점을 분명히 해두어야겠다. 손가락의 뇌는 시간이 흐르면서 눈의 도움을 얻어 점차 발달한다. 여기서 눈을 통해 보이는 것들만큼이나 눈의 도움이 중요하다. 손가락이 숨어 있는 것을 찾아내는 데 항상 뛰어난 재주를 발휘하는 이유가 바로 이것이다. 머릿속의 뇌에서 본능적이거나, 마법 같거나, 초자연적인 것(초자연적인 것이 정확히 무엇인지는 모르겠지만)처럼 보이는 모든 것이, 사실은 손가락 속의 작은 뇌에게서 배운 것이다. 머릿속의 뇌가 돌이 무엇인지 알려면 먼저 손가락이 돌을 만져보고, 거친 표면과 무게와 밀도를 느끼고, 돌에 손을 베여 보아야 한다. 뇌는 오랜 시간이 흐른 후에야 비로소 그 돌조각을 가지고 뇌가 칼이나 우상이라고 부르게 될 물건을 만들 수 있다는 점을 깨닫는다. 머릿속의 뇌는 항상 손보다 뒤처져 있으며, 뇌가 손가락을 압도한 것처럼 보이는 지금도 손가락이 촉감을 이용한 조사결과와 찰흙을 만졌을 때 피부를 훑고 지나가는 떨림, 조각칼의 날카로움, 동판을 파고드는 산(酸), 평평하게 놓인 종이의 희미한 떨림, 질감의 결, 그물처럼 엇갈린 섬유, 돋을새김으로 조각된 알파벳을 요약해서 설명해 주어야 한다. 색깔도 문제다. 사실 뇌는 색깔에 대해 우리 생각보다 훨씬 더 무식하다. 뇌는 눈이 보여주는 것을 비교적 선명하게 볼 수 있지만, 눈으로 본 것을 지식으로 변환시키는 문제에 이르면 방향감각을 잃고 애를 먹는 경우가 많다. 평생에 걸친 경험이라는 무의식적인 자신감 덕분에 뇌는 기본색과 보색의 이름을 주저 없이 말할 수 있지만, 말로 표현하기 어려운 것과의 경계에 서 있는 색깔의 이름이나 특색을 알려주는 표식이 될 만한 말을 만들어 내려할 때는 금세 방향을 잃고 당황해서 불안해한다. 손과 손가락이 생각에 잠긴 눈의 승인과 동조를 얻어 새로 발명하고 있는 이런 색깔들은, 아마 결코 이름을 얻지 못할 것이다. 아니면 이미 이름을 갖고 있는 것인지도 모른다. 오로지 손만이 알고 있는 이름. 음악의 음표를 구성하는 여러 부분들을 해체하듯이 물감을 섞는 것이 손이므로. 그 색깔이 묻어서 피부 속 깊숙한 곳까지 물드는 것이 바로 손이므로. 그리고 눈에 보이지 않는 손가락의 지식이 있어야만 꿈이라는 무한한 천에 그림을 그릴 수 있을 터이므로. 머릿속의 뇌는 눈이 스스로 보았다고 믿는 것에 대한 신뢰를 바탕으로 빛과 음영, 바람, 습도에 따라, 바닷가의 색깔이 흰색이거나 노란색이거나 황금색이거나 회색이거나 자주색이거나 그 밖의 다른 색이라고 선언한다. 하지만 그때 손가락이 나타나서, 마치 밀밭에서 추수를 하는 것처럼 뭔가를 모아들이는 동작으로 땅에서 세상의 모든 색깔을 뽑아낸다. 유일하게 보였던 색이 사실은 여러 색이었고, 여러 색은 더 많은 색이 될 것이다. 하지만 한 가지 색조만 의기양양하게 번쩍일 때나 색조가 음악처럼 변할 때에도 모든 색조가 살아 있다. 아직 이름을 기다리고 있는 것들뿐만 아니라, 이미 이름을 얻은 색의 명암이나 농담도 마찬가지다. 겉으로 보기에 매끈하고 평평해 보이는 표면에 역사 속에 등장했던 모든 것의 흔적을 감추거나 드러내 보이는 것이 모두 가능한 것처럼. 물질의 역사는 모두 인류의 역사이다. 찰흙이 감추거나 보여주는 것은 시간과 공간을 통과하는 흐름이며, 손가락이 남긴 흔적, 손톱이 긁은 자국, 다 타버린 모닥불의 재와 그을린 나무, 우리와 다른 사람들의 뼈는, 한없이 갈라지다가 저 멀리에서 사라져 서로 하나가 되는 길이다. 표면의 알갱이는 기억이고, 여기 움푹 패인 자국은 이곳에 몸을 기댄 생물이 남기고 간 것이다. 뇌가 질문을 던지고 요청을 하면 손이 대답을 하고 요청을 받아들인다. 마르타는 이것을 조금 다르게 표현했다. 이제 요령이 생긴 모양이네요.

사람이 해야 할 일을 하러 간다, 그러니까 이번에는 집에 있어라, 시프리아노 알고르가 개에게 말했다. 그가 자동차 쪽으로 가는 것을 보고 녀석이 쫓아왔기 때문이다. 파운드한테는 굳이 자동차에 타라는 말을 하지 않아도 되는 것 같았다. 그냥 차문을 한참 열어두기만 하면, 녀석은 주인들이 자기를 당장 쫓아내지 않으리라는 것을 알아차렸다. 하지만 이상하게 보일지 몰라도, 녀석이 깜짝 놀라 차로 달려오는 진짜 이유는 주인이 혼자 떠나버릴지도 모른다는 불안감이었다. 마당으로 나와 아버지와 이야기를 하며 자동차를 향해 걸어가는 마르타는 그림과 제안서가 들어 있는 봉투를 한 손에 들고 있었다. 파운드는 봉투가 무엇이며 어디에 쓰는 물건인지 잘 모르지만, 이제 곧 자동차에 탈 사람들이 대개 손에 든 물건을 먼저 뒷좌석에 던져넣은 다음 차에 오른다는 것을 경험으로 알고 있다. 이런 경험에 비추어, 이번에는 마르타가 아버지와 함께 차를 타고 나갈 것이라고 파운드가 생각했을 수도 있다는 것을 알 수 있다. 파운드는 이 집에 온 지 겨우 며칠밖에 되지 않았지만, 주인의 집이 자신의 집임을 믿어 의심치 않는다. 그렇다고 해서 녀석이 주위를 둘러보며 모든 것이 다 내 것이라고 말할 권리가 생긴 것은 아니다. 게다가 크기나 품종이나 성격과 상관없이, 개는 결코 그토록 과감하게 소유권을 표현하는 말을 하지 못한다. 기껏해야 모든 것이 다 우리 것이라고 생각할 뿐. 하지만 공방과 그 부속시설들에 관해서는 십 년이 지난다 해도 파운드가 자기 것이라고 생각할 수 없을 것이다. 파운드가 나이를 아주 많이 먹을 때까지 얻을 수 있는 것이라고는, 뭔가 위험할 정도로 복잡하며 도무지 손에 잡히지 않는 의미로 가득 찬 것, 각각의 개체가 부분이자 전체이기도 한 부분들로 이루어진 전체의 일부라는 모호한 느낌뿐일 것이다. 인간의 두뇌가 생각해 낼 수는 있지만 설명하기는 아주 힘든 이런 복잡한 생각은 개들의 일용할 양식이다. 단순히 이론적인 견지에서도 그렇고, 실질적인 결과 면에서도 그렇다. 하지만 개의 정신이, 하늘을 떠가는 고요한 구름이나 부드러운 빛으로 가득 찬 봄날 새벽, 또는 하얀 백조들이 헤엄치는 호수 같다고 생각하면 안 된다. 만약 개의 정신이 그런 것이었다면, 파운드가 갑자기 애처롭게 끙끙대지 않았을 것이다. 나는 어떻게 하고요, 녀석은 이렇게 말하고 있었다, 나는 어떻게 하고요. 이 고통 받는 영혼의 비통한 외침을 들은 시프리아노 알고르는 센터로 가서 해야 할 일 때문에 부담을 느끼고 있었으므로, 이번에는 집에 있으라는 말부터 할 수 없었다. 이때 불안에 휩싸인 개를 달래준 것은 마르타가 아버지에게 봉투를 건네준 다음 두 걸음 뒤로 물러서는 광경이었다. 이제 파운드는 두 사람이 자기만 혼자 남겨두고 가버리는 것이 아님을 깨달았다. 앞에서 충분한 설명이 되었는지 모르겠지만, 각각의 부분이 그 자체로서 전체가 될 수 있다고 해도 두 부분을 한데 합치면 합이 달라지기 때문이다. 마르타는 지친 표정으로 아버지에게 손을 흔들어 작별인사를 한 다음 집 안으로 다시 들어갔다. 개는 당장 그녀를 뒤쫓아 가지 않고 내리막길을 내려가, 도로에 올라선 자동차가 마을의 첫 번째 집 뒤로 사라질 때까지 기다렸다. 그러고 얼마 되지 않아 부엌으로 들어간 녀석은 여주인이 지난 며칠 동안 일할 때 앉아 있던 의자에 앉아 있는 것을 보았다. 그녀는 마치 그림자나 고통을 걷어내려는 것처럼 계속 손으로 눈을 훔치고 있었다. 파운드는 아직 나이가 어렸기 때문에 인간의 눈물이 지닌 중요성이나 의미에 대해 분명하고 명확한 견해를 확립할 시간이 없었지만, 이 체액이 인간의 감정, 이성, 잔인함이 기묘하게 뒤섞인 혼합체 속에서 자주 모습을 드러낸다는 점을 생각하며, 울고 있는 여주인에게 가서 무릎에 가볍게 머리를 올려놓아도 크게 잘못될 일은 없을 것이라고 생각했다. 나이가 좀 더 많은 개였다면, 나이를 먹을수록 죄책감이 두 배로 늘어난다는 가정하에 하는 말이지만, 어쨌든 쓸데없이 냉소적인 개였다면 그렇게 애정 어린 몸짓을 빈정대는 시선으로 바라보았을 것이다. 그런 개가 그런 태도를 취하는 것은, 노년의 공허로 인해 감정적인 문제에서는 항상 지나친 것이 모자란 것보다 낫다는 점을 잊어버렸기 때문이다. 개의 몸이 자신에게 닿자 마르타는 천천히 녀석의 머리를 쓰다듬어주었다. 녀석이 꼼짝도 하지 않고 계속 그녀를 쳐다보고 있었으므로, 그녀는 목탄을 한 조각 집어들어 종이에 스케치를 하기 시작했다. 처음에는 눈물 때문에 앞이 잘 보이지 않았지만, 손에 점점 자신감이 붙으면서 시야도 더 맑아졌다. 마치 어두운 연못 저 깊은 곳에서 솟아나온 것처럼 개의 머리가 지닌 아름다움과 힘, 그 신비로움과 호기심 어린 눈길이 그녀의 눈앞에 드러났다. 지금 이 순간부터 마르타는 시프리아노 알고르 못지않게 파운드를 사랑하게 될 것이다.

시프리아노 알고르는 마을과 외딴 집 세 채를 지나갔다. 이미 폐허가 된 그 외딴 집들에 사람의 모습이 나타나는 일은 앞으로 절대 없을 것이다. 시프리아노 알고르는 썩은 것들이 가득 찬 개울가를 지나가고 있다. 조금 있으면 버려진 들판을 가로질러 아무도 돌보지 않는 숲을 지나갈 것이다. 그는 이길을 워낙 자주 다녔기 때문에 주변 풍경이 황량하다는 사실을 거의 알아차리지 못했다. 하지만 오늘은 걱정거리가 두 가지 있다. 게다가 둘 다 그가 정신을 빼앗길 만하다. 물론 두 가지 걱정거리 중 하나인 인형에 관한 제안서에 대해서는 특별히 언급할 것이 없다. 하지만 또다른 걱정거리, 앞으로 얼마나 오랫동안 영향을 미칠지 알 길이 없는 이 걱정거리가 그를 괴롭히고 있다. 이사우라 에스투디오사가 사는 거리로 가서 물병이 어떻게 됐는지, 사용하다 보니 혹시 숨은 결점이 드러나지는 않았는지, 물은 잘 따라지는지, 물을 차갑게 잘 보관해 주는지 알아보고 싶다는 충동. 이것은 전혀 예상치도 못했고, 설명할 수도 없는 일이었다. 시프리아노 알고르는 이미 얼마 전부터 그녀와 아는 사이였다. 사실 그가 일을 하는 동안 마을에서 만나지 않은 사람이 있을 가능성은 몹시 희박했다. 에스투디오사의 가족들과 친한 편은 아니었지만, 호아킴 에스투디오사의 장례식에 딸과 함께 참석하기도 했다. 이사우라는 결혼 후에 아주 멀리 떨어진 마을에서 이 마을로 옮겨 오면서 마을의 관습대로 남편의 성을 사용하게 되었다. 시프리아노 알고르는 자신이 장례식 때 묘지를 떠나면서 그녀에게 애도의 말을 했던 것을 기억하고 있다. 그런데 몇 달 뒤 같은 장소에서 그녀를 다시 만나 깨진 물병에 관한 이야기를 주고받다가 새 물병을 주겠다는 약속을 하게 된 것이다. 그녀는 마을에 사는 과부일 뿐이었다. 육 개월 동안 남편의 상을 치른 후, 다시 육 개월 동안 반(半)상을 치르게 될 여자. 그래도 그녀는 운이 좋은 편이었다. 과거에는 꼬박 일 년 동안 밤낮으로 상과 반상을 치렀다. 그것은 여자의 몸으로 몹시 힘든 일이었다. 어쩌면 영혼도 감당하기 어려운 일이었는지도 모른다. 아직 젊은 나이에 관습 때문에 죽을 때까지 검은 옷만 입어야 하는 여자들에 대해서는 말할 것도 없다. 시프리아노 알고르는 장례식이 끝난 후 묘지에서 그녀를 다시 만나기 전까지 그녀와 이야기를 나눠본 적이 있는지 생각해 보았다. 그러자 놀라운 답이 나왔다. 그 여자를 본 적도 없어. 그것은 사실이었다. 이처럼 매우 독특해 보이는 상황이 그리 놀라운 것이 아니라는 점만 빼면. 운명의 지배를 받는 문제에서는 인구가 천만 명이나 되는 도시에 살든 겨우 수백 명밖에 안 되는 시골 마을에 살든 달라질 것이 없으니까. 반드시 일어나야 할 일이 일어날 뿐이다. 이제 시프리아노 알고르는 마르타에게로 생각을 돌려보려고 했다. 마치 머릿속에 쓸데없는 환상이 끝없이 떠오르게 한 책임을 그녀에게 물으려는 듯이. 그러나 승리를 거둔 것은 한순간도 경계를 늦추지 않는 그의 공평함과 정직한 판단력이었다. 공연히 진실을 감추려고 하지 마, 미르타는 아무 상관없어, 그 애는 그저 네가 듣고 싶어하는 말을 했을 뿐이야, 중요한 건 이사우라 에스투디오사에게 물병 말고 더 줄 것이 있는지 생각해 보는 거야, 물론 지금 네가 주려고 생각하는 것을 그녀가 받을 준비가 됐는지 알아보는 것도 중요하지, 어쩌면 전부 다 내 상상에 불과할 수도 있으니까. 이 독백은 지금으로서는 극복할 수 없을 것 같은 장애물 때문에 중단되었다. 그런데 이렇게 생각을 멈추고 보니 또 다른 걱정거리가 득달같이 달려들었다. 아니 한 가지가 아니라 세 가지가 하나로 합쳐진 걱정거리였다. 찰흙 인형, 센터, 구매부장, 이 세 가지. 이 모든 일이 어떻게 될지 정말 궁금해, 시프리아노 알고르는 혼자 중얼거렸다. 조금 모호한 문장이어서 자세히 살펴본다면, 이사우라 에스투디오사라는 더 짜릿한 주제에 대해 이야기하는 것처럼 들릴 수도 있었다. 하지만 이미 너무 늦었다. 우리는 이미 농업벨트를 지나가고 있다. 아니, 냉혹한 현실을 말로 감추고 싶어하는 사람들처럼 그린벨트라고 불러야 하나. 땅을 뒤덮고 있는 천박한 초록색, 가없는 바다처럼 펼쳐진 플라스틱 건물들 속에서 전부 똑같은 크기로 지어진 온실들이 돌처럼 굳어버린 빙산, 점박이 무늬가 없는 거대한 도미노처럼 보인다. 온실 안에서는 추위를 모른다. 그곳에서 일하는 사람들은 오히려 열기 때문에 숨이 막힐 지경이다. 땀에 절어 기절하는 사람도 있다. 그들은 마치 누군가가 거칠게 쥐어짠, 흠뻑 젖은 넝마 같다. 상황을 설명하는 데는 여러 가지 표현을 쓸 수 있지만, 그래도 그들의 고생이 달라지지는 않는다. 오늘은 승합차가 텅 비어 있다. 시프리아노 알고르는 이제 판매자 조합의 조합원이 아니다. 사람들이 그가 만드는 물건에 더 이상 관심이 없다는 반박할 수 없는 이유 때문이다. 이제는 그의 옆자리에 여섯 장의 그림이 있을 뿐이다. 마르타가 그곳에 그 그림을 놓아두었다. 파운드가 생각했던 것처럼 뒷좌석이 아니다. 그 그림들은 이번 센터 방문길을 인도하는 단 하나의 연약한 나침반이다. 그 그림을 그린 사람이 잠시 모든 게 소용없다는 생각을 했을 때, 그는 다행히도 이미 집을 떠난 다음이었다. 사람들은 풍경이 마음의 상태를 대변한다고 말한다. 우리가 내면의 눈으로 풍경을 바라본다고. 하지만 그 놀라운 내면의 눈으로 이 공장들과 차고들, 하늘을 집어삼키는 연기, 유독성 먼지, 끝날 줄 모르는 진흙길, 두껍게 쌓인 검댕, 이미 쌓여 있는 쓰레기 위로 밀려온 어제의 쓰레기, 오늘의 쓰레기 위로 밀려온 내일의 쓰레기를 보지 못하기 때문에 그런 말을 하는 걸까. 여기서는 생활에 아무리 만족하는 사람도 주위를 둘러보기만 하면 자기 것이라고 생각했던 행운이 정말 행운인지 의심하게 된다.

산업벨트 너머의 도로 위에, 판잣집들이 차지하고 있는 그 황량한 땅에 다 타버린 트럭이 한 대 서 있다. 트럭에 실려 있던 상품은 온데간데없고, 안에 무엇이 들어 있었는지, 어디서 온 것인지 알 길이 없는 상자 몇 개만 검게 그을린 채 여기저기 흩어져 있을 뿐이다. 물건들이 트럭과 함께 모조리 타버렸거나, 아니면 불이 트럭을 집어삼키기 전에 사람들이 짐을 내린 모양이었다. 주위의 땅은 젖어 있다. 소방대가 이 사고현장으로 달려 왔었다는 뜻이다. 하지만 트럭이 완전히 타버린 것으로 보아 소방대가 너무 늦게 온 모양이다. 트럭 앞에는 교통경찰관들의 자동차 두 대가 서 있고, 거리 건너편에는 군사용 수송차량이 있다. 시프리아노 알고르는 사고현장을 자세히 보려고 속도를 늦췄지만, 경찰관들이 무뚝뚝하고 무표정한 얼굴로 빨리 가라고 명령했다. 그는 죽은 사람이 없는지만 간신히 물어볼 수 있었다. 하지만 경찰관들은 그의 질문을 무시했다. 빨리 가요, 빨리 가, 그들이 정신없이 팔을 흔들면서 소리쳤다. 바로 그때 시프리아노 알고르는 옆을 흘긋 바라보다가 판잣집들 사이로 군인들이 움직이는 것을 보았다. 차가 움직이는 속도 때문에 그는 더 이상 자세한 것을 볼 수 없었다. 군인들이 주민들을 집에서 몰아내는 것처럼 보인다는 점만 알아차렸을 뿐이다. 이번에는 트럭을 공격한 사람들이 그냥 짐을 약탈하는 것만으로 그치지 않은 모양이었다. 이런 일이 일어난 적이 없으니 이유는 알 수 없었지만, 그들은 트럭에 불을 질렀다. 트럭 운전수가 그들 못지않게 폭력적인 반응을 보였기 때문일 수도 있고, 판자촌의 범죄조직들이 전술을 바꿨기 때문일 수도 있었다. 하지만 그렇게 폭력적인 행위를 저지르는 것이 그들에게 무슨 이득이 되는지 이해가 잘 가지 않는다. 그런 행위는 당국이 그들 못지않게 폭력적인 반응을 보이는 것을 정당화해 줄 뿐이다. 내가 아는 한, 군대가 판자촌에 들어간 건 이번이 처음일걸, 시프리아노 알고르는 속으로 생각했다, 지금까지는 문제가 생길 때마다 항상 경찰이 나섰지. 사실 판자촌 사람들은 경찰한테 의지하고 있는 거나 마찬가지였다. 경찰이 현장에 와서 사람들에게 질문을 던지기도 하고 그렇지 않기도 하다가, 몇 명을 체포해 가고 나면 아무 일도 없었다는 듯이 그냥 일상생활로 돌아갈 수 있었으니까. 게다가 체포됐던 사람들도 조만간 다시 돌아왔다. 시프리아노 알고르는 자신이 물병을 주었던 여인 이사우라 에스투디오사를 까맣게 잊어버렸다. 자신이 인형들의 미학적 장점을 설명하게 될 센터의 구매부장도 잊어버렸다. 그는 너무 심하게 타서 원래 실려 있던 물건의 흔적조차 찾아볼 수 없는 트럭만 생각하고 있다. 물론 그 트럭에 원래부터 물건이 실려 있었다면 말이지만. 만약, 만약, 그는 돌부리에 걸려 넘어졌으면서 다시 그 돌부리에 걸려 넘어지려고 뒤로 돌아선 사람처럼 만약이라는 말을 자꾸 중얼거렸다. 돌멩이를 자꾸 내려치면 안에서 저절로 불꽃이 튀어나오기라도 하는 것처럼. 하지만 불꽃은 튀어나올 생각이 없는 모양이다. 시프리아노 알고르는 꼬박 삼 킬로미터를 달리는 동안 내내 이 생각만 하고 있었기 때문에 이제 그만 포기해야겠다는 생각이 들었다. 이사우라 에스투디오사가 그의 머릿속에서 구매부장과 영토 다툼을 벌일 준비를 하고 있었다. 그런데 그때 갑자기 불꽃이 튀어올라 환하게 불이 켜졌다. 트럭을 불태운 것은 판자촌 사람들이 아니라 경찰들이었다. 트럭은 군대를 불러들이기 위한 핑계에 지나지 않았다. 틀림없이 그랬을 거야, 내 장화를 걸고 장담할 수 있어, 시프리아노 알고르는 혼자 중얼거렸다. 그러고 나니 몹시 피곤해졌다. 정신을 혹사했기 때문이 아니라, 세상이 어떻게 돌아가는지 갑자기 눈에 보였기 때문에. 세상에 거짓이 얼마나 많은지. 어딘가에 진실이 조금 있기는 하겠지만, 진실은 계속 변한다. 그리고 진실일 가능성이 있는 것들은 우리에게 생각할 시간을 충분히 주지 않는다. 게다가 우리는 이 진실일 가능성이 있는 것들이 혹시 그럴듯한 거짓말은 아닌지 먼저 확인해 봐야 한다. 시프리아노 알고르는 손목시계를 흘깃 보았지만, 시간을 알아보는 데는 별로 도움이 되지 않았다. 그럴듯한 거짓말과 진실일 가능성이 있는 것을 생각하다가 그런 동작을 취한 것에 불과하니까. 시계바늘의 위치를 보고 해답을 찾아내려는 것처럼. 두 바늘이 직각을 이루고 있으면 그렇다는 뜻이고, 두 바늘의 각도가 직각보다 작으면 어쩌면, 직각보다 크면 절대 아니다. 두 바늘이 일직선을 이루고 있으면 그 문제를 더 이상 생각하지 않는 것이 최선이라는 뜻이었다. 잠시 후, 그가 다시 시계를 보니 바늘은 단순히 시간, 분, 초를 가리키는 도구로 돌아가 있었다. 현실적이고, 기능적이고, 얌전한 시계바늘로. 제 시간에 갈 수 있겠군, 그가 말했다. 그건 사실이었다. 그는 시간 맞춰 갈 수 있었다. 우리는 시간이 없다는 말을 아무리 많이 해도 항상 시간을 맞춰서 가거나 시간보다 뒤에 가지만 결코 시간을 벗어나지는 않는다. 그는 이제 도시에 들어와서 목적지까지 이어진 길을 달리고 있었다. 그의 생각이 자동차보다 훨씬 빠른 속도로 그를 앞질러 달려갔다. 구매부장, 부장, 구매장. 가엾은 이사우라 에스투디오사에 관한 생각은 뒷전으로 밀려났다. 길이 끝나는 곳에 탑처럼 우뚝 서서 길을 막고 있는 회색 담에 하얀색의 거대한 직사각형 포스터가 붙어 있었다. 거기에는 강렬하게 반짝이는 파란색 글씨로 이런 문구가 적혀 있었다, 안전 속에 사는 것, 센터에 사는 것. 그 문구의 오른쪽 아래에는 겨우 네 단어밖에 되지 않는 또다른 문구가 검은색으로 적혀 있었지만, 시프리아노 알고르는 근시였기 때문에 그 글자를 알아볼 수 없었다. 하지만 그 문구도 커다란 글씨로 써 있는 문구 못지않게 중요하다. 우리가 원한다면 그것이 보조적인 내용을 담고 있다고 할 수는 있겠지만, 결코 불필요한 문구라고 할 수는 없다. 더 자세한 정보를 알아보세요가 그 문구의 내용이었다. 이런 포스터는 가끔 이 담에 나타나서 똑같은 말을 되풀이한다. 색깔만 달라질 뿐이다. 서른다섯 살의 남편과 서른세 살의 아내와 열한 살짜리 아들과 아홉 살짜리 딸이 있는 행복한 가족의 모습을 보여줄 때도 있다. 항상 그런 것은 아니지만, 나이를 알 수 없는 할아버지나 할머니가 함께 등장하는 경우도 있다. 머리는 백발이지만 주름살은 별로 없는 노인. 가족들은 모두 하얗게 빛나는 완벽한 치아를 드러낸 채 어쩔 수 없이 활짝 웃고 있다. 시프리아노 알고르는 이 포스터를 나쁜 징조로 받아들였다. 사위가 전에도 수없이 그랬던 것처럼, 자신이 상주경비원으로 승진하는 즉시 모두 센터로 이사할 것이라고 말하는 소리가 벌써 들리는 것 같았다. 우리도 저런 포스터에 실리는 신세가 될 거야, 그는 속으로 생각했다, 마르타는 이미 제 남편하고 부부로 살고 있고, 나는 할아버지 역할을 맡겠지, 저 사람들이 나를 설득할 수 있다면 말이지만, 할머니는 없군, 삼 년 전에 죽었으니까, 아직은 손자도 없고, 하지만 손자들이 설 자리에 파운드를 집어넣으면 되지, 행복한 가족이 등장하는 광고에 개를 덧붙이면 항상 근사하게 보이니까, 이상하게 들릴지 모르겠지만 이성적이지 못한 동물이 등장하는 포스터는 아주 미묘하지만 누구나 쉽게 알아볼 수 있게 인간의 우월성을 암시하거든. 시프리아노 알고르는 오른쪽으로 차를 꺾어 센터와 나란히 달리는 동안에도 내내 생각을 이어갔다. 아냐, 그건 불가능해, 센터는 개나 고양이를 받아들이지 않아, 기껏해야 잉꼬, 카나리아, 검은 방울새, 단풍새처럼 새장에서 기르는 새를 받아들일 뿐이지, 물론 어항에서 기르는 물고기도, 특히 지느러미가 많이 달린 열대어라면 더 좋지, 하지만 고양이는 안 돼, 개는 말할 것도 없고, 미치겠군, 가엾은 파운드를 또다시 집 없는 개로 만들게 생겼으니, 그런 일은 한 번이면 충분한데 말이야. 바로 그때 시프리아노 알고르의 머릿속에 어떤 모습이 슬쩍 떠올랐다. 이사우라 에스투디오사가 공동묘지 담장 옆에 서 있는 모습, 물병을 가슴에 꼭 끌어안은 모습, 문간에서 그에게 손을 흔드는 모습. 하지만 그녀의 모습은 순식간에 사라져버렸다. 어느새 물건을 가져온 사람들이 짐을 부리고 구매부장이 송장을 확인해서 어떤 물건을 받아들일지 결정하는 지하실 입구에 그가 도착했기 때문에.

짐을 내리고 있는 트럭 외에 순서를 기다리는 트럭은 두 대뿐이었다. 시프리아노 알고르는 자신이 물건을 배달하러 온 것이 아니므로 트럭들 뒤에 줄을 설 필요가 없을 것이라는 논리적인 결론을 내렸다. 그가 가져온 문제는 오로지 구매부장만이 책임질 수 있는 일이었다. 부하직원이나, 신중하게 원칙을 따르는 사무원이 다룰 수 있는 일이 아닌 것이다. 따라서 곧장 카운터로 가서 자신이 온 이유를 밝혀야 할 터였다. 그는 차를 주차한 다음 서류를 집어들었다. 그는 원래 단호하게 발을 내디딜 생각이었지만, 다리가 후들거리며 몸의 균형이 흐트러졌다. 웬만한 사람이 다 알 수 있을 정도였다. 어쨌든 그는 오래 된 기름자국과 새로 난 기름자국이 여기저기 흩어져 있는 차도를 건너 접수원에게 다가가 정중하게 인사를 한 다음, 구매부장과 이야기를 하고 싶다고 말했다. 접수원은 그의 요청을 전하러 갔다가 금방 돌아왔다. 부장님이 금방 오실 겁니다, 접수원이 말했다. 십 분 후 구매부장이 아니라 구매차장이 나타났다. 시프리아노 알고르는 상급자를 위한 차단막 역할밖에 하지 않는 사람에게 자기 이야기를 하고 싶지 않았다. 다행히도 시프리아노 알고르의 설명을 들은 구매차장이 이 일을 더 끌고 가봤자 자기 일만 늘어날 뿐이며, 어떤 식으로든 결정권자가 결정해야 할 일이라는 것을 금방 알아차렸다. 결정권자는 결정을 내리기 위해 그 자리에 임명된 사람이며, 바로 그 때문에 지금처럼 월급을 받고 있는 것이니까. 행동을 보면 금방 알 수 있듯이, 구매차장은 사회에 불만이 많은 사람이다. 그는 시프리아노 알고르의 말을 중간에서 끊더니 제안서와 그림을 획 집어들고 가버렸다. 몇 분 후 그가 사라졌던 문으로 다시 나타나 손짓으로 시프리아노 알고르를 가까이 불렀다. 굳이 말하지 않아도 알겠지만, 이런 상황에서는 실제로 다리가 후들거리는 경향이 있다. 구매차장은 시프리아노 알고르를 안으로 안내한 뒤 자기 자리로 돌아가 버렸다. 구매부장은 제안서를 오른손에 들고, 그림을 책상 위에 펼쳐놓고 있었다. 그 모습이 혼자서 카드놀이를 할 때 카드를 펼쳐놓는 것 같았다. 그가 시프리아노 알고르에게 앉으라고 손짓했다. 그 덕분에 시프리아노 알고르는 다행히도 후들거리는 다리 생각을 그만두고 자신이 해야 할 말을 시작할 수 있었다. 안녕하십니까, 부장님, 이렇게 일을 방해해서 정말 미안합니다. 하지만 제 딸하고 같이 생각해 낸 아이디어가 있어서, 아니 솔직히 말해서 제 아이디어라기보다는 딸의 아이디어였죠. 구매부장이 그의 말을 잘랐다, 얘기를 계속 듣기 전에, 알고르 씨, 센터가 당신 회사에서 더 이상 물건을 사지 않기로 결정했다는 걸 알려드리겠습니다, 그것이 제 의무니까요, 최근에 거래가 중단될 때까지 당신이 우리에게 공급하던 물건에 대한 얘기입니다. 이미 최종결정이 내려져서 돌이킬 수 없어요. 시프리아노 알고르는 고개를 숙였다. 말조심을 해야 할 터였다. 무슨 일이 일어났다 해도 그는 인형 거래 건을 위험에 빠뜨릴 수 있는 말이나 행동을 할 수 없었다. 그래서 그는 그냥 이렇게 중얼거렸다, 저도 그럴 줄 알고 있었습니다, 부장님, 이런 말을 해도 될지 모르겠지만, 그래도 그런 말씀을 들으니 참 힘들군요, 그렇게 오랫동안 물건을 공급했는데. 인생이란 그런 겁니다, 많은 것들이 언젠가는 끝나게 돼 있죠, 그리고 또 많은 것들이 새로 시작되고, 하지만 똑같은 것이 다시 시작되는 경우는 결코 없습니다. 구매부장은 말을 멈추고 마치 정신이 다른 데 팔린 사람처럼 그림을 만지작거리다가 이렇게 말했다. 댁의 사위가 나를 만나러 왔더군요. 제가 부탁한 겁니다, 부장님, 제가 부탁한 거예요, 제품을 계속 만들어야 할지 어떨지 몰라서 제가 곤혹스러워하니까 저를 도와주려고 그런 겁니다. 뭐, 이제는 제품을 어떻게 해야 할지 알게 됐군요. 예, 부장님, 그럼요. 상업 활동에서 제삼자의 압력이나 간섭을 묵인하지 않는 것이 항상 센터의 규칙이었다는 것도, 아니 그것이 센터의 체면이 걸린 일이라는 것도 분명히 알고 계시겠지요, 센터 직원의 간섭은 더욱 말할 것도 없고요. 압력을 넣으려고 그런 것이 아닙니다, 부장님. 하지만 간섭한 건 맞잖습니까. 그건 죄송합니다. 다시 침묵이 흘렀다. 이런 얘기를 얼마나 더 들어야 되는 건지, 시프리아노 알고르는 괴로운 마음으로 생각했다. 하지만 오래지 않아 답이 나왔다. 구매부장이 등록부를 열어 훑어보면서 한 장을 자세히 살펴보더니 또다른 장을 자세히 들여다보았다. 그는 작은 계산기로 몇 가지 숫자를 더한 다음 마침내 입을 열었다, 댁의 가마에서 나온 물건들이 우리 창고에 많이 쌓여 있습니다, 세일을 실시해도, 아니 적자를 보며 팔아도 그 물건을 처리할 수 있을 것 같지 않아요, 그 물건들이 귀중한 공간을 차지하고 있습니다, 그러니까 나로서는 최대 이주일 안에 그 물건들을 모두 가져가라고 요청할 수밖에 없습니다, 안 그래도 내일쯤 전화를 걸어서 얘기할 생각이었어요. 제 차는 아주 작습니다, 그러니 제가 몇 번이나 왔다 갔다 해야 할지 알 수가 없어요. 트럭을 하루 빌리면 모든 문제가 말끔히 해결될 텐데요. 제가 이제 와서 그 물건을 누구한테 팔겠습니까, 시프리아노 알고르가 절망스러운 표정으로 물었다. 그건 댁의 문제지 내가 걱정할 일이 아닙니다. 그럼 제가 적어도 시내 가게

들하고 거래를 할 수는 있는 겁니까. 우리 계약이 취소되었으니 누구든 마음 내키는 사람과 거래를 해서도 상관없습니다. 거래가 되어야 말이지요. 그래요, 그게 문제죠, 지금은 심각한 위기 상황입니다, 하지만. 구매부장은 말을 멈추고 그림을 한데 모아 한 장씩 차례차례 살펴보았다. 정말로 그림에 흥미가 있는 것처럼. 마치 그 그림을 처음 보는 사람 같았다. 시프리아노 알고르는 하지만 다음에 무슨 말을 할 생각이었느냐고 물어볼 수 없었다. 그는 불안을 감추고 기다려야 했다. 결국 게임의 규칙을 정하는 것은 구매부장이었으니까. 그런데 지금 그는 몹시 불공정한 게임을 하고 있다. 카드를 한 사람에게만 나눠주고, 필요한 경우에는 카드를 쥔 사람의 기분에 따라 카드의 가치가 바뀌는 게임. 킹의 가치가 에이스보다 높고 퀸보다 낮게 책정될 수도 있고, 잭의 가치가 숫자 이와 같아질 수도 있고, 이의 가치가 킹과 퀸을 모두 합한 것만큼 높아질 수도 있다. 물론 이게 무슨 가치가 있을지는 잘 모르겠지만, 탁자 위에 인형 여섯 개가 놓여 있으므로, 숫자상으로는 시프리아노 알고르가 유리하다. 비록 아주 조금에 불과하지만. 구매부장이 다시 그림을 모아 무심하게 한쪽으로 치워놓더니 등록부를 한 번 더 흘깃 바라보고 말을 이었다. 하지만 물론 전통적인 시장이 지금 재앙을 맞이하고 있어서 시간과 변덕스러운 기호의 시련을 이겨내지 못한 상품들에게 대단히 불리하다는 점은 제쳐두고, 만약 센터가 이 새로운 상품을 구매하기로 결정한다면 당신은 가마에서 나오는 물건을 다른 곳에 팔 수 없게 될 겁니다. 인형을 도시의 다른 상인들에게 팔 수 없다는 말씀입니까. 맞습니다, 하지만 그게 전부는 아닙니다. 죄송하지만 무슨 말씀인지 잘 모르겠습니다. 인형을 팔 수 없을 뿐만 아니라 다른 상품도 팔 수 없게 될 겁니다, 말도 안 되는 소리이긴 하지만, 누군가가 그 상품들을 사고 싶어한다 해도 말입니다. 그러니까 센터가 저를 공급업자로 다시 받아들이는 순간, 저는 다른 사람한테 물건을 팔 수 없게 되는 거로군요. 맞습니다, 뭐 예상치 못했던 일도 아니잖습니까, 센터 규칙이 항상 그랬으니까요. 하지만 부장님, 센터가 일부 상품에 더 이상 관심이 없는 지금 같은 상황에서는 공급자가 다른 구매자를 찾아볼 수 있게 해주는 편이 공정하지 않습니까. 상업의 세계는 냉혹합니다, 알고르 씨. 그 세계를 강화하는 데 도움이 되지 않는 주장이라면 무엇이든 센터에게는 중요하지 않습니다, 우리가 나름대로 주장을 만들어 낼 수 없다는 뜻은 아닙니다, 심지어는 우리가 나름대로 이론을 만들어서 발표한 적도 있습니다, 물론 시장에 발표한 것이죠, 하지만 그것은 모두 냉혹한 현실이 계획대로 굴러가지 않을 때 현실을 확증하고, 필요한 경우에는 몇 가지 측면을 없애버리기도 하는 이론이었습니다. 시프리아노 알고르는 미끼에 걸려들면 안 된다고 자신을 타일렀다. 구매부장과 막상막하의 토론을 벌이고 싶다는 유혹에 빠져 서로 반박을 하다 보면 반드시 나쁜 방향으로 끝장을 보게 마련이었다. 말 한마디만 오해해도 대단히 미묘하고 섬세하게 다듬어진 설득의 말이 어떤 재앙을 맞게 될지 결코 알 수 없는 법이다. 속담에 나오는 것처럼, 배를 놓고 왕과 쓸데없이 논쟁을 벌이면 안 된다. 왕이 익은 것을 자기가 먹고, 아직 익지 않아 시퍼런 배를 내게 주더라도 가만히 있어야 한다. 구매부장이 살짝 미소 띤 얼굴로 그를 바라보며 말을 덧붙였다, 솔직히 내가 왜 지금 당신에게 이런 얘기를 하는지 모르겠습니다. 솔직히 말하면 저도 조금 놀랐습니다, 부장님, 저는 그냥 도공일 뿐입니다, 저한테 팔 물건이 조금 있다고 해도 부장님이 이렇게 참을성 있게 저를 상대해 주시고, 저한테 깊은 생각을 말씀해 주실 정도는 아니죠. 시프리아노 알고르는 이 말을 마치고 나서 즉시 혀를 깨물었다. 이미 눈에 띄게 긴장이 감돌기 시작한 대화에 더 이상 기름을 붓지 않기로 했으면서, 또 상대를 도발하는 말을 하다니. 그것은 시기에 맞지 않을 뿐만 아니라 너무 직설적인 말이었다. 그는 상대가 신랄한 반응을 보일까 봐 미리 일어서서 이렇게 말했다, 시간을 너무 많이 빼앗아서 죄송합니다, 부장님, 그림은 놔두고 갈 테니 자세히 살펴보십시오, 혹시. 혹시 뭡니까. 혹시 이미 결정을 내리신 것이 아니라면요. 무슨 결정 말입니까. 저야 모르죠 부장님, 부장님 생각을 제가 어찌 알겠습니까. 예를 들면, 인형을 구매하지 않기로 결정하는 것 말입니까, 구매부장이 물었다. 예, 부장님, 시프리아노 알고르가 부장을 똑바로 바라보며 대답했다. 하지만 속으로는 멍청하고 경솔한 자신을 책망하고 있었다. 난 아직 결정을 내리지 않았습니다. 그럼 시간이 얼마나 걸릴지 여쭤 봐도 되겠습니까, 아시다시피 지금 상황이 좀. 빨리 하도록 하지요, 구매부장이 그의 말을 끊으며 말했다, 어쩌면 내일 소식을 듣게 될지도 모릅니다. 내일이요. 예, 내일, 당신이 사방을 돌아다니면서 센터가 마지막 기회조차 주지 않았다고 떠들어대는 건 바람직하지 않으니까요. 그럼 긍정적인 결정이 내려질 것이라고 봐도 되는 겁니까. 어쩌면요. 지금 제가 드릴 수 있는 말씀은 그것뿐입니다. 감사합니다, 부장님. 아직은 저한테 감사하실 이유가 없습니다. 그렇죠, 하지만 저한테 희망을 주셔서 감사합니다, 그것만으로도 이미 저한테 큰일을 해주셨어요. 희망을 믿지 마세요. 아, 물론이죠, 하지만 저희가 달리 무엇을 할 수 있겠습니까, 어려울 때는 뭐라도 붙들고 매달리는 수밖에요. 안녕히 가십시오, 알고르씨. 안녕히 계세요, 부장님. 시프리아노 알고르는 손잡이를 잡고 밖으로 나가려 했지만, 구매부장의 말은 아직 다 끝난 것이 아니었다. 도자기 제거계획을 차장하고 상의하세요, 당신을 이 안으로 안내해 준 사람 말입니다. 이주일 안에 물건을 다 치워야 한다는 걸 명심하세요. 접시 한 장 남기면 안 됩니다. 예, 부장님. 제거 계획이라는 말은 민간인들이 쉽게 할 수 없는 말이다. 제거 계획은 일상적인 반품이 아니라 마치 군사작전처럼 들린다. 센터와 가마의 상대적인 지위를 생각해서 역시 군사적인 표현을 사용한다면, 제거 계획은 흩어진 힘을 모아 형편이 나아졌을 때, 그러니까 센터가 인형을 사겠다는 결정을 내렸을 때 새로이 공격에 나서기 위한 행운의 전술적 후퇴가 되거나, 아니면 반대로 모든 것이 끝장나는 철저한 패배가 될 수 있었다. 도와줄 사람 하나 없이 자기 몸은 자기가 챙겨야 하는 상황 말이다. 시프리아노 알고르는 구매차장의 말을 듣고 있었다. 차장은 숨도 쉬지 않고 그를 바라보지도 않은 채 말을 쏟아놓았다, 매일 네 시입니다. 혼자서 일을 하든지 도와줄 사람을 데리고 오세요, 여기 직원들은 당신이 추가로 돈을 지불한다 해도 그 일에 동원할 수 없습니다. 시프리아노 알고르는 아무것도 아닌 바보취급을 받으면서 이런 모욕을 꼭 참아야 하는 건지, 저 사람들 말이 무조건 옳다고 받아들여야 하는 건지 모르겠다는 생각이 들었다. 유약을 발라 광을 낸 거친 사기 접시 몇 개, 간호사나 에스키모나 턱수염 달린 아시리아인 흉내를 내는 우스꽝스러운 인형 몇 개가 센터에게는 전혀, 일절, 중요하지 않다는 것을 그대로 받아들여야 하는 건지. 저들이 보기에는 우리가 바로 그렇지, 아무것도 아닌 존재. 그는 마침내 차에 올라타서 시계를 보았다. 사위를 데리러 갈 때까지는 거의 한 시간이나 남아 있었다. 센터 안으로 한 번 들어가 보자는 생각이 떠올랐다. 물건을 사기 위해서든 구경을 하기 위해서든, 일반 사람들을 위해 마련된 문 안으로 들어가 본 것은 그에게 아주 오래전의 일이었다. 마르살은 항상 무엇이든 필요한 물건을 그곳에서 산다. 그가 직원이라서 할인을 받을 수 있으니까. 같은 말을 자꾸 반복하는 것 같지만, 그냥 구경을 하러 센터 안으로 들어간 사람은 결코 호의적인 대접을 받지 못한다. 센터 안에서 빈손으로 돌아다니다가 걸리면 곧 경비원들의 특별한 관심을 받게 된다. 어쩌면 그의 사위가 그에게 다가와서, 아버님, 물건을 살 생각도 없으면서 여기서 뭐 하시는 거예요, 라고 말하는 우스꽝스러운 일이 벌어질지도 모른다. 그러면 그는 이렇게 대답할 것이다. 그냥 도자기 코너에 가볼 생각이었네, 알고르 가마의 물건이 아직 진열되어 있는지, 작은 대리석 조각을 박아넣은 물병 값이 얼마로 매겨져 있는지 보려고, 세상에, 물병이 너무 예쁘잖아, 요즘은 저렇게 물건을 잘 만들 줄 아는 사람이 별로 없지, 이런 말을 하고 싶어서, 도자기 코너를 담당하는 사람은 이렇게 아는 것이 많은 전문가의 말에 자극을 받아 대리석 조각으로 장식된 이런 물병 백 개가 더 필요하다고 급히 주문을 낼지도 모르네, 그러면 우리는 어릿광대나 익살꾼이나 중국 관리를 가지고 쓸데없이 모험을 할 필요가 없지 않나, 저 사람들이 인형에 어떤 반응을 보일지 전혀 알지도 못하는데 말이야. 시프리아노 알고르는 센터로 들어가지 않겠다고 굳이 자신을 타이를 필요가 없었다. 그는 벌써 몇 주 전부터 딸과 사위에게 같은 말을 하고 있었다. 그러니 더 이상 그 말을 할 필요가 없었다. 그가 운전대에 머리를 기댄 채 이처럼 무의미한 생각에 빠져 있을 때, 출구를 지키던 경비원이 다가와서 말했다. 볼일이 다 끝났으면 가주세요, 여긴 차고가 아닙니다. 시프리아노 알고르는 나도 안다고 말하고 나서 시동을 걸고 아무 말 없이 그곳을 떠났다. 경비원은 자동차 번호를 종이에 적었다. 사실 그럴 필요는 없었다. 지하를 지키는 경비원이 된 후 그 차를 자주 봤으니까. 그런데도 그가 자동차 번호를 일부러 적은 것은 시프리아노 알고르가 무뚝뚝한 말투로 나도 안다고 말한 것이 마음에 들지 않았기 때문이다. 경비원한테 그런 식으로 말을 하다니, 경비원을 대할 때는 항상 상대를 존중하고 배려하는 태도를 보여야 하는 법인데. 그냥 나도 안다고 말하면 안 된다. 시프리아노 알고르는, 물론입니다, 선생님, 이라고 말해야 했다. 어떤 상황에서도 써먹을 수 있는 친절하고 고분고분한 말투로. 하지만 사실 경비원은 화가 났다기보다는 당황하고 있다. 그래서 그는 혹시 여기는 차고가 아니라는 말을 하지 말아야 했던 건지도 모른다는 생각을 하고 있었다. 특히 자기가 세상의 왕이라도 된 것처럼 그렇게 상대를 무시하는 말투로 그런 말을 하다니. 자기가 하루를 보내는 이 지저분한 지하실에서도 왕노릇을 못하는 주제에. 그는 가위표를 그어 자동차 번호를 지우고 자기 자리로 돌아갔다.

시프리아노 알고르는 경비대 건물 입구로 사위를 데리러 갈 때까지 시간을 보낼 수 있는 조용한 거리를 찾고 있었다. 그는 어떤 길모퉁이에 차를 세웠다. 거기서 세 블록 거리에 센터의 거대한 은빛 외벽 중 하나가 보였다. 공교롭게도 그 벽은 센터의 거주구역 외벽이었다. 밖으로 열리게 되어 있는 출입구들을 제외하면, 벽에는 구멍이 전혀 보이지 않는다. 그저 난공불락의 벽이 길게 뻗어 있을 뿐이다. 하지만 센터 안에 사는 사람들에게서 공기를 빼앗아가거나 빛을 차단해 가면서 안전을 약속해 주는 벽은 아니다. 매끈한 정면 외벽과는 대조적으로, 건물의 이쪽 편에는 수백, 수천 개의 창문들이 나 있는데, 안에서 에어컨이 돌아가고 있기 때문에 창문들이 모두 닫혀 있다. 대개 건물의 정확한 높이는 알 수 없지만, 건물의 크기를 어림짐작하고 싶을 때 우리는 그 건물이 몇 층이라고 말한다. 이 층, 오 층, 십오 층, 이십 층, 삼십 층. 일에서부터 무한까지 층수는 매우 다양하다. 센터의 건물은 그리 작지도 않고 크지도 않다. 지상 사십 층, 지하 십 층 규모라고 보면 될 것이다. 이제 시프리아노 알고르가 이곳에 차를 세웠으니, 센터의 크기를 짐작하게 해주는 몇 가지 숫자들을 한번 생각해 보자. 정면 외벽의 너비가 약 백오십 미터이고, 다른 외벽의 너비는 삼백오십 미터를 조금 넘는다고 치자. 물론 이것은 우리가 이 이야기를 시작할 때 자세히 설명한 증축 계획을 고려하지 않은 숫자다. 각층의 높이가 바닥 두께까지 포함해서 평균 삼 미터라고 치면, 지하 십 층을 포함해서 건물 전체 높이는 백칠십사 미터가 된다. 여기에 폭 백오십 미터와 길이 삼백오십 미터를 곱하면 구백십삼만오천 세제곱미터라는 숫자가 나온다. 물론 계산상의 실수와 숫자상의 혼란을 감안해야 하므로, 일 센티미터 정도 차이가 나는 숫자가 나올 수도 있다. 어쩌면 숫자의 단위가 달라질지도 모른다. 센터는 정말로 크다. 모든 사람이 깜짝 놀란 표정을 지으면서 이 사실을 인정한다. 그래, 내 사랑스러운 사위가 여기서, 열 수도 없는 저 창문들 뒤에서 살고 싶어한단 말이지, 시프리아노 알고르는 혼자 중얼거렸다. 사람들 말로는 에어컨으로 유지되는 온도의 안정성을 지키려고 창문을 열 수 없게 만들었다지만, 진실은 영 딴판이다. 원한다면 자살을 감행하는 것은 사람들의 자유지만, 백 미터 아래의 거리로 몸을 던져 자살하는 사람이 나와서는 안 된다. 그런 절망적인 광경은 사람들의 관심을 끌 것이고, 행인들의 병적인 호기심도 눈을 뜰 것이다. 또한 행인들은 즉시 자살의 이유를 알고 싶어할 것이다. 시프리아노 알고르는 절대 센터에 가서 살지 않을 것이라는 말을, 이미 한두 번도 아니고 여러 번 했다. 아버지와 할아버지는 물론 딸 마르타의 것이기도 한 가마를 절대 포기하지 않을 것이라고. 가엾은 마르타는 남편이 상주경비원으로 승진하면 그를 따라가는 수밖에 없지만, 이삼 일 전에, 자기들이 효도라는 명분을 동원하거나, 노인들 자신은 거부하더라도 가정교육을 잘 받은 사람들이 노인들을 보며 느끼는 연민과 눈물을 동원해서 아버지에게 압력을 가하더라도, 그 압력에 굴하지 않고 최종적인 결정을 내릴 권리가 아버지에게 있음을 솔직하게 인정해서 아버지를 기쁘게 했다. 난 안 갈 거야, 센터로 가느니 차라리 죽는 게 나아, 시프리아노 알고르는 중얼거렸다. 하지만 너무 직선적이고 단호한 이 말이 거짓인지도 모른다는 점을 그는 의식하고 있었다. 속으로는 별로 확신도 없으면서 확신하는 척 하는 말, 아직은 눈에 보이지 않는 잔금이 간 얄팍한 물병처럼 약한 내면을 감추려는 말. 물병이라는 말은 시프리아노 알고르가 이사우라 에스투디오사를 다시 떠올리기에 가장 좋은 계기였다. 실제로도 그는 그녀를 떠올렸다. 그러나 이 생각, 아니 추론, 그가 순간적인 번득임보다 더 진지한 추론을 했다는 가정하에 하는 말이지만, 어쨌든 이 추론은 다소 난처한 결론으로 이어졌고, 그는 마치 꿈을 꾸듯이 중얼거렸다. 그러면 내가 센터로 이사하지 않아도 될 거야. 이 말을 하자마자 시프리아노 알고르의 얼굴에 나타난 짜증스러운 표정을 보면, 우리는 그가 이사우라 에스투디오사를 생각하며 분명히 기쁨을 느끼는데도 불구하고, 그 기쁨과는 모순되는 기분의 변화를 막을 수 없다는 사실을 외면할 수 없다. 그가 왜 그녀를 생각하며 기쁨을 느끼는지 설명하느라 시간을 낭비할 필요는 없을 것이다. 살다 보면 저절로 의미가 분명해지는 일들이 있게 마련이다. 어떤 남자, 어떤 여자, 어떤 단어, 어떤 순간, 이런 것을 입에 담기만 해도 원래 우리가 하려던 말이 무엇인지 누구나 이해하는 경우가 있다. 하지만 그것만이 전부는 아니다. 똑같은 남자, 똑같은 여자, 똑같은 단어, 똑같은 순간을 이야기하더라도 다른 시각, 다른 맥락에서 보면 회의와 당혹감, 걱정스러운 징조, 묘한 예감을 느끼게 된다. 시프리아노 알고르가 이사우라 에스투디오사를 생각하며 기쁨을 느끼다가 갑자기 기분이 바뀐 것도 이 때문이다. 문제는 그가 입에 담은 말이었다. 그러면 내가 센터로 이사하지 않아도 될 거야. 이 말은 만약 내가 그녀와 결혼한다면 나를 돌봐줄 사람이 생길 것이라는 말과 같은 뜻이었다. 이 말은 굳이 설명할 필요가 없는 명백한 사실을 또 한 번 보여준다. 간단히 말해서, 남자는 자신의 약점을 인정하고 고백하기를 가장 힘들어 한다는 것, 특히 너무 늦게 맺혀서 가지에 간신히 매달려 있는 열매처럼, 그 약점이 나타나지 말아야 할 때 나타나면 더욱 그렇다. 시프리아노 알고르는 한숨을 내쉬고 나서 손목시계를 보았다. 경비대 출입구로 사위를 데리러 갈 시간이었다.

파운드는 마르살을 좋아하지 않았다. 할말도 너무 많고, 새로운 소식도 너무 많고, 기분 좋은 일과 절망스러운 일도 워낙 많았기 때문에, 센터에서 가마까지 오는 동안 시프리아노 알고르는 사위에게 어느 날 갑자기 수수께끼처럼 개가 나타났다는 이야기나, 그후로 개가 보여준 묘한 행동들을 이야기할 생각조차 하지 못했다. 하지만 화자가 워낙 선천적으로 꼼꼼한 사람이고 진실을 사랑하므로, 별로 기억력이 좋지 않은 시프리아노 알고르가 개의 놀라운 등장을 잠깐 떠올렸다는 사실을 말하지 않고 그냥 넘어갈 수는 없다. 그러나 시프리아노 알고르는 개 이야기를 하지는 못했다. 마르살이 장인의 말을 끊고, 그동안 집에서 있었던 일, 즉 인형을 만들겠다는 생각이나 그림을 그린 일, 인형을 만들려고 시도한 일 등을 자기에게 알려줘야겠다는 생각을 왜 아무도 하지 않았느냐고 물었기 때문이다. 그가 화를 내는 것은 당연한 일이었지만, 그의 반응은 당연한 수준 이상이었다. 두 사람 모두 제 생각을 아예 안 한 것 아닙니까. 그가 씩씩거리며 말했다. 허를 찔린 시프리아노 알고르는 예술작품을 만들 때는 원래 열심히 정신을 집중해야 하는 법이라며 중얼중얼 변명을 늘어놓았다. 센터 밖에서 사는 경비원의 가족들이 전화를 걸었을 때, 센터 사람들이 지극히 불친절하게 전화를 받는다는 이야기도 했다. 그리고 마지막으로 살짝 거짓말을 보탠 말로 이야기를 끝맺었다. 다행히도 불에 탄 트럭의 모습이 사위의 주의를 돌려놓는 데 도움이 되었다. 그렇지 않았다면 가족들이 싸움까지 벌이는 사태로 금방 이어졌을 것이다. 마르살 가초가 나중에 침실에 아내와 단 둘이 있을 때 이 문제를 다시 꺼내야겠다고 마음을 다지기는 했지만, 이 일이 집안싸움으로까지 번지지는 않을 것이라고 말할 수 있다. 시프리아노 알고르는 눈에 띄게 안도의 표정을 지으면서 찰흙 인형 이야기를 그만두고, 트럭의 화재에 관해 의심이 가는 부분을 사위에게 설명했다. 가족들이 자신에게 보여준 무심함 때문에 여전히 화가 나 있던 마르살은 도의론, 윤리적 인식, 군대와 행정당국과 경찰이 항상 지킨다고 알려져 있는 높은 행동기준 등을 들먹이며 다소 퉁명스러운 반응을 보였다. 시프리아노 알고르는 어깨를 으쓱했다. 자네가 센터의 경비원이라서 그런 말을 하는 거야, 자네도 나 같은 민간인이라면 생각이 달라질걸. 제가 센터에서 일하는 경비원이라고 해서 경찰이나 군인과 같아지는 건 아닙니다, 마르살이 반박했다. 물론 그렇지, 하지만 그런 사람들 하고 아주 비슷하잖나, 거의 비슷하지. 나 참, 조금 있으면 아버님 차 안에 아버님하고 나란히 센터의 경비원이 앉아서 같은 공기로 숨을 쉬고 있는 게 창피하다는 얘기가 나오겠군요. 시프리아노 알고르는 즉시 대답하지 않았다. 그는 사위의 화를 돋우고 싶다는 멍청하고 쓸모없는 욕망에 또다시 굴복해 버린 것을 후회하고 있었다. 내가 왜 이러나, 그는 속으로 중얼거렸다. 이미 답을 알고 있는데도. 이 마르살 가초라는 녀석은 그에게서 딸을 빼앗아가고 싶어했다. 아니 이미 빼앗아가 버렸다, 결혼을 통해서. 이제는 무슨 수를 써도 돌이킬 수 없었다. 결국 내가 거절하다 지쳐서 이 녀석들하고 같이 센터로 이사를 가게 되더라도 돌이킬 수 없는 일이야, 그는 속으로 생각했다. 그러고 나서 그는 한마디, 한마디를 차례로 끌어내야 하는 사람처럼 천천히 말했다, 미안하네, 자네, 기분 상하라고 한 말은 아냐, 기분 나쁘게 굴 생각도 없었어, 하지만 가끔 나도 어쩔 수 없을 때가 있다네, 그냥 말이 튀어나오는 걸 어떡하나, 나한테 이유를 물어봤자 소용없어, 대답할 수 없을 테니까, 아니, 설사 내가 대답을 한다 해도 죄다 거짓말밖에 없을걸세, 이유야 마음만 먹으면 얼마든지 만들 수 있으니까, 정확한 이유가 아니더라도 이유를 못 찾아서 고생하는 경우는 절대 없네, 내가 이러는 건 시절 때문이야, 내가 한 시간마다 하루씩 나이를 먹는 노인이기 때문이기도 하고, 일도 옛날하고 달라졌기 때문이고, 우리는 옛날하고 똑같은 사람일 수밖에 없는데, 갑자기 세상이 더 이상 우리를 필요로 하지 않는다는 걸 깨닫는 거지, 물론 우리가 옛날에는 세상에 필요한 사람이었다는 가정하에서 그렇다는 말이지만, 옛날에는 우리가 세상에 필요한 사람이라고 믿는 것만으로도 충분한 것 같았어, 그 믿음이 어떤 의미에서는 우리가 살아 있는 한 영원히 계속될 것 같았지, 어차피 영원이라는 게 그런 것 아닌가. 마르살은 아무 말도 하지 않았다. 운전대를 잡고 있는 장인의 오른손 위에 자신의 왼손을 올려놓았을 뿐이다. 시프리아노 알고르는 침을 꿀꺽 삼키고 그 손을 바라보았다. 그 손은 부드럽지만 단호하게 그의 손을 보호하고 싶어하는 것 같았다. 시프리아노 알고르는 손을 비스듬하게 가로지른 울퉁불퉁한 흉터를 보았다. 옛날에 입은 심한 화상자국이었다. 불길이 피부 밑의 혈관까지 도달하지 않은 것이 기적이었다. 경험도 없고 서투른 마르살이 겨우 몇 주 전부터 데이트를 하기 시작한 아가씨에게 잘 보이려고 가마에 장작을 쌓는 작업을 돕다가 입은 화상이었다. 아마 그 아가씨의 아버지에게도 잘 보이고 싶었을 것이다. 자기가 이미 다 큰 청년임을 과시하고 싶기도 했을 것이고. 하지만 사실 마르살은 그때 막 사춘기를 벗어난 소년이었고, 그의 인생과 이 세상에서 확신하는 것이라고는 자신이 이 도공의 딸을 사랑한다는 것뿐이었다. 지금까지 살아오면서 그런 확신을 가져본 적이 있는 사람이라면, 그가 장작을 하나씩 창고에서 끌고 나와 가마에 넣을 때 얼마나 열정으로 가득 차 있었는지 어렵잖게 짐작할 수 있을 것이다. 그 순간 그에게는 마르타의 기쁜 표정과 놀란 표정, 마르타 어머니의 자비로운 미소, 마르타 아버지가 마지못해 그를 인정하며 짓던 진지한 표정이 최고의 보상이었다. 그런데 갑자기, 뱀의 혀처럼 날씬하고 재빠르고 구불구불한 불꽃이 가마의 입구에서 포효와 함께 터져나와 소년의 손을 잔인하게 물어뜯었다. 소년은 불꽃에 너무 가까이 있었고, 너무 순진했고, 너무 무방비상태였다. 왜 그런 일이 벌어졌는지는 지금까지도 밝혀지지 않았다. 도공들이 기억하는 한, 그런 일이 벌어진 적은 한 번도 없었다. 어쨌든 그 일로 인해 가초 일가는 알고르 일가에게 남몰래 반감을 품게 되었다. 알고르 일가가 무책임하고 부주의하게 행동한 것도 용서할 수 없을뿐더러, 순진한 청년의 감정을 이용해서 공짜로 부려먹은 것 역시 극악무도한 일이라는 것이 고집불통 가초의 생각이었다. 인간의 대뇌라는 부속기관이 문명과 멀리 떨어진 촌에서만 그런 생각을 해낼 수 있는 것은 아니다. 마르타는 마르살의 붕대를 자주 갈아주었고, 자주 입김을 불어 열기를 식혀주고 손을 달래주었다. 두 사람의 감정이 워낙 확고했으므로, 두 사람은 몇 년 후 결혼에 이를 수 있었다. 하지만 두 사람의 결혼은 두 집안을 결합시키는 데 아무런 도움도 되지 못했다. 지금 이 순간 두 사람의 사랑은 잠들어버린 것처럼 보이지만, 신경 쓸 필요 없다. 함께 세월을 보내면서 이런 저런 일들을 겪다 보면 자연스레 이렇게 되는 것 같으니까. 하지만 조상들의 지혜가 조금이라도 쓸모가 있다면, 현대의

무지한 자들에게 조금이라도 도움이 될 수 있다면, 삶이 계속되는 한 희망이 있다고 한 번 말해 보자, 작은 소리로. 그래야 사람들이 우리를 비웃지 않을 테니까. 머리 위의 구름이 아무리 새까맣고 짙어도 구름 위의 하늘은 항상 파랗다. 하지만 비, 우박, 번개가 항상 하늘에서 떨어지므로, 그럴 때면 무엇을 어떻게 생각해야 하는지 잘 알 수가 없다. 마르살은 장인의 손을 덮고 있던 자신의 손을 치웠다. 남자들 사이는 원래 그런 법이다. 남자들 사이의 애정표현은 반드시 잠깐 동안 순간적으로 이루어져야 한다. 어떤 사람들은 이것을 남자다운 조심성 탓으로 돌린다. 그 말이 옳을지도 모른다. 하지만 시프리아노 알고르가 차를 멈추고 사위를 즉석에서 끌어안으며, 내 손을 감싸줘서 고맙다고 감사의 뜻을 표하는 편이 문자 그대로 훨씬 더 사내다웠을 것이다. 그는 이 진지한 분위기를 이용해서 구매부장의 최후통첩에 대한 불만을 늘어놓을 것이 아니라, 고맙다는 말을 했어야 한다. 이게 말이 되나, 나더러 이주 안에 물건을 전부 치우라니. 이주라고요. 그래 이주, 날 도와줄 사람이 아무도 없는데 말이야. 제가 도와드려야 하는데 정말 죄송합니다. 자네가 도와주지 못하는 건 당연하지, 시간도 없고, 짐꾼처럼 일하는 모습을 누가 보기라도 하면 경력에 이로울 것도 없지 않나, 어쨌든 제일 심각한 건 아무도 사고 싶어하지 않는 그 그릇들을 어떻게 해야 할지 아무 생각도 나지 않는다는 걸세. 그래도 그중 일부는 팔 수 있지 않을까요. 공방에도 이미 그릇들이 한참 쌓여 있네. 그럼 정말 문제로군요. 어떻게든 해봐야지, 그냥 여기 길가에 놔두고 가버릴까. 경찰이 가만두지 않을걸요. 이 털털이 차가 승합차가 아니라 덤프트럭이라면 정말 좋을 텐데, 단추만 하나 누르면 글쎄 일 분도 안 돼서 그릇을 죄다 배수구에 버릴 수 있을 텐데 말이야. 두어 번 정도는 그런 짓을 해도 무사히 넘어갈 수 있겠지만, 결국은 교통경찰한테 잡히고 말 거예요. 어딘가 시골에서 동굴을 하나 찾아내는 것도 방법이야, 동굴이 그리 클 필요는 없어, 그릇을 죄다 그 안에 넣고 나서 한이천 년쯤 세월이 흐르면 정말 재미있는 일이 벌어질걸세, 고고학자며 인류학자들이 이 도자기 접시랑 컵이 어디서 왔는지, 동굴에 도자기가 왜 이렇게 많은지, 사람도 살지 않는 그런 곳에서 도자기가 무슨 용도로 쓰였는지 토론을 벌일 테니말이야. 지금은 사람이 안 살아도 이천 년 후에는 도시가 여기까지 뻗어 있을지 누가 알겠어요, 마르샬은 이렇게 말하고 나서 잠시 가만히 있었다. 방금 한 말을 다시 생각해 봐야 할것처럼. 그러고 나서 그는 논리적으로 흠잡을 데 하나 없는결론에 도달했지만, 어떻게 그런 결론을 내릴 수 있었는지 오리무중인 사람처럼 어리둥절한 목소리로 이렇게 덧붙였다, 아니면 센터가 여기까지 뻗어 있을지도 모르죠. 이 장인과 사위의 삶에서 센터가 참으로 말썽 많은 주제라는 것을 이미 알고 있으므로, 경비원 마르샬 가초가 뜻밖에 센터라는 말을 꺼냈는데도 아무런 일이 벌어지지 않았다는 것이 이상하다. 센터가 여기까지 뻗어 있을지도 모른다는 그 위험한 말이 즉석에서 말싸움의 불씨를 당기지 않았다는 것도 이상하다. 말싸움이 벌어졌다면, 오랜 오해와 두 사람이 항상 주고받던 반박이 은근하게든 노골적으로든 또다시 오갔을 텐데 말이다. 우리가 밖에서 두 사람을 지켜보는 입장이므로 십중팔구 두 사람은 모르고 있을 사실들을 알아낼 수 있다고 가정해 보면, 두 사람이 침묵을 지킨 것은 마르살의 말이, 특히 지금의 상황을 감안하건대, 정말로 새로운 내용을 담고 있기 때문일 것이다. 우리 주장에 반대하고 나서는 사람도 있을 것이다. 그들은 미래에 센터가 아무도 멈출 수 없는 영토확장 작업의 일환으로 지금 자동차가 달리고 있는 들판을 없애버릴지도 모른다는 가능성을 인정함으로써, 경비원 마르살 가초 자신이 자신에게 많지도 않고 적지도 않은 봉급을 지불하고 있는 회사가 공간적, 시간적으로 팽창하려고 하는 것을 강조하며 남몰래 갈채를 보내고 있다고 주장할 것이다. 이런 해석도 나무랄 데 없이 완벽하기 때문에 이 논쟁에 완전히 종지부를 찍을 수 있을 것이다. 마르살이 처음에 쉽게 알아차릴 수 없을 만큼 순간적으로 말을 멈추지 않았다면. 이렇게 대담한 의견을 내놓아도 되는지 모르겠지만, 그가 그렇게 잠깐 말을 멈춘 것이 남과 다른 생각을 할 수 있는 사람의 모습과 일치하지 않았더라면. 그랬더라면, 마르살 가초가 자기 앞에 열린 길을 따라 앞으로 나아가지 못한 것도 이해할 수 있다. 그 길은 그가 아닌 다른 사람의 몫이었으므로. 한편, 시프리아노 알고르는 이미 오랜 세월을 살아왔기 때문에, 장미가 꽃봉오리를 내

밀려고 할 때 그 봉오리를 억지로 벌리면 장미가 쉽게 죽어버린다는 것을 알고 있었다. 따라서 그는 사위의 말을 기억 속에 저장해 두고, 그 말의 진짜 의미를 이해하지 못한 척했다. 두 사람은 마을에 도착할 때까지 입을 열지 않았다. 센터에서 사위를 데리고 올 때면 항상 그렇듯이, 시프리아노 알고르는 사이가 나쁜 마르살의 부모 집 앞에 차를 멈췄다. 마르살이 안으로 들어가 어머니에게 입을 맞추고, 아버지가 집에 있는 경우에는 그동안의 안부를 물은 다음, 내일은 시간이 더 많으니까 다시 들르겠다고 말하면서 밖으로 나올 때까지만. 마르살이 이렇게 아들 노릇을 하는 데는 대개 오 분이면 충분하고도 남았다. 좀 더 여러 가지 소식을 주고받으면서 진지한 대화를 나누는 것은 다음날이나 돼야 가능할 것이다. 가초 일가는 그런 대화를 나누며 점심을 함께 먹을 때도 있고 그렇지 않을 때도 있었지만, 마르타가 그 자리에 있는 경우는 거의 없었다. 하지만 오늘은 오 분만으로 충분하지 않았다. 십 분도 모자랐다. 마르살은 거의 이십 분이 지난 후에야 모습을 드러냈다. 그는 재빨리 차에 오르더니 문을 세게 닫았다. 표정이 몹시 진지해서 거의 우울하게 보일 지경이었다. 그의 앳된 얼굴로는 짓기 힘든 어른의 엄격함이 그 얼굴에 드러나 있었다. 오늘은 시간이 오래 걸렸군, 누가 아프기라도 한 건가, 집안에 무슨 문제라도 있어, 장인이 상냥하게 물었다. 아뇨, 아무것도 아닙니다, 오랫동안 기다리시게 해서 죄송해요. 뭔가 마음에 걸리는 게 있는 모양인데. 아무것도 아니라니까요,

걱정하지 마세요. 집이 가까워오자 시프리아노 알고르는 가마까지 오르막길을 오르기 위해 자동차를 왼쪽으로 틀었다. 그런데 기어를 바꾸는 순간, 자신이 이사우라 에스투디오사의 집 앞을 지나면서 그녀 생각을 전혀 하지 않았다는 생각이 들었다. 그때 개 한 마리가 멍멍 짖으면서 언덕을 달려 내려왔다. 마르살로서는 오늘 두 번째로 놀랄 일이 생긴 셈이다. 부모의 집에서 뭔가 놀랄 일이 있었다면, 이것이 세 번째겠지만. 저 개는 어디서 난 거예요, 그가 물었다. 며칠 전에 그냥 나타났어, 그래서 그냥 내버려두었지, 좋은 녀석일세, 이름을 파운드로 정했네, 생각해 보면, 우리가 녀석을 찾은 게 아니라 녀석이 우리를 찾은 거지만. 자동차가 진입로 꼭대기에 이르러 멈춰 서자 몇 가지 일들이 한꺼번에 일어났다. 아니, 최소한의 시간 간격을 두고 빠르게 연달아 일어났다고 해도 될 것이다. 먼저 마르타가 부엌 문으로 나왔고, 시프리아노 알고르와 마르살이 차에서 내렸다. 파운드가 으르렁거렸고, 마르타는 마르살을 향해 달려나왔다. 마르살도 마르타에게 달려갔다. 개가 더 낮은 소리로 으르렁거리는 가운데 남편과 아내가 서로를 끌어안더니 입을 맞췄다. 개는 이제 더 이상 으르렁거리지 않고 마르살의 장화를 공격했다. 마르살이 다리를 흔들었지만, 개는 다리를 놓으려 하지 않았다. 마르타가 소리쳤다, 파운드. 마르타의 아버지도 소리쳤다. 개는 장화를 놓고 마르살의 발목을 물려고 했다. 마르살이 아주 부드럽게 개를 차려고 하자 마르타가 말했다, 파운드한테 그러

144

지 마. 마르살이 항변했다, 저 놈이 날 물었어. 당신이 낯설어서 그래. 여기서는 개도 날 못 알아본단 말이지. 이 끔찍한 말이 마르살의 입에서 나왔다. 그가 그냥 말을 한 것이 아니라 흐느끼듯 이 단어들을 내뱉은 것 같았다. 단어 하나하나가 참을 수 없는 고통과 슬픔으로 가득 차 있었다. 마르타가 남편의 목을 끌어안았다. 다시는 그런 말 하지 마. 물론 그는 다시는 그런 말을 하지 않았다. 원래 한 번 이상 해서는 절대 안 되는 말이 있는 법이다. 마르타는 생의 마지막 날까지 머릿속에서 그 말을 들을 것이다. 한편, 시프리아노 알고르가 이 순간에 뭘 하고 있었는지 궁금하다면, 아무것도 하지 않았다고 대답하는 편이 가장 쉬울 것이다. 마르살이 그 말을 하자마자 그가 고개를 돌려버렸다는 사실만 제외한다면. 그러니까 그가 뭔가를 하기는 한 것이다. 개는 개집을 향해 물러났지만, 반쯤 가다가 걸음을 멈추고 방향을 돌리더니 가만히 서서 사람들을 지켜보았다. 가끔 녀석의 목구멍에서 으르렁거리는 소리가 새어나왔다. 마르타가 말했다, 파운드는 사람들이 끌어안는 걸 몰라, 틀림없이 당신이 날 공격하는 줄 알았을 거야. 하지만 시프리아노 알고르가 분위기를 바꾸기 위해서 우스꽝스러운 소리를 꺼냈다, 제복 때문에 그랬는지도 모르지, 아마 이게 처음이 아닐 거다. 마르살은 아무 대꾸도 하지 않았다. 그는 두 가지 감정 사이에서 갈피를 잡지 못하고 있었다. 그때까지 꽁꽁 감춰두었던 슬픔을 공개적으로 드러내는 말을 한 것에 대한 후회와, 이미 그 말을 내뱉은 이상 지금까지 걸어온 길을 버리고 다른 길을 따라가게 될지도 모른다는 본능적인 직관. 비록 지금은 시기가 너무 일러서 그 다른 길이 어디로 이어지는지는 알 수 없었지만 말이다. 그는 마르타의 머리에 입을 맞추고 말했다, 들어가서 옷을 갈아입어야겠어. 저녁이 빠르게 다가오고 있었으므로 삼십 분도 채 안 돼서 날이 어두워질 터였다. 시프리아노 알고르가 딸에게 말했다, 구매부 사람하고 이야기를 해봤다. 맞다, 파운드 때문에 정신이 없어서 그 일이 어떻게 됐느냐고 묻는 걸 깜빡할 뻔했어요. 구매부장이 어쩌면 내일쯤 답을 줄 수 있을 것 같다고 하더구나. 빠르네요. 믿기 어렵지, 그쪽에서 긍정적인 답을 줄 거라고 믿기는 더 어렵고, 하지만 긍정적인 쪽으로 마음이 기운 것 같더라. 아버지 생각이 맞았으면 좋겠는데. 슬픈 일이지만, 내가 아는 장미 중에서 가시가 없는 건 너뿐이다. 무슨 말씀이세요, 장미는 뭐고 가시는 뭐예요. 좋은 소식 뒤에는 대개 나쁜 소식이 딸려온다는 뜻이지. 그럼 오늘의 나쁜 소식은 뭔데요. 그쪽 창고에 있는 우리 물건을 이주 안에 전부 치우라더라. 제가 같이 가서 도울게요. 그건 안 돼, 만일 센터가 인형을 주문한다면, 우리는 최종 모델을 만들고, 틀을 짜고, 인형에 그림을 그리고, 가마에서 굽는 데 모든 시간을 쏟아야 돼, 게다가 나는 그쪽 창고에서 우리 물건을 치우기 전에 인형 일차분을 배달하고 싶다, 구매부장이 혹시 생각을 바꿀지도 모르니까 말이야. 그럼 그 물건들은 어떻게 하죠. 걱정 마라, 마르살하고 같이 방법을 생각해 뒀어, 어디든 시골에 있는 동굴에 가져다둘 거다, 누구든 갖고 싶은 사람이 있으면 그냥 가져갈 수 있게. 그렇게 이리저리 옮기다 보면 그릇들이 대부분 깨져버릴 거예요. 그럴지도 모르지. 개가 다가와서 코로 마르타의 손을 건드렸다. 새로 나타난 가족이 누군지 설명해 달라고 요구하는 것처럼. 마르타는 개를 꾸짖었다, 너 지금부터는 얌전히 굴어야 돼, 분명히 말하는데, 만약 내 남편이랑 너 둘 중에 하나를 선택해야 한다면 난 항상 남편을 선택할 거야. 마지막으로 남아 있던 뽕나무 그늘이 점점 줄어들어 사라져가고 있었다. 밤이 다가오면서 나무가 어둠 속에 잠기기 시작했다. 시프리아노 알고르가 중얼거렸다, 앞으로는 마르살한테 조심해야겠다, 아까 그 말을 듣고 정말 깜짝 놀랐어. 저도 머리를 한 대 맞은 것 같았어요, 정말로 아프더라고요. 부엌 문 위의 전등에 불이 들어오고, 마르살이 문간에 나타났다. 그는 집에 있을 때 입는 평범한 옷을 입고 있었다. 파운드가 그를 자세히 살펴보다가, 고개를 쳐들고 그를 향해 몇 걸음 다가가서는 뭔가를 기대하듯 걸음을 멈췄다. 마르살이 녀석에게 다가왔다. 이제 나랑 친구가 된 거냐, 그가 물었다. 개의 차가운 코가 그의 왼손에 난 흉터를 살짝 스쳤다. 이제 전부 다 친구가 됐어, 시프리아노 알고르가 말했다, 봤지, 내 말이 맞았네, 파운드 녀석은 제복을 싫어해. 인생이라는 게 원래 다 제복 속에서 흘러가는 걸요, 마르살이 말했다, 우리 몸이 정말로 민간인 복장을 하는 건 벌거벗었을 때뿐이에요. 이제 그의 목소리에는 날이 서 있지 않았다.

세 사람은 저녁식사를 하면서 마르타가 인형을 만들자는 아이디어를 어떻게 생각해 냈는지에 관해 오랫동안 이야기를 나눴다. 지난 며칠 동안 이 집과 가마를 뒤흔든 불안감, 두려움, 희망에 대해서도. 그러고 나서 좀 더 현실적인 문제로 넘어가 인형 생산 공정의 각 단계마다 시간이 얼마나 걸릴지, 시간에 어느 정도 여유를 두어야 하는지 계산해 보았다. 그릇을 만들 때와는 다르게 시간을 배분해야 했기 때문이다. 모든 것이 주문량에 달려 있어, 주문량이 너무 많아도, 너무 적어도 문제지, 탈곡을 할 때는 해가 쨍쨍하기를 바라고, 무가 한창 자랄 때는 비가 오기를 원하는 것과 조금 비슷해, 비닐 온실이 나오기 전에는 사람들이 그런 얘기를 하곤 했는데, 시프리아노 알고르가 말했다. 식사를 끝내고 식탁을 치운 후 마르타가 남편에게 자기가 그린 스케치, 여러 가지 초안, 다양한 색깔을 시도해 본 그림, 모델을 골라낸 낡은 백과사전을 보여 주었다. 얼핏 보기에는 그렇게 불안감을 품을 만큼 대단한 일이 아닌 것 같았지만, 살다 보면 어떤 사람에게는 부드러운 산들바람처럼 느껴지는 일이 다른 사람들에게는 목숨을 위협하는 폭풍이 되기도 한다는 점을 반드시 명심해야 한다. 모든 것은 배의 흘수(吃水)와 돛의 상태에 달려 있다. 침실에 들어가 문을 닫은 뒤, 마르살은 인형을 만들자는 아이디어를 왜 자기한테 이야기해 주지 않았는지 마르타에게 따져봤자 소용없다는 결론을 내렸다. 우선 아까 품었던 분노와 앙심이 이미 몇 시간 전에 사라져버렸기 때문이고, 둘째로는 자기가 무시

당했다는 기분이 실제인지 상상인지 몰라도 그보다 훨씬 더 심각한 문제가 생각났기 때문이다. 그것은 그보다 훨씬 더 심각하고, 그것만큼 급박한 문제였다. 남자가 열흘 동안 아내와 떨어져 있다가 집에 돌아오면, 특히 마르살처럼 젊은 사람의 경우에는, 아니 노인이더라도 육체적인 본능이 아직 사라지지 않은 경우에는, 이야기 같은 것은 뒤로 미뤄두고 관능의 전율을 즉시 만족시키고 싶어하는 것이 당연한 일이다. 하지만 여자들의 생각은 대체로 다르다. 시간에 쫓기는 경우가 아니라면, 밤이나 오후나 오전을 온전히 둘이서만 보낼 수 있다면, 여자는 사랑의 행위를 하기 전에 느긋하게 대화를 나누는 편을 더 좋아할 것이다. 가능하다면, 남자의 머릿속에서 윙윙거리며 돌아가는 팽이처럼 소용돌이 치고 있는 그 성적인 충동 말고 다른 것에 대해서. 아주 깊어서 서서히 물이 차오르는 물병처럼, 여자는 아주 천천히 남자에게 가까이 다가간다. 아니, 여자가 남자를 자신에게 끌어당긴다고 하는 편이 옳을지도 모른다. 그러다 마침내 남자의 절박함과 여자의 갈망이 일치하면서 더 이상 막을 수 없는 지경이 되면, 물병 속의 물은 노래를 부르며 물병 가장자리까지 차오른다. 하지만 예외적인 경우도 있다. 그리고 마르살도 그런 예외에 속한다. 그가 아무리 마르타를 다짜고짜 침대로 끌고 가고 싶어도, 자신이 짊어지고 있는 무거운 근심걱정을 내려놓을 때까지는 그럴 수 없다. 그것은 센터나, 집으로 오는 길에 장인과 나눈 대화 때문에 생긴 근심이 아니라, 부모의 집에서 가지고 나온 근심이었다. 다행히도 먼저 말을 꺼낸 사람은 마르타였다. 개는 당신을 모르지만, 마르살, 난 당신을 잘 알아보잖아. 그 일은 얘기하고 싶지 않아. 하지만 가슴속에 응어리진 일들에 대해 이야기해야 돼. 내가 멍청하고 부당한 얘기를 했어. 멍청하다는 얘기는 하지 마, 당신은 절대 멍청하지 않으니까, 그냥 부당하다는 부분에 대해서만 얘기를 좀 해봐. 내가 부당한 얘기를 했다고 이미 말했잖아. 아냐 당신은 부당하게 굴지 않았어. 일을 복잡하게 만들지 마, 마르타, 제발, 이미 나온 말을 주워 담을 수도 없잖아. 이미 다 끝난 것처럼 보이는 일들이 항상 실제로는 끝난 게 아닌 법이야, 우리가 부당하게 굴었어. 우리가 누군데. 아버지랑 나, 특히 나, 아버지는 딸을 결혼시킨 다음에 딸을 잃어버릴까 봐 걱정하고 계셔, 그거면 충분한 이유가 돼. 그럼 당신은. 난 전혀 변명의 여지가 없어. 왜. 내가 당신을 사랑하면서도 그걸 잊어버린 것처럼 행동할 때가 너무 많으니까, 아니, 가끔은 내가 사랑하는 사람이 진짜 사람이라는 걸 실제로 잊어버리기도 해, 시간이 흐르면서 점점 희미해져 버리는 흩어진 감정만으로 만족하는 사람이 아니라 진짜 사람이라는 걸 잊어버린다고, 마치 도저히 저항할 수 없는 운명이라도 되는 것처럼. 원래 결혼이라는 게 그런 거야, 사람들은 다 그렇게 살아, 우리 부모님만 봐도 알잖아. 내가 죄를 지은 게 또 있어. 이제 그만해, 제발. 끝까지 들어줘, 마르살, 끝까지 들어줘. 제발, 마르타. 당신이 내 말을 듣기 싫은 건 내가 무슨 말을 할지 이미 알고 있기 때문이야.

제발. 심지어 개조차도 당신을 알아보지 못한다는 말을 했을 때, 그건 사실 당신 아내가 당신을 모를 뿐만 아니라 당신을 알기 위해 작은 노력조차 기울이지 않는다는 뜻이었어, 거의 노력을 기울이지 않는다는 뜻. 그렇지 않아, 당신은 날 잘 알잖아, 당신만큼 나를 잘 아는 사람은 없어. 그냥 당신 말뜻을 이해할 수 있을 만큼만 아는 거지, 그런 면에서 나는 아버지랑 마찬가지야, 아버지도 나와 거의 동시에 당신 말뜻을 알아차렸으니까. 우리 둘 중에서 당신은 어른이고 난 아직 어린애야. 당신 말이 옳을지도 몰라, 적어도 당신은 지금 내 말이 옳다고 말하는 것 같아, 하지만 이 훌륭한 어른, 마르살 가초의 끔찍하도록 분별 있는 아내는, 스스로 어린애라고 말할 수 있을 만큼 단순하고 정직한 사람이 되는 게 어떤 건지 마땅히 알아야 되는데도 그걸 깨닫지 못해. 내가 언제까지나 어린애로 있을 거라는 뜻은 아냐. 물론 그렇지, 그러니까 아직 시간이 있을 때 난 당신을 지금 모습 그대로 이해하기 위해 모든 수단과 방법을 동원해야 돼. 그러면 당신이 어린애 행세를 하는 건 사실 어른이 되는 또다른 방법에 지나지 않는다는 결론에 도달하겠지. 당신이 계속 이런 식으로 굴면, 난 내가 누군지 알 수 없어. 아버지라면, 살다 보면 이런 일을 자주 겪는 법이라고 말씀하실 거야. 저기 말이야, 난 요즘 아버님이랑 사이가 조금 좋아지기 시작한 것 같아. 그 말이 얼마나 기쁜지 당신은 상상도 못 할 거야, 아니, 상상할 수 있으려나. 마르타는 마르살의 손을 꼭 쥐고 입을 맞춘 다음 자기 가슴에 댔다. 가끔은 아주 오래전부터 사람들이 애정을 표현할 때 하던 몸짓을 할 필요가 있어, 그녀가 말했다. 당신이 어떻게 알아, 사람들이 고개를 숙여 인사를 하고 손에 입을 맞추던 시절에는 당신이 살아 있지도 않았는데. 하지만 책에서 읽었어, 그러니까 그때 살아 있었던 거나 마찬가지야, 뭐 내가 생각하고 있던 건 인사나 손에 입을 맞추는 게 아니었지만. 그 사람들한테는 다른 관습이 있었어, 감정도, 이야기를 나누는 방식도 우리랑은 상당히 달랐지. 그 둘을 비교하는 게 이상하게 들릴지 몰라도, 내가 보기에 몸짓은 그냥 몸짓이 아니야, 한 사람이 몸으로 다른 사람 몸에 그리는 그림이야. 이 이상 더 노골적인 유혹은 없었다. 하지만 마르살은 못 들은 척했다. 마르타를 끌어안고 머리를 쓰다듬으며 마치 욕망 따위 전혀 없는 것처럼, 정신이 다른 곳에 가 있는 것처럼, 그녀의 뺨과 눈꺼풀에 부드럽게 천천히 입을 맞출 때가 왔다는 것을 알면서도. 이런 순간에 욕망이 몸을 완전히 지배하고 이용한다고 생각하는 것은 커다란 잘못이다. 조각을 할 수 있을 뿐만 아니라 표면을 매끄럽게 다듬을 수도 있고, 수신기뿐만 아니라 송신기로서의 기능도 뛰어나고, 측정을 잘할 뿐만 아니라 계산도 정확하게 잘 하고, 아래로 내려갈 수 있을 뿐만 아니라 위로 올라갈 수도 있는 다용도 연장에 대해 이야기할 때처럼, 이렇게 물질적이고 현실적인 비유를 든 것을 용서해 주시길. 왜 그래, 마르타가 갑자기 불안해하며 물었다. 별일 아니야, 그냥 자질구레한 문제가 좀 있어서. 직장 문제야. 아니. 그럼 뭔데. 우리가 함께 보내는 시간이 얼마 되지도 않는데, 자질구 레한 문제들이 우릴 가만 내버려두질 않는군. 우리가 온실 속 에서 살고 있는 건 아니잖아. 아까 부모님 집에 들렀어. 무슨 일이 있었는데, 무슨 문제라도 생긴 거야. 마르살은 고개를 저으며 말을 계속했다, 내가 언제쯤 상주경비원으로 승진할 지 들은 얘기가 없냐고 계속 물어보시더라고, 그래서 아무 소 리도 못 들었다고 했지, 실제로 승진할 수 있을지도 확실치 않다고. 승진할 거라고 거의 확신하고 있잖아. 그래, 거의 확 신하고 있지, 하지만 당신도 알잖아, 바구니를 씻어버리면 안 된다는 거, 마지막 포도가 들어올 때까지는. 나도 알아, 부모 님이 다른 말씀은 안 하셨어. 계속 그 얘기만 하셨어, 두 분이 무슨 얘기를 하려고 그러시는지 도무지 알 수가 없었는데, 결 국 아주 좋은 생각이 떠올랐다는 얘기를 하시더라고. 무슨 생 각인데. 집을 팔고 우리와 함께 사시겠대. 우리와 함께라니, 어디서. 센터에서. 잠깐만, 아버님 어머님이 우리와 센터에서 같이 살고 싶어하신다고. 응. 그래서 당신은 뭐라고 했어. 나 는 아직 그런 생각을 하기에는 너무 이르다고 했지, 하지만 두 분은 집을 파는 게 하루아침에 뚝딱 해치울 수 있는 일이 아니라는 거야, 그래서 당신과 내가 이사 갈 때까지 기다리지 않고 지금부터 집을 살 사람을 물색해 보겠대. 그래서 당신은 뭐라고 했어. 뭐, 지금처럼 공방이 위기를 겪고 있을 때 장인 어른을 혼자 남겨둘 수 없으니까 우린 장인어른이랑 같이 이 사를 갈 생각이라고 했지, 그러면 문제가 해결될 것 같아서.

아버님 어머님한테 그런 소리를 했단 말이야. 응, 그랬더니 두 분이 다짜고짜 나한테 소리를 지르면서 울기 시작하는 거야. 사실 어머니만 그런 거지만, 우리 아버지는 그렇게 감상적인 사람이 아니거든. 아버지는 그냥 팔을 마구 흔들어대면서 날 혼내셨어. 너는 아들이 돼서 그럴 수 있냐, 저를 낳아준 어버이보다 피 한 방울 안 섞인 사람들을 먼저 생각하다니, 이러면서. 정말로 어버이라고 하셨어. 그런 말을 어디서 찾아내셨는지. 내가 나를 낳아준 사람들을, 나를 키워주고 교육시킨 사람들을 거부할 줄은 상상도 못했대. 아들은 마누라를 얻을 때까지만 아들이라는 옛말이 맞다면서. 그래도 내가 이렇게 무심할 줄은 몰랐다고 하시더라고. 어쨌든 난 두 분 걱정은 안 했어. 거리에서 구걸을 하는 신세가 되신 것도 아니니까. 하지만 언젠가 오늘 일을 후회할 거야. 두 분이 살아계신 동안에는 아닐지 몰라도 두 분이 돌아가신 후에는 후회하게 되겠지. 그게 항상 더 나쁘잖아. 두 분은 내가 자식을 낳으면 지금 내가 부모님께 하는 것과 똑같은 대접을 받게 될까 봐 걱정이라고 하셨어. 그게 두 분의 마지막 말이었겠구나. 솔직히 말해서 그런 건지 아닌지 잘 모르겠어. 아마 내가 잊어버린 말이 몇 마디 더 있을 거야. 하지만 내용은 다 똑같아. 아버님 어머님께 걱정하시지 말라고 하지 그랬어. 우리 아버지가 센터에서 살기 싫어하는 거 알잖아. 그래, 하지만 그 말은 하고 싶지 않았어. 왜. 그러면 우리와 같이 살 사람은 역시 당신들밖에 없다고 생각하실 거 아냐. 아버님 어머님이 고집을 부리신다면, 당신도 어쩔 수 없잖아. 그렇게 되면 난 승진을 거절할 거야, 그럴듯한 구실을 만들어서 센터에다 이야기해야지. 글쎄, 그런 구실을 찾아낼 수 있을까. 두 사람은 침대 위에서 서로 몸이 거의 닿을 만큼 가까이 앉아 있었다. 하지만 서로를 쓰다듬어야 하는 순간은 이미 지나갔다. 고개를 숙여 인사를 하고 손에 입맞춤을 하던 시절만큼, 여자가 남자의 두 손에 입을 맞추고 그 손을 자기 가슴에 갖다대던 시절만큼이나 멀리 달아나버린 것 같았다. 마르살이 말했다, 내가 두 분 아들인데 그런 말을 하면 안 되는 거였어, 하지만 솔직히 난 우리 부모님하고 같이 살고 싶지 않아. 왜. 우린 서로를 제대로 이해한 적이 없거든, 나도 두 분을 이해한 적이 없고, 두 분도 날 이해한 적이 없어. 그분들은 당신 부모님이야. 그래, 내 부모님이지, 어느 날 밤에 두 분이 잠자리에 들었을 때 우연히 기분이 동해서 내가 생긴 거야, 어렸을 때 두 분이 이런 얘기를 하는 걸 들은 적이 있어, 마치 뭔가 재미있는 이야기를 하는 것처럼, 그때 아버지가 술에 취해 있었다고. 술에 취했든 그렇지 않든, 우리 모두 그런 식으로 세상에 태어나. 내 생각이 말도 안 된다는 건 나도 아는데, 그래도 내가 생겼을 때 아버지가 취해 있었다는 게 너무 싫어, 마치 내가 다른 사람 아들인 것 같아서, 진짜 내 아버지였어야 하는 사람이 그 자리에 있지 않았던 것 같아서, 다른 사람이 아버지 자리를 빼앗은 것 같아서, 그런데 그 사람이 오늘 나더러 너도 네 자식한테 이런 꼴을 한번 당해보라고 말한 거야. 정확히 그렇게 말씀하신 건 아니잖아. 하지만 아버지 생각은 그거였다고. 마르타는 마르살의 왼손을 양손으로 감싸 쥐고 중얼거렸다, 세상의 아버지들도 옛날에는 누군가의 아들이었어, 세상의 많은 아들들이 아버지가 되지만, 어떤 사람들은 옛날에 자기가 어땠는지 잊어버리지, 그리고 나머지 사람들은 자기가 앞으로 어떻게 될지 전혀 알지 못하고. 그거 조금 심오한 얘기 같은데. 나도 이 말을 다 이해하는 건 아냐, 그냥 그런 생각이 들었어, 신경 쓰지 마. 우리 이제 자자. 그래. 두 사람은 옷을 벗고 누웠다. 서로를 쓰다듬어도 되는 순간이 다시 방 안으로 찾아 들어와 밖에 너무 오래 있어서 미안하다고 사과했다. 내가 길을 잃었어, 그것이 변명처럼 말했다. 그러고서 가끔 그러듯이, 갑자기 그 순간이 영원이 되었다. 십오 분 후, 두 사람의 몸이 여전히 엉켜 있을 때, 마르타가 부드럽게 말했다. 마르살. 왜, 그가 졸린 목소리로 물었다. 이틀이 지났는데 소식이 없어.

아무도 엿듣는 사람이 없는 침실의 정적 속에서, 바로 조금 전의 사랑의 움직임 때문에 흐트러진 이불을 덮은 채, 남자는 월경을 시작할 날짜가 이틀이 지났는데 아직 소식이 없다는 아내의 말을 들었다. 너무나 굉장하고 놀랍기 그지없는 소식이었다. 이제는 라틴어를 쓰는 사람이 없지만 fiat lux(빛이 있으라—옮긴이)라는 말이 두 번째로 울려 퍼진 것 같았다. 예수가 베푼 기적처럼 일어나서 걸으라는 말이 들려왔지만, 어디로 가야 할지 도무지 알 수가 없어서 겁이 나는 것 같았다. 기껏해야 겨우 한 시간 전에 마르살 가초는, 남자로서는 보기 드물게 마음을 열고 자신이 어린애임을 인정했었다. 자신이 이미 몇 주 전에 잉태된 태아의 아버지임을 모른 채. 이것은 우리가 자신을 어떤 사람으로 생각하든 그 생각을 너무 확신해서는 안 된다는 것을 보여준다. 바로 그 순간에 우리가 완전히 다른 존재일 수도 있으니까. 그날 밤 완전히 지쳐서 곯아떨어지기 전에 마르타와 마르살이 나눈 이야기는, 아이를 기르는 부부들에 관한 수많은 이야기로 책 속에 이미 다 나와 있다. 그러나 이 부부의 구체적인 상황을 구체적으로 분석하면서, 우리는 그들만의 독특한 문제들도 빼놓지 않고 조사했다. 예를 들어, 마르타가 공방에서 힘든 육체노동을 감당하기가 점점 힘들어진다는 점. 하지만 이 문제를 해결할 수는 없었다. 마르살이 기대대로 승진을 할지, 그들이 센터로 이사 가기 전에 아기가 태어날지, 아니면 이사 간 후에 태어날지 여부가 상황을 좌우할 테니까. 우선 마르타는 생애의 마지막 날까지 지칠 줄 모르고 일을 하다가 세상을 떠난 어머니 후스타 이사스카라면 단순히 임신을 했다는 이유만으로 아무 일도 안 하고 빈둥거리기만 하는 생활에 탐닉하지 않을 것이라고 말했다. 내가 어머니 뱃속에 있던 구 개월 동안의 기억을 어떻게든 끄집어낼 수만 있다면, 내가 직접 증인이 될 수 있을 텐데. 뱃속에 들어 있는 아이가 바깥일을 어떻게 알아, 마르살이 하품을 하며 대꾸했다. 그렇겠지, 하지만 아기가 적어도 엄마 뱃속에서 일어나는 일은 환히 알고 있을 것 아냐, 그러니까 기억을 떠올리기만 하면 되는 거라고. 태어날 때 일도 기억하는 사람이 없어. 아마 그때 우리가 가장 최초의 기억을 잃어버리는 걸 거야. 아주 제멋대로 말을 지어내시는구먼, 나한테 키스나 해줘. 이 민감한 대화와 키스가 오가기 전에 마르살은 아기가 태어나기 전에 센터로 이사를 갈 수 있으면 좋겠다고 강력히 주장했다. 거기 가면 최고의 의사와 간호사들한테서 진료를 받게 될 거야, 거기만큼 의료진이 좋은 데가 없어, 가까운 곳이든 먼 곳이든 내과와 외과 모두. 센터에서 병원에 가본 적도 없다면서 어떻게 알아, 병원 안에 발을 들여놓은 적도 없을 텐데. 그렇기야 하지, 하지만 내가 아는 사람이 병원에 입원한 적이 있어, 직장 상사인데, 병원에 입원할 때는 죽음의 문턱까지 갔던 사람이 완전히 다른 사람이 돼서 나왔어, 센터 밖의 사람들 중에는 병원에 입원하려고 연줄이나 권력을 동원하는 사람도 있어, 하지만 규칙이 아주 엄격해서 말이야. 당신 말대로라면 센터에는 죽는 사람이 하나도 없겠네. 물론 거기도 죽는 사람이 있지, 하지만 어찌된 영문인지 죽음이 그렇게 눈에 띄지 않아. 그건 확실히 좋은 점이네. 거기 가면 당신도 알게 될 거야. 뭘, 죽음이 별로 눈에 띄지 않는다는 거. 아니, 죽음 얘기가 아냐. 죽음 얘기였어. 난 죽는 것에는 관심 없어, 당신하고 우리 아기 얘길 한 거야, 당신이 가게 될 병원에 대해서. 그거야 당신 승진이 너무 늦어지지 않을 때 얘기지. 만약 내가 구 개월 안에 승진하지 못한다면, 승진이 불가능하다고 봐야 돼. 나한테 키스해 줘, 내 경비원 아저씨, 이제 그만 자자. 그래, 자, 키스 들어갑니다. 그런데 얘기해야 할 게 아직 하나 더 있어. 뭔데. 지금부터는 공방 일을 좀 줄여, 두세 달 후에는 일을 완전히 그만두고. 아버지한테 일을 다 맡기라는 거야, 만약 센터가 인형을 주문하면 어떻게 해. 사람을 쓰면 되지, 뭐. 그건 말도 안 되는 소리라는 거 알잖아, 공방에서 일하고 싶어하는 사람이 아무도 없단 말이야. 당신 상태로는. 내 상태가 뭐, 우리 어머니는 날 가졌을 때도 일을 계속하셨어. 당신이 그걸 어떻게 알아. 똑똑히 기억하고 있으니까. 두 사람 모두 웃음을 터뜨렸다. 마르타가 말했다, 아버지한테는 아직 말씀드리지 말자, 아버지가 이 소식을 들으면 좋아서 어쩔 줄 모르시겠지만, 지금은 말씀드리지 않는 게 좋아. 왜. 글쎄, 나도 모르겠어, 요즘 아버지 머리가 복잡하잖아. 공방 말이군. 공방 말고도 문제가 많아. 센터. 센터도 문제지, 주문이 오든 안 오든 아버지는 창고에서 물건을 치워야 하니까, 하지만 그것 말고도 생각할 게 많아, 예를 들면, 손잡이가 떨어져나간 물병 같은 거, 이 얘기는 나중에 해줄게. 마르타가 먼저 잠이 들었다. 마르살의 충격은 조금 가라앉아 있었다. 아기가 태어난 후 자신이 어떤 길을 택해야 할지 대충 알 것 같았다. 거의 삼십 분 후 잠의 여신의 연기 같은 손가락이 그의 몸에 닿았을 때, 그는 아무 저항도 하지 않고 편안히 몸을 내맡겼다. 그가 잠들기 전에 마지막으로 생각한 것은, 마르타가 물병 손잡이에 대해 정말로 할 얘기가 있을까 하는 점이었다. 말도 안 돼, 틀림없이 내가 꿈속에서 들은 소리일 거야, 그는 생각했다. 그는 잠을 아주 조금만 자고 제일 먼저 깨어났다. 새벽빛이 덧창 틈새로 새어 들어오고 있었다. 너한테 이제 아이가 생긴다, 그는 혼잣말을 했다. 아이, 아이, 아이. 그러다가 그는 욕망과는 별로 상관없는, 거의 순수한 호기심 때문에, 우리가 침대라고 부르는 세계에 아직도 순수함이 존재한다면 말이지만, 어쨌든 순수한 호기심 때문에 이불을 들추고 마르타의 몸을 바라보았다. 그녀는 그를 향해 누워서 무릎을 약간 구부린 자세로 자고 있었다. 잠옷 아랫부분이 허리어림까지 올라와 있었고, 어스름한 빛 속에서 하얀 배가 간신히 보이는 듯하다가 검은 치골 부위 속으로 완전히 사라져버렸다. 마르살은 이불을 다시 내려놓았지만, 서로를 쓰다듬고 싶어하는 그 순간이 아직 사라지지 않았음을 깨달았다. 그 순간은 밤새도록 방 안에 머무르면서 때가 오기를 기다리고 있었다. 그가 이불을 들추는 바람에 찬 기운이 이불 속으로 들어간 탓인지 마르타가 한숨을 쉬며 자리를 바꿨다. 처음으로 둥지를 지을 자리를 조심스레 탐색하는 새처럼, 마르살의 왼손이 그녀의 배를 가볍게 스쳤다. 마르타가 눈을 뜨고 미소를 짓더니 농담처럼 말했다, 잘 잤어, 예비 아빠. 하지만 그녀의 표정이 느닷없이 바뀌었다. 방 안에 두 사람만 있는 것이 아니라는 사실을 깨달은 것이다. 서로를 쓰다듬고 싶어하는 순간이 두 사람 사이로 살짝 미끄러져 들어와 이불 속에 자리 잡고 있었다. 그 순간은 자기가 무엇을 원하는지 정확히 표현할 수 없었지만, 두 사람은 그것의 소망을 정확하게 이루어주었다. 시프리아노 알고르는 이미 일어나서 돌아다니고 있었다. 그는 그날 구매부장에게서 답변이 올지, 답변의 내용이 긍정적일지 부정적일지, 그가 말을 삼갈지 답을 자꾸 미룰지 걱정이 돼서 잠을 설쳤다. 하지만 그가 몇 시간 동안 잠을 아예 자지 못한 것은 한밤중에 갑자기 떠오른 생각 때문이었다. 도무지 잠이 오지 않는 밤에 떠오르는 생각이 흔히 그렇듯이, 그는 그 생각이 굉장하고 훌륭할 뿐만 아니라, 지금 같은 경우에는 박수갈채를 받아 마땅한 협상 천재의 대가 다운 솜씨를 보여준다고 생각했다. 그러나 밤새도록 잠을 설치다가 몸이 너무 지쳐서 간신히 두 시간쯤 자고 일어난 후, 그는 밤중에 떠올렸던 생각이 결국 아무 짝에도 쓸모가 없다는 것을 깨달았다. 칼자루를 쥔 사람의 본성과 성격에 대해 공연히 환상을 품지 않는 것이 현명한 일이며, 평범한 수준 이상의 권위를 지닌 사람이 주문을 해오면, 도저히 반박할 수 없는 운명의 절대명령처럼 그 주문을 받아들여야 한다는 것도 깨달았다. 만약 단순함이 정말로 미덕이라면, 여러분도 곧 알게 되겠지만, 이 생각만큼 미덕으로 가득 찬 것은 없었다. 시프리아노 알고르는 구매부장에게 이렇게 말할 것이다. 부장님, 창고에서 자리를 차지하고 있는 물건들을 이주 안에 치우라는 말씀을 생각해 보았는데요, 그때는 센터에 계속 물건을 공급할 수 있을지도 모른다는 실낱같은 희망 때문에 들떠서 그런지 잘 몰랐지만, 나중에 곰곰이 생각해 보니 두 가지 명령을 한꺼번에 수행하는 것이 불가능하지는 않을망정 무척 어려운 일이라는 걸 깨달았습니다. 그러니까 창고의 도자기를 치우는 것과 인형을 만드는 것 말입니다. 물론 아직 인형 주문을 확실하게 받은 상태가 아니라는 건 저도 압니다. 하지만 부장님이 인형을 주문하신다고 치고, 그냥 순전히 신중을 기하기 위해 생각해 본 겁니다만, 제가 처음 일주일 동안 다른 일을 전혀 걱정할 필요 없이 인형 만들기에만 전념할 수 있는 방법이 있다면, 둘째 주에 도자기 절반을 치우겠습니다. 그리고 셋째 주에는 다시 인형 만드는 데 전념하고, 넷째 주에 나머지 도자기를 치우겠습니다. 아, 저도 압니다. 말씀하시지 않아도 알아요. 첫째 주에 도자기를 먼저 치우고, 그 다음 주부터 인형, 도자기, 인형, 도자기 하는 식으로 일을 진행할 수 있다는 걸 저도 압니다. 하지만 생각해 보니, 이번 경우에는 심리적인 요인을 고려해야 할 것 같습니다. 창작을 할 때의 마음가짐과 파괴를 할 때의 마음가짐이 엄청나게 다르다는 건 모르는 사람이 없지 않습니까. 만약 제가 인형을 만드는 일, 그러니까 창작을 먼저 시작한다면, 특히 지금처럼 아주 훌륭한 마음가짐으로 창작을 시작한다면, 용기를 새로이 다듬어서 제 노동의 결실을 파괴하는 어려운 작업과 맞설 수 있을 겁니다. 그 그릇들을 어디 팔 데도 없고, 심지어 그냥 나눠줄 수도 없으니 결국은 그릇을 파괴하는 것과 마찬가지 아닙니까. 새벽 세 시에는 구매부장에게 이렇게 일장연설을 늘어놓는다는 아이디어가 도저히 저항할 수 없는 논리를 담고 있는 것처럼 보였지만, 먼동이 틀 무렵에는 터무니없어 보였고, 모든 것을 백일하에 드러내는 태양이 뜬 후에는 우스꽝스럽기 그지없는 것처럼 보였다. 아이고, 될 대로 되라지, 시프리아노 알고르는 파운드에게 말했다. 악마가 꼭 구석마다 숨어 있는 건 아니니까. 파운드는 분명히 사람과 생각하는 방식도 다르고 사용하는 어휘도 다르기 때문에 주인이 무슨 말을 하려는 건지 도무지 이해할 수 없었다. 하지만 어떤 의미에서는 그래도 상관없었다. 주인의 말을 이해하기 위해서는 반드시 그 악마라는 것이 무엇인지 물어보아야 했을 테니까 말이다. 태초부터 개들의 영적인 세계에는 악마라는 것이 존재하지 않았을 것이다. 따라서 여러분도 쉽게 짐작하겠지만, 만약 파운드가 처음부터 그런 질문을 던졌다면 이야기가 한도 끝도 없이 이어졌을 것이다. 마르타와 마르살이 열흘 동안 쌓인 욕망을 밤사이에 평소 때보다 훨씬 더 속 시원히 해결한 사람들처럼 유난히 기분 좋은 얼굴로 나타나자, 시프리아노 알고르는 마지막 남은 우울한 기분의 찌꺼기를 털어버리고 즉시 이사우라 에스투디오사에 대해 생각하기 시작했다. 자초지종을 아는 사람이라면 그의 생각이 이렇게 갑작스레 바뀐 과정을 쉽게 짐작할 수 있을 것이다. 시프리아노 알고르는 그녀 자신에 대해서 뿐만 아니라, 그녀의 이름에 대해서도 생각했다. 그녀가 왜 지금도 에스투디오사라는 이름을 쓰는지 이해할 수 없었다. 그 이름이 남편에게서 온 것이라면, 남편은 이미 죽었는데 말이다. 기회가 생기는 대로 이사우라의 원래 이름이 뭔지 잊지 말고 물어봐야겠다, 시프리아노 알고르는 속으로 생각했다. 이름이라는, 몹시 개인적인 영역에서 대담하기 짝이 없는 모험을 감행하겠다는 심각한 결정을 내리느라, 그는 다른 곳에 신경 쓸 겨를이 없었다. 사실 당신 이름이 무엇이냐는 숙명적인 질문과 함께 사랑이 시작되는 경우가 많지 않은가. 어쨌든 시프리아노 알고르는 생각에 잠겨서 마르살과 개가 오랜만에 만난 친구처럼 다정하게 놀고 있다는 것을 얼른 알아차리지 못했다. 사위는 개가 처음에 자신을 싫어한 것이 제복 때문이었다고 말하고, 마르타도 제복 때문이었다고 맞장구를 치고 있었다. 시프리아노 알고르는 이상하다는 듯 그들을 바라보았다. 마치 세상 모든 것의 의미가 갑작스레 변해버린 것 같았다. 그가 이사우라를 여자로서가 아니라 이름으로 생각하고 있었기 때문인지도 모르겠다. 아무리 정신이 다른 곳에 팔려 있다 해도, 두 가지를 혼동하는 것은 그리 흔한 일이 아니다. 어쩌면 세상에는 때가 되어야만 이해할 수 있는 것들이 있는 건지도 모른다. 때라니 무슨 때. 노년 말이다. 시프리아노 알고르는 무의미한 기도문을 중얼거리는 것처럼 마르타, 마르살, 이사우라, 파운드의 이름을 차례로 중얼거리다가, 다시 순서를 바꿔 마르살, 이사우라, 파운드, 마르타, 또 순서를 바꿔서 이사우라, 마르타, 파운드, 마르살, 또 순서를 바꿔서 파운드, 마르살, 마르타, 이사우라라고 중얼거리면서 가마로 걸어갔다. 그는 맨 마지막에 이르러서야 자신의 이름을 덧붙였다, 시프리아노 알고르, 시프리아노 알고르, 시프리아노 알고르. 몇 번이나 되풀이했는지 잊어버릴 때까지, 소용돌이처럼 현기증이 밀려 올라올 때까지, 그가 하는 말이 무의미해질 때까지. 그러고 나서 그는 가마라는 단어, 헛간이라는 단어, 찰흙이라는 단어, 뽕나무라는 단어, 바닥이라는 단어, 등불이라는 단어, 땅이라는 단어, 나무라는 단어, 문이라는 단어, 침대라는 단어, 공동묘지라는 단어, 손잡이라는 단어, 물병이라는 단어, 자동차라는 단어, 물이라는 단어, 공방이라는 단어, 풀이라는 단어, 집이라는 단어, 불이라는 단어, 개라는 단어, 여자라는 단어, 남자라는 단어, 단어, 단어를 말했다. 이 세상의 모든 것, 이름 있는 것과 이름 없는 것, 이미 알려진 것과 비밀로 남아 있는 것, 눈에 보이는 것과 눈에 보이지 않는 것, 날다 지쳐 구름 속에서 아래로 내려오는 새떼처럼 모든 것이 점차 제자리를 찾아 틈새를 메우고, 의미를 다시 정돈했다. 시프리아노 알고르는 할아버지가 가마 옆에 놓아두신 낡은 돌 의자에 앉아 팔꿈치를 무릎에 대고 턱을 손에 괴었다. 그는 집이나 공방을 바라보지 않았다. 도로 너머까지 한없이 펼쳐져 있는 들판이나 오른쪽에 보이는 마을의 지붕들도 바라보지 않았다. 그는 구운 찰흙 조각들이 흩어져 있는 땅, 그 밑으로 희끄무레하게 보이는 흙 알갱이, 강한 아랫턱으로 제 몸보다 두 배나 되는 밀 수염을 운반하고 있는 길잃은 개미 한 마리, 도마뱀 한 마리가 홀쭉한 머리를 살짝 내밀었다가 금방 사라져버린 바위의 모양을 바라보았다. 그는 아무것도 생각하지 않고, 아무것도 느끼지 않았다. 그는 그저 가장 커다란 찰흙 조각일 뿐이었다. 물기가 없어서 손가락에 조금만 힘을 줘도 부서져버리는 작은 흙덩어리, 원래 밀 이삭에 달려 있었지만 우연히도 개미 차지가 된 수염 한 가닥, 딱정벌레인지 도마뱀인지 그냥 환상인지 몰라도 살아 있는 것들이 가끔 몸을 숨기곤 하는 바위였다. 갑자기 파운드가 허공 속에서 불쑥 솟아난 것처럼 나타났다. 조금 전까지만 해도 그 자리에 없던 녀석이 갑자기 나타난 것이다. 녀석이 다짜고짜 주인의 무릎에 앞발을 올려 놓는 바람에 세상의 덧없음을 생각하며 시간을 낭비하고 있던, 아니 그의 생각대로라면 개미와 딱정벌레와 도마뱀에 관한 질문들을 던지면서 시간을 벌고 있던 시프리아노 알고르의 자세가 무너졌다. 시프리아노 알고르는 개의 머리를 쓰다듬으며 또다른 질문을 던졌다, 왜 왔니. 하지만 파운드는 대답하지 않았다. 그저 헐떡이는 숨소리를 내며 입을 벌렸을 뿐이다. 그런 어리석은 질문이 어디 있냐며 슬그머니 웃는 것처럼. 바로 그때 마르살의 목소리가 들렸다, 어서 오세요, 아버님, 아침 준비가 다 됐어요. 사위가 이런 짓을 한 것은 이번이 처음이었다. 집 안에서, 그리고 마르타와 마르살의 인생에 뭔가 보기 드문 일이 벌어졌음이 틀림없었다. 하지만 그것이 무엇인지 알 수가 없었다. 그는 딸이 사위에게 어떻게 말했을지 상상해 보았다. 가서 아버지를 모셔와. 아니면 마르살이 그녀의 뜻을 미리 알아차리고, 내가 가서 아버님을 모셔올게, 하고 말했을 수도 있다. 그랬다면, 이 편이 훨씬 더 굉장한 일이었다. 이 모든 변화를 설명할 방법이 분명히 있을 터였다. 그는 의자에서 일어서서 개의 머리를 한 번 더 쓰다듬은 다음 함께 자리를 떠났다. 시프리아노 알고르는 길 잃은 개미가 개미집으로 이어진 길을 다시는 지나갈 수 없을 것이라는 사실을 알지 못했다. 개미의 아래턱에는 밀 수염이 여전히 단단하게 물려 있었지만, 녀석의 여행은 거기서 끝났다. 발을 놓을 자리를 미리 보지 않는 서투른 개 파운드의 잘못이었다.

식사 도중에 마르살이 누군가의 질문에 답하는 것처럼, 급한 일이 생겨서 점심식사를 같이 할 수 없게 됐다고 자기 부모님께 전화로 알렸다고 말했다. 그러자 마르타가 창고의 도자기를 서둘러 옮길 필요가 없다는 뜻을 피력했다. 그러면 오늘 하루를 같이 보낼 수 있어, 어차피 이주일 기한인데 하루쯤 미룬다고 큰일이 나지는 않을 거야, 시프리아노 알고르는 자기도 같은 생각을 했다고 말했다. 구매부장이 금방이라도 전화를 할지 모른다는 점이 가장 큰 이유였다면서. 그 쪽에서 전화가 오면 내가 여기 있어야 하잖니. 마르타와 마르살은 회의적인 표정으로 서로를 바라보았다. 마르살이 조심스레 입을 열었다, 제가 아버님이라면, 저는 센터가 어떻게 돌아가는지 잘 알고 있으니까, 너무 큰 기대를 걸지 않을 겁니다. 어쩌면 오늘쯤 답변을 줄 수 있을지도 모른다고 말한 건 그 쪽이야. 그래도 그건 그냥 해보는 말이었을 수도 있어요, 아무 생각 없이 그냥 하는 말이요. 지금 내가 큰 기대를 거는 게 문제가 아니지 않나, 결정권이 다른 사람 손에 있으니, 우리는 아무런 손도 쓸 수 없으니 그냥 기다리는 수밖에. 하지만 기다림은 길지 않았다. 마르타가 식탁을 치우고 있을 때 전화벨이 울렸다. 시프리아노 알고르가 득달같이 달려가서 떨리는 손으로 수화기를 움켜쥐고 말했다, 알고르 가마입니다. 수화기 저쪽 편에서 비서나 전화 교환원쯤 되는 사람이 물었다, 시프리아노 알고르 씨입니까. 예, 그렇습니다. 잠시만 기다리세요, 구매부장님과 연결해 드리겠습니다. 시프리아노 알고르는 길고 긴 일 분 동안 뭔지 알 수 없는 바이올린 연주곡을 듣고 있어야 했다. 그 음악이 광적으로 끈질기고 고집스럽게 그 일 분을 채웠다. 그는 계속 딸을 바라보았지만, 그녀가 눈에 보이지 않는 것 같았다. 사위를 바라보아도 마치 그가 그 자리에 없는 것 같았다. 갑자기 음악이 멈추더니 전화가 연결되었다. 안녕하십니까, 알고르 씨, 구매부장이 말했다. 안녕하세요, 부장님, 그렇지 않아도 딸과 사위한테 부장님이 오늘 전화하겠다고 약속하셨으니 반드시 전화가 올 거라고 말하고 있던 참이었습니다, 사위가 휴가라서 집에 와 있거든요. 약속을 해도 지키지 않는 사람들이 많으니, 그런 일들을 잊기 위해서라도 누가 약속을 지키기라도 하면 다들 법석을 떨게 마련이죠. 맞습니다, 부장님. 음, 알고르 씨의 제안서를 보면서 여러 가지 요소들을 살펴보았습니다, 긍정적인 것과 부정적인 것을 모두요. 저, 중간에 끼어들어서 죄송하지만, 부정적인 요소라고 하셨습니까. 문자 그대로 부정적이라는 뜻이 아니라, 뭐랄까, 부정적인 영향을 미칠 수 있는 중립적인 요소라고 해야겠죠. 죄송합니다만 무슨 말씀인지 잘 이해를 못 하겠는데요. 알고르 씨가 제안하신 물건을 만들어 본 경험이 없다는 뜻입니다. 그건 맞습니다, 부장님, 하지만 제 딸도 저도 찰흙으로 틀을 만드는 법을 알고 있습니다, 게다가 실력도 좋지요, 이건 절대 허풍이 아닙니다, 저희가 지금까지 그런 제품을 만들어 팔지 않은 건 순전히 처음부터 도자기 만드는 쪽을 선택했기 때문입니다. 그래요, 압니다. 하지만 요즘 분위기를 감안하면 그 제안서 내용을 옹호해 주기가 쉽지 않았습니다. 그러니까, 제가 이런 질문을 해도 되는지 모르겠습니다만, 부장님이 정말로 저희 편을 들어주셨다는 말씀입니까. 예, 그렇습니다. 그럼 결정은 어떻게. 우선은 제품을 받아들이는 쪽으로 결정이 내려졌습니다. 아이고, 감사합니다, 부장님, 하지만 우선이라는 게 무슨 뜻인지요. 우선 시험적으로 인형을 종류별로 이백 개씩 주문하겠다는 뜻입니다. 차후의 주문 여부는 제품에 대한 고객들의 반응에 따라 달라지겠죠. 부장님, 어떻게 감사를 드려야 할지 모르겠습니다. 알고르 씨, 센터 입장에서는 고객들이 만족한 모습을 보는 것이 최고의 감사인사입니다. 고객들이 만족한다면, 그러니까 고객들이 이 물건을 계속 사준다면, 우리도 만족할 겁니다. 당신이 만든 도자기 그릇들이 어떻게 됐는지 보세요. 고객들의 관심이 시들해졌지 않습니까. 그런데 다른 몇몇 제품과 달리 저희가 고객들의 마음을 돌리려고 돈을 들여가며 애를 쓸 가치가 없다는 결론을 내렸기 때문에 당신과 거래를 끝내기로 한 겁니다. 아주 간단해요. 예, 부장님, 아주 간단하죠. 저야 뭐 우리 인형들도 앞으로 같은 꼴을 당하지 않기를 바랄 뿐입니다. 언젠가는 인형도 그렇게 될 겁니다. 인생이 원래 그런 것이니까요. 더 이상 유용하게 쓰이지 않는 물건은 버려지게 마련이죠. 사람도 그렇죠. 맞습니다, 사람도 그렇죠. 뭐 저도 언젠가 쓸모가 없어지면 버림을 받을 겁니다. 하지만 부장님이시잖습니까. 그렇기야 하지만 아랫사람들한테나 부장입니다, 제 위에는 다른 재판관들이 또 있어요. 센터는 법원이 아닙니다. 그게 바로 잘못된 생각이라는 겁니다. 여기만큼 무자비한 법정이 없어요. 부장님, 솔직히 말해서 저는 부장님이 저처럼 하찮은 도공에게 이런 이야기를 하시느라 귀중한 시간을 낭비하시는 이유를 모르겠습니다. 이런 말을 해서 뭣하지만, 어제 내가 했던 말을 그대로 되풀이하고 있군요. 예, 그런 것 같습니다. 제가 지금 이런 이야기를 하는 건 세상에는 아랫사람에게만 이야기할 수 있는 일들이 있기 때문입니다. 그러니까 제가 그 아랫사람 중 하나라는 거군요. 당신이 아랫사람이 된건 내 탓이 아니지만, 어쨌든 그렇습니다. 그렇다면 적어도 제가 아직은 쓸모가 있는 셈이군요. 하지만 틀림없이 앞으로 계속 승진을 하실 텐데, 그렇게 되면 아랫사람이 지금보다 훨씬 많아지지 않겠습니까. 만약 그렇게 된다면, 알고르 씨, 당신은 제 눈에 들어오지도 않을 겁니다. 아까 말씀하셨듯이, 인생이라는 게 다 그렇죠. 예, 인생이라는 게 다 그렇습니다, 하지만 그때까지는 주문서에 서명을 하는 사람이 바로 나입니다. 부장님, 한 가지만 더 여쭤보겠습니다. 뭐죠. 창고에 남아 있는 그릇을 치우는 문제인데요. 그건 이미 결정이 내려진 사안입니다, 제가 이주일이라고 시한을 못박지 않았습니까. 그냥 저한테 좋은 생각이 하나 떠올라서요. 무슨 생각인데요. 주문을 가능한 한 빨리 처리하는 것이 저희한테도 좋고 센터한테도 좋으니까, 일을 번갈아가며 하면 아주 도움이 될 것 같습니다. 번갈아가며 한다고요. 예, 그러니까 일주일 동안은 창고에서 물건을 치우고, 다음 일주일 동안은 인형을 만드는 식으로 하는 겁니다. 그러면 창고를 비우는데 보름이 아니라 한 달이 걸리잖습니까. 그렇죠, 하지만 일을 빨리 진행할 수 있으니까 시간을 벌 수 있을 겁니다. 일주일은 그릇을 치우고, 그 다음 일주일은 인형을 만들겠다고 했습니까. 예, 부장님. 그 순서를 바꾸도록 합시다, 첫째 주에 인형을 먼저 만들고, 둘째 주에 그릇을 치우는 식으로, 이건 기본적으로 응용심리학적인 문제인데, 창조가 원래 파괴보다 항상 훨씬 더 많은 자극을 주게 마련입니다. 정말 감사합니다, 부장님, 그렇게까지 신경을 써주실 거라고는 정말 꿈에도 상상을 못했습니다. 아, 난 별로 친절한 사람이 아닙니다, 그냥 실용적일 뿐이죠, 구매부장이 날카로운 말투로 말했다. 어쩌면 친절함도 실용적인 문제인지 몰라, 시프리아노 알고르가 중얼거렸다. 다시 한 번 말씀해 주시겠습니까, 제가 잘 못 들어서요. 아, 아무것도 아닙니다, 부장님, 중요한 얘기가 아니에요. 그래도 다시 한 번 말씀해 보세요. 어쩌면 친절함도 실용적인 문제일지 모른다고 했습니다. 도공의 생각이군요. 예, 부장님, 하지만 모든 도공이 똑같은 생각을 하는 건 아닙니다, 도공들은 점점 사라져가고 있습니다, 알고르 씨. 저처럼 생각하는 사람들도 마찬가지죠. 구매부장은 즉답을 하지 않았다. 틀림없이 이런 식으로 쫓고 쫓기는 대화를 계속할 가치가 있는지 생각하고 있었을 것이다. 하지만 센터에서 자신이 차지하고 있는 위치를 생각한 구매부장은 위계구조를 정확하게 유지하려면 모든 사람이 그 위계질서를 빈틈없이 존중하며 결코 무시하거나 위반하지 않아야 한다는 사실을 다시 깨달았다. 하급자들을 지나치게 자유롭고 편안하게 대하면 존경심이 사라지고 방종이 자라나게 마련이었다. 아니, 더 정확하고 노골적으로 표현하자면, 언제나 명령불복종, 기강해이, 무질서로 끝나게 마련이라고 해야 할 것이다. 마르타는 조금 전부터 아버지에게 뭔가 이야기를 하려고 애쓰고 있었지만, 아무 소용이 없었다. 그가 논쟁에 너무 푹 빠져 있었기 때문이다. 결국 그녀는 두 가지 질문을 종이에 커다란 글씨로 써서 아버지 코 밑에 들이밀었다. 어떤 인형, 몇 개나. 시프리아노 알고르는 이 질문을 읽고 수화기를 잡지 않은 손을 머리 위로 들어올렸다. 그가 대화에 정신이 팔린 것에 대해서는 변명의 여지가 없었다. 순전히 이야기를 위한 이야기, 주장과 반박을 계속하고 있었으니까. 하지만 그는 정말로 알아야 할 것을 일부밖에 알아내지 못한 상태였다. 그나마 그것도 구매부장이 이야기해주지 않았다면 전혀 알 수 없었을 것이다. 그러니까 센터에서 각각의 인형을 이백 개씩 주문하겠다는 이야기 말이다. 수화기 저편에서 침묵이 계속된 시간은 생각만큼 길지 않았지만 이렇게 침묵이 이어지는 순간에는, 지금보다 훨씬 짧게 침묵이 이어지더라도, 많은 일들이 일어날 수 있다는 점을 반드시 명심해야 한다. 지금 같은 경우에는, 침묵이 이어지는 동안 일어난 일들을 반드시 일일이 열거하면서 설명해야 이 모든 일들을 종합적으로나 개별적으로나 완전히 이해할 수 있지만, 누군가가 즉시 뛰어들어서 그건 불가능한 일이라고, 온 세상을 바늘귀에 끼울 수는 없는 노릇이라고 말할 것이다. 사실은 우주 전체를, 아니 우주 두 개까지도 쉽게 바늘귀에 끼울 수 있는데 말이다. 하지만 잠자는 용을 너무 갑작스레 깨우지 않도록 신중히 말하자면, 이제 알고르 씨가 이런 말을 중얼거릴 때가 되었다, 저, 부장님. 구매부장 역시 대화를 끝낼 때가 되었다. 내일이면 앞에서 열거한 이유들 때문에 그가 오늘의 대화를 후회할지도 모른다. 어쩌면 오늘의 대화가 없던 일이 됐으면 좋겠다고까지 생각할지도 모른다. 좋습니다, 그럼, 이야기가 대충 정리된 것 같군요, 이제 일을 시작해서도 됩니다, 주문서를 오늘 발송하겠습니다. 마침내 시프리아노 알고르가 아직 한 가지 사항이 해결되지 않았다는 이야기를 할 때가 되었다. 뭐가 해결되지 않았다는 겁니까. 어떤 것들로 하실 겁니까, 부장님. 어떤 것들이라니요, 해결되지 않은 문제가 하나라고 하지 않았습니까, 여러 개가 아니라. 어떤 인형을 주문하실 건지 묻는 겁니다. 전부 다입니다. 구매부장이 대답했다. 전부 다라고요, 시프리아노 알고르가 깜짝 놀라서 구매부장의 말을 되풀이했다. 하지만 구매부장은 그의 말을 듣지 못한 채 전화를 끊었다. 시프리아노 알고르는 너무 놀라서 멍한 표정으로 딸과 사위를 차례로 바라보았다. 세상에, 상상도 못했는데, 분명히 들었는데도 믿을 수가 없구나, 그는 센터가 각각의 인형을 이백 개씩 주문했다고 이야기해 주었다. 여섯 개 전부 말이에요, 마르타가 물었다. 그래, 그런 것 같다, 부장이 그렇게 말했어, 전부 다라고. 마르타가 아버지에게 달려와서 한마디 말도 없이 그를 세게 끌어안았다. 마르살도 장인에게 다가왔다. 되는 일이 하나도 없는 것 같은 날이 있는가 하면, 좋은 일만 일어나는 것처럼 보이는 날도 있어요. 시프리아노 알고르가 조금만 더 주의 깊게 귀를 기울였다면, 일거리가 보장될 것이라는 기쁨에 너무 들뜨지 않았다면, 그날의 또다른 좋은 소식이 무엇인지 알아보려 했을 것이다. 게다가 장차 아기의 부모가 될 두 사람이 몇 시간 전에 맺은 침묵의 협약이 하마터면 그 자리에서 깨어질 뻔했다. 마르타는 자기도 모르게 아버지, 저 임신했어요, 라는 말을 하려는 것을 깨닫고 간신히 입을 다물었다. 꿋꿋하게 약속을 지킨 마르살은 그것을 눈치채지 못했다. 아무것도 모르는 시프리아노 알고르 역시 마찬가지였다. 그런 소식은 비교적 흔한 재주인 입술 읽기가 가능한 사람뿐만 아니라, 상대가 막 입을 열려고 할 때 그 사람이 무슨 말을 할지 미리 예측할 수 있는 사람만이 들을 수 있는 법이다. 이처럼 마법 같은 재능은 다른 곳에서 언급한 또다른 재능만큼이나 드물다. 바로 몸을 둘러싼 피부를 뚫고 몸속을 들여다보는 재주 말이다. 이런 이야기가 매력적이기는 하지만, 너무 깊이 들어가지는 않겠다. 우리는 이제 마르타가 방금 한 말에 귀를 기울여야 하니까. 아버지, 계산을 해보세요, 육 곱하기 이백이면 천이백 개예요, 인형 천이백 개를 배달해야 한다고요, 우리 둘이 하기에는 너무 벅찬 일이에요, 게다가 시간도 얼마 없잖아요. 그날의 또다른 좋은 소식, 즉 마르살과 마르타가 아기를 낳게 될 것 같다는 소식은 이 엄청난 숫자 앞에서 빛을 잃었다. 임신은 그냥 일상생활에서 일어날 수 있는 단순한 일이 되었다. 남자와 여자가 아무런 조치를 취하지 않고, 이른바 자연스러운 방법으로 성적인 결합을 하면 우연히 또는 의도적으로 일어날 수 있는 일. 경비원 마르살 가초가 농담 반 진담 반으로 말했다, 지금부터 나는 두 사람 안중에도 없겠군요, 적어도 저라는 사람이 존재한다는 사실만은 잊지 마세요. 지금만큼 당신 존재가 뚜렷했던 적은 없어, 마르타가 말했다. 시프리아노 알고르는 인형 천이백 개를 만들어야 한다는 생각을 잠시 멈추고 딸이 방금 한 말이 무슨 뜻인지 생각해 보았다.

그래, 센터에 사는 사람들도 죽기는 죽는단 말이지, 시프리
아노 알고르가 개를 꽁무니에 매달고 집으로 들어가면서 말
했다. 사위를 직장에 데려다주고 오는 길이었다. 그걸 의심하
는 사람은 아무도 없을걸요, 마르타가 대답했다. 센터 안에
공동묘지가 있다는 건 다 아는 사실이라고요. 길에서 보면 묘
지는 안 보이지만 연기는 보이지. 연기라니요. 화장장에서 나
오는 연기 말이다. 센터에 화장장은 없어요. 옛날엔 없었지만
지금은 있어. 누구한테 들으셨어요. 마르살한테서, 차를 타고
센터 안의 대로를 달리다가 내가 지붕에서 올라오는 연기를
봤거든, 아마 거기 사람들이 전부터 그 문제를 얘기했던 모양
이더라, 그러다가 진짜로 만든 거지, 마르살 말로는 묘지 공
간이 점점 부족해지고 있대. 연기가 난다는 건 좀 이상한데
요, 현대 기술로 연기를 없앨 수 있을 줄 알았는데. 어쩌면 다

른 걸 태우면서 실험을 하고 있는 건지도 모르지, 유행이
난 낡은 물건들 말이다, 우리가 만든 접시처럼. 접시는 앗
버리세요, 그렇지 않아도 할일이 많잖아요. 그래, 나도 가
한 한 집에 빨리 오려고 서둘렀다, 마르살을 내려주고 곧
돌아왔어, 시프리아노 알고르가 말했다. 그는 도중에 살짝
길로 새서 이사우라 에스투디오사의 집 앞을 지나왔다는
은 하지 않았다. 지금 자기가 하는 말이 변명처럼 들린다
사실도 깨닫지 못했다. 아니면 그 사실을 알면서도 어쩔
없었거나. 그는 사실 용기가 없어서 호아킴 에스투디오사
미망인 집 앞에 차를 멈추고 그 집 문을 두드리지는 못했다
하지만 조금 단도직입적으로 말해서, 그가 소심해진 것은
것 때문만은 아니었다. 그가 무엇보다 두려워하는 것은 여
의 집 앞에 바보처럼 서서 도무지 할말을 찾지 못해 어쩔
없이 물병에 대해 물어보는 자신을 깨닫는 것이었다. 영원
해결될 수 없는 한 가지 중요한 의문이 있다. 만약 시프리
노 알고르가 이 분 정도 이사우라 에스투디오사와 이야기
나눴다면, 그가 집으로 들어서면서 죽음이니 연기니 화장
에 관한 이야기를 했을까. 아니면 정반대로 문간에서 그녀
대화를 나눈 것이 기쁜 나머지, 제비가 돌아왔다거나 들판
벌써 꽃이 흐드러지게 피었다는 식의 더 즐거운 화제를 생
해 냈을까. 마르타는 마지막 준비단계에 이른 여섯 개의 스
치를 부엌 식탁 위에 놓았다. 익살꾼, 어릿광대, 간호사, 에
키모, 중국 관리, 수염 달린 아시리아인의 순서로. 구매부

에게 보여주었던 디자인과 똑같은 그림들이었다. 한두 가지 세세한 점이 조금 달라지기는 했지만, 원래 디자인과 달라졌다고 할 정도는 아니었다. 마르타는 아버지를 위해 의자를 빼주고, 자기는 그냥 서 있었다. 시프리아노 알고르는 식탁 위에 양손을 내려놓고 그림들을 하나하나 살펴본 다음 입을 열었다. 옆모습 그림이 없는 게 아쉽구나. 왜요. 그래야 인형을 어떻게 만들어야 할지 더 확실히 알 수 있으니까. 이 인형들을 전부 알몸으로 만들어서 나중에 옷을 그려 넣자는 게 원래 제 생각이었잖아요. 하지만 솔직히 말해서 그 방법을 쓸 수 있을 것 같지는 않아. 왜요. 인형을 천이백 개나 만들어야 하잖니. 인형을 천이백 개나 만들어야 한다는 건 저도 알아요. 벌거벗은 인형 천이백 개를 만들어서 일일이 옷을 그려 넣는 건 같은 일을 두 번 하는 꼴이 될 거다, 일이 두 배로 늘어날 거야. 맞아요, 그런 생각을 미처 하지 못한 제가 바보죠. 뭐, 그렇게 따지자면 나도 너 못지않게 바보였지, 우린 센터가 기껏해야 서너 개 디자인을 고를 거라고 생각했잖니, 처음부터 그렇게 엄청난 양을 주문할 거라고는 우리 둘 다 생각도 못했어. 그럼 방법은 하나뿐이네요, 마르타가 말했다. 그래. 먼저 기본형으로 쓸 인형 여섯 개를 만들어서 불에 구운 다음 나무로 거푸집을 만들고, 주조 방식을 쓸 건지 압착 방식을 쓸 건지 결정해야죠. 글쎄, 주조 방식을 쓰기에는 우리 경험이 모자란 것 같구나, 이론적인 지식만으로는 안 돼, 지금까지는 항상 압착 방식을 썼으니까, 시프리아노 알고르가 말했다. 좋아요, 그럼 그렇게 하기로 해요. 거푸집은 목수한테 만들어 달라고 부탁하면 돼. 하지만 그 전에 옆모습을 먼저 그려야겠네요, 마르타가 말했다, 물론 뒷면도 그려야 하고요. 옆모습과 뒷면을 새로 도안해야 할 거다. 그건 어렵지 않아요, 간단한 선을 몇 개 그어서 기본적인 형태만 나타내면 되니까요. 그들은 태평하게 작전지도를 들여다보며 전략과 전술을 짜고, 비용을 계산하고, 아군이 치러야 할 희생을 추정해 보는 장군들 같았다. 그들이 물리쳐야 할 적은 반쯤은 진지하고 반쯤은 괴기스럽게 종이에 그려진 이 여섯 개의 인형이다. 그들은 찰흙과 물, 나무와 회반죽, 물감과 불이라는 무기를 이용해서 이 적들로부터 항복을 받아내야 할 것이다. 손으로 그들을 한없이 매만져야 하는 것은 말할 필요도 없는 일이고 반드시 사랑하는 사람들만 서로를 손으로 쓰다듬는 것은 아니다. 그때 시프리아노 알고르가 말했다. 우리가 반드시 생각해야 할 게 하나 있다, 거푸집은 두 조각으로만 만들어야 해, 더 많이 만들면 일만 복잡해질 거다. 두 조각이면 충분할 거예요, 인형 디자인이 간단하니까요, 앞면하고 뒷면 거푸집만 있으면 돼요. 창부병이나 검객, 해군이나 피리 부는 사람, 말 탄 창기병이나 깃털 달린 모자를 쓴 소총수를 만들기로 했더라면 일이 얼마나 어려워졌을지 생각하기도 싫어요, 마르타가 말했다. 날개 달린 몸으로 낫을 들고 있는 해골이나 삼위일체 인형도 마찬가지지, 시프리아노 알고르가 말했다. 그게 날개가 있었나요. 그거라니. 해골 말이에요. 그래, 날개가 있었다. 죽음은 어디에나 있는데, 심지어 오늘 아침에 내가 본 것처럼 센터에도 죽음이 있는데, 사람들이 왜 죽음의 사자를 날개 달린 모습으로 묘사하는지는 하느님만 아시겠지만. 사람이 배 이야기를 하는 건 항해를 떠나고 싶기 때문이라는 말은 아버지가 젊었을 때부터 쓰던 말인가요, 마르타가 물었다. 아니, 네 증조부 시대부터 있던 말이다, 네 증조부는 바다를 본 적도 없었지, 그 양반 손자인 내가 자꾸만 배 이야기를 한다면, 그건 아직은 배를 타고 항해를 떠날 때가 아니라는 걸 자신에게 일깨우기 위해서야. 우리 휴전해요, 아버지. 백기도 안 들고 휴전이라고. 이게 백기예요, 마르타가 아버지에게 입을 맞추며 말했다. 시프리아노 알고르는 그림을 한데 모았다. 전투계획이 결정되었으니, 이제 필요한 것은 나팔을 불고 공격명령을 내리는 것뿐이었다. 전진, 전투준비. 하지만 마지막 순간에 그는 장군의 부하들이 타는 말의 발굽에 못이 하나 빠져 있는 것을 발견했다. 그 말 하나 때문에, 말발굽과 못 때문에 전쟁의 운명이 달라질지도 모르는데 말이다. 다리를 저는 말이 결코 전령을 실어 나를 수 없다는 사실을 모르는 사람은 없다. 설사 녀석이 전령을 실어 나르더라도 도중에 일이 잘못될 위험이 있다. 한 가지가 더 있다, 이제 마지막이었으면 좋겠다만, 시프리아노 알고르가 말했다. 이번엔 또 뭐예요. 거푸집 말이다. 거푸집 얘기는 벌써 했잖아요. 거푸집의 기본형 (원래는 matrix. '주형'이라는 뜻 외에 '모체', '자궁'이라는 뜻도 있음—옮긴이), 그러니까 나무로 거푸집을 만든다는 얘기만 했지, 그 결정을 바꿀 생각은 없지만, 우리가 실제로 사용하게 될 거푸집은 어떻게 하는 게 좋겠니, 거푸집 하나로 천이백 개나 되는 인형을 만들 수는 없다, 얼마 못가서 거푸집이 망가질 거야, 처음에는 깨끗이 면도를 한 어릿광대를 만들 수 있겠지만, 나중에는 턱수염 난 간호사가 나올걸. 마르타는 아버지가 말을 시작하는 순간 고개를 돌렸다. 피가 얼굴로 몰려드는 게 느껴졌지만, 아무리 애를 써도 피를 두툼한 정맥과 동맥으로 돌려보낼 수가 없었다. 피가 제자리로 돌아간다면 수치심과 창피함을 드러내지 않고 무심한 척, 허심탄회한 척할 수 있을 텐데. 문제는 '기본형'이라는 단어였다. 거기서 연달아 연상되는 단어들, 어머니, 모성 등이 문제였다. 그녀가 아버지에게 임신 사실을 알리지 않은 것이 잘못이었다. 아버지한테는 아직 말하지 말자, 그녀는 남편에게 이렇게 말했었다. 그런데 이제 더 이상 입을 다물고 있을 수가 없었다. 월경이 이틀 정도, 아니 오늘까지 쳐서 사흘 정도 늦어지는 것쯤이야 대부분의 여자들에게는 아무 일도 아니다. 하지만 그녀의 월경주기는 항상 수학처럼 정확했다. 그러니까 생물학적인 진자라고 말해도 될 만큼 규칙적이었다. 또한 그녀가 임신 사실을 조금이라도 의심했더라면, 마르살에게 곧장 말하지 않았을 것이다. 그건 그렇고 이제 어떻게 하면 좋은가. 아버지가 그녀의 대답을 기다리고 있다. 아버지가 그녀를 바라보고 있다. 그녀는 곤혹스러운 나머지 턱수염 달린 간호사라는 아버지의 농담에도 웃음을 터뜨리지 않았다. 그 말을 아예 듣지 못했으니까. 왜 얼굴을 붉히는 거냐. 얼굴이 붉긴 뭐가 붉으냐며 아버지의 말을 부정할 수는 없었다. 조금 시간이 지나면 그런 말을 할 수 있을 것이다. 갑자기 얼굴이 창백해질 테니까. 얼굴로 피가 확 몰렸다가 다시 확 빠져나가는, 이 분명한 현상을 부정할 길은 없다. 아버지, 저 임신한 것 같아요, 그녀는 이렇게 말하고 나서 시선을 내렸다. 시프리아노 알고르가 갑자기 눈썹을 치켜올렸다. 그의 표정이 어리둥절함에서 놀라움과 당혹감으로, 그리고 혼란스러움으로 변했다. 그는 지금 상황에 가장 잘 맞는 단어를 찾고 있는 것 같았지만, 그가 찾아낸 말은 고작 이것뿐이었다, 왜 지금 이야기하는 거냐, 왜 이런 식으로 이야기하는 거야. 그녀는 대답할 수 없는 모양이다. 그냥 갑자기 생각났어요. 그녀는 이미 거짓말을 할 만큼 했다. 아버지가 기본형이라는 단어를 쓰셨기 때문이에요. 내가 그 단어를 썼다고. 예, 거푸집에 대해 이야기할 때요. 그래, 네 말이 맞다, 내가 그 단어를 썼어. 두 사람의 대화가 급속히 말도 안 되는 방향으로, 마치 코미디처럼 흐르고 있었다. 마르타는 웃음을 터뜨리고 싶어 미칠 지경이었지만, 갑자기 눈에 눈물이 차올랐다. 얼굴색도 정상으로 되돌아왔다. 이렇게 완전히 반대되는 감정이 이토록 비슷하게 드러나는 경우는 드물지 않다. 그런 것 같아요, 아버지, 임신한 것 같아요. 아직 확실한 건 아니냐. 확실해요. 그럼 왜 임신한 것 같다고 얘기한 거냐. 그건 저도 몰라요, 불안해서 그랬겠죠, 이런 일을 겪는 게 처음이니까요. 마르살은 알고 있겠지. 예,

마르살이 집에 왔을 때 이야기했어요. 그래서 어제 아침에 너희 둘이 그렇게 이상했던 거구나. 말도 안 돼요, 아버지가 그렇게 생각하니까 그렇게 보였던 것뿐이에요, 우린 평소 때랑 똑같았어요. 그럼 너는 네 어머니와 내가 너를 임신했다는 걸 알았을 때도 평소 때랑 똑같았을 거라고 생각하는 거냐. 아뇨, 물론 아니죠, 죄송해요. 임신 얘기를 처음 꺼냈을 때부터 마르타가 예상하고 있던 질문이 마침내 터져나왔다. 그럼 왜 일찍 얘기하지 않았니. 그렇지 않아도 걱정할 게 많잖아요, 아버지. 내가 지금 네 임신 사실을 알고서 걱정하는 것처럼 보이냐, 시프리아노 알고르가 물었다. 뭐, 딱히 행복한 얼굴은 아니잖아요, 마르타가 말했다. 그녀는 대화의 방향을 바꾸려고 애쓰고 있었다. 속으로는 기쁘다, 아주 기뻐, 설마 내가 당장 덩실덩실 춤이라도 출 거라고 생각한 건 아니겠지, 춤을 추는 건 내 스타일이 아니야. 죄송해요, 아버지, 저 때문에 속상하시죠. 그래, 속상하다, 내가 그 단어를 안 썼다면, 내 딸이 임신했다는 걸 계속 몰랐겠지, 널 보면서도 그 사실을 몰랐겠지. 아버지, 제발. 아마 겉으로 표가 나기 시작할 때까지, 네가 입덧을 시작할 때까지도 몰랐을 거다, 나는 속도 모르고 어디가 아프냐고 물었을 거고, 너는, 말도 안 되는 소리 마세요, 아버지, 저 임신했어요, 제가 깜박 잊고 말을 안 했네요, 이랬겠지. 아버지, 제발. 이제 그녀는 울고 있었다. 오늘은 제가 이렇게 눈물을 흘려야 되는 날이 아니잖아요. 그래, 네 말이 맞다, 내가 이기적으로 굴었어. 그런 게 아니에요. 아냐,

내가 이기적으로 굴었어, 하지만 네가 왜 말을 안 했는지 도무지 이해할 수가 없다. 넌 걱정거리가 많다고 말했지만, 내 걱정거리는 네 걱정거리랑 똑같아, 공방, 그릇들, 인형, 미래, 한 가지 걱정을 같이 한다면, 나머지 걱정도 같이 하는 거지. 마르타는 손으로 재빨리 눈물을 닦아냈다. 저한테는 나름대로 이유가 있었어요, 제 생각이 유치했던 거지만, 아마 존재하지도 않는 감정이 존재한다고 혼자 멋대로 상상했던 것 같아요, 설사 그런 감정이 존재한다 해도 제가 쓸데없이 나서면 안 되는 건데. 그게 무슨 소리냐, 무슨 뜻이야, 시프리아노 알고르가 물었다. 하지만 그의 어조가 아까와는 달랐다. 존재하지 않는 것 같다가도 금방 정말로 존재하는 것처럼 느껴지는 모호한 감정에 관한 말이 걱정스러운 모양이었다. 이사우라 에스투디오사 말이에요. 마치 차가운 물 속으로 억지로 뛰어드는 사람처럼 마르타가 말했다. 뭐라고, 아버지가 소리를 질렀다. 아버지가 그분에게 관심이 있다면, 제가 보기에는 가끔 그런 것처럼 보이니까, 아버지한테 가서 곧 손자가 생길 거라는 얘기를 하는 게, 저도 이게 말도 안 되는 소리라는 건 알아요, 하지만 어쩔 수 없었어요. 뭘 어쩔 수 없다는 거냐. 저도 몰라요, 어쩌면 아버지가 다른 생각을 하게 될지도 모른다고 여겼는지도요. 내가 바보처럼 우스꽝스러운 짓을 하고 있다는 생각 말이냐. 저는 그런 얘기 안 했어요. 그럼 다르게 말해보자, 늙은 홀아비가 잔뜩 치장을 하고 나서서 젊은 과부한테 추파를 던지고 있는데, 그 늙은이 딸이 와서 이제 곧 할아버지가 될 거라고 말한다면, 그건 이제 당신 시대가 끝났으니 손자를 데리고 산책이나 다니면서 이렇게 오래 살게 해주셔서 감사하다고 하느님께 인사나 하라는 소리나 마찬가지라는 거냐, 아버지. 나한테 즉시 알려야 한다는 걸 알면서도 입을 다물어버린 건 바로 이런 생각 때문이었을 거다, 네가 아무리 아니라고 해도 소용없어. 정말 죄송해요, 마르타가 체념한 듯 중얼거렸다. 이번에는 눈물을 참지 않았다. 아버지가 천천히 그녀의 머리를 쓰다듬으며 말했다, 괜찮다, 시간은 항상 우리에게 올바른 자리를 지시해 주는 사회자와 같아, 우리는 그 사회자의 명령에 따라 앞으로 나아가기도 하고 걸음을 멈추기도 하고 뒷걸음질 치기도 하지, 우리가 그 사회자의 의중을 간파할 수 있을 거라고 생각하는 게 잘못이지. 마르타는 아버지의 손을 잡았다. 아버지는 막 손을 떼려는 참이었다. 그녀는 아버지의 손에 깊게 입을 맞췄다. 죄송해요, 죄송해요, 그녀가 다시 말했다. 시프리아노 알고르는 딸을 위로하려고 했지만, 그의 입에서 나온 말은 괜찮다, 별 일 아니야, 라는 말뿐이었다. 딸을 위로하는데는 별로 도움이 될 것 같지 않은 말. 그는 딸을 너무 몰아붙인 건 아닌지 모르겠다고 생각하면서 마당으로 나갔다. 하지만 그보다 더 그의 마음을 차지한 것은 그가 방금 한 말이었다. 오늘까지 본인이 인정하지 않았던 사실, 남자로서의 그의 일생이 이제 끝에 이르렀다는 것, 이제 얼마 남지 않은 남자로서의 일생에서 이사우라 에스투디오사라는 여자는 그가 만들어 낸 환상에 불과하다는 것이다.

그가 기꺼이 받아들인 환상, 그의 슬픈 육체를 위로하기 위해 마음이 만들어 낸 환상, 저물어가는 저녁 햇빛이 부린 술수, 한 번 지나가고 나면 아무 흔적도 남지 않는 덧없는 산들바람, 땅에 떨어지자마자 증발해 버리는 자그마한 빗방울 같은. 파운드는 주인의 기분이 또 별로 좋지 않다는 것을 눈치챘다. 어제 주인을 보러 가마로 갔을 때도 주인의 멍한 표정 때문에 깜짝 놀랐었다. 그것은, 쉽게 이해할 수 없는 일들을 생각하면서 즐거워하는 사람들이 잘 짓는 표정이었다. 녀석은 차갑고 축축한 코를 주인의 손에 갖다 댔다. 예절교육을 받은 개처럼 아주 자연스럽게 앞발을 내미는 동작을 누군가가 이 원시적인 녀석에게 가르쳐 주었어야 하는 건데. 이럴 때 주인의 사랑스러운 손이 개의 코를 갑자기 피하는 것을 막을 방법이 없다. 이것은 사람과 개의 관계에서 모든 문제가 해결된 것은 아니라는 증거다. 아마 축축하고 차가운 느낌이 우리 뇌의 가장 오래 된 부분에 있는 오랜 공포를 일깨우기 때문일 것이다. 느리게 움직이는 거대한 괄태충의 끈적끈적한 느낌, 구불구불 파도치듯 움직이는 뱀의 오싹한 느낌, 다른 세상의 존재들이 살고 있는 동굴의 얼음장 같은 입김에 대한 공포. 그 공포가 너무 커서 시프리아노 알고르는 정말로 손을 치워버렸다. 하지만 그가 미안하다는 듯이 즉시 파운드의 머리를 쓰다듬어 준 것은 언젠가는 다른 반응을 보일지도 모른다는 징조라고 해석해도 될 것이다. 물론 우선은 본능적인 혐오감처럼 보이는 것이 단순한 습관으로 바뀔 만큼 오랜 세월 동안 둘이 함께 살아야 하겠지만. 파운드는 이런 미묘한 의미들을 이해하지 못한다. 그가 코를 사용한 것은 자연스럽고 본능적인 행동이므로, 거기에는 인간들의 악수보다 더 건전한 진정이 담겨 있다. 우리가 보고 느끼기에는 악수가 아무리 진심에서 우러나온 행동처럼 보이더라도 말이다. 파운드는 주인이 지금처럼 정신이 다른 곳에 팔려서 꼼짝 못하는 상태에서 벗어났을 때 어디로 갈지 궁금하다. 녀석은 주인의 결정을 기다리고 있다는 뜻을 전달하려고 다시 코를 주인에게 갖다댔다. 시프리아노 알고르가 즉시 가마 쪽으로 걸음을 옮기자, 다른 사람들이 뭐라고 하든 세상에서 가장 논리적인 파운드의 동물적 정신은, 인간의 삶에서는 무엇이든 한 번만으로는 결코 충분하지 않다는 결론을 내렸다. 시프리아노 알고르가 돌 의자에 무겁게 앉아 있는 동안, 개는 아까 도마뱀이 머리를 내밀었던 커다란 바위의 냄새를 맡는 데 전념했다. 하지만 아무리 봐도 찾을 수 없을 것 같은 도마뱀을 찾아 헤매는 것보다 주인의 걱정스러운 안색이 더 마음에 걸렸다. 그래서 녀석은 오래지 않아 주인 앞에 누워서 흥미로운 대화를 나눌 준비를 갖췄다. 시프리아노 알고르가 처음으로 한 말은 이런 것이었다. 그래, 결국은 이렇게 되는 거로군. 만약도 없고, 그리고나 그러나도 없는, 정확하고 간결한 이 문장을 대화로 발전시킬 수는 없을 것 같았다. 이런 경우, 개로서는 주인의 침묵에 싫증이 날 때까지 침묵을 지키는 것이 최선이다. 개들은 원래 수다를 떠는 것이 인간의 본성이라는 것을 알고 있다. 인간들이 신중하지 못하고 경솔하며, 잡담을 좋아하고, 입을 다물 줄 모른다는 것을. 우리는 개가 우리를 바라보며 얼마나 심오한 경지의 자기성찰에 도달하는지 상상도 할 수 없다. 단순히 개가 우리를 보고 있을 뿐이라고 생각한다. 녀석이 우리를 보고 있는 것 같지만, 사실은 자아의 표면 위에서 바보처럼 허우적거리며 무의미하고 불합리한 말들을 세상에 흩어놓는 우리를 뒤에 남겨놓고 이미 앞으로 나아갔다는 것을 깨닫지 못하는 것이다. 우리가 다른 곳에서 신학적인 맥락에서 언급한 저 유명한 우주의 침묵과 개의 침묵, 그 소재와 객관적인 크기가 엄청나게 다르다는 점을 감안하면, 도저히 비교대상이 될 수 없을 것 같은 이 둘은, 사실 눈물 두 방울과 완전히 똑같은 밀도와 무게를 갖고 있다. 유일한 차이점이라면, 눈물은 고통 때문에 흐른다는 점뿐이다. 그래, 결국은 이렇게 되는 거로군, 시프리아노 알고르가 다시 중얼거렸다. 파운드는 시프리아노 알고르가 센터에 그릇을 공급하는 문제를 이야기하고 있는 게 아니라는 것을 너무나 잘 알고 있었기 때문에 눈 하나 깜짝하지 않았다. 도자기 문제는 이미 오래전에 지나간 일이었다. 아니, 이 모든 일에는 어떤 여자가 관련되어 있다. 주인이 물병을 갖다주었을 때 자동차 안에 앉아서 본 이사우라 에스투디오사라는 여자임이 틀림없다. 얼굴도 예쁘고 몸도 예쁘던 여자. 하지만 예쁘다는 말은 파운드가 생각해 낸 것이 아님을 반드시 밝혀야겠다. 녀석에게는 추하다거나 예쁘다는 개념이 존재하지 않는다. 미의 기준은 인간이 생각해 낸 것이다. 만약 파운드가 말을 할 수 있었다면 주인에 대해 이렇게 말했을 것이다. 비록 주인님이 세상에서 제일 추한 사람이라 해도 제게는 아무 의미 없는 일입니다. 주인님의 냄새가 달라지거나 제 머리를 쓰다듬는 손길이 달라져야만 비로소 저는 이상하다는 생각을 할 겁니다. 이야기를 하다가 중간에 옆길로 샐 때의 문제는, 우리가 다른 일에 쉽게 정신을 빼앗겨서 맥락을 잃어버린다는 점이다. 지금 파운드가 바로 그러했다. 녀석은 시프리아노 알고르의 다음 말을 뒷부분밖에 듣지 못했다. 이걸로 끝이야, 더 이상 그 여자를 쫓아다니지 않겠어, 시프리아노 알고르가 말했다. 그 여자란 이사우라 에스투디오사임이 분명했다. 그는 앞으로 그 여자와 더 이상 접촉하지 않겠다고 맹세했다. 그동안 내가 멍청한 어린애처럼 굴었어, 지금부터는 더 이상 그 여자 뒤를 쫓아다니지 않겠어. 이것이 원래 그가 한 말이었다. 파운드는 자기가 들은 말을 한순간도 의심하지는 않았지만, 주인의 우울한 표정이 말을 통해 드러난 결의와 노골적으로 충돌한다는 사실을 단박에 알아차렸다. 그러나 우리는 시프리아노 알고르가 최종적인 결정을 내렸다는 것을 알고 있다. 시프리아노 알고르는 이사우라 에스투디오사를 찾아가지 않을 것이다. 시프리아노 알고르는 다시 정신을 차리게 해준 딸에게 감사하고 있다. 시프리아노 알고르는 어른이다. 어른이지만 아직 노인은 아닌 사람. 그리고 아무 생각 없이 열광하며 환상만 쫓아다니는 멍청한 사춘기 소년도 아니다. 사춘기 소년들은 자신이 느꼈다고 생각한 것정과 자신의 머리가 불가능이라는 벽에 부딪히기 전에는 결코 환상을 포기하지 않는다. 시프리아노 알고르는 돌 의자에서 일어섰다. 몸을 들어올리기가 힘든 것 같았다. 하긴 무리도 아니다. 남자의 감정이 지닌 무게가 저울 눈금에 나타나는 몸무게와 항상 같은 것은 아니니까. 어떨 때는 무게가 더 나가기도 하고, 또 어떨 때는 덜 나가기도 한다. 시프리아노 알고르는 이제 집으로 들어갈 작정이지만, 아까 한 말과는 반대로 딸에게 제정신을 차리게 해줘서 고맙다는 말을 하지는 않을 것이다. 방금 꿈을 포기한 남자에게 그런 것까지 요구하는 것은 지나친 일이다. 비록 그 꿈이라는 것이 평범한 과부에 불과했지만. 그는 감사인사 대신 목수에게 거푸집을 주문하겠다는 이야기를 할 것이다. 그것이 아주 급한 일이라서가 아니라, 시간을 좀 벌기 위해서다. 아무리 시한을 정해주어도, 목수나 재단사가 시간 안에 일을 해줄 것이라고 기대해서는 안 된다. 적어도 그들의 세계에서는 그렇다. 비록 기성복이나 손쉽게 직접 만들어 쓸 수 있는 제품들 덕분에 세상이 많이 바뀌기는 했지만. 아직도 저한테 화가 안 풀리셨어요, 마르타가 물었다. 난 화낸 적 없다, 그냥 좀 실망했을 뿐이야, 하지만 이 이야기를 한없이 계속할 필요는 없지, 너랑 마르살은 아이를 낳을 테고, 나는 할아버지가 될 거야, 모두 좋은 일이지, 이제 모든 문제가 정리됐으니 환상에는 종지부를 찍을 때가 됐어, 내 나갔다 올 테니 이따가 나랑 같이 일을 어떻게 진행할지 계획을 짜보자, 앞으로 일주일을 최대한 활용해야 해,

다음주에는 내가 창고에서 그릇을 치우느라 바쁠 테니까, 적어도 하루 중 대부분의 시간을 거기에 쏟아야 할 거다. 차 가져가세요, 마르타가 말했다. 쓸데없이 몸을 혹사할 필요 없잖아요. 차 같은 건 없어도 된다. 목수네 집이 멀지도 않은데, 뭐. 시프리아노 알고르가 개를 불렀다. 이리 오너라. 파운드가 그의 뒤를 따랐다. 주인님이 어쩌면 그녀와 우연히 만나게 될지도 몰라, 개는 이런 생각을 하고 있었다. 개들은 원래 이렇다. 가끔 주인 대신 생각을 해준다.

시프리아노 알고르가 센터의 무자비한 거래방침에 대해 불평을 늘어놓게 된 진짜 이유, 지금까지 우리가 항상 엄격하게 공정성을 지키면서, 또는 공정성을 지킨다고 믿으면서 솔직한 계급 연대의 관점에서 주로 묘사한 그 이유로 사실을 가릴 수는 없다. 비록 그 때문에 역사적으로 힘겨운 길을 걸어온 자본과 노동 사이의 관계를 다시 휘저어놓을 위험이 있지만 말이다. 금방 말한 것처럼, 시프리아노 알고르가 불평을 늘어놓게 된 진짜 이유로 그에게도 어느 정도 잘못이 있다는 사실을 가릴 수는 없다. 그가 잘못을 저지르게 된 가장 커다란 원인, 솔직하고 순수하지만 솔직하고 순수한 것들이 흔히 그렇듯이, 다른 모든 원인들의 사악한 뿌리인 그 원인은, 사람들이 도자기에 대해 가마가 처음 생겼을 때와 똑같은 취향을 대대로 유지할 것이라는, 아니 적어도 그가 죽을 때까지는 유지

해 줄 것이라는 시프리아노 알고르의 지레짐작이었다. 생z
해 보면, 대대로 유지하는 것이나 그가 죽을 때까지 유지하는
것이나 똑같은 얘기다. 우리는 시프리아노 알고르의 공방에
서 찰흙을 몹시 전통적인 방법으로 반죽하는 것을 보았고, 소
박하다 못해 거의 원시적으로 보이는 물레도 보았고, 밖에 있
는 가마에서 현대인들이 도저히 용납할 수 없는 낡은 흔적도
보았다. 그러나 현대인들은 수치스러운 결점과 편견을 갖고
있음에도, 이런 공방과 센터의 공존을 묵인해 주는 선한 마음
씨를 갖고 있다. 적어도 지금까지는 그랬다. 한없이 불평을
늘어놓고 있는 시프리아노 알고르는, 요즘은 반죽한 찰흙을
이런 식으로 보관하지 않는다는 것을 모르는 것 같다. 오늘날
의 기초적인 도자기 산업이 오래지 않아 하얀 가운을 입은 종
업원들이 메모를 하고, 매끈한 로봇들이 모든 일을 도맡아 하
는 실험실로 변하게 되리라는 것도. 예를 들어, 이 가마만 해
도 공기 중의 습도를 측정하는 습도계와 습도를 항상 똑같이
유지해 주는 전기장치가 필요하다고 울부짖고 있다. 이제는
시프리아노 알고르의 퇴행적인 방법처럼 눈길이나 손길, 느
낌이나 냄새만으로 일을 해결할 수는 없다. 시프리아노 알고
르는 방금 딸에게 자신의 방법이 세상에서 제일 자연스러운
것처럼 말했지만 말이다. 찰흙이 좋구나, 습도도 적당하고 찰
기도 딱 적당해, 일을 하기가 쉽겠어. 하지만 우리는 의문이
생긴다. 찰흙에 손을 한 번 대본 것이 전부인 그가 어떻게 저
리도 자신 있게 말할 수 있는 걸까. 엄지와 검지와 중지로 찰

흙을 살짝 꼬집어본 것이 전부이면서. 그는 눈을 감은 채 촉각에만 의지해서 붉은 찰흙, 고령토, 규토, 물이 균질하게 섞인 반죽을 만지는 것이 아니라 마치 비단의 날실과 씨실을 만지는 사람 같다. 우리가 얼마 전에 알아내고 한 번 생각해 볼 필요가 있다고 말한 문제이기는 하지만, 찰흙을 판정하는 것은 그가 아니라 그의 손가락일 가능성이 높다. 어쨌든 시프리아노 알고르의 판결이 찰흙의 실제 상태와 맞아떨어진 모양이다. 아버지보다 훨씬 젊고 훨씬 더 현대적이며 지금 시대와 훨씬 더 잘 맞을 뿐만 아니라, 알다시피 그릇을 만드는 문제에 있어서는 결코 문외한이 아닌 마르타가 아무 말 없이 다른 문제로 넘어가 아버지에게 이런 질문을 던졌기 때문이다. 여기 있는 찰흙으로 인형 천이백 개를 만들 수 있을까요. 그래, 만들 수 있을 거다, 하지만 내가 찰흙을 좀 더 구해보마. 두 사람은 물감을 비롯해서 여러 가지 마감재를 놓아두는 곳으로 옮겨가 남아 있는 물건과 부족한 물건을 기록했다. 물감이 더 많이 필요할 거예요, 마르타가 말했다. 인형을 아주 매력적인 모습으로 만들어야 하니까요. 거푸집에 쓸 회반죽하고 그림 그릴 때 쓸 기름도 필요할 거야, 시프리아노 알고르가 말을 보탰다. 필요한 물건을 당장 사와야겠다, 일을 하다 말고 나가서 물건을 사오는 일이 생기지 않게. 갑자기 마르타가 깊은 생각에 잠긴 표정을 지었다. 왜 그러니, 아버지가 물었다. 아주 심각한 문제가 있어요. 그게 뭔데. 우리 압착 방식을 쓰기로 했잖아요. 그렇지. 하지만 인형 그 자체를 만드는 방법은 이야기한 적이 없어요. 천이백 개나 되는 인형을 압착 방식으로 만들 수는 없어요. 거푸집이 견디지 못할 거예요. 일에 속도도 낼 수 없을 거고요. 물통으로 바닷물을 퍼내는 꼴이 될걸요. 네 말이 맞다. 그럼 주조 방식을 써야 해요. 주조 방식에 대해서 우리가 경험이 별로 없기는 하지만, 아직 새로운 것을 배우지 못할 만큼 늙지는 않았으니 문제없다. 그것보다 더 심각한 문제가 있어요. 아버지. 뭔데. 어디선가 읽었는데, 아마 집 안 어딘가에 그 책이 있을 거예요. 주조 방식을 쓰려면 고령토가 들어간 찰흙을 쓰지 않는 게 좋대요. 그런데 우리 찰흙에는 고령토가 최소한 삼십 퍼센트나 들었잖아요. 아무래도 내 머리가 옛날 같지 않구나. 내가 왜 그 생각을 미처 못 했을꼬. 아버지 잘못이 아니에요, 우리가 주조 방식에 익숙하지 않아서 그래요. 그래, 나도 안다. 하지만 그건 도자기를 처음 배우기 시작할 때 배우는 거야, 기본 중의 기본이라고. 두 사람은 당혹스러운 표정으로 서로를 바라보았다. 지금 두 사람은 아버지와 딸도 아니고, 미래의 할아버지와 미래의 어머니도 아니었다. 그저 이미 반죽한 찰흙에서 고령토를 빼내고 더 가벼운 흙을 집어넣어 무게를 줄이는 엄청난 작업을 앞에 둔 두 도공일 뿐이었다. 사실 연금술과 다름 없는 그런 작업은 불가능하다. 어떻게 하죠, 마르타가 물었다. 책을 한 번 찾아볼까요. 아니, 그래봤자 소용없을 거다, 찰흙에서 고령토를 제거할 수는 없어, 중화시킬 수도 없고, 그건 아예 말도 안 되는 일이니까, 유일한 해결책은 모든 재료가 알맞게 들어간 찰흙을 더 많이 준비하는 것뿐이다. 시간이 없어요, 아버지. 그래, 시간이 없지, 시간이 없어. 두 사람은 공방에서 나왔다. 풀이 죽은 두 사람을 보고 파운드는 아예 다가올 생각을 하지 않았다. 이제 두 사람은 부엌에 앉아 그림들을 바라보고 있었다. 그림들도 두 사람을 마주 바라보았다. 이 문제를 해결할 방법이 도무지 보이지 않았다. 두 사람은 무거운 찰흙은 너무 많이 오그라들어서 금이 가거나 뒤틀린다는 것을 경험으로 알고 있었다. 무거운 찰흙은 너무 찰지고, 부드럽고, 유연하기 때문이다. 하지만 두 사람은 무거운 찰흙의 이런 특성이 주조 방식에 어떤 영향을 미치는지, 완성품에 어떤 부정적인 영향을 미칠지 알지 못했다. 마르타가 여기저기를 뒤져 책을 찾아냈다. 책에는 캐스팅슬립(틀 안에 부어넣는 액체 상태의 흙—옮긴이)을 준비할 때 찰흙을 물에 녹이는 것만으로는 안 되고, 규산나트륨이나 소다회나 규산칼륨 같은 해교제를 써야 한다고 되어 있었다. 부식성 소다가 위험한 물질만 아니라면, 부식성 소다를 써도 괜찮은 듯했다. 도자기 제조는 화학적인 측면, 물리적인 측면, 역학적인 측면을 분리할 수 없는 예술이다. 하지만 이 책 내용만으로는 지금 우리한테 있는 흙으로 인형을 만들면 인형이 어떻게 될지 알 수 없어요, 제가 어떻게 할 수 있는 문제도 아니고, 양도 문제조, 인형을 몇 개만 만들어도 된다면 압착 방식을 쓰겠지만, 천이백 개라니 세상에나. 만약 내가 책 내용을 제대로 이해한 거라면, 시프리아노 알고르가 말했다, 주조 방식을

197

쓸 때 제일 중요한 건 캐스팅슬립의 밀도와 점도라는 얘기 같은데. 맞아요, 여기 그렇게 써 있어요, 마르타가 말했다. 그럼 한 번 읽어봐라. 이상적인 밀도는 일 점 칠, 그러니까 캐스팅슬립 일 리터의 무게가 천칠백 그램이어야 한다는 뜻이에요, 밀도 측정기가 없을 때 밀도를 알고 싶다면 시험관과 저울을 이용하면 돼요. 물론 시험관 무게를 전체 무게에서 빼야죠. 그럼 점도는. 점도를 측정하려면 점도 측정기를 써야 돼요, 점도 측정기에는 여러 종류가 있는데 각각 눈금 기준이 달라요. 그 책이 별로 도움이 안 되는구나. 아니에요, 도움이 돼요, 잘 좀 들어보세요. 그래, 알았다. 점도 측정기 중에 제일 많이 사용되는 건 염률 점도 측정기인데, 여기에는 갈렌캄프 눈금이 새겨져 있어요. 갈렌캄프가 누군데. 책에는 안 나와 있어요. 계속 읽어봐. 이 눈금에 따르면, 이상적인 점도는 이백육십 도에서 삼백육십 도 사이에요. 그 책에는 내가 이해할 수 있는 말이 하나도 없는 거냐, 시프리아노 알고르가 물었다. 금방 나올 거예요, 마르타가 이렇게 말하고 나서 책을 계속 읽었다. 지금 우리 같은 경우에는 전통적인 방법을 쓰면 돼요, 경험적인 방법인데다 정확하지도 않지만, 자꾸 연습을 해서 익숙해지면 점도를 대략적으로 측정할 수 있어요. 그게 어떤 방법인데. 캐스팅슬립에 손을 깊이 담갔다가 꺼내서 손에 묻은 캐스팅슬립이 아래로 흘러내리게 하는 거예요, 만약 캐스팅슬립이 오리 물갈퀴처럼 손가락 사이에 막을 만들면 점도가 적당한 거예요. 오리 물갈퀴처럼. 예, 오리발처럼요,

마르타가 책을 내려놓고 말했다. 별로 얻은 게 없네요. 아니지, 해교제가 없으면 일을 할 수 없다는 것, 오리발이 생겨야만 쓸 만한 캐스팅슬립을 얻을 수 있다는 걸 알게 됐잖니. 뭐, 아버지 기분이 좋은 것 같으니 다행이네요. 기분은 파도와 같아, 밀려왔다 밀려가니까, 지금 내 경우에는 좋은 기분이 막 밀려온 모양이다. 이 기분이 얼마나 오래 가는지 한번 두고 보자. 오래 가야죠, 집안 분위기가 아버지 손에 달렸잖아요. 그건 그렇지, 하지만 인생은 안 그래. 벌써 파도가 밀려간 거예요, 마르타가 물었다. 파도가 머뭇거리고 있다, 밀려와야 하는지 밀려가야 하는지 잘 몰라서. 그럼 제 옆에 계세요, 저도 기분이 오락가락하니까, 제가 정말로 제가 생각하는 그런 사람이 맞는지 잘 모르겠어요. 가끔은 우리가 어떤 사람인지 모르는 편이 더 나을지도 모른다는 생각이 든다, 시프리아노 알고르가 말했다. 파운드처럼요. 그래, 걔는 저보다 주인을 더 잘 알 걸, 거울에 비친 제 모습도 몰라보잖니. 어쩌면 개의 거울은 그 주인인지도 모르죠, 어쩌면 개가 제 모습을 알아볼 수 있는 거울은 주인뿐인지도 몰라요, 마르타가 말했다. 그거 아주 근사한 생각이구나. 아버지, 틀린 생각도 근사하게 들릴 수 있어요. 만약 공방이 무너지면 개를 키우면 된다. 센터에는 개가 없어요. 가엾기도 하지, 개들조차 센터에서는 살고 싶어하지 않으니. 센터가 개를 싫어하는 거예요. 뭐, 그 문제는 거기 사는 사람하고만 상관 있는 거니까, 시프리아노 알고르가 성난 목소리로 말했다. 마르타는 대답하지 않았다. 무슨 말을 해도 또 말싸움이 될 수 있다는 것을 알아차렸기 때문이다. 그녀는 어찌된 영문인지 모서리가 접힌 그림들을 다시 정리하면서 속으로 생각했다. 내일 마르살이 집에 와서 상주경비원이 됐다면서 센터로 이사해야 한다고 말한다면, 지금 하고 있는 일은 물거품이 될 거야, 아버지가 우리랑 같이 가든 안 가든 공방은 끝장날 테니까, 아버지가 여기 남겠다고 고집을 부린다 해도, 아버지 혼자서는 일을 해나갈 수 없어, 아버지도 그걸 알고 계시지. 마르타가 이런 생각을 하는 동안 시프리아노 알고르가 무엇을 생각하고 있었는지는 알 수 없다. 그가 실제로 생각하지도 않은 것을 생각한 것처럼 말을 꾸며낼 필요는 없다. 사람이 언어를 얻게 된 것은 자기 생각을 감추기 위해서가 아니니까. 하지만 시프리아노 알고르가 오랜 침묵 끝에 한 말을 바탕으로 나름대로 결론을 내릴 수는 있다. 환상을 갖는 건 잘못이 아냐, 자신을 속이는 게 잘못이지. 아마 그는 딸과 똑같은 생각을 하고 있었던 모양이다. 그리고 두 사람이 똑같은 결론에 도달했다고 보는 편이 논리적일 것이다. 어쨌든, 시프리아노 알고르가 말했다. 자신이 하려는 말에 무녀 같은 예리함이 담겨 있다는 것을 모른 채. 아니 말하는 순간에야 비로소 그 사실을 깨달은 것인지도 모른다. 어쨌든, 묶어놓은 배는 아무 데도 가지 않아, 내일 무슨 일이 일어나든 오늘은 일을 해야지, 우리가 심은 나무에 나중에 목을 매달고 죽게 될지 어떨지는 아무도 모르는 일이야. 물이 그렇게 기름으로 덮여 있으면 우리 배는 아무 데도 못 갈 거예요,

마르타가 말했다, 하지만 아버지 말씀이 옳아요, 시간이 우리를 기다려주지는 않으니까 일을 시작해야죠, 제가 제일 먼저 해야 할 일은 인형의 옆모습과 뒷모습을 그려서 색을 입히는 거예요, 방해하는 사람이 없으면 오늘 밤까지 다 그릴 수 있을 거예요. 오늘은 우릴 찾아올 사람이 없다, 시프리아노 알고르가 말했다, 그리고 점심은 내가 준비하마. 그냥 데우기만 하면 되는데요 뭐, 아버지는 샐러드만 만들면 돼요, 마르타가 말했다. 그녀는 종이, 물감, 물감 통, 붓, 그리고 물기를 닦아낼 낡은 걸레를 가져와서 탁자 위에 깔끔하게 체계적으로 놓았다. 그리고 의자에 앉아 턱수염을 기른 아시리아인의 그림을 집어들었다. 이 그림부터 시작할게요, 그녀가 말했다. 가능한 한 간단하게 그려라, 그래야 거푸집을 떼어낼 때 여기저기가 삐죽삐죽 튀어나와서 걸리는 일이 없지, 거푸집은 두 개면 충분할 거다, 세 개는 너무 많아. 예, 명심할게요. 시프리아노 알고르는 몇 분 동안 자리에 앉아 딸이 그림 그리는 모습을 지켜보다가 밖으로 나가 공방으로 갔다. 그는 찰흙을 손질할 작정이었다. 뭔가 새로운 것을 배우기 위해 찰흙과 씨름하면서 잃어버린 솜씨를 되찾고, 시험 삼아 익살꾼이나 어릿광대나 에스키모나 간호사나 아시리아인이나 중국인 관리가 아닌 다른 인형을 만들어 볼 생각이었다. 남녀노소를 막론하고 누구나 자기랑 똑같이 생겼다고 말할 만한 인형을. 어쩌면 남자든 여자든 노인이든 젊은이든 사람들이 자기와 꼭 닮은 인형을 집으로 가져갈 수 있다는 사실이 기뻐서, 또는 허영심 때문에 공방으로 와서 시프리아노 알고르에게 인형 값이 얼마냐고 물어볼지도 모른다. 그러면 시프리아노 알고르는 그 인형은 파는 물건이 아니라고 대답할 것이다. 그러면 그 사람은 이유를 물을 것이고, 그는 이렇게 대답할 것이다, 저 인형은 나니까요. 오후 늦은 시간이라 거의 어스름한 무렵에 마르타가 공방으로 와서 말했다. 그림이 다 끝났어요, 마르라고 부엌 식탁에 놔두고 왔어요. 이 말을 마치고 나서 그녀는 아버지가 만들어 놓은 인형을 발견했다. 아직 미완성 상태인 두 개의 인형이었다. 서 있는 모양인 인형의 키는 두 뼘쯤 되었고, 남자 인형과 여자 인형이 각각 하나씩이었다. 둘 다 벌거벗고 있었는데, 한 인형의 어깨에 철사가 살짝 튀어나와 있었다. 그녀가 말했다, 나쁘지는 않네요, 아버지, 나쁘지 않아요, 하지만 인형을 저렇게 크게 만들 필요는 없어요, 키가 한 뼘쯤 되는 인형을 만들 생각이었잖아요. 그것보다는 조금 더 크게 만들어야 돼. 그래야 센터의 진열장에서 돋보일 테니까, 가마 안에서 수분이 날아가면서 크기가 줄어드는 것도 감안해야 하고, 어쨌든 저건 그냥 시험 삼아 만들어 본 거야. 아니에요, 보기 좋은데요, 정말이에요, 저런 인형을 한번도 본 적이 없어요, 저 여자 인형이 누군가를 닮은 것 같기는 하지만. 왜 오락가락하는 거냐, 시프리아노 알고르가 말했다. 처음에는 저런 인형은 본 적이 없다고 하더니, 이젠 여자 인형이 누굴·닮은 것 같다니. 두 가지 느낌이 한꺼번에 들어서 그래요, 낯선 느낌하고 친숙한 느낌. 뭐, 나중에 개를 키우게 되지는 않을 것 같구나, 조각을 새 직업으로 삼아도 되겠어, 듣기로는 조각가들이 돈을 더 잘 번다더라. 그러면 훌륭한 예술가 가문이 되겠네요, 마르타가 반쯤은 비꼬는 듯한 미소를 지으며 말했다. 다행히도 마르살이 있으니 모든 게 다 잘못되는 일은 없을 거다, 시프리아노 알고르가 말했다. 그러나 그의 얼굴에는 미소가 없었다.

이것이 인형을 만드는 첫날 있었던 일이다. 둘째 날 시프리아노 알고르는 거푸집에 쓸 회반죽을 사러 마을로 나갔다. 해교제로 쓸 소다회와 물감, 플라스틱 물통 몇 개, 나무와 철사로 된 새 주걱, 납작한 막대기, 드릴에 끼우는 날도 사올 작정이었다. 첫날 두 사람은 저녁식사를 할 때부터 식사가 끝난 뒤까지 채색 문제를 놓고 열띤 토론을 벌였다. 토론의 쟁점은 인형에 색칠을 한 다음에 가마에서 구울 것인지, 아니면 인형을 구운 다음에 색칠을 하고 재벌구이를 하지 않을 것인지에 대해서였다. 어떤 결정을 내리느냐에 따라 다른 종류의 물감이 필요했다. 따라서 두 사람은 즉시 결정을 내려야 했다. 실제로 붓을 손에 쥐고 색칠을 할 때까지 결정을 미룰 수 없는 문제였다. 이건 미학적인 문제예요, 마르타가 말했다. 문제는 시간이야, 시프리아노 알고르가 말했다, 자신감의 문제이기도 하고. 인형을 굽기 전에 색칠을 하면 광택이 더 좋고, 고급스러운 분위기가 날 거예요, 마르타가 고집을 피웠다. 하지만 나중에 색칠을 하면 뜻밖의 결과를 피할 수 있어, 우리가 칠한 색이 그래도 남아 있을 테니 불이 물감에 미치는 영향에

연연할 필요가 없지, 가마가 얼마나 변덕을 부리는지 너도 알 잖니. 결국 시프리아노 알고르가 논쟁에서 이겼다. 따라서 그 가 살 물감은 전문가들 사이에서 도자기 물감이라고 불리는 종류였다. 그 물감은 빨리 마르고, 칠하기도 쉬웠으며, 색깔이 다양했다. 이 물감은 대개 너무 되기 때문에 희석제가 반 드시 필요하기는 했지만, 합성 희석제를 쓰는 것이 내키지 않 는다면 평범한 등불용 기름을 써도 무방했다. 마르타는 도자 기 관련 책을 다시 펼치고 도자기를 구운 다음 색칠하는 경우 를 다룬 부분을 찾아내서 읽었다. 이미 불에 구운 작품에 색 을 칠할 때는 고운 사포로 작품 표면을 갈아 거칠게 튀어나온 부분이나 기타 결함을 제거해야 한다. 그러면 표면이 균일해 져서 지나치게 구워진 부분에도 착색이 잘 된다. 천이백 개나 되는 인형에 사포질을 하려면 시간이 한없이 들 거야. 마르타 는 책을 계속 읽었다. 사포질이 끝난 뒤에는 압축기를 이용해 서 사포질 도중에 생긴 먼지를 말끔히 제거해야 한다. 우리한 테는 압축기가 없어. 시프리아노 알고르가 말했다. 시간이 더 걸리기는 하지만 쓸 만한 방법으로는 딱딱한 붓을 이용하는 것이 있다. 옛날식에도 나름대로 장점이 있다니까. 항상 그런 건 아니에요. 마르타가 그의 말을 반박하고 나서 책을 계속 읽었다. 거의 모든 종류의 도자기 물감은 물감 통 속에서 오 랫동안 균질한 상태를 유지하지 못한다. 따라서 색을 입히기 전에 반드시 통 속의 물감을 저어주어야 한다. 그건 기본 상 식이야, 그걸 모르는 사람이 어디 있다고. 그 다음을 읽어봐

라. 작품에 직접 색을 입힐 수도 있지만, 초벌물감을 먼저 칠한다면 착색이 더 잘 된다. 초벌물감으로는 대개 광택이 없는 하얀색이 쓰인다. 그건 생각을 못했구나. 원래 자기가 모르는 건 생각해 내기 어려운 법이에요. 꼭 그런 것만은 아니지, 우리가 어떤 것에 대해 생각하는 건 바로 그것에 대해 잘 모르기 때문인 것 같은데. 아주 재미있는 생각이긴 한데, 그 이야기는 다음으로 미뤄요, 그냥 제가 읽는 걸 잘 듣기나 하세요. 그래, 듣고 있다. 초벌물감은 붓으로 칠할 수도 있지만, 분사기를 이용하면 초벌물감을 매끄럽게 칠할 수 있다. 우리한테는 분사기가 없어. 물감에 작품을 담그는 방법도 있다. 그건 고전적인 방법이지, 그 방법을 쓰도록 하자. 모든 과정은 작품이 차가운 상태에서 이루어져야 한다. 그렇지. 물감이 마른 후에 작품을 다시 구우면 안 된다. 그래, 내 말이 그 말이다, 이 방법을 쓰면 시간이 절약돼. 여기 다른 조언들도 적혀 있어요, 하지만 제일 중요한 건 초벌물감이 완전히 마른 다음에 색을 입혀야 한다는 거예요, 그렇지 않으면 색깔에 층이 지거나 초벌물감과 두 번째로 칠한 물감이 섞여버려요. 그런 일이 일어나면 안 되지, 우리가 원하는 건 속도다, 이건 유화를 그리는 것과 달라. 어쨌든 중국 관리의 의상에는 더 신경을 써야겠어요, 마르타가 말했다, 원래 디자인이 아주 다양한 색으로 되어 있으니까요. 색을 단순화해야지. 이 말이 논쟁에 종지부를 찍었다. 그러나 시프리아노 알고르가 물건을 사는 동안 그의 머릿속에서는 여전히 논쟁이 계속되고 있었다. 그래

서 그는 마지막 순간에 분사기를 샀다. 인형의 크기를 생각하면 초벌물감을 두껍게 칠할 필요가 없다. 그가 딸에게 설명했다, 내 생각에는 분사기가 제일 좋을 것 같아, 재빨리 물감을 뿌리기만 하면 되니까. 그러려면 마스크를 써야 돼요, 마르타가 말했다. 마스크는 비싸, 사치품에 쓸 돈이 어디 있다고. 그건 사치품이 아니라 조심하기 위한 거예요, 물감을 우리가 들이마시게 될 거란 말이에요. 그 문제는 간단히 해결할 수 있어. 어떻게요. 내가 밖에서 물감을 뿌리면 되지, 앞으로 계속 날씨가 좋을 것 같은데. 왜 아버지가 하신다는 거예요, 마르타가 물었다. 내가 아는 한 넌 임신을 했고, 난 아니니까. 다시 기분이 좋아지신 모양이네요, 아버지. 뭐, 최선을 다하고 있지, 게다가 내 손가락 사이로 스르르 빠져나가는 것들, 금방 빠져나갈 것 같은 것들이 있다는 걸 알게 됐거든, 내 입장에서는 애써 붙잡아야 할 것이 뭐고 그냥 아무 고통 없이 빠져나가도록 내버려둬야 할 것이 뭔지 결정하는 수밖에 없다. 고통이 따를 수도 있죠. 제일 고통스러운 건 말이다, 그 당시에 느끼는 고통이 아니라 나중에 도저히 손을 쓸 수 없게 됐을 때 느끼는 고통이다. 시간이 상처를 치유해 준다면서요. 하지만 그 이론이 맞는지 확인해 볼 수 있을 만큼 오래 사는 사람이 없어, 시프리아노 알고르가 말했다. 바로 그 순간 그는 자신이 아내가 심장마비로 쓰러졌을 때 앉아 있던 물레로 작업하고 있음을 깨달았다. 그래서 스스로 도덕적으로 정직해져야 한다는 의무감 때문에 그는 자신이 말한 고통에 그 죽음도 포함되는지, 자신의 경우에 시간이 최고의 치유자라는 역할을 수행했는지, 그가 떠올린 고통이 결국 죽음에 관한 것이 아니라 삶에 관한 것인지, 내 삶이든 남의 삶이든 모든 사람의 삶에 관한 것인지 자문해 보았다. 시프리아노 알고르는 간호사 인형을 만들고 있었고, 마르타는 어릿광대 인형을 만드느라 손을 바삐 놀리고 있었다. 하지만 두 사람 모두 잇따라 나온 시제품에 만족하지 못했다. 다른 작품을 복제하는 것이 결국은 자유로운 창작보다 더 어렵다. 적어도 시프리아노 알고르는 그런 생각을 했을 것 같다. 남자 인형과 여자 인형을 만들 때, 그는 자신의 의지로 열정을 쏟았다. 그 인형들은 지금 물기가 날아가지 않도록, 그래서 그들이 똑바로 꼼짝 않고 서 있는데도 왠지 살아 있는 것처럼 보이게 해주는 활기가 부서져 버리지 않도록 젖은 천에 싸여 저쪽에 놓여 있다. 마르타와 시프리아노 알고르에게는 할일이 많았다. 지금 두 사람이 사용하고 있는 찰흙 중 일부는 한 번 만들었다가 도저히 안 될 것 같아서 폐기해 버린 다른 인형에서 나온 것이다. 사실 이 세상의 모든 것이 다 그렇다. 예를 들어, 단어들은 물건이 아니라 물건을 가능한 한 정확하게 가리키는 도구이다. 그런데 물건을 가리키는 과정에서 단어들은 그 물건을 규정해 버린다. 아무리 정확하게 단어를 골라 쓰더라도 그렇다. 우리는 정확한 단어를 골라 쓰는 것이 가능하다는 가정하에 단어들을 수천 번씩 사용하고, 또 그만큼 퇴짜를 놓는다. 그러고 나서는, 파운드가 부끄러울 때 그렇듯이 다리 사이에 꼬리를 말아넣고서 겸손한 자세로 또다시 단어를 찾아나선다. 찰흙을 두드릴 때처럼 단어를 반죽하고, 씹고, 꿀꺽 삼켰다가 다시 토해내는 것이다. 영원한 회귀는 실제로 존재한다. 하지만 이 속에 그런 형태로 존재하는 것은 아니다. 마르타가 만든 어릿광대는 그럭저럭 쓸 만한 것 같다. 익살꾼도 진짜 익살꾼과 조금 닮은 구석이 있다. 하지만 그토록 단순하고, 간단하고, 명쾌해 보였던 간호사는 찰흙 뒤에서 가슴을 내밀려고 하지 않는다. 그녀도 젖은 천을 몸에 두르고 천 끝을 단단히 붙들고 있는 것 같다. 첫 번째 일주일이 거의 다 지나가서 시프리아노 알고르가 센터의 창고에서 그릇을 가져다가 쓸모없는 쓰레기처럼 어딘가에 버리는 작업을 막 시작하려고 할 무렵에야 두 도공의 손가락이 자유로운 가운데에서도 질서를 익혀, 마침내 정확한 선과 모양이 조화를 이룬 작품을 만들어낼 수 있는 길에 접어들기 시작했다. 결정적인 순간은 결코 늦게 오거나 일찍 오는 법이 없다. 우리가 아니라, 그 결정적인 순간이 보기에 딱 적당하다고 생각하는 때에 우리를 찾아올 뿐이다. 결정적인 순간이 우리에게 제시하는 것이 우리에게 필요한 것과 우연히 맞아떨어진다고 해서 그 순간에게 감사할 필요는 없다. 아버지가 아무도 원하지 않는 물건들을 승합차에 실어 쓸모없는 쓰레기로 버리는 말도 안 되는 작업을 하는 한나절 동안, 마르타는 거의 완성된 인형 여섯 개와 함께 공방에 혼자 앉아서 선이 흐릿한 부분을 선명하게 다듬는 작업에 열중할 것이다. 원형을 만드는 과정에서 저절로 사라져버린 곡선들을 둥글리면서, 높이를 똑같이 맞추고, 바닥을 매끄럽게 다듬고, 거푸집 두 개의 이음매에 딱 맞는 위치를 잡아줄 것이다. 목수에게 주문한 거푸집은 아직 오지 않았고, 회반죽은 두꺼운 방수종이로 만든 커다란 자루 속에서 기다리고 있다. 하지만 인형을 대량으로 만들 때가 다가오고 있다.

시프리아노 알고르는 그릇을 파괴하기로 한 첫날, 몸이 지쳤다기보다는 모욕감 때문에 화가 난 상태로 집에 돌아와, 자신의 배설물을 버리듯이 쓸모없는 도자기들을 버릴 수 있는 인적 드문 곳을 찾아 시골길을 정처 없이 헤매고 다닌 하루 동안의 터무니없는 모험을 딸에게 이야기해 주었다. 들키면 안 되는 일을 들킨 것 같더라, 그가 말했다, 사람들이 나한테 와서 승합차에 그릇과 접시를 넘치도록 싣고 남의 땅에서 뭘 하는 거냐고 묻는 일이 두 번 있었는데, 그때 그런 기분이 들었어, 나는 말도 안 되는 변명을 늘어놓았지, 저 아래쪽에 있는 도로로 가는 길인데 이 길이 지름길인 것 같아서 들어왔다고, 정말 죄송하다고, 혹시 이 차에 실려 있는 물건 중에 갖고 싶은 게 있다면 기꺼이 드리겠다고, 그런데 아주 무례한 놈 하나가 한다는 말이, 자기 집에서는 짐승들도 그런 쓰레기 같은 그릇을 안 쓴다는 거야, 하지만 찜 냄비가 맘에 든다면서 가져간 사람도 있었지, 그래서 결국 물건을 어디다 버리셨어요. 강 근처에. 강 근처 어디요. 자연 동굴에 버리는 게 제일 좋을 것 같았는데, 그래도 지나가는 사람들이 물건을 훤히 들여다보게 될 가능성이 있었지. 물건을 보면 사람들이 그 물건을 어디서 누가 만들었는지 금방 알아차릴 거다. 우리가 지금까지 당한 창피와 모욕만으로도 충분한데. 전 별로 창피하거나 모욕당했다는 생각 안 해요. 너도 처음부터 내 입장이었다면 아마 그런 기분을 느꼈을 거다. 아마 그렇겠죠. 그래서 버릴 곳을 찾으셨어요. 아주 이상적인 동굴이 있더라. 이상적인 동굴이라는 게 있기는 있는 거예요. 마르타가 물었다. 그거야 네가 그 안에 뭘 넣을 생각인지에 따라 다르지. 하지만 아주 크고, 모양이 대충 둥근데다가 안에는 나무와 관목이 자라는 동굴을 한 번 생각해 봐라. 깊이는 구 피트쯤 되고 그 안으로 내려가는 길도 경사가 완만해, 밖에서 보면 시골 한 가운데에 있는 초록색 섬 같지. 겨울에는 그 안에 물이 가득 차는데, 사실 지금도 바닥에 물이 조금 있더라. 그거 강가에서 백 미터쯤 떨어져 있죠, 마르타가 말했다. 너도 아는구나. 예, 제가 열 살 때 찾아낸 곳이에요. 마치 다른 세상으로 통하는 문을 지나가는 것 같더라고요. 그래, 나도 그 나이 때 그 안으로 내려가곤 했지. 할아버지도 그 나이 때 그랬고요. 내 할아버지도 그랬다. 결국은 모든 게 사라지게 돼 있어요, 아버지, 오랜 세월이 흐르는 동안 그 동굴은 그냥 동굴이었어요, 상상력이 풍부한 아이들에게는 마법의 문이기도 했지만, 이제는 그 안에 파편더미가 가득 찰 테니 동굴도 마법의 문도 될 수 없겠네요. 그릇이 그렇게 많지는 않아, 그 위로 가시나무도 금방 자랄 테고, 그러니까 아무도 눈치 못 챌 거야. 그럼 그릇을 전부 거기다 놔두고 온 건가요. 그래. 거긴 마을에서 가까운 곳이잖아요, 언젠가 마을 아이들이, 그러니까 애들이 아직도 그 이상적인 동굴에서 논다면 말이지만, 어쨌든 어떤 애가 깨진 접시를 들고 집으로 올지도 몰라요, 그러면 식구들이 그게 어디서 난 거냐고 묻겠죠, 결국은 아버지가 미처 아시기도 전에, 마을 사람들이 전부 거기로 달려가서 물건을 집어올걸요, 지금은 그 물건을 갖고 싶어하는 사람이 하나도 없지만. 그런다고 내가 놀랄 사람이 아니지, 원래 사람이라는 게 그런 족속인걸, 시프리아노 알고르는 집에 돌아왔을 때 딸이 가져다준 커피를 다 마시고서 이렇게 물었다. 목수한테서는 아무 소식 없니. 없어요. 아무래도 내가 가서 좀 다그쳐야겠다. 예, 그래야 할 것 같아요. 시프리아노 알고르는 자리에서 일어섰다. 가서 좀 씻고 오마. 그는 이렇게 말하고 나서 몇 걸음을 떼다가 멈춰 섰다. 이건 뭐냐, 그가 물었다. 뭐요. 이거 말이야. 그는 자수가 놓인 냅킨으로 덮여 있는 접시를 가리키고 있었다. 케이크예요. 네가 만든 거냐. 아뇨, 누가 가져왔어요, 선물이래요. 누가. 알아맞혀 보세요. 난 지금 스무고개 놀이를 할 기분이 아니다. 그래도 이 문제는 진짜 쉬운 거예요. 시프리아노 알고르는 관심 없다는 듯 어깨를 으쓱하고서 씻고 오겠다고 다시 말했다. 하지만 그는 꼼짝도 하지 않았다. 부엌에서 나갈 생각이 없는 모양이었다. 그의 머릿속에서 두 목소리가 싸움을 벌이고 있었다. 한 목소리는, 어떤 상황에서든 자연스럽게 행동하는 것이 우리의 의무다, 누군가가 친절하게도 수를 놓은 냅킨을 덮은 케이크를 가져왔다면 이 뜻밖의 선물을 준 사람이 누군지 묻고 감사의 뜻을 표하는 것이 옳다, 만약 그 사람이 누군지 알아맞혀 보라고 했을 때 그 말을 못들은 척하는 것은 의심을 사기 딱 좋은 행동이다, 가족들과 아는 사람들 사이의 이런 게임은 별로 중요한 일이 아니지만, 우리한테 케이크를 줄 사람이 별로 많지 않기 때문에, 아니 한 사람밖에 없는 경우가 많기 때문에 정답을 추측하고 있더라도 서둘러 결론을 내리면 안 된다고 주장했다. 하지만 또다른 목소리는, 우스꽝스러운 수수께끼 게임에서 봉이 될 생각은 없다, 케이크를 가져온 사람이 누군지 이미 알고 있기 때문에 그 사람의 이름을 말하지 않을 것이다, 어떤 경우에는 서둘러 내린 결론이 아니라 정확한 결론이 최악의 결론이 되기도 한다고 주장했다. 그러니까, 알아맞히고 싶지 않다는 거예요, 마르타가 미소를 지으며 고집스레 물었다. 시프리아노 알고르는 딸에게는 조금, 자신에게는 심하게 짜증이 났지만, 자신이 스스로 판 이 구멍에서 빠져나가는 길은 패배를 인정하고 물러서서 그 이름을 불쑥 애매하게 말하는 것뿐이라는 점을 알고 있었다. 그 과부, 이웃에 사는 이사우라 에스투디오사가 물병을 줘서 고맙다고 가져온 모양이구나. 마르타가 천천히 고개를 저었다. 그분 이름은 이사우라 에스투디오사가 아니라 이사우라 마드루가예요, 그녀가 말했다. 아, 그러냐, 시프리아노 알고르가 말했다. 머릿속으로는 이제 이사우라에게 처녀 때 이름이 무엇이냐고 물어볼 필요가 없어졌다는 생각을 하고 있었다. 하지만 그는 즉시 자신을 다잡았다. 가마 옆의 돌 의자에 앉아서 파운드를 증인 삼아, 자신과 과부 에스투디오사 사이에 오간 대화와 그동안 일어난 모든 일을 없었던 것으로 하기로 결정하지 않았던가. 그가, 그래 결국은 이렇게 되는 거로군, 이라고 말한 것을 잊으면 안 된다. 감상이 얽혀 있는 일에 그토록 단호하게 종지부를 찍고 나서 겨우 이틀 만에 그 결정을 취소할 수는 없는 법이다. 이런 생각이 떠오르자마자 시프리아노 알고르는 너무나 그럴듯하게 태연한 표정을 지으며 거만한 태도로 침착하게 냅킨을 벗겨 내고 이렇게 말할 수 있었다, 맛있어 보이는구나. 마르타는 지금 한마디 덧붙이는 것이 좋을 거라고 생각했다, 그건 작별 선물 같은 거래요. 시프리아노 알고르의 손이 천천히 아래로 내려가서 마치 둥근 왕관을 씌우듯 케이크 위에 조심스레 냅킨을 다시 씌웠다. 작별이라고. 마르타에게 아버지의 목소리가 들려왔다. 예, 그 분이 여기서 일거리를 찾을 수 없으면요. 일이라. 왜 계속 제 말을 따라 하시는 거예요, 아버지. 난 그런 적 없다, 내가 무슨 메아리인 줄 아냐, 난 네가 한 말을 따라 하지 않았어. 마르타는 아버지의 말을 무시해 버렸다. 그분과 커피를 한 잔 같이 마셨어요, 제가 케이크를 잘라서 대접하려고 했더니 그분이 말리시더라고요, 여기 한 시간도 넘게 머무르면서 저와 이야기를 나눴어요, 지금까지 살아온 이야기, 결혼생활 이야기, 자기들 결혼생활이 행복한 건지 아니면 행복이 이제 사라지기 시작한 건지 알아낼 기회가 없었다는 이야기를 조금씩 해주시더라고요, 이건 그분 말을 그대로 옮긴 거예요, 제가 만들어 낸 말이 아니라. 어쨌든 여기서 일거리를 찾을 수 없으면 고향으로 돌아갈 거래요, 거기 아직 가족들이 살고 있대요. 여기서는 누구도 일거리를 찾을 수 없어, 시프리아노 알고르가 침울한 목소리로 말했다. 그분도 그렇게 생각하고 계세요, 그래서 저 케이크가 첫 번째 작별인사가 된 거고요. 뭐, 두 번째 작별인사가 왔을 때도 내가 집에 없었으면 좋겠구나. 왜요, 마르타가 물었다. 시프리아노 알고르는 대답하지 않았다. 그는 부엌을 나와 침실로 들어가서 재빨리 옷을 벗고 옷장 거울에 드러난 자신의 몸을 흘긋 바라본 다음, 욕실로 들어갔다. 샤워기에서 쏟아져 내리는 물에 소금기가 살짝 섞여 들어갔다.

모든 사전들은 우스꽝스럽다는 단어의 뜻을 조롱거리나 웃음거리가 될 만한 것, 경멸받아 마땅한 것, 우스워 보이거나 코미디로 변질되기 쉬운 것이라고 정의하고 있다. 참으로 놀라우면서도 안심이 되는 의견일치가 아닐 수 없다. 사전의 입장에서 보면, 개별적인 정황은 존재하지 않는 것이나 마찬가지인 것 같다. 사전에는 정황이라는 단어가 어떤 사실에 동반하는 상태로 정의되어 있고, 괄호 속에는 사실과 정황을 분리해서 생각하면 안 되며, 정황을 먼저 고려하지 않고 사실을 판단해서도 안 된다는 경고가 분명히 실려 있는데도 말이다. 하지만 시프리아노 알고르가 아무도 원하지 않는 그릇들을 높은 곳에서 마구잡이로 던져 사금파리로 만들어 버리지 않고, 품에 안고서 동굴 속으로 터벅터벅 걸어 들어가는 것보다 더 근본적으로 우스꽝스러운 일이 있을까. 그는 이 끔찍한 일을 딸에게 자세히 설명할 때, 자신의 그릇들을 경멸하듯 사금파리 조각이라고 지칭하면서도 실제로 그것들을 사금파리로 만들지는 않고 있다. 하지만 우스꽝스럽다는 말에는 한계가 없다. 마르타의 상상처럼, 어느 날 마을 아이가 쓰레기더미 속에서 깨진 접시 조각을 찾아내 집으로 가져가는 일이 벌어진다면, 그 접시가 깨진 것은 틀림없이 창고에 있을 때나 아니면 센터에서 동굴까지 오는 도중일 것이다. 도로가 울퉁불퉁해서 그릇들이 필연적으로 서로 부딪칠 수밖에 없으니까. 우리로서는 시프리아노 알고르가 얼마나 조심스레 동굴 속으로 내려가는지, 다양한 그릇들을 땅에 내려놓을 때 얼마나 주의를 기울이는지 지켜보는 수밖에 없다. 그는 비슷한 종류의 그릇들을 한곳으로 모으고, 가능한 한 그릇들을 포개놓으려 애쓰고 있다. 이 우스꽝스러운 광경을 우리 눈으로 직접 보았기 때문에, 우리는 깨진 접시나 손잡이가 떨어져나간 컵, 꼭지가 사라져버린 찻주전자가 하나도 없었다고 단호하게 말할 수 있다. 쌓아올린 도자기들이 규칙적인 선을 그리며 동굴의 한쪽 구석을 채우고, 나무줄기들을 둥그렇게 에워싸고, 나지막한 식물들 사이에서 뱀처럼 구불구불하게 늘어선다. 마치 시간이 끝나고, 별로 가능성이 높아 보이지는 않지만, 어쨌든 다시 부활할 때가 올 때까지 이 그릇들이 이런 모습으로 있어야 한다고, 어떤 위대한 책에 적혀 있는 것 같다. 어떤 사람들은 시프리아노 알고르의 행동이 우습기 짝이 없다고 말할 것이다. 하지만 여기서도 관점이 중요하다는 사실을 잊으면 안 된다. 지금 우리가 말하고 있는 것은 마르살 가초의 관점이다. 비번이 되어 다시 집으로 돌아온 그는 가족으로서 기본적인 의무라고 할 수 있는 일을 하고 있었다. 그릇을 차에서 내리는 장인을 도와주었을 뿐만 아니라, 어리둥절하거나 곤혹스러운 표정 없이 아무것도 묻지 않고 빈정거리거나 불쌍해하는 기색도 없이 차분히 장인의 모범을 따르기까지 했다. 심지어 그릇이 위태롭게 쌓여서 휘청거리는 부분을 알아서 바로잡고, 그릇을 깔끔하게 정리하거나 지나치게 높이 쌓인 그릇을 일부 덜어서 다른 곳으로 옮기기까지 했다. 따라서 만약 마르타가 아버지와 이야기할 때처럼 이 그릇들을 깎아내리는 말을 다시 했다면, 그녀의 남편이 직접 자기 눈으로 확실한 증거를 본 사람처럼 단호하게 그녀의 말을 바로잡아주었을 것이다. 이것은 파편더미가 아니라고. 우리가 지금까지 살펴본 바에 따르면, 무슨 일이든 항상 분명한 설명을 요구하는 사람인 그녀가 이것이 파편더미라고 고집을 부렸다면, 사실 파편더미는 구멍을 메울 때 쓰이는 돌조각이나 기타 쓸모없는 물건을 가리키는 말이다. 물론 완전히 다른 이름으로 불리는 인간의 유해와는 다르다. 어쨌든 마르타가 그렇게 고집을 부렸다면, 마르살은 틀림없이 엄숙한 목소리로 이렇게 말했을 것이다. 이건 파편더미가 아냐, 나도 그 자리에 있었어. 그리고 혹시라도 우스꽝스럽다는 이야기가 나온다면, 그는 전혀 우스꽝스럽지 않다고 덧붙였을 것이다.

두 사람이 집으로 돌아와 보니 새로운 것 두 가지가 두 사람을 기다리고 있었다. 각각 나름대로 중요한 것이었다. 목수가 마침내 거푸집을 갖다놓았고, 마르타는 책에서 주조 방식을 이용할 때 거푸집 하나로 만들 수 있는 만족스러운 수준의 작품이 사십 개라는 구절을 읽었다고 했다. 그럼 거푸집이 적어도 삼십 개는 필요하겠구나, 시프리아노 알고르가 말했다, 인형 이백 개 당 다섯 개씩이니까, 그렇다면 일을 하기 전후에 따로 해야 할 일이 많다는 뜻이야, 게다가 우리는 경험이 부족하니까 거푸집이 제대로 역할을 해줄지 확실히 알 수도 없고. 언제쯤이면 센터 창고에 있는 그릇을 다 치울 수 있을 것 같아요, 마르타가 물었다. 두 번째 주 일주일이 다 걸릴 것 같지는 않구나, 아마 이삼 일이면 충분할 거야. 지금이 두 번째 주예요, 마르살이 말했다. 그래, 사주 중의 둘째 주지, 하지만 그릇을 가지고 왔다갔다 하는 첫째 주야, 세 번째 주는 사실상 인형을 생산하는 두 번째 주고, 마르타가 설명했다. 주마다 일이 바뀌니 당신이랑 아버님이 헷갈리는 것도 무리가 아니지. 우리가 헷갈리는 데는 각자 다른 이유가 있어, 우선 나는 임신을 한데다가 주마다 일을 바꾸는 것에 아직 익숙해지지 않았거든. 그럼 아버님은. 아버지가 이유를 얘기하고 싶다면 직접 얘기하시겠지. 내가 헷갈리는 건, 할 수 있을지 어떨지 도무지 감을 잡을 수 없는 상태에서 천이백 개나 되는 인형을 만들어야 하기 때문일세, 시프리아노 알고르가 말했다. 세 사람은 공방 안에서 서서 이야기를 나누고 있었다. 작업대 위에는 인형 여섯 개가 나란히 서 있었다. 생긴 그대로

극적이지만 별볼일없는 물건들이었다. 생김새 때문에 유독 괴기스러워 보이는 인형이 있기도 했지만, 안타까울 정도로 하찮은 물건이라는 점에서는 모두 똑같았다. 마르타는 남편이 인형들을 볼 수 있도록 인형을 감쌌던 젖은 천들을 미리 벗겨놓았지만, 지금은 차라리 그러지 말 걸 그랬다는 생각을 하고 있었다. 이 둔해빠진 인형들을 만들기 위해 인형을 만들었다 부수기를 반복하고, 시행착오를 겪으면서 그토록 노력을 기울일 가치가 있었을까 싶은 생각이 들었기 때문이다. 위대한 예술작품만이 갖은 고난과 자기회의 속에서 태어나는 것은 아니다. 찰흙으로 아주 단순한 몸을 만들 때도, 팔다리 몇 개를 만들 때도, 찰흙이 자신을 매만지는 손가락과 자신을 심문하듯 지켜보는 눈, 자신을 특정한 형태로 빚어내려는 의지에 굴복하지 않는 경우가 있다. 다른 때 같으면 나도 휴가를 내고 도와줄 수 있었을 텐데, 마르살이 말했다. 이 문장은 겉으로 보기에 완벽했지만, 그 안에는 군이 말하지 않아도 시프리아노 알고르가 이해할 수 있는 문제가 내포되어 있었다. 마르살이 원래 하고 싶었던 말, 그리고 실제로 말하지 않고도 사실상 말한 거나 다름없는 말은, 자신이 상주경비원으로 승진하는 것이 어느 정도 확실한 일이며 발령이 나기를 기다리고 있기 때문에, 이럴 때 휴가를 낸다면 승진을 하찮은 일로 생각하는 사람처럼 보일 테니 상사들이 달가워하지 않으리라는 것이었다. 마르살의 말에 또다른 의미가 내포되어 있는지는 몰라도, 어쨌든 이런 의미가 내포되어 있음은 분명했다.

이것은 또한 마르살이 넌지시 암시할 수 있는 일 중에 가장 덜 골치 아픈 문제이기도 했다. 마르살이 자기도 모르게 감춰버린 문제의 핵심은 가마의 미래와 이곳에서 이루어지는 작업, 그리고 현재 그 일을 하고 있으며 지금까지 좋든 나쁘든 그 일로 생계를 이어온 사람들에 대한 지속적인 걱정이었다. 저 여섯 개의 인형은 상대를 비꼬듯이 고집스레 자리를 지키고 있는 여섯 개의 물음표와 같았다. 각각의 물음표는 시프리아노 알그르에게 이 일을 하는 데 필요한 힘이 있다고 아직도 확신하는지, 딸과 사위가 센터로 이사하고 나면 혼자서 얼마나 오랫동안 가마를 운영할 수 있을지, 혹시 주문이 더 들어온다면 그 주문을 자신이 감당할 수 있을 것이라고 생각할 만큼 순진한 사람인지, 상업적인 동시에 개인적이기도 한 구매 부장과의 관계, 센터와의 관계가 지금부터 오랫동안 달콤하게 유지될 것이라고 생각할 만큼 멍청한 사람인지 묻고 있었다. 에스키모 인형은 당혹스러울 정도로 예리하고 신랄하게 이렇게 묻고 있는 것 같았다. 그 사람들이 앞으로 계속 나를 원할 거라고 정말로 생각하는 거야. 시프리아노 알그르가 이사우라 마드루가를 떠올린 것은 바로 이 순간이었다. 그녀가 공방에서 그의 일을 도와줄 수 있을 것 같았다. 그가 승합차를 몰고 센터로 갈 때 그의 옆자리에 앉아 있어줄 것 같았다. 그는 점점 더 친밀하고 다양한 상황을 상상하며 그녀에게서 위안을 얻는 자신을 그려보았다. 점심을 함께 먹는 모습, 돌 의자에 앉아서 잡담을 나누는 모습, 파운드에게 먹이를 주는 모습, 뽕나무 열매를 따는 모습, 문 위의 램프를 켜는 모습, 침대의 이불을 걷는 모습. 그녀와 함께 케이크를 나눠먹는 것조차 거부했던 사람치고는 너무 모험적인 생각을 너무 많이 하는 셈이었다. 물론 마르살이 대답을 바라고 그런 말을 한 것은 아니었다. 그의 말은 모두 뻔히 알고 있는 사실을 다시 한 번 확인한 것에 지나지 않았다. 그것은 두 사람을 돕고 싶지만 그럴 수 없다는 뜻이었다. 하지만 시프리아노 알고르는 마르살의 말이 끝난 후 이어진 침묵 속에서 자신이 했던 생각을 조금이라도 표현해야 할 것 같다는 생각이 들었다. 이사우라에 관한 은밀한 생각들은 보잘것없는 노인의 자존심이라는 금고 속에 꼭꼭 숨겨두겠지만, 본인들이 인정을 하든 안 하든 자신과 같은 집에 살고 있는 사람들이 어떤 식으로든 공유하고 있는 생각들은 말해야 할 것 같았다. 대여섯 마디 정도면 그 생각들을 요약해서 표현할 수 있었다. 당장 내일 일도 잘 모르겠네, 그가 말했다, 꼭 어둠 속을 걷고 있는 것 같아, 한 발짝 내디딜 때마다 언제라도 바닥에 넘어져버릴 수도 있지, 머지않아 우리는 첫 번째 주문 분량이 판매되기 시작한 후 일이 어떻게 풀릴지 걱정하게 될 걸세, 과연 얼마 동안 주문이 들어올 건지 계산하기 시작할 거야, 오랫동안 주문이 유지될까, 아니면 잠깐 동안 혹은 시작하자마자 끝나버릴까, 꽃잎을 하나씩 뜯으며 점을 치는 사람 같은 심정이 될 거야. 원래 사는 게 다 그렇잖아요, 마르타가 말했다. 그래, 옛날에는 몇 년씩 걸리던 일이 지금은 몇 주나 며칠 만에 끝나버린다는 게

다를 뿐, 어느 날 갑자기 미래가 아주 짧아질 거다, 생각해 보니 전에도 내가 이런 말을 한 적이 있는 것 같은데. 시프리아노 알고르는 잠시 말을 멈췄다가 어깨를 으쓱하며 말을 덧붙였다, 그러니까 내 말이 틀림없이 진실인 거야. 우리 앞에는 길이 두 개밖에 없어요, 마르타가 단호하고 조급한 목소리로 말했다, 어떻게 하면 일을 잘할 수 있을지를 생각하면서, 지금까지 해오던 것처럼 일을 계속하든지 아니면 일을 포기하고 센터에 주문을 이행할 수 없다고 알린 다음에 기다리는 것. 뭘 기다린다는 거야, 마르살이 물었다. 당신이 승진하고 우리가 센터로 이사할 때를 기다리는 거지, 아버지가 여기 남을 건지 우리와 같이 갈 건지 결정내리기를 기다리는 거고. 할까 하지 말까 망설이면서 이런 식으로 계속해 나갈 수는 없어, 벌써 몇 주째 이런 상태라고. 다시 말해서, 시프리아노 알고르가 말했다, 아버지가 죽기만 한다면 만사형통이란 말이구나. 그 말은 못 들은 걸로 하고 용서해 드릴게요, 마르타가 대꾸했다, 지금 아버지 심정이 어떤지 알고 있으니까. 제발 그 일 때문에 다투지 좀 마세요, 마르살이 애원하듯 말했다, 저희 집 식구들이 다투는 것만으로도 지겨우니까. 진정하게 걱정 마, 시프리아노 알고르가 말했다, 남들이 보기에는 그렇게 보일지 몰라도 자네 안사람하고 나는 한 번도 진짜로 싸운 적이 없어. 그렇죠, 가끔 제가 아버지를 한 대 때려주고 싶은 기분이 들기는 하지만요, 마르타가 미소를 지으며 위협적으로 말했다, 앞으로는 더 심해질 거예요, 사람들이 그러는데, 임신한 여자들은 갑자기 기분이 휙휙 변한대요, 변덕을 부리고, 있는 대로 짜증을 부리고, 걷잡을 수 없이 울어대고, 펄펄 뛰면서 화를 내고 그런다네요, 그러니까 두 사람 다 마음을 단단히 먹으세요. 난 벌써 그러려니 하고 있어, 마르살이 이렇게 말하고 나서 시프리아노 알그르를 향해 말을 이었다, 아버님은 어떠세요. 나야 아주 오래전부터 그러려니 하고 있지, 저 애가 태어났을 때부터. 드디어 여자가 모든 힘을 쥐게 되었도다. 남자들이여, 몸을 떨며 두려워하라, 마르타가 소리쳤다. 시프리아노 알그르는 이번에는 딸의 유쾌한 말투를 따라 하지 않았다. 그는 마치 접시에서 익어가고 있는 단어들을 하나씩 집어올리듯이 차분하고 진지하게 입을 열었다. 하지만 그 단어들은 접시에서 익어가고 있는 것이 아니라, 바로 그 순간에 그의 머릿속에서 튀어나온 것이었다. 마치 땅 위로 갑자기 솟아 올라오는 뿌리처럼. 일은 정상적으로 진행될 거다, 그가 말했다, 난 최선을 다해 우리 약속을 지킬 거야, 불평 같은 건 하지 않아, 마르살이 승진하면 그 일은 그때 가서 생각해 보마. 그 일은 그때 가서 생각한다고요, 마르타가 물었다, 그게 무슨 뜻이에요. 공방을 계속 운영하기가 힘들어질 테니 공방 문을 닫고 센터와 거래도 중단해야지. 좋아요, 그럼 뭘 해서 먹고 사실 건데요, 어디서, 어떻게, 누구랑 사실 건데요, 마르타가 고집스럽게 물었다. 내 딸과 사위와 같이 센터에 가서 살 거다, 물론, 너희 둘이 생각을 바꾸지 않았다면 말이지만. 시프리아노 알그르의 딸과 사위는 이 뜻밖의 명확한 선언을 듣고 각각 몹시 다른 반응을 보였다. 먼저 마르살이 소리쳤다. 드디어 결정하셨군요. 그러고 나서 그는 장인에게 다가가 장인을 끌어안았다. 정말 얼마나 기쁜지 몰라요, 그동안 뭐가 저를 갉아먹고 있는 것처럼 불안했는데. 마르타는 처음에는 의심스러운 눈초리로 아버지를 바라보았다. 아버지의 말을 도저히 믿을 수 없는 것 같았다. 하지만 점차 얼굴이 밝아지면서 무슨 소리인지 알겠다는 표정으로 변했다. 그녀는 기억을 열심히 뒤지며 사람들이 자주 하는 말, 고전에서 나온 글귀, 케케묵은 속담을 떠올리고 있었다. 물론 머릿속에 들어 있는 것을 다 떠올리지는 못했다. 배를 불태우고 배수진을 치다, 결단을 내리다, 매듭을 끊다, 허둥지둥 달아나다, 한 번 시작한 일은 끝장을 내라, 죽어가는 사람한테는 충고가 필요 없다, 손실을 줄이다, 신포도, 손 안에 들어온 새는 덤불 속의 새 두 마리와 같다, 이런 말들이 생각났다. 모두 비슷비슷한 뜻이었다. 나는 가질 수 없는 것을 원하지 않는다는 뜻. 마르타는 아버지에게 다가가 마치 어머니처럼 부드러운 손길로 오랫동안 아버지의 얼굴을 쓰다듬었다. 아버지가 정말로 원하는 일은 아니더라도 이 편이 더 나을 거예요. 그녀가 작은 소리로 말했다. 이 몇 마디 말 외에는 그녀에게서 즐거운 기색을 결코 찾아볼 수 없었다. 하지만 그녀는 자신이 아버지에게 무관심해서가 아니라 아버지를 존경하기 때문에 이런다는 것을 아버지가 이해해 줄 거라고 굳게 믿었다. 시프리아노 알고르는 손으로 딸의 어깨를 잡고 가까이 끌어당겨 이마에 입을 맞췄다. 그리고 나지막한 목소리로 그녀가 듣고 싶어하던 말, 아니 그의 눈 속에서 읽고 싶어하던 말을 했다, 고맙다. 마르살은 뭐가 고맙다는 뜻이냐고 묻지 않았다. 그는 두 부녀가 방금 빠져들어간 영역이 이 가문의 독특한 영역일 뿐만 아니라, 어떤 의미에서는 신성불가침한 영역이기도 하다는 사실을 이미 오래전부터 알고 있었다. 질투가 느껴지지는 않았다. 자신이 확실하게 소외되었다는 느낌 때문에 우울할 뿐이었다. 하지만 두 부녀의 영역에 들어가지 못한 것 때문은 아니었다. 그 영역은 결코 그의 것이 될 수 없었으니까. 그가 우울한 것은 자기 부모를 진정으로 부모로 인정할 수 있는 영역에 들어갈 수 없기 때문이었다. 그런 영역이 실제로 존재하는지, 아니 그 영역에서 그가 부모와 함께 있을 수 있는지도 의문이었다. 그는 이제 장인이 센터로 함께 가기로 했으므로, 자기 부모가 아들 부부와 함께 살기 위해 마을의 집을 판다는 얘기는 이미 물 건너간 일이라는 사실을 깨달았다. 별로 놀라운 일은 아니었다. 그의 부모가 이 사실을 쉽게 받아들이지 못한다 해도, 아무리 불평을 늘어놓더라도 어쩔 수 없었다. 첫째, 센터의 거주지역에서 시행되는 엄격한 규칙에 따르면, 센터는 결코 대가족을 받아들이지 않는다. 둘째, 두 집안이 항상 사이가 좋지 않았으므로 두 집안 사람들을 좁은 공간 안에 몰아넣으면 삶이 지옥처럼 변하리라는 것은 불을 보듯 뻔한 일이다. 비록 가끔 성질을 부리기도 하고 상황 때문에 그렇게 되는 경우도 있었지만, 마르살은 못된 아들이 아니다.

그의 감정과 소망이 가족들과 일치하지 않는 것은 그의 잘못
만이 아니다. 하지만 인간의 영혼이 갖가지 모순으로 가득 차
있다는 것을 다시 한 번 증명하기라도 하듯, 그는 자신을 낳
아준 사람들과 같은 집에서 살지 않게 되었다는 것을 기뻐하
고 있다. 이제 마르타가 임신했으므로, 신비로운 운명의 여신
이 그녀와 그를 통해, 콩 심은 데 콩 나고 팥 심은 데 팥 난다
는 말과 남에게 대접받고 싶은 대로 남을 대접하라는 옛말을
다시 한 번 확인해 주지 않기를 바랄 뿐이다. 하지만 사람들
이 좋은 의도로든 나쁜 의도로든, 좋은 이유에서든 터무니 없
는 이유에서든, 자기 부모들의 모습 속에서 자신의 모습을 인
정하고 싶지도 않고, 인정할 수도 없을 때 항상 어떤 식으로
든 부모를 대신할 사람을 찾아나서는 것은 사실이다. 삶이란
온갖 문제를 안고 있음에도 항상 균형을 사랑한다. 만약 삶이
모든 것을 마음대로 좌우할 수 있다면, 모든 구름 뒤에는 한
줄기 밝은 빛이 있을 것이고, 오목한 곳에는 반드시 볼록한
부분이 있을 것이다. 도착하지도 않은 사람이 안녕을 고하는
일도 없을 것이고, 말과 몸짓과 눈길이 마치 항상 똑같은 뜻
을 전달하는 불가분의 세 쌍둥이처럼 움직일 것이다. 우리가
실제로 실천할 수는 없을 것 같지만, 의사소통을 하는 데 분
명히 가치가 있다고 절대적으로 확신하는 방법을 통해서, 앞
에서 언급한 생각들이 마르살 가초의 머리에 한 가지 아이디
어를 심어놓았다. 그리고 그는 이제 자식 노릇을 할 수 있을
것 같다는 생각에 잔뜩 신이 나서 즉시 장인에게 자신의 아이

디어를 이야기했다. 창고에 남아 있는 그릇들을 한 번에 옮길 수 있을 것 같아요, 그가 선언하듯 말했다. 자네는 그릇이 얼마나 남아 있는지도 모르잖나, 아직도 승합차로 몇 번은 실어 날라야 할 만큼 남아 있어, 시프리아노 알고르가 반박했다. 승합차로 나르자는 얘기가 아니에요, 평범한 트럭 한 대만 있으면 그릇을 전부 한 번에 실어나를 수 있다는 뜻이에요. 우리한테 트럭이 어디 있어, 마르타가 물었다. 한 대 빌리면 되지. 난 트럭을 빌릴 돈이 없네, 시프리아노 알고르가 말했다. 하지만 혹시나 하는 희망 때문에 그의 목소리가 떨리고 있었다. 저희 돈하고 아버님 돈을 모으면 하루에 일을 다 끝낼 수 있을 거예요, 틀림없어요, 게다가 제가 센터에서 경비원으로 일하고 있으니까 트럭 빌리는 값을 할인해 줄지도 몰라요, 한번 말해 볼 가치는 있어요. 나 혼자서 그릇들을 전부 싣고 다시 내리는 일을 감당할 수 있을 것 같지 않아, 그렇지 않아도 팔다리가 쑤시는데. 왜 아버님이 혼자 하세요, 제가 같이 갈게요, 마르살이 말했다. 안 돼, 사람들이 자네를 알아볼지도 모르는데, 그러면 안 되잖나. 그럴 위험은 별로 없을 것 같은데요, 제가 구매부에 간 건 딱 한 번뿐이에요, 게다가 짙은 선글라스에 베레모를 쓰고 가면 아무도 몰라볼 거예요. 그거 아주 좋은 생각인데, 정말 좋아, 마르타가 말했다, 그럼 곧장 인형을 만드는 일에만 매달릴 수 있어. 내 말이 그 말이야, 마르살이 맞장구쳤다. 나도 같은 생각을 했지, 시프리아노 알고르도 인정했다. 세 사람은 말없이 미소를 지으며 선 채로 서로를 바라보았다. 잠시 후 시프리아노 알고르가 물었다, 언제 할까. 괜찮으시다면 내일 하죠, 마르살이 대답했다, 제가 수 는 동안에 하는 게 좋으니까요, 안 그러면 또 열흘을 기다려 야 하는데 그땐 너무 늦을 거예요. 열흘이라, 시프리아노 알 고르가 중얼거렸다, 그러면 짐을 다 옮기자마자 제대로 일을 시작할 수 있겠군. 그럼요, 마르살이 말했다, 거의 이주나 시 간을 버는 거죠. 자네 덕분에 기운이 나는 것 같군, 시프리아 노 알고르가 말했다, 그런데 어디서 트럭을 구하지, 마을에는 우리가 빌릴 만한 트럭이 전혀 없을 텐데. 시내에서 구해봐야 죠, 내일 일찍 출발하면 가격을 흥정할 만한 시간을 벌 수 있 을 거예요. 있잖아, 그게 제일 좋은 생각이라는 건 알겠는데, 당신 아무래도 내일 당신 부모님하고 점심식사를 해야 하는 것 아냐, 마르타가 말했다. 지난번에 집에 왔을 때도 부모님 을 찾아뵙지 않았으니 틀림없이 화가 나셨을 거야. 마르살은 벌컥 화를 냈다, 별로 그러고 싶지 않아, 그는 장인을 바라보 며 물었다, 창고에 몇 시까지 가셔야 되죠. 네 시. 이것 봐, 우 리 부모님하고 점심식사를 할 시간이 없다고, 시내까지 차를 몰고 가서 트럭을 구한 다음에 그릇을 실으러 창고로 가야 하 는데. 점심을 아주 일찍 먹자고 말씀드려. 그래도 시간이 안 될 거야, 그러고 싶지도 않고, 다음에 집에 왔을 때 가지, 뭐. 그럼 어머님한테 전화라도 해드려. 알았어, 전화할게, 어머니 는 이번에도 나더러 언제 이사가냐고 묻겠지만. 시프리아노 알고르는 딸과 사위가 가초 일가와의 점심식사라는 중대한 문제를 의논하도록 내버려두고 인형 여섯 개가 놓여 있는 작업대로 가 있었다. 그는 아주 조심스레 축축한 천을 치우고 인형들을 하나씩 차례로 자세히 살펴보았다. 머리와 얼굴을 조금 더 손보아야 할 것 같았다. 인형이 워낙 작아서 머리와 얼굴의 높이가 한뼘 정도밖에 되지 않기 때문에 천의 압력으로 모양이 살짝 변해 있었다. 마르타가 이 인형들을 다시 새 것처럼 매만지고 나면 천을 덮지 않고 말린 다음에 가마에 넣을 것이다. 기쁨이 욱신거리는 시프리아노 알고르의 몸을 훑고 지나갔다. 도공으로서 평생 가장 어렵고 섬세한 작업을 눈앞에 둔 것 같은 기분이었다. 이렇게 누추한 곳의 열악한 환경에서 일하는 것쯤 전혀 개의치 않는 위대한 예술가가 만들어 낸, 미학적으로 엄청난 가치를 지닌 물건을 굽는 것은 위험한 일이기도 했다. 그 예술가와 그의 작품은 온도가 일 도만 변해도 생길 수 있는 참담한 결과를 결코 받아들이려 하지 않을 것이다. 화려하게 치장하지 않고 간단히 말한다면, 그가 해야 할 작업이란 보잘것없는 인형 여섯 개를 가마에 넣고 불에 구워서 각각의 모델마다 이백 개씩 보잘것없는 복제품을 만들어 내는 것이다. 어떤 사람들은 우리가 태어날 때부터 벌써 운명이 정해져 있다고 말하지만, 분명한 것은 찰흙으로 아담과 이브를 만들거나 떡과 물고기를 몇 배로 늘릴 운명을 타고 태어나는 사람은 소수에 불과하다는 것이다. 마르타와 마르살은 이제 공방 안에 없었다. 마르타는 저녁식사 준비를 하러 갔고, 마르살은 이제 막 싹트기 시작한 파운드와의 관계를 돈독하게 하러 갔다. 파운드는 가족 중에 제복을 입은 사람이 있다는 사실을 호락호락 받아들이려 하지 않았지만, 문제의 그 인물이 집에 도착하자마자 제복 대신 민간인 복장으로 갈아입기만 한다면 그냥 그의 존재를 묵인해 줄 준비가 되어 있는 것 같다. 민간인 복장이 구식이든 현대적이든, 새것이든 낡은 것이든, 깨끗하든 더럽든 상관없다. 시프리아노 알고르는 이제 공방 안에 혼자 있다. 그는 정신이 다른 곳에 가 있는 사람 같은 표정으로 거푸집이 얼마나 단단한지 시험해 보고, 별로 옮길 필요도 없는 회반죽 자루를 옮겨놓았다. 그러고는 마치 자신의 의지가 아니라 우연에 이끌려 발을 옮기는 사람처럼 자기도 모르게 자신이 만든 두 인형 앞에 섰다. 남자와 여자 인형이었다. 남자 인형은 겨우 몇 초 만에 아무 형태가 없는 찰흙 덩어리로 변해버렸다. 마르타가 내일 아침에 필연적으로 던지게 될 질문이 그의 귓전을 울리지 않았다면 여자 인형은 살아남았을지도 모른다. 왜죠, 남자 인형은 부수면서 여자 인형은 왜 그냥 두는 거예요, 왜 둘 다 부수지 않고 하나만 부수는 거예요. 여자 인형을 만든 찰흙이 곧 남자 인형을 만든 찰흙과 합쳐져서 다시 하나가 되었다.

연극의 일 막이 끝나고, 무대장치도 제거되었다. 배우들은 마지막 클라이맥스 장면에 힘을 쏟은 탓에 쉬고 있다. 알고르 가문이 만든 도자기는 이제 센터의 창고에 단 한 점도 남아 있지 않다. 선반 위에 붉은 흙먼지가 흩어져 있을 뿐이다. 물질의 응집력이 영원하지는 않음을 떠올리는 것은 항상 좋은 일이다. 시간이 보이지 않는 손가락으로 대리석을 계속 문질러 그토록 쉽게 파괴해 버릴 수 있다면, 원래 불안정한 구조로 만들어져서 조금은 고르지 못한 불에 구워졌음이 틀림없는 찰흙 덩어리는 말할 것도 없지 않은가. 구매부 사람들은 베레모와 짙은 선글라스 덕분에 마르살 가초를 전혀 알아보지 못했다. 그가 수염을 깎지 않은 것도 일조를 했음은 말할 필요도 없다. 그는 더 확실한 변장을 위해 일부러 수염을 깎지 않았다. 깨끗하고 완벽하게 면도한 턱이 센터 경비원들의 뚜렷한 특징 중 하나였기 때문이다. 그러나 구매차장은 두 사람이 갑자기 트럭을 몰고 나타난 것을 의아해했다. 시프리아노 알고르의 낡은 승합차를 보고 이미 여러 번 빈정거리는 듯한 미소를 지은 사람으로서 논리적인 반응이었다. 하지만 놀라운 것은, 아니 놀랍다는 말만으로는 부족하지만, 어쨌든 놀라운 것은 시프리아노 알고르가 그릇을 모두 가져가려고 왔다는 말을 했을 때, 그가 확연히 짜증스러운 눈빛과 표정을 거의 감추지 못했다는 점이다. 전부 다 말입니까, 그가 물었다. 전부 다 가져가겠습니다, 시프리아노 알고르가 대답했다, 트럭을 갖고 왔습니다, 도와줄 사람도 있고요. 우리가 줄곧 따라온 이 이야기에서 눈에 띄게 성질이 못된 이 구매차장이 앞으로도 어떤 식으로든 등장하려면, 결국 우리가 그에게 속내를 설명하라고, 다시 말해서 그가 비논리적으로 짜증을 내는 진짜 이유를 설명해 보라고 요구해야 할 것이다. 그는 짜증을 숨기려 하지 않았다. 아니면 아예 짜증을 숨길 수 없는 것이거나. 틀림없이 그는 시프리아노 알고르가 매일 찾아오는 것에 익숙해졌으며, 솔직히 말해서 시프리아노 알고르와 친구라고 할 수는 없지만 그를 조금은 좋아하게 되었고, 특히 그가 지금 안 좋은 상황에 처해 있기 때문에 더욱 신경이 쓰여서 그런다는 식의 말로 우리의 질문을 피하려 할 것이다. 이것은 물론 새빨간 거짓말이다. 만약 우리가 단순히 속내를 파헤치는 수준을 넘어서 그보다 훨씬 더 깊은 곳까지 파헤친다면, 그가 지극히 사악한 기쁨을 느낄 수 있는 기회, 즉 자기에게 돌아오는 이득이 전혀 없는데도 무조건 남의 불행을 고소해하는 기쁨을 누릴 기회를 잃어버려서 화를 내고 있음을 알게 될 것이다. 이 지독한 남자는 그릇을 싣는 데 시간이 너무 오래 걸리고 다른 공급업자들이 물건을 부리는 데 방해가 된다는 이유로 시프리아노 알고르와 마르살이 트럭에 그릇을 싣는 것을 막으려고까지 했다. 하지만 시프리아노 알고르는 문자 그대로 떡 버티고 서서 만약 지금 차를 돌려야 한다면, 트럭 사용료를 누가 물어주느냐고 물었다. 그는 불만 신고서까지 달라고 했고, 마침내는 구매부장을 만나게 해주지 않으면 절대 그냥 갈 수 없다는 필사적인 작전도 동원했다. 기초 응용심리학을 다룬 책을 아무 거나 골라서 행동에 관한 장을 펼치면, 성질 고약한 인간들이 대개는 겁쟁이라는 사실을 알 수 있다. 사람들이 다 보는 앞에서 상사가 자신의 결정을 뒤집어버릴까 겁이 난 구매차장은 즉시 태도를 바꿨다. 그는 굴욕감을 감추기 위해 무례한 말을 몇 마디 한 다음, 창고 뒤쪽으로 사라져서 짐을 가득 실은 트럭이 창고를 떠날 때까지 나오지 않았다. 시프리아노 알고르도 마르살 가초도 겉으로든 속으로든 승리의 노래를 부르지는 않았다. 너무 지쳐서 수다를 떨며 좋아할 기운도 남아 있지 않았기 때문이다. 다만 시프리아노 알고르가 이렇게 말했을 뿐이다. 우리가 물건을 가져오면 저 놈이 우릴 못살게 굴 거야, 돋보기로 우리 인형을 들여다보면서 수십 개씩 퇴짜를 놓을걸. 그러자 사위는 이렇게 대답했다, 예, 그럴지도 모르죠, 하지만 꼭 그럴 거라고 장담할 수는 없어요, 게다가 칼자루를 쥔 사람은 구매부장이잖아요, 어쨌든 이제 한 가지 문제는 해결됐어요, 아버님, 다음 문제는 그때가서 생각해 보자고요, 인생이라는 게 원래 그런 거니까요, 한 사람이 낙담하면 그 옆의 사람이 반드시 두 사람 몫의 용기를 내야 하는 법이잖아요. 승합차는 근처 길 모퉁이에 주차되어 있었다. 두 사람은 강가의 동굴 속에 그릇들을 모두 가져다두고 트럭을 돌려준 다음, 승합차를 몰고 어스름이 깔릴 무렵에야 비로소 집에 도착할 수 있을 것이다, 완전히 지쳐서 녹초가 된 모습으로. 사위는 센터의 매끈한 복도를 걸어다니는 데 너무 익숙해서 평소에 운동이 부족하기 때문에 지칠 것이고, 장인은 역시 나이 때문에 피로를 느낄 것이다. 파운드는 두 사람을 맞이하러 나와서 다른 개들과 마찬가지로 펄쩍펄쩍 뛰며 짖어댈 것이고, 마르타는 문간에서 두 사람을 기다릴 것이다. 그리고 두 사람에게 이렇게 물을 것이다, 그래, 이제 다 해결된 건가요. 그러면 두 사람은 다 해결됐다고 대답할 것이다. 그리고 세 사람은 방금 끝난 일이 이제 새로 시작하고 싶어 안달이 난 일과 똑같다고, 극장에서든 인생에서든 일막, 이막, 삼막이 모두 한 연극의 일부라고 생각하거나 느낄 것이다. 느낌과 생각 사이에는 항상 약간의 불균형이나 모순이 존재한다는 가정하에서 하는 말이다. 무대에서 소도구 몇 점이 치워진 것은 사실이지만, 새로운 소도구의 재료가 될 찰흙은 어제와 똑같은 찰흙이며, 배우들은 내일 아침 무대 뒤에서 깨어나 왼발과 오른발을 차례로 내디디며 할일을 할 것이다. 그 길에서 벗어나지 않은 채로. 마르살이 두초가 되었다 해도, 그와 마르타는 처음과 똑같이 사랑의 몸짓과 신음과 한숨을 되풀이할 것이다. 사랑의 말도. 시프리아노 알고르는 자기 침대에서 꿈도 꾸지 않고 곤히 잘 것이다. 그리고 내일 아침이 되면 여느 때처럼 사위를 직장으로 데려다줄 것이다. 어쩌면 돌아오는 길에 강가의 동굴에 잠깐 들를지도 모른다. 특별한 이유는 없다. 호기심 때문도 아니다. 그는 그 안에 무엇이 있는지 정확히 알고 있으니까. 그래도 그는 동굴까지 걸어가서 그 안을 들여다보며 가지를 좀 더 잘라다가 그릇들을 더 확실히 가려야 할 것 같다는 생각을 할 것이다. 아무에게도 이 그릇들을 들키고 싶지 않다는 듯이, 그릇들이 다시 필요해지는 날까지 그곳에 계속 숨어 있기를 바라는 사람처럼. 아, 우리가 직접 만든 것으로부터 자신을 떼어내는 것이 얼마나 힘든 일인지. 그것이 현실이든 꿈이든 똑같다. 심지어 우리가 그것을 자기 손으로 직접 부숴버렸다 해도 마찬가지다.

가서 가마를 좀 청소해야겠다, 시프리아노 알고르가 집에 돌아오자마자 말했다. 파운드는 전에 겪은 일이 있기 때문에 주인이 그 명상의 의자에 다시 앉을 것이라고 생각했다. 저 가엾은 양반의 머릿속은 지금도 갖가지 갈등으로 어지러울 것이다. 그의 삶이 뒤죽박죽이 되었으니까. 개들이 가장 필요한 것이 바로 이런 때다. 개들은 우리 앞에 앉아 눈으로 꼭 이렇게 묻는 듯하다, 도움이 필요하신가요. 얼핏 보기에는, 그런 동물이 고통이나 근심 같은 인간의 고뇌를 치유해 줄 수 없을 것 같다. 아마 우리가 인류의 영역 밖에 있는 것을 인식하지 못하기 때문일 것이다. 세상의 다른 고뇌들을 우리 기준으로 측정할 수 있어야만 비로소 그것이 몸으로 느껴지는 현실이 되는 것처럼. 더 간단히 말하면, 마치 세상에 인간적인 것만 존재하는 것처럼. 시프리아노 알고르는 돌 의자에 앉지 않고 그 앞을 곧장 지나쳤다. 그리고 가마의 꼭대기, 중간, 바닥에 각각 달려 있는 커다란 청동 나사를 풀고 가마 문을 열었다. 가마가 근엄하게 삐걱거리는 소리를 냈다. 파운드는 처음 며칠 동안 감각기관을 동원해서 주위를 조사하며 당장의 호기심을 만족시킨 후에는 가마에 더 이상 관심을 보이지 않았다. 가마는 벽돌을 투박하게 쌓아서 지은 낡은 건물이었으며, 높은 곳에 좁은 창문이 하나 나 있었다. 이곳의 용도는 알 길이 없었고, 이 안에 누가 사는 것도 아니었다. 가마 꼭대기에는 굴뚝처럼 생긴 것이 세 개 있었지만, 분명히 굴뚝은 아니었다. 군침이 도는 음식 냄새가 거기서 풍겨 나온 적이 한 번도 없었으니까. 그런데 이제 뜻밖에도 문이 열리고, 주인은 마치 자기 집에 들어가는 사람처럼 태연하게 그 안으로 들어가 버렸다. 저쪽에 있는 집으로 들어갈 때처럼. 원칙을 지키고 신중을 기하기 위해 개는 모름지기 뜻밖의 일을 만날 때마다 컹컹 짖어대야 하는 법이다. 그 뜻밖의 일이 좋은 일이었다가 나쁜 일로 변할지, 아니면 나쁜 일이었다가 나쁘지 않은 일로 변할지 미리 알 길이 없으니까. 따라서 파운드는 짖고 또 짖었다. 처음에는 주인이 가마의 어둠 속으로 사라졌을 때 걱정스러워서 짖었고, 나중에는 주인이 표정만 바뀌었을 뿐 무사히 다시 나오는 것을 보고 기뻐서 짖었다. 이것은 작은 사랑의 기적이다. 자신이 하는 일에 마음을 쓰는 것 역시 사랑이라 불릴 만하니까. 시프리아노 알고르가 다시 가마 안으로 들어가 빗자루를 휘둘러대기 시작했을 때 파운드는 조금도 걱정하지 않았다. 생각해 보면 주인은 어떤 의미에서 해나 달 같은 존재이므로, 주인이 사라졌을 때는 참을성 있게 기다려야 하는 법이다. 물론 개는 기다리는 시간이 긴지 짧은지 알 수 없을 것이다. 한 시간과 일주일, 한 달과 일 년의 차이를 구분하지 못하니까. 개는 부재와 존재만 감지할 뿐이다. 주인이 가마를 청소하는 동안 파운드는 전혀 그 안으로 들어가려 하지 않았다. 불에 구워진 작은 찰흙 파편들과 깨진 그릇 조각들이 빗자루에 밀려 우수수 쏟아져 나왔기 때문에 녀석은 그것을 피하려고 옆으로 자리를 옮겼다. 그리고 앞발 사이에 머리를 묻고 드러누웠다. 녀석은 뭔가에 푹 빠져서 반쯤 잠이 든 것처럼 보였지만, 개를 다뤄본 경험이 없는 사람도 파운드가 그냥 기다리고 있을 뿐이라는 것을 알 수 있을 정도였다. 녀석이 가끔 몰래 눈을 떴다가 다시 감곤 했으니까. 시프리아노 알고르는 청소를 끝낸 후 가마에서 나와 공방으로 갔다. 그가 시야에 있는 동안 파운드는 전혀 움직이지 않다가 천천히 일어나서 가마 문을 향해 목을 쭉 내밀고 다가가서 안을 들여다보았다. 그것은 천장이 둥글고 안은 텅 비어 있는 이상한 집이었다. 가구나 장식은 전혀 없었고, 벽을 따라 탁한 하얀색 판들이 빙 둘러 늘어서 있었다. 하지만 파운드의 코에 가장 커다란 인상을 남긴 것은 지독히 건조한 내부공기였다. 녀석의 코가 감지할 수 있는 단 하나의 냄새, 무한한 굽기 과정에서 마지막으로 남은 그 얼얼한 냄새도 마찬가지였다. 마지막이라는 말과 무한이라는 말이 언어도단의 모순을 이룬다는 사실에 놀라면 안 된다. 지금 우리가 얘기하는 것은 인간의 감각이 아니라, 개가 텅 빈 가마에 처음 들어갔을 때 느낄 것 같은 감각을 인간의 입장에서 상상한 것이니까 말이다. 예상과는 달리 파운드는 이 새로운 장소에 오줌으로 영역표시를 하지는 않았다. 녀석이 본능에 따라 그러려고 했던 것은 사실이다. 녀석이 한쪽 다리를 위협적으로 들어올린 것도 사실이다. 하지만 녀석은 자제력을 발휘해서 마지막 순간에 행동을 멈췄다. 어쩌면 주위를 둘러싼 무기질의 침묵, 이 건물을 지은 거친 솜씨, 벽과 바닥의 희멀건 유령 같은 색깔에 겁을 집어먹은 것인지도 모른다. 아니면 평범한 찰흙이 다아몬드로 변하는 꿈을 꾸는 이 가마, 불의 왕국, 옥좌, 장막이 오줌으로 더럽혀진 것을 보고 주인이 격렬한 반응을 보일지도 모른다는 더 간단한 이유 때문일 수도 있다. 누군가에게 걷어차여 쫓겨날 때처럼 등줄기의 털을 곤두세우고 꼬리를 다리 사이로 말아 넣은 채 파운드는 가마에서 나왔다. 주인들은 아무도 보이지 않았다. 집과 들판은 텅 비어 있는 것처럼 보였다. 뽕나무는, 틀림없이 태양의 각도 때문에 그렇게 보이는 것이겠지만, 이상한 그림자를 드리우고 있었다. 마치 완전히 다른 나무의 그림자 같았다. 일반적인 인상과는 반대로, 개들은 아무리 주인의 사랑과 보살핌을 받아도 결코 편안한 삶을 즐기지 못한다. 첫째, 자기들이 태어난 세상을 아직 만족스러울 정도로 이해하지 못하기 때문이고, 둘째, 이렇게 표현해도 되는지 모르겠지만, 집과 음식은 물론 때로는 침대도 개들과 함께 사용하는 인간들의 모순적이고 변덕스러운 행동이 세상에 대한 이해를 계속 어렵게 만들기 때문이다. 파운드의 주인은 사라져버렸다. 여주인의 모습도 보이지 않는다. 따라서 파운드는 자신의 우울함과 방광에 가득 찬 오줌을 명상의 장소로만 쓰이는 돌 의자에 풀어 놓았다. 바로 그때 시프리아노 알고르와 마르타가 공방에서 나왔고, 파운드는 두 사람을 맞이하러 달려갔다. 녀석이 마침내 모든 것을 이해하게 될 것 같은 기분을 느끼는 순간이 바로 이런 때다. 하지만 그런 기분은 오래 가지 않았다. 결코 오래 가는 법이 없다. 주인이 녀석에게 소리를 질렀다, 저리 가. 여주인도 깜짝 놀라서 소리쳤다, 내려가. 도무지 이 사람들의 속을 알 수 없다. 파운드는 나중에야 두 사람이 작은 판 위에 찰흙 인형들을 받쳐 들고 있다는 것을 눈치 챌 것이다. 한 사람이 판 하나에 세 개씩이었다. 만약 두 분이 기뻐서 날뛰는 나를 제때에 제어하지 않았다면 얼마나 끔찍한 일이 벌어졌을지 여러분도 짐작하겠죠. 두 사람은 줄을 타는 곡예사처럼 조심스레 기다란 건조대를 향해 움직였다. 건조대는 벌써 몇 주째 접시, 컵, 보시기,

물병, 항아리, 주전자, 냄비, 집과 정원의 장식품 등을 구경히지 못했다. 뽕나무의 그림자 속에서 보호를 받으며, 가끔 이파리 사이로 새어 들어오는 햇빛을 받아 야외에서 물기를 털어버릴 이 여섯 개의 인형은 두 사람이 갖게 될 새로운 직업의 전위대였다. 앞으로 기다란 선반들을 빽빽이 채우게 될 수백 개의 똑같은 인형들, 이미 계산한 것처럼 육 곱하기 이백 즉 천이백 개나 되는 인형들의 전위대였다. 하지만 계산이 올바르지 않았다. 승리의 기쁨이 항상 좋은 조언자 역할을 해주는 것은 아니다. 두 도공은 수세대에 걸친 경험에도 불구하고, 가위조차 때로 천을 자르다가 천을 먹어버리는 경우가 있으므로, 어느 정도의 손실을 반드시 예상해야 한다는 사실을 잊어버리고 있는 것 같다. 작품이 떨어지거나, 깨지거나, 두틀리거나, 너무 심하게 수축하거나, 너무 수축하지 않거나 작품을 빚은 솜씨가 형편없어서 불길 속에서 금이 가거나, 뜨거운 공기의 순환이 잘못되어 잘못 구워질 수 있는데도 말이다. 게다가 우리가 알다시피, 정확한 과학이라고 할 수 없는 연금술과 많은 관련을 갖고 있는 이 직업에서 우연히 발생할 수 있는 물리적 사고인 이 모든 일 외에도, 앞에서 말했듯이 두 사람에게 원한을 품고 있는 듯한 구매차장은 차치하고라도, 결코 피할 수 없는 센터의 엄격한 심사를 고려해야 한다 시프리아노 알고르는 가마를 청소할 때 이 두 가지 문제만을 생각했다. 하나는 확실한 문제이고, 하나는 잠재적인 문제였다. 연상의 좋은 점은 바로 이런 것이다. 여러 가지 생각들이

...로를 차례차례 정리한다는 것. 생각의 가닥을 놓치지 않고, ...닥에 있는 사금파리가 현재에 존재할 뿐만 아니라 과거에 ...른 모습으로도 존재했으며, 미래에 또다른 것이 될 수도 있 ...을 이해하는 것이 요령이다.

오래전 어떤 신이 이미 창조해 놓은 지상의 찰흙으로 사람 ...을 만들기로 했다고 한다. 신은 사람의 콧구멍으로 숨결과 생 ...기를 불어넣어 주었다. 고집스럽고 부정적인 정령들이 감히 ...큰소리로 말하지 못해 소곤거리며 퍼뜨린 이야기에 따르면, ...이 최고의 창조행위 후에 신은 두 번 다시 도예에 손을 대지 ...았았다고 한다. 신이 도구를 손에서 놓아버린 것을 에둘러 비 ...난하는 얘기인 셈이다. 이것은 분명히 중요하고 심각한 문제 ...이므로 단순하게 취급해서는 안 된다. 생각, 완벽한 불편부 ...장, 그리고 대단한 객관성이 필요하다. 그 기념할 만한 날로 ...부터 찰흙으로 형상을 만드는 작업이 더 이상 창조자만의 독 점적인 속성이 아니게 되었으며, 이제 막 솜씨의 싹을 틔우기 시작한 창조물들이 이 작업을 물려받았음은 역사적인 사실이 ...다. 그런데 말할 필요도 없이 창조물들은 생명을 불어넣을 수 있을 만큼의 숨결을 지니고 있지 않다. 따라서 모든 부차적인 책임을 불이 지게 되었다. 이 부차적인 과정에서 색깔이나 광 ...택은 물론, 심지어 소리를 통해 가마에서 생산되는 물건이 어 느 정도 생명을 얻게 된다. 하지만 이것은 겉만 보고 내린 판 단이다. 불이 많은 일을 할 수 있다는 것은 누구도 부인할 수 없지만, 그렇다고 불이 모든 일을 다 할 수 있는 것은 아니다.

불의 능력에는 커다란 한계가 있으며, 심지어 심각한 결함[이]
있다. 예를 들어, 만족할 줄 모르는 게걸스러움 때문에 불[은]
무엇이든 닥치는 대로 집어삼켜 재로 만들어 버린다. 하지[만]
우리 눈앞의 문제, 즉 도자기 공방의 일로 돌아가 보면, 젖[은]
찰흙을 가마 안에 넣으면 그것이 터져버릴 것이라는 말이 [끝]
나기도 전에 터져버린다는 것을 우리 모두 알고 있다. 불에[서]
서 우리가 원하는 결과를 얻으려면 반드시 결정적인 조건 [하]
나를 충족시켜야 한다. 찰흙을 가능한 한 마른 상태로 가[마]
안에 넣어야 한다는 것. 여기서 우리는 다시 코로 생명을 [불]
어넣는다는 비유로 겸허히 돌아가게 된다. 따라서 신이 자[신]
의 작품에 차갑게 등을 돌렸다는 이단적인 생각을 가슴에 [품]
는 것이 얼마나 부당하고 경솔한 짓인지 인정할 수밖에 없[다].
물론 그후로 신을 다시 본 사람이 아무도 없는 것은 사실[이]
다. 그렇지만 신은 우리에게 자신의 일부 중에서 최고라고 [할]
수 있는 부분을 남겨주었다. 신의 숨결, 바람 한 점, 산들[바]
람, 부드러운 바람, 서풍. 시프리아노 알고르와 그의 딸이 [방]
금 몹시 조심스레 건조대 위에 올려놓은 인형 여섯 개의 콧[구]
멍 속으로 부드럽게 들어가고 있는 그 바람 말이다. 작가이[자]
도공이기도 한 신은 비뚤어진 선 위에 똑바르게 글을 쓰는 [법]
을 알고 있었다. 신은 자신이 이곳에서 숨결을 불어넣을 [수]
없으므로 그 일을 대신해 줄 사람을 보냈다. 아직 약하디 [약]
한 이 찰흙 인형들이 내일 맹목적이고 사나운 불의 포옹 속에[서]
서 사라져버리지 않도록. 물론 여기서 내일이란 정확히 내[일]

을 의미하는 말이 아니다. 태초에 찰흙으로 만든 인간이 숨과 생명을 얻는데 신의 숨결 한 번으로 충분했다는 말이 사실이라 해도 익살꾼, 어릿광대, 턱수염이 난 아시리아인, 중국인 관리, 에스키모, 간호사 등 나중에 이 건조대 위에 빽빽이 늘어서게 될 수많은 인형들이 점차 증발과정을 통해 물기를 잃는데는 훨씬 더 많은 날이 필요할 테니까 말이다. 물기가 없었다면 이 인형들이 애초에 지금 같은 모습으로 만들어질 수 없었겠지만, 이제는 물기가 없어야 가마 안에서 안전하게 의도했던 모습으로 바뀔 수 있다. 파운드는 한 줄로 늘어선 여섯 개의 인형을 더 자세히 들여다보기 위해 뒷다리로 일어서서 앞발을 건조대 선반 가장자리에 올려놓았다. 녀석은 한 번, 두 번 코를 킁킁거리더니 금방 흥미를 잃어버렸다. 하지만 주인에게 머리를 한 대 세게 얻어맞고 전에도 들어본 적이 있는 꾸지람을 듣는 것을 피할 수는 없었다. 저리 가지 못해. 인형을 망가뜨릴 생각이 전혀 없었다는 것을 녀석이 어떻게 설명할 수 있을까. 그저 인형을 가까이서 들여다보며 냄새를 맡아보고 싶었을 뿐인데, 이렇게 하찮은 일을 가지고 저를 때리다니, 주인님 너무하십니다. 누가 보면 주인님은 개들이 바깥세상을 조사할 수 있는 눈을 갖고 있을 뿐만 아니라 코를 또다른 눈처럼 사용한다는 사실을 모르는 사람이라고 생각할 겁니다. 우리 코는 냄새를 본단 말입니다. 하지만 적어도 이번에는 여주인이 내려가라고 소리를 지르지 않았다. 다행히도 다른 사람들이 왜 그런 행동을 하는지 이해할 수 있는 사람이 항상 있는 법이다. 그런 사람들은 원래 멍청하거나 어휘력이 부족해서 설명하는 법을 모르거나 적당한 말을 찾아내지 못하는 사람들의 행동도 이해할 수 있다. 때릴 필요는 없잖아요, 아버지, 파운드가 그냥 궁금해서 그런 것뿐인데, 마르타가 말했다. 시프리아노 알고르도 십중팔구 개를 못살게 굴고 싶지는 않았을 것이다. 그는 단지 본능적으로 행동했을 뿐이다. 대부분의 사람들이 생각하는 것과는 반대로, 우리 인간들은 아직 본능을 잃어버리지 않았으며, 가까운 시일 안에 잃어버릴 것 같지도 않다. 본능은 지능과 나란히 자리 잡고 있지만, 지능보다 훨씬 더 빠르다. 그래서 본능이 불쌍하게도 자주 조롱과 경멸을 당하는 것이다. 이번 경우도 마찬가지였다. 시프리아노 알고르는 자신이 애써 만든 것이 망가질까 봐 겁이 나서 자기도 모르게 그런 행동을 했다. 새끼가 위험에 처한 것을 본 암사자가 물불을 가리지 않고 행동에 나서는 것과 똑같이. 모든 창조자들이 자신의 창조물을 나 몰라라 하는 것은 아니다. 그것이 새끼가 됐든, 찰흙 인형이 됐든 마찬가지다. 모든 창조자가 가끔 불어오는 서풍만 남겨놓은 채 멀리 가버리는 것은 아니다. 그래서 우리는 점점 성장해 가면서 굳이 가마 안으로 들어가지 않아도 자신이 어떤 사람인지 알 수 있다. 시프리아노 알고르는 개를 불렀다, 이리 와라, 파운드, 이리 와. 개와 인간 모두 서로를 속속들이 이해하지는 못한다. 인간들은 자기도 모르게 폭력을 휘두르고 나서, 곧장 자신이 때린 생물의 머리를 쓰다듬는다. 개들에 대해 말하자면,

그들은 자신을 때린 손에 곧장 입을 맞춘다. 어쩌면 태초부터 우리가, 즉 개와 인간이 서로를 이해하려 애쓰는 과정에서 줄곧 부딪혀 온 문제들이 이런 결과를 낳은 것인지도 모른다. 파운드는 주인에게 맞았다는 사실을 벌써 잊어버렸지만, 주인은 그렇지 않았다. 그는 아직 기억하고 있다. 내일 잊어버릴 수도 있고, 겨우 한 시간 후에 잊어버릴 수도 있다. 하지만 지금은 그 일을 잊을 수 없다. 이런 경우 기억은 순간적으로 망막에 닿는 태양의 손길과 같다. 이 손길은 망막 표면을 뜨겁게 태운다. 이건 아주 하찮은 일이지만, 이 손길이 남아 있는 동안에는 귀찮다. 최선의 방법은 개를 가까이로 불러들이는 것이다. 파운드, 이리 와라. 그러면 파운드는 주인에게 갈 것이다. 항상 그러니까. 그리고 녀석은 자신을 쓰다듬어 주는 손을 핥을 것이다. 그것이 개의 입맞춤이니까. 그러면 타는 듯 뜨거운 느낌은 사라지고, 마치 아무 일도 없었던 것처럼 시각이 정상으로 돌아올 것이다.

시프리아노 알고르는 장작이 얼마나 있는지 확인하러 갔다. 장작이 충분하지 않았다. 오래전부터 그는 장작을 태우는 구식 가마가 사라지고 그 자리에 가스를 사용하는 현대식 가마가 새로 들어설 때가 올 것이라는 생각을 가슴속에 소중히 품고 있었다. 현대식 가마는 극단적인 고온까지 신속히 도달할 수 있으며, 뛰어난 작품들을 만들어 낼 수 있었다. 하지만 시프리아노 알고르는 자신의 집에 현대식 가마가 들어서는 일은 결코 없을 것임을 내심 알고 있었다. 우선 현대식 가마를 세우는 데는 그가 평생 가져본 적이 없는 큰돈이 든다. 하지만 이보다 덜 물질적인 이유도 있었다. 이를테면, 할아버지가 짓고 아버지가 완벽하게 다듬은 가마를 부수는 것이 자신에게 슬픈 일이 될 것임을 그가 이미 알고 있다는 것. 가마를 부순다면, 할아버지와 아버지의 기억을 문자 그대로 지상에서 쓸어버리는 꼴이 될 것이다. 가마가 바로 지상에 자리 잡고 있으니까. 하지만 그가 쉽사리 인정할 수 없는 또다른 이유도 있었다. 그가 이 이유를 설명한다면, 단 세 마디로 충분할 것이다. 나는 너무 늙었다. 하지만 객관적으로는 고온도계, 파이프, 점화용 안전버너 등 간단히 말해 신기술을 사용하며 새로운 문제를 겪게 될 것이라는 점도 이유에 포함되었다. 따라서 낡은 가마에 자꾸만 장작을 집어넣으며 구식으로 불을 때는 것 외에는 대안이 없었다. 찰흙으로 도자기를 만드는 작업에서 가장 어려운 부분이 아마 이것일 것이다. 하루종일 삽으로 석탄을 퍼넣던 증기기관차의 화부들처럼 도공들도, 아니 적어도 시프리아노 알고르처럼 조수를 둘 형편이 안되는 도공들은 이 구식 연료를 가마에 집어넣느라 몇 시간씩 힘들게 일하곤 한다. 작은 가지를 집어넣으면 불길이 순식간에 집어삼켜 버리고, 굵은 가지들은 불길이 조금씩 갉고 핥아서 재로 만든다. 가장 좋은 것은 솔방울과 톱밥이다. 천천히 타면서 더 많은 열기를 내기 때문이다. 시프리아노 알고르는 주위에서 장작을 구할 생각이다. 사냥터지기와 농부들에게 장작을 몇 수레 주문하고, 산업벨트의 제재소와 목공소에서 톱밥을 몇 부대 사들일 것이다. 떡갈나무, 호두나무, 밤나무처럼 단단한 나무를 구할 수 있다면 좋을 텐데. 그는 이 모든 일을 혼자 할 생각이다. 딸에게 같이 가서 톱밥 자루를 차에 싣는 걸 도와달라고 할 생각은 아예 해보지도 않았다. 특히 딸이 임신한 상태이니 더욱 그러했다. 그는 파운드를 데리고 갈 것이다, 그냥 파운드와 다시 사이가 좋아졌다는 걸 과시하기 위해서. 이런 걸 보니, 시프리아노 알고르의 기억 속에 남아 있는 상처가 아직 완전히 치유되지 못한 모양이다. 기본형으로 사용될 인형 여섯 개를 굽는 데는 지금 창고에 있는 장작만으로도 충분하고도 남을 것이다. 하지만 시프리아노 알고르는 망설이고 있다. 자신이 사용해야 할 자원과 일의 결과물 사이의 엄청난 불균형, 다시 말해서 고작 여섯 개밖에 안 되는 인형을 굽기 위해 가마 꼭대기까지 그릇이 가득 찼을 때처럼 불을 지펴야 한다는 사실이 도저히 용납할 수 없을 만큼 터무니없는 낭비 같아서다. 그가 마르타에게 이런 생각을 말했더니 마르타도 동의했다. 그리고 삼십 분 후에 해결책을 내놓았다. 그 문제를 해결하는 방법이 책에 나와 있어요, 심지어 친절하게 그림까지 그려놨더라고요. 옛날에 마르타의 증조할아버지가 처음 도공 일을 시작할 때 구덩이 굽기라는 방법을 한 번쯤 이용했을 가능성이 있다. 이 방법은 그때도 이미 구식이었으므로, 가마를 세우면서 이 조야한 방법이 점점 밀려나 망각의 세계로 사라졌을 것이다. 시프리아노 알고르의 아버지가 이 방법을 물려받지 못했으니 말이다. 하지만 책이 있다는 것이 다행이다. 우리는 책을 선반에 꽂아두거나, 트렁크에 넣어두거나, 먼지가 쌓이고 좀이 슬도록 내버려두거나, 어두운 지하실에 처박아두기도 한다. 몇 년이 지나도록 눈길 한 번, 손길 한 번 주지 않을 때도 있다. 하지만 책은 전혀 개의치 않고 조용히 기다린다. 내용물이 조금도 사라지지 않도록 입을 꼭 닫은 채. 살다 보면 우리가 찰흙을 굽는 법을 설명한 책이 어디로 갔는지 찾아봐야겠다고 생각하는 순간이 반드시 오게 마련이니까. 그러면 마침내 부름을 받은 책이 그 모습을 드러낸다. 지금 마르타의 손에도 그런 책이 들려 있다. 그녀의 아버지는 가마 옆에서 깊이와 폭이 각각 오십 센티미터쯤 되는 작은 구멍을 파고 있다. 그 정도면 인형들을 집어넣는데 충분하다. 구멍을 다 판 후 그는 바닥에 작은 가지들을 한 켜 깔고 불을 붙인다. 불길이 솟아올라 벽을 쓰다듬으며 흙을 바짝 말린다. 불길은 저절로 사그라질 것이고, 바닥에는 뜨거운 재와 작은 깜부기불 몇 개만 남아 있을 것이다. 마르타는 이 일과 관련된 내용이 적힌 페이지를 펼친 채로 책을 아버지에게 넘겨준 뒤, 이 재와 깜부기불 위에 여섯 개의 인형 시제품들을 아주 조심스레 하나씩 놓는다. 중국인 관리, 에스키모, 턱수염을 기른 아시리아인, 어릿광대, 익살꾼, 간호사 인형을. 구덩이 안에서는 뜨거운 공기가 여전히 어른거리며 인형의 회색 표면과 밀도 높은 내부를 어루만진다. 가벼운 산들바람 덕분에 인형의 물기는 이미 거의 다 증발해 버린 상태다. 시프리아노 알고르는 이 작업을 위해 특별

히 만들어진 석쇠가 없으므로 가느다란 철 막대기 몇 개를 책
에 나와 있는 대로 서로 너무 멀지도 가깝지도 않게 구덩이
위에 올려놓는다. 시프리아노 알고르가 이미 붙여 놓은 또다
른 불의 깜부기불이 이 막대기들 사이로 떨어져 내릴 것이다.
두 사람은 이 소중한 책을 찾아낸 것이 너무 기쁜 나머지, 자
신들이 거의 어스름 무렵에 일을 시작했으므로 깜부기불이
구덩이를 가득 채울 때까지 밤새 불을 지펴야 한다는 사실을
깨닫지 못했다. 시프리아노 알고르가 딸에게 말했다, 넌 그만
가서 자거라, 내가 여기서 불을 지켜볼 테니. 그러자 그녀가
이렇게 말했다, 온 세상의 황금을 다 준대도 이 광경을 놓치
고 싶지 않아요. 두 사람은 돌 의자에 앉아 불을 지켜본다. 시
프리아노 알고르가 가끔 자리에서 일어나 좀 작은 듯싶은 가
지들을 불 위에 더 올려놓는다. 그래야 깜부기불이 막대기들
사이로 떨어져 내릴 테니까. 저녁식사 시간이 되자 마르타가
안으로 들어가 가벼운 식사를 준비했고, 두 사람은 나중에 가
마 벽에서 깜박거리며 춤을 추는 불빛 속에서 그 음식을 먹었
다. 불빛 때문에 마치 가마 안에서도 불이 타고 있는 것 같았
다. 파운드도 주인들과 함께 음식을 먹은 다음, 마르타의 발
치에 누워 불꽃을 뚫어지게 바라보았다. 녀석은 전에도 불가
에 있어본 적이 있지만, 이런 불은 처음이었다. 사실 파운드
가 생각한 것은 정확히 말해서 불이 아니었을 것이다. 크든
작든 불은 모두 비슷해서, 나무가 타고, 불꽃이 튀고, 검게 그
을린 나무와 재가 남는 법이다. 파운드가 생각한 것은, 지금

처럼 진지한 명상을 하기에 알맞은 돌 의자 옆에서 자신이 사랑하는 두 사람의 발치에 누워 불을 바라본 적이 없다는 것이었다. 녀석이 이런 경험을 한 적이 없다는 사실은 녀석 자신이 직접 경험한 일이므로 앞으로 언제나 분명히 증언할 수 있을 것이다. 오백 리터 크기의 구덩이를 깜부기불로 채우는 데는 시간이 걸린다. 특히 지금처럼 나무가 완전히 마른 상태가 아니라면 시간이 더 걸린다. 아직 불이 붙지 않은 장작 끝에서 마지막 남은 수액이 지글거리는 것을 보면 나무가 완전히 마르지 않았음을 알 수 있다. 구덩이 안을 들여다보면서 깜부기불이 인형의 허리까지 도달했는지 확인할 수 있다면 매우 흥미로울 것이다. 하지만 구덩이 안이 어떤 상태일지 상상하는 수밖에 없다. 눈부시게 타오르며 아래로 떨어져 내리는 작은 나뭇조각들이 잠깐 나타났다 사라지는 불꽃들에게 잡아먹히면서 나오는 빛으로 구덩이 안은 힘차게 빛나고 있을 것이다. 밤공기가 점점 차가워지자 마르타는 집으로 들어가 담요를 가져왔고, 아버지와 딸은 어깨에 담요를 둘렀다. 몸의 앞부분을 담요로 덮을 필요는 없었다. 이것은 옛날부터 있던 일이다. 우리는 겨울밤에 온기를 느끼려고 불가로 다가가곤 했다. 등은 얼어붙을 듯한 추위에 시달리지만 얼굴과 손과 다리는 타는 듯이 뜨거웠다. 특히 다리가 불에 가장 가까이 있기 때문에 더욱 뜨거웠다. 고된 일은 내일부터 시작이야, 시프리아노 알고르가 말했다. 제가 도울게요, 마르타가 말했다. 아무렴, 도와야지, 다른 방법이 없잖니, 네가 일을 돕는 게 별로 마음에 들지는 않는다만. 원래 제가 옛날부터 항상 아버지를 도왔잖아요. 그렇지만 넌 지금 임신 중이야. 겨우 한 달밖에 안 됐어요, 그러니까 아직 별 차이가 없다고요, 제 몸은 아주 멀쩡해요. 내가 걱정하는 건 우리가 이 일을 끝까지 해낼 수 없을지도 모른다는 거다. 어떻게든 해봐야죠. 우릴 도와줄 사람이 있으면 좋겠는데. 이제는 도자기 공방에서 일하고 싶어하는 사람이 아무도 없다고 말씀하신 게 바로 아버지잖아요, 게다가 누가 오든 그 사람한테 일을 가르치느라 시간만 낭비하고 얻는 건 별로 없을 거예요. 맞다, 시프리아노 알고르가 맞장구를 쳤다. 그런데 그가 갑자기 다른 곳에 정신을 팔고 있는 것 같았다. 이사우라 에스투디오사가 생각났기 때문이었다. 아니, 요즘은 이름을 이사우라 마드루가로 바꿨다고 하던가. 어쨌든 그녀가 일자리를 찾고 있다는 사실이 떠올랐다. 일자리를 찾지 못하면 마을을 떠나겠다고 했던 것도. 하지만 시프리아노 알고르는 거의 신경을 쓰지 않았다. 사실 그 마드루가라는 여자가 찰흙에 손을 담그고 공방에서 일하는 모습을 상상하기도 싫었다. 지금까지 그녀가 도자기와 관련해서 보여준 재능이라고는 물병을 가슴에 꼭 끌어안은 것뿐이었다. 인형을 만들 때는 인형을 가슴에 꼭 끌어안은 것만으로는 아무 도움도 되지 않는다. 그런 건 누구나 할 수 있어, 그는 속으로 생각했다. 정말 그런지 별로 확신이 서지는 않았지만. 마르타가 말했다, 살림을 맡아줄 사람을 구할 수는 있을 거예요, 그러면 제가 공방 일에만 매달릴 수 있어요. 하녀든 가정

부든 사람을 쓸 형편이 아니야, 시프리아노 알고르가 매섭게 말했다. 그냥 뭐든 할일이 필요하고, 한동안 돈을 별로 많이 벌지 못해도 상관없는 사람이면 될 거예요. 마르타가 고집스레 말했다. 시프리아노 알고르는 너무 덥다는 듯이 담요를 짜증스레 벗어버렸다. 지금 네가 무슨 생각을 하는지 내가 짐작하는 게 맞다면, 이 이야기는 여기서 그만두자. 제가 그 생각을 했기 때문에 아버지도 그 생각을 하게 된 건지, 아니면 제가 그 생각을 떠올렸을 때 아버지도 이미 그 생각을 하고 있었던 건지 잘 모르겠네요, 마르타가 말했다. 말장난은 그만둬라, 넌 말장난을 잘하지만 난 아냐, 아무래도 그 재능은 나한테서 물려받은 게 아닌 모양이다. 그래도 아버지랑 제가 공유하고 있는 부분이 분명히 있어요. 어쨌든 아버지는 말장난이라고 하시지만 그건 그냥 상황을 더 명확하게 표현하는 방법일 뿐이에요. 이제 그 얘긴 덮어두자, 난 별로 관심 없으니까. 마르타는 담요를 다시 아버지의 어깨에 둘러주었다. 벌써 다 덮었어요, 만약 누가 그 얘기를 다시 끄집어낸다 해도 전 절대 아닐 테니까 안심하세요. 시프리아노 알고르는 다시 담요를 벗어버렸다. 난 안 춥다, 그는 이렇게 말하고 나서 불에 나무를 더 집어넣으러 갔다. 마르타는 아버지가 불타고 있는 깜부기불 위에 조심스럽고 정확하게 새 나무를 얹는 것을 보고 마음이 짠했다. 마치 고민을 떨쳐버리려고 별로 중요하지도 않은 일에 전력을 다하는 사람 같았다. 그 얘기를 다시 꺼내지 말걸 그랬어, 그녀는 혼잣말을 했다, 아버지가 우리랑 같이 센터로 가겠다고까지 이야기하셨는데, 만약 두 분 사이가 잘 돼서 같이 살고 싶어할 정도로 발전한다면 아주 골치 아파질 거야, 그냥 딸이랑 사위랑 같이 센터로 가는 것과 아내까지 데리고 가는 건 완전히 다른 문제지, 그럼 우리는 한가족이 아니라 두 가족이 될 테니까, 그렇게 되면 두 분은 틀림없이 우리랑 같이 가지 않을걸, 마르살이 아파트가 아주 작다고 했으니까 두 분은 여기서 그냥 살아야 할 거야, 아직 서로를 잘 알지도 못하는데 두 분이 서로를 이해하려는 마음이 얼마나 오래 갈 수 있을까, 아까 내가 한 건 말장난이 아니라 남의 감정을 갖고 장난 친 거였어, 아버지의 감정을 갖고, 내가 무슨 권리로 그런 짓을, 나한테 무슨 권리가 있다고, 마르타, 아버지 입장이 돼서 생각해 봐, 물론 그럴 수 없겠지, 그러면 그냥 입 다물고 있어, 사람들이 각자 하나의 섬이라고들 하지만 그건 틀린 말이야, 사람은 침묵이야, 그래, 그거야, 침묵, 사람들은 모두 자기만의 침묵을 갖고 있어, 그 침묵이 바로 그 사람이야. 시프리아노 알고르가 돌 의자로 돌아와 직접 어깨에 담요를 둘렀다. 불가에서 받은 열기 때문에 아직 옷이 따뜻했는데도. 마르타가 그의 곁으로 바싹 다가앉았다. 아버지, 그녀가 말했다, 아버지. 왜. 아무것도 아니에요, 신경 쓰지 마세요. 구덩이에 불이 가득 차기 시작한 것은 한시가 넘었을 때였다. 이제 들어가도 되겠다, 시프리아노 알고르가 말했다, 아침에 구덩이가 식으면 인형을 꺼내서 어떤 작품이 나왔는지 보면 돼. 파운드가 현관 문까지 두 사람을 따라왔다가 다시 불가로 가서 누웠다. 고운 재 밑에서 깜부기불이 여전히 희미한 빛을 내고 있었다. 파운드는 깜부기불이 완전히 꺼진 후에야 비로소 눈을 감고 잠을 청했다.

시프리아노 알고르는 새 가마 안에 서 있는 꿈을 꾸었다. 일이 갑자기 많아졌기 때문에 도자기 만드는 방식을 급속히 바꾸고 생산수단을 빨리 교체해야 한다고 딸과 사위를 설득할 수 있었다는 사실이 기뻤다. 가장 시급하게 바꿔야 하는 것은 낡은 가마였다. 그것은 야외 박물관에 유물로 보존될 가치조차 없는 과거의 잔재였다. 과거에 대한 향수 같은 건 버려라, 그런 감정은 우리에게 방해가 될 뿐이야, 시프리아노 알고르는 여느 때와 달리 열정적인 목소리로 이렇게 말했다, 진보는 항상 무자비하게 앞으로만 나아가지, 우리도 거기에 발맞춰 나아가는 수밖에 없어, 미래의 격변이 두려워서 그냥 길가에 앉아 현재보다 나을 것도 없는 과거를 그리워하며 훌쩍이는 사람들은 어떻게 되든 내버려 둬. 그의 입에서 나온 이 말이 너무나 완벽하고 세련된 형태를 갖추고 있었기 때문에 처음에는 내켜 하지 않던 딸과 사위도 마음을 바꿨다. 게다가 새 가마와 낡은 가마 사이의 기술적 차이가 보통 수준을 뛰어넘는다는 사실을 반드시 밝혀야겠다. 낡은 가마에 구식으로 달려 있던 모든 것이 신식으로 바뀌어 새 가마에 그대로 달려 있었다. 깜짝 놀랄 만큼 달라진 것이 있다면, 가마의 크기뿐이었다. 새 가마의 크기는 낡은 가마의 두 배였다. 또한 달라진 크기만큼 눈에 잘 띄지는 않지만, 가마 내부의 높이, 길이, 폭의 비율도 조금 비정상적으로 바뀌어 있었다. 하지만 이 모든 것이 꿈속에서 벌어진 일이라는 점을 감안하면, 가마 내부가 비정상적으로 바뀐 것은 조금도 이상한 일이 아니다. 이상한 것은, 모든 것을 제멋대로 바꿔놓는 꿈의 논리를 감안하더라도, 명상의 의자와 똑같이 생긴 돌 의자가 가마 안에 있다는 사실이다. 시프리아노 알고르의 눈에는 그 의자의 뒷부분밖에 보이지 않는다. 이상하게도 의자가 가마 뒤쪽의 벽을 향하고 있는데다가, 벽과 의자 사이의 거리 또한 겨우 다섯 뼘이 될까 말까 한 정도이기 때문이다. 아마 가마를 짓는 사람들이 점심시간에 앉으려고 의자를 거기에 가져다둔 후 다시 가져가는 것을 잊어버린 모양이라고 시프리아노 알고르는 생각했다. 하지만 그는 그럴 리가 없다는 것을 알고 있다. 건축 일을 하는 사람들은 사막에서 일을 할 때조차 야외에서 점심을 먹는 편을 좋아한다. 이는 역사적으로 확인된 사실이다. 그러니 여기처럼 기분 좋은 전원 풍경이 펼쳐지고, 뽕나무 밑에 건조대들이 늘어서 있고, 한낮의 산들바람이 기른 좋게 불어오는 곳에서는 말할 필요도 없다. 네가 어디서 왔든 다른 의자들처럼 밖으로 나가야겠다. 시프리아노 알고르가 말했다. 문제는 너를 어떻게 옮기냐 하는 건데, 네가 너무 무거워서 내가 들 수가 없어, 그렇다고 너를 끌고 나갔다가는 바닥이 망가질 테고, 그 사람들이 왜 애당초 가마 안에 이런 모습으로 너를 놔뒀는지 모르겠다. 누구든 저기 앉으면 코가 거의 벽에 닿을 지경이니 원. 시프리아노 알고르는 자신의 말이 옳다는 것을 스스로 증명하기 위해 벽과 의자 사이로 조심스레 비집고 들어가서 의자에 앉았다. 하지만 벽의 내열 벽돌에 코가 긁힐 위험이 조금도 없다는 점을 인정할 수밖에 없었다. 코보다 훨씬 더 앞으로 나와 있는 무릎도 벽에 긁힐 위험이 없었다. 하지만 그는 조금도 힘을 들이지 않고 손으로 벽을 만질 수 있었다. 시프리아노 알고르의 손가락이 막 벽에 닿으려는 순간, 밖에서 누군가가 말했다, 나라면 가마에 굳이 불을 지피지 않을 거요, 친구. 이 뜻밖의 목소리는 마르살의 것이었다. 벽에 그의 그림자가 잠깐 나타났다가 금방 사라졌다. 시프리아노 알고르는 사위의 말투가 무례하고 버릇없다고 생각했다. 저 녀석은 원래 나랑 그렇게 친하지도 않잖아, 그는 생각했다. 그는 몸을 돌려 가마에 불을 지필 필요가 없다는 말이 무슨 뜻인지, 그리고 사위가 갑자기 그렇게 버릇없이 구는 이유가 무엇인지 물어보려고 했다. 하지만 고개를 돌릴 수가 없었다. 이런 일은 꿈에서 자주 일어난다. 달리려고 하는 데 다리가 말을 듣지 않는 식이다. 대개는 말을 듣지 않

는 것이 다리이지만, 이번에는 목이 움직이려고 하질 않았다
사위의 그림자가 이미 사라져버렸기 때문에 그림자를 향해
질문을 던질 수도 없었다. 그림자에 혀가 있어서 대답을 할
수 있을 것이라고 상상하는 것도 정신 나간 짓이지만 말이다
하지만 마르살이 남긴 말이 천장과 바닥, 벽과 벽 사이에서
계속 메아리쳤다. 메아리가 완전히 사라지기 전에, 산산이 깨
어져 흩어져버린 침묵의 조각들이 다시 뭉치기 전에, 시프리
아노 알고르는 도대체 무엇 때문에 가마에 불을 지피면 안 되
는지 알고 싶었다. 사위가 한 말이 정말로 그런 뜻이었을까
지금 생각해 보니, 사위가 그보다 훨씬 더 수수께끼 같은 말
을 한 것 같았다. 아버님 자신을 희생할 가치가 없어요. 사실
은 마르살이 장인을 무례하게 대하지 않았고, 장인이 손으로
만든 물건을 불로 굽기 전에 자신의 몸에 불의 힘을 시험해
볼 작정인 것 같았다. 미친 놈, 시프리아노 알고르는 혼자 중
얼거렸다. 그런 생각을 하다니, 내 사위 녀석이 완전히 정신
이 나간 모양이구먼, 내가 가마 안으로 들어온 건, 하지만 시
프리아노 알고르는 이 문장을 끝맺을 수 없었다. 자기가 왜
여기 있는지 알 수 없었으므로. 하지만 이건 그리 놀라운 일
이 아니다. 깨어 있을 때도 어떤 행동을 하면서 자기가 왜 그
러고 있는지 알 수 없을 때가 많은데, 하물며 꿈을 꾸고 있을
때는 어떻겠는가. 시프리아노 알고르는 돌 의자에서 일어나
밖으로 나가서 사위에게 그게 도대체 무슨 소리냐고 물어보
는 것이 가장 쉬운 해결책이라고 생각했다. 하지만 몸이 납덩

기처럼 무거웠다. 아니 납보다도 더 무거운 것 같았다. 도저히 들어올릴 수 없을 만큼 무거운 납덩이가 있을 리 없으니까 말이다. 사실 그는 의자 등받이에 묶여 있었다. 밧줄이나 끈은 보이지 않았지만, 그래도 묶여 있는 것은 사실이었다. 그는 다시 고개를 돌리려고 했지만, 목이 말을 듣지 않았다. 돌의자에 앉아 돌 벽을 바라보고 있는 석상이 돼버린 건가. 하지만 그는 자신의 생각이 엄밀히 말해서 틀린 것임을 알고 있었다. 무기물에 대해 잘 아는 사람답게 그가 보아서 알 수 있듯이, 벽은 돌이 아니라 내열벽돌로 만들어져 있었다. 바로 그때 마르살의 그림자가 다시 벽에 나타났다. 우리가 오래전부터 목을 빼고 기다리던 좋은 소식을 가져왔어요, 그가 말했다. 제가 드디어 상주경비원이 됐다고요. 그러니까 더 이상 물건을 만들 필요가 없어요. 센터에다가 공방을 닫았다고 말하면 센터도 이해할 거예요. 어차피 조만간 일이 이렇게 되도록 예정되어 있었으니까요. 그러니 이제 거기서 나오셔도 돼요. 가구를 실어갈 트럭이 와 있어요. 가마를 새로 들어놓은 건 완전히 돈 낭비였어요. 시프리아노 알고르는 대꾸를 하려고 입을 열었지만, 그림자는 이미 사라지고 없었다. 그가 하고 싶었던 말은, 장인(匠人)의 말과 신의 계율은 다르다는 것, 신의 계율은 반드시 문자로 적어서 보여줄 수밖에 없었고, 결국 우리 모두가 잘 알고 있는 재앙을 낳았다는 것이었다. 그렇게 빨리 가고 싶다면 그냥 꺼져버리라는 말도 하고 싶었다. 이것은 그가 며칠 전에 했던 엄숙한 선언과는 내용이 다른 속된 표현이었다. 그때 그는 딸과 사위에게 마르살이 승진한다면 그들과 함께 이사를 갈 것이라고 약속했었다. 두 사람이 센터로 이사를 가고 나면, 혼자 힘으로는 도저히 공방 일을 계속할 수 없기 때문이다. 시프리아노 알고르가 자존심상 도저히 할 수 없는 일을 하겠다고 약속한 자신을 꾸짖고 있을 때 새로운 그림자가 벽에 나타났다. 커다란 가마의 문을 통해 들어오는 희미한 빛 속에서는 두 사람의 그림자를 혼동하기 쉽다. 하지만 시프리아노 알고르는 그 그림자의 주인이 누군지 금방 알아차렸다. 색이 더 짙은 그림자도, 더 굵고 낮은 목소리도 사위의 것은 아니었다. 시프리아노 알고르 씨, 찰흙 인형 주문을 취소하겠다는 말을 하러 왔습니다, 구매부장이 말했다, 당신이 왜 거기 들어가 있는지 나는 알지도 못하고 알고 싶지도 않습니다, 당신은 자신이 벽에 삶의 비밀이 나타나기를 기다리는 낭만적인 영웅이라도 되는 줄 아는가 본데 내가 보기에는 우스꽝스럽기 짝이 없습니다, 하지만 당신이 환상을 품는 수준에서 한 발 더 나아가 자신을 희생제물로 바치기라도 할 생각이라면, 센터가 당신의 죽음에 아무런 책임이 없다는 걸 분명히 아셔야 합니다, 시장의 원리를 이해하지 못하고 낙오자가 된 무능력자의 자살로 인해 우리가 비난을 받는 건 사양하겠습니다, 시프리아노 알고르는 문을 향해 고개를 돌리지 않았다, 이제는 고개를 돌릴 수 있다는 걸 분명히 알고 있었는데도, 그는 꿈이 끝났다는 것, 이제는 언제든 자신이 돌 의자에서 일어나는 것을 그 무엇도 막지 않으리라는 것을 알고 있었다. 다만 한 가지 문제가 여전히 신경에 거슬렸다. 터무니없고 어리석기 짝이 없는 생각이었지만, 그가 방금 자신의 물건에 퇴짜를 놓은 센터에 가서 살아야 한다는 꿈을 꾸었기 때문에 당혹스러워하고 있음을 감안한다면 충분히 이해할 수 있는 생각이었다. 그를 계속 괴롭히는 문제가 무엇인지에 대해서는 앞으로 이야기하겠다. 우리가 그 문제를 잊어버린 것이 아니니 걱정할 필요 없다. 그를 괴롭히는 문제는 돌 의자와 관련되어 있다. 시프리아노 알고르는 자기가 돌 의자를 침실로 가져온 건지, 아니면 그 명상의 의자 위에 누워 이슬을 맞으며 잠을 잔 건지 속으로 의아해하고 있다. 원래 인간의 꿈이라는 것이 그런 법이다. 때로 현실 속의 물건에 들러붙어 그것을 환상으로 바꿔놓기도 하고, 망상과 현실이 숨바꼭질을 하게 만들기도 한다. 그래서 우리가 뭐가 뭔지 알 수 없을 때가 그토록 많은 것이다. 한쪽에서는 꿈이 우리를 잡아당기고, 반대편에서는 현실이 우리를 밀어댄다. 사실 직선은 기하학에만 존재하며, 그나마 기하학에서도 추상적인 개념에 불과하다. 시프리아노 알고르는 눈을 떴다. 내가 침대에 누워 있구나. 그는 안도감을 느꼈다. 하지만 그 순간 꿈의 기억이 도망치려 한다는 것을 깨달았다. 자신이 붙들수 있는 것은 꿈의 조각들밖에 없다는 것을. 그는 자신에게 작은 조각들이 남아 있는 것을 기뻐해야 하는지, 아니면 많은 조각들을 잃어버렸다며 아쉬워해야 하는지 알 수 없었다. 이것 역시 우리가 꿈을 꾼 후에 자주 발생하는 일이다. 밖은 아직 어두웠지만, 여명의 전조가 곧 밤하늘에 나타날 터였다. 시프리아노 알고르는 다시 잠을 청하지 않았다. 그는 많은 생각을 했다. 자신의 일이 완전히 무의미한 것이 되어버렸다는 생각, 자신의 존재가 정당성을 잃어버렸다는 생각. 난 그냥 장애물에 불과해, 그는 혼자 중얼거렸다. 그 순간 꿈의 조각 하나가 너무나 선명하게 그의 눈앞에 나타났다. 마치 누군가가 그 조각을 잘라서 벽에 붙여놓은 것 같았다. 구매부장이 이런 말을 하는 장면이었다. 당신이 자신을 희생제물로 바칠 생각이라면 좋을 대로 해요, 하지만 분명히 말하건대, 센터는 옛 공급업자들의 장례식에 조문단과 꽃을 보내는 괴상한 짓은 하지 않습니다. 시프리아노 알고르가 몇 초 동안 깜빡 잠이 든 모양이었다. 이건 앞뒤가 안 맞지 않느냐고 누가 지적하기 전에 미리 말하자면, 잠시 깜빡 잠이 드는 것은 완전히 잠에 빠지는 것과 다르다. 시프리아노 알고르는 자신이 꿨던 꿈에 관한 꿈을 잠깐 꾸었을 뿐이다. 구매부장의 말이 처음과 조금 달라졌다면, 그것은 기분에 따라 말이 달라지는 것은 반드시 깨어 있을 때만은 아니라는 간단한 이유 때문이다. 하지만 별로 달갑지 않은 희생제물 운운하는 이야기 덕분에 시프리아노 알고르는 구덩이 속에서 구워지고 있는 찰흙 인형들을 다시 떠올렸다. 그리고 우리로서는 정확히 설명할 길이 없는 뇌 속의 골목길들을 통해, 작업 시간 면에서나 작업에 필요한 찰흙의 양 면에서나 속이 찬 인형보다 비어 있는 인형이 더 낫다는 생각이 갑자기 떠올랐다. 뻔한 진실이 자꾸 몸을 사리며 모습을 드러내지 않으려 하는 현상에 대해서는 전문가들이 깊이 분석해 볼 필요가 있다. 틀림없이 어딘가에서 눈에 보이는 것과 보이지 않는 것의, 서로 다르지만 반대되지는 않는 본질에 관해 연구하는 전문가가 있을 것이다. 우리가 발견해 낸 것들의 내면 깊숙한 곳에 우리 생각처럼 영(靈)을 향해 위협적으로 미끄러지며 부정(否定)이나 소멸을 향해, 무(無)에 집착하는 꿈을 향해 가는 괴상한 화학적 성향이나 물리적 성향이 있는지 알아보기 위해서 말이다. 어쨌거나 시프리아노 알고르는 자신이 대견했다. 겨우 몇 분 전만 해도 그는 자신이 딸과 사위의 일을 방해하는 장애물이며 쓸데없이 공간만 차지하고 있을 뿐이라고 생각했었다. 이것은 이제 쓸모가 없는 물건을 묘사할 때 사용할 수 있는 만능 표현이다. 하지만 그는 좋은 생각을 해낼 수 있었다. 이 생각이 좋은 것이라는 사실은, 다른 사람들도 이미 그 생각을 한 적이 있을 뿐만 아니라 그 생각을 자주 실천에 옮기곤 한다는 사실을 통해 증명할 수 있다. 사람이 항상 독창적인 생각을 해낼 수 있는 것은 아니다. 적어도 실행 가능한 생각을 해내는 것만으로도 충분하다. 시프리아노 알고르는 편안한 침대에서 더 뒹굴면서 기분 좋은 아침잠을 즐기고 싶었다. 아침 잠은 기운을 회복하는데 항상 가장 커다란 도움이 된다. 아마 우리가 그 사실을 뚜렷이 의식하지 못하기 때문인 것 같다. 하지만 시프리아노 알고르는 방금 떠올린 생각으로 인한 흥분, 아직 따스함을 간직하고 있을 재 밑에 묻힌 인형들에 관한 생각, 그리고 솔직히 말해서 그가 다시 잠을 청하지 않았다는 앞서의 성급한 말, 이 모든 것들 때문에 이불을 젖히고 한창때처럼 가볍고 민첩하게 침대에서 빠져나왔다. 그는 소리 없이 옷을 입고, 장화를 손에 든 채 방을 나와 살금살금 부엌으로 들어갔다. 딸을 깨우고 싶지 않아서였지만, 결국은 깨우고 말았다. 물론 그녀가 이미 잠에서 깨어 자신의 꿈 조각들을 분주히 이어 맞추거나, 자신의 자궁 속에서 순간마다 생명이 빚어내고 있는 비밀스러운 작업에 귀를 쫑긋 세우고 있었던 것이라면 얘기가 달라지지만. 그녀의 목소리가 조용한 집 안에 가볍고 선명하게 울려 퍼졌다. 아버지, 이렇게 일찍 어디 가세요. 잠이 안 와서 불을 좀 살펴보려고, 넌 그냥 있거라, 일어날 필요 없어. 마르타는 간단히 대답했다. 알았어요. 아버지가 어떤 사람인지 잘 알기 때문에 그가 재를 치우고 구덩이에서 인형을 꺼내는 중요한 작업을 혼자 하고 싶어한다는 것을 어렵지 않게 짐작할 수 있었다. 그는 오래전부터 상상해 오던 장난감과 선물들이 양말 속에 들어 있는지 보려고 깊은 밤의 침묵 속에서 두려움과 흥분으로 몸을 떨며 어두운 복도를 따라 내려가는 아이 같았다. 시프리아노 알고르는 신발을 신은 다음, 부엌 문을 열고 밖으로 나갔다. 뽕나무의 울창한 잎들이 아직 밤의 어둠을 꼭 붙들고 있었다. 나무는 밤의 어둠을 놓아주려 하지 않을 것이고, 신새벽의 어스름이 적어도 반 시간은 더 얼쩡거릴 것이다. 그는 개집을 흘깃 바라본 다음 주위를 둘러보았지만 개가 보이지 않자 깜짝 놀랐다. 낮은 휘파람을 불어

봐도 파운드는 나타나지 않았다. 이제 당혹스러움과 놀라움이 걱정으로 바뀌었다. 말도 안 돼, 녀석이 가버리다니, 그는 혼자 중얼거렸다. 큰소리로 개의 이름을 불러볼 수도 있었지만, 딸을 놀라게 하고 싶지 않았다. 저기 어디 있겠지, 밤에 나돌아다니는 짐승들 뒤를 쫓고 있을 거야, 그는 스스로를 안심시키기 위해 이렇게 중얼거렸다. 하지만 그는 가마를 향해 마당을 가로지르면서 소중한 찰흙 인형보다 파운드 생각을 더 많이 하고 있었다. 구덩이에서 겨우 몇 걸음 떨어진 곳까지 왔을 때, 돌 의자 밑에서 개가 나오는 것이 보였다. 너 때문에 깜짝 놀랐다, 이 녀석아, 내가 부를 때 왜 안 나타난 거냐, 그가 개를 꾸짖었다. 하지만 파운드는 아무 말도 하지 않았다. 녀석은 기지개를 켜면서 근육을 제자리로 되돌리느라 여념이 없었다. 녀석은 먼저 앞발을 쭉 펴더니 머리와 척추를 아래로 숙인 다음, 몸의 균형을 맞추는 데 꼭 필요한 운동이라고 할 수밖에 없는 동작을 하며 엉덩이와 뒷다리를 아래로 내려 쭉 폈다. 마치 다리를 몸에서 완전히 떼어버리고 싶은 것처럼. 모두들 동물들이 이미 오래전에 말을 그만두었다고 말하지만, 동물들이 그후로 몰래 생각하는 능력을 사용한 적이 없다는 사실을 증명한 사람은 아직 하나도 없다. 예를 들어 파운드의 경우, 하늘에서 서서히 내려오는 빛이 아직 희미한데도 녀석이 무슨 생각을 하고 있는지가 얼굴에 드러나 있다. 지금 녀석은 어리석은 질문을 던지면 어리석은 답을 듣게 될 뿐이라는 생각을 하고 있다. 이것은 시프리아노 알고르가 비록 다양한 경험을 하지는 않았지만 오랜 삶을 살아왔으므로, 개의 의무가 무엇인지는 누가 굳이 설명해 주지 않아도 틀림없이 알고 있을 것이라는 뜻을 개의 언어로 표현한 것이다. 인간 파수병은 경계근무를 명령받았을 때만 경계를 서는 반면 개들, 특히 파운드는 누군가가 여기서 꼼짝 말고 불을 지켜보라고 명령을 내릴 때까지 기다리지 않는다는 사실을 우리 모두 알고 있다. 석탄이 완전히 타서 없어질 때까지 개들은 틀림없이 눈을 크게 뜨고 감시를 계속할 것이다. 하지만 인간의 사고능력에도 평가를 해줘야 할 부분이 있다. 인간들은 생각의 속도가 느리기로 유명하지만, 그렇다고 해서 매번 정확한 결론을 내리지 못하는 것은 아니라는 점 말이다. 시프리아노 알고르의 머릿속에서도 방금 그런 일이 일어났다. 갑자기 그의 머릿속에서 불이 반짝 켜지면서, 그는 파운드가 마땅히 들어야 할 칭찬의 말을 찾아내 큰소리로 말했다. 내가 따뜻한 이불 속에서 자고 있는 동안 네가 여기서 불을 지키고 있었구나, 네가 여기서 아무리 지키고 있어도 인형을 굽는 데는 전혀 도움이 되지 않지만 그건 중요하지 않아, 중요한 건 네가 여기서 지키고 있었다는 거지. 시프리아노 알고르의 칭찬이 끝나자 파운드는 한쪽으로 뛰어가서 다리를 들고 방광 속의 소변을 비운 다음, 꼬리를 흔들며 다시 돌아와 구덩이에서 얼마 떨어지지 않은 곳에 누웠다. 불 속에서 인형을 꺼내는 모습을 지켜보기 위해서였다. 그 순간 부엌에 불이 켜졌다. 마르타가 잠자리에서 일어난 것이다. 시프리아노 알고르는 고개를 돌렸다. 자신이 지금 혼자 있고 싶은 건지, 아니면 딸이 밖으로 나와 함께 있어주기를 원하는 건지 분명히 알 수가 없었다. 하지만 그는 금방 그 답을 얻을 수 있었다. 그가 마지막 순간까지 주도적인 역할을 할 수 있도록 마르타가 배려하고 있다는 사실을 깨달았기 때문이다. 동쪽에서부터 하늘이 서서히 밝아왔다. 밝은 하늘이 어두운 밤하늘을 앞으로 밀어내고 있는 것 같았다. 갑자기 산들바람이 나지막하게 불어오자 구덩이 위의 재가 먼지폭풍처럼 휘날렸다. 시프리아노 알고르는 무릎을 꿇고 앉아 강철 막대기를 걷어내고, 구덩이를 팔 때 사용했던 작은 삽으로 재를 걷어내기 시작했다. 재와 함께 아직 다 타지 않은 숯 조각들이 딸려 나왔다. 거의 무게가 없는 하얀 재가 그의 손가락에 달라붙었다. 그보다 더 가벼운 입자들은 그가 숨을 들이쉴 때 함께 딸려 들어가거나 콧속으로 들어가 재채기를 하게 만들었다. 파운드도 가끔 재채기를 했다. 삽으로 구덩이를 깊이 파헤칠수록 재가 더 뜨거워졌지만, 화상을 입을 정도는 아니었다. 인간의 피부처럼 따듯했고, 매끄럽고 부드럽기도 했다. 시프리아노 알고르는 삽을 내려놓고 두 손을 재 속에 찔러넣었다. 불에 구워진 거친 찰흙 표면이 손에 닿았다. 그는 마치 산모의 몸에서 아기를 꺼내듯이 아직 재 속에 묻혀 있는 인형의 머리를 엄지, 검지, 중지로 잡고 잡아당겼다. 꺼내고 보니 간호사 인형이었다. 그는 인형의 몸에 묻은 재를 털어내고 얼굴의 재는 입김으로 털어냈다. 마치 그가 그 인형에게 자신의 숨결과 심장박동으로 생기를 불어넣는 것 같았다. 그는 다른 인형들, 턱수염을 기른 아시리아인, 중국 관리, 익살꾼, 에스키모, 어릿광대 인형을 하나씩 차례로 꺼내 간호사 인형 옆에 놓았다. 다른 인형들의 몸에서도 재를 털어냈지만, 입김을 불지는 않았다. 시프리아노 알고르의 옆에는 아무도 없었기 때문에 왜 인형들에게 차별대우를 하느냐고 물어볼 사람도 없었다. 그가 차별대우를 한 것은 아무래도 인형의 성별 때문인 듯했다. 그가 간호사 인형을 가장 먼저 구덩이에서 꺼냈기 때문에 조물주처럼 입김을 불어넣은 것일 수도 있지만 말이다. 세상이 만들어진 이래로, 창조자들은 창조물이 신선함을 잃는 순간 창조물에게 싫증을 낸다. 하지만 시프리아노 알고르가 간호사의 가슴 모양을 다듬으면서 몹시 애를 먹었다는 점을 감안하면, 찰흙이 그에게 쉽사리 허락해 주지 않는 모양을 만드느라 엄청난 노력을 기울였다는 것이 간호사 인형에게 입김을 불어넣은 진짜 이유라는 짐작이 그렇게 터무니없다고 말할 수는 없을 것이다. 비록 이 짐작이 맞는 것인지는 분명하지 않지만 말이다. 누가 알겠는가. 시프리아노 알고르는 구덩이에서 파낸 흙으로 다시 구덩이를 메우고, 흙이 한 줌이라도 다른 곳에 섞여 들어가지 않도록 잘 눌러주었다. 그리고 양손에 인형을 각각 세 개씩 들고 집으로 향했다. 파운드는 호기심 때문에 고개를 치켜들고 그의 옆에서 펄쩍펄쩍 뛰었다. 뽕나무 그림자는 이미 밤의 어둠에게 안녕을 고했고, 하늘에는 푸르스름한 새벽빛이 모습을 드러내고 있었다. 이제 조금 있으면 이

자리에서는 보이지 않는 지평선 위로 태양이 나타날 것이다.

어떻게 됐어요, 아버지가 들어오는 것을 보고 마르타가 물었다. 괜찮은 것 같다, 그런데 아직 재가 묻어 있어서 씻어내야겠어. 마르타가 흙으로 만든 작은 대야에 물을 부었다. 여기다 씻으세요, 그녀가 말했다. 우연인지 모르지만 물 속으로 가장 먼저 들어간 것도 재 속에서 가장 먼저 나온 인형이었다. 이 간호사 인형도 시간이 흐르면 뭔가 불평거리가 생기겠지만, 주인이 자신에게 신경을 쓰지 않았다고 불평할 수는 없을 것이다. 이 인형은 어떤 것 같아요, 성별과 관련된 논란이 계속되고 있다는 사실을 모른 채 마르타가 물었다. 괜찮아, 아버지가 이번에도 무뚝뚝하게 대답했다. 사실 이 인형은 괜찮게 나온 편이었다. 고르게 열기가 닿아서 아름다운 빨간색이 나왔으며, 결점도 없었다. 심지어 미세한 잔금이 간 곳도 없었다. 다른 인형들도 모두 완벽했다. 턱수염이 난 아시리아인을 제외하고는. 아시리아인 인형의 등에는 검은 얼룩이 있었다. 뜻하지 않게 공기가 안으로 들어가면서 처음에 찰흙이 탄화(炭化)되는 바람에 생긴 얼룩이었지만, 다행히도 얼룩이 크지는 않았다. 그건 괜찮아요, 문제가 되지는 않을 거예요, 마르타가 말했다. 이제 앉아서 좀 쉬세요, 그동안 제가 아침 식사를 준비할 테니까, 날이 밝기도 전에 일어나셨잖아요. 그래, 자다가 중간에 깼는데 다시 잠이 오지 않았지. 인형은 날이 완전히 밝은 다음에 손봐도 돼요. 그럴 수는 없어. 걱정이 많은 사람은 잠을 못 잔다는 말이 맞는 모양이네요. 아니면 잠을 자더라도 밤새 걱정거리와 관련된 꿈을 꾸지. 그래서 그렇게 일찍 일어나신 거예요, 꿈을 꾸기 싫어서요, 마르타가 물었다. 가끔은 꿈에서 재빨리 도망치는 게 최선의 방법일 때가 있어. 어젯밤에도 그랬어요. 그래. 꿈 얘기를 해주실래요. 얘기해 봤자 무슨 소용이겠니. 우리 집 식구들은 항상 걱정거리를 함께 나누잖아요. 하지만 꿈은 아니지. 그거야 걱정거리에 관한 꿈이 아닐 때나 그렇죠. 정말이지 말로는 너한테 당할 수가 없구나. 그럼 시간 낭비 그만하고 말씀해 보세요. 알았다, 꿈에서 마르살이 승진을 했고, 인형 주문이 취소되었다고 하더구나. 그 사람들이 주문을 취소하지는 않을 거예요. 내 생각도 그래, 하지만 걱정거리들은 원래 버찌처럼 서로 엉켜서 들러붙는 법이야, 두어 번 흔들어 주면 바구니가 걱정거리로 가득 차지, 마르살의 승진은 오늘이라도 당장 일어날 수 있는 일이잖니. 그렇죠. 내 꿈은 일을 서두르라는 경고였어. 꿈은 경고 역할을 하지 않아요. 하지만 꿈을 꾼 사람이 그걸 경고로 받아들이면 얘기가 달라져. 아침부터 격언 같은 것에 푹 빠져 계신 건가요, 아버지. 나이가 몇 살이든 나름대로 문제가 있지, 요즘 내가 이러는 것도 나이 때문이야. 저는 괜찮아요, 저는 아버지의 격언을 좋아하니까요, 거기서 배우는 게 있거든요. 내가 지금처럼 그냥 말장난을 하고 있을 때도 말이냐, 시프리아노 알고르가 물었다. 예, 원래 말은 태어날 때부터 서로 장난을 치며 놀 운명이라고 생각하니까요, 말은 다른 건 할 줄 몰라요, 사람들 얘기처럼 공허한 말 같은 건 없어요 이젠 네가 격언 같은 말을 하는구나. 이 집안 유전인 걸요. 마르타는 아침식사를 식탁에 차렸다. 커피, 우유, 스크램블 에그, 토스트, 버터, 과일이었다. 그녀는 아버지의 맞은편에 앉아 아버지가 식사하는 모습을 지켜보았다. 네 식사는, 시프리아노 알고르가 물었다. 전 배 안 고파요, 그녀가 말했다. 임신한 여자가 그러면 안 되는데. 임신했을 때 식욕을 잃는 여자들이 많대요. 하지만 넌 잘 먹어야 돼, 그게 논리적이지, 이 인분을 먹어야 하잖니. 삼 인분일 수도 있죠, 만약 제가 쌍둥이를 임신한 거라면요. 난 지금 농담하는 거 아니다. 걱정 마세요, 조금 있으면 입덧이니 뭐니 즐거운 일들이 시작될 테니까요. 잠시 침묵이 흘렀다. 개는 식탁 밑에 몸을 동그랗게 말고 누워서 음식 냄새에 관심이 없는 척했다. 사실 녀석은 체념하고 있다. 자기 차례가 오려면 아직 몇 시간을 더 기다려야 한다는 것을 알고 있기 때문에. 오늘 일을 시작하실 거예요, 마르타가 물었다. 식사하고 나서 곧장 시작할 거다, 시프리아노 알고르가 대답했다. 또다시 침묵이 흘렀다. 아버지, 마르타가 말했다, 오늘 마르살한테서 승진했다는 전화가 오면 어쩌죠. 그런 생각을 할 만한 이유라도 있는 거냐. 아뇨, 그냥 만약의 경우를 생각해 보는 거예요. 그래, 지금 당장 전화벨이 울려서 네가 받으러 갔더니 마르살이 상주경비원으로 승진했다고 말한다면 어떻게 될까. 그럼 어떻게 하실 거예요, 아버지. 식사를 끝까지 마친 다음에 인형을 들고 공방으로 가서 거푸집을 만들기 시작하겠지. 아무 일도 없었던 것처럼요.

아무 일도 없었던 것처럼. 그게 현명한 일이라고 생각하세요. 일을 멈추고 다음 단계로 넘어가는 게 논리적이지 않아요. 애야, 어리석고 비논리적인 행동이 젊은이들한테는 의무인지 몰라도, 노인들 역시 그런 행동을 할 권리가 있어. 고맙네요, 제가 걱정하던 걸 알려주셔서. 너하고 마르살이 먼저 센터로 이사 갈 수밖에 없다 하더라도, 나는 주문받은 물건을 다 만들 때까지 여기 있을 거다, 그후에 약속대로 너희에게 갈 거야. 그건 미친 짓이에요, 아버지. 미친 짓이라느니 어리석다느니 비논리적이라느니 하는 걸 보니 너는 나를 별로 믿지 못하는 모양이구나. 이 일을 혼자 하겠다는 건 미친 짓이에요, 아버지가 여기서 어떻게 하고 계신지 뻔히 아는 제 심정이 어떻겠어요. 그럼 일을 반쯤 하다 말고 내팽개친다면 내 심정이 어떻겠니, 넌 이해를 못하는 모양이다만, 내 나이에는 열심히 매달릴 일이 그렇게 많지 않아. 아버지한테는 제가 있잖아요, 조금 있으면 손자도 생길 거고요. 미안하다만 그걸로는 충분하지 않아. 우리와 함께 살게 되면 그걸로 만족하시는 수밖에 없어요. 그래, 그래야겠지, 하지만 적어도 내 마지막 일을 끝낸 다음의 얘기다. 그렇게 감상적으로 굴지 마세요, 아버지, 아버지의 마지막 일이 뭐가 될지 누가 알겠어요. 시프리아노 알고르는 식탁에서 일어섰다. 갑자기 입맛이 떨어지기라도 한 거예요. 접시에 아직 음식이 남아 있는 것을 보고 딸이 물었다. 음식을 삼키기가 힘들구나, 목구멍이 좁아든 것 같아. 신경을 써서 그래요. 그래, 그런 것 같다. 개도 주인을 따라가려고 일어서 있었다. 아참, 시프리아노 알그르가 말했다, 파운드가 밤새 돌 의자 밑에서 불을 지켜봤다는 얘기를 깜박했구나. 그러니 개한테서도 배울 점이 있는 거네요. 그렇지, 무엇보다도 먼저 배울 수 있는 건 할 일이 뭔지 말로 떠들어대지 않는 거다, 그냥 본능에 따라 움직이는 것이 나름대로 이로울 때가 있거든. 이번 일을 끝내야 한다고 생각하는 게 본능적인 행동이라는 얘길 하시는 거예요, 사람한테도, 아니 적어도 몇몇 사람한테는 본능과 비슷한 요인이 있다는 얘기인가요, 마르타가 물었다. 내가 아는 건 이성이 내게 해줄 수 있는 충고가 딱 한 가지뿐이라는 거다. 그게 뭔데요. 멍청하게 굴지 마라, 내가 일을 끝내지 않는다고 해서 세상이 끝나는 것은 아니다. 그렇죠, 찰흙 인형이 세상에서 중요해 봤자 얼마나 중요하겠어요. 우리가 지금 얘기하는 게 인형이 아니라 구번 교향곡이나 오번 교향곡이라면 너도 그렇게 대수롭지 않게 말할 수 없을 거다. 애석하게도 네 아버지는 타고난 음악가가 아니지만 말이다. 제가 그렇게 대수롭지 않게 말하는 것처럼 보였다면 죄송해요. 아니다, 물론 넌 그러지 않았지, 내가 잘못했다. 시프리아노 알그르는 부엌에서 나가려다가 문 앞에서 잠시 걸음을 멈췄다. 어쨌든, 이성은 쓸모 있는 아이디어들을 생각해 내는 재주도 있어, 아까 일찍 잠에서 깼을 때, 속이 빈 인형을 만든다면 시간과 재료가 많이 절약될 거라는 생각이 들었다, 인형을 말리고 굽는 데도 시간이 훨씬 덜 들고, 찰흙도 절약할 수 있을 거야. 이성한테 만세라도 불

러줘야겠네요. 하지만 말이다, 새들은 속이 빈 둥지를 지을
줄 알면서도 그걸 자랑하며 돌아다니진 않아.

그날부터 시프리아노 알고르는 밥 먹을 때와 잠잘 때를 제외하고는 계속 공방에서 일에 매달렸다. 그는 인형을 만드는 데 필요한 경험이 부족하기 때문에 거푸집을 만들 때 회반죽과 물의 비율을 잘 맞추지 못했고, 캐스팅슬립을 만들 때 찰흙과 물과 해교제의 양을 조절하지 못해 손대는 것마다 상태를 악화시켰다. 이렇게 만든 캐스팅슬립을 너무 빠르게 쏟아부어 거푸집 안에 공기방울이 생기기도 했다. 처음 사흘은 만들었다 부수기를 반복하면서 자신의 실수 때문에 절망하고, 서투른 솜씨에 저주를 퍼붓고, 섬세한 작업이 성공적으로 끝날 때마다 기쁨에 몸을 떠는 나날이었다. 마르타가 도와주겠다고 했지만, 그는 제발 자신을 평화롭게 내버려두라고 말했다. 비록 낡은 작업장 안의 모습과 평화는 닮은 구석이 거의 없었지만 말이다. 작업장 안에는 아직 충분히 마르지 않은 찰흙과 반죽이 너무 되서 걸러낼 수 없는 캐스팅슬립이 흩어져 있었으므로, 나 혼자 평화롭게 고군분투하게 내버려두라고 말하는 편이 현실과 훨씬 더 가까웠을 것이다. 나흘째 되던 날 아침, 장난기 많고 교활한 도깨비 같은 갖가지 재료들이 뜻하지 않게 새로운 작업을 하게 된 이 초보자를 그동안 잔인하게 대한 것을 참회하기라도 했는지, 시프리아노 알고르는 힘들기만 하던 작업이 점점 수월해지고 있음을 깨달았다. 유순하게 말을 잘 듣는 재료들이 너무나 고마웠다. 또한 그 재료들이 기꺼이 알려준 비밀이 그의 머리를 가득 채웠다. 그는 오 분마다 책을 참조했다. 끈적끈적한 손자국이 사방에 묻어 있는 이 책을 그는 공방 안에 항상 펼쳐두고 있었다. 때로는 책의 내용을 잘못 이해하기도 했고, 때로는 책의 내용을 갑작스레 직관적으로 이해하기도 했다. 시프리아노 알고르가 가슴을 쥐어뜯는 고통과 더할 나위 없는 희열 사이를 오갔다고 해도 과언이 아닐 것이다. 그는 날이 밝자마자 일어나 제대로 씹지도 않고 급히 아침식사를 마친 후 점심때까지 공방에 처박혔다. 점심식사 후에도 잠시 저녁식사를 할 때를 제외하고는 저녁때까지 일에 몰두했다. 저녁식사 역시 아침식사나 점심식사와 마찬가지로 검소했다. 딸은 그에게 잔소리를 했다, 일만 열심히 하고 그렇게 식사를 허술하게 하시다가는 병에 걸릴 거예요. 난 아무렇지도 않다, 그가 말했다, 내 평생 지금만큼 몸이 가뿐했던 적이 없어. 이 말은 사실이기도 하고 사실이 아니기도 했다. 밤이 되어 하루 종일 일을 하느라 몸에

밴 냄새와 먼지를 씻어내고 마침내 잠자리에 들면, 관절이 삐거거리고 온몸이 쿡쿡 쑤셨다. 이젠 옛날처럼 일을 할 수 없구나, 그는 혼잣말을 했다. 그러나 그의 의식 속 깊은 곳에는 이 말을 반박하는 목소리가 있었다. 젊었을 때도 이렇게 일을 많이 할 수는 없었어 시프리아노 알고르, 젊었을 때도 이렇게 일을 많이 할 수는 없었다고. 그는 마치 돌덩이처럼 곤히 잤다. 꿈도 꾸지 않고, 몸을 뒤척이지도 않았다. 한없이 피곤하고 지친 몸을 세상 위에 턱하니 얹어 놓고 숨조차 쉬지 않는 것 같았다. 때로는 걱정이 많은 어머니처럼 자기도 모르게 미래에 찾아올 불면의 밤을 걱정하며 잠을 이루지 못한 마르타가 아버지가 어떻게 하고 있는지 들여다보기도 했다. 그녀는 소리 없이 아버지의 방으로 가서 천천히 침대로 다가가 살짝 몸을 수그리고 귀를 기울이다가 여전히 걱정을 안은 채 방을 나갔다. 머리가 하얗게 세고 얼굴이 망가진 이 커다란 남자, 그녀의 아버지는 그녀에게 아들이기도 했다. 이 점을 이해하지 못하는 사람은 인생을 모르는 것이다. 일반적인 인간관계와 가족관계, 특히 사이가 좋은 가족들 사이의 관계를 둘러싼 그물망은 첫눈에 언뜻 보이는 것보다 더 복잡하다. 우리는 부모와 자식 이야기를 하며 그 관계에 대해 모든 것을 알고 있다고 자신하기 때문에, 그 안에 애정이나 무관심이나 증오가 싹트는 심오한 이유에 대해 생각해 보지 않는다. 마르타는 아버지의 방을 나서며 생각한다, 주무시고 계셔. 이 말은 눈으로 확인할 수 있는 현실을 표현한 것에 지나지 않지만, 이 문장 하나로 인간이 언제든 가슴에 품을 수 있는 모든 사랑을 표현할 수 있었다. 무지한 사람들을 위해, 감정 문제에서는 말이 화려할수록 감정은 거짓이라는 말을 해두어야 할 것 같다.

　나흘째 되던 날은 공교롭게도 시프리아노 알고르가 마르살을 데리러 센터로 가야 하는 날이기도 했다. 마르살의 휴가는 열흘마다 한 번씩 돌아왔다. 마르타는 자기가 마르살을 데리러 갈 테니 아버지는 일을 계속하시라고 말했지만, 시프리아노 알고르는 무슨 소리냐며 펄쩍 뛰었다. 요즘 노상강도가 줄어든 건 사실이지만, 그렇다고 위험이 없어진 건 아냐. 제가 위험하다면, 아버지도 위험하긴 마찬가지죠. 첫째로 난 남자다, 둘째, 난 임신도 안 했어. 그래서 어지간히 좋기도 하시겠어요. 세 번째 이유도 있어, 이게 가장 중요하지. 그게 뭔데요. 네가 돌아올 때까지 나는 어차피 일이 손에 잡히지 않을 테니 내가 가는 거랑 다를 바 없어, 게다가 한 번 나갔다 오면 머리도 좀 식힐 수 있을 거다, 아무래도 바람을 좀 쐴 필요가 있는 것 같으니까, 지금 나는 온통 거푸집이랑 캐스팅슬립 생각뿐이야. 머리를 식히는 게 저한테도 해로울 리 없죠, 그러니까 우리 둘이 같이 가서 마르살을 데려오는 게 어때요, 파운드더러 여기서 우리 성을 지키라고 하면 되잖아요. 네가 정 그러고 싶다면. 다 알면서 왜 이러세요, 그냥 농담한 거예요, 늘 아버지가 가서 마르살을 데려오고 저는 집에 있었잖아요, 그러니까 그냥 평소대로 해요. 아냐, 난 진담이다, 우리 둘 다 가면 돼. 아뇨, 저도 진담이에요, 아버지가 다녀오세요. 두 사람은 미소를 지었다. 이렇게 해서 핵심적인 문제, 즉 우리가 대개 어떤 일을 특정한 방식으로 하는 객관적인 이유와 주관적인 이유에 관한 토론은 뒤로 미루어졌다. 그날 오후 정해진 시간에 시프리아노 알고르는 시간을 조금이라도 낭비하지 않으려고 작업복 차림 그대로 센터로 출발했다. 그는 마을을 벗어나면서 이사우라 마드루가의 집 앞을 지날 때 자신이 고개를 돌리지 않았음을 깨달았다. 여기서 고개를 돌렸다는 말은, 그녀의 집을 향해서 고개를 돌렸다는 뜻도 될 수 있고 그녀의 집을 외면했다는 뜻도 될 수 있다. 최근 시프리아노 알고르는 혹시 그녀를 우연히 발견하지 않을까 싶어 고개를 돌릴 때도 있고, 그녀를 보지 않으려고 고개를 돌릴 때도 있으니까 말이다. 그는 자신이 그녀에게 이렇게 무심해진 것을 어떻게 해석해야 할지 모르겠다는 생각이 들었지만, 도로 한가운데에 있는 돌멩이에 정신이 팔려 그 생각이 사라져버리고 말았다. 시내까지 가는 동안 별다른 일은 없었다. 모든 운전자의 신분증을 검사하려고 경찰이 쳐놓은 저지선 때문에 딱 한 번 멈춰섰을 뿐이다. 경찰이 신분증을 조사하는 동안, 시프리아노 알고르는 판자촌의 경계선이 도로와 더 가까운 쪽으로 옮겨온 것을 알아차렸다. 언제든 당국이 마음만 먹으면 판자촌을 다시 뒤로 밀어내겠지, 그는 속으로 생각했다.

마르살은 그를 기다리고 있었다. 미안하네, 내가 조금 늦었지, 장인이 말했다. 집에서 좀 더 일찍 나왔어야 하는 건데, 게다가 경찰이 신분증을 보여달라고 하지 않겠나. 마르타는 어때요, 마르살이 물었다, 어제 제가 전화를 못했는데. 마르타는 잘 있어, 아마도, 자네가 직접 물어보게나, 요즘 잘 먹지를 못해, 입맛이 없는 모양이야, 그런데 그 애 말이 임신한 여자들한테는 그게 정상이라더군, 그럴지도 모르지, 내가 그 쪽 일에 대해서는 아는 게 별로 없어서, 하지만 내가 자네라면 그 애 말을 철석같이 믿지는 않을걸세. 맞아요, 제가 그 사람하고 얘기해 볼게요, 걱정하지 마세요, 아마 임신 초기라서 그럴 거예요. 우리 남자들은 그런 일에 대해 도무지 뭘 알 수가 있어야지, 마치 길 잃은 어린애 같다니까, 자네가 그 애를 데리고 병원에 한번 가보게. 마르살은 대답하지 않았다. 장인도 침묵에 잠겼다. 두 사람은 아마도 같은 생각을 하고 있었을 것이다. 센터에 있는 병원에서는 그녀가 최고의 치료를 받을 수 있을 것이라는 생각. 어쨌든 사람들 말로는 그랬다. 비록 어떤 센터 직원의 아내는 센터 안에 사는데도 훌륭한 치료를 받지 못했다지만. 잠시 후 시프리아노 알고르가 말했다, 내가 언제든 마르타를 데리고 올 수 있네. 두 사람은 이미 시내를 벗어나 있었으므로 더 속력을 낼 수 있었다. 마르살이 물었다, 일은 잘돼 가나요. 이제 시작 단계야, 인형을 불에 구워봤는데, 지금은 내가 거푸집과 씨름하고 있지. 잘되고 있는 건가요. 자신을 속이고 있지, 찰흙은 그냥 찰흙이라고만 생각하면서, 찰흙으로 한 가지 물건을 만들 수 있다면 다른 것도 얼마든지 만들 수 있다고 말이야, 하지만 그렇지 않다는 걸 깨닫게 돼, 모든 걸 처음부터 다시 배워야 한다는 걸 알게 되는 거지. 그는 잠시 말을 멈췄다가 이렇게 덧붙였다, 하지만 기분은 좋네, 다시 태어나는 것 같은 기분이라고나 할까, 뭐, 꼭 그런 건 아니지만. 내일은 제가 좀 도와드릴게요, 마르살이 말했다, 도자기 만드는 것에 대해서는 문외한이나 다름없지만, 틀림없이 제가 도울 수 있는 방법이 있을 거예요. 자네는 자네 안사람하고 같이 있어야지, 어디 산책이나 다녀오게. 아뇨, 내일 저와 마르타는 저희 부모님과 점심식사를 같이 하기로 했어요, 두 분은 마르타가 임신했다는 걸 아직 모르시거든요, 조금 있으면 배가 불러올 텐데, 미리 말씀드리지 않으면 두 분이 그때 가서 뭐라고 하실 거예요. 당연히 그렇겠지, 내 말은, 그러니까 두 분이 그럴 만도 하다는 뜻일세, 시프리아노 알고르가 말했다. 또다시 침묵이 흘렀다. 날씨가 좋네요, 마르살이 말했다. 이런 날씨가 이삼 주쯤 계속됐으면 좋겠는데, 장인이 말했다, 인형을 가마에 넣기 전에 가능한 한 바싹 말려야 하거든. 또다시 침묵이 흘렀다. 이번에는 침묵이 조금 더 길었다. 경찰 저지선은 이미 치워지고 없었기 때문에 도로가 뻥 뚫려 있었다. 시프리아노 알고르는 두 번이나 말을 하려다 그만둔 끝에 세 번째에야 비로소 입을 열었다, 자네 승진 소식은 없나. 아뇨, 아직 없어요, 마르살이 대답했다. 센터 쪽에서 마음을 바꾼 것 같은가. 아뇨, 거쳐야 할 절차가 많거든요, 센터의 관료조직도 다른 곳과 마찬가지로 시시콜콜 따지고 드는 편이니까요. 경찰 순찰대가 면허증이랑 보험증이랑 건강증명서를 조사하는 것처럼 말인가. 예, 대충 비슷해요. 어째 사람들이 다른 방식으로는 일할 줄을 모르는 것 같구먼. 어쩌면 다른 방식이 없는 건지도 모르죠. 아니면 다른 방식을 찾아보기에는 때가 너무 늦었거나. 두 사람은 마을에 도착할 때까지 다시 입을 열지 않았다. 마르살이 장인에게 자기 부모의 집 앞에 차를 세워달라고 부탁했다. 일 분도 안 걸릴 거예요, 그냥 내일 점심을 먹으러 오겠다는 말만 하고 나올게요. 시프리아노 알고르가 밖에서 기다린 시간은 실제로 얼마 되지 않았다. 하지만 승합차에 다시 올라타는 마르살의 표정이 이번에도 좋지 않았다. 이번엔 또 뭔가, 시프리아노 알고르가 물었다. 저도 모르겠어요, 저랑 부모님 사이에는 되는 일이 없는 것 같아요. 뭘 그렇게까지 말을 하고 그러나, 원래 장미꽃밭 같은 가족은 없어, 좋을 때도 있고 나쁠 때도 있는 거지, 그냥 그럭저럭 형편만 되어도 엄청나게 운이 좋은 거야. 그게, 제가 들어갔더니 어머니가 혼자 계시더라고요, 아버지는 아직 돌아오시지 않았다면서, 그래서 제가 하려던 말을 하고 나서, 분위기를 좀 바꿔보려고 반쯤은 엄숙하고 반쯤은 행복한 표정으로 내일 깜짝 놀랄 만한 일이 있을 거라고 말했죠, 그랬더니 어머니가 뭐라고 했는지 아세요. 난 점쟁이가 아닐세. 어머니가 그 깜짝 놀랄 만한 일이라는 게 센터로 같이 가서 살자는 얘기냐고 물으시는 거예요. 그래서 자네는 뭐라고 했나. 저는 내일까지 비밀을 아껴둘 필요가 없을 것 같다면서 지금 말씀드리겠다고 했죠, 마르타가 임신을 해서 조금 있으면 아기가 생길 거라고요. 어머니가 아주 기뻐하셨

졌구먼. 당연하죠, 계속 저를 껴안으면서 입을 맞추시더라고
요. 그럼 뭐가 문젠가. 그냥 저희 부모님 하고 있을 때는 항상
하늘에 먹구름이 끼어 있는 것 같아요, 지금은 두 분이 저랑
센터에서 같이 살고 싶다는 생각에 집착하는 게 문제죠. 나
대신 두 분이 센터에 가서 살아도 난 상관없네. 그건 말도 안
돼요, 게다가 저희 부모님과 아버님의 자리를 바꿀 생각도 없
어요, 저희 부모님은 두 분이지만, 아버님은 저희가 떠나고
나면 혼자 사셔야 하잖아요. 세상에 혼자 사는 사람이 나밖에
없는 것도 아닌데, 뭘. 마르타는 틀림없이 그렇다고 생각할걸
요. 아이고, 할말이 없구먼. 세상에는 설명이 필요 없이 그냥
그대로 받아들여야 하는 일들이 있어요. 사위가 삶의 기본적
인 지혜를 이처럼 단호하게 천명하자 시프리아노 알고르는
이번에도 역시 대꾸할 말을 찾을 수 없었다. 하지만 두 사람
이 이처럼 갑작스레 침묵하게 된 데에는 바로 그 순간에 두
사람이 공교롭게도 이사우라 마드루가가 사는 거리를 지나가
고 있었다는 점도 한몫했을 것이다. 겉으로 보이는 모습과 달
리 시프리아노 알고르는 그 사실에 무심할 수 없었다. 공방에
도착하자 뜻밖에도 파운드가 마르살을 반겼다. 파운드는 그
가 센터경비원의 위협적인 제복을 입고 있었는데도 너무나
평범하고 평화로운 민간인 복장을 한 것처럼 그를 반겼다. 어
머니와의 빗나간 대화 때문에 여전히 상심하고 있던 마르살
의 감수성 예민한 영혼은 파운드의 반가운 인사에 감동한 나
머지 녀석을 끌어안았다. 마치 세상에서 가장 사랑하는 사람

283

을 끌어안듯이. 이것이 대단히 특별한 순간임은 말할 필요도
없다. 마르살이 세상에서 제일 사랑하는 사람은 그의 아내인
데, 그녀는 다정한 미소를 머금은 채 그가 자신을 안아주기를
옆에서 기다리고 있다. 하지만 종종 누군가가 어깨에 손만 올
려놓아도 울음이 터질 때가 있듯이, 우리는 순수하게 우리를
반기는 개를 보며 잠깐 동안이나마 세상의 고통, 슬픔, 실망
과 화해할 수 있다. 파운드가 긍정적인 감정이든 부정적인 감
정이든 분명히 존재하는 인간의 감정에 대해 잘 모른다는 점,
그리고 마르살이 확실한 것보다 확신할 수 없는 부분이 훨씬
더 많은 개의 감정에 대해 알고 있는 것은 오히려 그보다 더
적다는 점을 감안하면, 서로 다른 종에 속하는 이 둘이 서로
를 단단히 끌어안는 이유에 대해 언젠가 설명이 필요해질 것
이다. 비록 마르살과 파운드는 그 이유를 완전히 이해하고 있
는 것처럼 보이지만 말이다. 거푸집을 만드는 일이 완전히 새
로운 경험이었기 때문에 시프리아노 알고르는 지난 며칠 동
안 자신이 한 일을 사위에게 보여주지 않을 수 없었다. 하지
만 자존심 때문에 딸의 도움조차 거절했던 그는, 마르살이 잘
못된 부분을 찾아낼지도 모른다는 생각에 속으로 떨고 있었
다. 잘못 수선된 부분이나 그밖에 헤아릴 수 없이 많은 흔적
들이 그가 공방에서 겪었던 고뇌의 확실한 증거가 될 것이다.
마르살은 마르타에게만 온통 정신을 쏟고 있었기 때문에 찰
흙이나 규산나트륨이나 회반죽이나 거푸집에 별로 주의를 기
울일 수 없었지만, 시프리아노 알고르는 오늘은 저녁식사 후

에 일을 하지 않고 두 사람과 함께 시간을 보내기로 했다. 그
러면 현실적으로 일이 잘못될 가능성과 그 결과로 나타날 재
앙에 대해, 그가 누구보다 잘 알고 있는 주제에 관해 이론적
으로 어느 정도 정확하게 대화를 나눌 기회가 생길 테니까 말
이다. 마르살은 마르타에게 다음날 자기 부모와 점심식사를
해야 한다고 미리 알려주었다. 하지만 어머니와 나눈 고통스
러운 대화에 대해서는 한마디도 언급하지 않았다. 그것을 보
며, 그의 장인은 이것이 두 사람만의 개인적인 문제가 되었다
는 생각을 했다. 세 사람이 함께 대화를 나누며 자세히 살펴
보고 분석하는 것이 아니라, 두 사람만의 은밀한 공간인 침실
에서 분석해야 할 문제가 된 것이다. 물론 마르살이 분위기를
망치고 싶지 않아서 센터로의 이주라는 곤란한 화제를 꺼내
지 않은 것에 불과할 수도 있었다. 우리도 이 화제가 어떻게
시작되어서 어떻게 끝나는지 지금까지 많이 보지 않았는가.

　다음날 아침 마르살이 공방으로 들어왔을 때, 시프리아노
알고르는 이미 일을 하고 있었다. 안녕히 주무셨어요, 마르살
이 말했다, 도제가 일을 하러 왔습니다. 마르타도 그와 함께
들어왔지만 도와주겠다는 말은 하지 않았다. 하지만 이번에
는 아버지가 자신을 쫓아내지는 않을 것이라고 확신하고 있
었다. 공방은 마치 전쟁터 같았다. 한 사람이 나흘 내내 자기
자신은 물론 주위의 모든 것들과 싸움을 벌인 전쟁터. 이 안
이 좀 지저분하지, 시프리아노 알고르가 미안하다는 듯이 말
했다, 우리가 그릇이랑 접시를 만들 때는 이렇지 않았는데 말

이야, 그때는 체계가 있었거든, 이미 확립된 일의 순서 말
세. 그런 체계를 다시 만드는 건 시간문제예요, 마르타가
했다, 시간이 흐르면 우리 손과 물건들이 서로에게 익숙해
거예요, 그렇게 되면 물건들이 방해가 되는 일도 없고, 우
손이 방해가 되는 일도 없겠죠. 저녁이 되면 어찌나 피곤한
여길 좀 정리해야겠다는 생각만 해도 팔이 납덩이처럼 무
워져. 아버지가 저를 이곳에 들이셨다면, 제가 기꺼이 그
을 맡았을 거예요. 난 널 못 들어오게 한 적 없다, 아버지
딸의 말을 반박했다. 저더러 들어오면 안 된다고 말로 금지
신 적은 없죠. 난 그냥 네가 지칠 때까지 일만 할까 봐 그
거야, 인형에 색칠을 할 때가 되면 달라질 거다, 가만히 앉
서 일을 할 수 있으니까, 몸을 혹사하지 않아도 될 거야. 하
만 그때가 되면 아버지는 아마 물감 냄새가 아기한테 해롭
고 하실걸요. 도대체 애한테는 말로 이길 재간이 없어, 시
리아노 알고르가 체념한 척하며 마르살에게 말했다. 아버
은 마르타를 저보다 더 오래전부터 알고 계셨잖아요, 그러
까 인내심을 가지세요, 하지만 정말로 여길 깨끗이 청소해
정리할 필요는 있겠는데요. 나한테 좋은 생각이 있는데, 마
타가 말했다, 두 신사분, 제가 제 생각을 말해도 될까요. 네
좋은 생각을 떠올렸는데 그걸 말하지 못하게 하면 넌 아마
져버릴 거다, 그녀의 아버지가 투덜거렸다. 무슨 생각인
마르살이 물었다. 오늘 아침에는 찰흙 작업을 쉬고 있잖
그러니까 여길 다시 깨끗하게 만들어 보자고, 내 사랑하는

286

버지는 내가 지칠 때까지 일을 할까 봐 걱정하시니까, 난 그냥 지시만 하게. 시프리아노 알고르와 마르살은 서로의 얼굴을 바라보며 누가 먼저 입을 열 것인지 눈치를 살폈다. 하지만 두 사람 모두 먼저 나서기를 꺼렸으므로 결국 둘이 동시에 말했다. 좋은 생각이다. 마르살과 마르타가 점심식사를 하러 떠나기 전에 진흙을 기본 재료로 작업하는 작업장치고는 최고로 깨끗하게 공방을 정리하는 작업이 끝났다. 사실 물과 찰흙, 물과 회반죽, 물과 시멘트를 혼합하는 일을 할 때, 덜 통속적이고 덜 평범한 단어를 찾아보려고 아무리 머리를 쥐어짜도, 결국은 진흙이라는 단어로 돌아오고 만다. 진흙이라는 단어에 필요한 의미가 모두 담겨 있기 때문이다. 많은 유명한 신들도 창조물을 만들 때 진흙을 재료로 선택했다. 하지만 그것이 진흙의 좋은 점을 보여주는 증거인지, 아니면 나쁜 점을 보여주는 증거인지 지금으로서는 알아내기 어렵다.

마르타는 아버지의 점심식사를 준비해 놓았다. 그냥 데워서 드시기만 하면 돼요, 그녀는 마르살과 함께 집을 나서면서 이렇게 말했다. 승합차의 엔진소리가 작게 들리다가 잦아들더니 금방 완전히 사라졌다. 침묵이 집과 공방을 가득 채웠다. 시프리아노 알고르는 한 시간 남짓 되는 시간을 완전히 혼자서 보내야 할 것이다. 이제 최근 며칠 동안의 불안과 흥분에서 완전히 회복된 그는 자신의 위장이 불만스럽다는 신호를 보내고 있음을 곧 깨달았다. 그는 먼저 파운드에게 먹이를 주고 나서 부엌으로 들어가 냄비 뚜껑을 열고 냄새를 맡아

보았다. 냄새도 훌륭하고 음식도 아직 뜨거웠다. 머뭇거릴 이유가 없었다. 식사를 마치고 다시 안락의자에 앉자 모든 것이 평화로웠다. 포만감이 정신적인 만족과 전혀 관계가 없지는 않다는 사실은 이미 잘 알려져 있다. 하지만 지금 시프리아노 알고르가 평화로움을 느끼는 이유, 그의 몸과 마음이 거의 황홀경에 가까운 기쁨으로 가득 찬 이유는 배가 부르다는 물리적인 사실과는 아무 상관이 없었다. 그의 행복감에 영향을 미친 다른 요인들을 중요도 순서로 꼽아보면, 거푸집을 사용하는 기술이 분명히 나아졌다는 점, 이제는 골치 아픈 일들이 대부분 해결되었으며 혹시 문제가 있더라도 해결하기가 더 쉬워질 것이라는 희망, 마르타와 마르살이 서로 사이가 좋다는 점(흔히들 하는 말처럼 두 사람이 사이가 좋다는 것은 누구나 보면 그냥 알 수 있는 사실이었다), 그리고 마지막으로 공방을 깨끗하게 정리했다는 점이었다. 시프리아노 알고르의 눈꺼풀이 서서히 아래로 내려왔다가 한 번, 두 번 위로 들어올려졌다. 두 번째에는 눈꺼풀을 들어올리기가 더 힘들었다. 그리고 세 번째는 눈꺼풀을 다시 들어올릴 수 있을 거라는 확신도 없이 그냥 한 번 시도해 보는 것에 불과했다. 시프리아노 알고르는 영혼과 위장 모두에서 포만감을 느끼며 스르르 잠에 빠져들었다. 파운드도 바깥의 뽕나무 그늘에서 자고 있었다. 어쩌면 마르살과 마르타가 돌아올 때까지 둘 다 이렇게 잠을 잘 수도 있었겠지만, 갑자기 파운드가 짖어대기 시작했다. 위협적이거나 겁을 먹은 소리는 아니고, 그냥 평범한 경고에 지나지 않는 소리였다. 순전히 의무감 때문에 저기 누가 있다고 알려주는 소리. 방금 나타난 사람이 누군지는 알고 있지만, 주인에게 누가 나타났다고 알려주는 것이 내 의무이니까 나는 짖어야 해. 하지만 시프리아노 알고르의 잠을 깨운 것은 파운드가 즐겁게 짖어대는 소리가 아니라 누군가의 목소리, 어떤 여자의 목소리였다. 그 여자는 밖에 서서 마르타를 불렀다, 마르타. 그리고 잠시 후 다시 이렇게 말했다, 마르타, 안에 있니. 시프리아노 알고르는 의자에서 일어서지 않았다. 그냥 똑바로 일어나 앉았을 뿐이다, 이륙 준비를 하는 비행기의 승객처럼. 개 짖는 소리는 이제 들리지 않았다. 부엌문은 열려 있었고, 여자가 점점 가까이 다가오고 있었다. 이제 곧 여자가 방 안으로 들어올 것이다. 이번 만남이 단순한 우연이 아니라면, 이것이 운명의 책에 미리 적혀 있는 일이라면, 지진이 일어나도 이 일을 막지는 못할 것이다. 파운드가 꼬리를 흔들며 먼저 들어오고, 이사우라 마드루가가 그 뒤를 따라 들어왔다. 어머, 그녀가 깜짝 놀라서 말했다. 시프리아노 알고르는 쉽사리 일어설 수가 없었다. 의자가 낮은데다가, 다리에서 갑자기 힘이 빠졌기 때문이다. 자기가 지금 얼마나 우스꽝스러운 모습일지 짐작이 갔다. 그가 말했다, 안녕하세요. 그녀가 말했다, 안녕하세요, 아니, 안녕히 주무셨어요. 지금 시간이 몇 시나 됐는지 잘 모르겠네요, 그가 말했다. 한낮이에요, 그녀가 말했다. 이런, 시간이 그렇게 된 줄 몰랐군요, 그가 말했다, 마르타는 집에 없지만, 어쨌든 들어오시오. 그

289

녀가 말했다, 아저씨한테 방해가 되고 싶지는 않아요, 나중에
다시 올게요, 별로 급한 일도 아니니까요. 그가 말했다, 마르
타하고 마르살은 마르살 부모님하고 점심식사를 하러 갔으니
금방 올 거요. 그녀가 말했다, 전 그냥 마르타한테 일자리를
구했다는 얘기를 하려고 들렀어요. 그가 말했다, 어디서요.
그녀가 말했다, 다행히도 여기 마을에서 구했어요. 그가 말했
다, 어떤 일인데요. 그녀가 말했다, 가게에서 카운터를 보는
일이에요. 그만한 일자리를 구한 것만도 다행이죠. 그가 말했
다, 그런 일을 좋아하나요. 그녀가 말했다, 뭐 항상 하고 싶은
일만 하며 살 수는 없으니까요, 그리고 저한테 제일 중요한
건 이 마을에 계속 머무는 거였어요. 시프리아노 알고르는 이
말에 아무런 대꾸를 하지 않았다. 그는 자기도 모르게 그녀에
게 그런 질문들을 던졌다는 사실이 혼란스러워서 아무 말도
하지 않았다. 사람이 질문을 던지는 것은 답을 듣고 싶어서라
는 것쯤은 누가 봐도 뻔한 사실이다. 그리고 그 사람이 답을
알고 싶어하는 이유가 분명히 있을 것이다. 이제 시프리아노
알고르가 뒤얽힌 감정들 사이에서 의미를 파악해야 하는 가
장 중요한 의문은, 자신이 그런 질문들을 던진 이유가 무엇일
까 하는 점이었다. 그 질문들을 문자 그대로 받아들이면, 사
실 달리 받아들일 방법이 있을 것 같지도 않지만, 어쨌든 그
렇게 받아들이면, 그가 이 여자의 삶과 미래에 대해 좋은 이
웃 이상의 관심을 갖고 있음이 드러난다. 게다가 우리가 잘
알고 있듯이, 이 관심은 시프리아노 알고르가 과거에는 에스

투디오사였다가 이제는 마드루가가 된 이사우라와 관련해서, 앞에서 줄곧 천명했던 생각들과 완전히 모순을 이루고 있기도 하다. 이 문제는 심각한 것이기 때문에, 오랫동안 집중해서 생각해 볼 필요가 있다. 하지만 이 소설의 정연한 논리와 규칙이 때로 무시될 수 있고, 필요한 경우에는 무시되어야 마땅하다 해도, 이사우라 마드루가와 시프리아노 알고르를 이처럼 난감한 상황에 계속 내버려두는 것은 용납되지 않을 것이다. 두 사람은 서로를 마주보며 침묵 속에서 어색하게 서 있다. 개는 두 사람을 바라보며 무슨 일인지 도무지 이해하지 못하고 있고, 벽에 걸린 시계는 계속 똑딱거리며 이 두 사람이 시간을 이용할 생각이 아니라면 도대체 시간을 가지고 무엇을 할 작정인지 속으로 궁금해하고 있을 것이다. 뭔가 조치를 취해야 한다. 그래, 뭔가 조치를 취해야 한다. 하지만 아무렇게나 조치를 취할 수는 없다. 우리는 이 소설의 정연한 논리와 규칙을 어길 수 있고 반드시 어겨야 하지만, 한 사람의 배타적이고 본질적인 특징, 즉 그의 성격, 그의 존재 양식, 그만의 뚜렷한 본성을 구성하는 요소만은 결코 망가뜨릴 수 없다. 사람의 성격이 모순으로 가득 찰 수는 있지만, 앞뒤가 맞지 않아서는 안 된다. 우리가 이 점을 고집스레 강조하는 것은, 사전에 명시된 것과는 달리 비일관성과 모순이 동의어가 아니기 때문이다. 사람은 자신이 보기에는 일관성을 해치지 않는 맥락 속에서 자신의 언행과 모순되는 언행을 할 수 있지만, 사람들의 일상적인 언행 속에서 모순보다 훨씬 더 커다란 자리를 차지하고 있는 비일관성은 모순에 저항하고, 모순을 제거하며, 모순과 함께 살아가는 것을 참지 못한다. 이런 시각에서 보면, 비록 역설의 그물 속에 빠져 머리가 마비돼 버릴 위험이 있다 해도, 모순이야말로 비일관성의 가장 일관적인 반대 명제 중 하나라는 가설을 배제할 수 없다. 아이고, 이런. 일반적으로 받아들여지는 개념의 본질에 만족하지 못하는 사람이라면 이런 주제에 흥미가 아주 없지는 않겠지만, 우리가 이 이야기를 하느라 난감한 상황에 처한 시프리아노 알고르와 이사우라 마드루가의 이야기에서 너무 멀리 와버렸다. 파운드는 두 사람 사이에 뭔가 일이 벌어질 것 같지 않다는 것을 깨닫고, 부엌을 떠나 뽕나무 그늘로 가서 다시 잠을 청하고 있었다. 따라서 이제 이 용납할 수 없는 상황의 해결 방안을 찾을 때가 되었다. 예를 들어, 여자라서 더 단호한 이사우라 마드루가로 하여금 몇 마디 말을 하게 하고, 무슨 일이 벌어지는지 보는 방법이 있다. 이 방법도 다른 방법들 못지않게 효과가 있을 것이다. 그럼 전 이만 가볼게요. 대개 이정도 말이면 침묵을 깨기에 충분하다. 이 말을 하고 나서 정말로 가려는 것처럼 몸을 살짝 움직이면 된다. 이번 경우에는 이 방법이 최고의 효과를 발휘했다. 비록 이때 시프리아노 알고르가 생각해 낸 질문 때문에 그가 나중에 자신의 머리를 쥐어박게 되지만 말이다. 그의 판단이 옳은 것인지 우리가 직접 보고 판단해 보자. 그래, 우리 물병에 관해 할말이라도 있소, 그가 물었다, 무슨 문제는 없지요. 시프리아노 알고르는 나중에 이 질문이 용서할 수 없는 실언이라고 생각하며 자기 머리를 쥐어박을 것이다. 하지만 나중에 실언에 대한 분노가 가라앉았을 때, 이사우라 마드루가가 그를 조롱하듯 웃음을 터뜨리지 않았다는 사실을 그가 기억해 내기를 바란다. 그녀는 빈정거리듯 킥킥거리지도 않았고, 심지어 빈정거리는 듯한 미소를 짓지도 않았다. 그 상황에서는 그런 미소를 지어 마땅한 것처럼 보였는데도 말이다. 오히려 그녀는 아주 진지한 표정으로 팔짱을 꼈다. 지금도 물병을 가슴에 끌어안고 있는 것처럼. 시프리아노 알고르는 자기도 모르게 그 물병을 우리 것이라고 표현했음을 깨닫지 못하고 있었다. 어쩌면 그날 밤 늦게 잠이 잘 오지 않을 때, 세상이 그에게 무슨 생각으로 그런 말을 했느냐고 물어볼지도 모른다. 그가 그녀에게 물병을 넘겨준 순간을 염두에 두고 우리 것이라는 표현을 쓴 것인지, 아니면 그냥 문자 그대로 우리 것이기 때문에 우리 것인지. 시프리아노 알고르는 대답하지 않을 것이다. 그냥 전에도 그랬던 것처럼 멍청한 짓을 했다고 중얼거리기만 할 것이다. 하지만 그가 감정으로 가득 차서 중얼거린다 해도 그것은 그냥 자동적으로 나오는 말일 뿐, 그가 정말로 그렇게 생각하는 것은 아닐 것이다. 이사우라 마드루가가 안녕히 계세요, 라고 중얼거리며 가버렸을 때에야, 그녀가 희미한 그림자처럼 문을 지나 사라졌을 때에야, 파운드가 그녀를 도로와 이어진 내리막길 초입까지 배웅해 주고 나서 꼬리를 흔들고 귀를 쫑긋 세우고 고개를 갸우뚱하게 기울인 채 누가 봐도 의문으로 가득 찬

듯한 표정으로 부엌에 들어섰을 때에야, 시프리아노 알고르는 그녀가 자신의 질문에 아무 대답도 하지 않았다는 것을 깨달았다. 그녀는 그렇다는 말도, 아니라는 말도 하지 않고 그냥 자신의 몸을 끌어안는 듯한 자세를 취했을 뿐이다. 어쩌면 몸속에서 자신을 찾기 위해서일 수도 있고, 몸을 지키기 위해서일 수도 있고, 몸으로부터 자신을 지키기 위해서일 수도 있다. 시프리아노 알고르는 당혹스러운 표정으로 주위를 둘러보았다. 마치 길잃은 사람처럼. 그의 손바닥은 땀으로 축축했고, 심장은 마구 뛰고 있었다. 얼마나 위험한지 아직 제대로 파악조차 하지 못한 위험에서 방금 도망친 사람처럼 불안한 모습이었다. 그가 처음으로 자신의 머리를 쥐어박은 것이 바로 이때였다.

마르타와 마르살이 점심식사를 마치고 돌아와 보니 시프리아노 알고르는 공방에서 회반죽 액체를 거푸집에 붓고 있었다. 우리 없이 괜찮았어요, 마르타가 물었다. 너희가 없다고 한탄이나 늘어놓지 않았느냐는 뜻이라면, 난 안 그랬다, 파운드한테 먹이를 주고, 점심을 먹고, 조금 쉰 다음에 다시 이리로 왔지, 자네 부모님 집에서는 별일 없었나. 다른 때랑 똑같았죠, 뭐, 마르살이 말했다, 괜히 소란이 일까 봐 마르타가 임신했다는 얘기를 제가 미리 해뒀기 때문에 그냥 서로 끌어안고 입 맞추며 인사를 했을 뿐이에요, 다들 그러는 것처럼요, 그것 말고 다른 문제에 대해서는 이야기하지 않았어요. 잘 했군, 시프리아노 알고르가 회반죽을 거푸집에 계속 부으면서 말했다. 그의 손이 살짝 떨리고 있었다. 제가 옷만 갈아입고 나와서 도와드릴게요, 마르살이 말했다. 마르타는 남편과 달리 공방에 남았다. 일 분 후 시프리아노 알고르가 그녀에게 시선을 돌리지 않은 채 물었다, 뭐 할말이라도 있니. 아뇨, 그런 거 없어요, 그냥 아버지가 일하시는 걸 보고 있었을 뿐이에요. 일 분이 또 지났다. 이번에는 마르타가 질문을 던졌다, 아버지 괜찮으세요. 당연히 괜찮지. 좀 이상해 보여요, 뭔가 달라진 것 같아요. 네 눈이 이상한 거다. 대개는 제 눈으로 보는 것과 제 생각이 일치하는 편이에요. 아주 운이 좋구나, 난 누구랑 생각이 일치하는지 도무지 모르겠던데, 아버지가 무뚝뚝하게 말했다. 마르살이 금방 돌아올 거예요, 마르타가 다시 물었다, 우리가 없는 사이에 무슨 일이 있었던 거예요. 아버지는 양동이를 바닥에 내려놓고 천에 손을 닦은 다음, 딸을 똑바로 바라보며 대답했다, 이사우라가 여기 왔었다, 이사우라 에스투디오사인지 마드루가인지, 하여튼 그 여자가 너한테 할 얘기가 있어서 왔다고 하더라. 이사우라가 여기 왔었다고요. 그래, 내가 그렇게 말하지 않았니. 사람들이 모두 아버지처럼 분석력이 뛰어난 건 아니에요. 저한테 할말이 뭐라고 하던가요. 일자리를 찾았다는 말을 하려고 왔다고 하더라. 어디서요. 여기서. 잘 됐네요, 정말 잘 됐어요, 조만간 한 번 찾아가 봐야겠어요. 시프리아노 알고르는 다른 거푸집으로 작업을 하고 있었다. 아버지, 마르타가 입을 열었다. 하지만 시프리아노 알고르가 그녀의 말을 막았다, 또 그 얘기를 할 생각이라면 그만둬라, 난 이미 내 뜻을 밝혔으니 더 이상 할말이 없다. 땅에 묻혔던 씨앗도 나중에 새 생명으로 태어나는 법이에요, 어머, 죄송해요, 이것도 또 그 얘기죠. 시프리아노 알고르는 대답하지 않았다. 딸이 나가고 난 후 사위가 들어올 때까지 그는 또다시 머리를 쥐어박았다.

인류의 기원에 관한 신화들에 찰흙으로 인간을 만든 이야기가 포함된 경우가 많다는 사실은 이미 앞에서 언급했다. 이 주제에 조금이라도 관심이 있는 사람이라면 세상의 모든 지식이 들어 있다는 연감과 거의 모든 지식이 들어 있다는 백과사전에서 더 많은 자료를 찾아볼 수 있을 것이다. 하지만 다양한 종교를 믿는 사람들은 일반적으로 이런 책에서 지식을 얻지 않는다. 그들은 각자 자신이 속한 종교로부터 연감이나 백과사전에 실린 정보 못지않게 중요하거나 대충 중요도가 비슷한 이런저런 정보를 얻는다. 하지만 일을 마치기 위해 찰흙을 가마에서 구웠다는 내용이 등장하는 사례가 하나, 최소한 하나 정도는 있다. 이 이야기에 따르면, 여러 번 다양한 시도를 한 끝에야 비로소 완성품이 만들어졌다고 한다. 우리가 이름을 잊어버린 이 독특한 창조주는 그보다 먼저 등장했는지 나중에 등장했는지는 모르겠지만, 어쨌든 콧구멍에 숨결을 불어넣어 마술처럼 효율적으로 작업을 끝낸 다른 창조주에 대해 몰랐거나, 그를 별로 믿지 않았던 모양이다. 지금 시프리아노 알고르처럼 말이다. 비록 지금 그가 하려는 일은 간호사 인형의 얼굴에서 재를 씻어내는 하찮은 작업에 불과하지만. 가마에서 인간을 구워야 했던 창조주 얘기로 다시 돌아가서, 그때 벌어진 일들을 설명하겠다. 그 설명을 읽으면 앞에서도 언급했던 실패작들이 불에 구울 때의 적절한 온도에 관한 이 창조주의 지식 부족으로 인해 생겨난 것임을 알 수 있을 것이다. 그는 우선 찰흙으로 인형을 만들었다. 이 인형이 남자였는지 여자였는지는 중요하지 않다. 그는 이 인형을 가마 안에 넣고 불을 지폈다. 그러고 나서 적당한 시간이 흘렀다고 판단되자 그는 인형을 꺼냈지만, 세상에, 가슴이 철렁 내려앉았다. 인형은 완전히 새까만 색이었다. 그가 생각했던 인간의 모습과는 전혀 달랐다. 하지만 이 일을 시작한 지 아직 얼마 되지 않아서인지, 그는 자신의 어리석음 때문에 생겨난 이 실패작을 차마 파괴해 버릴 수 없었다. 그는 인형에게 생명을 주었다. 인형의 머리를 손으로 찰싹 때리는 것이 생명을 주는 방법이었던 것 같다. 그는 이렇게 생명을 얻은 인간을 멀리 보낸 후, 또다른 인형을 만들어 가마 안에 넣었다. 이번에는 특별히 온도를 낮게 유지하는 데 신경을 썼다. 그 결과 온도를 유지하는 데는 성공했지만, 이번에는 온도가 너무 낮았는지 인형이 세상에서 제일 하얀 것보다 더 하얀색이 되어버렸다. 이것 역시 그가 원하는 모습은 아니었다. 하지만 또다시 실패를 했는데도 그는 인내심을 잃어버리지 않았다. 틀림없이 속으로 착한 생각을 하고 있었던 것 같다, 불쌍한 것, 이 녀석 잘못이 아닌데. 그래서 그는 그 인형에게도 생명을 주어 다른 곳으로 보냈다. 따라서 세상에는 이미 흑인과 백인이 존재하게 되었지만, 이 서투른 창조주는 아직 자신이 원하는 창조물을 만들어 내지 못했다. 그는 다시 일에 착수해서 또다른 인형을 만들어 가마에 넣었다. 이제는 온도계가 없어도 문제를 더 쉽게 해결할 수 있었다. 비결은 가마를 너무 세게 가열하지도 않고, 너무 약하게 가열하지도 않는 것이었다. 너무 뜨거워도 안 되고, 너무 차가워도 안 되었다. 경험으로 터득한 이 방법을 이용하면 마침내 성공작을 얻을 수 있을 듯였다. 하지만 결과는 그렇지 않았다. 새 인형은 까만색도 하얀색도 아닌 노란색이었다. 맙소사. 다른 신 같으면 아마 이쯤에서 포기하고, 서둘러 홍수를 내려 보내 흑인과 백인을 쓸어버린 다음, 노란 사람의 목을 부러뜨렸을 것이다. 어쩌면 창조주의 머리를 스치고 지나갔을 의문에 가장 논리적인 해답이 바로 이것이라고 생각할 사람도 있을 것이다. 내가 제대로 된 인간을 만들 줄도 모르는데, 나중에 인간이 실수를 저질렀을 때 어떻게 인간에게 책임을 물을 수 있을까. 우리의 아마추어 창조주는 며칠 동안 공방으로 돌아갈 용기를 내지 못했다. 하지만 사람들 말처럼, 창조라는 벌레가 또다시 그를 물었다. 몇 시간 후 가마에 넣을 네 번째 인형이 만들어졌다.

당시 우리의 창조주 위에 또다른 창조주가 있었다면, 우리의 창조주는 십중팔구 상관 창조주에게 기도나 탄원 같은 것을 드렸을 것이다. 제발, 또 실수하지 않게 해주세요. 마침내 그는 불안에 떨며 가마에 인형을 넣고 초록색이 너무 짙거나 지나치게 바싹 마른 장작을 조심스레 골라내고, 땔감의 무게를 쟀다. 그리고 타는 모양이 영 시원찮은 장작을 하나 꺼내고 기세 좋게 불꽃을 뿜어내는 다른 장작을 추가했다. 시간과 온도도 대략적으로 계산했다. 그러고 나서, 또다시, 제발, 또 실수하지 않게 해주세요, 라고 기도를 드리며 땔감에 불을 붙였다. 어려운 시험을 치르거나, 연인과 싸우거나, 아이가 집에 돌아오기를 기다리거나, 취직이 안 돼 고민하는 등 수많은 불안의 순간을 경험한 우리 현대인들은 이 창조주가 네 번째 인형이 다 구워지기를 기다릴 때 어떤 심정이었을지 짐작할 수 있다. 그가 가마에 가까이 있지만 않았다면 흘러내리는 땀은 틀림없이 얼음처럼 차가웠을 것이고, 손톱을 물어뜯다 못해 아예 생살이 드러났을 것이며, 일 분마다 수명이 십 년씩 줄어들었을 것이다. 우주의 다양한 창조의 역사에서 처음으로 창조주 자신이 영원한 삶 속에서 우리와 마찬가지로 고뇌를 경험하고 있었다. 그것이 삶이기 때문이 아니라 영원하기 때문에. 하지만 그렇게 고생한 보람이 있었다. 우리의 창조주는 가마의 문을 열고 그 안을 들여다보았을 때, 감격한 나머지 털썩 무릎을 꿇고 말았다. 이번에 만들어진 인간은 검은색도 하얀색도 노란색도 아닌 빨간색이었다. 일출과 일몰처럼, 화산에서 뿜어져 나오는 녹은 용암처럼, 그를 빨간색으로 만들어 준 불꽃처럼, 이미 그의 혈관 속을 흐르고 있는 피처럼. 창조주가 만들고 싶어한 것이 바로 이런 인간이었으므로, 이번에는 그에게 생명을 주기 위해 머리를 살짝 때릴 필요가 없었다. 그는 그냥 간단히 이렇게 말했을 뿐이다, 이리로 오라. 그러자 인간이 스스로 가마 밖으로 걸어나왔다. 나중에 세월이 흐른 후 어떤 일들이 벌어졌는지 모르는 사람이라면 수많은 실수와 불안에도 불구하고, 또는 이 실험의 교육적인 성질 때문에 이 이야기가 행복한 결말을 맺었다고 생각할 것이다. 세상의 모든 것이 그러하듯이, 그 판단은 관찰자의 시점에 따라 달라질 것이다. 다른 세상에서도 이 점은 틀림없이 마찬가지일 것이다. 창조주가 거부한 인간들, 그가 비록 찬양받아 마땅한 자비심을 발휘했음에도 결국 다른 곳으로 보내버린 인간들, 즉 검은 피부, 하얀 피부, 노란 피부를 지닌 인간들은 점점 숫자가 늘어나 온 세상을 뒤덮었지만, 빨간 피부를 지닌 인간들, 창조주가 그토록 커다란 고통과 불안을 느끼며 심혈을 기울인 인간들은 지금 한 때의 승리가 패배의 실망스러운 전주곡이 될 수도 있음을 보여주는 무기력한 증거가 되었다. 처음으로 인간을 가마에서 구워낸 창조주의 마지막 네 번째 시도, 그에게 틀림없는 승리를 안겨준 그 시도는 결국 참담한 패배로 변했다. 세상의 모든 지식이 들어 있다는 연감과 거의 모든 지식이 들어 있다는 백과사전을 열심히 읽는 시프리아노 알고르는 어렸을 때 이 이야기를 읽었다. 그후로 세상을 살아가면서 그는 많은 것을 잊어버렸지만, 무슨 이유에서인지 이 이야기는 잊어버리지 않았다. 이 이야기는 미국 인디언들, 정확히 말해 홍인종들의 전설이었다. 먼 옛날 이 신화를 만들어 낸 사람들은, 당시 존재조차 알지 못했던 종족들을 포함해서, 세상의 그 어떤 종족보다 자기들이 뛰어나다는 것을 증명하고 싶었을 것이다. 그런데 바로 이 점에 반대하고 나서는 사람이 분명히 있을 것이다. 그런 사람들은 그들이 다른 종족들의 존재를 몰랐으므로, 다른 종족이 하얀색이나 검은색이나 노란색이나 무지개색일 것이라고 상상하는 것이 원천적으로 불가능하다는, 쓸모없는 주장을 펼칠 것이다. 하지만 여기에는 심각한 결함이 있다. 이런 주장은 우리가 지금 이야기하고 있는 종족이 사냥꾼일 뿐만 아니라 도공이기도 하며, 찰흙을 접시나 신상으로 변신시키는 어려운 작업을 하는 과정에서 가마 안에서는 재앙이든 찬란한 성과든, 완벽한 작품이든 망가진 작품이든, 빼어난 작품이든 기괴한 작품이든, 어떤 일이든 일어날 수 있음을 터득했을 것이라는 사실에 대한 무지를 보여줄 뿐이다. 그들이 세대를 거듭하며 오랜 세월 동안 가마 안에서 뒤틀리고, 금이 가고, 까맣게 그을리고, 덜 구워진 쓸모없는 작품들을 꺼낸 적이 얼마나 많을까. 사실 가마 안에서 벌어지는 일과 빵을 굽는 오븐 안에서 벌어지는 일 사이에는 별로 다른 점이 없다. 빵 반죽은 밀가루와 효모와 물로 만들어진 다른 종류의 찰흙일 뿐이며, 찰흙과 마찬가지로 오븐 속에서 지나치게 구워지거나 까맣게 타버릴 수 있다. 기마나 오븐 안에서는 별 차이가 없을지 모르지, 시프리아노 알고르도 이 점은 인정했다. 하지만 거기서 물건을 꺼낸 다음의 일을 생각하면, 내 분명히 말하지만 난 차라리 빵 굽는 사람이 되려고 기를 쓸 거야.

여러 낮, 여러 밤이 지나갔다. 오전과 오후도 여러 번 지나갔다. 책에 적혀 있는 지식과 인생 경험에 따르면, 인간들은 항상 신들보다 더 오랫동안 더 힘들게 노동해야 한다. 홍인종을 만들어 낸 창조주가 좋은 예다. 그가 만든 인간은 네 종류밖에 안 되고, 별로 성공을 거두지 못한 그 하찮은 결과조차 연감에 역사의 일부로 기록되었다. 하지만 시프리아노 알고르의 삶과 작품이 책이 실리는 일은 없을 것이다. 게다가 그는 작업의 일 단계에서만도 창조주의 작품보다 백오십 배나 많은 작품을 찰흙으로 만들어 내야 한다. 기원과 성격과 사회적 배경이 다른 인형 육백 개를 만들어야 하는 것이다. 그 중의 셋, 즉 익살꾼, 어릿광대, 간호사는 직업을 바탕으로 쉽게 모습을 그려낼 수 있지만, 중국 관리와 턱수염이 난 아시리아인의 경우는 다르다. 백과사전에서 그럭저럭 정보를 얻었음에도 불구하고, 그들이 살아가면서 정확히 어떤 일을 했는지 도무지 알 수가 없었다. 에스키모에 대해서는 그가 앞으로도 계속 사냥을 하고 물고기를 잡아먹으며 살 것이라고 생각할 수 있다. 하지만 시프리아노 알고르는 이제 이런 세세한 점에 별로 신경을 쓰지 않는다. 복장은 다르지만 색깔이 똑같기 때문에 다른 점이 잘 눈에 띄지 않고 크기도 똑같은 인형들을 거푸집에서 꺼낼 때가 되면, 그는 인형들을 제대로 구분하지 못해 뒤섞어 버리지 않도록 각별히 주의를 기울여야 할 것이다. 그는 이 일에 너무 몰두한 나머지 거푸집의 수명에 한계가 있어서 대략 마흔 번밖에 사용하지 못한다는 점을 가끔 잊어버리기도 할 것이다. 마흔 번이 넘으면 인형의 모양이 흐트러져서 생기와 선명함이 사라져 마치 인형들이 점점 삶에 지쳐가는 것처럼, 벌거벗었던 처음 상태로 다시 끌려가고 있는 것처럼 보일 것이다. 여기서 벌거벗은 모습이란 벌거벗은 인간 형태가 아니라, 아이디어의 실현이라는 옷을 입기 전의 절대적인 벌거벗음, 즉 찰흙 상태를 의미한다. 처음에 그는 시간낭비를 막기 위해 잘못된 인형들을 그냥 구석에 던져버렸지만, 나중에는 설명할 수 없는 묘한 연민과 죄책감 때문에 그것들을 한데 모아 공방의 선반 위에 조심스레 올려놓았다. 그 인형들은 대부분 그가 던질 때의 충격으로 일그러져 있었다. 그는 그것들을 재활용해서 다시 한 번 기회를 줄 수도 있었고, 처음에 만든 남자 인형과 여자 인형처럼 무자비하게 짜그러뜨릴 수도 있었다. 한때 남자 인형과 여자 인형이었던 찰흙은 아무 형체도 없이 바싹 말라서 금이 간 채 아직도 그 자리에 있다. 하지만 이번에 그는 쓰레기 속에서 모양이 잘못된 창조물들을 구출해 안전하게 보호해 주었다. 마치 성공작보다 아직 솜씨가 미숙해서 어쩔 수 없이 생겨난 실패작들을 더 사랑하는 것처럼. 이 인형들을 불에 굽지는 않을 것이다. 장작을 낭비하는 꼴이 될 테니까. 그는 찰흙에 금이 가서 흙이 부스러질 때까지, 찰흙에서 떨어져 나온 조각들이 아래로 떨어질 때까지 그것들을 선반 위에 놓아둘 것이다. 시간이 충분하다면, 그 인형들에게서 떨어져 나온 흙먼지가 다시 찰흙으로 부활할 때까지 놓아둘 수도 있다. 마르타는 그에게 이렇게 물을 것이다, 실패작들을 왜 저기다 두는 거예요. 그러면 그는 간단히 대답할 것이다, 마음에 드니까. 하지만 그는 마르타와는 달리 그것들을 실패작이라고 부르지 않을 것이다. 그것은 그들이 태어난 세상에서 그들을 쫓아내고, 그들이 자신의 작품임을 부정함으로써 그들을 완전히 고아로 만들어 버리는 짓이니까 말이다. 매일 뽕나무 그늘 밑의 건조대로 옮겨지는 수십 개의 완성품 인형들도 그의 작품이다. 그것들을 만드는 데 힘이 많이 드는 것도 사실이다. 하지만 완성품이 워낙 많은데다 모양도 서로 구분할 수 없을 만큼 똑같기 때문에, 마지막 순간에 부상을 입지 않도록 신경 써서 돌봐주기만 하면 된다. 그와 마르타는 파운드가 건조대 위로 뛰어오르지 않도록 묶어두는 수밖에 없었다. 녀석이 건조대 위로 올라간다면 이 공방의 다사다난한 역사 중에서도 최악의 파괴행위를 저지를 것이다. 우리가 알다시피, 이 공방에서는 지금까지 작품이 깨어지거나 바람직하지 않은 작품이 나온 경우가 많았다. 앞서 시제품으로 만든 여섯 개의 인형을 처음으로 건조대 위에 올려놓았을 때, 파운드가 그 정체를 파악하기 위해 인형을 직접 만져보려고 하자 시프리아노 알고르가 대뜸 소리를 지르며 녀석을 후려친 것이 효과를 발휘했음을 잊지 말아야 한다. 녀석은 거만하게 꼼짝도 않고 서 있는 인형들 때문에 사냥 본능이 더욱 달아올랐지만, 인형들을 조금도 해치지 않고 그냥 물러났었다. 물론 녀석 같은 동물이 홍인종처럼 얄팍하게 치장된 어릿광대와 중국인 관리, 익살꾼과 간호사, 에스키모와 턱수염이 난 아시리아 인형들을 보고 아무런 감흥이나 호기심을 느끼지 않을 것이라고 기대하는 것은 터무니없는 짓이다. 녀석이 자유를 잃어버린 지 이제 겨우 한 시간째였다. 마르타는 녀석이 이 처벌을 받아들일 때의 상처받은 표정이 마음에 걸려서 아버지에게 아무리 개라도 교육을 시키면 말을 듣지 않겠느냐고 말했다. 교육방법을 바꾸기만 하면 돼요, 그녀가 단호하게 말했다. 뭘 어떻게 하자는 거냐. 먼저 녀석을 풀어줘야죠. 그 다음엔. 녀석이 건조대로 뛰어오르려고 하면 다시 묶어놓는 거예요. 그 다음엔. 녀석이 건조대에 올라가면 안 된다는 걸 배울 때까지 그렇게 묶었다 풀었다를 반복하는 거죠. 그게 효과가 있을지도 모르지만, 녀석이 정말로 그걸 배우게 될 거라고 생각하는 건 망상이야, 너랑 같이 있을 때는 감히 건조대에 가까이 가지 못하겠지, 하지만 감시하는 사람 없이 혼자 남으면, 네가 아무리 교육을 시켜도 녀석의 머릿속에 들어 있는 조상 자칼의 본능을 억누를 수 없을 거다. 파운드의 조상인 자칼이라면, 인형의 냄새를 맡아보지도 않고 곧장 지나쳐서 뭔가 먹을 수 있는 걸 찾아 나설걸요. 그렇다 쳐도, 녀석이 실제로 건조대에 올라간다면 어떻게 될지 생각해 봐라, 얼마나 많은 작품을 잃어버릴지 생각해 봐. 작품이 많이 망가질 수도 있고 조금만 망가질 수도 있어요. 그건 두고 보면 알겠죠. 하지만 정말로 녀석이 작품을 망쳐버린다면 제가 망가진 인형들을 다시 만들게요. 제가 일을 도울 수 있도록 아버지를 설득하는 방법이 아무래도 그것뿐인 것 같은데요. 그 얘기는 하기 싫다, 넌 그냥 개를 교육시키는 실험이나 하도록 해. 마르타는 공방에서 나가 한마디 말도 없이 개의 목걸이와 연결된 끈을 풀어주었다. 그리고 집을 향해 몇 걸음 걷다가 갑자기 뭔가 생각이 난 사람처럼 걸음을 멈췄다. 개는 그녀를 바라보더니 바닥에 누웠다. 마르타는 몇 걸음 더 걷다가 다시 걸음을 멈추더니 곧장 부엌으로 들어가 부엌문을 열어두었다. 개는 움직이지 않았다. 마르타는 문을 닫았다. 개는 잠시 가만히 있다가 일어서서 천천히 건조대로 향했다. 마르타는 문을 열지 않았다. 개는 집을 뒤돌아본 다음 잠시 망설이다가 다시 뒤를 돌아보더니 턱수염이 난 아시리아인들을 말리고 있는 건조대에 앞발을 올려놓았다. 마르타가 문을 열고 밖으로 나왔다. 개는 재빨리 앞발을 치우고 가만히 서 있었다. 녀석은 도망칠 이유가 없었다. 양심에 거리낄 일을 전혀 하지 않았으니까. 마르타는 녀석의 목걸이를 움켜쥐더니 역시 아무 말 없이 다시 끈을 묶었다. 그리고 부엌으로 들어가 문을 닫았다. 그녀는 개가 방금 일어난 일을 생각해 볼 것이라고 생각했다. 생각이든 행동이든, 이런 상황에서 보통 녀석이 하는 짓을 할 것이다. 이 분 후, 그녀는 녀석을 다시 풀어주었다. 개에게 방금 일어난 일을 잊어버릴 시간을 주지 않는 것이 최선이었다. 원인과 결과의 관계가 개의 기억 속에 각인되어야 하니까. 이번에 파운드는 아까보다 더 오랫동안 눈치를 보다가 건조대 위에 앞발을 올려놓았다. 비록 아까보다 덜 확신에 찬 모습인지는 몰라도, 앞발을 올려놓은 것은 사실이었다. 잠시 후 파운드는 다시 끈에 묶였다. 이런 일이 네 번 반복되고 나자 녀석은 자신이 어떻게 해야 하는지 이해하는 기색을 내비치기 시작했다. 하지만 녀석은 계속 건조대 위에 앞발을 올려놓았다. 마치 절대 해서는 안 되는 일이 바로 이것인지 철저히 확인하려는 것처럼. 이렇게 끈을 묶었다 풀었다를 반복하는 동안 마르타는 아무 말도 하지 않았다. 그녀는 부엌을 들락날락하면서 문을 닫았다가 열었고, 개가 움직일 때마다 자신도 반응을 보였다. 녀석의 움직임도, 그녀의 반응도 항상 똑같았다. 서로 주거니 받거니 이어지는 이 연속적인 움직임은 둘 중 하나가 다른 행동을 함으로써 맥을 끊어야만 끝날 터였다. 마르타가 여덟 번째로 문을 닫았을 때, 파운드는 또다시 건조대 쪽으로 갔지만 턱수염이 난 아시리아인을 만져보려는 것처럼 앞발을 들어올리지는 않았다. 녀석은 그 자리에 서서 집을 바라보며 가만히 있었다. 여주인과 누가 더 용감한지 내기라도 하는 것처럼. 녀석은 그녀에게 이렇게 묻고 있는 것 같았다, 나의 이 훌륭한 작전에 어떻게 대응하실 건가요, 이 작전으로 나는 승리할 것이고 주인님은 패배할 겁니다. 자신이 거둔 성과에 흐뭇해진 마르타는 혼자 중얼거렸다, 내가 이겼어, 그럴 줄 알았어. 그녀는 밖

으로 나가 개에게 다가가서 녀석의 머리를 쓰다듬으며 부드
럽게 말했다, 착하구나, 잘했어. 그녀의 아버지가 공방 문간
에 서서 이 행복한 결말을 지켜보고 있었다. 잘 됐구나, 이제
녀석이 앞으로도 계속 이러는지 지켜봐야지. 녀석이 다시는
건조대로 올라가지 않을 거라는 데 뭐든 마음 내키는 대로 거
세요, 마르타가 말했다. 인간이 쓰는 단어들 중에서 으르렁거
리는 소리와 짖는 소리로 이루어진 개의 어휘 속으로 편입된
단어는 거의 없다. 따라서 파운드는 두 사람의 말을 이해할
수 없었으므로, 주인이 무책임하고 밉살맞게 만족감을 표시
하는 데도 전혀 항의하지 않았다. 이런 문제에 대해 조금이라
도 아는 것이 있어서 조금 전까지 진행된 과정을 공평하게 평
가할 수 있는 사람이라면, 마르타가 아무리 승리를 확신하더
라도 이번 싸움의 승자는 주인인 마르타가 아니라 개임을 알
수 있을 것이다. 물론 겉만 보고 판단하는 사람들은 정반대의
의견을 내놓겠지만 말이다. 그러니 사람들이 자신을 승자로
착각하고 자랑하도록 내버려두자. 심지어 이제 공격받을 위
험이 없어진 턱수염 난 아시리아인과 그 동료들이 승리를 자
랑하더라도 내버려두자. 하지만 파운드에 대해서는 녀석이
어이없이 패자라는 불명예를 쓰도록 내버려둘 수가 없다. 승
리가 녀석의 것임을 보여주는 궁극적인 증거는, 그날부터 녀
석이 인형들을 누구보다 열심히 감시하는 경비원이 되었다는
사실에서 찾아볼 수 있었다. 여러분도 간호사 인형 여섯 개
위로 갑자기 바람에 불어왔을 때, 녀석이 주인에게 이 사실을

알리려고 짖어대는 소리를 들어봤어야 하는 건데.

　맨 처음 가마로 구워낸 것은 인형 삼백 개였다. 아니, 간혹 깨진 인형이 있을 수도 있음을 감안하면 삼백오십 개라고 해야 할 것이다. 가마 안에 최대한 넣을 수 있는 숫자가 삼백오십 개였다. 공교롭게도 가마에서 인형을 굽는 날이 마르살의 휴가일과 겹쳤으므로, 그날 마르살은 열심히 일을 해야 했다. 그는 참을성 있게 기꺼이 장인을 도와 가마 안의 선반에 인형들을 가지런히 올려놓았으며, 화덕에 장작을 집어넣는 일을 맡았다. 이것은 튼튼한 사람만이 감당할 수 있는 일이다. 장작을 화덕까지 옮겨 집어넣는 데 힘도 들고 오랫동안 계속 해야 하기 때문이다. 최신기술에 비춰보면 겨우 초보적인 수준에 머물러 있는 이 낡은 가마의 온도를 최적의 수준까지 끌어올리는 데는 상당한 시간이 걸린다. 게다가 일단 온도가 그 수준에 도달한 후에는 가능한 한 안정적으로 온도를 유지해야 한다. 마르살은 밤중까지 일을 계속할 것이다. 장인이 공방에서 굳이 직접 마무리하겠다고 고집을 피운 일을 끝내고 마르살의 뒤를 이어 화덕을 맡을 수 있게 될 때까지. 마르타는 아버지와 마르살에게 차례로 저녁식사를 가져다준 다음, 명상의 의자 역할을 하는 의자에 앉아 마르살과 함께 저녁을 먹었다. 두 사람 모두 나름의 이유로 인해 입맛이 별로 없었다. 밥을 영 못 먹네, 너무 피곤해서 그래, 그녀가 물었다. 응, 조금 피곤해, 내가 별로 튼튼한 편이 아니라서 더 힘이 드는 모양이야, 그가 말했다. 맨 처음 인형을 만들자고 한 건 나였어. 나도 알아. 그 이야기를 처음 꺼낸 건 난데, 며칠 전부터 후회가 돼서 죽겠어, 이걸 만들 만한 가치가 있는 건지, 전부 다 아무 짝에도 쓸모없는 일이 아닌지 자꾸만 의문이 들어서. 지금 당신 아버지한테 가장 중요한 건 지금 하고 계시는 일이야, 그게 쓸모가 있든 없든 상관없어, 만약 당신이 아버님한 테서 일을 빼앗는다면 그 일이 뭐가 됐든 아버님한테서 살아갈 이유를 빼앗는 거나 마찬가지야, 만약 당신이 아버님한테 지금 하시는 일이 무의미하다고 말한다면, 당신 말이 옳다는 증거가 눈앞에 뻔히 보여도 아버님은 아마 당신 말을 믿지 않으실 거야, 그 말을 도저히 받아들일 수 없으니까. 센터가 우리 물건을 더 이상 받지 않겠다고 했을 때도 아버지는 그럭저럭 충격을 이겨내셨어. 그건 당신이 인형을 만들자는 이야기를 금방 꺼냈기 때문이야. 그거야 그렇지, 하지만 힘든 일은 이제부터 시작이라는 생각이 들어, 지금보다 더 힘들어질 것 같아. 내가 조금 있으면 상주경비원으로 승진할 거야, 그러면 그게 아버님에게는 힘든 일이 될걸. 아버지는 우리랑 같이 센터에서 살 거라고 하셨어. 그랬지, 하지만 그건 사람들이 언젠가 죽을 거라고 말하는 것과 똑같은 말이었어, 우리는 모든 생명체의 궁극적인 운명이 죽음이라는 걸 알면서도 마음 한 구석으로는 그 사실을 거부하며 죽음과 삶은 아무 상관이 없는 것처럼 행세해, 아버님이 바로 그런 상태야, 우리와 같이 이사를 가겠다고 하시면서도 속으로는 꼭 그렇게 할 거라는 확신이 없어, 마지막 순간에 뭔가 다른 일이 일어나서 자신을 다른 길로 이끌어주기를 기다리는 것처럼, 지금쯤이면 아버님도 센터에 관한 한 길은 하나밖에 없다는 걸 알고 계실 거야. 센터에서 센터로 통하는 길밖에 없다는 걸, 난 거기서 일하니까 잘 알아. 센터에서 사는 건 기적의 연속이라고 말하는 사람이 많아. 마르살은 금방 대답하지 않았다. 그는 남은 음식이 자기 몫으로 돌아오기를 참을성 있게 기다리던 개에게 고기 한 조각을 주고난 후에야 입을 열었다. 그래, 지금 시간이 늦었으니 방금 내가 파운드에게 준 고기 한 조각이 녀석에게는 기적처럼 보이겠지, 그거랑 비슷해. 그는 파운드의 등을 쓰다듬었다. 한 번, 두 번, 세 번. 처음에는 그냥 평범한 애정 때문이었고, 나머지 두 번은 불안과 고집 때문이었다. 마치 시급히 녀석을 달래줄 필요가 있는 것처럼. 하지만 사실 기억속에서 다시 표면으로 떠오른 생각을 쫓아버리기 위해 마음을 가라앉힐 필요가 있는 것은 바로 그 자신이었다. 센터에서는 개를 키울 수 없다. 센터에서는 개를 안으로 들이지 않는다. 고양이도 그렇다. 새장에 넣은 새나 어항에 든 물고기만키울 수 있다. 그나마 새나 물고기를 키우는 집도 점점 더 희귀해지고 있다. 가상 수족관이 발명된 후부터 줄곧 그렇다. 비린내를 풍기는 물고기도 없고, 물을 갈아줘야 할 필요도 없으니까. 열 종의 물고기 오십 마리가 안에서 우아하게 헤엄쳐다닌다. 녀석들을 죽이지 않으려면 진짜 물고기를 기를 때처럼 돌봐주고 먹이를 줘야 한다. 수질도 확인해야 하고. 하지만 그게 힘들게 느껴지지 않는 게, 이 놀라운 물건을 소유한 행복한 사람들은 수족관 바닥을 다양한 바위와 식물로 장식할 수 있을 뿐만 아니라 다양한 소리를 마음대로 조절할 수도 있다. 카리브 해변이나 열대의 정글이나 폭풍이 치는 바다 같은 소리가 울려 퍼지는 가운데, 창자도 없고 뼈도 없는 물고기들이 자신을 둘러싸는 걸 지켜볼 수 있는 것이다. 센터 사람들은 개를 받아들이려 하지 않아, 마르살은 다시 속으로 생각했다. 그는 이것이 다른 걱정거리를 점차 몰아내고 있음을 깨달았다. 마르타한테 이 이야기를 할까 말까. 그는 말해야 한다는 쪽으로 생각이 기울어지다가, 나중에 이 이야기를 더 이상 피할 수 없을 때까지 미루는 게 낫겠다는 쪽으로 생각이 바뀌었다. 그는 아무 말도 않기로 했지만, 정신이라는 가상 수족관 내부에서는 원래 간헐적으로 마음이 오락가락하게 마련이므로, 채 일 분도 되지 않아 그는 마르타에게 이렇게 말했다. 그냥 센터로 갈 때 파운드를 데리고 갈 수 없을 거라는 생각이 들어서, 센터에서는 개를 키울 수 없거든, 정말 걱정이야, 불쌍한 것, 그냥 버리고 갈 수밖에 없으니. 어쩌면 해결책이 있을지도 몰라, 마르타가 말했다. 당신도 이미 그 생각을 해본 거야, 마르살이 깜짝 놀라서 말했다. 응, 오래전에. 그래, 그 해결책이라는 게 뭔데. 이사우라가 파운드를 돌봐줄 수 있을 거라는 생각이 들었어, 사실 이사우라는 파운드를 돌보는 걸 좋아할 것 같아, 게다가 둘이 이미 아는 사이이기도 하니까. 이사우라라고. 응, 기억나, 아버지가 물병을 갖다 준 사람 말이야, 우리한테 이사우라가 케이크를 갖다 준 적도 있지, 지난번에 우리가 당신 부모님하고 점심식사를 하러 갔을 때 나를 만나러 왔다던 사람. 그거 좋은 생각 같은데. 그렇지, 그게 파운드한테 제일 좋은 방법인 것 같아. 하지만 아버님이 좋다고 하실까. 한편으로는 반대를 하시겠지, 독신 여자는 개한테 좋은 친구가 돼줄 수 없다면서, 아마 개하고 독신 여자가 안 어울리는 이유를 어떻게든 만들어 내실걸, 그러면서 이사우라 말고도 파운드를 맡아줄 사람이 분명히 있을 거라고 하실 거야, 하지만 다른 한편으로는 내 의견에 반대하는 자기 주장이 먹히지 않기를 바라고 또 바라실 거야, 틀림없어. 두 분 사이는 어때, 마르살이 물었다. 이사우라도 아버지도 안됐어. 왜 안됐다는 거야. 이사우라가 아버지를 사랑하는 게 분명한데도 아버지가 쌓아놓은 장벽을 넘어서질 못하거든. 그럼 아버님은. 아유, 그 문제에 대해서도 아버지 마음은 둘로 나뉘어 있어. 그중 한쪽은 아마 이사우라 말고는 다른 생각을 전혀 못 할걸. 그럼 나머지 한 쪽은. 나머지 한쪽은 예순네 살이라서 두려워하고 있지. 사람이라는 게 참 복잡해. 맞아, 하지만 우리가 단순하다면 사람이라고 할 수 없지. 파운드는 이미 다른 데로 가버리고 없었다. 늙은 주인의 동무가 되어줄 사람이 아무도 없다는 것을 갑자기 깨달았기 때문이다. 늙은 주인은 공방에 혼자 앉아서 맨 처음 배달할 육백 개의 인형 중 두 번째로 가마에 들어갈 삼백 개를 가지고 씨름하고 있었다. 개는 이런 것을 보고 엄청난 혼란을 느낀다. 개는 이런 것을 보면서도 이해하지 못한다. 그렇게 힘들여 땀 흘리며 일하는 것을. 이 일로 벌어들일 돈이 얼마나 되는지를 이야기하는 것이 아니다. 돈을 그리 많이 벌지는 못할 것이다. 겨우 그만 그만한 수준이라고나 할까. 어쨌든 많은 돈이 아님은 분명하다. 조금 전 마르타의 말처럼 아무 짝에도 쓸모없는 일일 수도 있다. 마르타와 마르살의 길고 깊이 있는 대화를 지금까지보면서 확인한 것처럼, 돌 의자는 우리가 지어준 명상의 의자라는 이름을 받을 자격이 있다. 아니, 반드시 그 이름으로 불러야 한다. 이제 다시 가마로 주의를 돌려 화덕에 장작을 더집어넣을 시간이 되었다. 하지만 조심해야 한다. 마르살, 사람이 피곤하면 자기 방어를 위한 반사작용 속도가 느려진다는 걸 잊지 마, 반응하는 데 시간이 더 오래 걸린다고, 우린그날 일어났던 불행한 일을 다시 겪고 싶지 않아, 그날 울부짖는 불길이 뱀처럼 당신을 향해 뛰어올라 왼손에 영원히 자국을 남겨놓았잖아. 마르타도 대충 이와 비슷한 말을 했다, 난 가서 설거지를 하고 잘게, 조심해, 마르살.

다음날 아침, 여느 때처럼 이른 시간에 시프리아노 알고르는 승합차로 마르살을 센터에 데려다주었다. 집을 떠날 때 그는 마르살에게 이런 말을 했다, 날 도와줘서 얼마나 고마운지모르겠네. 마르살은 이렇게 대답했다, 하는 데까지 했는데, 앞으로도 일이 계속 잘됐으면 좋겠어요. 다음에 인형을 구워낼 때는 더 수월할걸세, 틀림없어, 내가 작업을 간단하게 해줄 방법을 몇 개 생각해 냈거든, 경험이 쌓이면 좋은 점이 바로 그거지, 지금 만들고 있는 인형 삼백 개를 일주일 후면 건조대에 올려놓을 수 있을걸세. 제가 열흘 후에 다시 휴가를 나오니까, 그때 그 인형들을 구울 예정이시라면 또 도와드릴게요. 고맙네, 자네 이거 아나, 공방이 이렇게 위기를 맞지 않았다면 자네랑 내가 훌륭한 한 팀이 됐을 것 같아, 자네가 센터 일을 그만두고 공방에서 일을 할 수도 있었겠지. 그럴지도 모르죠, 하지만 그런 얘길 하기에는 좀 늦은 것 같아요, 게다가 만약 제가 센터를 그만뒀다면 지금 아버님이나 저나 모두 실업자가 됐겠죠. 난 아직 직업이 있어. 아, 예, 물론이죠. 시간이 흐른 후 도시로 향하는 도로에 들어섰을 때, 오랜 침묵 끝에 시프리아노 알고르가 입을 열었다, 나한테 생각이 하나 있는데, 자네가 들어보고 어떤지 얘기를 좀 해주겠나. 어떤 생각인데요. 그게, 첫 번째로 구워낸 인형 삼백 개에 색칠이 끝나는 대로 센터로 가져갈까 생각 중이야, 그러면 센터도 우리가 진지하게 이 일에 매달리고 있다는 걸 알 수 있을 테고, 인형을 생각보다 빨리 판매대에 올릴 수 있을 거야, 그러면 그 쪽에도 좋은 일이고, 우리한테는 더 좋은 일이지, 결과가 나올 때까지 오랫동안 기다릴 필요가 없으니까, 모든 일이 우리 희망대로 굴러간다면, 다음번에는 이번처럼 서두르지 않고 조금 느긋하게 일할 수 있을걸세, 자네 생각은 어떤가. 좋은 생각 같은데요, 마르살이 말했다. 이 말을 하고 나니 마르타가 물병을 가져간 여자에게 파운드를 맡기자는 이야기를 했을 때도 자신이 똑같은 말을 했다는 생각이 들었다. 자네를 내려주고 나서 구매부장을 만나러 갈 생각일세, 구매부장도

좋다고 할 거야, 시프리아노 알고르가 말했다. 그러기를 바라
야죠, 마르살이 말했다. 이번에도 그는 바로 얼마 전에 했던
말을 또다시 반복하고 있다는 느낌이 들었다. 말을 할 때는
항상 이런 느낌이 들게 마련이다. 우리는 끊임없이 말을 반복
하지만, 그 사실이 유난히 강렬하게 느껴지는 때가 있는 것
같다. 그 이유가 무엇인지는 알 수 없다. 차가 시내로 들어갈
때 마르살이 물었다, 인형에 색칠은 누가 하죠. 글쎄, 마르타
가 색칠을 하고 싶다고 고집을 부리고 있네, 나 혼자서 한꺼
번에 이것저것 다 할 수는 없다면서, 딱히 이런 표현을 쓴 건
아니지만, 어쨌든 그 애의 말뜻은 이거였네. 하지만 아버님,
물감에는 유독물질이 들어 있잖아요. 나도 알고 있네. 그럼
마르타가 다루면 안 될 것 같은데요. 내가 분무기로 초벌칠을
할 거야, 분무기를 사용하면 물감이 공중으로 뿌려진다는 건
알지만, 작업 속도가 훨씬 빠르거든. 그 다음에는요. 그 다음
에는 붓으로 색을 칠해야지, 그 작업은 상당히 안전해. 최소
한 마스크라도 사지 그러셨어요. 너무 비싸서 말이야, 시프리
아노 알고르가 중얼거렸다, 이런 말을 하는 것이 부끄럽다는
듯이. 센터에서 그릇을 치우려고 트럭을 부를 수 있을 정도인
데, 아무려면 마스크 하나 살 돈이 없겠어요. 우리가 그 생각
은 못 해봤구먼, 시프리아노 알고르가 말했다. 하지만 곧 잘
못을 뉘우치는 사람처럼 자신의 말을 바로잡았다, 아니, 내가
그 생각을 못 해봤다고 해야지. 두 사람은 센터까지 직선으로
뻗어 있는 대로를 달리고 있었다. 아직 갈 길이 멀었지만, 거

대한 광고판에 적힌 문구가 벌써 눈에 들어왔다. 여러분은 초고의 고객입니다, 하지만 여러분 이웃들께는 제발 말하지 마세요. 시프리아노 알고르는 아무 말도 하지 않았지만, 마르실이 마치 그의 생각을 읽은 듯한 말을 했다. 놈들이 우리를 이용해서 재미를 보고 있군요. 승합차가 경비부 출입구 반대편에 서자 마르살이 말했다, 구매부장을 만난 다음에 이쪽에 다시 들르세요, 제가 마스크를 한번 구해볼 테니까요. 아까도 말했지만 난 마스크가 필요 없네, 그리고 마르타는 붓으로 색칠하는 작업만 할 거야. 아버님도 마르타를 저 못지않게 잘 아시잖아요, 아버님이 공방에서 잠시만 정신을 다른 데 팔아도 이미 손 쓸 수 없는 일이 벌어질 거라고요. 구매부에서 시간이 얼마나 걸릴지 나도 몰라, 내가 여기 와서 자네를 불러 달라고 해야 하나, 아니면 자네를 직접 찾아다녀야 하나. 그러지 마세요, 그럴 필요 없으니까요, 제가 문을 지키는 동료한테 마스크를 맡겨놓을게요. 알았네. 그럼 열흘 후에 봬요. 그러지. 저 대신 마르타를 잘 보살펴 주세요, 아버님. 걱정 말게, 나도 자네 못지않게 그 애를 사랑하니까, 사랑하는 방식이 다를 뿐이야, 마르살. 예. 한 번 끌어안으면서 인사를 해볼까. 승합차에서 내리는 마르살의 눈에는 눈물이 고여 있었다. 이번에 시프리아노 알고르는 자신의 머리를 쥐어박지 않았다. 그저 슬픈 듯 희미한 미소를 띠고 이렇게 혼잣말을 했을 뿐이다. 내가 어쩌다 이 지경이 됐을꼬, 애정에 굶주린 아이처럼 끌어안아 달라고 하다니. 그는 차에 시동을 걸고 센터가 있는 블록 옆을 돌아갔다. 센터가 새로 확장됐기 때문에 그 블록도 더 커져 있었다. 조금 있으면 원래 이 자리에 뭐가 있었는지 아무도 기억 못 하겠지, 그는 속으로 생각했다. 십오 분 후 그는 지하실로 이어진 진입로를 따라 내려가고 있었다. 오랜만에 오는 사람처럼 낯선 기분이 들었다. 딱히 낯설게 느껴질 만큼 변한 것이 눈에 띄지 않았지만 말이다. 경비원에게 짐을 부리러 온 것이 아니라 정보를 좀 얻으러 왔다고 알린 다음, 그는 자동차를 한쪽 옆에 주차시켰다. 벌써 트럭들이 길게 늘어서서 기다리고 있었다. 엄청나게 커다란 트럭도 몇 대 보였다. 물건을 접수하는 창구가 열리려면 두 시간을 더 기다려야 할 터였다. 시프리아노 알고르는 운전석 의자에 편안히 자리를 잡고 잠을 청했다. 시내로 출발하기 전에 가마의 창문으로 안을 슬쩍 들여다보았더니 인형이 다 구워져 있었다. 이제는 가마가 식도록 내버려두기만 하면 되었다. 서두르지 말고 천천히. 누가 뭐라 하든, 자기만의 속도로 한결같이 걷는 사람처럼. 잠을 자기 위해서 그는 마치 양을 세듯이 인형을 세기 시작했다. 먼저 익살꾼부터 시작한 그는, 익살꾼 인형을 다 헤아린 다음 어릿광대로 넘어가 역시 끝까지 다 세었다. 이것도 오십 개, 저것도 오십 개였다. 그는 예비용 인형에는 관심이 없었다. 혹시 인형에 흠집이 나는 경우를 대비해서 만드는 인형 말이다. 그는 어릿광대 다음으로 에스키모 인형을 헤아리려 했다. 하지만 무슨 이유에서인지 간호사가 끼어들었다. 그는 간호사 인형들을 물리치려고 싸움을 벌이다가 잠이 들었다. 그는 전에도 센터의 지하실에서 부족한 아침 잠을 보충한 적이 있었다. 그리고 예전과 마찬가지로 엔진에 시동을 거는 소리에 잠에서 깨었다. 지하실이라 소리가 울리기 때문에 엔진 소리가 몇 배로 증폭되어 크게 들렸다. 그는 차에서 내려 접수대로 가서 자신이 누구인지 밝히고 정리할 일이 있어서 왔다고 말했다. 가능하면 구매부장을 만나고 싶다는 말도 했다. 이건 중요한 문제입니다, 그는 이렇게 덧붙였다. 그의 말을 들은 접수원이 의심스러운 시선으로 그를 바라보았다. 그가 말하는 문제라는 것도, 지금 자기 앞에 서 있는 사람도 전혀 중요한 것 같지 않았다. 그 사람이 측면에 도자기 공방이라고 적힌 작고 형편없는 승합차의 주인이니 말이다. 그래서 접수원은 부장님이 바쁘시다고 말했다, 지금 회의 중이십니다, 오전 내내 바쁘실 겁니다, 부장님을 만나려는 정확한 이유가 뭡니까. 시프리아노 알고르는 부장에게 할 말이 무엇인지 설명했다. 그리고 접수원에게 깊은 인상을 심어주기 위해 구매부장과 전화로 나눈 이야기를 일부러 언급했다. 결국 접수원이 이렇게 말했다, 제가 가서 구매차장님께 한번 여쭤보죠. 시프리아노 알고르는 구매차장이 전에 자신을 그토록 괴롭힌 비열한 놈일까 봐 걱정스러웠지만, 그를 만나러 나온 구매차장은 정중하게 남의 말을 잘 들어주는 사람이었다. 그는 시프리아노 알고르의 이야기를 듣고 아주 훌륭한 생각이라고 말했다, 그래요, 정말 좋은 생각입니다, 당신한테도 좋고, 우리한테는 더 좋아요, 당신이 다음에 가져올 인형 삼백 개를 만들고 나머지 인형 육백 개를 만들 준비를 하는 동안, 그때도 지금처럼 두 번으로 나눠서 만들든 아니면 육백 개를 한꺼번에 만들든 상관없이, 우리는 이 신상품에 대해 고객들이 겉으로 드러내는 반응과 은연중에 드러내는 반응을 지켜볼 수 있을 겁니다. 심지어 두 가지 중요한 점을 확인하기 위해 설문지를 돌릴 수 있을 만큼 시간적인 여유를 확보할 수 있죠. 두 가지 점이란 첫째, 구매 이전의 상황, 즉 고객들의 관심입니다. 고객들이 이 상품을 자발적으로 진심으로 갖고 싶어하느냐 하는 것이죠. 둘째는 사용 후의 상황, 즉 제품을 구매한 뒤의 만족도입니다. 제품이 얼마나 쓸모가 있다고 느끼는지, 이 제품을 갖게 돼서 자랑스러운지를 개인적인 관점과 집단적인 관점에서 살펴보는 겁니다. 여기서 집단은 가족이든 직장이든 무엇이나 가능합니다. 우리에게 가장 중요한 것은 항상 불안정하게 요동치며 대단히 주관적인 요소인 제품의 사용가치가 교환가치보다 너무 낮은지, 아니면 너무 높은지 확인하는 겁니다. 조사결과가 나오면 센터에서는 어떻게 하죠, 시프리아노 알고르가 물었다. 그냥 뭔가 말을 해야 할 것 같아서였다. 구매차장은 선심이라도 쓰는 것처럼 대답해 주었다. 세상에 선생, 제가 이 자리에서 그걸 선생께 밝힐 거라고 정말로 기대하시는 건 아니겠죠, 그건 꿀벌들의 비밀과 같은 겁니다. 하지만 꿀벌들의 비밀이라는 게 사실은 존재하지 않는 줄 알았는데요, 그건 그냥 그럴듯한 포장 아닙니까, 거짓 수수께끼, 미완성 우화, 만들어질 수도 있었지만 실제로는 만들어지지 않은 이야기 같은 것들 말이죠.
예, 맞습니다. 꿀벌들의 비밀은 존재하지 않죠. 하지만 우ㄹ
는 그게 어떤 건지 알고 있습니다. 시프리아노 알고르는 마ㅊ
뜻밖의 공격을 받은 사람처럼 몸을 움츠렸다. 구매차장은 ㄷ
소를 지으면서 정말 좋은 생각을 해내셨다고 정중하게 강ㅈ
했다. 첫 번째 물건이 들어온 다음에 다시 연락하겠다는 말ㄷ
했다. 시프리아노 알고르는 왠지 위협을 받은 듯한 불안감ㅇ
안고 자동차에 올라 지하실을 떠났다. 구매차장의 마지막 ㅁ
이 머리를 떠나지 않았다. 꿀벌들의 비밀은 존재하지 않죠.
하지만 우리는 그게 어떤 건지 알고 있습니다. 우리는 그ㄱ
어떤 건지 알고 있습니다. 우리는 그게 어떤 건지 알고 있ㅅ
니다. 그는 그 남자의 얼굴에서 가면이 떨어지는 것을 보앗
다. 그런데 그 뒤에 똑같은 가면이 또 있었다. 그 가면 뒤에ㄷ
역시 방금 떨어져 내린 가면과 똑같은 가면이 있을 것이다
꿀벌들의 비밀이 존재하지 않는 것은 사실이지만, 그들은 ㄱ
게 어떤 건지 알고 있다. 그는 불안한 심정을 마르타나 마ㄷ
샬에게 털어놓을 수 없었다. 두 사람이 이해하지 못할 테ㄴ
까. 두 사람은 접수대 옆에 그와 함께 서서 교환가치와 사용
가치의 차이를 설명하는 구매차장의 말을 듣지 않았으므로
그의 불안감을 이해하지 못할 것이다. 어쩌면 꿀벌의 비밀ㅇ
라는 것은 고객에게 적절한 자극을 주어 욕구를 불러일으ㅋ
으로써 사용가치가 점점 높아지도록 하는 것인지도 모른다
사용가치가 높아지면 곧바로 교환가치가 높아질 것이다. ㄱ

환가치는 교활한 생산자가 구매자에게 강요하는 가치이다. 생산자는 서서히 교묘하게 구매자의 내적인 방어벽을 무너뜨린다. 이 방어벽은 구매자가 자신의 성격에 대한 인식을 바탕으로 만들어 낸 것이다. 만약 오점 하나 없는 결백한 사람이 정말로 존재했다면, 이 방어벽이 비록 불확실하기는 할망정, 그에게 최소한의 저항력과 자제력을 부여해 주었을 것이다. 시프리아노 알고르가 자신의 뜻을 힘들고 어렵게 설명한 것은 전적으로 그 자신의 탓이다. 그가 사회학 학위도 없고 경제학을 공부한 적도 없는 소박한 도공이면서도, 감히 그 촌스러운 머리로 자신의 생각을 관철시키려 했기 때문이다. 그러나 그는 어휘력이 부족하고 정확한 용어를 구사할 수 없다는 심각한 약점 때문에 자신의 생각을 과학적인 언어로 옮겨놓을 수 없음을 깨달을 수밖에 없었다. 만약 그가 과학적인 언어를 제대로 구사했다면, 그가 자신의 언어로 말하려고 했던 내용을 우리가 마침내 이해할 수 있었을지도 모른다. 시프리아노 알고르는 이 당혹스러운 순간과 이 순간을 이해하려던 자신의 실수투성이 시도를 영원히 기억할 것이다. 그는 지극히 간단한 질문을 하러 센터의 구매부를 찾아갔지만, 복잡하고 모호하기 짝이 없는 대답만 듣고 돌아왔다. 대답이 너무 모호해서, 그가 자신의 뇌라는 미로 속에서 길을 잃고 헤매는 것이 세상에서 가장 자연스러운 일처럼 보였다. 그래도 그는 적어도 시도는 해보았다. 시프리아노 알고르는 구매차장이 미소를 지으며 했던 신비스러운 말 뒤에 숨은 의미를 찾아내려고 할 수 있는 일을 다 했다고 언제든 말할 수 있을 것이다. 결국 의미를 찾아내지 못했음이 그가 보기에도 분명했는데도, 그는 최소한 자신이 갔던 길을 뒤따르는 사람들에게 이 길이 어디로도 이어져 있지 않다는 것을 분명하게 알려주었다. 이건 아는 게 많은 사람들이 다룰 문제야. 시프리아노 알고르는 속으로 생각했다. 내면의 불안감을 도무지 잠재울 수 없었다. 하지만 시프리아노 알고르보다 훨씬 노력을 덜하고도 훨씬 더 크게 소란을 피우는 사람도 있다. 그것이 우리 생각이다.

마르살이 문을 지키는 경비원에게 맡겨놓은 꾸러미 속에는 마스크가 하나가 아니라 두 개 들어 있었다. 혹시 마스크의 공기정화기가 고장 날지도 모르니까요, 꾸러미 안의 쪽지에는 이렇게 적혀 있었다. 이 쪽지에서도 그는 마르타 걱정을 잊지 않았다. 부디 저 대신 마르타를 잘 보살펴 주세요. 점심 때가 다 된 시간이었다. 오전이 그냥 날아가 버렸네, 시프리아노 알고르는 거푸집과 그 안에 들어 있는 찰흙과 점점 식어가고 있는 가마와 그 안에 줄지어 늘어선 인형들을 떠올리며 속으로 생각했다. 센터를 등지고 대로를 반쯤 내려왔을 때, 여러분은 최고의 고객이지만 이웃들에게는 제발 말하지 말라는 문구를 통해, 이 도시가 자신을 조작하며 흡수해 버리고 있는 의식적인 속임수에 무의식적으로 동참하고 있음을 보여주는 관계도가 뻔뻔스럽고 분명하게 드러나는 지점에서, 시프리아노 알고르는 오전 시간이 그냥 날아가 버렸을 뿐만 아니라 구매차장의 꺼림칙한 말 때문에 그가 살아오면서 익숙해진 세상의 현실감마저 사라져버렸다는 생각이 들었다. 이제부터는 모든 것이 겉으로 드러나는 모습 이상의 의미를 지니지 않을 것이다. 환상, 의미의 부재, 답이 없는 의문들. 차라리 차를 벽에다 박아버리는 것도 괜찮겠지, 그는 생각했다. 자신이 왜 그렇게 하지 않는지, 왜 앞으로도 그렇게 할 가능성이 희박한지 의아했다. 그래서 그는 자신이 그렇게 하지 않는 이유들을 꼽아보았다. 지금의 맥락에는 어울리지 않는 것 같기는 하지만, 사람들이 자살하는 가장 큰 이유는 적어도 원칙적으로는 바로 그들이 살아 있다는 것이다. 시프리아노 알고르가 차를 몰고 벽으로 돌진하지 않는 강력한 이유들 중 첫번째도 그가 살아 있다는 것이었다. 그리고 그 뒤를 바로 따르고 있는 이유는 바로 그의 딸 마르타였다. 마르타의 뒤를 바짝 따르고 있는 것, 시프리아노 알고르의 삶과 너무나 밀착되어 있어서 그가 자신의 삶을 생각할 때 한꺼번에 생각하게 되는 것은 공방과 가마, 그리고 사위 마르살이었다. 마르타를 진심으로 사랑하는 착한 녀석. 파운드도 그가 자살하지 않는 이유 중 하나였다. 이것이 터무니없는 이유라고 생각하는 사람이 많을지도 모르고, 객관적으로 말해서 고작 개 한 마리가 누군가의 생명을 붙드는 역할을 할 수 있다는 사실을 설명할 길이 없지만 말이다. 그럼 파운드 다음으로는, 그 다음으로는 뭘까. 시프리아노 알고르는 자신이 자살하지 않는 이유를 더 이상 찾아낼 수 없었다. 하지만 반드시 뭔가 다른 이유가 하나 더 있는 것 같았다. 그게 뭘까. 그때 갑자기 아무런 예고도 없이 기억 속에서 죽은 아내의 이름과 얼굴이 불쑥 떠올랐다. 후스타 이사스카의 이름과 얼굴. 시프리아노 알고르가 차를 몰고 벽으로 돌진하지 않는 이유를 찾다가 이미 충분한 이유들을 찾아냈지만, 즉 자기 자신, 마르타, 공방, 가마, 마르살, 파운드, 그리고 앞에서 우리가 깜박 잊고 언급하지 않은 뽕나무까지도 그 이유임을 알아냈지만, 마지막 순간에 뜻하지 않게 떠오른 이유, 그림자나 신기루처럼 불안하게 살짝 스쳐 지나간 그 이유가 이미 세상에 존재하지 않는 사람이라는 것이 터무니없었다. 그녀가 아무 상관없는 남이 아닌 것은 사실이다. 어쨌든 그녀는 그와 결혼해서 함께 일했으며, 그의 딸을 낳은 사람이니까. 하지만 그렇다 해도, 아무리 논리를 동원해도 죽은 사람의 기억이 산 사람에게 계속 살아갈 의지를 불어넣어 주는 이유가 될 수 있다는 주장을 뒷받침하기는 어려울 것이다. 속담, 격언, 금언 같은 것들을 애용하는 사람, 자기가 배운 것보다 더 많은 지식을 갖고 있다고 생각하는 희귀한 괴짜라면 지금 이 상황에서 왠지 수상한 냄새가 난다고 말할 것이다, 냄새의 꼬리까지 눈에 보이는 것 같다면서. 이 비유가 다소 부적절하다는 건 우리도 알지만, 지금 냄새의 꼬리는 세상을 떠난 후스타 이사스카이다. 이제 냄새의 몸통을 찾아내려면 이 꼬리를 움켜쥐기만 하면 된다. 시프리아노 알고르는 그렇게 하지 않겠지만, 마을에 도착한 뒤 지난번 그날 이후 처음으로 차를 몰고 묘지로 가서 아내의 무덤을 찾을 것이다.

그리고 그곳에서 몇 분 동안 생각에 잠길 것이다. 어쩌면 아내에게 고맙다는 생각을 할지도 모르고, 어쩌면 아내에게 질문을 던지고 싶다는 생각이 들지도 모른다, 왜 지금 갑자기 다시 나타난 거냐고. 어쩌면 누군가 다른 사람이 그에게 던지는 질문을 듣게 될지도 모른다, 왜 지금 갑자기 다시 나타난 거냐고. 그는 마치 그 누군가를 찾아보려는 듯이 시선을 들 것이다. 하지만 점심때의 더위 때문에 누군가를 만날 가능성은 희박하다.

가마에서 가장 먼저 꺼낸 인형 오십 개는 에스키모였다. 이 인형들이 문 바로 안쪽 가장 가까운 곳에 있었기 때문이다. 마르타는 이것이 우연이지만 다행한 일이라고 생각했다. 아직 손에 익지 않은 기술에 익숙해질 필요가 있다는 점을 감안하면, 에스키모 인형은 색칠하기 쉬웠다. 온통 하얀색 옷을 입고 있는 간호사 인형이 더 쉽긴 하겠지만. 인형이 완전히 식은 다음, 두 사람은 인형들을 건조대로 가져갔다. 여과장치가 달린 마스크를 쓰고 분무기로 무장한 시프리아노 알고르는 건조대에서 광택이 없는 하얀색 물감으로 꼼꼼하게 밑칠을 했다. 그는 마스크로 입과 코를 가릴 필요가 없다며 혼자 투덜거렸다. 바람이 등 뒤에서 불어오는지 그것만 확인하면 되는데, 그러면 바람이 물감을 멀리 실어갈 테니까, 물감은 내 몸을 건드리지도 못할 거야. 하지만 자기가 지금 마스크의 공을 제대로 인정하지 않은 채 터무니없는 소리를 하고 있다는 생각이 들었다. 요즘 날씨가 좋기 때문에 며칠 동안 바람 한 점 불지 않는 날이 계속될 수도 있다는 점을 감안하면 더욱 그러했다. 밑칠이 끝난 뒤 시프리아노 알고르는 딸을 도와서 물감, 기름그릇, 붓, 마르타가 인형의 본으로 사용했던 천연색 그림 등을 차례로 늘어놓았다. 그는 그녀가 앉아서 일할 수 있도록 긴 의자를 가져다주었지만, 그녀가 붓질하는 모습을 보자마자 이렇게 말했다, 이 방법으로는 안 되겠다, 인형들이 저렇게 일렬로 늘어서 있으면 의자를 계속 옮겨가면서 일을 해야 하는데, 그러다가는 빨리 지쳐버릴 거야, 마르살이 한 말도 있고. 마르살이 뭐라고 했는데요, 마르타가 물었다. 네가 지치지 않게 조심해야 한다고. 저를 정말 지치게 만드는 건 똑같은 말을 몇 번이나 계속 듣는 거예요. 다 너를 위해서 그러는 거야. 보세요, 아버지, 제가 인형 열두 개를 이렇게 제 앞에 놓으면 전부 다 손을 뻗어 쉽게 닿을 수 있어요, 그러니까 의자를 네 번만 옮기면 된다고요, 게다가 몸을 조금 움직이는 게 저한테도 좋아요, 이제 제가 방법을 설명해 드렸으니까, 일하고 있을 때 다른 사람이 아무 일도 안 하면서 옆에서 얼쩡거리는 게 제일 불쾌하다는 걸 아버지한테 알려드려야겠네요, 그런데 지금 일도 안하면서 얼쩡거리는 사람이 바로 아버지인 것 같지 않나요. 그래, 나중에 내가 일을 할 때도 반드시 너한테 똑같은 말을 해주마. 벌써 하셨잖아요, 그것뿐인가요, 절 쫓아내기까지 하셨잖아요. 알았다, 알았어, 내가 나가마, 오늘은 네가 말할 기분이 아닌 것 같으니까. 가시기 전에 두 가지만 말씀드릴게요. 첫째, 아버지의 말동무가 되어줄 수 있는 사람은 저밖에 없어요. 두 번째는 뭐냐. 저한테 뽀뽀해 주세요. 어제는 시프리아노 알고르가 사위에게 안아달라고 했는데, 이제는 마르타가 아버지에게 뽀뽀를 요구하고 있었다. 이 집에 뭔가 변화가 일어나고 있음이 틀림없다. 갑자기 하늘에 혜성이 나타날지도 모르고, 북방의 오로라나 빗자루를 탄 마녀가 나타날지도 모른다. 파운드는 밤새 달을 보며 짖을 것이다. 하늘에 달이 없을 때에도. 그리고 뽕나무는 순식간에 열매를 맺지 못하는 나무로 변할 것이다. 물론 식구들이 이러는 것은 신경이 지나치게 날카로워진 탓이다. 마르타는 임신했기 때문에, 마르살은 마르타가 임신했기 때문에, 시프리아노 알고르는 우리가 이미 알고 있는 온갖 이유들과 오로지 그만이 알고 있는 이유들 때문에 신경이 날카로워져 있다. 어쨌든 아버지는 딸에게 뽀뽀를 했고, 딸도 아버지에게 뽀뽀를 했다. 그러고 나서 파운드도 뽀뽀를 하겠다고 나서는 바람에 작은 소란이 일었다. 녀석은 완전히 만족했을 것이다. 그것으로 끝이었다. 시프리아노 알고르는 다음에 만들 인형 삼백 개의 거푸집을 만들려고 공방으로 갔고, 마르타는 뽕나무 그늘에서 다시 경비원 노릇을 하고 있는 파운드의 착실한 호위를 받으며 에스키모 인형에 색을 칠할 준비를 했다. 하지만 애석하게도 그녀는 색칠을 할 수 없었다. 먼저 인형의 표면을 사포로 매끄럽게 다듬어 울퉁불퉁한 부분이나 마무리가 칠 된 부분을 없앤 다음, 갈아낸 가루를 깨끗이 닦아내야 한 다는 것을 잊어버린 탓이었다. 원래 불행이란 혼자서만 오는 법이 없고, 잊어버렸던 일이 한 가지 생각나면 다른 일 또한 잊어버리고 있었음이 덩달아 기억나는 법이다. 그래서 그녀 는 처음 생각처럼 색깔을 연달아 바꿔가며 칠할 수 없다는 것 을 깨달았다. 한 가지 색을 칠한 후 물감이 다 마를 때까지 기 다렸다가 다른 색을 칠해야 한다는 안내서의 내용이 떠올랐 기 때문이다. 진짜 컨베이어벨트 같은 거라도 있으면 좋겠네, 그녀가 말했다, 내 앞을 줄줄이 지나가는 인형들에 한 번은 파란색, 그 다음엔 노란색, 그 다음엔 보라색, 그 다음엔 검은 색, 빨간색, 초록색, 하얀색을 칠할 수 있게, 물론 무지개 색 이 모두 담긴 컨베이어벨트도 있으면 금상첨화겠지, 이젠 하 느님께 맡기는 수밖에, 난 최선을 다했으니까, 평범한 인간들 처럼 실수도 저지르고 할일을 빼먹기도 하는 하느님이 내 노 력에 왕관을 씌워준다면, 그건 우리 마음씨가 좋아서가 아니 라 우리가 정말 실력이 없어서 더 나은 결과를 낳지 못한다는 사실을 겸손하게 인정했기 때문일 거야. 반드시 해야 하는 일 을 놓고 언쟁을 벌이는 것은 항상 시간낭비다. 사람들의 주장 이란 문법에 맞게 순서대로 놓여서 의미를 얻기를 기다리는 단어들의 임의적인 집단이다. 그런데 이 단어들은 정작 자기 한테 그런 의미가 있는지 잘 모르고 있다. 마르타는 불가피한 일을 놓고 더 이상 속으로 왈가왈부하기 싫어서 파운드가 인 형을 지키도록 내버려둔 채 집에 한 장뿐인 고운 사포를 가지러 부엌으로 들어갔다. 이건 별로 오래 버티지 못할 거야, 그녀는 속으로 생각했다. 사포를 좀 더 사둬야겠다. 만약 그녀가 공방 문이 있는 쪽을 뒤돌아보았다면, 그쪽에서도 일이 잘 풀리지 않고 있다는 것을 알아챘을 것이다. 시프리아노 알고르는 작업속도를 높일 수 있는 지름길을 몇 개 발견했다고 마르살에게 자랑했었다. 전체적인 관점에서 보면, 그의 말은 사실이었다. 하지만 속도와 완벽성을 함께 추구할 수는 없다는 사실이 곧 드러났다. 따라서 처음 인형을 만들 때보다 훨씬 더 많은 불량품이 나왔다. 마르타가 다시 일을 하러 돌아왔을 때, 불량품들은 이미 선반 위에 올려져 있었다. 하지만 시프리아노 알고르는 새로운 방법을 통해 절약한 시간과 불량품의 개수를 계산해 본 후 자신이 개발한 방법을 포기하지 않기로 했다. 이 방법은 그가 풍부한 상상력을 동원해 만들어 낸 것으로 비난받을 정도는 아니었지만, 그렇다고 누구나 완전히 이해할 수 있는 지름길도 아니었다. 이렇게 며칠이 흘렀다. 에스키모 다음에는 어릿광대 차례였고, 그 다음에는 간호사, 중국 관리, 턱수염이 난 아시리아인, 마지막은 가마의 뒤쪽 벽을 따라 늘어서 있던 익살꾼이었다. 둘째 날 마르타는 마을로 가서 사포 두 묶음을 사왔다. 그 가게는 이사우라가 얼마 전부터 일하기 시작한 곳이었다. 마르타는 이사우라가 마르타의 아버지와 감정적으로 불편한 만남을 가진 후 이사우라를 만나러 간 적이 있기 때문에 그녀가 이곳에서 일한다는 사실을 이미 알고 있었다. 두 여자가 서로 자주 만나는 편은 아니지만, 좋은 친구가 될 이유는 아주 많았다. 마르타는 가게 주인이 듣지 못하게 조심스러운 목소리로 이사우라에게 일은 할 만하냐고 물었다. 이사우라는 그렇다고 대답했다. 곧 익숙해지겠지, 그녀가 말했다. 즐거운 기색은 전혀 없었지만 단호한 말투였다. 마치 즐거움은 이 일과 아무 상관없으며, 자신이 이 일을 받아들이게 된 것은 오로지 의지력 덕분이었다는 점을 분명히 해두고 싶은 듯했다. 마르타는 얼마 전 이사우라가 했던 말을 기억해 냈다. 어떤 일이라도 좋아, 내가 여기서 계속 살 수만 있다면. 이사우라가 사포를 설명서에 적힌 대로 느슨하게 둘둘 말면서 던진 다음 질문 속에서, 마르타는 그때 그 말의 메아리를 들었다. 말이 조금 달라져 있기는 했지만, 그 메아리를 분명히 알아볼 수 있었다. 식구들은 요즘 어떠셔. 다들 지쳐 있죠, 열심히 일을 하느라고요, 하지만 일은 상당히 잘 풀리고 있어요, 우리 불쌍한 마르살은 쉬는 날 가마에 불을 때는 일을 했어요, 아마 지금쯤 등이 아파 죽을 지경일걸요. 사포를 둥글게 마는 작업이 끝났다. 이사우라는 마르타에게서 돈을 받아 거스름돈을 내주면서 시선을 들지 않은 채 질문을 던졌다. 아버님은 어떠셔. 마르타는 아버지도 잘 지내신다는 말밖에 할 수 없었다. 불안한 생각 하나가 방금 그녀의 머릿속을 스쳐 지나갔기 때문이다. 우리가 떠나고 나면 이 사람은 어떻게 살까. 다른 손님을 응대해야 했으므로 이사우라가 작별인사를 했다. 아버님께 안부 좀 전해줘. 만약 그 순간에 마르타가 우리가 떠난 다음에 어떻게 사실 생각이냐고 물었다면, 그녀는 아마 조금도 달라지지 않은 차분한 모습으로 이렇게 대답했을 것이다. 곧 익숙해지겠지. 우리는 이 말을 자주 듣는다. 우리가 직접 이 말을 할 때도 있다. 곧 익숙해지겠지. 우리가 이 말을 할 때나 다른 사람들이 할 때나 진심으로 상황을 받아들이는 것처럼 보인다. 우리에겐 체념을 가능한 한 당당하게 표현할 방법이 달리 없다. 적어도 다른 방법은 아직 발견되지 않았다. 사람들은 익숙해질 때까지 우리가 치러야 하는 대가가 얼마나 되는지 묻지 않는다. 마르타는 거의 눈물을 흘릴 것 같은 심정으로 가게를 나섰다. 그녀는 마치 이사우라를 속인 것 같은 기분이 들어서 지독한 후회에 잠겨 속으로 생각했다. 이사우라는 아무것도 모르고 있어, 우리가 곧 떠날 거라는 것조차 모르고 있어.

식구들이 개에게 먹이를 주는 것을 두 번이나 잊어버렸다 가난했던 시절, 그러니까 먹을 것을 갈망하는 배를 움켜쥐고 몇 시간을 보내도 내일에 대한 희망만이 유일한 음식이었던 시절을 회상하면서, 파운드는 아무 불평도 늘어놓지 않았다. 대신 경비원의 임무를 팽개친 채 개집 옆에 누워버렸다. 주인이 자기 머리를 쥐어박으며, 아이고, 세상에 우리 개를 깜박 잊어버렸네, 라고 소리칠 때까지 참을성 있게 기다리며. 약한 몸으로 굶주림을 계속 견딜 수 있다는 것은 이미 오래전부터 알려져 있는 사실이니까 말이다. 사실 주인들은 그동안 자기 자신조차 거의 잊어버리고 있었으므로 개에 관해 까맣게 잊고 있었던 것도 무리가 아니다. 하지만 시프리아노 알고르가 다시 센터로 사위를 데리러 갈 때까지 가마에서 꺼낸 인형 삼백 개를 일일이 사포로 갈고, 붓으로 먼지를 털고, 색칠해서 물감을 말릴 수 있었던 것, 그리고 아직 구워지지 않은 또다른 인형 삼백 개가 완벽한 모습으로 서서 열기와 산들바람 덕분에 바싹 말라 금방이라도 구울 수 있는 상태가 된 것은, 모두 두 사람이 이처럼 자신을 잊어버리고 잠도 줄여가며 일에 몰두한 덕분이었다. 물론 시프리아노 알고르는 마르타에게, 계속 넌 쉬어야 한다, 넌 쉬어야 한다, 하고 말했지만, 두 사람이 각자 맡은 일에 열심히 노력을 기울인 덕분에 일을 마칠 수 있었던 것이다. 공방은 커다란 일을 끝낸 후 쉬고 있는 것 같았다. 침묵도 자리에 누워 잠들어 있었다. 뽕나무 그늘에서 아버지와 딸은 건조대에 줄지어 늘어선 육백 개의 인형을 바라보았다. 자신들이 엄청난 일을 해낸 것 같은 기분이었다. 시프리아노 알고르가 말했다, 내일은 공방에서 일하지 않으련다, 그러면 마르살도 가마에서 일할 필요가 없을 거야. 마르타가 말했다, 다시 작업을 시작하기 전에 우리 둘 다 며칠 쉬어야 할 것 같은데요. 시프리아노 알고르가 말했다, 사흘쯤 쉬는 게 어떻겠니. 마르타가 대답했다, 하루도 안 쉬는 것보다는 낫겠죠. 시프리아노 알고르가 물었다, 몸은 어떠냐. 마르타가 말했다, 피곤하지만 건강해요. 시프리아노 알고르가 말했다, 난 몸이 아주 거뜬하다. 마르타가 말했다, 일이 잘 됐을 때 느끼는 보람이라는 게 그런 걸 거예요, 어쩌면 그렇지 않을 수도 있지만요. 마르타의 말에 빈정거리는 기색은 없었다. 지나친 과장인지는 몰라도 한없이 피곤한 기색이 배어 있을 뿐이었다. 뭐가 됐든, 몸이 피곤하다기보다는 무기력하게 옆에 서서 아무런 도움도 주지 못한 채 아버지의 지독한 절망과 미처 감추지 못한 슬픔, 희망과 절망 사이를 오가는 모습, 자신 있고 권위적인 모습을 보이려는 힘겨운 노력, 마음속의 불안을 다른 말로 표현하면 다 지워버릴 수 있다는 듯이 강박적으로 단호하게 다른 표현을 찾는 모습을 지켜보는 것이 힘들었다. 게다가 그 여자, 이사우라, 이사우라 마드루가, 아버지가 물병을 준 그 여자가 거스름돈을 세며 시선을 내리깐 채 작은 소리로 중얼거리듯 던진 질문에 아버지는 잘 계신다고만 대답한 것도 마음에 걸렸다. 아버지는 어떠시냐고 물었을 때, 그녀의 팔을 잡고 아버지가 일하시는 공방으로 데려와 아버지는 저기 계신다고 말한 다음 문을 닫았어야 했다. 그렇게 두 사람만 안에 남게 되면, 결국 말(言)이 두 사람을 구해주러 달려왔을 것이다. 침묵이란, 가엾게도 결국 침묵에 지나지 않으니까. 겉으로는 많은 말을 하는 것처럼 보이는 침묵이 잘못된 해석을 낳는 경우가 많고, 그 때문에 심각하다 못해 때로는 치명적이기까지 한 결과가 생긴다는 사실쯤은 모든 사람이 알고 있다. 우린 너무 겁이 많고 너무 비겁해서 그런 짓을 못 해, 마르타는 잠든 것처럼 보이는 아버지를 바라보며 생각했다, 우리는 예절이라는 것의 그물망에 사로잡혀 있어, 예의 바른 것과 그렇지 않은 것의 거미줄에, 만약 내가 그런 짓을 했다면 사람들이 금방 나한테 이렇게 말했을 거야, 여자를 남자한테 그렇게 던져버리는 건, 그래, 정말로 이런 표현을 쓸 거야, 어쨌든 그런 짓은 다른 사람의 정체성을 완전히 무시하는 짓이라고 했겠지, 무책임하고 신중하지 못한 행동이라고, 하지만 앞으로 두 사람이 어떻게 될지 누가 알겠어, 우리가 오늘 행복이란 놈을 쌓아올린다 해도 그 행복이 내일도 여전히 그 자리에 있을 거라고 확신할 수 있는 것도 아니잖아, 어쩌면 우리가 맺어준 사람들이 헤어져서 나중에 그 둘 중 하나가 우릴 만나면 모두 당신 탓이라며 우릴 비난할지도 모르지. 마르타는 이런 상식적인 주장에 굴복하고 싶지 않았다. 그것이 삶과 여러 번 힘겨운 싸움을 벌이면서 얻어낸 논리적이고 회의적인 결론이기는 했지만. 미래가 없을지도 모른다는 두려움 때문에 현재를 포기해 버리는 건 바보 같은 짓이야, 그녀는 혼잣말을 했다. 그리고 이렇게 덧붙였다, 게다가 반드시 모든 일이 내일 일어나는 것도 아니잖아, 어떤 일은 모레가 되어야 일어나기도 해. 너 방금 뭐라고 했냐, 갑자기 아버지가 물었다. 아무 말도 안 했어요, 그녀가 말했다, 아버지가 깰까 봐 그냥 조용히 앉아 있었어요. 나는 잠 안 잤다. 저는 주무시는 줄 알았어요. 네가 방금 모레가 되어야 일어나는 일이 있다고 말했는데. 이상하네요, 제가 정말 그런 말을 했나요, 마르타가 물었다. 그래, 분명히 꿈은 아니었다. 그럼 제가 꿈을 꿨나보죠, 제가 깜빡 잠이 들었다가 깼나 봐요, 꿈이라는 게 그런 거잖아요, 머리가 어디고 꼬리가 어딘지 도무지 종잡을 수가 없죠, 꿈에 머리나 꼬리가 없어서가 아니라, 머리와 꼬리가 뜻밖의 장소에 있으니까요, 그래서 꿈을 해석하기가 그렇게 어려운 거죠. 시프리아노 알고르가 일어섰다. 마르샬을 데리러 갈 때가 다 됐구나, 방금 든 생각인데, 내가 조금 일찍 가서 구매부에 들러 첫 번째로 배달할 인형 삼백 개가 다 준비됐다고 알리고 배달 날짜를 정하는 게 좋을 것 같다. 그게 좋겠네요, 마르타가 말했다. 시프리아노 알고르는 옷을 갈아입으러 가서 깨끗한 셔츠를 입고 신발도 갈아 신었다. 십 분도 채 지나지 않아 그는 승합차에 올라타고 있었다. 나중에 보자, 그가 말했다. 다녀오세요, 아버지, 운전 조심하시고요. 돌아올 때는 훨씬 더 조심해야겠지. 당연하죠, 사람이 둘로 늘어났는데. 이제 너도 내 말을 이해하겠지, 너한테는 도무지 말로 이길 수가 없다는 거, 무슨 문제든 넌 해답을 갖고 있으니 말이다. 파운드가 주인에게 다가와서 이번에는 같이 가도 되느냐고 물었지만, 시프리아노 알고르는, 안 된다, 얌전히 기다려라, 도시는 개한테 좋은 곳이 아니야, 하고 말했다.

이미 여러 번 오간 길이었으므로, 뭔가 안 좋은 일이 일어날 것 같다는 시프리아노 알고르의 불안감만 아니라면 별다를 것이 없을·터였다. 갑자기 딸의 말이 생각났다. 어떤 일은 모레가 되어야 일어난다는 말. 이 문장은 각운이나 뚜렷한 이유가 보이지 않는 임의적인 단어들의 조합이었고, 마르타는 이 문장의 뜻을 설명하지 못했다. 아니면 설명하기 싫었거나. 그 애가 잠을 잔 건 아닐걸, 도대체 왜 꿈에서 한 말이라고 둘러댔는지 모르겠단 말이야, 그는 속으로 생각했다. 그러고 니서 그는 머릿속에서 계속 되풀이되고 있는 그 말을 따라 생각이 흘러가도록 내버려두었다. 그러나 그 말이 마치 강박적인 기도문처럼 그의 머릿속에서 울리기 시작했다. 어떤 일은 모레가 되어야 일어난다, 어떤 일은 내일이 되어야 일어난다, 어떤 일은 오늘 일어난다. 여기서 그는 말의 흐름을 끊어 반전시켰다. 어떤 일은 오늘 일어난다, 어떤 일은 내일이 되어야 일어난다, 어떤 일은 모레가 되어야 일어난다. 그가 이 과정을 하도 여러 번 반복했기 때문에, 나중에는 내일이라는 단어와 모레라는 단어의 의미에서 소리와 느낌이 모두 사라져버리고, 그의 머릿속에 깜박이는 경고등처럼 남은 것이라고는 오늘 일어난다, 오늘 일어난다, 오늘, 오늘, 오늘뿐이었다. 오늘 뭐, 그가 갑자기 자신에게 물었다. 터무니없는 두려움을 떨쳐버리려고 애쓰면서. 두려움 때문에 핸들을 잡고 있는 손이 덜덜 떨렸다. 난 지금 마르살을 데리러 시내로 가고 있다, 나는 구매부로 가서 첫 번째 배달분이 준비됐다고 말할 것이다, 내가 지금 하고 있는 일은 모두 지극히 정상적이고, 평범하고, 논리적이다, 걱정할 이유가 없다, 게다가 난 조심 운전을 하고 있다, 도로에 차도 별로 없다, 이젠 강도도 없다, 적어도 강도가 나타났다는 소식을 들은 적은 없다, 그러니까 단조롭고 평범한 일상에서 벗어난 일이 나한테 일어날 리가 없다, 똑같은 계단, 똑같은 말, 똑같은 몸짓, 접수대, 미소 짓는 구매차장, 아니면 그 무례한 구매차장, 아니면 구매부장, 만약 구매부장이 회의중이 아니라서 날 한번 만나볼 생각이 든다면, 아마 좀 있으면 승합차 문이 열리고 마르살이 차에 올라타겠지, 안녕하셨어요, 아버님, 별일 없었나, 마르살, 이번 주를 어떻게 보냈나, 열흘을 일주일이라고 불러도 되는지는 모르겠지만, 달리 부를 말이 없어서 말이야, 뭐, 평소 때랑 똑같았어요, 마르살은 이렇게 말할 거야, 인형 일차 배달분을 다 끝냈다네, 그래서 구매부에 들러 배달시간을 정하고 오는 길이지, 나는 이렇게 말하겠지, 마르타는 어때요, 마르살이 묻겠지, 지쳤지, 하지만 그것만 빼면 괜찮아, 나는 이렇게 말할 거야, 우리가 항상 쓰는 말. 우리가 이 세상에서 다음 세상으로 넘어갈 때, 우리한테 안부를 묻는 멍청한 놈한테 죽어가고 있지만 그것만 빼면 괜찮다고 말할 힘을 끌어올리지 못한다고 해도 나는 전혀 놀라지 않을 거야, 그래도 우리는 그런 말을 하겠지. 계속 자신을 괴롭히는 불길한 생각을 떨쳐버리기 위해서 시프리아노 알고르는 바깥 풍경을 보려고 애썼다. 그것은 필사적인 시도였다. 비닐하우스들이 양편에 지평선까지 죽 늘어서 있는 우울한 풍경에서 어떤 위안도 찾을 수 없다는 것을 너무나 잘 알고 있었으니까. 승합차가 나지막한 야산을 올라가고 있어서, 야산 정상에 서자 지평선이 훨씬 더 선명하게 보였다. 이런 걸 그린벨트라고 부르다니, 그는 속으로 생각했다, 이렇게 황량하고 우울한 곳을, 안에서 일하는 사람들을 녹여 땀의 연못 속에 빠뜨려 버리는 지저분한 얼음 덩어리들을. 많은 사람들이 이 비닐하우스들을 기계로 생각한다. 채소를 만드는 기계. 이보다 더 쉬울 수가 없다. 마치 요리법 같다. 재료를 전부 넣고 섞어라. 온도계와 습도계를 맞춰라. 그리고 단추를 누르면 금방 양상추가 솟아나온다. 시프리아노 알고르는 기분이 나빴지만, 그래도 이 비닐하우스들 덕분에 일년 내내 채소를 먹을 수 있다는 사실까지 모르지는 않는다. 그가 참을 수 없는 것은 비닐하우스 밖에서 간신히 고개를 내민 잡초 몇 포기를 제외하고는 초록색이 전혀 보이지 않는 곳에 그린벨트라는 이름을 붙였다는 점이다. 비닐하우스가 초록색 비닐로 되어 있다면 더 기분이 좋았을까. 뇌의 아랫부분에서 열심히 진행되던 생각들 속에서 이런 질문이 불쑥 튀어나왔다. 이 뇌 아랫부분의 사고과정은 잠시도 가만히 있지를 못하며, 뇌 윗부분의 생각이나 결정에 결코 만족하는 법이 없다. 하지만 시프리아노 알고르는 지극히 타당한 그 질문에 대답하지 않고 못 들은 척했다. 아마 모든 타당한 질문들이 자동적으로 채택하는 다소 건방진 말투 때문이었을 것이다. 그런 질문들은 단순히 누군가에게 던져졌다는 이유만으로 그런 말투를 띠며, 아무리 애써도 그런 말투를 감추지 못한다. 산업벨트는 끊임없이 세력을 확장하는 파이프 망과점점 더 비슷해지고 있었다. 괴짜가 설계하고 미치광이가 건설한 파이프 망처럼 생긴 산업벨트는 그의 기분을 바꿔주지 못했다. 하지만 적어도 혼란 속에서 동요하고 있는 그의 예감은 이제 조용히 혼잣말을 하는 수준으로 가라앉아 있었다. 그는 판자촌의 경계선이 도로와 훨씬 더 가까운 곳으로 다가와 있음을 알아차렸다. 비가 그친 뒤 다시 행군을 시작하는 개미

떼 같았다. 그는 트럭을 공격하는 강도들이 틀림없이 곧 다시 나타날 것이라는 생각을 하며 체념한 듯 어깨를 으쓱했다. 그리고 자기 옆에 도사리고 있는 그림자에서 벗어나기 위해 영웅적인 노력을 기울여 도시의 무질서한 자동차들 틈으로 끼어들었다. 마르살을 데리러 가기에는 아직 시간이 일렀으므로 구매부에 들를 시간이 충분했다. 그는 구매부장을 만나게 해달라고 말하지 않았다. 자기가 여기 오면서 내세운 이유는 그들에게 자신의 존재를 일깨우기 위한 구실, 그들이 그를 잊어버리거나, 약 삼십 킬로미터 떨어진 곳의 가마에서 찰흙인형을 부지런히 구워내며 여자는 색칠을 하고 그녀의 아버지는 거푸집을 만들고 있다는 사실을 잊어버리거나, 모두가 피곤한 눈으로 오로지 센터만을 바라보고 있다는 사실을 잊어버리지 않게 하기 위한 명함에 불과하다는 것을 너무나 잘 알고 있었으므로. 가마에는 눈이 없다는 말은 하지 말라. 실제로 가마에는 눈이 있으니까. 만약 가마에 눈이 없다면, 일을 제대로 해내지 못할 테니 눈이 있음이 틀림없다. 다만 우리 눈과 다를 뿐이다. 친절한 구매차장이 미소 띤 얼굴로 그를 맞아주었다. 지난번에도 그를 상대했던 사람이었다. 오늘은 어쩐 일로 오셨습니까, 그가 물었다. 인형 삼백 개가 완성됐습니다, 그래서 언제 배달하면 좋을지 물어보려고요. 언제든 좋습니다, 그쪽이 괜찮다면 내일도 좋아요. 글쎄요, 내일 가능할지 잘 모르겠네요, 우리 사위가 휴가라 집에 있으면서 다른 인형 삼백 개를 가마에 넣는 작업을 도와주기로 해서요.

그럼 모레로 하죠, 하지만 시간이 나는 대로 가능하면 빨리 배달해 주세요, 즉시 실행해 보고 싶은 아이디어가 하나 있거든요. 제 인형들과 관련이 있는 아이디어인가 보죠. 맞습니다, 제가 지난번에 설문지 얘기한 거 기억하세요. 그럼요, 기억하죠, 물건을 사기 전과 산 후의 상황을 비교해 보는 설문지 아닙니까. 대단하시군요, 기억력이 아주 좋으세요. 나이치고는 괜찮은 편이죠. 우리는 이미 그런 설문지를 여러 번 사용해서 아주 훌륭한 결과를 얻었습니다. 이번에는 아직 정확히 규정되지 않은 사회적, 문화적 집단에 속하는 잠재적 구매자 몇 명을 골라 인형 몇 개를 보내드릴 겁니다, 제품에 대한 의견을 듣기 위해서죠. 저는 지금 아주 간단하게 요약해서 얘기하고 있는 겁니다, 짐작하시겠지만, 실제로 우리가 질문을 던지는 방식은 그것보다 훨씬 더 복잡해요. 솔직히 말해서 나는 그 방면에 전혀 경험이 없습니다, 누구한테 질문을 해본 적도 없고 받아본 적도 없어요. 저는 당신이 처음으로 배달할 인형 삼백 개를 설문지용으로 이용할 생각까지 하고 있는데요, 고객 오십 명을 골라서 인형 여섯 개짜리 한 세트를 무료로 보내드리는 겁니다, 그러면 며칠 안에 고객들의 반응을 알 수 있겠죠. 무료라, 시프리아노 알고르가 말했다, 그럼 우리한테 물건 값을 주지 않겠다는 얘기입니까. 선생, 물건 값은 당연히 드려야죠, 설문조사 비용은 우리가 감당할 겁니다, 모든 비용을 저희가 댈 테니 걱정 마세요, 선생에게 해가 될 만한 일은 결코 하고 싶지 않습니다. 안도감 때문에 시프리아노 알고르의 마음속으로 불쑥 뛰어들어온 의문이 순간적으로 묻혀버렸다. 그 의문이란 설문지 조사결과가 부정적으로 나오면 어떻게 되느냐는 것이었다. 만약 대다수 고객들이, 또는 고객들 전부가 모든 질문에 전부 다 부정적인 답을 한다면. 그는 자기도 모르게 고맙다는 말을 하고 있었다. 예의상 하는 말이 아니라, 그럴 만한 이유가 충분하기 때문에 하는 말이었다. 누군가가 다가와서 당신에게 해가 될 만한 일은 결코 하고 싶지 않다며 위로해 주는 것은 날이면 날마다 일어나는 일이 아니다. 불안감이 다시 그의 위장을 갉아먹기 시작했다. 하지만 그는 자신의 의문을 입밖에 내놓지 않을 생각이었다. 그는 마치 먼 바다에 나간 다음에야 비로소 열어볼 수 있는 봉인된 편지를 주머니에 간직한 사람처럼 그 자리를 떠날 것이다. 그리고 그 편지에는 오늘, 내일, 모레에 그가 맞이할 운명이 낱낱이 적혀 있을 것이다. 구매차장은 아까 어쩐 일로 오셨느냐고 물었고, 그 다음에는 괜찮다면 내일 물건을 배달해도 좋다고 말했다. 그리고 그럼 모레로 하자고 결론을 내렸다. 왔다가 갔다가, 갔다가 왔다가, 왔다가 가는 것은 말의 본성이다. 하지만 왜 이런 말들이 여기서 나를 기다리고 있었던 걸까, 그 말들이 왜 나와 함께 집을 떠나 여기까지 오는 동안 내내 내 옆을 떠나지 않았던 걸까, 내일도 아니고, 모레도 아니고, 오늘, 지금 당장. 갑자기 시프리아노 알고르는 자기 앞에 서 있는 남자가 너무 미웠다. 친절하고 상냥하다 못해, 거의 사랑이 넘치는 것처럼 보이는 이 구매차장이 너무 미웠다.

며칠 전 그는 이 남자와 동등한 입장에서 실무를 논의할 수 있었다. 물론 나이와 사회계급이 확연히 다르다는 점을 제외한다면 그렇다는 말이지만. 하지만 그때는 나이도 계급도 상호존중을 기반으로 한 관계에 방해가 되지 않는 것 같았다. 누군가의 배에 칼을 쑤셔넣는 사람이라면 적어도 그 잔인한 행위에 걸맞은 표정을 짓는 도덕적 예의를 지켜주어야 할 것이다. 증오와 사나움이 줄줄 흐르는 표정, 걷잡을 수 없는 분노나 인간이라고 볼 수 없는 냉혹함을 대변하는 표정 말이다. 하지만 제발, 그들이 상대의 내장을 찢어발기면서 미소를 짓지는 않기를. 그렇게까지 상대를 욕보이지는 않기를. 공연한 말로 헛된 희망을 불어넣지 않기를. 예를 들면, 걱정 마라, 이건 아무것도 아냐, 몇 바늘만 꿰매면 몸이 새것처럼 깨끗해질 걸 같은 말. 또는 저는 설문지 조사결과가 호의적으로 나오기를 진심으로 바라고 있습니다, 정말입니다, 그런 결과가 나온다면 정말로 기쁠 겁니다, 같은 말. 시프리아노 알고르는 고개를 모호하게 움직였다. 긍정으로도 부정으로 받아들여질 수 있는 몸짓이었다. 어쩌면 아무 의미도 없는 몸짓일 수도 있었다. 그리고 나서 그는 이렇게 말했다, 이제 그만 사위를 데리러 가야겠습니다.

　시프리아노 알고르는 지하 주차장을 나와 센터를 빙 둘러가서 경비부 입구가 보이는 곳에 차를 세웠다. 마르살은 평소때보다 늦게 나왔는데, 자동차에 올라탈 때 표정을 보니 걱정거리가 있는 모양이었다. 안녕하셨어요, 아버님, 그가 말했다. 시프리아노 알고르가 대답했다. 잘 있었나, 이번 주는 어땠어. 뭐, 다른 때랑 비슷하죠, 마르살이 이렇게 대답한 후 시프리아노 알고르가 말했다, 인형 일차 배달분이 완성됐네, 지금 구매부에 가서 배달 날짜를 정하고 오는 길이야. 마르타는 어때요. 지쳤지, 하지만 그것만 빼면 괜찮아. 두 사람은 도시를 벗어날 때까지 아무 말도 하지 않았다. 판자촌을 지나갈 때에야 비로소 마르살이 입을 열었다, 아버님, 방금 제가 승진했다는 소식을 들었어요, 오늘부터 저는 상주경비원입니다. 시프리아노 알고르는 사위를 생전 처음 보는 사람처럼 고개를 돌려 그를 바라보았다. 오늘이라니, 모레도 아니도, 내일도 아니고, 오늘이라니. 그의 예감이 옳았다. 오늘이라, 그는 속으로 자문했다. 설문지의 질문들 속에는 어떤 위협이 숨어 있을까, 오래전부터 예상하고 있던 이 일에는 또 어떤 위협이 숨어 있을까. 현실보다는 이야기 책 속에 훨씬 더 많이 나오는 일이기는 해도, 갑자기 깜짝 놀란 사람은 잠시 말을 잃어버리는 경우가 있다. 하지만 반밖에 놀라지 않았으면서도 침묵을 지키는 사람은 그냥 정말로 놀란 척하는 것이거나, 정말로 놀란 것처럼 보이고 싶어하는 것인지도 모른다. 원칙적으로 그 사람들은 그런 반응을 보일 이유가 없으니까. 하지만 원칙적으로만 그럴 뿐이다. 우리는, 이 승합차를 운전하고 있는 남자가 어느 날 그 무서운 소식을 듣게 되리라는 것을 한순간도 의심하지 않았음을 이미 예전부터 알고 있었다. 하지만 두 가지 시련을 한꺼번에 당한 오늘, 그가 어느 쪽 불을 먼저 꺼야 하는지 갑자기 결정할 수 없게 된 것도 이해할 만하다. 그렇다면 사건의 정상적인 순서를 흐트러뜨릴 위험을 감수하고서라도 지금 당장 사실을 밝혀야겠다. 앞으로 며칠 동안 시프리아노 알고르가 사위나 딸에게 구매차장과의 불편한 대화에 대해 한마디도 하지 않을 것이라는 사실 말이다. 결국은 그 이야기를 하게 되겠지만, 그건 아주 나중에, 그가 모든 것을 잃어버린 뒤의 일이다. 지금 그가 사위에게 하는 말은 축하의 말 뿐이다, 축하하네, 정말 기쁘겠군. 이렇게 진부하고 거의 가치중립적인 말을 하는데 그렇게 시간이 오래 걸리다니. 마르살은 고맙다는 말도 하지 않을 것이고, 장인의 말처럼 자신이 정말로 기쁜지 확인해 주지도 않을 것이다. 그가 하는 말은 쭉 뻗은 손처럼 진지하다, 아버님께는 좋은 소식이 아니죠. 시프리아노 알고르는 이 말을 이해했다. 그리고 마치 자신의 체념을 조롱하는 듯한 희미한 미소를 띤 채 사위를 흘긋 바라보며 말했다, 아무리 좋은 소식이라도 모든 사람한테 다 좋은 소식이 되는 건 아냐. 두고 보세요, 모든 일이 다 잘 해결될 겁니다, 마르살이 말했다. 걱정 말게, 내가 자네들과 같이 센터에서 살겠다고 말한 날 모든 것이 결정된 거니까, 내가 이미 약속을 했으니 그 약속을 물리지는 않을걸세. 센터에서 사는 걸 귀양살이처럼 생각하지 마세요. 그래, 하지만 센터 생활이 어떨지 내가 알 길이 없지 않나, 직접 거기서 살아봐야 겨우 알 수 있겠지, 자네는 이미 그곳 생활을 알고 있지만, 난 자네 입에서 단 한마디의 설명도 듣지 못했네, 자네는 그곳이 유배지가 아니라고 그토록 자신 있게 단언하면서도, 내가 그 말을 정말로 실감할 수 있는 이야기는 한마디도 해주지 않았어. 아버님도 센터에 가보셨잖아요. 별로 자주 간 것도 아니고, 그냥 원하는 걸 구하러 간 소비자로서 잠깐 들른 것뿐인데, 뭘. 센터를 도시 안의 도시로 생각하세요, 그게 센터를 가장 잘 설명하는 말입니다. 흠, 그게 제일 좋은 설명인지 잘 모르겠는걸, 센터 안에 뭐가 있다는 건지 난 여전히 이해할 수 없으니 말이야. 어느 도시에든 반드시 있을 거라고 생각되는 모든 것이 거기 있어요, 상점들, 걸어다니며 물건을 사고 이야기를 하고 식사를 하고 즐거운 시간을 보내고 일을 하는 사람들이요. 우리가 지금 살고 있는 그 후진 동네랑 똑같단 말인가. 대충은 그렇죠, 다만 규모가 다를 뿐이에요. 설마 그렇게 단순하려고. 세상에는 단순한 진실이라는 게 반드시 있습니다. 그럴지도 모르지, 하지만 그런 진실이 센터 안에 있을 것 같지는 않네. 잠시 침묵이 이어진 후 시프리아노 알고르가 다시 입을 열었다. 규모 이야기를 하니 말이지만, 이상하게도 나는 밖에서 센터를 볼 때마다 그게 도시보다 더 커 보여, 센터는 분명히 도시 안에 있는데, 도시보다 크단 말일세, 부분이 전체보다 크다는 뜻인데, 아마 센터가 주변 건물들보다 더 높기 때문이겠지, 도시 안에 있는 건물들 중에 제일 높지 않나. 아마 센터가 처음부터 거리와 광장은 물론이고 여러 구역을 통째로 집어삼키며 성장했기 때문일걸세. 마르살은 처음에는 대답하지 않았다. 장인이 방금 한 말은 그가 휴가를 끝내고 센터로 돌아갈 때마다 그를 압도하는 막연한 혼란을 거의 생생하게 설명해 주었다. 특히 야간순찰을 돌 때, 모든 불빛이 희미해지고 인적이 끊긴 복도를 걸을 때, 승강기를 타고 오르내릴 때 그런 느낌이 들었다. 마치 아무것도 아닌 것을 계속 아무것도 아닌 상태에 머물러 있게 하려고 경비를 서고 있는 것 같았다. 텅 빈 성당 안에서 건물의 가장 높은 부분인 천장으로 시선을 돌리면, 들판에 서서 올려다봤을 때의 하늘보다 더 높은 것 같은 느낌이 들지 않는가. 잠시 침묵이 흐른 후 마르살이 입을 열었다. 아버님 말씀이 무슨 뜻인지 알 것 같아요. 그는 이 정도에서 이 이야기를 끝내고 싶었다. 장인의 마음속에 새로운 저항의 구실이 될 만한 생각을 불러일으키고 싶지 않았다. 하지만 시프리아노 알고르의 생각은 이미 다른 곳으로 옮겨가 있었다. 이사는 언제 갈 건가. 가능한 한 빨리요, 센터에서 저한테 할당해 준 아파트를 벌써 보고 왔어요, 지금 우리 집보다는 작지만, 그거야 그럴 만도 하죠, 센터가 아무리 크다 해도 그 안의 공간이 무한한 건 아니니까 사람들한테 나눠줄 수 있는 공간도 정해져 있거든요. 우리가 전부 그 아파트에서 살 수 있을 것 같은가, 시프리아노 알고르가 물었다. 마지막 순간에 자신의 목소리에 살짝 배어든 우울한 빈정거림을 사위가 눈치채지 못했으면 싶었다. 우리가 다 들어갈 수 있을 거예요, 걱정 마세요, 그 아파트는 우리 같은 가족들이 살기에 충분해요, 마르살이 대답했다, 번갈아가며 잠을 잔다거나 그럴 필요는 없어요. 시프리아노 알고르는 속으로 생각했다. 내 말이 저 녀석의 신경을 긁은 모양이군, 그런 걸 물어보는 게 아니었는데. 두 사람은 집에 도착할 때까지 또다시 한마디도 하지 않았다. 마르타는 승진소식을 듣고 아무런 감정도 내비치지 않았다. 어떤 일이 일어나리라는 걸 미리 알고 있을 때에는, 어떤 의미에서는 마치 그 일이 이미 일어난 것과 거의 마찬가지이다. 기대는 놀라움을 없애버릴 뿐만 아니라, 감정을 둔하고 하찮게 만들어 버린다. 사람은 어떤 것을 바라거나 두려워하면서 이미 그것을 실제로 경험한 것이나 마찬가지인 상태가 된다. 마르살이 깜박 잊어버리고 있던 또다른 중요한 소식을 전한 것은 저녁식사 때였다. 마르타는 그 말을 듣고 벌컥 화를 냈다. 우리 물건을 하나도 가져갈 수 없단 말이야. 몇 가지는 가져갈 수 있어, 예를 들면 장신구 같은 거, 하지만 가구나 그릇이나 컵이나 칼붙이나 수건이나 커튼이나 침대보는 안 돼, 아파트에 그런 물건들이 이미 다 갖춰져 있으니까. 그럼 사실은 이사하는 게 아니구먼, 적어도 일반적인 의미의 이사는 아냐, 시프리아노 알고르가 말했다. 식구들이 옮겨가잖아요. 그러니까 이 집은 물론이고 집 안에 있는 물건도 전부 두고 가야 한다는 거잖아, 마르타가 말했다. 어쩔 수 없는 일이야. 마르타는 잠시 생각에 잠겼지만, 이 일을 받아들일 수밖에 없었다. 내가 가끔 와서 창문을 열어 환기를 시킬 거야, 꽁꽁 닫아놓은 집은 깜박 잊고 물을 안 준 꽃과 같아, 죽어서 바짝 말라가지고 오그라들어 버리니까. 식사가 끝나고 마르타가 아직 식탁을 치우기 전에 시프리아노 알고르가 말했다, 내가 생각을 좀 해봤는데 말이다. 딸과 사위가 서로 시선을 교환했다. 마치 서로 경보를 교환하는 것처럼. 아버지가 생각을 해봤다고 말할 때는 그 입에서 무슨 말이 나올지 도무지 알 수 없는 법이다. 처음에 나는 마르살이 내일 가마 일을 도와줬으면 좋겠다고 생각했다, 시프리아노 알고르가 말을 이었다. 우리 사흘 동안 쉬기로 했잖아요, 마르타가 말했다. 네 휴가는 내일부터 시작이야. 그럼 아버지는요. 나도 금방 쉴 거다, 그냥 한동안 휴가를 뒤로 미루는 것뿐이야. 그게 처음 생각이었다면, 두 번째나 세 번째 생각은 뭐죠, 마르타가 물었다. 내일 아침에 우선 가마 정리부터 시작하자, 불에 구워야 하는 인형들을 가마에 넣자는 말이야, 하지만 불을 지피지는 않을 거다, 그건 나중에 내가 하면 돼. 가마를 정리한 다음에는 완성된 인형들을 승합차에 싣는 걸 도와다오. 내가 그걸 가지고 센터에 갔다 오는 동안 너희들은 괜히 이리저리 쑤시고 다니는 아버지나 장인 없이 둘만 집에 있을 수 있어. 구매부와는 그렇게 얘기가 된 건가요, 내일 인형을 배달하기로, 마르살이 물었다, 아까는 그렇게 말씀하시지 않은 것 같은데, 배달은 나중에 하기로 한 것 아니었나요, 셋이서 같이. 이렇게 하는 편이 더 나아, 시프리아노 알고르가 말했다, 시간을 벌 수 있으니까. 거기서는 시간을 벌지 몰라도, 다른 면에서 시간을 잃어버리잖아요, 다른 인형을 만드는 작업이 뒤로 미뤄질 테니까. 많이 미루는 것도 아닌데 뭐, 내가 센터에서 돌아오자마자 가마에 불을 지필 거다, 어쩌면 이게 마지막이 될지 누가 알겠니. 무슨 말씀이세요, 우린 아직 인형 육백 개를 더 만들어야 한다고요, 마르타가 말했다. 흠, 그건 잘 모르겠다. 왜요. 뭐, 우선 이사 문제도 있고, 센터는 상주경비원 마르샬 가초의 장인이 주문받은 물건을 다 만들어올 때까지 기다려주는 곳이 아니잖니, 물론 시간이 충분하다면, 항상 시간이 있다면 그렇다는 말이지만, 어쨌든 시간이 충분하다면 나 혼자서도 물건을 다 만들 수 있겠지만, 그리고 두 번째로. 두 번째로 뭐죠, 마르샬이 물었다. 살다 보면 항상 처음이라고 생각되는 것 다음으로 뭔가가 따라오게 돼 있어, 때로 우리는 그게 뭔지 알고 있다고 생각하면서도 무시해 버리기도 하고, 때로는 그게 도대체 뭔지 짐작조차 못하면서도 그게 분명히 있다는 걸 알기도 하지. 수수께끼 같은 소리는 그만하세요, 마르타가 말했다. 그래, 수수께끼는 그만두고 우선 먼저 해결해야 할 것부터 해결하자, 내 말은 만약 우리가 금방 이사를 해야 한다면 나머지 인형 육백 개를 만드는 문제를 해결할 시간이 없다는 뜻이었다. 센터에다 말을 잘 하면 해결될 거야, 마르타가 남편을 바라보며 말했다, 삼사주쯤 늦어진다고 해서 크게 달라질 것도 없잖아, 어쨌든 가서 얘기나 해봐, 당신 승진을 결정하면서 그렇게 오랫동안 뜸을 들였으니 이번에는 그 사람들이 우릴 도와줄 수 있을 거야, 게다가 주문한 물건을 다 받을 수 있으니 이게 그 사람들한테도 도움이 되는 일이잖아. 난 그 사람들한테 그런 얘길 할 수 없어, 그래봤자 소용없을 거야, 마르살이 말했다, 우린 정확히 열흘 후에 이사해야 돼, 단 한 시간도 지체할 수 없어, 그게 규칙이라고, 다음번 휴가가 돌아오기 전에 난 아파트에 들어가 있어야 해. 대신 여기서 휴가를 보내면 되잖나, 시프리아노 알고르가 말했다, 여기 시골에 있는 집에서. 그러면 제가 찍힐 거예요, 상주경비원으로 승진한 후에 첫 번째 휴가를 센터가 아닌 곳에서 보내다니요. 열흘 동안 어떻게 이사준비를 해, 마르타가 말했다. 가구나 다른 물건들을 옮겨야 한다면 그렇겠지, 하지만 우린 옷가지만 챙겨서 들어가면 돼, 사실 아파트로 이사하는 데 한 시간도 안 걸릴 수도 있어. 그럼 나머지 주문 물량은 어떻게 하고, 마르타가 물었다. 센터도 사정을 알고 있을 거다, 그러니 적당한 때가 되면 우리한테 방법을 알려주겠지, 시프리아노 알고르가 말했다. 마르타는 남편의 도움을 받아 식탁을 치운 다음 식탁보를 들고 문간으로 가서 식탁보에 묻은 빵부스러기를 털었다. 그러고는 잠시 밖을 내다보며 문간에 서 있다가 다시 안으로 들어와서 이렇게 말했다, 아직 해결해야 할 문제가 하나 더 있어, 이건 미룰 수 없는 문제야. 그게 뭔데, 마르살이 물었다. 개, 그녀가 말했다. 파운드 말이냐, 시프리아노 알고르가 말했다. 마르타가 말을 계속했다, 녀석을 죽여버리거나 그냥 버려두고 갈 수는 없으니까 녀석한테 집을 찾아줘야 해요, 녀석을 돌봐줄 사람한테 맡겨야 한다고요. 센터에서는 동물을 키울 수 없거든요, 마르살이 장인을 바라보며 설명했다. 거북이나, 카나리아나, 작고 귀여운 비둘기조차 안 된단 말인가, 시프리아노 알고르가 물었다. 개가 어떻게 되든 개한테는 갑자기 흥미를 잃어버리신 모양이네요, 마르타가 말했다. 개가 아니라 파운드야. 파운드가 개죠, 둘 다 같은 말이에요, 중요한 건 우리가 녀석을 어떻게 할 건지 결정해야 한다는 거예요, 제가 제 생각을 말해 볼까요. 나한테도 좋은 생각이 있다, 시프리아노 알고르가 끼어들었다. 그는 갑자기 벌떡 일어서서 자기 방으로 가더니 몇 분 후에 다시 나타나서 한마디 말도 없이 부엌을 가로질러 밖으로 나가버렸다. 그가 개를 불렀다, 이리 온. 그가 말했다, 나랑 산책을 가자. 그는 개와 함께 내리막길을 내려가 도로와 만나는 지점에서 마을의 반대편인 왼쪽으로 방향을 틀어 들판을 향해 성큼성큼 걸어갔다. 파운드는 주인의 뒤를 한 시도 떠나지 않았다. 녀석은 틀림없이 정처없이 방랑하던 불행한 시절을 떠올리고 있었을 것이다. 여기저기 농장에서 쫓겨나기도 하고, 심지어 목조차 축일 수 없었던 시절 말이다. 녀석은 겁 많은 개가 아니었지만, 어둠을 무서워하지도 않았지만, 지금은 개집 안에 누워 있는 편이 훨씬 더 좋다고 생각할 것이다. 부엌에서 세 사람 중 아무나 한 사람의 발치에 동그랗게 몸을 말고 누워 있을 수 있다면 더 좋고. 녀석이 이런 자기 생각을 말하지 않는 것은 어떻게 돼도 상관없다는 무심함 때문이다. 누군가의 발치에 누워 있더라도 나머지 두 사람의 모습과 냄새를 항상 놓치지 않을 테니까. 그리고 언제든 마음이 내키면 그 순간의 평화와 행복을 깨뜨리지 않고 다른 사람의 발치로 가서 누울 수 있을 테니까. 산책은 길지 않았다. 시프리아노 알고르가 방금 걸터앉은 바위가 명상의 의자 역할을 할 것이다. 시프리아노 알고르가 집에서 나온 것도 그 때문이다. 만약 그가 진짜 명상의 의자로 가서 앉았다면 딸이 부엌문을 통해 그를 보았을 것이고, 곧 밖으로 나와 괜찮으시냐고 물었을 것이다. 딸이 아버지를 그렇게 생각해 주는 것은 정말 고마운 일이지만, 인간의 본성이라는 것이 워낙 묘해서 더할 나위 없이 진지하고 진심어린 관심과 배려가 때로는 귀찮게 느껴지기도 한다. 시프리아노 알고르가 이때 무슨 생각을 하고 있었는지 굳이 설명할 필요는 없다. 그가 이미 여러 번 했던 생각을 하고 있었으니까. 이 생각에 대해서는 우리가 이미 충분하고도 넘치는 정보를 제공했다. 이번에 새로운 것이 있다면, 그가 뺨을 타고 흐르는 고통스러운 눈물 몇 방울을 그냥 내버려두었다는 점뿐이다. 그가 오랫동안 꾹꾹 누르고 있었기 때문에 항상 언제라도 터져나올 것 같았던 눈물. 알고 보니 그 눈물은 지금의 이 슬픈 순간을 위한 것이었다. 달도 없는 이 밤, 아직 체념을 하지 못해 고독을 받아들이지 못한 이 고독한 순간을 위한 것이었다. 그다지 신선하다고 할 수 없는 일은 파운드가 시프리아노 알고르에게 다가가 그의 눈물을 핥아준 것이었다. 이런 일은 개일족의 우화와 놀라운 일들이 담겨 있는 역사 속에서 전에도 일어났던 적이 있다. 이것은 최고의 위로를 표현하는 몸짓이다. 하지만 겉으로 보기에는 몹시 감동적이어서 보통 감정을 잘 드러내지 않는 사람조차 감동시킬 수 있는 광경이라 해도,

대부분의 개들이 눈물의 짠맛을 아주 좋아한다는, 있는 그대로의 현실을 잊어서는 안 된다. 하지만 그렇다고 해도 개의 진심이 줄어드는 것은 아니다. 만약 우리가 파운드에게 짠맛 때문에 시프리아노 알고르의 얼굴을 핥아주었느냐고 물었다면, 녀석은 아마 우리더러 빵을 먹을 자격이 없다면서 바로 자기 코 앞밖에 볼 줄 모르는 사람들이라고 대답했을 것이다. 주인과 개는 그곳에 두 시간이 넘도록 머물렀다, 각자 자기만의 생각에 잠겨서. 이제는 주인이 눈물을 흘리지 않았으므로 개가 닦아줄 눈물도 없었다. 어쩌면 이 주인과 개는 세상이 뒤집어져서 모든 것이, 심지어 지금까지 제자리를 찾지 못한 것들까지도 제자리를 되찾기를 기다리고 있었는지도 모른다.

다음날 아침, 시프리아노 알고르는 미리 얘기한 대로 완성된 인형들을 센터로 가져갔다. 다른 인형들은 이미 가마 안에 늘어서서 자기 차례를 기다리고 있었다. 시프리아노 알고르는 딸과 사위가 아직 자고 있을 때 일어났다. 마르살과 마르타가 주섬주섬 잠에서 깨어 부엌문에 모습을 드러냈을 때쯤에는 이미 일이 거의 다 끝나 있었다. 세 사람은 함께 아침식사를 하면서 평소 때처럼 예의바른 말들을 주고받았다, 커피좀 더 주겠니, 빵 좀 이쪽으로 주실래요, 잼은 저쪽에 있어요. 식사를 마친 후 마르살은 장인에게 가서 장인이 일을 마치는 것을 도와준 다음, 완성된 인형 삼백 개를 도자기 운반할 때쓰던 상자에 조심스레 넣기 시작했다. 마르타는 마르살과 함께 그의 부모를 만나러 갈 예정이라고 아버지에게 말했다. 곧이사할 예정이라는 말을 시부모님께 해야 한다면서. 두 분이 어떤 반응을 보일지 모르지만, 일이 어떻게 되든 거기서 점심까지 먹고 올 생각은 없다고 했다. 아마 아버지가 센터에서 돌아오시기 전에 우리가 집에 와 있을 거예요, 그녀가 말을 끝맺었다. 시프리아노 알고르가 파운드를 데려가겠다고 했고, 마르타는 어젯밤에 개 문제를 해결할 방법이 있을지도 모른다고 한 건 혹시 시내에 생각해 둔 사람이 있기 때문이냐고 물었다. 그는 그런 건 아니지만 한번 생각해 볼 가치가 있는 방법이라고 말했다. 그렇게 하면 최소한 파운드를 가까이 둘수 있으니까, 언제든 보고 싶을 때 녀석을 볼 수 있을 것이다. 마르타는 자기가 아는 한 시내에는 아버지의 친한 친구가 한 명도 없으며, 심지어 믿고 인정할 만한 사람조차 하나도 없다고 말했다. 마르타는 일부러 인정할 만한 사람이라는 말을 썼다. 가족의 일원으로서 사람처럼 존중받을 만한 가치가 있다고 생각하는 동물을 맡아줄 사람을 고르는 일이니까 말이다. 시프리아노 알고르는 자기가 시내에 친한 친구가 있다는 말을 한 적이 한번도 없는 것 같다면서, 이번에 파운드를 데려가는 것은 쓸데없는 생각을 하지 않기 위해서라고 대답했다. 마르타는 만약 쓸데없는 생각이 든다면 지금 같이 있는 자신에게 털어놓아야 한다고 말했고, 시프리아노 알고르는 딸한테 그런 얘기를 해봤자 시간낭비라고 대답했다. 그녀가 쓸데없는 생각이라는 것이 무엇인지 녹음이라도 해놓은 것처럼 한마디도 빼놓지 않고 잘 알고 있으며, 그 밑에 깔린 핵심이 무엇인지도 알고 있으니까. 그녀는 잘은 모르겠지만 현실은 상당히 다른 것 같다면서, 그의 생각 저변에 깔려 있는 핵심에 대해서는 아무것도 모르고, 게다가 그가 하는 말들 중 대부분은 단순한 연막에 지나지 않는다고 말했다. 하지만 그의 말이 연막에 지나지 않는다는 것은 어떤 의미에서 그리 놀라운 일이 아니다. 사람들이 바로 그런 목적으로 말을 이용하는 경우가 많기 때문이다. 오히려 상대가 아예 말을 하지 않아서 말이 두터운 침묵의 벽으로 변해버리는 경우가 훨씬 더 나쁘다. 그런 벽과 맞닥뜨렸을 때는 뭘 어떻게 해야 하는지 판단하기가 매우 어렵기 때문이다. 어젯밤에 저는 잠을 안 자고 아버지를 기다렸어요, 마르살은 한 시간쯤 있다가 자러 갔지만, 저는 기다리고 또 기다렸어요, 아버지가 개를 데리고 어디로 산책을 나간 건지 짐작조차 할 수 없었는데도 말예요. 우린 들판에서 산책을 했다. 아, 그렇겠죠, 들판, 밤에 들판으로 산책을 나가는 것만큼 좋은 일이 어디 있겠어요, 밤에는 워낙 어두워서 자기 발도 안 보이니까 말이에요. 그냥 자지 그랬니. 결국은 저도 그냥 잠자리에 들었어요, 그러고는 조각상처럼 꼼짝도 안 했죠. 그럼 됐지 뭐, 더 이상 왈가왈부할 필요가 없겠구나. 아뇨, 되지 않았어요. 왜. 제가 그 순간에 가장 바라던 걸 아버지가 빼앗아갔으니까. 그게 뭔데. 아버지가 돌아오시는 걸 보는 거요, 그게 다예요, 아버지가 돌아오시는 걸 보는 거. 언젠가 너도 이해할 거다. 물론 그렇게 되면 좋겠죠. 하지만 더 이상 아무 말씀도 마세요, 이제 말이라면 진저리가 나요. 마르타의 눈이 눈물에 젖어 반짝이고 있었다. 신경 쓰지 마세요, 그녀가 말했다. 우리 약한 여자들은 임신했을 때 이런 행동밖에 할 줄 모르는 것 같으니까요, 모든 게 너무 강렬하게 느껴지거든요. 마르살이 마당에서 짐을 다 실었다며, 언제라도 떠날 준비가 되었다고 장인에게 큰소리로 말했다. 시프리아노 알고르는 밖으로 나가 차에 올라탄 다음 파운드를 불렀다. 이런 행운이 찾아올 거라고는 상상조차 하지 못했던 파운드는 주인의 옆자리로 뛰어올라 자리를 잡고 앉았다. 녀석은 이제부터 시작될 여행에 대한 기대에 부풀어 입을 벌리고 혀를 늘어뜨린 채 미소를 짓고 있었다. 다른 점도 마찬가지지만, 이런 점에서도 인간은 개와 아주 비슷하다. 인간들도 바로 가까이에 있는 것처럼 보이는 것에 모든 희망을 걸고 이렇게 말한다, 그래, 이제 어떻게 될지 두고 보자. 자동차가 마을의 집들 뒤로 사라진 후 마르살이 물었다, 아버님이랑 말다툼이라도 한 거야. 그냥 항상 하던 대로 했을 뿐이야, 우린 얘길 안 하면 기분이 나빠지고, 얘기를 하면 항상 생각이 어긋나. 우리가 인내심을 가져야 해, 아버님이 날이 갈수록 점점 한 조각씩 땅이 줄어드는 섬에 살고 있는 것 같은 기분이라는 건 눈이 밝지 않은 사람도 금방 알 수 있을 정도니까, 아버님은 센터에 인형을 갖다 주고 이따가 집으로 돌아와서 가마에 불을 지피시겠지, 하지만 이제는 당신이 왜 이런 일들을 하고 있는지 도무지 모르겠다고 생각하시는 모양이야, 뭔가 도저히 넘을 수 없는 장애물 같은 것이 앞길에 떡하니 나타나서 마침내 이제 끝이다, 모든 게 끝났다고 말할 수 있게 되기를 바라고 계시는 것 같아. 그래, 아마 당신 생각이 맞을 거야. 내 생각이 맞는지 아닌지는 잘 모르겠지만, 난 그냥 아버님 입장이 돼보려고 하고 있을 뿐이야. 일주일만 지나면 지금 우리 주위에 보이는 모든 것들이 대부분 의미를 잃어버리겠지. 그때도 이 집은 여전히 우리 것이겠지만 우린 여기서 살지 않을 거야. 저 가마도 누군가가 저걸 매일 가마라고 불러주지 않는다면 가마라는 이름으로 불릴 자격을 잃어버릴 거고, 뽕나무는 여전히 열매를 맺겠지만 그 열매를 따갈 사람이 아무도 없을 거야. 난 여기서 태어나 자란 사람이 아닌데도 이 모든 걸 두고 떠나기가 쉽지 않을 거란 생각이 들어. 아버님한테도 마찬가지겠지. 우리가 자주 다니러 오면 돼. 그래, 시골에 있는 우리 집으로. 아버님이 비꼬듯이 이 집을 그렇게 부르셨지. 다른 해결책이 없을까. 마르타가 물었다. 당신이 경비원 일을 그만두고 여기 공방에서 우리랑 함께 일할 수도 있잖아. 아무도 원치 않는 도자기나 오래지 않아 사람들이 관심을 잃어버릴 것 같은 인형을 만들면서. 지금 상황에서 나한테 해결책은 하나밖에 없어, 센터의 상주경비원이 되는 거. 그럼 당신은 원하는 걸 얻었네. 그건 내가 원하는 게 상주경비원이 되는 거라고 생각했을 때 얘기지. 그럼 지금은. 요즘 나는 아버님한테서 전에는 모르던 걸 배웠어. 당신은 눈치채지 못했을지도 모르지만, 당신 남편이 겉모습보다 훨씬 더 노숙한 사람이라는 걸 당신에게 미리 알려주는 게 내 의무라고 생각해. 그건 새삼스러운 얘기도 아닌데 뭐, 나도 당신이 늙어가는 모습을 직접 봤으니까, 마르타가 미소를 지으며 말했다. 그러나 그녀의 얼굴이 점점 진지해졌다. 하지만 이 모든 걸 두고 떠나야 한다는 생각을 하면 마음이 아픈 게 사실이야. 두 사람은 뽕나무 밑의 건조대 위에 함께 앉아 있었다. 두 사람 맞은편에는 공방과 붙은 집이 있었다. 고개를 조금만 돌리면 나뭇잎 사이로 열려 있는 가마의 문을 볼 수 있을 터였다. 날씨가 맑고 화창한 오전이었지만, 기온은 선선했다. 아마 날씨가 변하고 있는 모양이다. 슬픔이 느껴지는데도 두 사람은 기분이 좋았다. 거의 행복하다고 말해도 될 정도였다. 행복이라는 것이 가끔 우울하게 모습을 드러내는 경우도 있으니까 말이다. 그런데 마르살이 갑자기 일어서서 소리쳤다. 큰일 났다, 내가 깜빡했어, 우리 부모님, 우리 부모님한테 가서 얘기해야 하는데, 두 분은 틀림없이 당신 아버지가 아니라 당신들이 우리와 같이 센터로 가서 살아야 한다고 한없이 이야기를 늘어놓으실 거야. 내가 같이 있으면 그런 얘기는 안 하실 거야, 그건 예의와 품격 문제니까. 그렇다면 얼마나 좋을까, 당신 생각이 맞으면 좋을 텐데.

그녀의 생각은 맞지 않았다. 시프리아노 알고르가 센터에 인형을 갖다 주고 돌아오는 길에 마을을 지나가고 있을 때, 딸과 사위가 앞에서 걸어가고 있는 모습이 눈에 띄었다. 마르살은 마치 마르타를 위로하려는 듯이 그녀의 어깨를 감싸 안고 있었다. 시프리아노 알고르는 자동차를 세웠다. 타라, 그가 말했다. 그는 파운드를 뒷자리로 보내지 않았다, 마르살과 마르타가 함께 앉고 싶어하리라는 것을 알고 있었으므로. 마르타는 눈물을 훔쳐내고 있었고, 마르살은 그녀에게 말을 하고 있었다. 너무 속상해하지 마, 두 분이 어떤지 당신도 잘 알잖아, 두 분이 어떤 반응을 보일지 내가 미리 알았다면 당신을 데리고 가지 않았을 텐데. 어떻게 된 거냐, 시프리아노 알고르가 물었다. 지난번하고 똑같은 일이 벌어졌어요, 저희 부모님이 센터로 가서 살고 싶다면서, 당신들은 누구보다 그럴 자격이 있다, 이제 인생을 즐길 때가 됐다고 하셨거든요, 마르타가 그 자리에 있는데도 신경도 안 쓰고 난리를 피우셨어요, 제가 두 분을 대신해서 사과드릴게요. 이번에는 시프리아노 알고르도 자기 대신 마르살의 부모님을 데리고 가도 좋다는 얘기를 다시 꺼내지 않았다. 그건 상처에 소금을 뿌려대는 짓이 될 테니까. 그는 그냥 이렇게 물었다. 그래서 어떻게 결론이 났나. 뭐, 제가 지급받은 아파트가 기본적으로 아이 하나를 키우는 부부용이라서 기껏해야 식구를 한 명 정도 더 추가할 수 있는 공간밖에 없다고 말씀드렸죠, 그것도 저희가 원래 창고로 쓰게 되어 있는 여분의 방을 침실로 만들어야 가능하다고요, 그 방이 너무 작아서 두 사람이 쓸 수는 없다는 얘기도 했어요. 두 분이 뭐라고 하시던가. 우리가 아이를 더 낳으면 어떻게 되느냐고 물으셨어요, 그래서 제가 사실대로 얘기했죠, 그런 경우에는 센터 측에서 우리를 더 큰 아파트로 옮겨줄 거라고요, 그랬더니 상주경비원의 친부모가 거기서 살고 싶다는데 왜 지금은 그게 안 되냐고 물으시더라고요. 그래서 자네는 뭐라고 했나. 제가 일찌감치 신청서를 작성했어야 하는데 그러질 않았고, 여러 가지 규칙과 규정과 신청 마감기한이 있지만, 나중에 상황을 재검토해 볼 수 있을지도 모른다고 말씀드렸어요. 두 분이 그 말을 듣고 납득하신 모양이지. 글쎄요, 하지만 언젠가 센터로 이사 갈 수 있을지도 모른다는 생각 때문에 기분이 조금 나아지신 건 사실이에요. 언제든 또 문제가 불거지겠군. 그럴 거예요, 이쯤에서 포기하실 분들이 아니니까요. 이 문제를 일찌감치 해결하지 못한 건 두 분 잘못이 아니라고 하세요. 자네 부모님은 호락호락한 사람들이 아니지. 특히 저희 어머니가 그렇죠. 센터로 이사 가는 문제에 어머니가 아버지보다 훨씬 더 예민하시거든요, 어머니는 옛날부터 항상 만만찮은 분이셨어요. 마르타는 이제 울지 않고 있었다. 그래, 기분이 좀 어떠냐, 시프리아노 알고르가 물었다. 창피를 당한 것 같고 수치스러워요, 직접적으로 저를 겨냥한 언쟁이 벌어지는 자리에 있으면서 전혀 끼어들 수 없었기 때문에 창피를 당한 것 같기도 하고, 수치스럽기도 해요. 왜. 우리가 원하든 원하지 않든 두 분도 우리와 똑같은 권리를 갖고 있으니까요, 두 분이 센터로 이사가지 못하게 규칙을 이용하고 있는 게 우리잖아요. 우리가 아니라 내가 이용하고 있는 거야, 마르살이 끼어들었다, 우리 부모님하고 살기 싫어하는 사람은 바로 나라고, 당신하고 아버님은 아무 상관 없어. 하지만 우리도 이 부당한 일의 공범이잖아. 마르타, 다른 사람들이 보면 내 행동이 괘씸하게 보일 거야, 하지만 난 상황이 지금보다 훨씬 더 나빠지는 걸 피하기 위해서 순전히 내 의지로 그런 결정을 내린 거야, 난 우리 부모님하고 같이 살고 싶지 않아, 내 아내와 아이가 두 분을 참고 견뎌야 하는 것도 싫고, 사랑이 사람들을 결합시켜 주는 건 사실이지만, 그렇다고 모든 사람을 다 결합시켜 주는 건 아냐, 사람들이 함께 살고 싶어하는 바로 그 이유 때문에 불화를 일으키는 사람도 있다고. 그럼 우리가 불화를 일으키지 않고 잘살 거라고 그렇게 확신하는 이유는 뭔가. 제가 아버님 아들이 아니라서 기쁜 건 오로지 한 가지 이유 때문이에요, 마르살이 말했다. 내가 한번 맞혀볼까. 별로 어렵지 않게 맞힐 수 있을걸요. 만약 자네가 내 아들이라면, 마르타하고 결혼하지 못했을 테니까. 그거예요, 바로 맞히셨네요. 두 사람 모두 웃음을 터뜨렸다. 마르타가 말했다, 내 아이가 지금쯤 여자로 태어나겠다고 현명한 결정을 내렸으면 좋겠어. 왜, 마르살이 물었다. 그 애의 가엾은 어머니가 별로 강하지 못해서 밉살스럽기 짝이 없는 그 애 아버지와 할아버지를 혼자 힘으로 감당하지 못할 테니까. 세 사람은 다시 웃음을 터뜨렸다. 지금 마르살의 부모가 옆에 있지 않은 것이 다행이었다. 어쩌면 알고르 일가가 자기들을 비웃으면서 자기 아들을 꾀어서 낳아준 부모를 비웃게 만들었다고 생각할지도 모르니까 말이다. 이제 마을의 집들이 벌써 저만큼 뒤에 있었다. 파운드는 언덕 꼭대기에 공방의 지붕과 뽕나무와 가마의 한쪽 벽 윗부분이 나타나는 것을 보고 너무 기뻐서 짖어댔다. 이런 일에 대해 잘 아는 사람

들은 여행이 사람의 마음을 결정하는 데 몹시 중요하다고 말
한다. 하지만 사람이 아무리 여행을 많이 해도 가끔은 집으로
돌아올 필요가 있다는 것은, 반드시 천재적인 머리를 지닌 사
람이 아니더라도 쉽게 알 수 있다. 집에 돌아와야 비로소 자
신에 대한 만족감을 느끼고 유지할 수 있으니까 말이다. 마르
타가 말했다, 가족간의 불화니, 수치심이니, 창피함이니, 허
영이니, 단조로움이니, 비열하고 사소한 야망이니, 그런 걸
이야기하느라 이 가엾은 개 생각을 전혀 안 했네, 이 녀석은
열흘만 지나면 더 이상 우리랑 함께 살 수 없다는 걸 까맣게
모르고 있는데. 난 생각했어, 마르살이 말했다. 시프리아노
알고르는 아무 말도 하지 않았다. 그는 오른손을 핸들에서 떼
어 마치 아이를 쓰다듬듯이 개의 머리를 쓰다듬었다. 자동차
가 헛간 옆에 멈춰 서자 마르타가 가장 먼저 차에서 내렸다
가서 점심식사를 준비할게요, 마르타가 말했다. 파운드는 자
기 쪽 문이 열릴 때까지 기다리지 않고 두 앞좌석 사이의 틈
으로 빠져나가 마르살의 다리 위를 뛰어넘어 가마를 향해 쏜
살같이 튀어나갔다. 녀석의 방광이 빨리 속을 비워달라고 갑
자기 절박하게 요구하고 있었기 때문이다. 마르살이 말했다
이제 우리 둘만 남았으니까, 배달 간 일이 어떻게 됐는지 말
씀해 보세요. 여느 때랑 똑같지 뭐, 내가 보고서를 제출하고
상자를 차에서 내린 다음, 그쪽 사람들이 상자 개수를 셌지
나를 담당한 사람이 인형을 하나씩 자세히 살펴봤네, 전부 다
아무 문제없었어, 깨진 인형도 없고, 색칠한 자리에 긁힌 자

366

국이 난 인형도 없었어, 자네가 포장을 정말 잘 했더구먼. 그게 다인가요. 그걸 왜 묻는 건데. 어제부터 아버님이 뭔가를 숨기고 계시는 것 같았거든요. 내가 얘기한 게 다일세, 난 아무것도 안 숨겼어. 배달하고 오신 물건 얘기가 아니에요, 아버님이 센터로 저를 데리러 오셨을 때부터 그런 느낌이 들었어요. 무슨 뜻인가. 솔직히 말해서 저도 잘 모르겠어요, 아버님이 설명해 주시기를 기다리고 있었죠, 예를 들면, 어젯밤에 저녁을 먹으면서 아버님이 하신 수수께끼 같은 말씀이 무슨 뜻인지 같은 거랄까요. 시프리아노 알고르는 손가락으로 핸들을 두드리며 침묵을 지켰다. 핸들을 두드리는 손가락 횟수가 짝수에서 끝나는지 홀수에서 끝나는지에 따라 어떤 대답을 할 것인지 결정하려는 것처럼. 마침내 그가 입을 열었다, 날 따라오게. 그가 차에서 내려 가마를 향해 걸어가자 마르살이 그 뒤를 따랐다. 그는 문손잡이에 이미 한 손을 올린 채 잠시 걸음을 멈추더니 이렇게 말했다, 지금부터 내가 하는 얘기 마르타한테는 한마디도 하지 말게. 약속할게요. 단 한마디도 안 돼. 알았어요, 약속한다고 말씀드렸잖아요. 시프리아노 알고르는 가마 문을 열었다. 밝은 햇빛에 무리를 지어 늘어서 있는 인형들이 갑자기 모습을 드러냈다. 처음에는 어둠 때문에, 지금은 빛 때문에 앞을 보지 못하는 인형들. 시프리아노 알고르가 말했다, 이 인형 삼백 개가 어쩌면 계속 여기 남게 될지도 모르네, 사실 그럴 가능성이 아주 높아. 왜요, 마르살이 물었다. 구매부가 고객들의 반응을 평가하려고 설문조사

를 하기로 했네, 오늘 내가 가져간 인형이 그 조사에 쓰이게
될 거야. 몇 개 되지도 않는 인형에 대해 설문조사를 한다고
요, 마르살이 말했다. 구매차장이 그렇게 말했네. 아버님한테
무례하게 굴었다는 그 놈 말인가요. 아니, 다른 사람이야, 엄
청나게 친절하고 상냥해 보이는 사람이지, 항상 상대방의 이
익을 위해 최선을 다하는 것처럼 말하는 사람이기도 하고. 마
르살은 잠시 생각을 해보다가 말했다, 그런다고 크게 달라질
건 없죠, 그게 지금 제일 중요한 문제도 아니고요, 열흘 후면
우리가 센터에서 살게 될 테니까. 정말로 그래도 달라질 게
없다고 생각하나, 그게 우리한테 중요한 일이 아니라고 생각
하는 건가, 장인이 물었다. 만약 설문조사 결과가 긍정적으로
나온다면 인형을 완성해서 배달할 시간이 충분할 거예요, 나
머지 주문 분량은, 공방이 문을 닫게 되었다는 반박할 수 없
는 사실 때문에 자동적으로 취소되겠죠. 만약 조사결과가 부
정적으로 나오면, 뭐, 어떤 의미에서는 그 편이 훨씬 나을걸
요, 아버님이나 마르타나 인형을 구워서 색칠하느라고 고생
할 필요가 없을 테니까요. 시프리아노 알고르는 천천히 가마
문을 닫고 말했다, 자네는 정말로 하찮은 것 몇 가지를 잊어
버리고 있구먼. 무슨 말씀이신지. 자네는 노동의 결실이 누군
가에게 거부당했을 때 마치 따귀를 맞은 것 같은 기분이 든다
는 걸 잊어버리고 있어, 이 비극적인 일들이 우리가 센터로
이사 가는 일과 우연히 맞물리지 않았더라면, 구매부에서 도
자기를 더 이상 구매하지 않겠다고 했을 때와 똑같은 상황이

될 거라는 사실도 잊어버리고 있고, 다만 이번에는 우스꽝스러운 인형 몇 개가 우리를 구해줄 거라는 어리석은 희망조차 품을 수 없다는 점이 다르겠지. 현실을 받아들이는 수밖에 없잖아요, 될 수도 있었는데 안 된 일을 갖고 끙끙거리지 말고요. 그거야말로 모든 걸 다 받아들이는 놀라운 철학이구먼. 제가 더 좋은 생각을 해내지 못해서 죄송하네요. 아냐, 그건 나도 마찬가지니까, 하지만 난 될 수도 있었는데 안 된 일을 갖고 끙끙거리는 불치병을 타고 났다네. 그럼 그렇게 끙끙거리는 게 지금까지 좋은 결과를 낳기라도 했나요, 마르샬이 물었다. 자네 말이 맞아, 좋은 결과를 낳은 적은 한 번도 없지, 자네 말처럼 우리는 현실을 받아들이는 수밖에 없네, 될 수도 있었는데 안 된 일을 갖고 환상을 품을 게 아니라, 그럴 수만 있다면 얼마나 좋겠나. 급한 생리적 욕구를 해결하고 여기저기를 뛰어 돌아다니면서 굳은 다리를 편 파운드가 꼬리를 흔들며 다가왔다. 꼬리를 흔드는 것은 만족감과 상냥함을 드러내고 싶을 때 녀석이 자주 사용하는 방법이었지만, 이번에는 점심때가 가까웠으므로 또다른 신체적 욕구를 표시하는 것이기도 했다. 시프리아노 알고르가 녀석을 쓰다듬으며 녀석의 귀를 살짝 비틀었다. 마르타가 우릴 부를 때까지 기다려야 돼, 이 녀석아, 집에서 기르는 개가 주인보다 먼저 밥을 먹는 건 좋아 보이지 않는단 말이다. 위아래를 구분해야지, 그가 말했다. 그러고 나서 그 순간에 갑자기 어떤 생각이 떠오른 것처럼 마르샬을 향해 말을 이었다, 내가 오늘 가마에 불을 지피겠네. 내일이나 돼야 불을 지피겠다고 하셨잖아요. 생각이 바뀌었어. 자네랑 마르타가 쉬는 동안 나는 가마에 불을 때면서 시간을 보낼 거야. 원한다면 차를 몰고 나가서 드라이브나 즐기고 오게. 센터로 이사 가고 나면 자네는 새 아파트에서 전혀 나가고 싶어지지 않을 테니, 특히 여기로 오려고 집을 나서지는 않겠지. 우리가 여길 들를지 어쩔지, 들른다면 언제 들를 건지는 나중에 생각할 문제예요. 그런데 아버님이 여기서 혼자 화덕에 장작을 집어넣고 있는데 제가 정말로 나 몰라라 하고 마르타와 드라이브나 하러 갈 사람처럼 보이세요. 나 참, 나 혼자서도 잘할 수 있어. 그거야 그렇죠, 하지만 아버님만 괜찮으시다면 가마에 마지막으로 불을 지피는 이번 일에 저도 단단히 한 몫을 하고 싶어요, 이번이 정말로 마지막이 될지는 아직 모르지만. 알았네, 자네가 그러고 싶다면 그렇게 하지 뭐. 점심을 먹고 나서 일을 시작하세. 예. 하지만 이건 절대 잊으면 안 되네, 설문지에 대해 마르타한테 한마디도 하면 안 돼. 걱정 마세요. 두 사람은 개를 꽁무니에 매단 채 집을 향해 걸어갔다. 집에서 몇 미터밖에 떨어지지 않은 곳까지 갔을 때 마르타가 부엌 문간에 나타났다. 안 그래도 부르려던 참이었는데, 그녀가 말했다. 점심 준비 다 됐어요. 난 파운드한테 먼저 먹이를 줘야겠다, 멀리까지 나갔다 와서 배가 고플 거야, 아버지가 말했다. 파운드 먹이는 저쪽에 있어요, 마르타가 말했다. 시프리아노 알고르는 개 먹이가 담긴 냄비를 집어들고 말했다. 이리 온, 파운드, 네가 사람이 아닌

게 다행이다. 만약 사람이었다면, 우리가 요즘 왜 너한테 이렇게 잘해주는지 벌써 의심하고 있었을 텐데. 파운드의 밥그릇은 언제나 그렇듯이 개집 옆에 있었다. 시프리아노 알고르는 그 밥그릇이 있는 곳으로 가서 냄비 속의 먹이를 그릇에 던 다음 개가 먹이를 먹는 것을 지켜보며 잠시 서 있었다. 부엌에서는 마르샬이 말을 하고 있었다. 오늘 점심을 먹고 나서 가마에 불을 지필 거야. 오늘 한다니, 마르타가 깜짝 놀라며 물었다. 아버님이 내일까지 미루고 싶지 않으시대. 서두를 필요 없잖아, 사흘 동안 쉬기로 했는데. 아버님한테도 다 이유가 있겠지. 이번에도 그 이유를 아는 사람은 아버지뿐이겠지. 마르샬은 대답하지 않는 편이 최선이라고 생각했다. 입은 침묵할수록 더 믿음직한 기관이 된다. 잠시 후 시프리아노 알고르가 부엌으로 들어왔다. 음식이 식탁 위에 차려져 있고, 마르타가 음식을 그릇에 담아 나눠주고 있었다. 조금 있으면 시프리아노 알고르가 오늘 가마에 불을 지피겠다는 말을 할 것이고, 마르타는 알아요, 마르샬한테 들었어요, 라고 대답할 것이다.

지나간 날들은 모두 한때 다가올 날들의 전야였고, 미래의 날들도 역시 또다른 앞날의 전야가 될 것이라는 말을 이미 여러 가지 방식으로 한 바 있다. 이미 왔다 가버린 어제와 지금 진행되고 있는 오늘이 단 한 시간 동안이라도 전야가 되는 것은 불가능한 일이다. 그 어떤 날도 자신의 희망만큼 오랫동안 또다른 날의 전야가 되지 못한다. 어제만 해도 시프리아노 알고르와 마르샬 가초는 화덕에 장작을 넣느라 바삐 움직였다. 그때 사정을 잘 모르는 사람이 근처를 지나가며 그 모습을 봤다면 아마 이런 생각을 했을 것이다. 저 사람들 또야, 저 사람들은 평생을 저렇게 보내겠지. 하지만 오늘 시프리아노 알고르의 식구들은 양편에 도자기 공방이라는 글씨가 써 있는 승합차에 앉아 있다. 시내의 센터로 가는 길이다. 마르타는 운전석 옆에 앉아 있는데, 이번에는 그녀의 남편이 차를 몰고 있다. 시프리아노 알고르는 뒷좌석에 혼자 앉아 있고, 파운드의 모습은 보이지 않는다. 녀석은 집에 남아 집을 지키고 있다. 이른 아침이라 아직 해가 뜨지 않았다. 곧 그린벨트가 나타날 것이고, 그 다음에는 산업벨트, 그 다음에는 판자촌, 그 다음에는 중간지대, 그 다음에는 변두리에 지어지고 있는 건물들, 그 다음에는 마침내 도시와 널찍한 대로, 그리고 마지막으로 센터가 나타날 것이다. 어떤 길을 달리든 모든 길은 센터로 통한다. 센터까지 가는 동안 차 안의 사람들은 모두 침묵을 지킬 것이다. 비록 평소 때는 몹시 수다스러운 사람들이지만, 지금은 서로 나눌 얘기가 전혀 없는 것 같다. 하지만 서로 내심 같은 생각을 하고 있는 형편이니, 구구절절 이야기를 하느라 시간과 침을 낭비할 필요가 없을지도 모른다는 점을 쉽게 이해할 수 있다. 예를 들어, 만약 마르샬이 우리가 살게 될 아파트를 보러 센터로 가자고 말한다면 마르타는 거참 이상하네, 나도 그 생각을 하고 있었는데, 라고 말할 것이다. 어쩌면 시프리아노 알고르는, 어, 난 아닌데, 난 안으로 들어

372

가지 않고 밖에서 너희가 나오기를 기다려야겠다는 생각을 하고 있었다며 어깃장을 놓을지도 모르겠다. 하지만 그의 말투가 아무리 단호해도, 그의 말에 크게 신경 쓸 필요는 없다. 시프리아노 알고르는 예순네 살이므로 아이처럼 삐칠 나이는 이미 지났고, 노인처럼 토라질 나이가 되기에는 아직 시간이 좀 남았다. 사실 시프리아노 알고르는 딸과 사위와 함께 안으로 들어가서 그들의 말에 가능한 한 유쾌하게 반응하고, 의견을 물으면 대답하는 수밖에 없다는 것, 간단히 말해서 옛날 소설이나 연극에 나오는 말처럼 슬픔의 잔을 끝까지 들이키는 수밖에 없다는 생각을 하고 있다. 이른 시간이었으므로, 마르살은 센터에서 겨우 약 이백 미터밖에 떨어지지 않은 곳에서 차를 세울 수 있는 곳을 찾아냈다. 식구들이 실제로 여기서 살게 되면 사정이 달라질 것이다. 상주경비원은 내부 주차장에서 육 제곱미터의 공간을 이용할 권리가 있으니까 말이다. 다 왔어요, 마르살이 사이드브레이크를 걸면서 하지 않아도 되는 말을 했다. 여기서는 센터가 보이지 않았지만, 식구들이 차에서 내려 거리의 모퉁이를 돌자마자 센터가 눈앞에 나타났다. 우연히도 센터의 측면, 즉 거주자들의 공간인 센터의 끝부분이었다. 세 사람 모두 전에도 이곳을 본 적이 있지만, 그냥 구경삼아 보는 것과 저 창문들 중 두 개가 우리 것이라는 말을 들으며 보는 것은 크게 다르다. 겨우 창이 두 개야, 마르타가 물었다. 그것만도 다행이야, 창문이 하나밖에 없는 아파트도 있어, 마르살이 말했다. 게다가 안쪽으로 난 창문밖에 없는 아파트도 있는데, 뭐. 안쪽이라니. 센터 안쪽이지, 당연히. 센터의 내부를 향해 창문이 나 있는 아파트기 있단 말이야. 사실 그런 아파트를 더 좋아하는 사람들이 많아, 창문을 통해 보이는 광경이 훨씬 더 유쾌하고, 다양하고 흥미롭다면서, 밖을 향해 나 있는 창문으로는 똑같은 지붕하고 똑같은 하늘밖에 안 보이니까. 그래도 저 아파트에 사는 사람들 중에는 자기들이 살고 있는 집의 바닥과 똑같은 센터 바닥밖에 못 보는 사람들이 있다는 말 아닌가, 시프리아노 알고르가 말했다. 정말로 그 주제에 관심이 있어서라기보다는 자신이 대화에 전혀 관심이 없는 것은 아니라는 것을 보여주기 위해서였다. 쇼핑동에서는 천장이 아주 높기 때문에 공간이 넉넉하고 바람이 잘 통해요, 그래서 사람들은 전혀 지치지 않고 구경을 할 수 있죠, 특히 나이 든 사람들이 그래요. 하지만 거기서는 창문을 전혀 못 봤는데, 마르타가 갑자기 끼어들었다. 나이 든 사람들이 화려한 구경거리에 홀려서 다른 생각을 못 한다는 말에 대해 아버지가 반드시 할 것이라고 짐작되는 말을 막기 위해서였다. 실내장식으로 창문을 위장하는 거지. 세 사람은 건물 전면을 따라 걸어서 경비원들만 드나들 수 있는 문으로 향했다. 시프리아노 알고르는 내키지 않는다는 듯이 두 걸음 정도 뒤처져서 걸었다. 마치 눈에 보이지 않는 실이 그를 잡아당기고 있는 것 같았다. 난 불안해, 마르타가 아버지에게 들리지 않게 작은 소리로 말했다. 두고 봐, 일단 여기 정착하고 나면 모든 게 더 편안해질 거야, 결국 익숙하냐 그렇지 않으냐 하는 문제라고, 마르살도 역시 작은 소리로 말했다. 잠시 후 마르타가 정상적인 목소리로 물었다, 우리 아파트는 몇 층이야. 삼십사 층. 진짜 높네. 우리 위로 십사 층이 더 있어. 창 밖에 매달린 새장 속의 새는 자기가 자유의 몸인 줄 착각하기 쉬워. 여기서는 창문을 열 수 없어. 왜. 환기시설 때문에. 그렇겠지. 세 사람은 문에 도착했다. 마르살이 안으로 들어가 근무 중인 두 경비원과 인사한 뒤 내친김에 식구들을 소개했다, 이쪽은 내 아내와 장인어른이셔. 그러고 나서 그는 건물 내부로 통하는 안쪽 문을 열었다. 세 사람은 승강기를 탔다. 가서 열쇠를 받아와야 돼, 마르살이 말했다. 세 사람은 이 층에서 내려 길고 좁은 복도를 따라 걸었다. 복도 양쪽의 회색 벽에는 일정한 간격으로 문이 나 있었다. 마르살이 그 문들 중 하나를 열었다. 여기가 내 구역이야, 그가 말했다. 그는 자신과 같은 근무조인 동료들과 인사를 나눈 뒤 역시 가족들을 소개했다, 이쪽은 내 아내와 장인어른이셔, 그리고 이렇게 덧붙였다, 우리 아파트를 보러 왔어. 그는 자기 이름이 적힌 사물함으로 가서 문을 열고 열쇠다발을 꺼낸 뒤 마르타에게 말했다, 이거야. 세 사람은 또다른 승강기에 올랐다. 속도가 두 가지야, 마르살이 설명했다. 처음에는 천천히 갈 거야. 그는 해당 버튼을 누른 다음, 숫자 이십을 눌렀다. 우선 여유있게 풍경을 감상하면서 이십 층까지 가자, 그가 말했다. 승강기의 벽 중 센터를 위에서 굽어볼 수 있도록 되어 있는 부분은 전부 유리로 되어 있었다. 승강기가 천천히 여러 층을 지나가자 아케이드, 상점, 화려한 계단, 에스컬레이터, 만남의 장소, 카페, 식당, 식탁과 의자가 놓인 테라스, 영화관과 공연장, 무도장, 거대한 텔레비전 스크린, 한없이 많은 장식품들, 전자게임, 풍선, 분수대를 비롯한 여러 가지 물 장식품들, 플랫폼, 공중정원, 포스터, 삼각 깃발, 광고판, 마네킹, 탈의실, 교회 전면, 해변 입구, 빙고 게임장, 카지노, 테니스장, 체육관, 롤러코스터, 동물원, 전기 자동차 경주장, 원형 파노라마 극장, 인공폭포가 차례로 나타났다. 모든 것이 뭔가를 기다리듯 침묵을 지키고 있었다. 더 많은 가게, 더 많은 아케이드, 더 많은 마네킹, 더 많은 공중정원, 그리고 사람들이 아마도 이름조차 모를 여러 가지 것들이 나타났다. 마치 세 사람이 낙원을 향해 올라가고 있는 것 같았다. 지금 이 속도는 풍경을 감상할 때만 쓰는 건가, 시프리아노 알고르가 물었다. 아뇨, 이 속도로 운행할 때는 승강기가 보안 보조 장치 역할도 해요, 마르살이 말했다. 경비원에, 탐지기에, 비디오카메라에, 그밖에도 사람들을 엿보는 온갖 기구들이 있으니 보안장치는 충분한 것 아닌가, 시프리아노 알고르가 다시 물었다. 매일 여길 오가는 사람이 수만 명이나 돼요, 그래서 보안을 유지하는 게 중요해요, 마르살이 대답했다. 그의 얼굴은 굳어 있었고, 목소리에는 짜증이 살짝 배어 있었다. 아버지, 마르타가 말했다, 마르살 좀 그만 괴롭히세요. 걱정마, 마르살이 말했다, 아버님과 나는 서로를 이해하고 있으니까, 겉으로는 그렇게 보이지 않겠지만. 승강기는 계속 천천히 위로 올라갔다. 각 층에는 아직 최소한의 조명만 들어와 있고, 돌아다니는 사람도 거의 없다. 할일이 있거나 습관 때문에 일찍 일어난 직원들이 가끔 보일 뿐이다. 출입문이 일반인들에게 활짝 열리려면 적어도 한 시간은 더 있어야 할 것이다. 센터에서 살며 일하는 사람들은 서두를 필요가 없다. 그리고 센터 밖으로 나갈 일이 있는 사람들은 쇼핑가와 휴게시설이 있는 구역을 통과하지 않고 자기 아파트에서 곧장 지하주차장으로 간다. 승강기가 멈추자 마르살이 빠르게라고 표시된 단추를 눌렀다. 그리고 몇 초도 안 돼서 세 사람은 삼십사 층에 도착했다. 세 사람이 거주구역으로 이어지는 복도를 따라 걷는 동안 마르살이 이곳 주민들만 이용할 수 있는 승강기가 있으며, 자신이 오늘 다른 승강기를 사용한 것은 순전히 사물함에서 열쇠를 가져와야 했기 때문이라고 설명했다. 지금부터는 우리가 이 열쇠를 보관할 거야, 이건 우리 거야, 그가 말했다. 마르타와 그녀의 아버지가 기대했던 것과는 달리, 밖을 내다볼 수 있는 아파트 구역과 건물 안만 보이는 아파트 구역을 가르는 복도는 하나만 있는 게 아니었다. 복도는 두 개였으며, 그 사이에 또다른 아파트 구역이 있었다. 이 구역은 폭이 다른 구역의 두 배나 되었다. 쉽게 말해서, 센터의 거주구역은 좌우상하로 평행하게 뻗어 있는 네 개의 아파트 구역으로 구성되어 있으며, 아파트들은 축전지 안의 전지들이나 벌집 모양으로 배열되어 있어서 아파트 안쪽 벽은 서로 등을 맞대고 있고, 바깥쪽 벽은 복도를 통해 건물의 중앙 구조물과 연결되어 있다. 마르타가 말했다, 이 사람들은 집에 있을 때 햇빛을 전혀 못 보겠네. 센터 내부만 보이는 아파트에 사는 사람들도 마찬가지야, 마르살이 대답했다. 하지만 당신 말처럼 그 사람들은 적어도 창 밖의 광경이나 오가는 사람들을 보며 기분전환을 할 수는 있잖아, 그렇지만 여기 아파트들은 사실상 사방이 막혀 있는 거나 마찬가지야, 자연광이 하나도 들어오지 않는 아파트에서 하루 종일 환기구로 공급되는 공기를 마시며 사는 게 편안할 리가 없지. 마르타, 그런 아파트를 더 좋아하는 사람들도 많아, 그 사람들은 그런 아파트가 더 편안하고, 시설도 더 좋다고 해, 몇 가지만 예를 들어볼까, 그런 아파트에는 일 년 내내 밤이나 낮이나 습도와 온도를 한결 같이 정확하게 유지해 주는 공기재생기와 온도계, 그리고 자외선 기계가 갖춰져 있어. 우리가 그런 아파트를 배정받지 않아서 다행이야, 그런 집에서는 얼마 견디지 못할 것 같아, 마르타가 말했다. 우리 같은 상주경비원들은 창문이 달린 평범한 아파트로 만족해야 돼. 나라면 센터에서 일하는 상주경비원의 장인이 되는 것이 세상에서 제일 커다란 행운이자 특권이라고는 생각할 수 없을 것 같군, 시프리아노 알고르가 말했다. 아파트에는 호텔 방처럼 번호가 붙어 있었다. 유일한 차이점이 있다면 층 번호와 호수 사이에 하이픈이 그어져 있다는 것뿐이었다. 마르살이 열쇠구멍에 열쇠를 꽂아 문을 연 다음 한쪽 옆으로 비켜 섰다. 먼저 들어가시죠, 그가 별로 신나지도 않았으면서 일부러 신난 척하며 큰 소리로 말했다, 여기가 우리의 새 집입니다. 두 사람은 새 집을 보고도 기쁘거나 신이 나지 않았다. 마르타는 문지방에서 긴장한 모습으로 서 있다가 불안한 표정으로 안으로 몇 걸음 들어가서는 주위를 둘러보았다. 마르살과 시프리아노 알고르는 그냥 뒤에 서 있었다. 그녀는 무엇을 어떻게 해야 할지 잘 모르겠다는 듯 잠시 망설이다가, 혼자서 가장 가까운 문으로 가서 안을 들여다보더니 곧 안으로 들어갔다. 이것이 그녀와 새 아파트의 첫 만남이었다. 그녀는 침실에서 부엌으로, 부엌에서 욕실로, 식당으로도 쓰이게 될 거실에서 아버지가 쓰게 될 작은 방으로 재빨리 옮겨다녔다. 아기가 있을 곳이 없어, 그녀는 속으로 생각했다. 하지만 곧바로 이런 생각이 들었다, 아기가 어릴 때는 우리랑 같이 자면 돼, 그 다음 일은 그때 가서 보지 뭐, 아마 센터가 우리한테 더 큰 아파트를 줄 거야. 그녀는 마르살과 시프리아노 알고르가 기다리고 있는 현관으로 다시 나왔다. 당신은 여기 와본 적 있어, 그녀가 남편에게 물었다. 응. 인상이 어땠어. 글쎄, 당신도 곧 알게 되겠지만 가구들은 새 거야, 내가 말했던 것처럼 모든 게 다 새 거야. 그럼 아버지는 어떠세요. 내가 아직 보지도 않은 것에 대해 감상을 얘기할 수는 없잖니. 그럼 안으로 들어오세요, 제가 안내해 드릴게요. 그녀가 눈에 띄게 굳어 있어서 평소 때의 모습과 많이 달랐기 때문에 각 방을 소개할 때마다 마치 찬송가를 부르는 것 같았다. 여기가 안방이에요, 여기는 부엌이고, 여기는 욕실이고, 여기는 사랑하는 아버지가 주무시면서 마땅히 누려야 할 휴식을 취하게 될 넓고 편안한 방이에요. 아이가 자랐을 때 아이 방을 만들어 줄 공간이 전혀 없는 것 같아요, 하지만 뭔가 해결책을 찾아낼 수 있겠죠. 아파트가 마음에 안 드는 거야, 마르살이 물었다. 여긴 앞으로 우리가 살게 될 새 집이야, 그러니까 여기가 내 마음에 드는지 안 드는지 얘기할 필요는 없어, 그건 꽃잎을 하나씩 떼면서 점을 치는 거랑 같아. 마르살은 도움을 바라는 눈길로 장인에게 시선을 돌려 아무 말도 하지 않은 채 장인을 뚫어지게 바라보았다. 뭐 그렇게 나쁘지는 않아, 시프리아노 알고르가 말했다, 모든 게 새 것이고 다 좋구먼, 가구도 아주 좋은 나무로 만들어졌고, 이 가구들이 우리 것처럼 되지는 않겠지만, 어쨌든 요즘 사람들이 좋아하는 스타일이야, 색깔도 밝고, 집에 있는 우리 가구랑은 달라, 우리 가구는 마치 가마에서 구워낸 것처럼 보이잖나, 나머지 부분들에 대해서는 우리가 차차 익숙해지겠지, 사람들이라는 게 원래 항상 그러니까. 마르타는 인상을 찌푸린 채 아버지의 짤막한 연설을 듣고 있다가 억지로 미소를 지으려고 애쓰며 다시 한 번 아파트를 둘러보기 시작했다. 이번에는 서랍과 찬장을 열어 그 내부를 확인해 보았다. 마르살이 감사의 눈길로 장인을 바라본 후 자신의 손목시계를 흘끗 보며 말했다, 이제 내가 일하러 갈 시간이 거의 다 됐어. 마르타가 어딘가 다른 방에서 대답했다, 오래 안 걸려, 금방 나갈게. 이것이 작은 아파트의 이점이다. 우리가 가슴 깊은 곳에서 터져나오는 한숨을 조심스레 내쉬면, 저쪽 편에 있는 누군가가 즉시 그 사실을 지적하고 나선다, 너 한숨쉬었지, 아니라고 발뺌할 생각은 하지 마. 또 어떤 사람들은 경비원, 카메라, 탐지기 등 사방을 엿보는 온갖 장치들에 대해 불평을 늘어놓는다. 이제 새 아파트 둘러보기가 끝났다. 아파트로 들어갈 때와 나올 때의 표정 차이를 보면, 물론 우리는 사람들 가슴속의 비밀을 낱낱이 들춰낼 능력이 없지만, 어쨌든 아파트를 둘러본 것이 유익한 일이었던 것 같다. 세 사람은 삼십사 층에서 일 층으로 곧장 내려갔다. 마르타와 시프리아노 알고르가 이곳 거주민임을 증명해주는 서류가 아직 마련되지 않았고, 마르살은 두 사람을 출구까지 배웅해 주어야 했기 때문이다. 승강기에서 내린 뒤 겨우 몇 걸음밖에 걷지 않았을 때 시프리아노 알고르가 말했다, 거참 기분이 이상하네, 꼭 발 밑에서 땅이 부르르 떨리는 것 같으니 말이야, 그는 걸음을 멈추고 귀를 기울이다가 이렇게 말을 덧붙였다, 무슨 굴착기 같은 게 작동하는 소리가 들린 것 같기도 하고. 굴착기 맞아요, 마르살이 걸음을 빨리하며 말했다, 한 번에 여섯 시간씩 교대로 하루 종일 굴착기가 돌아가고 있어요, 땅속 몇십 미터쯤 되는 곳에 있죠. 무슨 공사라도 하는 모양이지, 시프리아노 알고르가 말했다. 예, 냉장시설을 새로 더 만들려는 모양이에요, 그밖에 다른 것도 만드는 것 같고, 어쩌면 주차장이 더 생길지도 모르죠, 여기서는 항상 공사가 벌어져요. 사람들이 눈치도 못 채는 사이에 센터는 날마다 계속 커지고 있거든요, 옆으로 커지지 않으면 위로, 위로 커지지 않으면 아래로. 나중에 또다시 공사가 시작되면, 아버지도 굴착기 소음을 눈치 못 챌걸요, 마르타가 말했다. 음악소리, 스피커에서 흘러나오는 안내방송, 웅웅거리는 사람들의 대화 소리, 항상 오르내리는 에스컬레이터 소리 때문에 굴착기가 있는 줄도 모를 거예요. 세 사람은 문에 도착했다. 마르살은 뭔가 다른 소식이 있으면 나중에 전화하겠다면서, 그동안 이사 준비를 하는 게 좋을 거라고 말했다. 이사 올 때 꼭 반드시 필요한 것만 가져와야 한다면서. 이제 아파트 크기가 어느 정도인지 알았으니까, 여유 공간이 별로 없다는 걸 알겠지. 세 사람이 센터 밖의 거리에서 막 작별인사를 하려는데 마르타가 입을 열었다. 어떤 의미에서는 전혀 이사하는 것 같지 않아. 공방이 있는 집이 여전히 우리 집이야. 거기서 가져올 수 있는 게 거의 없으니까 마치 옷을 하나 벗고 다른 옷으로 갈아입는 것 같아. 가면무도회처럼. 그래, 아버지가 말했다. 그거랑 좀 비슷하구나. 하지만 사람들이 아무 생각 없이 그냥 믿어버리는 말과는 달리, 사제복이 정말로 사제를 만들고, 옷이 그 옷을 입은 사람을 결정하는 법이야. 처음에는 눈치채지 못할지도 모르지만, 결국은 시간문제지. 잘 가, 마르살이 아내에게 입을 맞추며 말했다. 철학적인 대화는 집에 가면서 얼마든지 할 수 있을 테니까 마음껏 해보도록 해. 마르타와 시프리아노 알고르는 승합차를 세워둔 곳으로 걸어갔다. 그들의 머리 위, 센터 전면에 거대한 포스터가 새로 붙어 있었다. 우리는 여러분에게 필요한 것을 모두 팔고 싶지만, 우리가 반드시 팔아야 하는 물건을 여러분이 필요하다고 생각해 주신다면 더 좋겠습니다.

마르살이 놀림과 애정을 반씩 섞어 여러 말을 했는데도 불구하고, 아버지와 딸은 집으로 돌아오는 길에, 아니 마르타의 표현을 빌리면 새 집과 공방이 있는 집을 차별화하려고 노력하는 도중에 거의 말을 하지 않았다. 거의. 하지만 이 상황을 설명할 수 있는 여러 가지 방법 중에서, 두 사람에게 생각할 것이 많았다고 보는 것이 가장 간단한 설명이 될 것이다. 대담한 상상 또는 위험한 추론을 동원해서, 아니면 그보다 훨씬 문제가 많은 대강의 추측을 동원해서 두 사람이 과연 무엇을 생각하고 있었을지 제멋대로 짐작해 보는 것은, 이런 종류의 이야기에서 가슴속 비밀을 즉각적으로 뻔뻔하게 헤집어 놓는 경우가 얼마나 많은지 생각해 보면, 아까도 말했던 것처럼 불가능한 일은 아닐 것이다. 하지만 두 사람이 생각하고 있던 것을 조만간 행동으로 옮기거나 아니면 말로 표현해서 행동을 야기할 테니, 그냥 두 사람이 생각을 드러내는 행동과 말을 할 때까지 조용히 기다리는 편이 나을 것 같다. 일단 행동에 대해서는 그리 오래 기다릴 필요가 없다. 아버지도 딸도 점심식사 시간에 전혀 말이 없었다. 틀림없이 집으로 돌아오는 길에 했던 생각들에 새로운 생각들이 덧붙여지고 있었기 때문일 것이다. 그러다가 갑자기 딸이 침묵을 깨기로 결심했다. 아버지가 사흘 동안 일을 쉬자고 한 건 정말 좋은 생각이었어요, 아버지가 그런 말을 꺼내서 반가웠던 건 둘째 치고, 그때는 우리가 쉬는 게 아주 당연한 일처럼 보였거든요, 하지만 마르살이 승진하면서 상황이 완전히 달라졌어요, 이사 준비를 하고, 가마에 구워 놓은 인형 삼백 개에 색칠을 할 시간이 겨우 일주일 남짓밖에 안 된다는 거 아세요, 최소한 그 인형 삼백 개만은 센터에 배달해 줘야 하잖아요. 그래, 나도 인형 생각을 하고 있었다. 하지만 내 결론은 정반대야. 무슨 말씀이세요. 센터에 이미 인형 삼백 개가 가 있잖니, 당장은 그걸로 충분할 거다. 찰흙인형은 컴퓨터 게임이나 자석 팔찌랑 다르니까, 사람들이 서로를 밀쳐대면서 제각각 에스키모 인형이나, 아시리아인 인형이나, 간호사 인형을 달라고 소리를 질러대지는 않아. 그렇죠, 센터의 고객들이 중국 관리 인형이나 익살꾼 인형이나 어릿광대 인형을 서로 갖겠다고 주먹다짐을 벌이지는 않을 거예요, 하지만 그렇다고 해서 우리가 일을 끝까지 완수하지 말아야 한다는 뜻은 아니에요. 그거야 물론이지, 하지만 내가 보기에는 서두를 필요가 없는 것 같구

나. 아까도 말했지만, 우리는 겨우 일주일 만에 모든 일을 다 마쳐야 해요. 나도 안다, 그러니까, 그러니까 우리가 센터에서 나올 때 네가 네 입으로 말한 것처럼 사실 이건 이사라고 할 수도 없어, 네가 공방이 있는 집이라고 부르는 이 집은 앞으로도 계속 이 자리에 있을 거다. 아버지, 아버지가 수수께끼 같은 말을 무지 좋아한다는 건 저도 알아요. 나는 수수께끼 같은 거 전혀 안 좋아해, 난 항상 뭐든지 분명한 게 좋다. 좋아요, 아버지가 수수께끼를 싫어한다고 쳐요. 하지만 아버지 자신이 수수께끼예요, 아버지가 지금 무슨 얘기를 하려고 저한테 그런 말을 하는 건지 분명히 말씀해 주시면 좋겠어요. 지금 우리가 처해 있는 상황을 이야기하는 거야, 앞으로 일주일 후에 우리가 처하게 될 상황에 대해서도, 가능하면 그후로도 몇 주가 더 흐른 뒤의 상황까지 이야기할 수 있으면 좋겠지. 자꾸 제 인내심을 시험하지 마세요. 그건 나도 마찬가지야, 마르타, 이건 이 더하기 이가 사가 되는 것처럼 간단한 거다. 아버지 머릿속에서는 이 더하기 이가 항상 오나 삼이 되잖아요, 사가 되는 경우는 결코 없죠. 내 얘길 들으면 넌 괜히 물어봤다고 후회할걸. 글쎄, 그럴까요. 좋아, 우리가 인형에 색칠을 하지 않고 센터로 이사 가면서 가마에 지금 상태 그대로 놔둔다고 한번 생각을 해봐라. 저도 그 생각은 해봤어요. 마르살이 분명히 설명한 것처럼, 센터에서 사는 건 귀양살이와는 달라, 거기 사람들은 갇혀 있는 게 아니란 말이다. 언제든 센터에서 나와 시내나 시골에서 하루를 보내다가 밤에 센

터로 돌아갈 수 있지. 시프리아노 알고르는 딸을 가만히 바라
보았다. 조금 있으면 딸의 얼굴에 이제 무슨 소리인지 알겠다
는 표정이 떠오를 것이다. 그의 예측대로였다. 마르타가 미소
를 지으며 말했다, 알겠어요. 제가 잘못 생각했군요, 아버지
머릿속에서도 가끔 이 더하기 이가 사가 되기도 하네요. 그러
게 내가 쉬운 얘기라고 하지 않았니. 필요할 때 여기 와서 일
을 마무리하자는 말씀이죠, 그러면 아직 남아 있는 인형 육백
개의 주문을 취소할 필요가 없을 거예요, 센터하고 얘기해서
양쪽에게 모두 적당한 기한만 정하면 되겠네요. 그렇지. 딸은
아버지에게 갈채를 보냈고, 아버지는 그 갈채에 답례했다. 그
런데요 아버지, 마르타가 자기 앞에 활짝 열린 긍정적인 미래
때문에 갑자기 흥분해서 말했다, 만약 센터가 우리 인형을 정
말로 마음에 들어 한다면 우리가 인형을 계속 만들 수 있겠
죠, 그러면 공방 문을 닫을 필요가 없을 거예요. 그렇지. 게다
가 인형뿐만 아니라 센터가 좋아할 만한 다른 아이디어를 생
각해 낼 수 있을지도 몰라요, 이미 만들고 있는 인형 여섯 종
류 말고 다른 인형들을 더 만들 수도 있고. 내 말이 그 말이
다. 아버지와 딸이 항상 모든 문 뒤에 악마가 도사리고 있는
것은 아니라는 점을 다시 한 번 증명해 준 이 기분 좋은 가능
성을 음미하는 동안, 우리는 그 틈을 이용해서 아버지와 딸이
생각한 것의 진정한 가치 또는 진정한 의미를 자세히 살펴보
도록 하자. 그토록 오랜 침묵 끝에 마침내 두 사람이 입 밖에
낸 두 가지 생각 말이다. 하지만 우리가 결론에 도달할 수는

없을 것이라는 점을 미리 밝혀두어야겠다. 잠정적인 결론조차도 불가능하다. 훌륭한 가정교육을 받고 자란 사람들에게는 틀림없이 충격적이겠지만, 그래도 진실한 최초의 전제, 즉 사람들이 생각을 표현했을 때, 그 생각이 사실은 아직 모습을 드러내지 않으려 하는 또다른 생각이 전면에 내세운 앞잡이라는 전제로부터 시작하지 않는다면 말이다. 결론이라는 것이 항상 그렇다. 시프리아노 알고르의 이상한 행동 중 일부가 설문조사 결과에 관한 고민 때문에 생겨난 것임은 쉽게 알아볼 수 있다. 딸에게 센터로 이사한 뒤에도 공방에 와서 일을 계속할 수 있음을 일깨워 준 것은 순전히 딸이 색칠을 못하게 하려는 시도에 지나지 않는다는 점도 마찬가지다. 그래야 내일이든 그보다 나중이든, 미소 띤 표정의 구매차장이나 그의 직속상사가 주문을 취소하겠다는 결정을 알려오더라도, 마르타가 작품을 미완성으로 남겨놓고 떠난다거나 필요 없는 물건을 만들었다는 생각 때문에 고통을 받지 않을 테니까 말이다. 그보다 훨씬 더 놀라운 것은 마르타의 행동이다. 다시 공방에 와서 일을 계속할 수 있을 것이라는, 확신할 수 없는 가능성에 충동적으로, 그리고 다소 부자연스럽게 기쁨을 드러내다니. 물론 그녀의 이런 행동과 그 행동의 바탕이 된 생각을 연결시킨다면 이야기가 달라진다. 센터의 아파트에 발을 들여놓은 순간부터 끈질기게 그녀를 쫓아다닌 생각, 그녀는 이 생각을 아무에게도 심지어 아버지에게도 결코 말하지 않겠다고 혼자 다짐했다. 아버지가 옆에 있는데도 말이다. 아니

그뿐만 아니라, 그녀가 그토록 사랑하는 남편에게도 이 생각을 말하지 않기로 했다. 그녀가 눈이 빙빙 돌 것 같아서 감히 가까이 다가가 보지도 못한 창문 두 개와 창백한 가구가 갖춰진 삼십사 층 새 집의 문턱을 넘어서는 순간 그녀의 머릿속을 뚫고 지나가며 그곳에 뿌리를 내린 생각은, 앞으로 평생 동안 이곳에 사는 것을 도저히 참을 수 없을 것이라는 깨달음이었다. 상주경비원 마르살 가초의 아내라는 것 외에는 다른 신분이 전혀 없고, 자기 몸속에서 자라고 있는 딸 또는 아들 외에는 아무런 미래가 없는 삶이라니. 그녀는 공방으로 돌아오는 내내 이것을 생각했고, 점심식사를 준비하는 도중에도 계속 이 생각을 했으며, 전혀 배가 고프지 않아서 접시에 담긴 음식을 포크로 이리저리 헤집을 때도 계속 이 생각을 했다. 그리고 센터로 이사 가기 전에 가마 안의 인형을 마무리할 책임이 있다는 말을 아버지에게 할 때도 그녀는 이 생각을 하고 있었다. 인형을 마무리한다는 것은 인형에 색칠을 해야 한다는 뜻이었고, 색칠은 그녀가 해야 할 일이었다. 그녀가 입을 크게 벌리고 히죽 웃으면서 혀를 쭉 내민 파운드를 옆에 눕힌 채 뽕나무 밑에서 사나흘 동안 색칠을 할 수 있는 시간이 있다면 가능한 말이지만. 그녀가 원하는 것은 그것뿐이었다. 사형선고를 받은 사람이 마지막 소원을 빌듯이, 그녀는 필사적으로 그것을 원했다. 그런데 갑자기 아버지가 간단한 말 몇 마디로 자유를 향한 문을 활짝 열어주었다. 그녀는 언제든 센터에서 나와 자기가 가진 열쇠로 자기 집의 문을 열고 친숙한 장소에 자기가 놔두고 떠난 물건들이 모두 제자리에 있는 것을 다시 볼 수 있을 것이다. 그리고 공방으로 들어가서 찰흙의 농도가 적당한지 확인한 다음, 물레에 앉아 차가운 찰흙에 손을 담글 수 있을 것이다. 이제야 그녀는 나무가 영양분을 공급해 주고 자신이 허공중에 똑바로 서 있게 해주는 뿌리를 사랑하듯이, 자신이 이곳을 사랑한다는 사실을 깨달았다. 시프리아노 알고르는 딸을 바라보며 펼쳐놓은 책을 읽듯이 딸의 표정을 읽었다. 설문조사 결과가 아주 부정적으로 나와서 센터의 구매부가 인형을 완전히 포기하기로 결정한다면, 자신이 지금 딸에게 심어준 희망이 완전히 물거품이 될 것이라는 생각을 하니 가슴이 아팠다. 마르타는 자리에서 일어나 아버지에게 다가와서 입을 맞추고 아버지를 끌어안았다. 앞으로 며칠 후에 이 아이 기분이 어떻게 될지, 시프리아노 알고르는 딸의 애정표현에 답하면서 속으로 생각했다. 하지만 그의 입에서는 아주 다른 말이 튀어나왔다, 바로 그가 평소에 하던 말. 우리 할아버지 할머니들의 생각처럼, 생명이 남아 있는 한 항상 희망이 있어. 마르타가 그토록 행복한 기대에 빠져 있지 않았더라면, 아버지의 말투에 체념이 어려 있음을 깨닫고 잠시 생각에 잠겼을지도 모른다. 사흘 동안의 휴가를 조용히 즐기기로 하자, 시프리아노 알고르가 말했다, 우리는 휴가를 즐길 자격이 있어, 뭐, 우리가 다른 사람의 휴가를 훔쳐오는 것도 아니니까, 그렇게 쉰 다음에 이사준비를 시작하자. 그럼 아버지가 먼저 모범을 보이세요, 가서 낮잠이라도 좀 주무시라고요, 마르타가 말했다. 어제 하루 종일 가마에서 일을 하시고, 오늘도 일찍 일어나셨잖아요, 아무리 아버지라 해도 한계가 있는 법이에요, 이사에 대해서는 걱정하지 마세요, 그건 집안의 안주인이 책임질 문제니까. 시프리아노 알고르는 침실로 가서 단순히 몸에서 느껴지는 피로만은 아닌 피로 때문에 지친 듯 옷을 벗고 깊은 한숨을 내쉬며 침대에 누웠다. 그러나 침대에 오래 누워 있지는 않았다. 그는 베개에 기대어 앉아 마치 이 방에 생전 처음 들어온 사람처럼, 이유는 잘 알 수 없지만 이 방의 모습을 반드시 기억 속에 새겨두어야 하는 사람처럼, 이 방에 다시는 올 수 없는 사람처럼, 이 방에 관한 기억이 언젠가 벽의 얼룩이나 바닥을 비추던 햇빛이나 서랍장에 붙어 있는 여인의 사진을 떠올리는 것 외에 다른 역할도 해주기를 바라는 사람처럼 주위를 둘러보았다. 밖에서는 파운드가 낯선 사람의 발자국 소리를 들었을 때처럼 짖어대다가 잠잠해졌다. 아마 저 멀리서 다른 개가 짖어대는 소리 때문에 마음 내키는 대로 짖어댄 모양이었다. 아니면 그냥 자기가 거기 있음을 알리고 싶었거나. 뭔가 자기가 이해할 수 없는 일이 진행되고 있음을 녀석이 알아챈 것 같았다. 시프리아노 알고르는 잠을 청하려고 눈을 감았지만, 눈은 계속 감겨 있으려고 하지 않았다. 노인이 우는 것만큼 슬픈 일은, 그렇게 말로 할 수 없을 만큼 슬픈 일은 없다.

　다음날 소식이 왔다. 날씨가 변해서 가끔 폭우가 쏟아져 몇 분 만에 뜰이 물에 잠기고, 빗방울이 수만 개나 되는 북채처럼 뽕나무의 바삭바삭한 이파리를 두들겨댔다. 마르타는 아파트로 가져갈 물건들의 목록을 만들며, 순간마다 자기 마음속에서 충돌하는 정반대의 충동에 시달리고 있었다. 그중 하나는 그녀에게 완벽한 진실을 이야기해 주었다. 즉, 짐을 전혀 옮기지 않는다면 이사하는 게 아니라는 것이다. 또다른 충동은 그녀에게 모든 것을 그냥 이대로 두고 떠나라고 충고했다, 이곳에 자주 와서 시골 공기를 들이마시게 될 텐데 뭘 그러느냐면서. 한편, 시프리아노 알고르는 하루 종일 자꾸만 시계를 들여다보게 만드는 오만가지 걱정을 머리에서 몰아내려고 일부러 공방을 구석구석 쓸고 닦으며 분주히 움직였다. 마르타가 청소를 돕겠다고 했지만 이번에도 그는 그녀를 말렸다. 네가 날 도왔다가는 나중에 마르살이 난리를 피울 거다, 그가 말했다. 파운드는 비가 그친 뒤 신나게 밖으로 뛰어나갔다가 발에 묻은 진흙을 부엌 바닥에 잔뜩 묻혀놓는 바람에 제 집으로 막 쫓겨난 참이었다. 개집이 물에 잠길 만큼 비가 쏟아지지는 않겠지만, 녀석의 주인은 혹시 몰라서 개집 밑에 벽돌 네 장을 놓아두었다. 그래서 평범한 현대식 개집이 선사시대의 수상가옥처럼 변해버리고 말았다. 전화벨이 울렸을 때 그는 개집 밑에 벽돌을 놓고 있던 중이었다. 마르타가 전화를 받았다. 그녀는 처음 상대방이, 센터입니다, 라고 말하는 것을 듣고 마르살의 전화라고 생각했다. 교환원이 마르살에게 전화를 연결해 줄 것이라고 말이다. 하지만 수화기 속에서 들려온 말은 예상과는 전혀 달랐다. 구매부장님이 시프리아노

391

알고르 씨와 통화하고 싶어하십니다. 일반적으로 비서들은 상사가 특정 번호를 불러주며 전화를 연결하라고 할 때 상사가 그 상대에게 무슨 말을 할 생각인지 아는 법이다. 하지만 전화 교환원은 아무것도 모르기 때문에 이미 이 세상 사람이 아닌 것처럼 중립적이고 무심한 목소리로 말한다. 그래도 교환원을 무작정 비난하지는 말자. 그녀도 자신이 전화가 연결되었다는 기계적인 말을 한 후 무슨 대화가 오고갈지 짐작할 수 있다면, 때로 슬픔에 잠겨 눈물을 흘릴지도 모른다. 마르타가 가장 먼저 떠올린 생각은, 구매부장이 나머지 인형 삼백 개의 배달이 늦어지는 것에 대해 불만을 표시하려고 전화를 했으리라는 것이었다. 아니면 두 사람이 아직 시작하지도 않은 인형 육백 개를 빨리 배달하라는 얘기일지도 모른다. 누가 알겠는가. 그래서 그녀는 교환원에게 잠시만 기다리라고 말한 후 밖으로 달려 나가 공방에 있는 아버지를 부르면서 첫번째로 작업한 인형들이 완성되는 즉시 다음 작업을 시작할 필요가 없다고 결정한 것이 잘못인 것 같다고 아버지에게 재빨리 알려야겠다고 생각했다. 하지만 구매부장이 통화하고 싶어한다는 말을 듣고 아버지의 얼굴이 심하게 동요하는 것을 보자, 아버지의 결정을 비난하려던 말이 혀에 딱 달라붙어 밖으로 나오지 않았다. 시프리아노 알고르는 뛰어가지 않는 편이 낫겠다고 생각했다. 자신이 받게 될 선고를 향해 간신히 단호한 걸음으로 걸어가는 것만으로도 충분할 것 같았다. 그는 딸이 탁자 위에 놓아둔 수화기를 집어들었다. 여보세요,

시프리아노 알고르입니다. 그러자 교환원이 이렇게 말했다, 지금 전화를 연결해 드리겠습니다. 잠시 침묵이 이어지다가 약간 윙윙거리는 소리, 지직거리는 소리가 나더니 구매부장의 크고 낭랑한 목소리가 반대편에서 울려 나왔다, 안녕하십니까, 시프리아노 알고르 씨. 안녕하세요, 부장님. 내가 오늘 왜 전화를 했는지 이미 알고 계시겠죠. 예, 알고 있습니다. 말씀하시죠, 차장 한 명이 제 허락을 받아 당신의 제품에 대해 실시한 설문조사 결과가 지금 제 앞에 있습니다. 어떤 결과가 나왔습니까, 부장님, 시프리아노 알고르가 물었다. 유감스럽지만, 생각만큼 반응이 좋지 않군요. 그게 사실이라면 저만큼 유감스러운 사람이 있으려고요. 당신과 우리 센터의 관계가 이제는 끝난 것 같습니다. 매일 새로운 일들이 시작되지만, 전부 다 조만간 끝을 맞게 마련이죠. 조사결과를 읽어드릴까요. 제가 관심이 있는 것은 조사의 결론이지만, 결론이 뭔지는 이미 알고 있습니다, 센터가 우리 인형을 더 이상 구매하지 않겠다는 거죠. 아버지의 말에 귀를 기울이며 점점 커져가는 불안을 느끼던 마르타가 마치 비명을 막으려는 것처럼 양손으로 입을 가렸다. 시프리아노 알고르는 몸짓으로 그녀에게 흥분하지 말라고 말하면서 동시에 구매부장의 질문에 대답했다, 제가 혹시라도 의혹을 품지 않도록 모든 것을 분명히 해두시려는 뜻은 알고 있습니다, 그런 결론이 나오게 된 이유를 먼저 설명하지 않고 결론부터 말하는 것은 독단적인 결정을 감추려는 서투른 시도처럼 보일 수 있다는 점도 이해하고요, 하지만 센터는 그런 결정을 내리는 법이 없죠. 제 뜻을 알아주시니 기쁩니다. 그걸 어떻게 모르겠습니까, 부장님. 그럼 좋습니다, 지금부터 조사결과를 읽어드리죠. 그러시죠. 처음에 설문지를 보낼 고객집단은 이미 알려진 구매습관은 물론 연령, 사회계급, 교육수준, 문화적인 측면에서도 이런 종류의 물건을 사는데 근본적으로 반대할 것이라고 예상되는 사람들을 제외하고 선정되었습니다, 우리가 처음부터 당신이 불이익을 당하지 않도록 그런 결정을 내렸다는 사실을 반드시 알아주셔야 합니다, 알고르 씨. 정말 감사합니다, 부장님. 예를 하나 들어드리죠, 만약 우리가 현대적인 젊은이 오십 명, 평범한 젊은 남녀 오십 명을 조사대상으로 선정했다면 당신의 인형을 사고 싶다는 대답이 하나도 나오지 않았을 겁니다, 알고르 씨, 설사 인형을 사겠다는 대답이 나오더라도, 고작해야 사격연습을 할 때 표적으로 쓸 생각이라고 대답했을 겁니다. 저도 압니다. 우리는 평범한 직장에서 평균적인 봉급을 받는 사람들을 남녀 각각 이십오 명씩 선정했습니다. 잘살지도 못 살지도 않는 가정 출신이고, 아직 전통적인 취향을 갖고 있으며, 이 인형처럼 소박한 물건을 집에 가져다 놓아도 그리 생뚱맞게 보이지 않을 사람들이었죠. 그런데도 그런 결과가 나왔군요. 그렇습니다, 알고르 씨, 그런데도 나쁜 결과가 나왔습니다. 저런. 남자 스무 명과 여자 열 명은 찰흙 인형을 좋아하지 않는다고 대답했고, 여자 네 명은 더 큰 인형이라면 사게 될지도 모른다고 말했습니다, 더 작은 인형이라면 사겠다는 여자는 세 명이었고, 남자들 중에서 나머지 다섯 명 중 네 명은 인형을 갖고 놀기에는 자기 나이가 너무 많다고 대답했습니다. 그리고 마지막 남자 한 명은 인형들 중 세 개가 외국인인데다가 그 모양도 이국적이라는 사실에 화를 냈습니다, 여자들 중에서 나머지 여덟 명 중 두 명은 찰흙에 알레르기가 있다고 했고, 네 명은 그런 인형을 보면 나쁜 기억이 떠오른다고 했습니다, 마지막 두 명만이 그렇게 아름다운 조각상을 공짜로 줘서 집을 장식할 수 있게 해준 것이 고맙다고 답했습니다, 두 분 모두 혼자 사는 할머니들이었죠. 그분들의 이름과 주소를 좀 알려주시겠습니까, 감사의 편지를 보내고 싶어서요, 시프리아노 알고르가 말했다. 아, 죄송하지만 저는 설문에 응하신 분들의 개인정보를 밝힐 수 없습니다. 이런 조사를 실시할 때는 응답자들의 익명성을 보장해야 한다는 규칙을 엄격히 지켜야 하거든요. 그래도 그분들이 센터에서 살고 계시는지 정도는 말씀해 주실 수 있겠죠. 어느 분들 말씀입니까, 응답자 전부를 얘기하시는 건가요, 구매부장이 물었다. 아뇨, 우리 인형을 좋아해 주신 두 분 말입니다. 시프리아노 알고르가 말했다. 그 정도라면 구체적인 정보라고 할 수 없으니까 두 분 모두 센터가 아닌 시내에서 살고 있다는 걸 알려드려도 설문조사 규칙을 어기는 건 아닐 것 같군요. 알려주셔서 감사합니다, 부장님. 좀 도움이 되었습니까. 아뇨, 그렇진 않습니다. 그럼 왜 그걸 물어보셨죠. 제가 그분들을 직접 만나서 고맙다는 뜻을 전하게 될 기회가 생길지도 몰라서요, 하지만 두 분이 시내에서 사시니 거의 불가능할 것 같군요. 그럼 두 분이 여기 사신다면요. 처음에 부장님께서 저와 센터의 관계가 끝났다고 하셨을 때, 하마터면 제가 말을 자르고 끼어들 뻔했습니다. 왜지요. 부장님 생각과는 달리, 센터가 우리 공방에서 만든 그릇이나 접시나 인형을 더 이상 원하지 않아도 제 삶은 앞으로도 계속 센터와 연결되어 있을 테니까요. 무슨 말씀인지 모르겠습니다, 좀 명확하게 설명해 주시겠습니까. 대엿새 후에는 저도 그곳에서 살게 될 겁니다, 제 사위가 상주경비원으로 승진해서 딸 부부와 같이 그곳에서 살 예정이거든요. 그거 잘 됐군요, 축하합니다, 운이 좋으십니다, 속이 상하지는 않으시겠군요, 모든 걸 잃었다고 생각한 순간에 사실은 그게 아니라는 걸 알게 됐으니 말입니다. 그럼요, 속이 상하지는 않습니다. 센터가 비뚤어진 선 위에 똑바로 글씨를 쓰고, 한 손으로는 뭔가를 빼앗아가면서 다른 손으로는 뭔가를 주기도 한다는 말이 잘못된 건 아닌 것 같습니다. 제 기억이 맞다면, 비뚤어진 선 위에 똑바로 글씨를 쓴다는 말은 하느님에 관한 이야기였을 텐데요, 시프리아노 알고르가 말했다. 요즘은 거의 그게 그겁니다, 센터가 물질과 영적인 상품의 완벽한 공급자로서 거의 신성하다고 할 수 있는 것을 순전히 필요에 의해 스스로 만들어 냈다고 해도 과언이 아닐 겁니다, 물론 정통 교리를 믿는 민감한 사람들은 이런 말을 듣고 화를 낼지도 모르지만요. 영적인 상품도 공급하신다고요, 부장님. 그럼요, 센터를 비난하는 사람들이 우리 활동의 영적인 측면에 대해 얼마나 깜깜한지 짐작도 못 하실 겁니다, 비록 센터를 비난하는 사람들이 계속 줄어들고 있고 그들의 성향도 덜 전투적으로 변해가고 있지만요, 사실 센터의 활동 덕분에 전에는 불행하고 무기력하고 좌절에 빠져 있던 수많은 사람들이 인생의 새로운 의미를 찾게 되었습니다, 좋든 싫든 그건 숭고한 영혼이 아니라 천박한 물질이 이룩한 업적입니다. 예, 그러시겠죠. 어쨌든, 제가 드리고 싶은 말씀은 이겁니다, 알고르 씨, 알고르 씨는 지금처럼 어려운 상황에서도 이런저런 진지한 주제들을 놓고 항상 기분 좋은 대화를 나눌 수 있는 분이라는 것, 어떤 의미에서 제 일에 초월적인 면을 덧붙여 주셨죠, 제가 특히 관심을 갖고 있는 주제들 말입니다, 센터로 곧 이사하신다니, 나중에 다시 만나서 이렇게 생각을 교환할 수 있다면 좋겠습니다. 저도 같은 생각입니다, 부장님. 이만 끊겠습니다. 예, 들어가십시오. 시프리아노 알고르는 수화기를 내려놓고 딸을 바라보았다. 마르타는 무릎에 손을 올려놓은 자세로 앉아 있었다, 마치 이제야 조금 불러오기 시작해서 아직 눈에 잘 띄지도 않는 자신의 배를 보호해야겠다는 생각이 갑자기 든 것처럼. 이제 우리 물건을 안 사겠다고 하는 건가요, 그녀가 물었다. 그래, 고객들을 상대로 조사를 했는데, 결과가 부정적이라는구나. 그래서 가마 안에 있는 인형 삼백 개를 안 사겠다고요. 그래. 마르타는 자리에서 일어나 부엌문으로 가서 억수같이 쏟아지는 비를 바라보다가 고개를 살짝 돌리며 물었다, 저한테 하실 말씀 없으세요. 있다, 아버지가 말했다. 그럼 말씀하세요, 들을 준비가 됐으니까. 시프리아노 알고르는 문가에 서 있는 그녀에게 다가가 문설주에 몸을 기대며 깊이 숨을 들이쉬고 나서 입을 열었다, 난 이미 예상하고 있었다, 이런 일이 생길지도 모른다는 걸 알고 있었어, 구매차장 한 명이 우리 인형에 대한 고객들의 반응을 알아보기 위해 설문조사를 할 거라고 하더라, 물론 그런 생각을 해낸 사람은 틀림없이 구매부장이겠지만. 그러니까 지난 사흘 동안 저를 속이신 거네요 아버지가, 저는 공방이 완전히 가동되는 날을 꿈꾸고, 우리가 아침 일찍 센터에서 나와 이곳으로 와서 소매를 걷어붙이고 찰흙 냄새를 들이마시며 나란히 일하는 모습을 상상했는데, 쉬는 날에는 마르살도 이곳에 함께 있을 거라고 상상했는데. 네가 속상해할까 봐 그런 거야. 하지만 지금 전 두 배로 속상해요, 아버지는 좋은 의도로 그러셨다지만, 그래도 제 속이 상하는 걸 막지는 못하셨어요. 미안하구나. 저한테 용서해 달라면서 시간낭비하지 마세요, 아버지가 무슨 짓을 하든 제가 항상 아버지를 용서한다는 걸 잘 알고 계시잖아요. 만약 다른 결정이 내려졌다면, 만약 센터가 우리 인형을 받아들이기로 결정했다면, 너는 그런 위험이 있었다는 사실을 전혀 몰랐을 거다. 이젠 단순히 위험한 정도가 아니라 현실이 됐어요. 그래도 아직 이 집이 남아 있잖니, 우린 언제든 여기 올 수 있어. 그래요, 이 집이 있죠, 공동묘지가 바라다 보이는 집. 묘지라니. 공방, 가마, 건조대, 헛간, 옛날에는 있었지만 지금은 없는 것들이요, 이것보다 더 큰 공동묘지가 있을까요, 마르타가 눈물을 글썽거리며 말했다. 아버지가 한 손으로 그녀의 어깨를 감쌌다. 울지 마라, 너한테 상황을 말해 줄 걸 그랬구나. 마르타는 대답하지 않았다. 그녀는 아버지를 비판할 권리가 없다는 사실을 되새겼다. 그녀 역시 남편에게 말하지 않은 비밀이 있었으니까. 그녀는 앞으로도 남편에게 그 비밀을 결코 말하지 않을 생각이었다. 이제 그 아파트에서 어떻게 살아갈까, 모든 희망이 사라졌는데, 그녀는 혼자서 속으로 이런 고민을 하고 있었다. 파운드는 개집에서 나와 있었다. 통통한 물방울들이 뽕나무에서 녀석의 머리 위로 떨어졌지만, 녀석은 감히 앞으로 발을 내딛지 못했다. 녀석의 발은 진흙투성이였고 털에서는 물이 뚝뚝 떨어지고 있었으므로, 주인들이 자신을 반가이 맞아주지 않으리라는 것을 분명히 알 수 있었다. 하지만 주인들이 부엌문에 서서 이야기하고 있는 주제는 바로 파운드였다. 녀석이 개집에서 나와 서서 자신들을 바라보고 있는 것을 보고 마르타가 이렇게 물었기 때문이다, 저 개를 어떻게 하죠. 시프리아노 알고르는 이미 수천 번이나 이야기해서 더 이상 말할 가치도 없는 주제를 언급하는 것처럼 차분하게 대답했다, 이사우라 마드루가에게 녀석을 기르겠느냐고 내가 물어보마. 지금 뭐라고 하셨어요, 한 번만 더 말씀해 보실래요, 이사우라 마드루가에게 파운드를 기르겠느냐고 물어보겠다고 하신 건가요. 그래, 그렇게 말했다. 정말 이사우라 마드루가라고 하신 거예요. 네가 계속 이러면 나는 이사우라 마드루가가 맞다고 대답할 거다. 그러면 너는 또 이사우라 마드루가라고 했느냐고 묻겠지. 그러다가는 오후 내내 우리 둘 다 같은 말만 주고받게 될 거다. 너무 놀라서 그래요. 놀라긴 뭘 놀라, 너도 이사우라를 생각하고 있었으면서. 이사우라라서 놀란 게 아니에요, 아버지도 저랑 같은 생각을 하셨다는 게 놀라운 거지. 이 마을에 파운드를 맡길 만한 사람이 없잖니, 아니 아마 온 세상을 뒤져도 그런 사람은 없을 거다. 그러느니 차라리 내 손으로 저 녀석을 죽여버리고 말지. 파운드는 기대에 찬 눈으로 천천히 꼬리를 흔들면서 여전히 멀리서 두 사람을 지켜보고 있었다. 시프리아노 알고르가 쪼그려 앉으며 녀석을 불렀다, 파운드, 이리 온. 개는 사방에 물을 뿌리며 몸을 흔들기 시작했다, 제 몸을 깨끗하게 가꾼 후에야 비로소 주인에게 갈 수 있다는 듯이. 녀석은 물을 털고 나서 순식간에 달려와 시프리아노 알고르의 가슴에 커다란 머리를 비벼댔다. 녀석이 하도 세게 머리를 비비는 바람에, 마치 주인의 가슴속으로 파고 들어가려는 것처럼 보였다. 그때 마르타가 아버지에게 물었다, 아버지가 파운드를 그렇게 품에 안고 있는 것도 좋지만, 그냥 모든 걸 확실하게 하려고 묻는 건데요, 마르살한테는 설문조사 얘기를 하셨나요. 그래, 했다. 마르살은 저한테 아무 말도 안 하던데요. 내가 너한테 말을 안 한 거와 똑같은 이유 때문이겠지. 이쯤 되면 마르타의 입에서 이런 말이 나올 법도 하다는 생각이 들 것이다, 아버지, 마르살한테는 말을 했으면서 저만 바보로 만들었단 말이에요. 사람들은 대개 이런 반응을 보인다. 혼자만 따돌림을 당하거나 알권리를 부정당하는 것을 좋아하는 사람은 없다. 하지만 항상 똑같은 일이 반복되는 이 무미건조한 세상에서, 오르페우스교, 피타고라스학파, 스토아학파, 신플라톤주의의 현자들이 시적인 영감을 얻어 영원한 회귀라는 멋지고 감흥 있는 이름을 선호하지 않았더라면, 아마 그냥 똑같은 일이 반복되는 무미건조한 세상이라고 표현했겠지만, 가끔은 예외를 만나게 마련이다. 마르타는 자신만 따돌린 것에 불만을 토로하거나 소란을 피우지 않았다. 그냥 이렇게 말했을 뿐이다, 아버지가 마르살한테도 얘기를 안 하셨다면 아버지한테 화가 많이 났을 거예요. 시프리아노 알고르는 개를 자기 몸에서 떼어 개집으로 돌려보내며 말했다, 적어도 가끔은 나도 일을 제대로 할 때가 있어. 두 사람은 가만히 서서 한없이 내리는 비를 지켜보며 뽕나무의 독백에 귀를 기울였다. 그러다가 마르타가 물었다, 가마 안의 인형들은 어쩌죠. 아버지가 대답했다, 어쩔 수 없지, 뭐. 간결하게 요점만 집어낸 그 말은 의심의 여지를 전혀 남겨두지 않았다. 시프리아노 알고르는 부정적인 뜻을 분명히 선언하기 위해 부정을 뜻하는 단어를 두 개나 품고 있는 세속적이고 일상적인 표현을 사용하지 않았다. 사실 전문적인 문법학자들에 따르면, 그런 문장은 오히려 강한 긍정을 뜻하게 된다. 예를 들어 우리는 아무것도 할 수 없다, 즉 We can't do nothing이라는 문장이 결국 우리가 뭔가를 할 수 있다(We can do something)는 뜻이 되는 것처럼 말이다.

저녁식사를 마친 후 마르살에게서 전화가 왔다. 지금 새 집에서 전화하는 거야, 그가 말했다. 오늘 경비원 기숙사에서 나왔어, 오늘 밤부터 여기 우리 침대에서 잘 거야. 잘 됐네. 기쁘지. 응. 그리고 당신한테 말해 줄 것도 있어. 우리도 마찬가지야, 마르타가 말했다. 그럼 누가 먼저 말할까, 그가 물었다. 나쁜 소식을 먼저 말하고, 만약 좋은 소식이 있다면 그건 나중을 위해 남겨두는 게 좋을 거야. 내가 할 얘기는 좋지도 않고 나쁘지도 않아, 그냥 새로운 소식일 뿐이야. 그럼 내가 먼저 얘기할게, 오늘 오후에 센터가 인형을 사지 않겠다고 말했어, 설문조사를 했는데 결과가 부정적이래. 수화기 저편에서 침묵이 흘렀다. 마르타는 가만히 기다렸다. 마침내 마르살이 말했다, 나도 그 조사에 대해 알고 있었어. 응, 그건 나도 알아, 아버지한테 들었어. 안 그래도 그런 결과가 나올까 봐 걱정하고 있었는데. 당신 생각이 맞았네. 당신한테 미리 말해주지 않아서 화난 거야. 아니, 당신한테도 아버지한테도 화나지 않았어, 세상 일이 다 그렇지, 뭐, 우리야 세상을 이해하고 받아들이려고 최선을 다하는 수밖에. 나한테 제일 어려운 일은 희망을 포기하는 거였어, 우리가 센터에서 살게 되더라도 이리로 와서 공방에서 일을 할 수 있을 줄 알았는데. 난 그런 생각은 전혀 못 해봤는데. 사실 내가 먼저 생각해 낸 것도 아냐, 그냥 아버지랑 얘기하다가 나온 말일 뿐이야. 하지만 아버님은 센터가 인형을 받아줄지 잘 모르는 상태였잖아. 당신처럼 아버지도 내가 걱정하는 게 싫으셨던 거지, 그렇게 속임수에 넘어간 덕분에 나는 지난 며칠 동안 무지 행복했고, 그러니까 속임수가 아주 무익했던 건 아냐, 희망이 사라지면 사람들은 슬퍼하며 울어대지만 그런다고 무슨 소용이 있겠어, 이제 당신 소식을 얘기해 봐. 센터에서 이사준비를 하라고 사흘간 휴가를 줬어, 내 정상적인 휴가도 포함된 거야, 원래 내가 쉬는 날이 월요일이잖아, 그래서 금요일 오후에 택시로 여길 출발할 거야, 아버님이 날 데리러 오실 필요는 없어, 토요일까지 이사준비를 다 끝내고 일요일 아침에 출발하는 거야. 흠, 우리가 가져갈 물건들은 벌써 한쪽에 전부 정리해 뒀는데, 마르타가 약간 건성으로 말했다. 수화기 저편에서 또다시 침묵이 흘렀다. 당신은 행복하지 않은 거야, 마르살이 물었다. 아니, 행복해, 정말이야, 마르타가 대답했다. 그리고 또다시 말을 덧붙였다, 난 행복해, 정말이야. 밖에서는 파운드가 짖고 있었다. 밤의 어둠 속에서 뭔가의 그림자가 움직인 모양이었다.

승합차에 짐도 다 실었고, 공방과 집의 창문과 문도 모두 닫았으니 이제 할 일이라고는, 마르살이 며칠 전에 말했던 것처럼, 출발하는 것밖에 없었다. 잔뜩 긴장해서 갑자기 한참 더 늙어 보이는 시프리아노 알고르가 개의 이름을 불렀다. 열심히 귀를 기울인다면 누구나 알 수 있을 만큼 근심걱정이 배인 목소리였지만, 파운드는 주인의 목소리를 듣고 기운이 났다. 녀석은 아침 내내 당혹감과 불안에 휩싸여 이리저리 뛰어다니며 집 밖으로 꺼내놓은 짐 가방과 보통이들의 냄새를 맡았다. 주인의 주의를 끌려고 큰소리로 짖기도 했다. 녀석의 본능적인 감각은 틀린 것이 아니었다. 최근 뭔가 예사롭지 않은 일이 벌어지고 있었는데, 이제 행운인지 운명인지 우연인지, 아니면 인간의 불안정한 욕망과 한계 때문인지는 몰라도 어쨌든 녀석의 앞날이 결정될 시기가 된 것이다. 녀석은 머리를 앞발에 올려놓고 개집 옆에 누워 기다리고 있었다. 주인이, 파운드 이리 온, 하고 말했을 때 녀석은 다른 때처럼 자신을 승합차에 태우려고 부르는 것이라고 생각했다. 그것은 자신의 삶에 별로 변한 것이 없다는 징조였다. 오늘도 어제와 똑같을 것이라는 징조. 이런 삶은 모든 개들이 항상 꾸는 꿈이다. 파운드는 주인들이 자신에게 목줄을 매는 것이 이상하다고 생각했다. 어디를 갈 때 대개는 목줄을 매지 않았으니까. 뭔가가 이상하다는 이 느낌은 여주인과 젊은 주인이 녀석의 머리를 쓰다듬으며 뭔가 알 수 없는 말을 중얼거렸을 때 더욱 증폭되어 마침내 혼란으로 변했다. 두 사람은 그렇게 알아들을 수 없는 말을 중얼거리면서 녀석의 이름을 몹시 불안하게 자꾸만 반복했다. 물론 두 사람이 한 말의 내용이 아주 나쁜 것은 아니었다. 우리가 금방 너를 보러 올게. 주인이 목줄을 가볍게 잡아당기는 바람에 녀석은 주인을 따라가야 한다는 것을 알 수 있었다. 갑자기 상황이 분명해졌다. 승합차에 타는 것은 여주인과 젊은 주인이고, 녀석은 나이 든 주인과 함께 산책을 가는 것이다. 목줄을 맨 것이 여전히 이상하게 느껴지기는 했지만, 별로 중요한 일은 아닌 것 같았다. 들판에 도착하면 주인이 목줄을 풀어줄 것이고, 녀석은 도마뱀이 됐든 뭐가 됐든 다른 생물들이 눈에 띄는 대로 쫓아다니며 뛰놀 수 있을 테니까. 아침 날씨는 선선하고, 하늘에는 구름이 끼어 있지만 비가 올 기미는 없다. 주인은 도로에 도착하자 녀석이 생각했던 것처럼 들판을 향해 왼쪽으로 방향을 꺾지 않고 오른쪽으로 방향을 틀었다. 그렇다면 마을로 들어간다는 뜻이었다. 걸어가는 동안 파운드는 세 번이나 갑자기 걸음을 멈춰야 했다. 시프리아노 알고르는 지금과 비슷한 상황에 처한 대부분의 사람들과 같은 행동을 하고 있었다. 자신이어떤 일을 하고 싶은지 그렇지 않은지를 놓고 내면의 자아들과 무익한 토론을 벌이고 있을 때 하는 행동 말이다. 결국은사람들이 문제의 그 일을 사실은 하고 싶어한다는 점이 분명해지지만, 그들은 뭔가 말을 하려다가 문장을 끝맺지 못하고, 갑자기 걸음을 멈췄다가 마치 교수대에서 아버지를 구해내야하는 것처럼 억지로 걸음을 옮긴다. 하지만 곧 다시 걸음을멈추기 때문에, 아무리 인내심이 많고 헌신적인 개라 해도 결국은 좀 더 결단력이 있는 주인을 찾아가는 편이 더 나을지도모른다는 생각을 하게 된다. 개의 입장에서는 주인의 결심이얼마나 단호한지 알 길이 없다. 시프리아노 알고르는 이미 이사우라 마드루가의 집 앞에 도착했다. 그는 문을 두드리려는것처럼 손을 내밀었다가, 잠시 망설이더니 다시 손을 내민다. 그런데 바로 그 순간, 마치 그를 기다리고 있었던 것처럼 문이 열린다. 사실은 그를 기다리고 있었던 게 아니지만. 이사우라 마드루가가 초인종 소리를 듣고 누가 왔는지 보러 나온것에 불과하다. 안녕하세요, 이사우라 씨, 시프리아노 알고르가 말했다. 안녕하세요, 알고르 씨. 집까지 찾아와 귀찮게 해서 미안하지만 의논하고 싶은 일이 있어서요, 힘든 부탁을 하나 해야 할 것 같소. 들어오세요. 그냥 밖에서 얘기해도 됩니다, 군이 안으로 들어가지 않아도 돼요. 아니에요, 너무 그렇게 딱딱하게 굴지 마시고 들어오세요. 개를 데리고 들어가도 되겠소, 시프리아노 알고르가 물었다. 녀석 발이 진흙투성이라서. 어머, 파운드는 가족 같은걸요, 우린 벌써 옛날에 친구가 됐어요. 문이 닫히자 좁은 거실의 어둠이 두 사람을 감쌌다. 이사우라가 의자를 가리키며 자리에 앉았다. 내가 왜 찾아왔는지 이미 알고 있을 것 같은데, 시프리아노 알고르가 자신의 발치에 개를 눕히면서 말했다. 그럴 수도 있겠죠. 혹시 우리 딸이 벌써 이야기하던가요. 무슨 얘기를요. 파운드 얘기. 아뇨, 파운드 얘기는 한 적 없어요, 적어도 지금 말씀하시는 그런 뜻으로는. 무슨 뜻 말이오. 특별히 파운드에 대해 이야기한 적은 없다는 얘기예요, 물론 파운드에 대해 자주 이야기하기는 했지만, 특별히 파운드만을 주제로 진지하게 이야기를 나눈 적은 없어요. 시프리아노 알고르는 시선을 내리깔았다. 내가 없는 동안 혹시 파운드를 돌봐줄 수 있는지 물어보러 왔소. 어딜 가시나요, 이사우라가 물었다. 예, 오늘 떠납니다. 그런데 아무래도 개를 데려갈 수 없을 것 같군요, 센터에서는 애완동물을 기를 수 없으니까. 제가 파운드를 돌볼게요. 파운드를 자기 개처럼 돌봐줄 줄 알았소. 파운드를 제 개처럼 돌볼게요, 파운드는 아저씨네 개니까요. 시프리아노 알고르는 긴장을 풀기 위해서인지 자기도 모르게 개의 목줄을 이미 풀어놓고 있었다. 내가 사과를 드려야할 것 같군요, 그가 말했다. 사과라니요. 이사우라 씨를 정중하게 대했어야 하는데, 간혹 그러지 못한 것 같아서요. 제 기억은 다른데요, 묘지에서 아저씨를 만난 날, 우리가 나눈 얘기는 물병 손잡이가 떨어져 나갔다는 거였어요, 아저씨는 새 물병을 갖다 주러 직접 우리 집으로 오겠다고 하셨죠. 그래요, 하지만 나중에 내가 무례하게 굴었소, 그것도 한두 번이 아니었지. 그런 건 상관없어요. 상관이 있어요. 아저씨가 지금 여기 계신 게 바로 상관없다는 증거예요. 하지만 난 이제 여길 떠날 참이오. 그렇죠, 여길 떠날 참이시죠. 먹구름이 하늘을 뒤덮은 모양이었다. 집 안의 어둠이 한층 더 짙어졌다. 이사우라가 자리에서 일어나 불을 켜는 게 정상이겠지만, 그녀는 그렇게 하지 않았다. 무심해서이거나 뭔가 알 수 없는 이유 때문이 아니라, 건너편에 앉아 있는 시프리아노 알고르의 얼굴이 거의 보이지 않는다는 사실을 깨닫지 못했기 때문이었다. 그는 그녀가 조금만 앞으로 몸을 기울이면 팔을 뻗어 닿을 수 있는 거리에 앉아 있었다. 그럼 물병은 아직 아무 문제 없는 거겠죠, 물을 신선하게 잘 보관해 주고 있는 거요, 시프리아노 알고르가 물었다. 처음하고 똑같아요, 이사우라가 대답했다. 그제야 비로소 그녀는 방 안이 어두워졌다는 것을 깨달았다. 불을 켜야겠네, 그녀는 혼잣말을 했지만 자리에서 일어나지는 않았다. 구식 등불이든 양초든 기름램프든 현대적인 전구든, 불을 켜거나 끄는 간단한 동작만으로 운명이 급격히 바뀐 사람이 많다는 얘기를 그녀에게 해준 사람은 없었다. 그녀가 자리에서 일어나야 한다는 생각을 한 것은 사실이다. 그것이 상식이었으니까. 하지만 그녀의 몸은 움직이려 하지 않고, 뇌의 명령을 거부하고 있었다. 이 어둠 덕분에 시프리아노 알고르는 마침내 자신의 마음을 털어놓을 수 있었다, 사랑하오, 이사우라. 그녀는 왠지 상처받은 듯한 목소리로 대답했다, 떠나는 날이 돼서야 그 말을 하시는군요. 전에는 당신한테 이런 말을 해봤자 아무 의미가 없었으니까, 내가 지금 당신한테 이런 말을 하는 것도 무의미하기는 마찬가지지만. 그래도 말씀하셨잖아요. 이번이 내게는 마지막 기회였소, 그냥 작별인사로 생각하시오. 왜요. 내가 그것 말고는 달리 당신에게 줄 게 없으니까, 나는 이제 곧 멸종할 종족에 속한 사람이오, 나한테는 미래가 없어요, 심지어 현재도 없지. 우리에게는 현재가 있어요, 지금 이 순간, 이 방, 아저씨를 데려가려고 기다리고 있는 따님과 사위, 발치에 누워 있는 개. 하지만 당신은 내 것이 아니지. 물어보지도 않으셨잖아요. 물어보고 싶지 않소. 왜요. 아까도 말했듯이, 당신한테 줄 게 없으니까. 만약 조금전에 하신 말씀이 정말 진심이라면, 저한테 사랑을 주실 수 있잖아요. 사랑이 집을 주는 것도 아니고 옷이나 음식을 주는 것도 아니오. 하지만 음식이나 옷이나 집 자체가 사랑은 아니죠. 제발 말장난은 그만둡시다, 생계를 해결할 수 없는 남자는 여자에게 청혼하지 않아요. 아저씨가 지금 그런 상황인가요, 이사우라가 말했다. 당신도 알지 않소, 공방은 문을 닫았고, 난 달리 할 줄 아는 일도 없어요. 그래서 사위한테 의존해 살아가시겠다고요. 그것 말고 달리 무슨 방법이 있겠소. 아내가 벌어오는 돈으로 살 수도 있죠. 그런 상황에서 사랑이 얼마나 갈까, 시프리아노 알고르가 말했다. 결혼했을 때 저도 일을 하지 않았는걸요, 그냥 남편이 벌어오는 돈으로 살았어요. 그걸 갖고 뭐랄 사람은 아무도 없을 거요, 그게 정상이니까, 하지만 남자가 그런 입장이 되면 어떻게 되겠소. 그것 때문에 사랑이 죽어버리는 게 피할 수 없는 일일까요, 이사우라가 물었다, 사랑이 그렇게 하찮은 이유로 죽어버리는 건가요. 나는 그런 질문에 대답할 입장이 아니오, 그런 경험이 없으니까. 파운드가 조심스레 일어섰다. 녀석이 생각하기에 간단히 인사나 하러 들른 것이 너무 길어지고 있었다. 자신의 집으로 돌아가고 싶었다. 뽕나무와 명상의 의자가 있는 곳으로. 시프리아노 알고르가 말했다, 이제 가봐야겠소, 애들이 기다리고 있어서. 그럼 이걸로 작별이군요, 이사우라가 말했다. 우리가 가끔 이곳에 들를 거요, 파운드가 잘 지내는지, 집이 아직 그대로 있는지 보려고, 그러니까 영원한 작별은 아니지. 그는 개에게 다시 목줄을 매고 그 끈을 이사우라의 손에 쥐어주었다. 여기 있소, 이 녀석은 그냥 개에 불과하지만. 시프리아노 알고르가 이 말 뒤에 과연 어떤 존재론적인 생각을 쏟아낼 작정이었는지 우리는 결코 알 수 없을 것이다. 목줄을 쥐고 있던 그의 오른손이 이사우라 마드루가의 손 안에서 길을 잃었기 때문이다. 아니, 스스로 그녀의 손 안에 들어갔다고 해도 될 것이다. 그가 자신의 현재에 포함시키고 싶어하지 않았지만, 그녀는 지금 그에게 사랑한다는 말을 하고 있었다, 사랑해요, 시프리아노 알고르, 당신도 알죠. 목줄이 바닥으로 스르르 떨어지자 갑자기 자유를 되찾은 파운드는 걸레받이 쪽으로 한가로이 걸어가서 냄새를 맡았다. 잠시 후 고개를 돌렸을 때, 녀석은 이번 만남의 방향이 바뀌었음을 깨달았다. 그 포옹, 키스, 불규칙한 숨소리, 여러 가지 이유로 인해 입 밖으로 나오기는 했지만 결코 끝맺어지지 않는 말들에는 인사나 예의라고 할 만한 것이 전혀 없었다. 시프리아노 알고르와 이사우라는 일어서 있었다. 그녀는 울다 웃다를 반복하며 슬픔에 젖어 있었고, 그는 말을 더듬고 있었다, 난 돌아올 거요, 돌아올 거야. 이때 거리에 면한 출입문이 갑자기 활짝 열리지 않은 것이 참으로 유감이다. 그랬더라면 이웃들이 이 광경을 직접 목격하고, 과부 에스투디오사와 늙은 도공이 서로를 진심으로 사랑하며 마침내 그 사랑을 고백했다고 소문을 퍼뜨릴 텐데. 시프리아노 알고르는 거의 정상으로 돌아온 목소리로 다시 말했다, 난 돌아올 거요, 돌아올 거야, 틀림없이 뭔가 방법이 있을 거요. 유일한 해결책은 당신이 여기 남는 거예요, 이사우라가 말했다. 그럴 수 없다는 거 알잖소. 우린 여기서 당신을 기다리고 있을 거예요, 파운드랑 제가. 파운드는 왜 여자가 자신의 목줄을 쥐고 있는지 알 수 없었다. 모두 문을 향해 움직이는 것으로 보아 자신과 주인이 마침내 이곳을 떠나게 된 것이 분명한데, 왜 자신에게 목줄을 씌울 권리가 있는 사람의 손에 목줄이 건네지지 않는 걸까. 녀석의 배에서부터 목구멍으로 공포가 밀려 올라오기 시작했지만, 그와 동시에 녀석의 다리는 흥분으로 떨리고 있었다. 본능적으로 생각해 낸 계획 때문이었다. 문이 열리면 곧장 뛰어나가서 주인이 나오기를 의기양양하게 기다리자는 계획. 하지만 문은 두 사람이 몇 번을 더 껴안고, 입을 맞추며 도란도란 이야기를 주고받은 후에야 열렸다. 여자는 여전히 남자를 꼭 붙들고, 가지 말아요, 가지 말아요, 라고 말하고 있었다. 하지만 말이라는 것이 원래 그렇듯이, 떠나려는 시프리아노 알고르를 붙들지 못한 이 말이 파운드의 탈출을 막았다. 문이 닫히면서 개는 주인과 떨어졌다. 하지만 감정이라는 것이 원래 그렇듯이, 녀석은 버림받았다는 고통을 느끼고 있었지만, 고통과 뒤섞인 행복을 느끼고 있는 여자는 적어도 그 순간에는 녀석의 고통을 이해하지도 공감하지도 못했다. 머지않아 우리는 이 새로운 집에서 파운드가 어떻게 살아가는지 더 자세히 알게 될 것이다. 새로운 여주인에게 적응하기가 쉬운지 어려운지, 그녀가 그에게 쏟아부은 상냥함과 한없는 애정 덕분에 녀석이 부당하게 버림받았다는 슬픔을 잊을 수 있었는지를. 하지만 지금은 시프리아노 알고르의 뒤를 따라가 봐야 한다. 그냥 그의 뒤에서 종종걸음을 치며 몽유병자 같은 그의 걸음을 쫓아가야 한다. 우리가 지금까지 보아온 것처럼 한없는 기쁨과 고통스럽기 그지없는 슬픔이라는 정반대의 감정을 어떻게 한 사람이 동시에 느낄 수 있는지 생각해 보는 것, 그리고 이러한 감정의 결합에서 태어난 감정을 표현할 단어를 발견하거나 만들어 내는 것은 과거에 많은 사람들이 시도했다가 그만

둔 작업이다. 끊임없이 바뀌는 지평선처럼, 표현되기를 갈망하고 있으나 도저히 말로 표현할 수 없는 그 감정들의 문턱에도 이를 수 없다는 것을 알게 되었기 때문에. 인간의 어휘로는 여전히 인간이 경험하고 느끼는 모든 것을 알고, 인정하고, 전달할 수 없다. 아마 앞으로도 영원히 불가능할 것이다. 어떤 사람들은 인간이 기본적으로 찰흙으로 만들어졌다는 사실이 이 심각한 문제의 주원인이라고 말한다. 백과사전의 친절한 설명처럼, 찰흙은 크기가 이백오십육분의 일 밀리미터밖에 안 되는 자그마한 광물 알갱이들로 이루어진 퇴적암 조각이다. 지금까지는 오랜 언어학 연구에도 불구하고, 어느 누구도 이것의 이름을 생각해 내지 못했다.

한편, 시프리아노 알고르는 이미 거리 끝에 이르러 마을을 둘로 가르는 도로로 접어들었다. 걷는 것도 아니고 꾸물거리는 것도 아니고 달리는 것도 아니고 나는 것도 아닌 걸음걸이로, 마치 스스로에게서 자유로워지려고 애쓰고 있지만 자꾸만 자기 몸에 걸려 비틀거리는 꿈을 꾸는 사람처럼 그는 사위와 딸이 승합차 안에서 기다리고 있는 오르막길 꼭대기에 이르렀다. 아까는 하늘이 맑은 것 같았는데 지금은 나른한 비가 머뭇거리며 내리기 시작했다. 어쩌면 비가 금방 그칠지도 모르지만, 이제 운전대만 한 바퀴 돌리면 그토록 사랑하는 곳을 떠나게 될 사람들은 비 때문에 훨씬 더 우울해졌다. 심지어 마르살조차 가슴이 조여드는 것 같아서 불편했다. 시프리아노 알고르는 승합차에 올라 자신을 위해 비워둔 운전석 옆에 앉아서 이렇게 말했다. 가자. 그는 센터에 도착할 때까지, 짐가방과 보통이들을 들고 자신들을 삼십사 층까지 실어다 줄 승강기에 오를 때까지, 아파트의 문을 열 때까지, 마르살이 다 왔다고 소리칠 때까지 아무 말도 하지 않았다. 마르살이 말을 한 뒤에야 그는 비로소 입을 열어 조리 있게 정리된 소리를 냈다. 하지만 독창적인 말은 전혀 아니었다. 사위의 말을 살짝 바꿔 되풀이했을 뿐이니까. 그래, 다 왔군. 마르타와 마르살도 아파트까지 오는 동안 거의 말이 없었다. 이 이야기 속에 기록할 만한 가치가 있는 말이라고는 승합차가 마르살의 부모가 살고 있는 집 앞을 지날 때 주고받은 말뿐이었다. 하지만 그것도 우리가 말로만 듣던 사람들과 그들이 서로 관계가 있기 때문에 그냥 우연히 피상적으로 내뱉은 말에 지나지 않았다. 부모님께 우리가 떠난다고 말씀드렸어, 마르타가 물었다. 응, 그저께, 센터에서 돌아왔을 때 밖에 택시를 기다리게 하고 잠깐 들렀어. 여기서 잠깐 차를 세울까, 그녀가 다시 물었다. 아니, 이젠 말싸움이 지긋지긋해, 완전히 질려버렸어. 그래도. 우리 둘이 부모님을 만나러 갔을 때 두 분이 어땠는지 생각해 봐, 그런 꼴을 또 당하고 싶은 건 아니지, 마르살이 말했다. 그래도 이러면 안 되는데, 어쨌든 두 분은 당신 부모님이잖아. 웃긴다. 뭐가. 어쨌든, 이라는 말 말이야. 흔히들 하는 말이잖아. 그래 나도 알아, 하지만 처음에는 단순한 장식처럼 보이기 때문에 아무리 봐도 쉽게 버릴 수 있을 것 같은데, 일단 진지하게 생각해 보고 어떤 뜻이 숨어 있는지 깨닫게 되면 무서워지는 말이야. 마르타는, 어쨌든, 이라고 말했다. 이것은 우리가 달리 어쩔 수 있겠어, 뭘 기대한 거야, 세상이 원래 그런 거지 뭐 같은 말들을 돌려서 말하는 또 하나의 표현일 뿐이다. 좀 더 노골적으로 말한다면, 그냥 포기하고 대세를 따르라는 의미가 여기에 포함되어 있다고 할 수도 있다. 사람은 어떤 부모를 만나든 그냥 참고 사는 수밖에 없어, 마르살이 말했다. 우리도 언젠가 자식들이 참고 살아야 하는 부모가 될 거라는 걸 잊지 마, 마르타가 말했다. 그때 마르살이 오른쪽을 흘깃 쳐다보더니 미소를 지으며 말했다, 저희가 부모와 자식들 간의 싸움에 대해 이야기하고 있지만 아버님한테는 해당사항이 없다는 거 말 안 해도 아시죠. 하지만 시프리아노 알고르는 아무 대답도 하지 않았다. 그냥 애매하게 고개를 끄덕였을 뿐이다. 남편 뒤에 앉아 있는 마르타는 아버지의 옆모습밖에 볼 수 없었다. 이사우라 씨와 무슨 일이 있었나, 그녀는 속으로 생각했다, 아버지가 그냥 파운드만 맡기려고 간 건 아닌 것 같은데, 한참 늦게 나온 걸로 봐서 틀림없이 둘이 무슨 얘기를 했을 거야, 아버지가 무슨 생각을 하고 있는지 알 수만 있다면, 아버지 표정이 굉장히 차분한 것 같으면서도 왠지 격정에 차 있어, 엄청난 위험에서 빠져나와 아직까지 목숨이 붙어 있다는 걸 알고 깜짝 놀란 사람 같아. 아버지를 정면에서 볼 수 있다면 훨씬 더 많은 것을 알 수 있었을 것이다. 그랬다면 그녀가 이런 말을 했을지도 모른다. 눈물이 고였다가 아래로 흘러내리지 않고 다시 안으로 흡수

돼버린 것 같아, 즐거운 고통, 고통스러운 행복, 존재하면서도 존재하지 않는 것 같은 느낌, 뭔가를 갖고 있으면서도 갖고 있지 않은 것 같은 느낌, 하고 싶은 일이 있는데 그걸 실천에 옮길 수 없는 기분이 느껴져. 하지만 시프리아노 알고르가 그녀에게 속을 털어놓기에는 아직 때가 일렀다. 세 사람은 폐허가 된 집 세 채를 지나 마을을 벗어나서 흉측한 냄새를 풍기는 검은 개울 위의 다리를 건너고 있었다. 저 멀리 들판 한가운데, 가시나무로 가려진 수풀이 시프리아노 알고르의 공방에서 나온 고고학적 보물이 숨겨져 있는 곳이다. 누구든 그 보물을 보면 일만 년 전 고대 문명의 마지막 유물이 그곳에 버려졌다고 생각할 것이다.

휴가가 끝난 다음날 오전에 마르살이 명실상부한 상주경비원으로서 출근하기 위해 삼십사 층의 아파트를 나섰을 때, 아파트는 깨끗하고 깔끔하게 잘 정돈되어 있었다. 시골의 집에서 가져온 물건들도 제자리에 놓여 있었다. 이제 필요한 것이라고는 이 집 식구들이 그 물건들 사이에서 기꺼이 자신의 자리를 찾는 것뿐이었다. 하지만 그것이 쉽지는 않을 것이다. 사람은 물건과 달라서 움직이기도 하고, 생각도 하고, 의문도 품고, 의심하기도 하고, 조사와 탐색도 한다. 오랜 체념이 버릇이 되어, 결국은 사람들이 물건들에게 굴복한 것처럼 보이는 것이 사실이라 해도, 그런 태도가 반드시 영원할 것이라고 생각해서는 안 된다. 센터와 제도적으로 또는 부수적으로 관계를 맺고 있는 사람들과 재산의 안전을 지키는, 익숙하고 일상적인 일을 계속하게 될 마르샬 가초를 제외하고 다른 식구들이 가장 먼저 풀어야 하는 숙제는, 이제부터 무엇을 해야 하느냐는 물음에 대해 만족할 만한 답을 찾아내는 것이다. 마르타는 살림을 맡고 있다. 때가 되면 아이를 낳아 길러야 할 테니 그것만으로도 밤낮으로 많은 시간을 분주히 보내기에 충분하고도 남을 것이다. 하지만 앞에서 지적했듯이 사람들은 행동도 하고 생각도 하기 때문에, 그녀가 앞으로도 두 시간이 더 걸릴 일을 한 시간째 하다가 이제 무엇을 해야 하는지 모르겠다고 속으로 되뇌더라도 놀랄 일은 아니다. 어쨌든 최악의 상황에 직면한 것은 시프리아노 알고르이다. 이제 그는 자기 손을 바라보며 그 손이 아무짝에도 쓸모없다는 것을 깨달아야 하고, 시계를 보면서 앞으로도 시간이 지금과 똑같이 흘러갈 것이라는 생각을 해야 하며, 내일을 생각하면서 내일도 오늘처럼 공허할 것임을 깨달아야 한다. 시프리아노 알고르는 사춘기 청소년이 아니므로 작은 침실에 간신히 들여놓은 침대에 하루 종일 누워 이사우라 마드루가만 생각하고, 그녀와 주고받은 말을 되뇌고, 그녀와 나눈 키스와 포옹을 생생하게 되살리며 마냥 시간을 보낼 수는 없다. 기억은 실체가 없는 것이라서 생생하게 되살린다는 엄청난 표현을 써도 되는지 잘 모르겠지만 말이다. 어떤 사람들은 시프리아노 알고르의 병에 가장 좋은 약은 그가 당장 주차장으로 내려가서 승합차를 몰고 이사우라 마드루가를 만나러 가는 것이라고 생각할 것이다. 사실 마을에 있는 이사우라의 몸과 마음도 십중팔구 시프리아노 알고르와 똑같은 근심과 걱정에 잠겨 있을 것이다. 산업적인 측면이나 예술적인 측면에서 더 이상 중요한 승리를 거둘 수 없는 시프리아노 알고르 같은 남자에게 자신이 사랑할 뿐만 아니라 이미 자신을 사랑한다고 고백한 여자가 있다는 사실은 최고의 축복이자 행운이다. 하지만 사람들은 시프리아노 알고르를 잘 모르는 것 같다. 그는 이미 생계를 해결할 수 없는 사람은 여자에게 청혼하지 말아야 한다고 우리에게 말했다. 그는 지금도 자신에게 이로운 상황을 이용해서 만족을 얻을 권리가 있는 것처럼 행동할 생각은 전혀 없다고 말할 것이다. 그를 매력적으로 만들어 주는 품성과 미덕, 단순히 그가 남자라는 사실, 그리고 특정한 여자를 자신의 감정과 욕망의 중심에 놓았다는 사실이 그 권리를 아무리 정당화해 준대도 말이다. 다시 말해서, 좀 더 솔직하고 직접적으로 표현한다면, 시프리아노 알고르는 고독이라는 쓰디쓴 대가를 치르는 한이 있더라도, 감상적인 기념품을 찾듯이 정기적으로 애인의 집을 찾아가 몸을 흥분시키고 감각을 뒤흔드는 밤을 보낸 후에, 화장이 지워진 애인의 얼굴에 건성으로 입을 맞추고 개의 머리를 쓰다듬으며, 곧 다시 보자 파운드, 라고 말하고 나서 돌아오는 사람이 될 생각이 전혀 없다는 의미다. 따라서, 시프리아노 알고르가 고육지책으로 잠깐씩 창가로 가서 유리창을 통해 하늘을 쳐다볼 때 외에는 갑자기 감옥처럼 느껴지는 이 아파트에서 탈출하는 길은 두 가지뿐이다. 첫 번째 탈출구는 시내로 나가는 것이다. 다시 말해서, 우리도 잘 알지 못하는 하찮은 마을에서만 살았던 시프리아노 알고르가, 이제는 센터를 오가는 길에 일부밖에 보지 못한 시내로 나가서 산책을 하고 깃털에 바람을 쏘일 수 있다는 얘기다. 깃털에 바람을 쏘인다는 말은 귀족과 궁정의 신사들이 모자에 깃털을 꽂고 바람을 쏘이려고 외출을 하던 시절까지 거슬러 올라가는 희화적이고 비유적인 표현이다. 시프리아노 알고르는 또한 시내의 공원과 정원에도 마음대로 드나들 수 있다. 오후가 되면 그런 곳에 노인들이 모여들곤 하는데, 그들은 정년퇴직을 해서 직업이 없는 사람들 특유의 표정과 몸짓을 보여준다. 사실 정년퇴직이라는 말과 직업이 없다는 말은 똑같은 현상을 설명하는 표현이다. 시프리아노 알고르는 그 노인들과 친구가 되어 어스름 무렵까지, 그들이 근시 때문에 카드의 무늬가 빨간색인지 검은색인지 더 이상 구분할 수 없게 될 때까지 열심히 카드놀이를 할 수도 있을 것이다. 만약 게임에서 진다면 복수를 하겠다고 나설 것이고, 이긴다면 다른 사람들의 복수를 부추길 것이다. 공원의 규칙은 이처럼 간단해서 배우기 쉽다. 두 번째 탈출구는 말할 필요도 없이 그가 살고 있는 센터다. 물론 그는 과거의 경험 덕분에 센터를 잘 알고 있지만, 시내를 아는 것만큼 잘 알지는 못한다. 가끔 딸을 데리고 쇼핑을 하러 센터에 올 때마다 도무지 센터 안의 길을 기억할 수 없었기 때문이다. 이제는 어떤 의미에서 센터가 온통 그의 것이 되었다. 소리와 빛이라는 접시에 담겨 센터가 그의 손에 쥐어진 것이다. 그는 마음대로 센터 안을 돌아다니며 편안한 음악과 기분 좋은 목소리들을 즐길 수 있다. 식구들이 처음 아파트를 보러 왔을 때 반대편 승강기를 사용했더라면, 승강기가 천천히 위로 올라가는 동안 새로운 아케이드, 상점, 에스컬레이터, 만남의 장소, 카페, 식당뿐만 아니라 그에 못지않게 흥미롭고 다양한 시설들을 많이 볼 수 있었을 것이다. 예를 들면, 회전목마, 우주로켓 놀이 기구, 걸음마를 하는 아기들을 위한 놀이방, 노인센터, 연인들의 터널, 현수교, 유령열차, 점성술가의 천막, 도박장, 사격장, 골프장, 호화로운 병원, 그보다 조금 덜 호화로운 병원, 볼링장, 당구장, 탁구장, 커다란 지도, 비밀문, 비나 바람이나 눈 등 자연의 감각을 마음대로 느낄 수 있다고 써 있는 또다른 문, 도자기로 만든 벽, 타지마할, 이집트의 피라미드, 카르낙 신전, 이십사 시간 내내 작동하는 도수관, 마프라 수도원, 성직자의 탑, 피요르드 해안, 솜털 같은 흰 구름이 떠 있는 여름 하늘, 호수, 진짜 야자수, 티라노사우루스의 해골, 살아 있음이 분명한 또다른 티라노사우루스, 에베레스트 산까지 완벽하게 갖춘 히말라야 산맥, 인디언들까지 있는 아마존 강, 징검다리, 코르코바도의 그리스도상, 트로이의 목마, 전기의자, 총살대, 나팔을 연주하는 천사, 통신위성, 혜성, 은하, 커다란 난쟁이, 자그마한 거인, 센터에서 태어나 한 번도 밖으로 나가지 않고 팔십 년 동안 일도 하지 않은 채 읽어도 다 읽을 수 없을 만큼 긴 천재들의 명단 같은 것들 말이다.

시프리아노 알고르는 아파트 창문을 통해 시내와 시내의

건물 지붕들을 바라보는 것만으로는 충분하지 않다는 생각이 들었다. 아직 말없는 절망 또는 지독한 권태라고 할 만한 상태에 도달하지 않았으므로 공원에 나가는 방법도 일단 제외했다. 감정적으로나 육체적으로나 위안을 얻기 위해 이사우라 마드루가를 찾아가는 것이 유혹적인 방법이긴 해도, 앞에서 말한 강력한 이유들 때문에 문제가 많았으므로 그 방법도 제쳐두었다. 이제 마르타의 아버지가 하품이나 하면서 내면의 감옥 벽에 머리를 박으며 여생을 보내고 싶지 않다면, 남은 것은 배가 난파하는 바람에 표류하게 된 이 놀라운 섬을 체계적으로 조사하는 일에 자신을 바치는 것뿐이었다. 따라서 매일 아침, 식사를 끝낸 후에 시프리아노 알고르는 딸에게 서둘러 인사를 하고 출근하는 사람처럼 집을 나섰다. 때로는 맨 꼭대기 층으로 올라갈 때도 있었고, 일 층까지 내려갈 때도 있었다. 그날그날 관찰할 것이 무엇인가에 따라 최고 속도를 내는 승강기를 이용하기도 하고, 최저 속도로 움직이는 승강기를 타기도 했다. 복도와 통로를 따라 걷거나 넓은 홀을 가로지르거나 거대하고 복잡하게 밀집해 있는 상점 진열창 옆을 지나가기도 했다. 갖가지 진열창과 진열실에는 사람이 먹거나, 마시거나, 몸이나 발에 두르거나, 머리카락과 피부와 손톱과 털을 손질하거나, 목에 걸거나, 귀에 매달거나, 손가락에 끼거나, 손목에 끼거나, 만들었다가 부수거나, 바느질하거나, 씨앗을 뿌리거나, 그리고 지우거나, 늘리고 줄이거나, 살을 찌우고 빼거나, 늘이고 줄이거나, 채우고 비우는 데 이용할 수 있는 온갖 물건들이 있었다. 그런데 이렇게 말로 읊어대는 것은 아무 말도 하지 않는 것과 마찬가지다. 에이포 용지 크기로 일천오백 쪽 분량인 센터 상품 카탈로그 쉰다섯 권을 모두 읽고 분석하는 데에도 역시 팔십 년 이상의 세월이 걸릴 테니까 말이다. 시프리아노 알고르는 진열되어 있는 물건에 별로 관심이 없는 것 같다. 물건을 사는 것은 그의 책임도 아니고 관심사도 아니다. 그것은 생계를 책임진 사람, 즉 그의 사위와 그 돈을 관리하고 사용하는 사람, 즉 딸이 알아서 할 일이다. 그는 주머니에 손을 찔러넣고 이리저리 걸어다니다가 여기저기서 걸음을 멈추기도 하고, 경비원에게 길을 묻기도 한다. 하지만 마르샬을 우연히 만난다 해도 그에게 길을 묻는 일은 결코 없을 것이다. 두 사람이 가족이라는 사실을 드러내지 않기 위해서다. 그는 또한 무엇보다도 센터에 살면서 누릴 수 있는 많은 이점들 중에서도 가장 귀하고 탐나는 것을 최대한 이용하고 있다. 다시 말해서, 센터의 고객들이 마음껏 이용할 수 있는 다양한 시설들을 무료로 이용하거나 크게 할인된 가격으로 이용한다는 뜻이다. 이런 시설들에 대해서는 이미 두 번에 걸쳐 있는 그대로 간결하게 설명한 바 있다. 첫 번째 설명은 이쪽 편 승강기에서 바라다 보이는 풍경에 관한 것이고, 두 번째 설명은 반대편 승강기에서 바라다 보이는 풍경에 관한 것이었다. 하지만 객관성과 정확한 정보에 대한 욕망 때문에 이 점을 반드시 지적해야겠다, 두 번 다 우리가 삼십사 층 이상 올라가 본 적이 없다는 것을. 여러분도 기억하고 있겠지만, 삼십사 층 위에는 또다른 열네 개 층이 하나의 우주를 형성하고 있다. 우리는 지금 상당히 호기심이 많은 사람을 상대하고 있으므로, 시프리아노 알고르가 맨 처음 조사에 나섰을 때 신비스러운 비밀문으로 발길이 향했다는 사실은 말하지 않아도 알 수 있을 것이다. 하지만 그 문은 여전히 신비로 남아 있다. 그가 초인종을 끈질기게 눌러대고 문을 몇 번 두드리기까지 했는데도 아무도 나오지 않았기 때문이다. 오히려 그는 소리를 듣고 온, 아니 사실은 폐쇄회로 티브이에 비친 모습을 보고 왔을 경비원에게 그 자리에서 모든 것을 설명해야 했다. 시프리아노 알고르는 자신이 삼십사 층에 살고 있으며 우연히 이곳을 지나다가 문에 적혀 있는 글귀를 보고 흥미가 생겼다고 설명했다. 그냥 호기심이었습니다. 할일이 아무것도 없는 사람이 그냥 호기심을 느낀 거예요. 경비원은 그에게 공식적인 신분증과 이곳의 거주자임을 증명해 주는 증명서를 내놓으라고 하더니, 두 증명서에 붙어 있는 그의 사진을 비교해 보고 두 증명서에 찍힌 지문을 확대경으로 조사했다. 그러고는 마침내 증명서에 지문을 찍은 손가락의 지문을 다시 채취했다. 시프리아노 알고르는 지시에 따라 아마도 휴대용 컴퓨터의 스캐너일 것이라고 짐작되는 기계에 손가락을 눌렀다. 경비원은 어깨에 둘러메고 있던 가방에서 그 기계를 꺼내면서 이렇게 말했다. 걱정 마세요, 이건 그냥 형식적인 절차입니다, 하지만 다시는 이곳에 오지 마세요, 자칫했다가는 문제가 생길 수 있습니다, 호기심은 한

번으로 충분해요, 게다가 저 문 뒤에는 비밀이 전혀 없습니다, 옛날에는 있었지만 지금은 아니에요. 그렇다면 저 글귀를 왜 떼어내지 않는 거죠, 시프리아노 알고르가 물었다. 그건 센터의 주민들 중에서 호기심 많은 사람을 찾아내기 위한 미끼입니다. 경비원은 시프리아노 알고르가 문에서 몇 미터쯤 떨어질 때까지 기다렸다가 그의 뒤를 따랐다. 도중에 동료와 부딪치자 그는 공연히 눈에 띄기 싫어서 감시업무를 동료에게 넘겼다. 이분이 무슨 짓을 했는데, 마르살 가초가 아무 관심도 없는 척하면서 물었다. 비밀문을 두드리고 있었어. 그건 뭐 큰 죄도 아니잖아, 하루에도 여러 번씩 있는 일인데, 마르살이 안심한 표정으로 말했다. 그렇지, 하지만 공연히 호기심을 느껴서 이 근처를 지나가거나 쓸데없는 곳에 코를 들이밀면 안 된다는 걸 사람들이 배워야 돼, 그러니까 시간을 들여서 훈련을 시켜야 한다고, 아니면 힘을 사용하거나. 마르살이 말했다, 아주 극단적인 경우를 빼면 이젠 힘을 쓸 필요가 없어. 내가 저 사람을 데려가서 심문할 수도 있지만 그냥 다시는 여기 오지 말라고만 했어, 사람 심리를 조금 이용한 거지. 잘했어, 그럼 내가 저 사람 뒤를 쫓아가 봐야겠는걸, 마르살이 말했다, 저 사람이 날 따돌리고 도망치면 안 되니까 말이야. 뭐든 수상쩍은 낌새가 보이면 나한테 말해, 내가 보고서에 적을 수 있게, 나중에 보고서에 우리 둘이 서명하면 되잖아. 경비원은 그 자리를 떠났다. 마르살은 어느 정도 거리를 유지하며 장인이 이 층 위로 올라가 여기저기를 기웃거리는 동안 계속 장인의 뒤를 밟다가 그만두었다. 어떤 방법이 가장 좋을지 알 수 없었다. 장인에게 센터 안을 돌아다닐 때는 조심하라고 말해 주는 편이 나을지, 아니면 이 사소한 사건에 대해 모르는 척 시치미를 떼며 더 이상 심각한 일이 일어나지 않기만을 바라는 편이 나을지. 그는 후자의 방법을 택했다. 하지만 저녁식사 때 시프리아노 알고르가 마구 웃으면서 이 이야기를 해주었을 때에는, 그도 현명한 조언자가 되어 경비원이든 일반인이든 사람들의 시선을 끌지 않도록 행동을 조심하셔야 한다고 말할 수밖에 없었다, 여기서 살려면 그렇게 하는 수밖에 없어요. 그러자 시프리아노 알고르가 주머니에서 종이를 한 장 꺼냈다. 내가 포스터에 적힌 구절들을 몇 개 베껴왔는데, 혹시 무슨 스파이나 감시자의 시선을 끈 건 아니겠지, 그가 말했다. 그러지 않았기를 바라야죠, 마르살이 언짢은 표정으로 말했다. 고객들이 읽으라고 걸어둔 구절들을 베끼는 것도 수상쩍은 행동인가, 시프리아노 알고르가 물었다. 그 구절들을 읽는 건 정상이지만, 베끼는 건 그렇지 않죠, 뭐든 정상이 아닌 건 적어도 비정상이라는 의심을 사게 돼 있어요. 그때까지 아무 말도 하지 않던 마르타가 아버지에게 말했다, 그 구절들을 한번 읽어보세요. 시프리아노 알고르는 종이를 식탁 위에 반듯하게 펴고 읽기 시작했다, 대담해지세요, 꿈을 가져요. 그는 딸과 사위를 바라보았다. 하지만 두 사람이 뭔가 말할 생각이 전혀 없는 것 같았으므로 그는 계속 읽었다, 꿈의 짜릿함을 경험하세요, 이건 첫 번째 구절의 변형

이야, 그리고 이런 것도 있지, 첫째, 쓸모있는 사람이 되세요, 둘째, 집을 떠나지 않아도 남태평양이 여러분의 손 안에 있습니다, 셋째, 기회는 또 오겠지만 지금처럼 좋은 기회는 없을 겁니다, 넷째, 저희는 항상 여러분을 생각하고 있습니다, 이제 여러분이 저희를 생각할 때입니다, 다섯째, 친구를 데려오세요, 물건을 사는 친구를, 여섯째, 저희와 함께라면 여러분은 다른 것을 더 이상 원하지 않게 될 겁니다, 일곱째, 여러분은 최고의 고객이십니다, 하지만 이웃들한테는 절대 말하지 마세요. 그건 밖의 정면 벽에 붙여 놓은 거잖아요, 마르살이 말했다. 그게 지금은 안에 있더라고, 고객들이 이 글귀를 아주 좋아했나 보지, 장인이 대답했다. 센터 안을 그렇게 위험하게 탐험하고 다니면서 또 뭘 보셨어요, 마르타가 물었다. 내 얘기를 들으면 잠이 쏟아질걸. 좋아요, 그럼 저를 한번 재워보세요. 제일 내 마음에 든 건 자연의 느낌이었어, 시프리아노 알고르가 이야기를 시작했다. 그게 뭔데요. 그냥 한번 내 말대로 상상을 해봐. 알았어요, 노력해 보죠. 먼저 접수대로 가서 표를 사는 거야, 나는 정가의 십 퍼센트만 냈지, 내가 여기 거주자라서 사십오 퍼센트, 예순 살이 넘어서 또 사십오 퍼센트를 할인받았거든. 예순 살이 넘은 사람들이 꽤나 대우를 받는 모양이네요, 마르타가 말했다. 그럼, 그렇고말고, 나이를 먹을수록 돈을 더 많이 벌 수 있으니까 부자로 죽을 수 있어. 그래서 그 다음에는 어떻게 됐는데요, 마르살이 조바심을 치며 물었다. 자네는 거기 한 번도 안 들어가 봤나, 장인이

다소 놀란 기색으로 물었다. 예, 그런 게 있다는 건 알고 있었지만 안에 들어가 본 적은 없어요, 항상 시간이 없어서요. 그렇게 굉장한 걸 못 보다니 안 됐구먼. 계속 얘기하실 게 아니라면 전 그냥 자러 갈 거예요, 마르타가 협박조로 말했다. 그래, 알았다, 돈을 내고 나면 사람들이 비옷, 모자, 무릎까지 오는 장화, 우산을 줘, 전부 밝은 색깔이지, 검은색으로 된 걸 달라고 하면 주긴 하는데, 그러면 돈을 더 내야 돼, 안내를 받아서 탈의실로 들어가면 스피커에서 장화를 신고, 비옷을 입고 모자를 쓰라는 방송이 흘러나오지, 지시대로 하고 나면 복도 같은 데로 들어가게 되는데, 거기 직원들이 사람들을 넷씩 짝지어서 줄을 세우더구나, 하지만 사람들 사이에 공간이 충분히 있어서 움직이는 데는 전혀 불편이 없어, 줄 서 있는 사람들은 서른 명쯤 됐는데, 그중에는 나처럼 거기 처음 온 사람도 있고, 가끔 한 번씩 와본 적이 있는 것 같은 사람도 있더라, 적어도 다섯 명은 아주 경험이 많은 것 같았어, 그중에 한 명은 이게 마약 같다는 말까지 하더라니까, 한 번 해보고 나면 완전히 중독이 돼버린다고 말이야. 그 다음에는 어떻게 됐어요, 마르타가 물었다. 그 다음에는 비가 오기 시작했지, 처음에는 몇 방울만 떨어지더니 빗줄기가 점점 거세져서 우리는 전부 우산을 폈어, 스피커에서는 우리더러 앞으로 걸어가라고 지시하더구나, 이건 뭐라고 설명하기가 힘들어, 그냥 직접 경험해 봐야 하는데, 비가 억수같이 쏟아지기 시작하더니 갑자기 폭풍이 불어오더라, 세찬 바람이 계속 불어오니까 우산은 뒤집어지고, 모자는 날아가 버리고, 여자들은 웃음을 터뜨리지 않으려고 비명을 질러대고, 남자들은 비명을 자르지 않으려고 마구 웃어댔지. 바람이 점점 세져서 진짜 태풍이 부는 것 같더라. 사람들은 바람에 이리저리 밀리고, 넘어졌다가 일어나면 또 바람 때문에 쓰러지고, 비는 완전히 대홍수 수준으로 내려서 한 이십오 미터나 삼십 미터를 가는데 꼬박 십분이 걸렸지 뭐냐. 그래서요, 마르타가 하품을 하며 물었다. 그 다음에는 다들 뒤로 돌아섰더니 갑자기 눈이 내리기 시작하더라. 처음에는 솜털 같은 눈송이가 몇 개 흩날리는 수준이었는데, 눈발이 점점 강해지더니, 나중에는 우리 앞에다가 누가 커튼을 친 것 같더라고, 서로 얼굴이 거의 안 보일 정도였으니까. 어떤 사람들은 여전히 우산을 펼쳐 들고 있었는데, 그게 오히려 상황을 더 어렵게 만들었지. 체험을 마치고 나서 탈의실로 돌아갔더니 정말 찬란하기 그지없는 햇빛이 빛나고 있더라. 탈의실에 해가 있다고요, 마르살이 의심스럽다는 듯이 말했다. 그게, 거기가 이젠 탈의실이 아니었어, 초원처럼 변해 있었지. 그러니까 그런 게 자연의 느낌이라는 거군요, 마르타가 말했다. 그래. 하지만 그런 건 밖에 나가면 매일 얼마든지 볼 수 있잖아요. 나도 장비를 돌려주면서 똑같은 말을 했다, 아무 말도 하지 말았어야 하는데. 왜요. 경험 많은 사람 한 명이 한심하다는 듯이 나를 보면서 이랬거든, 정말 안됐습니다. 뭐가 뭔지 하나도 모르는 거죠, 마르타는 남편의 도움을 받아 식탁을 치우기 시작했다. 내일이나 모레쯤 난 바닷가에 갈 거다. 시프리아노 알고르가 선언하듯 말했다. 거긴 저도 한 번 가본 적이 있어요. 마르살이 말했다. 그래, 거긴 어떻던가. 아주 덥고, 열대지방 같았어요. 물도 따뜻하고요. 그럼 모래는. 모래는 없어요. 바닥이 플라스틱으로 되어 있는데, 멀리서 보면 꼭 진짜 같죠. 그럼 파도도 없겠구먼. 아, 그건 아니에요, 안에 있는 기계가 바다랑 똑같이 파도를 만들어 내거든요. 설마. 정말이에요. 하여간 사람들이 생각해 내는 것 하고는. 그렇죠, 저도 알아요. 마르살이 말했다, 사실 좀 슬픈 일이죠. 시프리아노 알고르는 일어서서 잠시 서성거리다가 딸에게 책을 한 권 빌려가겠다고 말한 다음 침실로 들어가면서 이렇게 말했다. 내가 아래층에 다시 내려가 봤는데, 이제는 바닥이 떨리지 않더라. 땅 파는 소리도 안 들려. 마르살이 대답했다. 그럼 공사가 끝났나 보죠.

마르타는 남편에게 센터로 이사한 후 처음 돌아오는 휴일
에 집으로 가서 물건을 좀 가져오자고 말해 두었다, 그 물건
들이 필요하다면서. 원래 이사를 할 때는 물건을 전부 가져가
는 법이지만, 우린 안 그랬잖아, 게다가 앞으로도 우리가 거
기 갈 일이 많이 있을 거야, 당신이 옛날에 그랬던 것처럼 우
리 침대에서 하룻밤을 보내고 다음날 아침에 돌아오면 좋을
것 같아. 마르살은 그랬다가는 자기들이 실제로 살고 있는 집
이 어딘지 모르게 될 것 같아서 별로 그러고 싶지 않다고 말
했다. 아버님은 센터의 비밀들을 찾아다니면서 아주 즐거운
시간을 보내고 있는 것처럼 보이려고 애쓰시는 것 같아, 하지
만 나는 아버님이 어떤 분인지 알지, 겉으로는 그런 모습이어
도, 속에서는 여전히 머리가 바쁘게 움직이고 있을 거야. 아
버지는 이사우라의 집에서 무슨 일이 있었는지 나한테 한마

디도 안 하셨어, 그냥 조개처럼 입을 꽉 다물고 계셔, 아버지답지 않게, 아버지는 화를 내든 마지못해 입을 열든 항상 어떤 식으로든 나한테 모든 얘기를 털어놓는 분인데, 그러니까 우리가 그 집으로 돌아가는 게 아버지한테 도움이 될지도 몰라, 아버지는 파운드가 어떻게 지내고 있는지 가보고 싶어하시는 것 같아, 게다가 거기 가면 다시 이사우라와 이야기를 나눌 수도 있고. 알았어, 당신이 그러고 싶다면 가지 뭐, 하지만 내 말을 잊으면 안 돼, 우린 여기랑 공방 중에서 하나를 선택해야 돼, 두 곳이 다 우리 집인 것처럼 굴다가는 결국 집이 아예 없는 꼴이 될 거야. 어쩌면 결국은 그렇게 될지도 모르지. 무슨 소리야. 집이 아예 없는 것처럼 된다고. 집은 누구한테나 다 필요해, 우리도 마찬가지고. 우린 옛날 집을 빼앗겼어. 그건 지금도 우리 거야. 하지만 옛날하고는 다르지. 지금은 여기가 우리 집이야. 마르타는 주위를 둘러보며 말했다, 난 아무래도 이 집이 결코 우리 집이 안 될 것 같아. 마르살은 어깨를 으쓱했다. 이 알고르 일가를 이해하기가 어려웠다. 그렇다고 해서 이 두 사람을 바꿔놓고 싶은 생각은 전혀 없었다. 아버님한테 말씀드릴까, 그가 말했다. 마지막 순간까지 기다렸다가, 먼저 말했다가는 아버지가 속으로 혼자 끙끙 앓다가 지레 힘이 빠져버리실 거야.

시프리아노 알고르는 딸과 사위가 자신을 위해 계획을 짜고 있다는 사실을 전혀 몰랐다. 그런데 마르살 가초의 휴가가 취소되었다. 그와 같은 근무조에 속한 다른 경비원들도 마찬가지였다. 상주경비원들은 가장 믿을 만한 사람들로 간주되었으므로, 센터는 그들에게 지하 오 층에서 새 냉장시설 공사를 하다가 오랫동안 조심스레 조사해 봐야 할 것이 발견되었다고 털어놓았다. 지금은 접근이 제한되어 있다, 경비대장이 말했다. 며칠 지나면 다양한 전문가들, 지질학자, 고고학자, 사회학자, 인류학자, 감식 전문가, 홍보 전문가들로 이루어진 팀이 거기서 일을 하게 될 것이다. 그 팀에 철학자도 두어 명 포함될 것이라는 얘기까지 있다. 하지만 철학자가 그 일과 무슨 상관인지는 내게 묻지 마라. 그는 말을 멈추고 자기 앞에 줄지어 늘어서 있는 경비원 스무 명의 얼굴을 훑어본 후 말을 계속했다. 내가 방금 한 얘기를 아무에게도 해서는 안 된다, 너희들이 앞으로 이 일과 관련해 뭔가를 알아내더라도 마찬가지다. 아내, 자식들, 부모님들에게도 말하면 안 된다. 철저히 비밀을 지켜야 한다, 알겠나. 예, 대장님, 경비원들이 입을 모아 대답했다. 좋아, 동굴 입구에는, 아 내가 그것이 동굴이라는 얘기를 깜빡했군, 어쨌든 동굴 입구에는 밤낮으로 경비원이 배치될 것이다. 한 조의 근무시간은 네 시간이다. 이 도표에는 시간대별로 누가 그곳에서 경비를 서야 하는지 적혀있다. 지금 다섯 시니까, 여섯 시부터 경비 업무를 시작한다. 경비원 한 명이 손을 들고 물었다. 혹시 동굴이 언제 발견되었는지, 그리고 그때부터 지금까지 누가 경비를 서고 있는지 알 수 있겠느냐고. 우리는 여섯시부터 경비 업무를 맡을 뿐입니다, 그가 말했다. 그러니까 그 전에 혹시 실수가 있었더라도 우리한테 책임을 묻지는 않겠죠. 동굴 입구는 오늘 아침에 지표면을 인위적으로 움직이다가 발견되었다. 공사팀은 즉시 작업을 중단하고 행정부서에 알렸지, 그때부터 건설부의 기술자 세 명이 내내 그곳을 지키고 있었다. 동굴 안에 뭐가 있는 겁니까, 다른 경비원이 물었다. 그래, 대장이 말했다. 너희들도 그것을 직접 눈으로 볼 기회가 있을 것이다. 위험한 겁니까, 우리가 무장을 해야 하나요, 그 경비원이 다시 물었다. 우리가 아는 한 위험 요소는 전혀 없다. 하지만 혹시 모르니까 뭔가를 만지거나 너무 가까이 다가가서는 안 된다. 그것을 만졌다가는 어떤 일이 벌어질지 지금으로서는 전혀 알 수 없으니까. 우리한테 영향이 미칠 거라는 말씀입니까, 아니면 그 물건이 영향을 받을 거라는 말씀입니까, 마르살이 물었다. 너희와 그것들 둘 다. 그럼 동굴 안에서 발견된 것이 하나가 아니라는 말씀이군요. 그렇다, 대장이 말했다. 그런데 이 말을 마치고 나서 표정이 바뀌더니 자신을 수습하려고 애쓰는 사람처럼 말을 이어나갔다. 이제 더 이상 질문이 없다면 지시 사항을 전달하겠다. 첫째, 무장 여부에 대해서는 곤봉을 소지하는 것만으로도 충분하다고 생각한다. 곤봉이 필요해서가 아니라, 그래야 너희가 더 자신감을 갖게 될 것 같아서이다. 곤봉은 없어서는 안 되는 옷의 일부 같아서, 제복을 입은 경비원은 곤봉이 없으면 마치 벌거벗은 것 같은 기분이 드니까. 둘째, 근무조가 아닌 사람은 반드시 사복으로 갈아입고 여러 층을 순찰하며 동굴과 관련된 대화가 오가지 않는지 살펴야

한다, 아마 그럴 일은 없겠지만, 만약 그런 대화를 주고받는
사람들이 발견된다면 즉시 중앙국에 알려야 한다, 그러면 우
리가 필요한 조치를 취할 것이다. 대장은 다시 멈췄다가 마저
말을 끝맺었다, 너희들에게 알려줄 것은 이것이 전부다, 명령
을 명심하고 철저히 비밀을 지키도록, 이건 너희들의 목이 걸
린 사안이다. 경비원들은 근무일정표를 살펴보았다. 마르살
은 아홉 번째 근무조에 속해 있었으므로 모레 새벽 두시부터
여섯시까지 경비를 서게 될 터였다. 저 아래, 지하 삼사십 미
터에서는 밤과 낮의 차이를 알 수 없을 것이다. 투광조명과
아크 등에서 나오는 조악한 빛이 어둠을 뚫고 빛나는 것 외에
는 아무것도 없을 테니까. 승강기를 타고 삼십사 층으로 가면
서, 그는 비밀을 밝히지 않고 마르타에게 사정을 설명하는 방
법을 생각해 내려고 애썼다. 그가 보기에는 비밀을 지키라는
명령이 터무니없었다. 사람이 가족에게 속내를 털어놓는 것
은 권리라기보다는 차라리 의무에 가깝다. 하지만 이건 어디
까지나 이론일 뿐이다. 아무리 머리를 굴려봐도 그는 명령받
은 대로 하는 것 외에 다른 방법을 생각해 낼 수 없었다. 명령
은 명령이니까. 장인은 집에 없었다. 틀림없이 어린아이처럼
호기심으로 가득 차서 또 이리저리 돌아다니며 눈에 보이는
것들의 의미를 찾고 있을 것이다. 장인은 그 의미가 아무리
깊숙이 숨겨져 있어도 찾아낼 수 있을 만큼 기민하기도 했다.
마르살은 마르타에게 근무시간이 일시적으로 바뀌었다면서
이번에는 사복을 입어야 한다고 말했다. 하지만 이것이 영구

적인 변화는 아니고 며칠만 지나면 다시 예전으로 돌아갈 것
이라는 말도 했다. 마르타가 이유를 묻자 마르살은 말할 수
없다고 대답했다. 기밀이기 때문에, 비밀을 지키기로 맹세했
다고. 이것은 자신의 입장을 변명하기 위한 말이었다. 그리고
정확히 말하면 진실과는 조금 거리가 있는 말이기도 했다. 경
비대장이 부하들에게 맹세를 요구한 것은 아니었으니까. 맹
세는 지금과 관습이 달랐던 시대의 산물이었다. 하지만 때로
우리는 자기도 모르게 그런 말을 하곤 한다. 기억의 경우도
마찬가지다. 기억은 항상 우리가 요구하는 것보다 더 많은 이
야기를 들려주니까. 마르타는 대답 없이 옷장을 열어 마르살
의 양복 두 벌을 꺼냈다. 이거면 될까, 그녀가 말했다. 응, 그
거면 될 거야, 마르살이 말했다. 이 중요한 문제에 대해 아내
와 의견이 일치한다는 사실이 기뻤다. 그는 다른 문제도 아내
에게 미리 이야기해 두는 것이 좋겠다고 생각했다. 상황을 깔
끔하게 정리하기 위해서. 만약 그가 첫 번째 근무조에 속해
있다면, 곧 근무를 하러 가야 하므로 마르타에게 당장 이야기
를 해야 했을 것이다. 난 여섯시부터 열시까지 근무야, 더 이
상 묻지 마, 비밀이니까. 그가 할 수 있는 말은 이것뿐이다.
다만 시간과 날짜만 다를 뿐. 난 모레 새벽 두시부터 여섯시
까지 근무야, 더 이상 묻지 마, 비밀이니까. 마르타는 흥미롭
다는 표정으로 그를 바라보았다. 하지만 그때는 센터가 문을
닫았을 때잖아. 음, 정확히 말해서 내가 센터 안에 있지는 않
을 거야. 그럼 밖으로 나가는 거야. 아니 안에 있는데, 센터

435

안은 아냐. 무슨 말인지 모르겠어. 마르타, 더 이상 묻지 말아
줘. 내가 뭘 물었다고 그래, 어떻게 사람이 안에 있으면서 동
시에 밖에 있을 수 있는지 이해할 수 없다고 한 것뿐인데. 새
냉장시설을 만들려고 땅을 파는 곳이야, 이 이상은 말 못 해.
거기서 유전이나 다이아몬드 광산이나 지구의 배꼽이라는 돌
멩이라도 발견한 거야, 마르타가 물었다. 거기서 뭐가 발견됐
는지는 나도 몰라. 그럼 언제 알게 되는데. 거기서 경비를 설
때. 아니면 먼저 경비를 선 다른 경비원들한테 물어볼 수도
있잖아. 우리가 서로 그 이야기를 하는 건 금지되어 있어, 마
르살은 시선을 피하면서 말했다. 이 말 역시 엄밀히 말해서
진실이라고 할 수 없기 때문이었다. 사실 이 말은 대장의 명
령과 지시 중 일부를 가져다가 지금 상황에 맞게 멋대로 각색
한 것에 가까웠다. 정말 엄청나게 불가사의한 일인 것 같네,
마르타가 말했다. 응, 그런 것 같아, 마르살이 맞장구를 쳤다.
그는 양복저고리 소매 밑으로 삐져나온 셔츠 소매단의 폭을
조절하는 데 지나치게 신경을 쓰고 있었다. 사복을 입으니 그
가 실제보다 더 나이 들어 보였다. 저녁은 먹으러 올 거야, 마
르타가 물었다. 그러지 말라는 얘기는 없었어, 하지만 올 수
없을 것 같으면 미리 전화할게. 그는 아내가 또다른 질문을
생각해 내기 전에 서둘러 집을 나섰다. 그녀의 끈질긴 호기심
에서 벗어났다는 생각에 안도감이 느껴졌다. 하지만 아내와
대화하면서 정직하지 못했다는 생각에 슬프기도 했다. 아냐,
난 그냥 임무에 충실했을 뿐이야, 그는 속으로 항변했다, 그

게 비밀이라고 마르타한테 솔직히 말했잖아. 이것은 일리 있는 항변이었지만, 아무리 열심히 이 말을 되뇌어 봐도 기분은 풀리지 않았다. 그로부터 한 시간이 좀 더 지나, 시프리아노 알고르가 유령기차의 공포를 거의 떨쳐버리지 못한 채 집으로 돌아왔을 때, 마르타가 그에게 물었다. 마르살 보셨어요. 아니, 못 봤다. 사실 마르살을 봤어도 아마 못 알아보셨을 거예요. 왜. 옷을 갈아입으러 집에 왔다 갔거든요, 지금은 사복 차림이에요. 그거 희한한 일이구나. 명령이 내려왔대요. 사복을 입은 경비원은 경비원이 아냐, 염탐꾼이지, 아버지가 단언했다. 마르타는 자신이 알고 있는 것을 아버지에게 이야기해 주었다. 사실 그녀가 아는 것은 거의 없었지만, 인디언들이 있는 아마존 강에 대한 시프리아노 알고르의 관심을 쫓아버리기에는 충분했다. 그는 원래 다음날 아마존 강에 가볼 생각이었다. 그것 참 이상한 얘기구나, 하지만 말이다, 처음부터 나는 여기서 무슨 일이 일어날 것 같다고 생각했어. 무슨 말씀이세요, 처음부터라니요, 마르타가 물었다. 바닥이 흔들리고 땅을 파는 소리가 들렸잖니, 우리가 처음 아파트를 보러 왔을 때 말이다. 땅 파는 소리가 들릴 때마다 예감을 느낀다면 그게 진짜 문제죠, 옛날에 우리가 부엌 벽에서 재봉틀 소리가 들린다고 생각했을 때처럼요, 그때 어머니는 그게 가엾은 침모가 일요일에 일을 한 죄로 벌을 받고 있다는 징조라고 하셨잖아요. 하지만 이번에는 내 생각이 맞았잖니. 그렇죠, 그런 것 같아요, 마르타가 남편의 말을 그대로 되풀이했다.

마르샬이 돌아와서 뭐라고 하는지 한번 보자, 시프리아노 알고르가 말했다. 하지만 두 사람은 이미 알고 있는 것 이상의 이야기를 들을 수 없었다. 마르샬은 이미 했던 대답만 계속 되풀이하더니, 결국 이 이야기에 완전히 종지부를 찍기로 하고 이렇게 말했다, 나한테 굳이 대답을 강요한다면, 나 역시 그 명령이 우스꽝스럽다고 제일 먼저 말할 겁니다, 하지만 그런 명령이 내려온 걸 어떻게 하겠어요, 그러니까 이제 더 이상 아무 말도 안 하겠습니다. 적어도 자네가 왜 갑자기 사복을 입고 순찰을 하게 됐는지 그 이유만이라도 말해 주게, 장인이 부탁했다. 우린 순찰을 하는 게 아닙니다, 그냥 센터의 안전을 지키고 있을 뿐이에요. 그래, 그렇다면 그런 거겠지, 뭐. 아버님, 더 이상 이야기해 드릴 게 없습니다, 그러니까 제발 그만 하세요, 마르샬이 화를 내며 말했다. 그는 왜 아무 말도 않느냐는 듯이, 왜 자신을 옹호해 주지 않느냐는 듯이 아내를 흘깃 바라보았다. 그녀가 말했다, 마르샬이 옳아요, 아버지, 저이를 너무 괴롭히지 마세요. 그리고 그녀는 마르샬의 머리에 입을 맞추면서 말을 이었다, 미안해, 우리 알고르 일가가 가끔 남을 아주 못살게 굴 때가 있어. 저녁식사를 마치고 나서 세 사람은 센터의 자체 채널에서 센터 거주자들만을 위해 방영되는 프로그램을 본 다음 각자의 방으로 갔다. 침실의 불을 끈 후 마르타가 또다시 사과했다. 마르샬은 그녀에게 입을 맞췄다. 그가 두 번, 세 번 연속해서 입을 맞추지 않은 것은 그런 식으로 계속하다가는 결국 그녀에게 모든 것을 털어놓게 될 것임을 깨달았기 때문이다. 한편, 시프리아노 알고르는 불을 켜놓은 채 침대에 앉아 있었다. 그는 생각에 생각을 거듭했지만, 센터의 지하에서 무슨 일이 벌어지고 있는지 알아내야겠다는 결론밖에 나오지 않았다. 만약 저 아래에 비밀문이 또 있다면, 적어도 이번에는 저들이 문 뒤편에 아무것도 없다고 말하지 못할 것이다. 마르살에게 또 질문을 던져봐야 소용없었다. 게다가 그건 저 가엾은 녀석을 괴롭히는 짓이기도 했다. 그가 아무것도 말하지 말라는 명령을 받고 그 명령을 수행하고 있으니, 그를 칭찬해 줘야 마땅했다. 가족들의 장기인 감정적 협박으로 염치없이 그를 괴롭히지 말고. 난 자네 장인이고 자네는 내 사위니까 나한테 모든 걸 털어놔, 하고 강요하는 것 말이다. 마르타의 말이 옳아, 그는 속으로 생각했다, 우리 알고르 일가 사람들은 남을 못살게 굴지. 내일 그는 인디언들까지 완벽하게 갖춰진 아마존 강을 완전히 무시하고 센터를 끝에서 끝까지 걸으며 사람들의 대화에 열심히 귀를 기울일 작정이었다. 요컨대, 비밀은 금고를 여는 비밀번호와 같다. 우리는 그 번호를 모르지만, 그것이 숫자 여섯 개로 구성되어 있으며, 숫자 한두 개가 반복될 가능성이 있고, 가능한 숫자 조합이 아무리 많더라도 무한하지는 않다는 것을 알고 있다. 인생의 모든 것이 그렇듯이, 그것도 시간과 인내심만 있으면 풀 수 있는 문제다. 여기서 한마디, 저기서 한마디, 뭔가를 암시하는 듯한 말, 사람들이 주고받는 시선, 갑작스러운 침묵, 벽에 생겨나기 시작한 작은 틈. 추적술이란 결국 이 모든 것을 조합해서 거친 부분을 제거하는 법을 아는 것이다. 모든 비밀 중에서도 가장 비밀스러운 희망, 꿈, 야망이 만천하에 드러날 가능성이 조금이라도 있는지 자문해 보아야 하는 순간이 반드시 올 것이다. 시프리아노 알고르는 옷을 벗고 불을 껐다. 밤새 잠이 오지 않을 것 같았다. 하지만 겨우 오 분이 지난 후에 그는 이사우라 마드루가조차 엿볼 수 없을 만큼 깊고 진한 잠에 빠져 있었다.

시프리아노 알고르가 평소보다 조금 늦게 자신의 방에서 나왔을 때 사위는 이미 출근한 다음이었다. 그는 아직 잠이 덜 깬 채로 딸에게 아침 인사를 한 다음 아침식사를 하려고 식탁에 앉았다. 그런데 바로 그 순간 전화벨이 울렸다. 마르타가 전화를 받으러 갔다가 금방 돌아와서 말했다, 아버지 전화예요. 시프리아노 알고르의 심장박동이 한 박자를 건너뛰었다. 내 전화라니, 나한테 전화를 걸 사람이 어디 있다고, 그가 말했다. 속으로는 이미 딸이 이사우라 전화라고 말할 것임을 완전히 확신하고 있었다. 하지만 딸은 전혀 다른 말을 했다, 구매부예요, 구매차장이라는데요. 바라던 사람의 전화가 아님을 확인한 실망감과, 만약 이사우라가 전화를 걸어왔더라면 그냥 파운드와 관련된 일, 예를 들면 녀석이 나날이 수척해지고 있다는 이야기일 수도 있었지만, 어쨌든 이사우라와 이토록 갑작스레 친해진 이유를 딸에게 설명해야 하는 난처한 상황을 피했다는 안도감을 한꺼번에 느끼면서 시프리아노 알고르는 수화기를 들고 자신의 이름을 말했다. 잠시 후 그 친절한 구매차장이 수화기 건너편에서 이렇게 말했다. 당신이 센터에서 살게 되었다는 소식을 듣고 정말 깜짝 놀랐습니다. 그것 보세요, 모든 문 뒤에 항상 악마가 도사리고 있는 것은 아니잖습니까. 이건 오래 된 속담이지만 생각보다 많은 진실이 담겨 있어요. 맞는 말입니다, 시프리아노 알고르가 말했다. 제가 전화를 드린 건 오늘 오후에 잠깐 들러주셨으면 해서입니다. 인형 대금을 지불해야 하니까요. 인형 대금이라니요. 설문조사용으로 주신 인형 삼백 개 말입니다. 하지만 그건 판매된 게 아니잖아요, 그러니까 대금을 지불하실 필요가 없을 텐데요. 선생님, 구매차장이 뜻밖에도 엄격한 말투로 말했다, 그건 저희가 판단합니다, 어쨌든, 이번 경우처럼 대금을 지불해서 백 퍼센트 이상의 손실이 발생하는 경우에도 센터는 항상 돈을 지불합니다. 이건 윤리 문제예요, 이제 당신도 우리와 같은 곳에 살게 되었으니 이 점을 틀림없이 이해하게 될 겁니다. 그건 좋습니다. 하지만 어떻게 손실이 백 퍼센트 이상 발생할 수 있는지 이해할 수가 없군요. 가족 전체가 파산하는 것 등의 일을 고려하지 않으니까 그걸 이해할 수 없는 겁니다. 그걸 조금 더 일찍 알았더라면 좋았을 텐데요. 잘 들으세요, 우선 저희는 당신이 송장을 작성해서 제출한 인형의 대금을 정확히 지불할 겁니다, 한 푼도 빼지 않고요. 알겠습니다, 거기까지는 나도 이해할 수 있어요. 둘째, 저희는 설문조사 비용도 지불합니다, 다시 말해서 설문조사에 사용된 물건들, 자료를 분석한 사람들과 거기에 든 시간의 비용을 말하는 겁니다, 이런 물건과 사람들과 시간이 더 많은 이윤을 올릴 수 있는 일에 사용될 수도 있었다는 점을 생각해 보면, 별로 머리가 좋지 않은 사람도 저희가 사실상 백 퍼센트 이상의 손실을 봤다는 결론에 도달할 겁니다, 저희가 팔지 못한 물건과 이 물건을 팔지 말아야겠다는 결론에 도달할 때까지 들인 노력을 생각하면 말이지요. 저런, 저 때문에 센터가 돈을 잃었다니 정말 죄송합니다. 이건 일 자체에 내재된 위험인 걸요, 잃을 때도 있고 얻을 때도 있는 법이죠, 하지만 별로 중요한 일은 아닙니다, 아주 사소한 일이죠. 물론입니다, 시프리아노 알고르가 말했다. 저도 저만의 윤리적 원칙을 내세워 사람들이 사지 않겠다고 거절한 물건의 대금을 거부할 수도 있지만, 사실은 돈이 좀 필요해서요. 아주 좋은 말씀입니다, 돈을 받는 최고의 이유죠. 알겠습니다, 그럼 오늘 오후에 들르죠. 굳이 저를 찾으실 필요는 없습니다, 계산대로 곧장 가세요, 이제는 없어진 당신 회사와 우리 사이의 마지막 거래이기 때문에 당신에게 가능한 한 최고의 기억을 남겨주고 싶으니까요. 고맙습니다. 여생을 즐겁게 보내시기 바랍니다, 센터는 그런 삶을 즐기기에 딱 맞는 곳이에요. 저도 그런 생각을 하고 있었습니다. 운명의 파도를 당신에게 이롭게 이용하세요. 지금도 그러고 있습니다, 시프리아노 알고르는 수화기를 내려놓았다. 나한테 인형 대금을 지불하겠다는구나, 그가 말했다, 그러니까 우리가 모든 걸 다 잃게 되지는 않을 것 같다. 마르타는 고개를 끄덕했다. 체념일 수도 있고, 반발일 수도 있고, 무관심일 수도 있는 동작이다. 그러고 나서 그녀는 다시 부엌으로 들어갔다. 몸이 좀 안 좋은 거냐, 아버지가 문간에 서서 물었다. 그냥 좀 피곤해서 그럴 거예요, 임신을 했으니까요. 어째 기운도 없고, 정신이 다른 데 가 있는 것 같다, 밖에 좀 나가서 산책도 하고 그래. 아버지처럼요. 그래, 나처럼. 정말로 저 밖에 있는 그 모든 시설에 관심이 있는 거예요, 마르타가 물었다, 잘 생각하고 대답하세요. 잘 생각할 필요도 없어, 난 전혀 관심이 없으니까, 그냥 관심 있는 척할 뿐이지. 물론 아버지 자신한테 그런 척하는 거겠죠. 너도 이제는 어른이니까 그런 척하는 것밖에는 방법이 없다는 걸 알 거다, 겉으로는 그렇게 보이지 않을지 몰라도 우린 항상 자기 자신한테 그런 척하면서 살아갈 뿐이야, 다른 사람한테 그러는 적은 한 번도 없지. 그런 말씀을 들으니까 기쁜데요. 왜. 이사우라 마드루가와 아버지에 대해서 제가 짐작하던 게 맞다는 걸 확인했으니까요. 지금은 상황이 바뀌었다. 훨씬 더 좋아졌죠. 때가 되면 내가 다 말해 주마, 하지만 지금은 나도 마르살처럼 입을 열 수가 없어.

시프리아노 알고르는 센터 안을 돌아다니며 사람들의 대화에 귀를 기울였지만 아무 소득이 없었다. 점심식사 시간에 세 사람은 무언의 협정이라도 맺은 것처럼 발굴 작업에서 발견된 것에 관한 난감한 이야기를 감히 꺼내지 않았다. 장인과 사위는 동시에 집을 나섰다. 마르살은 사람들의 대화를 들으며 염탐하는 일을 다시 시작하러 가는 길이었다. 물론 오전에 마르살과 시프리아노 알고르가 모두 깨달은 것처럼 오후의 염탐도 틀림없이 아무 소용없을 것이다. 시프리아노 알고르는 생전 처음으로 센터 안에서 구매부로 가는 길을 찾아 나섰다. 그는 사진과 지문이 있는 거주자 출입증만 있으면 어느 정도 쉽게 돌아다닐 수 있다는 것을 깨달았다. 경비원들은 그가 길을 물어보면 그것이 세상에서 가장 자연스러운 일이라는 듯이 아무렇지도 않게 대답해 주었다, 이 복도를 쭉 내려가다가 끝에서 이정표를 따라가세요, 금방 보일 겁니다. 시프리아노 알고르가 있는 곳은 일 층이었다. 구매부로 가려면 도중에 지하로 내려가야 했다. 친절한 구매차장은 아마 그와 생각이 다르겠지만, 어쨌든 그가 지금보다 나았다고 생각하는 시절에는 차에 싣고 온 접시와 컵들을 지하에 내려놓곤 했다. 화살표와 에스컬레이터가 그에게 길을 알려주었다. 지하로 내려간다, 그는 속으로 생각했다, 지하로 내려간다, 지하로 내려간다. 이 말을 자꾸 반복하다 보니 이런 생각이 들었다, 멍청이 같으니, 당연히 지하로 내려가야지, 계단이 그래서 있는 거잖아, 물론 계단을 올라갈 때는 얘기가 다르지만, 아래로 내려가는 게 아니라 올라가기만 하는 계단도 있고, 위로 올라가는 게 아니라 내려가기만 하는 계단도 있지. 그는 도저히 대답할 수 없는 결론에 도달한 것 같았다. 논리적으로 도저히 반박할 수 없는 결론. 하지만 번개처럼 순간적으로 눈부시게 또다른 생각이 그의 뇌리에 떠올랐다, 아래로 내려간다, 그래, 저 아래로, 그래, 저 아래로 내려가는 거야. 마르살이 경비를 서는 시간인 새벽 두시부터 여섯시 사이에 마르살을 찾아가려고 시도해 볼 심산이었다. 이런 상황에서는 항상 의미가 있는 상식과 신중함이, 그에게 길도 모르면서 어떻게 사위를 찾아갈 것이냐는 의문을 제기했다. 그도 어디가 어딘지 분간할 수 없는 순간이 올 것이라는 생각을 했으므로, 여러 가지 우연이 수많은 조합을 만들어 내는 것은 사실이지만 그 숫자가 무한하지는 않다고 대답했다. 나무 그늘에 누워서 무화과가 입 속으로 들어오기를 기다리는 것보다는, 무화과를 따기 위해 위험을 무릅쓰고 나무를 오르는 편이 항상 더 낫다는 말도 했다. 화살표와 이정표가 있었음에도 두 번이나 길을 잃은 끝에 구매부의 계산대에 도착한 시프리아노 알고르는 이제 예전에 우리가 알던 사람이 아니었다. 그의 손은 심하게 떨리고 있었다. 뜻하기 않게 노동의 대가를 받게 되었다는 사소한 기쁨 때문이 아니라, 그의 뇌가 내린 명령 때문에. 그의 뇌는 이제 더 초월적이고 중요한 문제에 사로잡혀서 종잡을 수 없고, 혼란스럽고, 모순적인 명령들을 내리고 있었다. 센터의 쇼핑동으로 돌아오자 기분이 조금 차분해지는 것 같았다. 내면의 흥분은 모두 사라져버렸다. 이제 더 이상 손에 대해 걱정할 필요가 없어진 뇌는 책략, 속임수, 계략, 전략, 묘책, 핑계를 짜내느라 분주히 움직였다. 심지어 삼십사 층에서 그 신비로운 발굴현장까지 몸을 데려가기가 너무 힘들어서 염력을 이용해 이 조급한 몸을 움직일 생각까지 해봤다.

아직 한참을 더 기다려야 하는데도 시프리아노 알고르는

아파트로 돌아가기로 했다. 그는 딸에게 구매부에서 받은 돈을 주려고 했지만 딸은 받지 않았다. 아버지가 갖고 계세요, 저는 필요 없어요, 그러고 나서 그녀는 이렇게 말을 이었다, 커피 한 잔 하실래요. 그래, 좋지. 마르타는 커피를 끓여서 컵에 따랐고, 두 사람은 커피를 마셨다. 어느 모로 보나 당분간은 두 사람이 더 이상 말을 나눌 것 같지 않다. 비록 우리가 그 당시에는 제대로 기록을 남기지 못했지만, 시프리아노 알고르가 가끔 떠올린 생각처럼, 그들이 지금 살고 있는 아파트는 주민들의 입을 막아버리는 악의적인 선물을 품고 있는 것 같다. 한편, 시프리아노 알고르의 뇌는 염력을 발휘하는 데 필요한 훈련을 받지 않았으므로 염력을 이용하겠다는 생각을 버리고, 한밤중의 습격 계획이 성공하는데 반드시 필요한 정보를 얻고 싶어 안달이 나 있다. 그래서 시프리아노 알고르는 컵의 바닥에 조금 남아 있는 커피를 건성으로 휘저으면서 이런 질문을 던진다. 너 혹시 발굴현장이 얼마나 아래에 있는지 아니. 그걸 왜 알고 싶은 건데요. 그냥 궁금해서. 마르살이 죽어도 말을 안 하던데요. 시프리아노 알고르는 최선을 다해 실망감을 감추며 낮잠을 자겠다고 말했다. 그는 오후 내내 자신의 방에 처박혀 있다가 딸이 저녁을 드시라고 소리를 질렀을 때에야 비로소 밖으로 나왔다. 마르살은 벌써 식탁에 앉아 있었다. 점심때와 마찬가지로 식사가 끝날 때까지 아무도 발굴 얘기를 꺼내지 않았다. 그나마 그 얘기가 나온 것도 마르타가 남편에게 이런 말을 했기 때문이었다. 저 아래로 내려갈 때까지 좀 쉬어, 안 그러면 한잠도 못 잘 것 아냐. 그러자 그가 말했다. 시간이 너무 일러서 하나도 안 졸려. 시프리아노 알고르는 이 뜻밖의 기회를 놓치지 않고 아까 딸에게 했던 질문을 다시 꺼냈다. 발굴현장이 얼마나 아래에 있는데. 그건 왜 물으세요. 그냥 감을 좀 잡아보려고, 궁금해서. 마르살은 잠시 망설였지만, 이 정보는 철저히 지켜야 하는 비밀의 범주에 들지 않는 것 같았다. 지하 오 층에 출입구가 있어요, 그가 마침내 말했다. 저런, 나는 그보다 더 깊은 데서 땅을 파고 있는 줄 알았는데. 그래도 지하 십오 미터에서 이십 미터나 돼요, 마르살이 말했다. 그래, 자네 말이 맞군, 그것도 상당히 깊은 거야. 두 사람은 다시는 그 주제를 입에 올리지 않았다. 마르살이 이 짧은 대화를 짜증스러워하는 것 같지는 않았다. 오히려 그가 자신을 사로잡고 있는 이 문제에 대해 위험하거나 비밀스러운 부분을 언급하지 않고도 조금이나마 이야기할 수 있어서 다소 안심하는 것 같기도 했다. 마르살은 다른 사람들보다 겁이 많은 편은 아니지만, 지하의 굴에서 완전한 침묵 속에 네 시간을 보내는 것은 역시 달갑지 않다. 더구나 자기 등 뒤에 뭐가 있는지 이미 알고 있으니 말이다. 우린 이런 상황에 대비한 훈련을 받지 않았어, 그의 동료 한 명이 아까 그에게 이런 말을 했다. 대장이 말한 그 전문가들이 빨리 도착하기를 빌자고, 그래야 우리가 이 일을 그만둘 수 있을 테니까. 너 무서웠어, 마르살이 물었다. 무섭기는, 무섭다는 생각은 없었어, 하지만 이건 미리 말해 주지, 거기 서 있는 동안 내내 등 뒤에서 누가 금방이라도 어깨에 손을 올려놓을 것 같은 기분이 들 거야. 그렇게 나쁜 일은 아니네, 뭐. 그 손이 무엇이냐에 따라 다르지, 솔직히 말해서 나는 네 시간 내내 거기서 도망치고 싶은 걸 참느라고 혼났어. 그래도 미리 얘기를 듣고 가면 훨씬 낫겠지, 최소한 그곳이 어떤 곳인지는 알 게 된 셈이니까. 아냐, 몰라, 내 얘기를 듣고 알 것 같다고 생각할 뿐이야, 자넨 몰라, 동료 경비원이 말했다. 지금은 새벽 한 시 반이다. 마르살은 마르타에게 작별 키스를 하고 있다. 마르타가 말한다. 근무가 끝나면 곧장 돌아와. 알았어, 곧장 올게, 그리고 내일 모든 걸 얘기해 줄게, 약속해. 마르타는 그를 문까지 배웅했다. 그리고 다시 그와 입을 맞춘 다음 안으로 들어와서 몇 가지 일들을 정리하고 다시 잠자리에 들었다. 잠이 오지 않았다. 그녀는 걱정할 것은 하나도 없다고 자신을 타일렀다. 다른 경비원들이 이미 거기서 경비를 섰는데도 아무 일 없이 무사히 돌아왔다고. 무서운 미스터리의 바탕에 지극히 하찮은 사건들이 있는 경우가 얼마나 많은가. 미스터리는 히드라처럼 머리가 여러 개 달린 괴물 같다. 하지만 자세히 들여다보면, 그 괴물들은 단순한 연기, 공기, 환상, 즉 믿을 수 없는 것을 믿고 싶어하는 욕망에 지나지 않았다. 시간이 흘러도 잠은 여전히 오지 않았다. 마르타가 차라리 불을 켜고 책을 읽는 편이 낫다는 생각을 막 했을 때, 아버지의 침실 문이 열리는 소리가 들린 것 같았다. 아버지는 원래 밤에 자다가 일어나는 분이 아니었으므로 그녀는 주의 깊게 귀를 기울였다. 어쩌면 화장실에 가려고 일어나신 건지도 모르니까. 하지만 잠시 후 들려온 조심스러운 발자국 소리는 현관에서 나는 것이었다. 물을 마시려고 부엌으로 가시는 중인지도 몰라, 그녀는 속으로 생각했다. 하지만 문의 걸쇠를 벗기는 소리가 분명하게 들려오자 그녀는 벌떡 일어나 가운을 걸치고 방을 나갔다. 아버지는 문손잡이를 잡고 서 있었다. 이 시간에 어딜 가시는 거예요, 마르타가 물었다. 뭐, 그냥, 시프리아노 알고르가 말했다. 아버지가 어딜 가시든 제가 상관할 일이 아니라는 건 알아요, 아버지는 마음대로 행동하실 수 있는 어른이시니까, 하지만 마치 이 집에 아버지 혼자 사시는 것처럼 한마디 말도 없이 그냥 사라지시는 건 안 돼요. 마르타, 난 지금 여기서 이러고 있을 시간이 없어. 왜요, 여섯 시가 넘어서야 거기 도착하게 될까 봐서요, 마르타가 물었다. 내가 어딜 가려는지 네가 벌써 알고 있다면 설명할 필요도 없겠구나. 그래도 아버지 때문에 아버지 사위가 곤란해질지도 모른다는 생각은 해보셔야죠. 네 말대로 나는 마음대로 행동할 수 있는 어른이다. 그러니 내가 무슨 짓을 하든 마르살한테 책임을 묻는 사람은 없을 거야. 마르살의 상관들은 아마 생각이 다를걸요. 아무한테도 눈에 띄지 않게 하마, 혹시 누가 나를 보고 빨리 나가라고 하면, 내가 몽유병 환자라고 하면 돼. 지금은 농담할 때가 아니에요. 그래, 그럼 진지해지지 뭐. 그럼 저도 진지해져야겠네요. 저 아래에서 지금 무슨 일이 벌어지고 있다, 난 그게 뭔지 꼭 알아야 돼. 그게 뭐든 영원히 비밀로 묻힐 수는 없어요, 그리고 마르살이 근무를 마치고 와서 전부 말해 주겠다고 했단 말이에요. 그건 반가운 얘기지만, 남의 말을 듣는 걸로는 충분하지 않아, 난 내 눈으로 직접 보고 싶다. 정 그렇게 가셔야겠다면 가세요, 여기서 절 그만 괴롭히시고요, 마르타가 울면서 말했다. 아버지가 그녀에게 다가와 어깨를 끌어안았다. 얘야, 울지 마라, 그가 말했다, 제일 견딜 수 없는 게 뭔지 아니, 우리가 여기로 이사 온 후로 달라졌다는 거야. 그는 딸에게 입을 맞추고 밖으로 나가 천천히 문을 닫았다. 마르타는 담요와 책 한 권을 가져와서 거실의 작은 소파에 앉아 무릎을 감쌌다. 도대체 얼마나 기다려야 하는지 알 수 없었다.

시프리아노 알고르의 계획은 간단하기 짝이 없었다. 그는 화물 승강기로 지하 오 층까지 내려간 다음 운명과 우연에 자신을 맡겨버릴 생각이었다. 이것보다 더 적은 무기를 가지고도 전쟁에 이긴 사람들이 있어, 그는 속으로 생각했다. 그러고 나서 너무 한쪽으로만 치우치지 않기 위해서 이렇게 덧붙였다, 하지만 진 사람은 훨씬 더 많지. 그는 화물 승강기가 전적으로 물건을 운반하기 위해 만들어진 탓인지 폐쇄회로 카메라가 설치되어 있지 않다는 사실을 진작부터 눈치채고 있었다. 적어도 그의 눈에는 감시 카메라가 보이지 않았다. 게다가 설사 다른 것으로 위장된 자그마한 감시 카메라가 있다 해도, 경비원들은 아마 건물 외부, 상점, 놀이시설에만 신경을 쓸 터였다. 그의 이런 생각이 맞는지는 이제 곧 판명될 것이다. 지상의 거주구역이 지하의 열 개 층과 함께 하나의 블록을 이루고 있다면, 건물 앞쪽과 가장 가까운 화물 승강기를 사용하는 편이 가장 좋을 것이다. 그러면 지하, 특히 그가 관심을 갖고 있는 지하 오 층에 쌓여 있을 것으로 짐작되는 수천 개의 컨테이너 사이를 빠져나가느라 시간을 낭비할 필요가 없을 테니까. 그래서 그는 정작 탁 트인 공간이 나왔을 때도 그리 놀라지 않았다. 발굴현장으로 쉽게 접근할 수 있도록 상품을 모두 치워놓은 모양이었다. 두 개의 기둥 사이에 있는 지지벽의 한 부분이 부서져 있었는데, 그곳이 바로 입구였다. 시계를 보니 두시 사십오분이었다. 희미하게나마 불이 켜져 있었는데도, 이제부터 그를 집어삼키려 하는 저 심연 같은 발굴현장에 어둠을 밝히는 불이 켜져 있는지 어떤지 도저히 알 수 없었다. 손전등을 가져올걸, 그는 속으로 생각했다. 그런데 그때 어두운 곳에 들어가자마자 그 안에 무엇이 있는지 파악하고 싶다면, 눈을 감고 안으로 들어가서 눈을 뜨는 것이 가장 좋은 방법이라는 얘기를 어디선가 읽은 기억이 났다. 그거야, 그는 생각했다. 그 방법을 써야겠다, 눈을 감고 지구의 중심으로 뛰어드는 거야. 하지만 그가 뛰어든 곳은 어둠 속이 아니었다. 왼쪽에는 바닥과 거의 같은 높이에서 희미한 빛이 빛나고 있었는데, 몇 걸음 앞으로 나아가다 보니 그것이 일렬로 늘어선 전구들에서 나오는 빛임을 알 수 있었다. 그 빛은 층계참으로 통하는 지저분한 진입로를 비춰주고 있었고, 층계참에서 아래쪽으로 또다른 진입로가 있었다. 침묵이 너무 깊고 짙어서 시프리아노 알고르는 자신의 심장이 뛰는 소리까지 들을 수 있었다. 자, 간다, 그는 속으로 생각했다, 불쌍한 마르살 녀석이 아주 혼이 달아날 정도로 놀라겠는걸. 그는 진입로를 걸어 내려가서 층계참을 지나 또다른 진입로를 내려갔다. 그리고 또다른 층계참이 나오자 걸음을 멈췄다. 그의 앞쪽으로 양편에 실내로 곧장 빛이 떨어지지 않도록 전등 두 개가 켜져 있었다. 그 불빛에 길쭉한 동굴 입구가 드러났다. 오른쪽의 깨끗한 바닥에는 작은 굴착기 두 대가 서 있었다. 마르살은 나지막한 벤치 위에 앉아 있었는데, 그 옆에는 손전등이 놓인 탁자가 있었다. 그는 아직 장인을 보지 못했다. 시프리아노 알고르는 반쯤 어둠에 잠긴 마지막 층계참에서 모습을 드러내며 큰소리로 외쳤다, 놀라지 말게, 나야. 마르살이 벌떡 일어났다. 그가 달리 할 수 있는 일이 뭐가 있었겠는가. 그는, 이런, 아버님을 여기서 보다니 굉장한걸요, 아버님이 먼저 말씀하시죠, 라고 태연하게 대답하고 싶었다. 하지만 그는 장인이 바로 앞까지 와서 섰을 때야 비로소 간신히 힘들게 입을 열었다, 여긴 뭐 하러 오셨어요, 도대체 무슨 생각으로 여기까지 내려오신 거예요. 하지만 논리적으로는 화를 내야 마땅한 상황인데도 그의 목소리에는 분노가 없었다. 그는 악한 정령이 나타난 것이 아니라는 사실을 깨닫고 안심하는 기색이 역력했을 뿐만 아니라, 약간 쑥스러운 만족감을 느끼고 있는 것 같았다. 그것은 강한 감사의 마음과도 비슷했다. 그가 이 순간에 이런 감정을 느꼈음을 언젠가 인정할지는 잘 모르겠지만. 여긴 뭐 하러 오셨어요, 그가 다시 말했다. 그냥 한번 보러 왔지, 시프리아노 알고르가 말했다. 누가 보기라도 하면 제 입장이 곤란해질 거라는 생각은 아예 해보시지도 않았죠, 제가 이 일 때문에 직장을 잃을지도 모른다는 생각이 안 들던가요. 그냥 사람들한테 자네 장인이 멍청하고 무책임한 바보라고 말하게, 구속복을 입혀서 정신병원에 가둬놓아야 하는 사람이라고 말이야. 아, 그래요, 그게 퍽이나 효과가 있겠네요. 시프리아노 알고르는 동굴 쪽을 바라보며 말했다, 안에 뭐가 있는지 봤나. 예, 마르살이 말했다. 뭐가 있던가. 가서 직접 보세요, 필요하면 손전등도 가져가시고요. 자네도 같이 가세. 아뇨, 저도 혼자 가서 봤어요. 무슨 길 같은 게 표시되어 있나, 통로 말이야. 아뇨, 그냥 쭉 왼쪽으로만 걸어가시면 돼요, 절대 벽에서 손을 떼면 안 돼요, 그러면 끝에서 원하던 걸 찾아내실 수 있을 거예요. 시프리아노 알고르는 손전등을 켜고 출발했다. 눈을 감는 걸 깜빡했네, 그는 속으로 생각했다. 입구 양 편의 두 전등에서 나오는 간접 조명은 그가 서 있는 곳에서 삼사 미터쯤 되는 곳까지만 밝혀주었다. 그 너머는 사람의 몸속처럼 새까맸다. 비록 고르지는 않지만 상당히 완만한 경사로가 있었다. 시프리아노 알고르는 왼손을 벽에 대고 아주 조심스레 내려가기 시작했다. 중간에 오른쪽으로 단상과 벽 같은 것이 보인 것 같았다. 그는 돌아오는 길에 저것이 무엇인지 살펴봐야겠다고 속으로 다짐했다, 아마 흙을 떠받치는 구조물일 거야. 그러고 나서 그는 계속 아래로 내려갔다. 이미 상당히 걸어온 것 같았다. 삼사십 미터쯤 될까. 그는 동굴 입구 쪽을 돌아보았다. 조명이라고는 두 개의 전등밖에 없는 입구가 아주 멀어 보였다. 아직 그렇게 멀리까지 오진 않았어, 그는 속으로 생각했다, 그냥 거리 감각을 잃은 것뿐이야. 두려움이 음험하게 신경을 긁기 시작하는 것이 느껴졌다. 그런데 자기가 아주 용감하고, 마르살보다 훨씬 더 나은 사람이라고 생각했다니. 당장이라도 꼬리를 말고 허둥지둥 위로 올라가고 싶은 생각이 간절했다. 그는 벽에 몸을 기대고 숨을 깊이 들이쉬었다. 도망치느니 차라리 죽고 말지. 그는 이렇게 말하고 나서 다시 걷기 시작했다. 갑자기 앞에 벽이 나타났다. 마치 그가 지금까지 따라오던 벽이 직각으로 꺾어진 것 같았다. 마침내 동굴의 끝에 다다른 것이다. 그는 손전등으로 바닥을 비춰 바닥이 단단한지 확인하면서 걸음을 두 번 떼었다. 그리고 세 번째 걸음을 떼려고 하는데 오른쪽 무릎에 뭔가가 세게 부딪쳤다. 그는 비명을 질렀다. 충격 때문에 손전등 불빛이 깜박거렸다. 한 순간 그의 눈앞에 돌 의자 같은 것이 나타났다 사라지고, 뭔지 알 수 없는 형체들이 줄지어 나타났다 사라졌다. 시프리아노 알고르의 사지가 격렬하게 떨렸다. 그의 용기는 닳아빠진 밧줄처럼 흔들리고 있었다. 하지만 그의 내면에서 정신 차리라고 외치는 목소리가 들려왔다, 그새 잊어버렸어, 도망치느니 차라리 죽겠다며. 그는 떨리는 손으로 손전등을 움직여 천천히 하얀 바위를 훑었다. 바위는 검은 천 조각들에 붙들려 있었다. 손전등을 조금 더 위로 올리자 그 위에 앉아 있는 인간의 모습이 드러났다. 그 옆에는 하얀 바위를 붙들고 있는 것과 똑같은 검은 천에 덮인 시체 다섯 구가 더 있었다. 다들 똑바로 앉아 있었다. 마치 그들을 바위에 고정시키기 위해 누군가가 금속 막대를 두 개골 속으로 박아 넣은 것처럼. 동굴의 매끈한 뒤쪽 벽은 시체들의 텅 빈 눈구멍으로부터 열 뼘쯤 떨어진 곳에 있었다. 시체들의 눈구멍 속에 있던 눈동자는 이미 먼지가 되어 사라지고 없었다. 이게 뭐지, 시프리아노 알고르는 혼자 중얼거렸다, 이건 무슨 악몽이야, 이 사람들은 누구지. 그는 가까이 다가가서 바싹 마른 검은색의 머리들을 손전등으로 비춰보았다. 이건 남자고, 이건 여자고, 남자, 여자, 남자, 여자. 남자 셋에 여자 셋이군. 시체들의 목이 움직이지 않도록 매어둔 밧줄의 잔해가 보였다. 그가 손전등을 아래쪽으로 내리자 똑같은 밧줄이 다리에도 둘러져 있었다. 그때 천천히, 아주 천천히, 마치 스스로를 드러내기 위해 전혀 서두를 필요가 없지만 진실을 밝히기 위해, 지극히 어둡고 은밀한 구석에 숨은 진실까지 모두 밝히기 위해 찾아온 빛처럼 시프리아노 알고르 자신이 다시 가마로 들어가는 모습이 보였다. 가마를 지은 인부들이 남겨두고 간 돌 의자도 보였다. 그는 그 의자에 앉아 마르살의 목소리를 들었다. 하지만 지금은 마르살이 다른 말을 하고 있었다. 마르살이 멀리서 걱정스러운 듯 자꾸만 그를 불렀다, 아버님, 제 목소리 들리세요, 뭐라고 말을 좀 해보세요. 그의 목소리가 동굴 안에서 메아리쳤다. 메아리가 벽에 부딪혔다 튀어나와 여러 개로 늘어난다. 만약 마르살이 잠시 입을 다물고 조용히 하지 않는다면 우리는 역시 메아리처럼 희미하게 들리는 시프리아노 알고르의 목소리를 들을 수 없을 것이다, 난 괜찮아, 걱정 말게, 금방 나갈 거야. 두려움은 이미 사라지고 없었다. 손전등의 불빛이 시체들의 망가진 얼굴을 다시 한 번 쓰다듬었다. 뼈와 가죽만 남아 무릎 위에 포개진 손도. 하지만 그것으로 끝이 아니었다. 시프리아노 알고르가 인간적인 수준을 넘어 종교적이라고 해도 될 만큼 조심스럽게 첫 번째 여자의 바싹 마른 이마를 만질 때, 손전등 불빛이 그의 손을 인도해 주었다. 이제 여기에는 더 이상 할 일이 없었다. 시프리아노 알고르는 모든 것을 이해했다. 가도 가도 빠져나올 수 없는 갈보리 언덕의 돌고 도는 길처럼 다시 올라가는 길은 느리고 고통스러웠다. 마르살이 그를 맞이하러 아래로 내려와 있다가 손을 뻗어 그를 도와주었다. 어둠 속에서 빛이 있는 곳으로 나왔을 때 두 사람은 서로의 몸에 팔을 두른 모습이었다. 언제부터 팔을 두르고 있었는지는 두 사람 자신도 알 수 없었다. 힘이 모두 빠져버린 시프리아노 알고르는 벤치에 털썩 주저앉아 탁자 위에 엎드렸다. 어깨가 소리 없이, 거의 알아보기 어려울 정도로 미세하게 떨리더니, 그가 울기 시작했다. 괜찮아요, 아버님, 저도 울었어요, 마르살이 말했다. 잠시 후 어느 정도 정신을 차린 시프리아노 알고르가 침묵 속에서 사위를 바라보았다. 자신이 그를 얼마나 좋아하는지 알릴 수 있는 더 좋은 방법이 없다는 듯이. 그러다가 그가 물었다. 저게 뭔지 자네는 아나. 예, 옛날에 어디선가 읽은 기억이 나요, 마르살이 대답했다. 그럼 저기서 우리가 본 것이 절대 현실일 리 없다는 것도 알고 있나. 예, 알아요. 그런데 난 저기서 어떤 여자의 이마를 내 손으로 만져봤네, 그건 환상이 아니었어, 꿈도 아니고, 만약 지금 저 안에 다시 들어가 보면 아까하고 똑같이 남자 셋과 여자 셋이 있을 거야, 그 사람들을 묶어 놓은 밧줄도, 돌 의자도, 시체들 앞의 벽도 다 그대로일걸세. 그 다른 종족이라는 건 절대 존재한 적이 없으니까 저 사람들이 다른 종족일 리 없어요, 그렇다면 도대체 누굴까요, 마르살이 물었다. 나도 모르겠네, 하지만 저걸 보고 나니까 우리는 어떤 것에 대해서 그것이 존재하지 않는다고 주장하지만, 사실은 그 주장 자체가 허구인지도 모르겠다는 생각이 들어. 시프리아노 알고르는 천천히 일어섰다. 다리가 여전히 후들거렸지만, 몸에는 전체적으로 어느 정도 힘이 돌아와 있었다. 그가 말했다. 저 아래로 내려가던 도중에 벽이랑 연단 같은 것이 옆에 있는 것 같다는 느낌이 잠시 들었네, 자네가 저기 전등 하나만 방향을 바꿔줄 수 있다면. 그가 말을 다 마치기도 전에 마르살이 핸들을 돌리고 레버를 조작하기 시작했다. 빛이 바닥으로 점점 번져나가다가 마침내 동굴을 좌우로 가로지르는 벽의 밑동에 닿았다. 하지만 그 벽이 동굴 벽에 맞닿아 있지는 않았다. 연단 같은 것도 없었다. 그냥 벽을 따라 통로가 나 있을 뿐이었다. 빠진 건 하나뿐이로군, 시프리아노 알고르가 중얼거렸다. 그는 앞으로 몇 걸음

걸어가다가 갑자기 걸음을 멈췄다. 여기 있다, 그가 말했다. 바닥에 커다란 검은색 얼룩이 있었다. 마치 오랫동안 그곳에 불이 피워져 있었던 것처럼 불에 그을린 자국이었다. 이제는 다른 종족이 존재했는지 아닌지 궁금해할 필요도 없구먼, 시프리아노 알고르가 말했다, 증거가 여기 있으니 말이야, 물론 사람마다 각자 다른 결론을 내리겠지만, 난 이미 결론을 내렸네. 전등이 원래 자리로 돌아가고, 어둠도 다시 제자리를 찾았다. 시프리아노 알고르가 물었다, 내가 여기 같이 있어줄까. 아뇨, 괜찮아요, 마르살이 말했다, 빨리 집에 가보세요. 마르타가 걱정이 돼서 죽을 지경일 테니까요, 틀림없이 최악의 경우를 상상하고 있을걸요. 그럼 조금 있다 보세. 예, 아버님. 그러고는 잠시 침묵이 흐르다가 마르살이 마치 속을 열어 보이면서 동시에 뒷걸음질을 치는 사춘기 소년처럼 반쯤 쑥스러운 미소를 지으며 말했다, 와주셔서 고맙습니다.

　시프리아노 알고르는 지하 오 층에 도착했을 때 시간을 확인했다. 네시 반이었다. 화물용 승강기가 그를 삼십사 층까지 실어다 주었다. 그를 본 사람은 아무도 없었다. 마르타가 소리 없이 문을 열어주더니, 닫을 때도 각별히 주의를 기울였다. 마르살은 어때요, 그녀가 물었다. 걱정 마라, 그 녀석은 괜찮아, 네 남편은 아주 좋은 녀석이야. 그래, 거기서 뭐가 발견된 거예요. 우선 좀 앉았으면 좋겠다, 아주 흠씬 얻어 맞고 온 기분이야, 이런 일을 감당하기에는 너무 늦었어. 그래서 거기서 뭐가 발견된 거예요, 마르타는 아버지와 함께 자리를 잡고 앉은 후 다시 물었다. 거기 시체가 여섯 구 있더라, 남자 셋, 여자 셋. 그렇게 놀랄 일도 아니네요, 그럴 거라고 짐작하고 있었으니까, 틀림없이 인간의 유해가 나왔을 거라고요, 땅을 파다 보면 자주 있는 일이죠. 하지만 그게 무슨 미스터리라도 되는 것처럼 비밀로 꼭꼭 감추고 엄중하게 경비한다는 게 이해가 안 돼요, 뼈가 어디로 달아날 것도 아닌데, 뼈를 훔쳐봤자 어디 쓸 데가 있는 것도 아니고요. 나랑 같이 갔다면 너도 모든 걸 이해했을 거다, 사실 네가 갔다 올 시간이 아직 충분하지. 말도 안 되는 소리는 그만하세요. 거기서 내가 본 걸 너도 봤다면 말도 안 되는 소리라고는 못할 거다. 거기서 뭘 보셨는데요, 죽은 사람들은 누구고요. 그 사람들은 우리다, 시프리아노 알고르가 말했다. 무슨 말씀이세요. 그 사람들은 우리야, 나, 너, 마르살, 센터 전체, 어쩌면 이 세상 전체일 수도 있고. 좀 알아듣게 말씀해 보세요. 그럼 잘 들어라. 이야기를 마치는 데는 삼십 분이 걸렸다. 마르타는 아버지의 말을 한 번도 끊지 않고 귀를 기울였다. 이야기가 끝났을 때, 그녀가 한 말은 간단했다. 예, 아버지 말씀이 맞는 것 같아요, 그 사람들은 우리예요. 그러고 나서 두 사람은 마르살이 도착할 때까지 아무 말도 하지 않았다. 마르살이 들어오자 마르타가 그를 세게 끌어안았다. 이제 우린 어쩌지. 하지만 마르살이 미처 대답하기도 전에 시프리아노 알고르가 단호한 목소리로 말했다, 너희들 인생을 어떻게 할 건지는 너희들이 결정해라, 난 떠나겠다.

아버지 물건들은 여기 있어요, 마르타가 말했다, 물건이 별로 없어요, 작은 여행 가방에 충분히 넣을 수 있을 정도니까, 누가 보면 아버지가 여기서 겨우 삼 주만 머무르다 떠날 걸 미리 알고 있었다고 할 거예요. 살다 보면 자기 몸 하나만 가지고 다녀도 충분할 때가 있는 법이다. 시프리아노 알고르가 말했다. 좋은 말이긴 한데, 아버지가 앞으로 어떻게 사실지 걱정이에요. 들판의 백합을 생각해 봐, 백합은 힘들여 일을 하지도 않고 실을 만들어내지도 않잖니. 그것도 좋은 말이긴 한데, 그래서 백합은 백합일 수밖에 없는 거잖아요. 너무 어두운 생각만 하는구나, 기분 나쁠 정도로 냉소적이야. 아버지, 제발 이러지 마세요, 전 지금 심각해요. 그래, 미안하다. 아버지, 이번 일이 아버지한테 충격이었다는 건 알아요, 거기에 아예 가보지도 않은 저도 충격을 받았으니까, 그 시체들이 단순한 시체가 아니라는 건 저도 알아요. 그만해라, 내가 더이상 여기서 살고 싶지 않은 건 바로 그 사람들이 단순한 시체가 아니기 때문이야. 그럼 저희는요, 저희는 어쩌라고요, 마르타가 물었다. 너희 인생을 어떻게 할 건지는 너희가 직접결정해야지, 나는 이미 결정을 내렸다, 난 돌 의자에 묶여서 벽만 바라보며 여생을 보내고 싶지는 않아. 하지만 어떻게 사시려고요. 글쎄, 센터에서 인형 값으로 준 돈이 있으니 그걸로 한두 달 정도는 살 수 있을 거다, 그 다음 일은 그때 가서봐야지. 그거야 그렇죠, 하지만 전 지금 돈 얘길 하는 게 아니에요, 어떤 식으로든 아버지는 먹고 입는 데 필요한 돈을 충분히 벌 수 있을 거예요, 제가 걱정하는 건 아버지가 혼자 살아야 한다는 점이라고요. 파운드가 있잖아, 그리고 너희들도가끔 날 만나러 올 거고. 아버지. 왜. 이사우라는요. 이사우라가 이 일하고 무슨 상관이야. 두 분의 상황이 바뀌었다고 하셨잖아요, 어떻게 바뀌었는지 이유가 뭔지는 말씀해 주지 않으셨지만, 분명히 상황이 바뀌었다고 하셨어요. 그래, 사실이다. 그러니까. 그러니까 뭐. 저기, 두 분이 같이 사실 수도 있잖아요. 시프리아노 알고르는 아무 말도 하지 않았다. 그는여행가방을 집어들고 말했다, 그럼 이만 가봐야겠다. 딸이 그를 끌어안았다. 다음에 마르살이 쉬는 날 저희가 갈게요, 하지만 그 전에도 계속 연락하세요, 집에 도착하면 전화해서 집이 어떤지 얘기해 주셔야 돼요, 파운드도요, 파운드를 잊어버리시면 안 돼요. 시프리아노 알고르는 한 발을 문 밖으로 내

딛은 후 이렇게 말했다. 내 대신 마르샬한테 인사를 전해다오. 벌써 인사하셨잖아요. 그래, 하지만 한 번 더 안아줘. 그는 복도 끝에서 뒤를 돌아보았다. 딸이 문간에 서서 한손을 흔들었다. 다른 손으로는 울음이 터져나오는 것을 막으려고 입을 가리고 있었다. 금방 또 볼 거야, 그가 말했다. 하지만 그녀는 아버지의 말을 듣지 못했다. 화물용 승강기가 그를 차고로 실어다 주었다. 이제 승합차가 어디에 주차되어 있는지 찾아서 삼 주 동안 전혀 쓰지 않았는데도 시동이 걸리는지 확인만 하면 되었다. 가끔 배터리가 말썽을 부리기도 하니까. 그것만 괜찮으면 아무 문제없어, 그는 불안한 마음으로 생각했다. 하지만 걱정은 걱정으로 끝났다. 승합차는 자신의 임무를 훌륭히 수행했다. 처음 한두 번은 시동이 걸리지 않았던 것이 사실이지만, 세 번째에는 마치 엔진이 한 대 더 있는 것처럼 부릉부릉 엄청난 소리를 내며 시동이 걸렸다. 몇 분 후, 시프리아노 알고르는 대로를 따라 차를 몰고 있었다. 정확히 말해서 도로가 탁 트여 있다고 할 수는 없었지만, 최악의 상황은 아니었다. 비록 속도가 느리기는 해도 그는 다른 차들과 함께 움직이고 있었다. 차가 막히는 것은 별로 놀라운 일이 아니었다. 자동차들은 일요일을 사랑하니까. 자동차를 가진 사람이라면 이른바 심리적 압박이라는 것에 저항하기가 거의 불가능하다. 자동차가 말을 하지 못해도, 그냥 자동차만 보고도 주인들이 충동을 느끼는 것이다. 그는 마침내 시내를 빠져나와 교외를 지났다. 조금 있으면 판자촌이 나올 것이다. 지난 삼 주 동안 판자촌이 도로변까지 세력을 넓혔을까. 아니, 도로와 판자촌 사이에는 아직 삼십 여 미터쯤 간격이 있었다. 판자촌을 지나면 산업벨트가 나온다. 공장 몇 곳이 중단 없는 생산을 새로운 종교로 신봉하고 있는 것처럼 보인다는 점을 빼면, 산업벨트는 거의 완벽한 정적에 빠져 있었다. 이제 우울한 그린벨트 지역에 이르렀다. 황량하고 지저분한 회색 온실들. 딸기가 제 색깔을 잃어버리고 있는 것은 바로 이 온실들 때문이다. 이미 속이 하얗게 변하기 시작한 딸기는 오래지 않아 겉까지 하얗게 변할 것이다. 그래서 맛도 전혀 느낄 수 없게 되었다. 왼쪽으로 저 멀리 나무가 보이는 곳, 그래 부케처럼 나무들이 몰려 있는 곳에는 아직 아무도 발굴하지 않은 중요한 고고학 유적이 있다. 이건 믿을 만한 사람한테서 들은 얘기다. 유적을 직접 만든 사람의 입에서 이런 정보를 듣는 행운은 매일 찾아오는 게 아니다. 시프리아노 알고르는 삼십 사 층의 봉인된 창가에서 목을 길게 빼야만 간신히 해와 별을 볼 수 있는 센터에서 어떻게 삼 주 동안 입을 다물고 있었는지 모르겠다는 생각이 들었다. 밖으로 나오면 비록 폭이 줄어들고 악취가 날망정 이렇게 강이 있고, 낡아서 못쓰게 되었을 망정 다리가 있고, 한때 사람들이 살던 집들의 잔해가 있고, 그가 태어나서 자란 마을이 있는데 말이다. 마을의 한가운데에는 대로가 있고, 한쪽 옆에는 광장이 있었다. 저기 저 사람들, 저 남자와 여자는 마르살의 부모이다. 이 긴 이야기 속에서 우리가 그들의 모습을 직접 보는 것은 이번이 처음이다.

지금 그들을 보면, 지금까지 이 이야기 속에 묘사되었던 것처럼 험악한 사람들이라는 생각이 전혀 들지 않을 것이다. 실제로 그들이 험악한 사람들이라는 증거를 이미 충분하고도 넘칠 정도로 우리에게 보여주었지만 말이다. 그래서 외모만 보고 사람을 판단하는 것은 위험한 일이다. 외모에 속으면 항상 나쁜 일이 일어난다. 시프리아노 알고르는 창 밖으로 팔을 내밀어 마치 절친한 친구에게 하듯 손을 흔들었다. 사실 그가 손을 흔들지 않았더라면 더 좋았을 것이다. 마르살의 부모는 아마 그가 자기들을 놀린다고 생각할 테니까. 하지만 시프리아노 알고르는 그들을 놀릴 생각이 전혀 없었다. 단지 기분이 좋아서 그런 행동을 했을 뿐이다. 이제 삼 분만 있으면 이사우라를 만날 것이고, 파운드를 품에 안을 수 있을 것이다. 아니, 시프리아노 알고르가 이사우라를 품에 안고 파운드는 두 사람 옆에서 주의를 끌려고 펄쩍펄쩍 뛸 것이라고 말하는 편이 옳을 것이다. 그는 광장을 지나갔다. 그런데 갑자기 아무런 예고도 없이 시프리아노 알고르의 심장이 죄어들기 시작했다. 그는 경험을 통해 알고 있다. 두 사람 모두 알고 있다. 오늘 아무리 행복하다 해도 내일의 고통이 줄어들지는 않는다는 것을. 이 샘의 물로 사막에서 느끼는 갈증을 해소할 길이 없다는 것을. 난 실업자야, 실업자야, 그가 중얼거렸다. 마르타가 앞으로 어떻게 살 거냐고 물었을 때 공연히 허세를 부리거나 핑계를 대지 말고 이렇게 대답했어야 했다. 난 실업자야. 시프리아노 알고르는 센터에서 더 이상 도자기를 사지 않겠다는 이야기를 듣고 돌아오던 날 그랬던 것처럼, 똑같은 도로, 똑같은 지점에서 자동차의 속도를 늦췄다. 이사우라의 집에 가고 싶지 않기도 했고, 이미 그곳에 가 있었으면 좋겠다는 생각이 들기도 했다. 그렇게 생각이 오락가락하는 사이에 그는 이사우라 마드루가가 살고 있는 거리 모퉁이에 이르렀다. 바로 저기 저 집이다. 갑자기 승합차가 속력을 내더니, 또 갑자기 멈춰 섰다. 시프리아노 알고르가 갑자기 튀어나와 서둘러 계단을 올라가서 다짜고짜 초인종을 눌렀다. 한 번, 두 번, 세 번. 그런데 문을 열러 나오는 사람이 없었다. 안에서 누구냐고 묻는 사람도 없었다. 이사우라의 모습은 나타나지 않았고, 파운드가 짖는 소리도 들리지 않았다. 내일 도착 예정이던 사막이 일찍 도착해 버린 모양이다. 분명히 둘 다 안에 있을 텐데, 오늘은 일요일이잖아, 쉬는 날인데, 그는 속으로 생각했다. 당황한 그는 승합차로 돌아가서 팔짱을 낀 채 운전석에 앉았다. 이웃들에게 가서 물어보는 것이 정상이겠지만, 그는 항상 다른 사람들에게 자신의 사생활을 알리기 싫어했다. 사실 우리가 어떤 사람에 대해 물어볼 때는 우리 자신에 대해 생각보다 훨씬 더 많은 말을 하게 된다. 다행히도 대부분의 사람들은, 혹시 이사우라 마드루가를 보셨나요, 같은 순수한 질문 뒤에 숨은 의미를 눈치채는 훈련이 되어 있지 않다. 시프리아노 알고르는 이 분 동안 조금 더 생각을 해본 후, 차를 세워놓고 집 밖에서 기다리는 것도 이웃들에게 가서 이사우라가 외출하는 것을 보았느냐고 물어보는 것 못지않게 수상쩍은 행동이라는 것을 깨달았다. 차를 몰고 한 바퀴 돌다 와야겠다, 그는 속으로 생각했다. 도중에 이사우라와 파운드를 우연히 만날지도 몰라. 하지만 차를 몰고 마을을 한 바퀴 돌아봐도 아무 소득이 없었다. 이사우라와 파운드가 지상에서 사라져버린 것 같았다. 시프리아노 알고르는 집으로 가기로 했다. 이사우라의 집에는 오후 늦게 다시 와볼 것이다. 아마 둘이서 어딜 간 모양이야, 그는 속으로 생각했다. 승합차의 엔진이 귀향의 노래를 부르고 운전석에 앉은 사람의 눈에 뽕나무의 가장 높은 가지가 벌써 보이기 시작했을 때, 갑자기 검은 번개처럼 파운드가 오르막길 꼭대기에 나타나 미친 듯이 짖어대며 언덕을 달려 내려오기 시작했다. 시프리아노 알고르는 심장이 멈추는 것 같았다. 개 때문은 아니었다. 아무리 개를 사랑한다 해도 그 정도는 아니었으니까. 그가 놀란 것은 파운드가 이곳에 혼자 있지 않을 것이라는 생각 때문이었다. 만약 녀석이 혼자가 아니라면, 녀석과 함께 있을 사람은 이 세상에 한 명밖에 없다. 승합차의 문을 열자 파운드가 그의 품속으로 뛰어들었다. 결국은 그가 파운드를 가장 먼저 끌어안게 된 셈이다. 녀석은 그의 얼굴을 핥으며 그의 시야를 가렸다. 오르막길 꼭대기에 깜짝 놀란 이사우라 마드루가의 모습이 나타난다. 지금 당장 모든 움직임을 멈추기 바란다. 아무도 말하지 말고, 움직이지도 말고, 끼어들지도 말아야 한다. 지금이야말로 진정 감동적인 순간이니까. 승합차가 언덕을 올라가고, 여자가 먼저 두 걸음을 떼더니 그대로 멈춰 선다. 여자가 양손으로 가슴을 꼭 누르고 있는 모습을 보라. 마치 꿈속으로 들어가듯이 승합차에서 나오는 시프리아노 알고르의 모습을 보라. 그의 뒤를 따라가다가 주인의 다리에 걸린 파운드의 모습을 보라. 물론 파운드가 주인의 다리에 걸렸다고 해서 나쁜 일은 전혀 일어나지 않겠지만 말이다. 우리에게 필요한 것은 이것뿐이다. 주인공 중 한 명이 이 절정의 순간에 아름답지 못하게 비틀거리는 모습. 서로 끌어안고 입 맞추고, 입 맞추고, 끌어안는 모습. 서로를 집어삼킬 듯 사랑하는 사람들이 상대가 자신을 집어삼켜 주기를 간절히 바란다는 사실을 도대체 몇 번이나 말해야 하는가. 사랑은 항상 이런 식이다. 항상. 다만 때로 그런 모습이 더 많이 드러나는 순간이 있을 뿐이다. 키스와 키스 사이에 시프리아노 알고르가 물었다. 여긴 어쩐 일이오. 하지만 이사우라는 즉시 대답하지 않았다. 두 사람이 처음 나눈 키스와 마찬가지로 다급하게 키스를 주고받은 후에야 그녀는 간신히 숨을 고르고 말을 할 수 있었다. 당신이 떠난 날 파운드가 도망을 쳤어요, 정원 울타리 밑을 파서 빠져나가서는 이곳으로 왔더라고요, 저는 녀석을 데려가려고 했지만 녀석이 말을 들어야지요, 당신이 언제 올지도 모르면서 여기서 당신을 기다릴 작정인 것 같았어요, 그래서 녀석을 여기다 놔두고 제가 먹이와 음식을 갖다주는 게 제일 낫겠다고 생각했죠, 가끔 녀석한테 말동무도 해주고요, 녀석한테 말동무가 필요한 것 같지는 않았지만요. 시프리아노 알고르는 주머니 속에서 집 열쇠를 찾으며 속으로는 계속 생각을 하고 있었다. 같이 들어갑시다, 같이 들어가요. 그는 결국 열쇠를 찾아냈지만 문은 이미 열려 있었다. 사람이 오랜 여행을 마치고 돌아왔을 때는 문이 반드시 열려 있어야 하는 법이다. 그는 문이 열려 있는 이유를 물어보지 않고도 알 수 있었다. 이사우라가 차분히 설명했다. 마르타가 저한테 열쇠를 주고 갔어요, 가끔 들러서 환기도 시켜주고, 먼지도 털어주라고 하더군요, 마침 파운드도 여기 있고 하니 저도 매일 오기 시작했죠, 아침에 가게로 출근하기 전이나 오후에 일을 마친 다음에 들렀어요. 뭔가 다른 할 말이 있는 것 같았지만 그녀의 입술은 빗장 걸린 문처럼 굳게 닫혀선 열리지 않았다. 절대 그 말을 하면 안 돼, 그녀의 입술이 명령했다. 하지만 단어들이 다시 힘을 합쳤고, 이사우라가 난처함을 가리기 위해 할 수 있는 행동이라고는 고개를 숙이고 목소리를 낮추는 것뿐이었다. 한 번은 당신 침대에서 잔 적도 있어요, 그녀가 말했다. 이제 여기서 분명히 밝혀야 할 것이 있다. 이 남자는 도공이므로 육체노동을 하는 사람이다. 지적인 능력이 뛰어나다거나, 직업상 필요한 수준 이상으로 예술적인 교육을 받은 적도 없다. 나이도 상당히 들었고, 그가 젊었을 때는 사람들이 개인적인 감정을 억누르는 것이 정상이었다. 사실 당시 사람들은 다른 사람들의 감정까지 억누르곤 했다. 감정이나 육체적 욕망의 표현을 억제하기 위해서. 사회적으로나 문화적으로 시프리아노 알고르와 같은 계급에 속하는 사람들 중에 감수성이나 지적인 능력 면에서 그를 이길 수 있는 사람이 많지 않은 것은 사실이지만, 지금처럼 모호한 상황에서 그가 아무리 기운차게 집을 향해 걸어가고 있었다 해도, 아직한 번도 함께 누워보지 못한 여자의 입에서 그의 침대에서 잤다는 말을 갑자기 듣고 나면, 걸음을 멈추고 이 대담한 여자를 놀란 시선으로 바라볼 수밖에 없을 것이다. 지금 고백하건대, 남자들은 결코 여자를 이해하지 못할 것이다. 하지만 다행히도, 정확히 어떻게 해야 하는지 잘 알지도 못하는 상태에서 이 남자는 이 상황에 딱 맞는 말을 간신히 찾아낼 수 있었다, 앞으로 당신이 다른 침대에서 자는 일은 절대 없을 거요. 이 말은 당연히 누구나 예상할 수 있는 효과를 냈다. 만약 그가 서로에게 이로운 합의서에 서명을 하는 사람처럼, 좋소, 그렇다면 당신이 내 침대에서 잤으니 나도 당신 침대에서 자겠소, 라고 말했다면 아무런 효과도 기대할 수 없었을 것이다. 이사우라는 시프리아노 알고르의 말을 들은 뒤 그를 끌어안았다. 그녀가 얼마나 열정적으로 그를 끌어안았을지 짐작하기는 어렵지 않다. 하지만 그 순간 그는 갑자기 열정과 아무 상관이 없는 생각을 떠올렸다. 차에서 가방을 가져오는 걸 잊었군, 이것이 그가 한 말이었다. 이 살풍경한 말이 불러올 결과를 전혀 예상치 못한 채, 파운드가 발치에서 펄쩍펄쩍 뛰는 가운데 그는 승합차 문을 열고 여행가방을 꺼냈다. 그가 앞으로 무슨 일이 벌어질지 처음으로 어렴풋이 감지한 것은 부엌으로 들어갔을 때였다. 그리고 침실로 들어갔을 때 그런 느낌을 또 한 번 받았다. 하지만 이사우라가 떨리는 목소리를 감추려고 애쓰면서 아주 돌아온 것이냐고 물었을 때에도 그는 여전히 자신감에 차 있었다. 여행가방은 바닥에서 누가 열어주기를 기다리고 있었다. 하지만 가방을 여는 것이 필요한 일이기는 해도 지금 당장 할 필요는 없다. 시프리아노 알고르는 문을 닫았다. 살다 보면 이런 순간이 있게 마련이다. 천국의 문을 열기 위해 먼저 다른 문을 닫아야 하는 그런 순간이. 삼십 분 후, 썰물 때의 바닷가처럼 평화를 되찾은 시프리아노 알고르는 센터에서 겪은 일을 그녀에게 이야기해 주었다. 동굴이 발견된 것, 비밀주의, 경비 강화, 발굴장소에 자신이 직접 가봤던 것, 그 안의 어둠, 두려움, 돌 의자에 묶여 있던 시체들, 모닥불이 꺼진 자리에 남은 재. 처음에 그가 승합차를 타고 언덕을 올라오는 모습을 봤을 때, 이사우라는 그가 그녀와 떨어져 있는 것을 더 이상 견딜 수 없어서 돌아온 것이라고 생각했다. 여러분도 짐작할 수 있겠지만, 이런 생각이 사랑을 갈망하는 그녀의 가슴을 따뜻하게 해주었다. 하지만 자신의 허리를 잡은 그의 손길을 느끼며 그의 팔을 베고 누운 지금은 그가 말한 이유와 자신이 생각했던 이유가 모두 똑같이 정당한 것 같았다. 게다가 적어도 한 가지 측면, 즉 참을 수 없다는 면에서 두 가지 이유가 모두 똑같다는 점을 감안한다면, 두 가지 이유가 사실상 상호 모순적이라고 생각할 만한 증거가 전혀 없다. 이사우라 마드루가는 오래 된 이야기나 신화에 특별히 정통한 사람이 아니지만, 그녀가 이야기의 요점을 파악하는 데는 간단한 말 한마디로도 충분했다. 그 말이 무엇인지 우리는 이미 알고 있지만, 그 말을 여기서 다시 쓴다고 해서 손해를 볼 것은 없다. 그들은 우리였어.

그날 오후 시프리아노 알고르는 약속대로 마르타에게 전화를 걸어 자신이 무사히 집에 도착했으며, 집도 가족들이 떠난지 겨우 하루밖에 되지 않은 것 같은 모습이고, 파운드가 너무 기뻐서 미친 듯이 날뛰었으며, 이사우라가 안부를 전하더라고 말했다. 지금 어디서 전화를 거시는 거예요, 마르타가 물었다. 당연히 집이지. 그럼 이사우라는요. 지금 나랑 같이 있다. 바꿔줄까. 예, 하지만 그 전에 도대체 어떻게 된 일인지 먼저 듣고 싶어요. 무슨 뜻이냐. 이사우라가 거기 있다면서요. 그게 싫다는 거냐. 말도 안 되는 소리는 그만하세요, 변죽도 그만 울리시고요, 그냥 제 질문에 대답이나 하세요. 알았다, 이사우라는 나랑 같이 있을 거야. 그럼 아버지는요. 우리 둘이 같이 살 거다, 네가 듣고 싶은 말이 그거냐. 수화기 반대편에서 잠시 침묵이 흐르더니 마르타가 이렇게 말했다. 전 정말 기뻐요. 글쎄, 목소리는 그렇지 않은 것 같은데. 제 목소리는 그것하고 아무 상관없어요. 다른 것이랑 상관 있지. 그게 뭔데. 내일이요, 미래. 우리도 앞으로 미래에 대해 생각해 볼 거다. 거짓말은 그만하세요, 현실에 대해 눈을 감지도 말고요, 우리한테 현재는 이미 끝났다는 걸 아버지도 잘 아시잖아요. 너희 둘은 아무 문제없잖니, 우리도 여기서 알아서 할 거다. 저는 아무 문제없지 않아요, 마르샬도 마찬가지고요. 왜. 만약 거기에 미래가 없다면, 여기에도 미래가 없어요. 좀 더 쉽게 설명해 봐라. 아버지, 제 몸 속에서는 아이가 자라고 있어요. 그 아이가 스스로 결정을 내릴 수 있을 만큼 자라면 틀림없이 이런 곳에서 살겠다고 할 거예요, 그리고 자기가 하고 싶어하는 일을 하면서 살겠죠, 하지만 전 이 아이를 여기서 낳지 않을 거예요. 그런 건 예전에 벌써 생각해 봤어야지. 때가 너무 늦어서 잘못을 바로잡을 수 없다는 건 말이 안 돼요, 결과에 대해 전혀 손을 쓸 수 없는 상황이라 해도 마찬가지예요, 사실은 결과에 대해 뭔가 손을 쓸 수 있을지도 모르고요. 어떻게. 우선 마르살하고 진지하게 얘길 해봐야죠, 그러면 뭔가 결과가 나오겠죠. 생각 잘 해라, 너무 서두르지 말고. 너무 조심스럽게 생각하다가 실수를 할 수도 있어요, 아버지, 게다가 제가 아는 한 일을 서두른다고 해서 반드시 나쁜 결과가 나온다는 법도 없고요. 네가 절대 실망하지 않아야 할 텐데. 어머, 전 그렇게 꿈이 크지 않아요, 그냥 이번에만 실망하지 않기를 바랄 뿐이에요. 이것이 아버지와 딸의 대화의 마지막이었다. 괜찮으시다면 이사우라를 바꿔주세요, 이사우라한테 할말이 아주 많아요. 시프리아노 알고르는 수화기를 건네주고 밖으로 나갔다. 공방 안에서는 찰흙 덩어리 하나가 고독하게 말라가고 있고, 가마 안에는 삼백 개의 인형들이 왜 자신들이 완성되지 않는 것인지를 서로에게 묻고 있다. 장작은 화덕으로 옮겨질 때를 헛되이 기다리고 있다. 마르타가 이렇게 말하는 것 같았다, 여기에 미래가 없다면, 거기에도 미래가 없어요. 시프리아노 알고르는 오늘 행복했다. 서로 사랑을 표

472

현했고, 맑은 하늘처럼 사랑을 완성했다. 하지만 지금 먹구름이 모이고 있다. 불안과 두려움의 음험한 그림자. 허리띠를 아무리 졸라맨다 해도, 센터가 인형 값으로 지불한 돈으로는 기껏해야 두 달밖에 버틸 수 없을 것이다. 또한 이사우라 마드루가가 상점에서 버는 돈도 아예 수입이 없는 시프리아노 알고르 자신에 비해 크게 차이가 없을 것이다. 그 다음에는 어쩐다, 그는 뽕나무를 바라보며 물었다. 뽕나무는 이렇게 대답했다, 그 다음에는 항상 그랬듯이 미래가 오겠지, 오랜 친구여.

나흘 후, 마르타에서 다시 전화가 왔다, 내일 저녁 때 저희가 갈 거예요. 시프리아노 알고르는 재빨리 몇 가지 계산을 해보았다. 아직 마르살이 쉬는 날이 아닐 텐데. 맞아요. 그런데. 궁금한 건 우리가 거기 도착한 다음에 물어보세요. 내가데리러 갈까. 아뇨, 신경 쓰지 마세요, 택시를 탈 거예요. 시프리아노 알고르는 이사우라에게 아이들이 오는 것이 이상하다고 말했다. 그리고 이렇게 덧붙였다, 동굴이 발견되는 바람에 관료적인 절차가 헝클어져서 휴가일정이 엉망이 되지 않은 다음에야. 게다가 만약 그런 경우라면 마르타가 분명히 말을 해줬을 거요. 궁금한 건 자기들이 도착한 다음에 물어보라는 말을 하지는 않았겠지. 하루가 지나가는 건 금방이에요, 이사우라가 말했다, 내일이면 어떻게 된 건지 알 수 있겠죠. 하지만 그날 하루는 이사우라의 생각처럼 금방 지나가지 않았다. 하루 종일 생각을 하다 보면 이십사 시간이 아주 길게 느껴진다. 우리가 이십사 시간이라고 한 건 잠을 잔다고 해서 모든 문제가 해결되는 것이 아니기 때문이다. 밤에는 우리 머리에 다른 생각들이 들어와서 커튼을 치고 아무도 모르게 생각을 계속한다. 시프리아노 알고르는 마르타가 뱃속의 아이에 대해 했던 단호한 말을 잊을 수 없었다. 이 아이를 여기서 낳지 않을 거예요. 이건 몹시 단도직입적이고 단호한 말이었다. 뭔가를 확인해 주면서도 스스로를 믿지 못하는 것처럼 보이는 집단들의 조직적인 소음과는 달랐다. 논리적으로 말해서 그가 내릴 수 있는 결론은 하나뿐이었다. 마르타와 마르살이 센터를 떠날 생각이라는 것. 정말로 그럴 생각이라면, 걔들이 크게 잘못 생각한 거야, 시프리아노 알고르가 말했다, 거기서 나온 다음에 뭘 먹고 살려고. 그건 우리도 마찬가지예요, 이사우라가 말했다, 하지만 내가 걱정하는 것처럼 보이나요. 당신은 무기력한 사람들을 보살펴 주시는 신의 섭리를 믿잖소. 아뇨, 믿지 않아요, 그냥 살다 보면 세상의 흐름에 몸을 맡겨야 할 때가 있다고 생각할 뿐이죠, 마치 그 흐름에 반항할 힘이 없는 것처럼, 그러다 보면 어느 날 갑자기 강이 우리에게 이로운 방향으로 흐르고 있다는 걸 깨닫는 순간이 와요, 다른 사람들은 그걸 전혀 눈치채지 못하지만 우리만 그걸 눈치채는 거죠, 누가 우리를 본다면 물 속으로 빠지기 직전이라고 생각할 거예요, 하지만 우리의 항해기술은 절정에 이르러 있죠. 지금이 그런 때이기를 바라는 수밖에. 그는 자신의 희망대로 지금이 그런 때인지 아닌지를 금방 확인할 수 있었다.

474

마르타와 마르살이 택시에서 내리더니 트렁크에서 짐 꾸러미를 몇 개 꺼냈다. 센터로 이사 갈 때 가져간 짐보다 개수가 적었다. 파운드는 신이 나서 정신없이 뛰며 뽕나무 주위를 두 바퀴나 돌았다. 택시가 언덕을 내려가 도시로 향하자 마르살이 말했다. 전 이제 센터 직원이 아니에요. 경비원 일을 그만뒀어요. 시프리아노 알고르와 이사우라는 놀란 표정을 짓지 않아도 될 것 같았다. 놀란 표정을 짓는다 해도 완전히 연극처럼 보일 터였다. 그렇지만 적어도 한 가지만은 물어봐야 할 것 같았다. 아무짝에도 쓸모없는 질문이지만 우리는 도저히 그 질문을 무시하지 못하는 것 같다. 이게 정말로 최선이라고 생각하나. 마르살은 이렇게 대답했다. 이게 최선의 선택인지 최악의 선택인지는 저도 몰라요. 그냥 해야 하는 일을 했을 뿐이에요. 게다가 저만 그런 것도 아니에요. 다른 동료 두 명도 그만뒀거든요. 한 명은 외부경비원이고 다른 한 명은 상주경비원이었어요. 센터 쪽 반응은 어떻던가. 센터에 적응하지 못하는 사람은 센터에서 전혀 쓸모가 없어요. 저는 이미 적응하려는 노력을 그만뒀죠. 이것은 저녁식사 후에 오간 대화였다. 언제부터 자네가 그렇게 된 것 같은가, 시프리아노 알고르가 물었다. 동굴이 저한테는 결정적이었어요, 아버님한테도 그랬던 것처럼요. 그럼 자네 동료 두 명도. 예, 그 사람들도요. 이사우라가 일어나서 식탁을 치우기 시작하자 마르타가 말했다. 그냥 놔두세요, 나중에 저랑 같이 해요, 지금은 앞으로 어떻게 할 건지 결정하는 게 중요해요. 그게, 이사우라는 우리가 세상의 흐름에 몸을 맡겨야 한다고 생각하거든, 시프리아노 알고르가 말했다, 강이 우리에게 이로운 방향으로 흐른다는 걸 깨닫는 순간이 항상 찾아오게 마련이라는구나. 난 항상 그렇다고는 하지 않았어요, 이사우라가 말했다, 그럴 때가 있다고 했죠, 하지만 제 말에는 신경 쓰지 마세요, 그냥 생각해 본 거니까요. 제가 듣기에는 좋은 생각인데요, 마르타가 말했다, 게다가 지금 우리가 겪고 있는 일하고 아주 잘 맞아떨어져요. 그럼 이제 어떻게 해야 할까, 아버지가 물었다. 마르살하고 저는 여기서 먼 곳으로 가서 새로운 삶을 시작할 거예요, 적어도 거기까지는 결정을 내렸어요, 센터하고는 끝장이라고, 공방도 이미 끝장을 봤으니 우리는 순식간에 이 세상에서 이방인이 되어버렸어요. 그럼 우리는, 시프리아노 알고르가 물었다. 제가 아버지한테 뭘 어떻게 하라고 충고할 수는 없어요. 우리가 각자 제 갈 길을 가야 한다는 얘기냐. 아뇨, 그런 게 아니에요, 우리 사정과 아버지 사정이 다를 수 있다는 얘기를 하는 거예요. 내가 한 가지 제안을 해도 될까, 이사우라가 물었다. 솔직히 말해서 나한테 발언권이 있는지는 잘 모르겠지만, 이 집 식구가 된 지 이제 겨우 엿새밖에 안 됐고, 아직도 시험 기간인 것 같으니까, 마치 내가 뒷문으로 몰래 살짝 들어온 것 같은 기분이야. 아주머니는 벌써 몇 달 전부터 우리 집에서 사신 거나 마찬가지예요, 그 물병 사건이 있었을 때부터, 마르타가 말했다. 그리고 아주머니 말씀 중에 다른 부분에 대해서는 아버지가 대답해야 하실 것 같은데요.

내가 들은 말이라고는 이사우라가 할말이 있다는 것뿐이다, 제안할 게 있다고, 그러니까 지금 내가 뭐라고 하는 건 전혀 맞지 않아, 시프리아노 알고르가 말했다. 그럼 아주머니 생각을 말씀해 보세요. 흐름에 몸을 맡겨야 한다는 내 환상하고 관련된 얘긴데, 이사우라가 말했다. 계속하세요. 아주 간단한 얘기야. 아, 무슨 얘긴지 알겠다, 시프리아노 알고르가 말했다. 무슨 얘긴데요, 이사우라가 물었다. 우리도 저 애들하고 같이 가자는 얘기지. 바로 그거예요. 마르타가 깊이 숨을 들이쉬며 말했다, 여자들은 항상 좋은 생각을 해낸다니까. 하지만 성급하게 결정하면 안 돼, 시프리아노 알고르가 말했다. 무슨 말씀이세요, 이사우라가 물었다. 당신한테는 집도 있고, 직업도 있잖소. 그래서요. 그러니까 그냥 모든 걸 버리고 이렇게 떠나는 건. 난 이미 모든 걸 버렸는걸요, 그 물병을 가슴에 안았을 때 이미 모든 것에 등을 돌렸어요. 그때 내가 가슴에 안은 건 바로 당신이라는 사실을 모르는 걸 보니 당신도 남자군요. 이 마지막 말은 갑작스러운 흐느낌 때문에 거의 들리지 않았다. 시프리아노 알고르는 수줍게 손을 뻗어 그녀의 팔을 잡았다. 그녀는 울음이 더욱 거세게 터져나오는 것을 막을 수 없었다. 어쩌면 이런 순간이 반드시 필요했던 것인지도 모른다. 때로는 예전에 흘린 눈물만으로는 충분하지 않아서, 눈물을 다시 토해내야 할 때가 있는 법이다.

준비를 하는 데는 다음날 하루가 꼬박 걸렸다. 마르타와 이사우라는 두 집에서 여행에 필요할 것 같은 물건들을 차례로 골라냈다. 목적지도 없고, 어디서 어떻게 끝나게 될지 아무도 모르는 여행이었다. 두 남자는 파운드가 응원하듯 짖어대는 가운데 승합차에 짐을 실었다. 또다시 이사 준비를 하고 있는 데도 오늘은 파운드가 전혀 걱정하는 기색이 아니었다. 주인들이 자신을 또 버리고 갈 것이라는 생각은 들지 않았으니까. 잿빛 하늘 밑에서 떠나는 날 아침이 밝아왔다. 밤사이 비가 왔기 때문에 마당 여기저기에 물이 조금씩 고여 있었다. 땅에 묶여 있을 수밖에 없는 뽕나무에서는 여전히 물이 뚝뚝 떨어지고 있었다. 이제 갈까, 마르살이 물었다. 그래, 가자, 마르타가 말했다. 그들은 승합차에 올랐다. 두 남자는 앞좌석에, 두 여자는 뒷좌석에. 파운드는 두 여자 사이에 앉았다. 마르살이 막 시동을 걸려고 했을 때, 시프리아노 알고르가 불쑥 말했다, 잠깐. 그는 승합차에서 내려 가마로 갔다. 어딜 가시는 거지, 마르타가 물었다. 뭘 하시려고, 이사우라가 중얼거렸다. 가마 문은 열려 있었다. 시프리아노 알고르는 그 안으로 들어갔다가 금방 나왔다. 재킷을 벗어 거기에 뭔가 무거운 것을 들고 있었다. 아마 인형 몇 개일 것이다. 다른 것일 리가 없었다. 아마 기념품으로 인형을 몇 개 가져가고 싶으신가봐, 마르살이 말했다. 하지만 그건 틀린 생각이었다. 시프리아노 알고르는 집의 출입문으로 가서 인형들을 바닥에 늘어놓기 시작했다. 축축한 땅에 인형들을 단단히 세운 후, 그는 다시 가마로 갔다. 이제 다른 식구들도 모두 승합차에서 나와 다들 아무것도 묻지 않은 채 한 사람씩 가마로 들어가서 인형들을 가지고 나왔다. 이사우라는 바구니든 자루든 뭔가 도움이 될 만한 것을 찾으려고 승합차로 달려갔다. 집 앞의 땅이 점점 인형들로 가득 찼다. 시프리아노 알고르는 공방으로 들어가서 선반 위에 모아둔 불량품 인형들을 아주 조심스레 꺼내 완벽한 완성품들과 함께 놓았다. 비가 내리면 이 인형들은 진흙으로 변할 것이고, 햇빛에 그 진흙이 마르면 흙먼지가 될 것이다. 하지만 그것은 우리 모두가 언젠가 맞게 될 운명이다. 이제 이 인형들은 집 앞뿐만 아니라 가마 입구까지도 지키고 있는 것 같았다. 인형을 모두 늘어놓으면 삼백 개가 넘을 것이다. 정면을 바라보는 어릿광대, 익살꾼, 에스키모, 중국 관리, 간호사, 턱수염이 난 아시리아인. 파운드는 아직 인형을 하나도 넘어뜨리지 않았다. 파운드는 대단히 양심적이고 섬세한 개이다. 거의 인간과 흡사하다. 녀석은 누가 설명해 주지 않아도 지금 무슨 일이 벌어지고 있는지 알고 있다. 시프리아노 알고르가 가마로 가서 문을 닫더니 이렇게 말했다, 됐다, 이제 출발할 수 있겠어. 엔진에 시동이 걸리고 승합차가 언덕을 내려갔다. 도로에 다다른 차는 왼쪽으로 방향을 틀었다. 마르타는 눈물을 흘리지는 않았지만 흐느끼고 있었다. 이사우라가 그녀의 몸에 팔을 둘렀다. 파운드는 의자 구석에 몸을 동그랗게 말고 누워서 누굴 먼저 위로해야 할지 몰라 망설였다. 몇 킬로미터쯤 달리고 난 후 마르살이 말했다, 점심을 먹으면서 부모님께 편지를 써야겠어. 그리고 이사우라와 장인을 향해 말을 이었다, 센터 바깥에 포스터가 있었어요, 아주 큰 포스터가, 거기에 뭐라고 써 있었는지 아세요, 그가 물었다. 모르겠는걸, 두 사람이 대답했다. 마르살은 마치 뭔가를 암송하듯이 말하기 시작했다, 플라톤의 동굴 곧 개장, 센터에만 있는 세상 하나뿐인 명물, 지금 입장권을 구매하세요.

『동굴』을 아주 간단하게 한 마디로 정의한다면 자본주의를 비판한 작품이라고 할 수 있다. 적어도 소설 속에 동굴이 직접 등장하기 전까지는 그렇다. 여기에는 공룡처럼 거대해진 자본주의를 비판할 때 사람들이 흔히 거론하는 것들, 즉 관료주의, 소외된 사람들, 변화를 쫓아가지 못하고 과거에 머물러 있는 사람들, 자본주의의 무자비함이 모두 등장한다. 아무래도 저자가 공산주의자다보니 자본주의와 거기서 파생된 현대 문명의 온갖 문제들에 눈을 감을 수 없었던 모양이다.

이 작품에서 자본주의를 상징하는 존재는 '센터'다. 주거시설과 쇼핑시설, 각종 테마파크와 놀이시설을 갖추고 있을 뿐만 아니라 심지어 종교까지도 상품화하는 센터는 굳이 구구절절 설명을 곁들이지 않더라도 자본주의 그 자체임을 금방 알 수 있다. 도무지 만족할 줄을 모르고 자꾸만 몸집을 불리려 드는 센터는 주인공 시프리아노에게 거래중단을 통보함으로써 그의 삶을 송두리째 흔들어 버린다. 도공인 시프리아노가 센터에 자신이 만든 도자기 그릇을 팔지 못하게 된다는 것은 수입원의 상실뿐만 아니라 삶의 의미의 상실까지도 의미하기 때문이다.

이쯤 되면 시프리아노가 무엇을 상징하는지가 분명해진다. 설상가상으로 시프리아노는 예순네 살로 젊지도 않다. 그는 딸과 함께 어떻게든 다시 예전의 삶을 이어가려고 애써보지만 결국은 센터의 상주경비원으로 승진한 사위를 따라 센터 안의 아파트로 이주하는 수밖에 없다. 그곳의 삶이 자신에게는 무의한 것임을 알면서도.

그런데 여기서 반전이 일어난다. 센터의 지하에서 발견된 동굴이 시프리아노는 물론 딸과 사위까지도 센터에 반기를 들게 만드는 것이다. 여기서 동굴은 플라톤의 저 유명한 '동굴의 비유'에 나오는 바로 그 동굴이다. 시프리아노가 몰래 찾아가 본 동굴은 '동굴의 비유'에서 플라톤이 묘사한 모습 바로 그대로였다. 사슬에 묶인 채 해골로 변한 사람들, 불을 피웠던 흔적, 경사로, 나지막한 벽까지.

사슬에 묶인 해골이 바로 자신들의 모습임을 깨닫고 커다란 충격을 받은 시프리아노 일가는 결국 센터를 떠나 승합차에 짐을 싣고 어딘가로 떠난다. 그리고 그 뒤에서 센터는 '플라톤의 동굴'을 구경하러 오라며 사람들을 유혹한다.

과연 시프리아노 일가는 동굴을 나가 빛을 경험한 사람, 동굴 벽에 비치는 그림자가 아니라 세상의 참모습을 본 사람이 된 것일까? 아니면 동굴 입구로 빛이 비쳐드는 것을 발견하고 그 빛을 향해 나아가는 중일까? 그리고 빛을 본 후에는 다시 동굴로 돌아와 여전히 사슬에 묶여 있는 사람들에게 세상의 참모습을 알려주려고 애쓰게 될까?

『인형의 집』에서 노라가 집을 나간 후 어떻게 되었는지 작품 속에는 전혀 드러나 있지 않은 것처럼, 시프리아노 일가의 운명도 그저 독자들의 상상에 맡겨져 있다. 그들이 평생 보이지 않는 사슬에 묶여 있었다는 사실, 즉 미망 속에 갇혀 있었다는 사실을 깨달았다는 점만 분명할 뿐이다.

하지만 그들이 그 사실을 깨달았다 해도 과연 여행길에서 빛과 세상의 참모습을 볼 수 있을지, 아니 애당초 참모습이라는 것이 존재하기는 하는지는 오리무중이다. 어쩌면 시프리아노 일가는 어디에서도 자리를 잡지 못하고 굶주림에 시달리다 삶을 마감하게 될지도 모른다. 아니면 정말로 마음속의 유토피아를 발견하게 될지도 모르고. 또는 세상이 양파처럼 겹겹이 쌓여 있는 동굴들의 집합체 같아서 우리가 미망에서 벗어났다고 환호하는 순간 또 다른 미망에 둘러싸이게 된다는 사실을 깨닫게 될지도 모른다.

그래도 그들은 길을 떠났다. 이미 동굴의 존재를 알아버렸기 때문에. 소설이 거의 끝나갈 무렵에 등장해서 반전을 이끌어내는 이 동굴은 흔해빠진 자본주의 비판의 수준을 넘어서서 삶 그 자체를 돌아보게 만든다. 주인공들이 아무 대책 없이 석양 속에서 길을 떠나는 마지막 장면이 보기에 따라서는 지나치게 낭만적인 감도 있지만, 팔순의 노작가는 이 장면을 통해 사람들이 가슴속에 품고 있으면서도 감히 실현하지 못하는 꿈을 이야기하고 싶었던 건지도 모른다.

동굴

초판 1쇄 2006년 6월 5일
초판 6쇄 2015년 9월 20일

지은이 | 주제 사라마구
옮긴이 | 김승욱
펴낸이 | 송영석

펴낸곳 | (株)해냄출판사
등록번호 | 제10-229호
등록일자 | 1988년 5월 11일

04042 서울시 마포구 잔다리로30 해냄빌딩 5 · 6층
대표전화 | 326-1600 **팩스** | 326-1624
홈페이지 | www.hainaim.com

ISBN 978-89-7337-750-3